Am Ende von «Heimat. Eine deutsche Chronik» verlässt der junge Hermann Simon seine Familie und das Dorf Schabbach im Hunsrück, in dem er aufgewachsen ist. In der «Zweiten Heimat. Chronik einer Jugend» lebt und studiert er in München und wird Musiker. Nun, zu Beginn von «Heimat 3. Chronik einer Zeitenwende» begegnen Hermann und Clarissa sich in Berlin am Abend des Mauerfalls nach siebzehn Jahren wieder. Als Musiker sind beide international erfolgreich, in der Liebe sind beide gescheitert. Sie beschließen, zusammenzubleiben und sich abseits des Großstadtgetriebes ein Zuhause zu suchen. Gemeinsam kehren sie an den Rhein und in den Hunsrück zurück. In der Nähe von Schabbach kaufen sie ein traumhaft gelegenes, verfallenes Fachwerkhaus, in dem der Legende nach die unglückliche Dichterin Caroline von Günderrode sich mit ihrem Geliebten traf. Junge Bühnenarbeiter, die Clarissa in Leipzig kennen lernt, kommen nach der Wende in den Westen und übernehmen die Renovierung des Hauses. Der Abschluss der Bauarbeiten wird mit einer rauschenden Party gefeiert. Die Zukunft verheißt Großes.

Doch bald setzen Schwierigkeiten ein. Hermanns Bruder Ernst, ein begeisterter Flieger und Kunstsammler, nutzt die neuen Möglichkeiten im Osten auf seine Art. Er macht mit geschmuggelten Kunstwerken zwielichtige Geschäfte und landet für einige Zeit in russischen Gefängnissen.

In der Familie des dritten Bruders Anton bahnen sich Konflikte an: Hartmut, Antons Sohn, der gerade mit einer Konkurrenzfirma gegen den Vater angetreten ist, verliebt sich in die schöne Russlanddeutsche Galina und gefährdet seine Ehe. Und die romantische Zweisamkeit mit Hermann wird für Clarissa zu einer Enge, aus der sie plötzlich ausbricht. Unstet reist Hermann durch die Welt auf der Suche nach neuem Halt. Als Clarissa schließlich in ihr gemeinsames Haus zurückkehrt, ist sie eine schwerkranke Frau. Die Zeit des Abschiednehmens ist angebrochen – von Menschen, von Schabbach und von einem Jahrtausend.

Im Anschluss an die Dreharbeiten schrieb Edgar Reitz das vorliegende Buch. Die Handlung des Buchs folgt minuziös der Handlung des Films, doch darüber hinaus erzählt der Autor die Hintergründe der einzelnen Figuren und eröffnet so Dimensionen ihrer inneren Entwicklung, die über den Film weit hinausgehen.

Edgar Reitz, Jahrgang 1932, gehört zu den wichtigsten deutschen Filmemachern seiner Generation. Der «Heimat»-Zyklus machte ihn international bekannt. Mit dieser Geschichte der Familie Simon aus dem Hunsrückdorf Schabbach verarbeitete er auch die Geschichte der Landschaft, in der er aufgewachsen ist. Mit dem dritten Teil schließt er nun dieses Epos ab.

Edgar Reitz

HEIMAT 3

Chronik einer Zeitenwende

Erzählung

nach dem sechsteiligen
Film HEIMAT 3
Drehbuch
Edgar Reitz
Thomas Brussig

Albrecht Knaus

Fotos: Bernd Weisbrod, Edgar Reitz Filmproduktions GmbH
Lektorat: Petra Kiener

Umwelthinweis:
Dieses Buch und sein Schutzumschlag wurden auf
chlorfrei gebleichtem Papier gedruckt.
Die vor Verschmutzung schützende Einschrumpf-
folie ist aus umweltschonender und recyclingfähiger
PE-Folie.

1. Auflage

Umschlaggestaltung: Rambow + van de Sand, Berlin
Gesetzt aus 10.1/13.3 pt. Sabon
Satz: Filmsatz Schröter GmbH, München
Druck und Bindung: GGP Media GmbH, Pößneck
Printed in Germany
ISBN 3-8135-0248-1
www.knaus-verlag.de

Für Salome

Vorbemerkung

Es hat fast ein Jahrzehnt gedauert, bis aus den ersten Entwürfen für HEIMAT 3 ein Film werden konnte. Nach den Exposés und vielen Fassungen der Drehbücher, die ich mit Thomas Brussig in dreijähriger Zusammenarbeit zustande brachte, folgten Arbeiten, die den Stoff noch einmal umgekrempelt haben und die Akzente neu setzten: das Casting der 93 Sprechrollen, das Ringen mit den Hauptdarstellern um die Charaktere und ihre Dialoge, die Motivsuchen, das Bauen und Ausstatten der Schauplätze, die Konzeption der Bilder und des filmischen Erzählstils.
Nach zwei Jahren Drehzeit und einem weiteren Jahr Schnitt und Vertonung ist ein erzählerischer Mikrokosmos entstanden, der durch den Film allein nicht ausgeschöpft werden konnte. Immer wieder mussten beim Dreh wie auch beim Schnitt ganze Erzählstränge und viele Hintergrund- und Parallelgeschichten fallen gelassen werden.

Als ich begann, die Geschichte von HEIMAT 3 für dieses Buch noch einmal zu erzählen, sah ich darin die Chance, vieles nachzutragen, was mir zum besseren Verständnis der Handlung wichtig erschien. Leserinnen und Leser dieses Buches werden Zusammenhänge, die im Film nur gestreift werden konnten, kennen lernen und neu verstehen. Was zwischen den sechs Teilen geschieht, was den Personen der Handlung widerfährt, wenn sie gerade nicht im Bild sind – und wie wir Filmleute sagen, sich im «Off» befinden –, das konnte ich hier im Buch beschreiben. Gelegentlich konnten auch zeitgeschichtliche oder geografische Zusammenhänge aufgeklärt werden, die der Film einfach voraussetzt. Selbst die Dialoge sind als geschriebener Text etwas anderes als die Sprache, die man im Rahmen der Filmhandlung durchs einfache Zuhören aufnimmt: Sie werden zu Sprachschöpfungen und lassen uns miterleben, wie die Menschen sich in ihrer Sprechweise oft noch genauer charakterisieren als durch ihren Gesichtsausdruck und ihr Auftreten.

Das vorliegende Buch darf nicht mit einem Drehbuch verwechselt werden. Auch wenn ich den Text in Sequenzen aufgelöst, das erzählerische Präsens und dramatische Dialogformen gewählt habe, so unterscheidet es sich doch wesentlich von den Drehbüchern, die bei der Filmarbeit zugrunde lagen. Ich habe die an ein Drehbuch erinnernde Form verwendet, weil ich mit ihr seit vielen Jahren vertraut bin. So bewege ich mich, auch wenn ich ein erzählerisches Buch schreibe, in meinem eigenen Raum und muss mich nicht mit Romanautoren messen, deren genuine Kunst ich sehr verehre.

Film und Literatur unterliegen als Erzählmedien grundsätzlich verschiedenen Gesetzen. Der Zauber der Filmbilder geht von der Oberfläche der Dinge und Menschen aus: Das Licht, die Bewegung von Personen und Kameras, das Zusammenspiel von Schauspiel, Musik, Dialog und Schnittrhythmus – sie sind eine eigene Welt des Ausdrucks und können durch kein anderes Medium ersetzt werden. Es heißt immer, ein Film entstünde letztlich erst im Kopf des Zuschauers. Das ist wahr, wenn wir von den Geheimnissen eines Films sprechen, von den Gedanken und Gefühlen der Personen, die man beim Ansehen der Bilder eigentlich nur ahnen kann. In der Literatur verhalten sich die Dinge umgekehrt: Sie kann Gedanken, Zusammenhänge, innere Zustände der Figuren und ihre Beziehungen zu Ort und Zeit mit größerer Genauigkeit beschreiben, während sie sich mit allen konkreten Bildern und Ansichten der Dinge schwerer tut als der Film. Die Faszination der Literatur geht von der Sprache aus. Die Phantasie der Leserinnen und Leser erhält zwar Anstöße, muss sich aber die Bilder, die Gesichter der Figuren, ihre Körper selbst erschaffen. Das Bild der Schauplätze und die Oberflächen der Dinge, die ein Film in Sekundenschnelle beschreiben kann, vermögen Leserinnen und Leser eines Buches nur mit ihrem inneren Auge zu sehen. Film und Literatur bleiben in verschiedenen Bereichen «unscharf»; und die Zuschauer und Leser werden auf ganz verschiedene Weise gefordert. Als Grenzgänger zwischen diesen beiden Welten habe ich es genossen, eine Geschichte, die ich verfilmt habe, mit Worten noch einmal zu erzählen. Und ich bin sicher, den Leserinnen und Lesern des Buches – auch denen, die den Film schon gesehen haben – etwas von dieser Freude weiterreichen zu können.

HEIMAT 3 ist der abschließende Teil der HEIMAT-Trilogie, an deren Realisation ich insgesamt 25 Jahre gearbeitet habe. Nach den weit verzweigten Geschichten, die in HEIMAT 1 und in der ZWEITEN HEIMAT erzählt wurden, kehrt die Handlung von HEIMAT 3 wieder in das Hunsrückdorf Schabbach zurück (hierzu siehe auch Die HEIMAT-Trilogie, Anhang, Seite 621). Sie beginnt vor dem zeitgeschichtlichen Hintergrund der «Wende» von 1989/90, und die Figuren und deutschen Charaktere kommen nun aus Ost und West. Einige meiner Lieblingsgeschöpfe, wie Anton, Ernst, Hermann und Clarissa, sind dem Publikum schon aus den bisherigen beiden HEIMAT-Zyklen bekannt. Wir profitierten davon, dass deren Darsteller in der Zwischenzeit älter geworden sind und damit ganze Zeit- und Lebensbilder darstellen konnten. Die neuen Protagonisten, wie Gunnar, Petra, Udo, Jana, Tillmann und Tobi, kommen aus Ostdeutschland und bringen frischen Wind in die Geschichte. HEIMAT 3 versteht sich – wie auch die beiden anderen HEIMAT-Zyklen – als fiktive Chronik. Sie beschreibt das kostbarste Gut, das wir besitzen: die unwiederbringliche Zeit.

An dieser Stelle möchte ich einige meiner Mitstreiter nennen, die sich während einer ganzen Reihe von Jahren an meiner Seite für die Entstehung dieses dritten Teils der Trilogie eingesetzt haben. Ohne ihre hingebungsvolle Arbeit hätten weder der Film noch dieses Buch entstehen können: die Darsteller der großen und der kleinen Rollen, das Organisations- und Drehteam und vor allem Robert Busch, der das Produktionsschiff sicher durch Tausende von Klippen und Stürmen gesteuert hat. Ich danke des weiteren meinem Koautor Thomas Brussig, meiner Dramaturgin Petra Kiener, die auch das Rollen-Casting übernahm, und Salome Kammer, der ich den Stoff und die Kraft verdanke, ihn zu realisieren.

E.R.

ERSTES BUCH

Das glücklichste Volk der Welt

Berliner Philharmonie, am Künstlerausgang

Das Konzert dieses Abends war ein Erfolg. Unter den Orchestermitgliedern, die nach dem Applaus eilig das Gebäude verlassen, nähert sich auch der Dirigent, Hermann W. Simon, der Pforte. Hermann ist Ende vierzig, graumelierte Künstlermähne, in lässiger Eleganz gekleidet: schwarzer Tuchmantel, darunter Pulli und schwarze Jeans.
Der Komponist, dessen Stück Teil des heutigen Abendprogramms war, will ihn in ein Gespräch über künftige Zusammenarbeit verwickeln. Hermann ist unkonzentriert und strebt ins Freie. Autogrammjäger versperren ihm den Weg. Sein Assistent, Reinhold Loewe, ist auf den Parkplatz vorausgeeilt, um ein Taxi zu ordern. Hermann wirft beim Signieren der Autogrammkarten einen forschenden Blick nach draußen, und es prägt sich ihm in dieser Sekunde eine bizarre Momentaufnahme ein: sein devoter Assistent, mit Hermanns Frack am Bügel, seiner Partiturentasche unter dem Arm, in der freien Hand seine Lackschuhe haltend und mit dem Etui winkend, das des Meisters Taktstock enthält … Und dabei lächelt er auch noch – ein absurdes Bild.

HERMANN. *Am Abend des 9. November 1989 hatte ich ein Konzert in der Berliner Philharmonie dirigiert. Als ich mich am Künstlerausgang von dem Komponisten und meinem Assistenten verabschiedet hatte, spürte ich eine eigenartige Vibration, die sich in der Berliner Nachtluft auszubreiten schien.*

Hermann sieht sich nach dem Komponisten um, der ebenfalls auf dem Parkplatz steht. Auch er scheint von etwas Unbenennbarem fasziniert und horcht in die Nacht hinein.
Reinhold hat Schuhe, Frack und Partitur in einem Taxi verstaut und versucht, sich zu den wichtigen Gegenständen auf den Rücksitz zu quetschen. Dabei nennt er dem Fahrer das Ziel: Hotel Kempinski, Kurfürstendamm.
TAXIFAHRER. Zum Brandenburger Tor wolln Se nich?

Reinhold weiß nicht, was er von der Frage halten soll, und drängt zur Abfahrt. Sein «Maestro» hatte gesagt, er werde gleich zum Hotel kommen, nur heute den Weg zu Fuß zurücklegen.

Savignyplatz um 23 Uhr

Wo immer Hermann nun geht in dieser Novembernacht, hat er den Eindruck von irgendeiner Veränderung, die seinem Blick verborgen bleibt. Der Savignyplatz ist eher menschenleer, die S-Bahn donnert über die Brücke wie sonst auch, die Hausfassaden schweigen.

HERMANN. *Es war, als nähere sich ein ungeheurer Jubel, den man aber noch nicht hört, der sich nur als Erregung des Nervensystems ankündigt. Erst nach und nach begriff ich, dass diese Stadt sich gerade veränderte.*

Auf dem Weg zur Grohlmannstraße kommt ihm ein einzelner Mensch entgegen: ein weinender Mann in Stonewashed-Jeans, Mitte fünfzig, der von einem Straßenschild zum anderen taumelt und deren Namen vor sich hinmurmelt, als wolle er sie alle auswendig lernen. Als er Hermann entdeckt, fasst er ihn an beiden Händen und schüttelt sie unablässig.

PASSANT. Dat ick det noch erleben durfte! Nee! Ick denk, ick fass et nich – dat ick det noch erleben durfte!

Hermann, ein wenig erschrocken, versucht sich aus dem Griff des Mannes zu befreien.

HERMANN. Ist ja gut …

Der Mann fällt ihm um den Hals, um sich gleich wieder loszumachen und in die Dunkelheit weiterzulaufen.

Kopfschüttelnd setzt Hermann seinen Weg fort. Er hört jetzt von weitem, aus vielen Kehlen dringend, das Lied «So ein Tag, so wunderschön wie heute».

Da bleibt er noch einmal stehen, tastet nach seiner Brieftasche und überprüft die Hosentaschen, ob er noch alles hat. Es fehlt nichts. Der Mann war also kein Taschendieb.

Hermann. *Ich ging zu meinem Hotel, spürte, wie der Jubel immer näher kam, und wusste, von diesem Augenblick an wird sich unser Leben in Deutschland verändern.*

Hotel Kempinski, in der Lobby

Als Hermann den Hoteleingang erreicht, brandet in der Straße Jubel auf. Ein fast bedrohlich lautes Geschrei! Er beeilt sich, ins Foyer zu kommen.

Der Jubel der Passanten gilt einem einzelnen Trabi, der gerade vorbeifährt und weiße Rauchwölkchen zurücklässt.

Das Hupen und Gejohle von der Straße scheint sich in der weitläufigen Halle des Edelhotels noch zu verstärken. Wie Hermann feststellt, schallt es hier aus einem laut aufgedrehten Fernseher, der neben dem Eingang zur Hotelbar aufgestellt worden ist. Das Programm hat eine ganze Traube neugieriger Hotelgäste angelockt.

Der Portier winkt Hermann vom Tresen aus zu und deutet auf den Hausdiener, der seinen Frack, die Lackschuhe und Partiturtasche auf einem vergoldeten Gepäckwagen heranfährt.

Hermann mischt sich, so gut es geht, in das Gedränge vor dem Fernseher. In einer Nachrichtenzusammenfassung wird gerade eine Pressekonferenz mit Günter Schabowski, einem Mitglied des DDR-Ministerrats, gezeigt. Man sieht, wie er nach seinem Spickzettel greift.

Schabowski. «Privatreisen nach dem Ausland können ohne Vorliegen von Voraussetzungen – Reiseanlässe und Verwandtschaftsverhältnisse – beantragt werden. Die Genehmigungen werden kurzfristig erteilt. Die zuständigen Abteilungen Pass- und Meldewesen der VPKÄ – äh, der Volkspolizeikreisämter – in der DDR sind angewiesen, Visa zur ständigen Ausreise unverzüglich zu erteilen …»

Auf dem Bildschirm folgen Szenen vom Andrang der Ostberliner an den geöffneten Grenzdurchgängen, Bornholmer Straße, Sonnenallee und im Westteil der Stadt.

Hermanns Gesicht wird von einem üppigen Blumenstrauß gestreift. Der Rosenduft umschmeichelt ihn, sodass er einen neugierigen Blick zur Seite wagt. Er kann das Wesen hinter den Blumen nicht erkennen.

Als sich der Strauß während eines Beifallsturms einmal senkt, blickt Hermann nochmals zur Seite, sieht eine elegant gekleidete Dame mit hochgestecktem Haar.

Ihre Blicke begegnen sich. Hermanns Konzentration scheint gestört, er schaut wieder weg.

Auch sie wagt einen nochmaligen Blick. Das ist doch …!

Er stutzt. Sie sehen sich erneut an. Dann entsteht ein helles Lächeln des Wiedererkennens in seinen Augen.

HERMANN. Clarissa, bist du das?

Clarissa hat nun auch ihn erkannt.

CLARISSA. Hermann? Was machst du in Berlin? Ich will das wissen. Ausgerechnet heute Abend. Hier?

Die Hotelgäste sind von der stürmischen Umarmung, mit der die beiden sich begrüßen und in einen Freudentanz des Wiedersehens geraten, peinlich berührt. Sie starren umso interessierter auf den Fernsehschirm.

HERMANN. Ich habe eben Schubert dirigiert.

CLARISSA. Und ich habe Schubert gesungen …

HERMANN. Clarissa, bist du das wirklich?

CLARISSA. Sag, dass du real bist, kein Traum.

Clarissas Hotelzimmer

Der allgemeine Jubel mischt sich mit der Leidenschaft der Liebenden. Zwischen Bett und laufendem Fernseher lieben sie sich in wilder Ekstase auf dem Teppichboden.

Auf dem Bildschirm spielen sich gleichzeitig euphorische Szenen ab: Unbehelligt von der Grenzpolizei überwinden Menschenpulks von beiden Seiten die Grenzbefestigungen, bilden Räuberleitern und klettern auf die Mauerkrone. Manche nehmen die Wasserschläuche zu Hilfe, mit denen die Grenzer zuvor versucht hatten, die Menge zurückzutreiben. An anderer Stelle steuern Tausende von DDR-Bürgern mit ihren Trabants und Wartburgs auf die

Grenzübergänge zu. Jubelnde Westberliner bilden Spaliere für die DDR-Autos und trommeln zur Begrüßung mit den Händen auf die Wagendächer.

HERMANN. *In dieser Nacht, in der die Weltgeschichte den Atem anhielt, sah ich Clarissa wieder. In unseren Studentenjahren waren wir ein Liebespaar gewesen. Verstrickt in Sehnsüchte und Widersprüche, hatten wir uns aber in den wilden Siebzigern verloren. Jahrelang waren wir auf getrennten Wegen, jeder für sich, durch die Welt gerannt, hatten Karriere als Musiker gemacht, hatten Familien gegründet und wieder zerstört, hatten Freunde gefunden und wieder verlassen. Wir lebten in Hotelzimmern, und die Flughäfen der Welt waren uns vertrauter als unsere Wohnungen. Seit 17 Jahren hatten wir uns nicht gesehen, vergessen aber hatten wir uns nie. Die Fernsehbilder vom Fall der Mauer, unsere Umarmungen im Hotelzimmer, die Küsse, der Jubel auf dem Kurfürstendamm – das alles gehörte auf einmal zusammen und verschmolz zu einem Bild unserer wiedergefundenen Liebe.*

Die Ereignisse auf dem Bildschirm verwandeln sich für die Liebenden in unmittelbare Wirklichkeit. Dieselben Menschen, die in den Fernsehbildern über die Mauer geklettert, über die Bornholmer Brücke geströmt oder, von euphorischen Westberlinern mit Sektflaschen begrüßt, in den Trabikolonnen durchs Brandenburger Tor gerollt sind, feiern, tanzen und jubeln nun direkt unterhalb der Hotelfenster auf dem Kurfürstendamm.
Hermann und Clarissa treten, ihre Nacktheit mit der Bettdecke verhüllend, auf den Balkon hinaus und sind mitten im Geschehen.
HERMANN. Das ist alles nur für uns.
Ihre Münder finden sich wieder zum Kuss, und erneut verschmelzen ihre Körper auf dem Teppichboden.
Sie bleiben den ganzen folgenden Tag über in Clarissas Zimmer. Niemand soll sie stören, auch Assistent Reinhold nicht, der wegen eines von Hermann versäumten Pressetermins sehr beunruhigt ist. Immer noch läuft das Fernsehgerät. Man hört die Ansprache

des Westberliner Bürgermeisters Walter Momper vor dem Schöneberger Rathaus.

MOMPER. «Seit dem Bau der Mauer am 13. August 1961 haben wir diesen Tag herbeigesehnt und herbeigehofft. Wir Deutschen sind jetzt das glücklichste Volk auf der Welt.»

Hermann und Clarissa haben viel nachzuholen. Zwischen ihren Umarmungen stellen sie sich wichtige Fragen. Was haben sie in den langen 17 Jahren, seit ihrem missglückten Wiedersehen in Amsterdam, erlebt? Sind sie frei füreinander, oder warten ihre getrennten Leben schon hinter der Tür dieses Zimmers, das sie von der Außenwelt abschirmt?

CLARISSA. Bist du eigentlich wieder verheiratet? Was macht denn deine Tochter? Hast du noch andere Kinder? Ich weiß eigentlich gar nichts von dir.

HERMANN. Im Grunde leb ich genauso aus den Koffern wie du.

Fernsehton im Hintergrund: Jetzt singen sie das Deutschlandlied. Willy Brandt, Helmut Kohl, Walter Momper. Dazu wird eine kombinierte ost-westdeutsche Flagge geschwenkt. «... blüh im Glanze dieses Glückes, blühe, deutsches Vaterland.»

Clarissas Stimme meldet sich aus dem Badezimmer.

CLARISSA. Hermann, ich muss dir unbedingt was erzählen!

Schon ist sie wieder bei ihrem Geliebten im Bett, kuschelt sich an ihn.

CLARISSA. Das war vor fünf Jahren, im Sommer '84, da kam ich während einer Tournee an das schönste Fleckchen Erde der Welt, wo ich mir sofort vorstellen konnte, für immer zu bleiben. Da stand ein Haus, ein kuscheliges Fachwerkhaus, mit dem sagenhaftesten Blick. Es gibt so was, man steht davor und weiß es einfach.

HERMANN. Ja und, hast du das Haus gekauft?

CLARISSA. Natürlich nicht.

HERMANN. Warum nicht, was war der Haken?

CLARISSA. Na du, du warst der Haken.

HERMANN. Vielleicht ist es noch zu haben. Komm, lass uns da hinfahren.

Hermann ist zu allem entschlossen. Schon ist er aufgesprungen und ins Bad gelaufen, um sich anzuziehen.

Die deutsch-deutsche Grenze bei Teistungen

Auf ihrer Fahrt nach Westen gelangen die Liebenden in Hermanns BMW über kleine Straßen an einen Grenzübergang: ein Wachturm, Armeefahrzeuge, halb geöffnete Grenzbefestigungen. Weggeräumte Mauersegmente geben im Hintergrund eine längst vergessene Straße frei.
Männer von der DDR-Grenztruppe bemühen sich, eine immer länger werdende Kolonne von Fahrzeugen zu stoppen. Hermann und Clarissa müssen anhalten.
Ein DDR-Grenzoffizier balanciert einen Tisch über seinem Kopf und versucht, mit Hocker und Dienststempel wenigstens eine provisorische Passkontrolle einzurichten. Doch die Menschen in ihren Trabis und Wartburgs sind nicht mehr bereit, bürokratische Hindernisse zu akzeptieren. Sie fordern die Grenzbeamten mit Rufen zur Eile auf. «Aufmachen, aufmachen, aufmachen ...» und «Wir kommen wieder, wir kommen wieder!» «Wie lange sollen wir denn noch warten?» «Wir wollen rüber!»
Schon kommen weitere Fahrzeuge aus allen Richtungen an – Autos, Mopeds und Fahrräder – und reihen sich hinter dem West-BMW ein.
Als die Grenzer an den rot-weißen Kegeln immer ratloser den wachsenden Andrang registrieren, werden die Zurufe nur noch lauter, und ein Hupkonzert beginnt.

CLARISSA. Wenn man bedenkt, dass hier vor kurzem noch geschossen wurde ...

Ehe sie ihren Gedanken weiter nachhängen kann, haben die Grenzer schon klein beigegeben: Sie räumen die Sperrkegel aus dem Weg. Die Kolonne rollt an den Grenzbeamten vorbei und erreicht westdeutsches Gebiet.

HERMANN. Glück auf, meine Herren, Glück auf!

Der Grenzoffizier starrt hilflos auf die Autoflut. Er kann den Zusammenbruch seines Ordnungssystems nicht fassen.

Eine Autobahnstrecke in Westdeutschland

Auf der westdeutschen Autobahn kommen Hermann und Clarissa zügig voran. Immer wieder überholen sie überfüllte DDR-Wagen, ein endloses Band von Trabis, Wartburgs, Motorrädern und anderen Vehikeln auf beiden Fahrspuren. Über eine Million DDR-Bürger sind an diesem Samstag zu einer Fahrt in die Bundesrepublik aufgebrochen. Aus den Wagen winken fröhliche Menschen den beiden zu. Hinter den Heckfenstern werden Deutschlandfahnen geschwenkt, und es scheint, als wären alle Verkehrsregeln außer Kraft gesetzt. Einige wagen Überholspiele, andere fahren übermütig in Schlangenlinien, junge Leute mit Sektflaschen in den Händen hängen sich weit aus den Fenstern und johlen den westdeutschen Fahrern zu.

Clarissa lehnt sich mit verträumtem Lächeln an Hermanns Schulter.

Später, als er müde wird, übernimmt sie das Steuer und gönnt ihm etwas Schlaf nach all den aufregenden Erlebnissen.

Und sie allein kennt das Ziel der Reise ...

Oberwesel am Rhein, der Marktplatz und Weinbergwege

Der Novembertag neigt sich schon, als der BMW mit dem Münchner Kennzeichen im Dämmerlicht an den Rhein kommt. Hermann ist neben Clarissa in tiefen Schlaf gesunken. Beim Städtchen Oberwesel verlässt sie die Landstraße.

Von weitem dringt Kindergesang in Hermanns Träume.

Ein Lichterzug von Kindern, angeführt von einer Blaskapelle, wandert über den historischen Marktplatz des Städtchens. Als die Lampions mit Sonne, Mond und Sternen vorübergezogen sind, gibt ein Polizeibeamter die Straße wieder frei.

Hermann ist bei dem Gesang der Kinder nicht aufgewacht. Clarissa fährt behutsam weiter und findet auch bald den Serpentinenweg wieder, der sich in die Weinberge hochwindet.

Clarissa. *Ziel unserer Reise war ein wahres Traumhaus, das hoch über dem Rhein stand, umgeben von Rebstöcken und uralten Bäumen. Ich hatte es ein paar Jahre zuvor auf einer Konzertreise entdeckt und mich sofort in das 200 Jahre alte Haus verliebt. Alle meine verschütteten Sehnsüchte nach Liebe und Geborgenheit wurden geweckt. Ich spürte, dass es auch Hermanns Wunsch war, endlich irgendwo anzukommen. Endlich Schluss zu machen mit diesem Leben aus den Koffern, das wir uns als viel beschäftigte Musiker angewöhnt hatten. Wir standen in der Mitte des Lebens, und unsere Liebe brauchte ein Zuhause.*

Clarissa steuert das Auto über einen steil ansteigenden Weg zwischen Rebstöcken und Abgründen hinauf. Hoch oben, dort, wo sich der Blick über das weite Rheintal und das Städtchen öffnet, endet der Weg. Im letzten rosaroten Licht des Tages leuchtet der mächtige Fluss herauf, dessen Wasser in einer weit ausholenden Schleife einen von Reben und Gestrüpp bewachsenen Berg umspülen.
Hermann spürt zwar, dass Clarissa anhält und aussteigt, aber er ist noch zu schlaftrunken, um die bleischweren Lider über den Augen öffnen zu können.

Günderrode-Haus

Clarissa sieht sich auf dem dämmrigen Gelände um. Nur über einen Pfad gelangt man weiter hinauf. Hinter wuchernden Hecken, fast ganz verborgen, erkennt sie die Konturen eines Hauses. Es ist ein ehemals hübscher, halb zerfallener Fachwerkbau aus dem 18. Jahrhundert, mit marodem Schieferdach, das mit schäbigen Wellblechen bedeckt ist. Risse durchziehen die Fassade, die Fenster sind zerborsten, Fachwerkfüllungen bröckeln. Auch das vorgelagerte Torhäuschen ist nur mehr eine Ruine.
Clarissa versucht, näher an das umwucherte Gebäude heranzukommen. Ein zugewachsener Weg führt an einem mächtigen Kastanienbaum vorbei, hinter dem einst der Vorplatz des Hauses ge-

legen hat. Voller Ungeduld arbeitet sie sich durch die Dornenhecken und erreicht die Haustür, die halb offen steht.
Mit einem Blick zurück vergewissert sich Clarissa, dass Hermann noch immer schläft. Sie betritt das düstere Haus und bleibt im ehemaligen Salon stehen. Unter einem bedrohlich herabhängenden Balken stehen noch Reste eines reich verzierten gusseisernen Ofens, geschnitzte Wandvertäfelungen haben sich von den Wänden gelöst oder liegen modernd am Boden. Die Innenwände sind eingestürzt, Türen hängen in herausbrechenden Angeln.
Der Blick durch die Fenster aber geht direkt auf die Flussbiegung und die dämmernden Berghänge.
Hermann erwacht. Die Autotür steht offen. Nach und nach vernimmt er die Geräusche, die vom Tal heraufwehen. Während er schlaftrunken die kühle Luft einatmet, vernimmt er Clarissas leise singende Stimme.
CLARISSA.
Schlafend trägt man mich
in mein Heimatland.
Ferne komm ich her
über Gipfel, über Schlünde.
Über ein dunkles Meer
in mein Heimatland.*

Clarissa hat einen kleinen Aussichtspavillon erreicht und schaut über Büsche hinweg zum Fluss hinunter. Sie genießt die feuchte Stille, die vom Tal aufsteigt. Als Hermann fröstelnd vom Auto herüberkommt, hält sie im Gesang inne, ohne sich nach ihm umzusehen. Er bleibt hinter ihr stehen. Clarissa lehnt sich, sobald sie ihn spürt, an seine Brust. Hermann schließt die Augen, legt seine Wange an ihr Haar.
HERMANN. Ich kenne das alles hier.
In der Dämmerung ist der Blick ins Tal von zarter Klarheit: das Städtchen Oberwesel mit seinen alten Mauern und Türmen, die Burg auf dem Hügel über der Stadt, der schimmernde Fluss mit den sanft dahingleitenden Schiffen.

* Alban Berg: «Der Glühende», aus «Vier Lieder», Text: Mombert

Clarissa. *Hermann hatte mir oft erzählt, wie er einst aus seinem Hunsrückdorf weggelaufen war – mit 19. Aus Protest gegen die Enge der Heimat war er damals aufgebrochen und hatte sich geschworen, die Welt der Musik zu erobern und nie mehr zurückzukehren. Es muss am Zauber unseres Wiedersehens gelegen haben, dass er sich auf diese Reise eingelassen hat und mir nichtsahnend in das Land seiner Kindheit gefolgt ist.*

Hermann kommt zur Abbruchkante, wo sich ihm eine weite Sicht über die Hochebene des Hunsrücks bietet: Überall, nah und fern, lodern Feuer, und Rauchschwaden steigen in den Abendhimmel. Von einem nahe gelegenen Dörfchen zieht ein kleiner Fackelzug zu einem Scheiterhaufen aus Holz und dürrem Kraut: Kinder tragen an Stöcken aufgespießte Rübenköpfe mit brennenden Kerzen darin, die die Augenhöhlen magisch erleuchten. Auf einem weißen Pferd nähert sich ein Reiter mit Goldhelm und wehender Römertoga, dem Kostüm des heiligen Martin. Grußlos reitet er vorbei zum nahen Dörfchen hinüber.
Hermann wendet sich zu Clarissa, die ihm gefolgt ist.

Hermann. Heute ist Sankt Martin, deswegen die Feuer überall.

Clarissa. Als hätten sie dich erwartet.

Hermann. Jetzt, wo ich die Luft hier wieder rieche, da fallen mir auch die Namen von all den Ortschaften wieder ein. Da hinten, das ist Bornich, da drüben, das nächste heißt Weisel, ganz da hinten am Horizont, das ist Perscheid, Dellhofen, das ist die Pfalzburg bei Kaub und die Burg Ravenstein.

Die untergegangene Sonne lässt den Himmel noch einmal aufleuchten, sodass alle Ortschaften, umgeben von ihren Martinsfeuern, wie von einem Scheinwerferlicht bestrahlt werden.

Hermann. Das ist die Schönburg. Dazu fällt mir eine Geschichte ein. Da war ich so 15, da hab ich bei einer Schlittenfahrt hier hinten den Zahn …

Hermann führt Clarissas Zeigefinger tief in seinen Mund, damit sie den abgebrochenen Zahn betasten kann.

Hermann. … der ist mir gebrochen. Da sind wir mit dem Schlit-

ten geradeaus den Serpentinen entlang genau in den Weinberg hineingeschossen. Mit der blonden Gertrud, in die war ich verliebt, und dem Heinz, der hat sie gekriegt.
Beide schweigen und atmen die nasse Herbstluft ein.

Ein dürrer Laubwald bei Nacht

Ein kugelrunder Mond ist aufgegangen. Er leuchtet den beiden auf ihrem Rückweg zum Auto, den sie abkürzen, indem sie einen dürren Laubwald durchqueren. Clarissa, deren Gedanken zu ihrem Traumhaus zurückgekehrt sind, stellt Hermann eine unerwartete Frage:
CLARISSA. Sagt dir der Name Caroline von Günderrode etwas?
HERMANN. Eine Dichterin der Romantik.
CLARISSA. Ihr soll das Haus einmal gehört haben. Das hat mir der jetzige Eigentümer, Herr Wallauer, erzählt. Wie sich die Günderrode da unten am Fluss erdolcht und dann ertränkt hat, aus Liebeskummer.
Sie bleibt auf dem mondbeschienenen Waldweg stehen. Die Legende von der toten Dichterin gefällt ihr.
HERMANN. Das ganze Tal ist voll von solschen Legenden.
Clarissa muss lachen.
Hermann hatte sich vor Jahren sein Hunsrücker «Sch» mühsam abtrainiert. Jetzt, beim plötzlichen Wiedersehen mit der Heimat, ist es wieder da.
CLARISSA. Solschen?
HERMANN. I-c-h könnte dir Ges-c-h-i-c-h-ten erzählen, auf C-h-ritt und auf, auf Schritt und Tritt fallen sie mir wieder ein. Jahrelang wollte ich nichts als weg von hier, weg aus der Enge meines Dorfes, weg von der Familie, weg von den Brüdern, die mich erdrückten, weg von den arroganten Lehrern und von meiner Mutter, die zwar immer das Beste wollte, mich aber nie erwachsen werden ließ.
Hermann hat sich von seinen Erinnerungen hinreißen lassen. Die ganze Bitternis seiner Jugend steigt empor, und er fühlt noch ein-

mal den starken Impuls, mit dem er damals aus seinem Dorf, aus diesem Land, geflohen ist.

Clarissa versucht, ihn in die Gegenwart zurückzuholen.

CLARISSA. Das Haus, das war in einem besseren Zustand, als ich es entdeckte. Stell dir vor, der Vorvertrag war sogar schon unterschrieben. Gilt so was eigentlich noch?

HERMANN. Clarissa, ich möchte aufhören zu fliehen.

Beim Verlassen des mondhellen Waldes sehen sie, von oben her, die romantische Fachwerkruine in ihrer ganzen Schönheit daliegen. Sie halten sich aneinander fest. Da geht ein Ruck durch das Haus. Das Poltern eines herabstürzenden Balkens ertönt, Staub dringt aus den Mauerritzen, und ein Schwarm wilder Tauben flattert aus den Fenstern und Dachlöchern auf.

CLARISSA. Es spricht mit uns.

Burghotel auf der Schönburg, Zimmer mit Balkon

Hermann und Clarissa haben sich in einem Hotel einquartiert, das ins Gemäuer der Ruine Schönburg eingebaut ist. Als sie aus ihrem Zimmer auf den Balkon hinaustreten, steht der Mond direkt über der mit Zinnen bewehrten Burgmauer und einem der Wehrtürme.

Clarissa, von der alle Initiativen dieser Tage ausgegangen sind, fühlt sich durch die Schönheit des Ortes bestätigt.

CLARISSA. Spürst du's, Hermann? Genau jetzt ist ein Moment, in dem alles möglich ist. Seit Berlin weiß ich, dass uns alles gelingen wird. Hunderttausende von Menschen fangen jetzt ein neues Leben an. Jahrelang haben sie gewartet, und plötzlich fällt das Glück vom Himmel direkt vor ihre Füße. Warum nicht gestern, warum nicht vor fünf Jahren?

HERMANN. Die Stunde der späten Liebe.

Das Zimmer ist mit Himmelbett und Burgromantik ausgestattet. Clarissa, übermüdet und doch aufgekratzt vor Glück, erforscht mit ihren Fingern Hermanns Mundhöhle. Er revanchiert sich, indem er sie unter der Decke bedrängt.

Dann will sie Hermanns Zahnplombe mit ihrer Zunge abtasten. Er ist willig, muss aber lachen, was sie mit Küssen zu ersticken sucht.

CLARISSA. Endlich Schluss machen mit der ewigen Sehnsucht. Du und ich, keine Hotelzimmer mehr, die Koffer auspacken für immer. Hermann, hast du Angst?

HERMANN. Nein, nein.

Das Kaminzimmer des Winzers Wallauer

Der Winzer und Hotelbesitzer Wallauer ist ein korpulenter Mann von 60 Jahren, der das Leben zu genießen weiß. Sein Kaminzimmer ist im altdeutschen Stil eingerichtet. An einer Wand hängt ein Ölgemälde aus dem 19. Jahrhundert, das den gleichen Blick ins Rheintal wiedergibt, den man vom Günderrode-Haus hat. Hermann und Clarissa betrachten das Bild, während Wallauer auf dem Tisch Baupläne, Kalkulationen, Gutachten und Fotos ausbreitet.

WALLAUER. Als ich nichts mehr von Ihnen hörte, bin ich selber da öfters mal hinaufgegangen und hab mir überlegt, was eine Künstlerin wie Sie sich dabei gedacht hat, und dann sah ich, da kann man ein Paradies draus machen, für meine alten Tage vielleicht ...

Clarissa sieht Hermann erschrocken an. Ob Wallauer gar nicht mehr daran denkt, das Haus zu verkaufen?

WALLAUER. ... Aber dann ging's los: Auflagen der Denkmalschutzbehörde – grauenhaft, sag ich Ihnen. Dann kamen baustatische Gutachten, Bodenbohrungen, Gutachten über das Wasserrecht, das Wegerecht, den Bauzustand, ein ganzes Album voll. Die Architektin, eine Professorin für Baugeschichte in Karlsruhe, hat sich geweigert, auch nur eine ungefähre Summe zu nennen. Können Sie sich vorstellen, was das bedeutet? Weil das Haus Stück für Stück abgebrochen und nummeriert werden muss, um es hinterher wieder zusammenzusetzen.

Er ist zur Anrichte gegangen und gießt für sich und seine Gäste einen Rheinwein ein.

WALLAUER. Zum Wohlsein!
Genüsslich lässt er den Wein in seinem Mund hin und her fließen, ehe er schluckt. Hermann befragt Clarissa mit Blicken nach ihrer Meinung zum Stand der Verhandlungen. Sie ist offenbar unsicher geworden.
WALLAUER. Und dann all diese Gerüchte!
Hermann und Clarissa merken auf.
HERMANN. Gerüchte?
WALLAUER. Dass es spukt in dem Haus, dass ein Fluch dieser hysterischen Dichterin darauf liegt, die nachweislich nie darin gewohnt hat. Alles Humbug, ich hab das recherchiert. Sie war bei den Brentanos im Rheingau, 30 Kilometer weg von hier. Und dort ist sie auch gestorben, nämlich in Winkel. Vergessen Sie die Dichterin, blödes Geschwätz der Leute. Die ganze Romantik ist ein Missverständnis.
Wallauer geht zum Kamin, um Feuer zu machen.

Die Ruine des Günderrode-Hauses bei Tageslicht

Am folgenden Sonntagmorgen – aus dem Tal klingen die Kirchenglocken herauf – treffen sich Clarissa, Hermann und Herr Wallauer, der einen Mann aus dem Dorf mitgebracht hat. Hermann und Clarissa wollen sich ein genaues Bild von dem Haus und seinem Zustand machen. Sie sehen es zum ersten Mal bei Tageslicht. In seinem Ruinenzustand zeigt es den ganzen Charme der Zerfalls. Nichts ist vom Zahn der Zeit verschont geblieben. Auch im Innern, das sie jetzt in Augenschein nehmen, ist die Zerstörung weit fortgeschritten. Eine Hausecke ist bereits bis zum Fundament herausgebrochen, sodass die Fachwerkbalken ohne Halt in die Luft ragen. In der Grundmauer sind deutlich Risse und Verwerfungen zu sehen.
Wallauer hält sich mit seinem Begleiter im Hintergrund. Die beiden ziehen es vor, die Aussicht ins Tal zu genießen.
Hermann und Clarissa sehen sich an. Sie wollen nicht wahrhaben, worauf sie sich eingelassen haben.

CLARISSA. *Am nächsten Tag war Sonntag. Sonntag, der 12. November 1989, ein Tag, der für alle Zeit in unserem Lebenskalender vermerkt bleiben wird. Wir trafen uns mit Wallauer an der Ruine. Von Feuchtigkeit durchdrungene Wände und Balken, Schutt und Moder, Reste einer untergegangenen Zeit – mehr war da nicht mehr. Wallauer muss uns für verrückt gehalten haben, dass wir dieses Haus, in dem nur noch Tauben und Ratten lebten, kaufen und wieder aufbauen wollten. Ein unübersehbares Ausmaß an Arbeit und Kosten hatte er uns vorausgesagt, aber wir schlugen alle Warnungen in den Wind.*

Wallauer kommt mit seinem Begleiter näher. Mit seiner Kleinbildkamera will er das Treffen dokumentieren.

WALLAUER. Haben Sie auch die Schäden am Fundament gesehen? Damit es hinterher nicht heißt, Sie haben nichts gewusst davon.

Er überreicht seinem Begleiter die schussbereite Leica.

WALLAUER. Pitt, du kennst dich aus.

Dann geht er auf das Käuferpaar zu und streckt ihm seine Rechte entgegen.

WALLAUER. Wollen wir's so machen wie früher beim Kuhhandel: per Handschlag? Wir sind uns handelseinig, es bleibt beim alten Preis.

Er hält Clarissas Hand fest und wendet sich zu Pitt um, der offenbar den Auslöser nicht findet.

WALLAUER. Pitt, du bist der Zeuge – guck her!

Jetzt hebt Pitt die Kamera ans Auge und visiert die Dreiergruppe an.

PITT. Ja, ich hab alles gesehen, fertig, das war's.

Wallauer wiederholt den Händedruck. Damit ist der Kauf besiegelt.

Oberhalb der Weinberge

Am nächsten Morgen sind Hermann und Clarissa schon früh auf den Beinen. Sie erkunden das Gelände, das oberhalb ihres Hauses in eine Hochebene übergeht. Mystischer Nebel füllt zu dieser

Stunde den Rheingraben. Den Fluss kann man nur noch erahnen. Die beiden Wanderer genießen die Schönheit des Ortes und steigen, ins Gespräch vertieft, immer höher bergauf.

HERMANN. *Wenn man von dem Haus aus den Hang hinaufging, befand man sich bald in einer weiten Landschaft von Hügeln und Feldern: der Hunsrück.*
Es schien, dass sich ein Kreis geschlossen hatte. Ohne es zu wollen, war ich in die alte Heimat zurückgekehrt. Die Wunden von damals waren längst geheilt. Und ich musste mich fragen, ob es darauf nach den vielen Jahren überhaupt noch ankam. Ich war ein Fremder geworden, und niemand mehr erwartete mich hier.

Bald haben sie den Rand eines Dorfes erreicht, dessen Konturen milchig durch den Nebel schimmern. Ihre Gedanken kreisen immer wieder um den waghalsigen Hauskauf.
HERMANN. Wir machen hier etwas, von dem wir überhaupt nicht wissen, wie das in unsere Lebensplanung überhaupt hineinpassen soll.
CLARISSA. Stimmt, ich habe bis Weihnachten noch 14 Konzerte.
HERMANN. Ja, ich habe ab Mittwoch kaum noch freie Tage.
Sie sind dem Dorf so nahe gekommen, dass der kleine barocke Kirchturm nun deutlich seine Silhouette aus dem Nebel reckt. Hermann bleibt abrupt stehen.
HERMANN. Schabbach!
CLARISSA. So nah?
Sie weiß, was es für Hermann bedeutet, das Dorf, in dem er geboren und aufgewachsen ist, wiederzusehen. Sie sieht ihm in die Augen. Sie will darin lesen, ob seine alten Widerstände gegen die Heimat erneut aufleben und alle ihre Pläne zunichte machen würden.
HERMANN. Fahr du nach Leipzig, ich mache das allein.
Der Schabbacher Kirchturm scheint noch näher gerückt zu sein. Clarissa drückt dem Geliebten einen ermutigenden Kuss auf die Lippen.

HERMANN. *Ich hätte Clarissa gerne mitgenommen nach Schabbach, aber sie musste noch an diesem Morgen aufbrechen zu einem Liederabend nach Leipzig. Kaum hatten wir uns gefunden, stand schon unser erster Abschied bevor.*

Auf der Autobahn Richtung Leipzig

Clarissa fährt mit Hermanns Wagen nach Ostdeutschland. Da sie allein ist, nutzt sie die Zeit, um sich einzusingen und das Konzertprogramm mit Eichendorff-Liedern zu rekapitulieren.

CLARISSA.

Aus der Heimat hinter den Blitzen rot,
da kommen die Wolken her.
Aber Vater und Mutter sind lange tot,
es kennt mich dort keiner mehr.
Wie bald, ach wie bald, kommt die stille Zeit,
da ruhe ich auch, da ruhe ich auch,
und über mir rauscht die schöne Waldeinsamkeit,
die schöne Waldeinsamkeit.
Und keiner kennt mich mehr hier ...*

Schabbach, Kirche und Dorfplatz

Hermanns Weg führt weiter durch den dichten Nebel, der vom Flusstal emporgewabert ist und nun den Ortseingang von Schabbach verhüllt. Erst als er die Gärten am Dorfrand erreicht, lösen sich die Konturen des Ortsschilds aus der grau-weißen Luft: SCHABBACH, RHEIN-HUNSRÜCK-KREIS.

Jetzt kann er auch die Kirche erkennen, deren Rückseite an den hässlichen Hochspannungstransformator stößt, von dem aus die Elektroleitungen zu den Bauernhöfen verlaufen.

Hermann wählt den Weg zwischen Kirche und Raiffeisen-Lager und gelangt unmittelbar auf die Dorfstraße.

* Robert Schumann: «Liederkreis» Eichendorff-Lieder, op. 39

Ein großer Reisebus aus den Niederlanden rollt an ihm vorüber und hält mitten auf dem Platz, auf dem bereits ein anderer Bus steht. Ein ganzer Pulk Holländer entsteigt ihm, um die Neuankömmlinge zu begrüßen.
Alle scharen sich um einen breitschultrigen Mann mit weißem Rauschebart im Gewand eines Pfarrers, der jeden einzeln begrüßt und ihre Transparente begutachtet. TEGEN WAPENWEDLOOP! STOP DE BOUW VAN KERNRAKETTEN! VREDE NU! ONMIDDELIJKE ONTWAPENING! SOLIDARITEIT MET VREDESBEWEGING HUNSRUK!
Hermann bewegt sich ein wenig verloren über den Platz, weil er nicht versteht, was hier vorgeht. Es kommen auch neugierige Dorfbewohner hinzu, die ihn zwar mustern, aber noch nicht ansprechen.
Hermann bleibt stehen und hört, wie der Pfarrer eine Unterbringungsliste für die Fremden verliest. Da stellt sich ihm ein Mann mit freundlichen Bauerngesicht, gut 60 Jahre alt, in den Weg.
RUDI. Hermann, willst du mit demonstrieren?
Hermann versteht die Ironie in der Frage und gibt Rudi lachend die Hand.
HERMANN. Tach, Rudi. Na, Mensch, ja sag einmal: Was machen denn die ganzen Holländer hier bei euch in Schabbach?
RUDI. Ei, das sind doch unsere nächsten Nachbarn, mit den ganzen Raketen und Atomköpfen, die wo hier in den Wäldern versteckt liegen. Da haben die Holländer noch mehr Schiss wie wir, wo wir direkt drauf sitzen. Na, willst du nicht mit reinkommen, ich hab dich ja ewig nicht mehr gesehn, Hermann!

HERMANN. *Rudi Molz. Er war der Gastwirt von Schabbach und, wie ich finde, die Seele des Dorfes. Er wusste über alles Bescheid, über das, was passiert war, und das, was erst passieren sollte. In wenigen Minuten hatte sich meine Heimkehr vollzogen. Nichts Romantisches oder Dramatisches war damit verbunden. Da konnte einer die ganze Welt umrundet haben, für die Schabbacher war man nur «e Weilche fort gewes'».*

Jetzt wird Hermann auch von den anderen Dorfbewohnern erkannt. Gemessenen Schrittes nähern sich Toni und Manni. Der eine ist der Bürgermeister, der andere der dickste Bauer von Schabbach.
Ein allgemeines Händeschütteln beginnt, und die Umstehenden drängeln sich zu einem aufgeregten Grüppchen. Alle haben Hermann etwas zu berichten, und vor allem weiß man, was Hermann nicht ahnen konnte, hier über sein Leben bestens Bescheid. «Ich han dich doch gleich erkannt ... Du hast dich überhaupt net verändert ... Immer noch in München? ... Wir han alle deine CDs ... Warst du dat, neulich im Fernsehen, als Dirigent in Berlin? ... Wo steht denn dein Auto, Hermann? ... Wat, zu Fuß bist du unterwegs? ... Sag nur, du kennst mich net mehr!»
MANNI. Da hat doch in der Zeitung gestanden, dass du auf der Metropolitan Oper in New York dirigiert hast.
HERMANN. Ja, ja, das stimmt.

Die Gaststätte Molz

Die Gaststube hat sich nicht wesentlich verändert, seit Hermann zuletzt hier war. Lenchen, die lebenslustige Frau von Rudi, steht wie immer in ihrer adretten Strickjacke und mit einem herzlichen Lächeln hinter dem Tresen und sieht zu, wie Rudi das Bier zapft.
RUDI. Unser Pfarrer ist mindestens so berühmt wie du, Hermann. Wenigstens auf dem Hunsrück, da kennt ihn jeder Hund – gell Lenchen? Muss man sagen: Also jeder! Er ist praktisch der oberste Chef von der ganzen Friedensbewegung, bis runter nach Mainz und wieder rauf bis nach Koblenz.
Rudi geht mit Hermann zum Fenster, von wo aus sie die Straße beobachten können. Der weißbärtige Pfarrer hat die holländischen Friedensdemonstranten versammelt und führt sie in Rudis Wirtschaft.
HERMANN. Ja, stimmt, das hatte ich ja ganz vergessen: Die Amerikaner und die Pershings, die sind ja alle noch hier.
Der Pfarrer hat Hermanns Worte beim Eintreten in die Wirtsstube gehört und wendet sich ohne Umstände an ihn.

PFARRER. Ja, ja, die sind hier seit über 40 Jahren, und es wird kräftig weiter aufgerüstet. Gerade jetzt, wo in Berlin die Mauer fällt und das Ende des Kalten Krieges bevorsteht, da wird hier, hier, der größte Atombunker gebaut für einen atomaren Gegenschlag.

Schon hat der Pfarrer auf einem der Tische eine Landkarte ausgebreitet, auf der der ganze Hunsrück mitsamt den Militäranlagen wiedergegeben ist. Die Karte ist übersät mit roten Punkten, die Abschussrampen, Atomwaffenlager und Kommandobunker der Amerikaner markieren. Die holländischen Gäste und Hermann betrachten wortlos diese Karte des Grauens. Rudi unterbricht die Stille.

RUDI. Von dem Hermann Simon haben Sie doch bestimmt schon gehört, Herr Pfarrer. Das ist er, und ausgerechnet heut – wie lange haben wir uns nicht mehr gesehen, Hermann?

Während Lenchen die Dorfbewohner verabschiedet, stellt Hermann sich dem Pfarrer vor.

HERMANN. Tja, also, Simon.

PFARRER. Angenehm, Dahl.

HERMANN. Ich bin sehr froh, dass ich das heute erfahre, denn ich bin drauf und dran, mir ein Haus zu bauen, mitten auf diesem Pulverfass.

Rudi richtet sich beim Bierservieren auf.

RUDI. Das wissen wir doch alles, Hermann. Das baufällige Haus vom Wallauer, wo sie Günderrode-Haus nennen, das hast du gekauft, zusammen mit der Sängerin.

Natürlich weiß auch Lenchen alles über Hermann. Mit Siegerlächeln unterbricht sie das Gläserwaschen und erhebt ihre Stimme über das Wirtshausgemurmel.

LENCHEN. Ei, Hermann, wie heißt denn deine neue Frau?

RUDI. Also, Lenchen, jetzt sei doch nicht so neugierig.

Schabbach, die alte Schmiede und Pferdeställe mit Parcours

Hermann geht auf den Wegen seiner Kindheit durch das Dorf. Als er in der Nähe des alten Backhauses, des «Backes», um die Ecke biegt, erblickt er sein Geburtshaus. Die alte Schmiede des Großvaters steht noch. Zögernd nähert er sich den blind gewordenen Fensterscheiben, um einen Blick hineinzuwerfen. Am Elternhaus mit der schieferbeschlagenen Westmauer und den Fensterläden hat sich ebenfalls nichts verändert. Er versucht auch hier, ins Innere zu blicken. Das Haus scheint unbewohnt zu sein, denn die Läden sind zu, und die Haustür ist verschlossen. Verwittert, aber immer noch gut lesbar, hängt die Marmortafel neben dem Eingang, die der alte Paul Simon vor vielen Jahren hatte anbringen lassen: «Original Hunsrücker Schiefer-Fachwerkhaus mit Schmiede, erbaut 1783, gestiftet von der Paul-Simon-Stiftung, Detroit, USA».

HERMANN. *Mein Elternhaus! Alle Wege dorthin führen zuerst an der Schmiede vorbei. Hier hatten die Simons als Dorfschmiede gewirkt. Mein Großvater, der Urgroßvater und eine lange Reihe von Vorfahren, die immer hier gelebt und dann doch so einen Weggeher wie mich hervorgebracht haben. 20 Jahre lang hatte ich diesen Ort nicht mehr betreten. Das Wohnhaus, offenbar war es unbewohnt.*

Ein Wiehern veranlasst Hermann, zur alten Scheune hinüberzuschauen. Ein Pferdekopf lugt ihm durch die offen stehende Tür entgegen.
Vorsichtig tritt Hermann ein.

HERMANN. *Der Stall, die Scheune – merkwürdig, dass die Tür offen stand. Hinter dem Haus erstreckte sich das Gebäude eines großen Pferdestalls mit edlen Reitpferden, wie es sie früher im Hunsrück nie gegeben hatte.*

Scheune und Kuhstall wurden in eine hochmoderne Stallanlage für Turnierpferde umgewandelt. Die Pferde stehen in neu erbauten Boxen und schauen neugierig dem Besucher hinterher. Als Hermann um das Stallgebäude herumgeht, öffnet sich der Blick auf eine weite Landschaft von Weiden und Koppeln. Im Vordergrund vollführt eine Dressurreiterin ihre Übungen auf dem Parcours. Sie ist dermaßen auf ihren silbergrauen Hannoveraner konzentriert, dass sie Hermann nicht bemerkt.
Da nähert sich das Geräusch eines Sportflugzeugs über den Dächern. Hermann eilt in den Hof des Elternhauses zurück und schaut zum Himmel: Zum Greifen nah brummt eine einmotorige Cessna im Landeanflug über das Dorf hinweg. Unwillkürlich winkt Hermann dem Piloten zu.
HERMANN. Ernst!

Ernsts Landebahn

Die Cessna schwebt in einer eleganten Linkskurve über die Schabbacher Wiesen und Kuhweiden, um im leicht ansteigenden Gelände zur Landung anzusetzen.
Die Graspiste ist mit halbierten, rot-weiß angestrichenen Teerfässern markiert. Unweit der Landebahn steht ein baufälliger, von Hecken und Birken umgebener Schuppen im Gelände, der als Unterstand für Ernsts alten Jeep dient. Über dem Schuppendach dreht sich ein Flieger-Windsack auf einer Holzstange.
Das Flugzeug landet und kommt kurz vor der Allee aus Erlen und Wildapfelbäumen, die zum Dorf hinabführt, zum Stehen.

HERMANN. *Mein Bruder Ernst war Flieger aus Leidenschaft. Schon als Fünfzehnjähriger war er Segelflieger gewesen, ein paar Jahre später Jagdflieger bei der deutschen Luftwaffe. Seit ich mich erinnern kann, hat Ernst ein Flugzeug besessen.*

Ernsts Wohnhaus am Goldbach

Hermann, der losgelaufen ist, um den Flieger-Bruder zu begrüßen, erreicht die ehemalige Sägemühle, ein abenteuerlich mit alten Holzbauten, Baumaterial, Verladekran und ausgedienten Fahrzeugen überfülltes Gelände.
Das Wohnhaus im Hintergrund ist seit Jahrzehnten nicht renoviert worden. Mit dem alten Schieferdach und dem anschließenden Werkstattschuppen wirkt es ein wenig verwahrlost. Das gesamte Areal ist auf der Zufahrtsseite von einem hohen Maschendrahtzaun umgeben. Das lange Schiebetor ist verschlossen.

HERMANN. *Das Haus am Goldbach, das er, wie mir Rudi Molz berichtete, vor einigen Jahren gekauft hatte, kannte ich noch nicht. Ernst galt im Dorf als Sonderling.*

Hermann vernimmt ein Motorengeräusch. Bald darauf erscheint auf dem Zufahrtsweg ein uralter Landrover mit Ladepritsche. Gesteuert wird er von Ernst, einem dicklichen älteren Mann mit schütterer weißer Mähne und Lederblouson, wie ihn die Flieger tragen. Er bringt seinen Jeep direkt neben dem Rolltor zum Stehen und beginnt unverzüglich, das Vorhängeschloss aufzusperren.
ERNST. Hermann, ich hab gehört, du willst dich hier niederlassen, hast dir ein Haus gekauft.
HERMANN. Woher weißt *du* denn das?
ERNST. Ei, die Buschtrommeln. So ist das im Hunsrück, wie in Afrika.
Hermann hilft dem Bruder, das schwere Rolltor aufzuschieben. Dann erst reichen sich die beiden die Hand zur Begrüßung.
ERNST. Tach, Bruderherz.
HERMANN. Tach, Ernst. Ja, ja, sieht so aus, als sollte ich mich in Jugendgefilde zurückbegeben – stimmt, das mit dem Haus.
Hermann kennt das jetzt schon: nämlich dass die neugierigen Hunsrücker alles über ihn wissen, noch ehe er selbst es realisiert hat.
ERNST. Und wer ist die ominöse Sängerin?
HERMANN. Clarissa. Du wirst sie kennen lernen.

Ernst hat sich von der Ladefläche seines Jeeps den schwarzen Pilotenkoffer und ein flaches Paket gegriffen und trägt beides zu seinem Wohnhaus hinüber. Hermann folgt ihm.

ERNST. Hermann, warum machst du das? Ich hab dich immer bewundert, weil du als Einziger von uns den Absprung geschafft hast. Den ganzen Krempel hinschmeißen, dein Leben in die Hand nehmen und dich noch mal auf die Welt bringen. Anders, als Vater und Mutter und Verwandtschaft und die ganzen Traditionen es vorgesehen haben.

HERMANN. Das ist doch lange her. Ich hab mich weit genug von euch entfernt, dass ich mich wieder in eure Nähe traue. Ich brauche einen Ruhepunkt im Leben, und der Zufall hat mich zurück hierher geführt. Und ob du's glaubst oder nicht, ich bin froh darüber.

Ernst bleibt stehen. Er hat das Gefühl, Hermann vor seiner Heimkehr warnen zu müssen.

ERNST. Hermann, pass bloß auf. Hast du den Zaun da hinten gesehen, Richtung Dorf? Da ist bei mir der Laden dicht. Wenn ich mein Flugzeug nicht hätte, dann wär ich verstaubt wie eine Brennnessel am Wegrand.

HERMANN. Aber du bist doch hier geblieben, dein Leben lang.

Ernst spürt, dass auch Hermann unsicher ist und zu ihm kommt, um seinen Entschluss, in die alte Heimat zurückzukehren, noch einmal zu überprüfen.

ERNST. Komm, kriegst einen Kaffee.

Er geht mit Hermann zur Haustür hinüber.

Landschaft bei Schabbach, Villa Anton

Das Dorf Schabbach schmiegt sich an einen nach Süden hin gelegenen Hang. Die verkehrsreiche Bundesstraße verläuft abseits, hinter der Nordseite des Dorfes, das deshalb von Lärm verschont bleibt. Von Ernsts Landebahn aus gesehen zeigt Schabbach mit seinen zwei Kirchtürmchen und den kuscheligen Schieferdächern eine geschlossene Dorfsilhouette, hinter der im Spätherbst die Sonne untergeht. Die schönsten Grundstücke liegen an der Abbruch-

kante, dort wo der Goldbach sich seit Jahrmillionen sein Bett gegraben hat.
Direkt über dem Bachtal mit einem unverbaubaren Blick, der bis zu dem Höhenrücken des Soonwaldes reicht, stehen die luxuriösen Villen von Anton und seinem Sohn Hartmut.

HERMANN. *Es wäre ein Familienskandal gewesen, wenn ich nach meinem Bruder Ernst nicht auch meinen anderen Bruder, den wohlhabenden Fabrikbesitzer Anton, besucht hätte. Anton war der bekannte Hunsrück-Tycoon, Gründer der «Optischen Werke Simon» und Patriarch einer weit verzweigten Familie, zu der ich seit Jahrzehnten keine Verbindung mehr hatte.*

Anton ist ein joviales Mannsbild. Er überragt Hermann um Kopfhöhe, trägt immer einen feinen Filzhut, Kaschmirmantel und zum Anlass passende großbürgerliche Maßanzüge mit Weste. Wie seine Statur, so ist auch Antons Redeweise. Er liebt es, seine Sätze mit Dialektausdrücken zu würzen, und spricht gern mit erhobener Stimme, damit auch alle ihn hören. Anton ist das Herrschen gewöhnt. Zu Hermanns Begrüßung hat er den ganzen Familienclan in seine Villa zitiert.
Von der Haustür aus erreicht man zunächst eine Art Galerie, von der aus man über eine Balustrade hinweg ins Wohnzimmer hinabblicken kann. Dort warten bereits einige von Antons Söhnen, Töchtern, Schwiegersöhnen und Enkelkinder auf Hermanns Ankunft.
Während Anton die Seinigen vorstellt, bleibt er oben auf der Galerie stehen. So kann er alle überblicken und die unter ihm Versammelten wie auf einer Theaterbühne zur Verbeugung auffordern.
ANTON. So, das ist dat Gisela. Dat kennste doch noch, oder net?
HERMANN. Ja.
GISELA. Tach, Hermann!
ANTON. Der Dieter, pass auf, Hermann, der ist Rechtsanwalt.
Dieter grüßt mit seinem Sektglas zu Hermann herauf.
ANTON. Die Marlies und der Lothar, der ist harmlos, der ist Möbelfabrikant. Und dat Helga und der Hans, die han's zum Leh-

rer gebracht, aber zwei nette Kinder haben sie, das Christinchen und die Susanne. Ja, und dann haben wir noch die Katharina und die Hanna.

Die zuletzt Genannten sind zwei scheue kleine Mädchen, die sich hinter Gardinen und Terrassenfenster verstecken.

Hermann muss sich nun mit der weitläufigen Verwandtschaft in Konversation üben. Auch die vielen direkten oder angeheirateten Neffen und Nichten, die er seit Jahren nicht gesehen hat, kennen bereits seine Hausbaupläne am Rhein und tragen mit Ratschlägen ihren Senf dazu bei.

DIETER. Für Denkmalschutz gibt's gewaltige Zuschüsse, Hermann, und dazu noch, wo du so ein kulturelles Aushängeschild für die Landesregierung bist.

LOTHAR. Und lass dich net auf die Baustoffmafia ein. Frag mich, bevor du eine Baufirma ansprichst. Bei meinem Haus in Gemünden habe ich alle einschlägigen Erfahrungen gemacht. Da gibt's enorme Preisunterschiede.

DIETER. Der Lothar, das ist nämlich unser Schnäppchenjäger.

LOTHAR. Und wenn du was auf dem Möbelsektor suchst, meine Firma kennt hier jeder. Also jederzeit 30 Prozent. Und ich sag dir, wie du's von der Steuer absetzen kannst.

DIETER. Soviel ich weiß, gibt's für historische Gebäude auch EG-Mittel. Da hilft dir die Günderrode-Story. Das ist doch Weltkulturerbe. Die musst du groß ausschlachten – ob sie stimmt oder nicht, gell?

LOTHAR. Ja.

Das Nachmittagslicht leuchtet über die langgestreckte Terrasse herein und lässt den gepflegten Rasen davor zu einem Teil des prächtigen Wohnbereichs werden. Der ist in ein Esszimmer und eine gemütliche Bibliothek unterteilt. Alles ist mit Vertäfelungen aus italienischem Wurzelholz ausgekleidet, die Möbel sind handgefertigte Stilimitationen aus besten Materialien, über dem großen Ausziehtisch prangt ein Kronleuchter aus Murano. Das ist Antons Privatresidenz.

Als eine gepflegte blonde Frau im Reitkostüm über den Rasen herankommt und durch die Terrassentür eintritt, unterbricht Anton sein Spiel mit den Enkelinnen. Er führt Hermann, indem er seinen großen Arm um dessen schmale Schulter legt, auf die junge Frau zu.

ANTON. So, jetzt musst du aber die Mara begrüßen.

Anton stellt die beiden einander vor.

ANTON. Hermann, unser Musikstar, Mara, unser Star auf dem Pferderücken. Meine Lieblingsschwiegertochter.

MARA. Ich bin Mara.

Mara hat sich im Hereinkommen schon ein Glas Champagner eingegossen und prostet Hermann zu. Beim Trinken wendet sich ihr Blick zu den Weiden zurück, auf denen ein paar edle Pferde grasen. Anton hat es sich inzwischen in seinem Lieblingssessel, einem antiken Lehnstuhl aus Holz, bequem gemacht und beobachtet von dort aus mit einem Feldstecher die nahen Pferdekoppeln.

ANTON. Hermann, wenn du schon am Elternhaus warst, dann ist dir doch sicher aufgefallen, dass das keine Allerweltsgäule sind. Das sind hochtrainierte Turnierpferde. Da wird keines davon unter einer halben Million gehandelt. Du musst dir unbedingt mal das Haus von der Mara und dem Hartmut ansehen, das ist der Neubau nebenan. Was da an Pokalen, Preisen und Auszeichnungen in der Vitrine steht, das siehst du so bald nicht wieder. Die Mara hat Dutzende von Turnieren gewonnen.

MARA. Schwiegervater! Immer muss er mit mir angeben.

Die Optischen Werke Simon

Natürlich lässt es sich Anton nicht nehmen, Hermann seine Firma zu zeigen. Mit den Jahren sind die «Optischen Werke» weit über das bescheidene Hunsrücker Maß hinausgewachsen.

Die Firmenleitung und die Fertigung befinden sich jetzt in modernen Industriebauten aus Sichtbeton und Glas, erbaut in den Siebzigerjahren. Antons Dienstwagen, eine gepflegte schwarze Mercedes-Limousine, steht auf dem Chefparkplatz direkt neben dem mit dem Firmenlogo geschmückten Eingang. Horst, Antons treuer Chauffeur, lässt keine freie Minute vergehen, ohne das Fahrzeug sorgsam zu pflegen und von jedem Stäubchen zu befreien.

Anton führt Hermann durch das Herz der Firma, weitläufige Räume, in denen seine Ingenieure und Feinmechaniker die berühmten Simon-Objektive zusammenbauen. Optische Präzisionsinstrumente und staubfreie Montageplätze reihen sich aneinander. Hermann muss ebenso wie sein großer Bruder einen weißen Schutzmantel mit dem Firmenlogo tragen, bevor er die Fertigungshalle betreten darf.

HERMANN. Dein Betrieb ist wirklich beeindruckend – gewaltige Ausmaße, viele Mitarbeiter –, alle Achtung!

ANTON. Das hier ist die Objektiv-Endmontage, feinfühlige Fingerarbeit. Du siehst, dazu kommen noch unser Zweigwerk in Ingelheim, unsere Niederlassung in Marseille und Vertretungen in sieben Ländern!

Hermann beugt sich über die Schulter einer Messtechnikerin, um ihre Arbeit zu verfolgen.

ANTON. Aufs My genau!

Anton geht weiter zu einem Montagetisch, auf dem zwei verschieden große Spezialobjektive aufgestellt sind.

ANTON. Hermann, komm mal her. Nimm das mal in die Hand, und jetzt das hier. Halb so groß, doppelte Leistung. Asphärische Linsen.

Hermann ist beeindruckt. Er wiegt die beiden Objektive in den Händen, erinnert sich dabei an die Physiklehrer des Simmerner Gymnasiums.

HERMANN. Asphärisch, also ohne Kugellinsen?

ANTON. Das weißt du noch? Respekt!

Anton führt den Bruder weiter zur nächsten Halle.

ANTON. Weißt du, was mein Problem ist, Hermann? Die zweite Generation, wenn du verstehst, was ich meine.

HERMANN. *Mit jedem Wort und jeder Geste wurde mir gesagt: Du bist zwar fortgegangen, aber du bist und bleibst einer von uns. Da kannst du tun oder denken, was du willst. Ich sehnte mich nach Clarissas Gegenwart.*

Leipzig, Augustusplatz und Gewandhaus

Ein altmodisches Plakat, auf der Innenseite der gläsernen Fassade des Konzerthauses befestigt, kündigt ein Sonderkonzert von Clarissa Lichtblau mit Liedern aus der Emigration an.
Es ist Abend, und auf dem Platz zwischen Gewandhaus und Oper haben sich viele Menschen eingefunden, die sich mit Transparenten zu einem Zug formieren. «Wir sind das Volk, wir sind das Volk ...»
Die bühnenreif frisierte Clarissa bildet mit ihrem auberginefarbenen Umhang von Gucci, ihrem marokkanischen Seidenschal und der modischen Umhängetasche einen eigenartigen Kontrast zu den Demonstranten, die sie von allen Seiten umgeben.

CLARISSA. *Mein Konzert im Leipziger Gewandhaus war schon mehr als ein Jahr zuvor vereinbart worden. Nur wenigen Künstlern aus dem Westen hatte man solche Auftritte ermöglicht, deswegen freute ich mich besonders auf den Abend. Als ich nach langer Fahrt durch die aufbrechende DDR in Leipzig ankam, war dort bereits eine der berühmten Montagsdemos im Gange. Mein Konzert war abgesagt worden. Ich musste mich damit abfinden. Die Menschen konnten in diesen Tagen nicht still in Konzertsälen sitzen. Sie waren in Bewegung und forderten ihre Freiheit. Sie wollten endlich das Leben in die Hand nehmen und ihre Zukunft selbst gestalten.*

Clarissa schließt sich frierend den Teilnehmern der Demo an, die zum Haupteingang des Gewandhauses streben.
Polizeikräfte haben sich mit ihren Fahrzeugen um den Platz postiert, halten sich aber zurück. Immer neue Demonstrantengruppen tauchen auf, um sich mit den anderen zu vereinen, die an den Eingängen zum Gewandhaus vorbei zur Ringstraße ziehen. Manchen ist dabei aufgefallen, dass eine der Glastüren offen steht, an der allerdings die strenge Frau Wurz Wache hält. Die Leute werden aufgehalten.
Frau Wurz hat Clarissa in der Menge entdeckt und bittet sie zu sich herein.

FRAU WURZ. Ich und der Herr Direktor, wir haben keinen andern Ausweg gesehen, Frau Lichtblau. Sie glauben gar nicht, wie wenig Karten im Vorverkauf weggegangen sind. Also bitte, verstehen Sie mich um Gottes willen nicht falsch, Frau Lichtblau. Also, ich persönlich begrüße ja die neuen Entwicklungen und stehe voll und ganz dahinter, aber dieses Desinteresse an den kulturellen Ereignissen – es ist doch eine Schande.

Herr Wolf, der Hausmeister, der mit Frau Wurz gemeinsam die Eingänge bewacht, hat ein Ehepaar aufgehalten, das sich an ihm vorbei ins Haus drängen wollte.

HERR WOLF. Frau Wurz, kommen Sie mal bitte.

FRAU WURZ. Karten zurückgeben?

DEMONSTRANTIN. Nein, das tut mir Leid, ich wollte auf die Toilette.

FRAU WURZ. Wir sind keine öffentliche Toilette, tut mir Leid.

Sie weist die Frau entrüstet ab.

Inzwischen geht Clarissa durch das leere Konzerthaus, betrachtet das riesige Fresko, das die Eingangshalle ziert, und steigt auf der Suche nach der Kantine die Treppe zum Obergeschoss hinauf. Sie ist enttäuscht und hungrig.

CLARISSA. *Ich fühlte mich fremd, ich gehörte nicht dazu, und ich musste an Hermann und unser Traumhaus denken. Ich fragte mich, ob es je der Ort der Ruhe sein würde, nach dem wir beide uns so sehnten.*

Der Hausmeister und Frau Wurz stehen noch immer in der Pforte, um Karten für Clarissas ausgefallenes Konzert zurückzunehmen. Der sächsische Hausmeister philosophiert vor sich hin.

HERR WOLF. So, jetzt latscht die Meute wieder immer um den Ring – Hauptbahnhof, runde Ecke, neues Rathaus –, dann sind sie wieder bei uns.

Clarissa hat sich an der Essensausgabe einen Teller Soljanka geholt und sucht sich im Foyerbereich eine ruhige Sitzgelegenheit. Auf ihrem Weg dorthin kommt sie an zwei Haustechnikern vorbei, die an einem Stehtisch ihr Bier trinken. Es sind Gunnar, ein weißblonder Angebertyp mit gelb gemustertem Hemd und blauem Technikerkittel, und Udo, ein stämmiger Zimmermannstyp mit Stonewashed-Jeans und Lederweste.

Gunnar tritt Clarissa in den Weg.

GUNNAR. Sie, Sie sind wohl nicht von hier? Sie sind von der Presse.

Clarissa geht mit ihrem Tablett weiter. Sie setzt sich und beginnt schweigend, die Suppe zu löffeln. Udo versucht seinen Kollegen zurückzuhalten.

UDO. Komm mal her, das ist die Lichtblau, das ist die ausgefallene Sängerin aus dem Westen. Das musst du doch wissen, Alter.

Aber Gunnar lässt sich nicht einschüchtern. Etwas scheint ihn an diesem Abend innerlich derart zu beschäftigen, dass er sich unter allen Umständen mitteilen muss. Er geht auf Clarissa zu, vor dieser in die Hocke und gestikuliert.

GUNNAR. Bitte, lachen Sie nicht, bitte. Sie glauben ja nicht, was hier los war die letzten fünf Wochen. Na ja, weil unser Herr Masur, der hat doch mit seinem Aufruf dafür gesorgt, dass alles gewaltfrei bleibt hier in Leipzig und ringsrum. Aber worüber hat die Presse nicht berichtet? Über die wirkliche Wahrheit!

Udo mischt sich ein in dem Bemühen, den erregten Kumpel zurückzuholen.

UDO. Gunnar, jetzt komm mal her. Die Dame will vielleicht alleine sein.

Gunnar schüttelt ihn ab.

GUNNAR. Komm *du* doch mal mit her. So wahr ich hier hocke, bin ich am neunten Oktober hinein zu unserm Chef, und da habsch gesagt: Herr Gewandhauskapellmeister, bitte überlegen Sie sich, wo Sie hier Ersatz herkriegen. Na, heute ist wieder Montagsdemo. Die Armee steht in Alarmbereitschaft. Ja, und wenn die uns hier niederkadätschen, dann können Sie sich zwei Bühnentechniker malen. Mensch, so was wie uns, das findet der doch kein zweites Mal. Gucken Sie, ich hab Bautischler gelernt, Fliesenleger, Rüster, alles komplett. Und der Udo, hier steht er, der ist Maurer …

Udo. Zimmermann.

Gunnar. Zimmermannmeister, ein Allrounder! Ein Allrounder, wie er im Buche steht. Und da ist er ins Grübeln gekommen, der Herr Masur. Na ja, und am Nachmittag hat er sich dann getroffen mit seinen Leuten.

Clarissa löffelt weiter ihre Soljanka. Sie versteht nur die Hälfte von Gunnars Tirade. Udo erklärt ihr die politischen Vorgänge.

Udo. ... mit Bernd-Lutz Lange, das ist ein Kabarettist, werden Sie vielleicht kennen, dann 'nem Kirchenmann, dem Pfarrer ...

Gunnar. Führer.

Udo. Der Pfarrer Führer, das ist schwer zu sprechen für 'nen Sachsen, und drei von der Partei. So, nun komm!

Er versucht, Gunnar nun endlich zu gutem Benehmen gegenüber Clarissa zu bewegen. Aber der ist noch immer nicht fertig.

Gunnar. Ja, die haben doch den Aufruf verfasst zur Gewaltlosigkeit. Bloß von mir, von mir war dann keine Rede mehr!

Udo. So, nun komm.

Jetzt ist der Grund der Empörung raus, und Udo kann ihn endlich zum Stehtisch zurückführen.

Clarissa sieht nachdenklich hinter den beiden Männern her.

Clarissa. *Ein Gedanke schoss mir durch den Sinn. Waren die beiden nicht genau die Fachleute, die wir für unser Haus am Rhein brauchten? Ich könnte ihnen ein Angebot machen, das für sie attraktiv wäre und die Bauarbeiten mit einem Schlag voranbringen würde.*

Clarissa erhebt sich und geht zu den beiden Handwerkern hin.

Clarissa. Könntet ihr euch vorstellen, für mich zu arbeiten? Ich kann zehn Mark die Stunde zahlen.

Gunnar. West?

Clarissa nickt.

Gunnar. Für jeden von uns?

Clarissa nickt erneut.

Clarissa. Für jeden. Es geht um ein Fachwerkhaus, das muss komplett abgetragen werden. Dann muss das Fundament erneuert werden, und dann muss es ganz genauso wieder aufgebaut werden, wie es vorher war. Steht unter Denkmalschutz. Die Baupläne sind da.

GUNNAR. Morgen?

CLARISSA. Ja, ich bin mit dem Auto da, ich könnte euch mitnehmen.

GUNNAR. Was? Der BMW, der unten vor der Pforte steht?

CLARISSA. Ja, wenn ihr mir eure Adressen gebt, kann ich euch morgen abholen.

UDO. Nee, also, ich muss erst mal meine Frau fragen.

GUNNAR. Udo, Alter, Mensch, ich bitte dich, für zehn Mark West die Stunde, da brauchst du doch nicht erst die Mutti fragen. So ein Quark.

Udo geht überlegend zu den Fenstern, hinter denen die Schatten der Montagsdemonstration über die Fassaden geistern. Wieder tönen die Rufe der Menge herauf: «Wir sind das Volk …»

Leipzig, eine Plattenbausiedlung

Als Clarissa am folgenden Morgen mit dem BMW in einer Plattenbausiedlung hält, aussteigt und sich umschaut, sieht sie zwei Jungen mit Schulranzen, die mit einer Schubkarre spielen. Als diese umzukippen droht, eilt sie zu Hilfe.

Da kommt die Mutter der Jungen auf Clarissa zu.

JANA. Guten Tag. Sie sind bestimmt die Frau Lichtblau.

CLARISSA. *Es war verabredet, dass ich Gunnar und Udo am folgenden Morgen abhole …*

Clarissa nickt verwundert und gibt der freundlichen Frau die Hand.

JANA. Jana Trötzsch, die Frau vom Udo. Das sind unsere Jungs, der Jacques und der Torsten.

Die beiden Söhne, sechs und zehn Jahre alt, sehen neugierig zu Clarissas BMW hinüber.

Clarissa erinnert sich, dass sie Bonbons in ihrer Manteltasche hat, und holt einige davon hervor.

Clarissa. Wollt ihr ein Bonbon?
Torsten. Nee, lieber reinsetzen.
Clarissa begreift, was den DDR-Kindern wichtiger ist als Bonbons, und stimmt zu. Schon klettern die Buben mit ihren Schulranzen auf die feinen Ledersitze.

Clarissa. *Ich hatte keine Ahnung, wie die beiden Haustechniker des Gewandhauses lebten und welche Folgen mein Angebot für ihre Familien hatte. Es war für beide die erste Reise in den Westen, und gleich für längere Zeit.*

Clarissa wendet sich an Jana.
Clarissa. Der Udo hat gar nicht erzählt, dass er Vater ist. Wenn ich gewusst hätte, dass ich ihn nicht nur seiner Frau entführe, sondern auch seinen Kindern …
Jana. Ach, i wo, das geht schon. Und jetzt, wo sich die Zeiten ändern, wollen wir doch schon auch dabei sein. Mensch, der Udo bleibt aber lange weg.
Sie blickt empor zu der nebelverhüllten Betonfassade.

Die Wohnung von Gunnar und Petra

Zu der Wohnung gehören, auf gleicher Etage, direkt neben dem Eingang gelegene Abstellkammern. Gunnar tobt zwischen ungeordnetem Hausrat, altem Kinderspielzeug, Kisten und Lattenregalen herum, zerrt wahllos Gegenstände aus dem Verhau und wirft sie wütend beiseite. Es entsteht ein wüstes Gepolter.
Gunnar. Mensch, Kinder, wo ist denn das Ding? Das sieht ja aus hier, als hätten sie 40 Jahre nicht aufgeräumt. Furchtbar, Menschenskinder. Petra, Petra, wo bleibst du denn, ich brauche dich mal hier! Petra!
Petra, eine etwa dreißigjährige hübsche Blondine, hört sich den Lärm vom Schlafzimmer aus an, in dem sie Gunnars Wäsche für die bevorstehende Reise ordnet. Als Gunnar überhaupt keine Ruhe gibt, klappt sie vor dem Kleiderschrank eine Trittleiter auf, steigt hinauf und holt einen Koffer herunter.

PETRA. Suchst du irgendwas Bestimmtes?

GUNNAR. Sag mal, willst du mich reizen? Ich geh doch nicht ins Kabüffterchen, wenn ich nicht was Bestimmtes suchen würde.

Petra betritt mit dem Koffer den Wohnungsflur, der mit Latten, Werkzeug und einer Kreissäge voll gestellt ist.

PETRA. Nu klar, das ist mal wieder typisch Gunnar.

Gunnar schmeißt weitere Gegenstände umher und vergrößert die Unordnung.

GUNNAR. Du, wir müssen hier mal aufräumen. Hier muss mal Grund rein, mal richtig Grund.

PETRA. Zuerst ein heilloses Chaos anrichten und sich dann vom Acker machen. Vier Monate bitzelst du im Hause rum mit deiner blöden Flurvertäfelung. Seit Juli steht im Flur die Kreissäge, stapeln sich im Bad die Latten, türmt sich im Schlafzimmer das Werkzeug. Ach, Mensch, Gunnar, ich krieg meinen Kleiderschrank nicht mehr auf, hab immer die gleichen Klamotten an. Fehlt nur noch, dass die Kinder auf die Kreissäge klettern und sich an dem scharfen Ding verletzen tun.

Udo wartet derweil im Treppenhaus, in dem auch die beiden Töchter von Gunnar und Petra in Mänteln, Gummistiefelchen und mit Schultaschen auf dem Rücken verschüchtert auf den Steinstufen sitzen und nicht wissen, was sich da in der elterlichen Wohnung abpielt. Udo ist ungehalten, mischt sich aber nicht ein. Petra hat mittlerweile die Rumpelkammer betreten und schüttelt den Kopf.

GUNNAR. Entschuldige mal, Petra, für wen hab ich denn die ganze Arbeit gemacht mit der Wandvertäfelung? Für dich! Weißt du, wie schwer alleine die Materialbeschaffung war? Und, Petra, 80 Prozent der Arbeit sind geleistet, 80 Prozent, profimäßig verlegt. Und du, du machst hier ein Affentheater, nur weil ein paar Wochen ins Land gegangen sind. Petra, das sag ich dir ganz ehrlich – nee du, das enttäuscht mich.

PETRA. Nee, du enttäuschst mich! Wie du mich heute früh wieder einmal vor vollendete Tatsachen gestellt hast, das hat *mich* enttäuscht.

GUNNAR. Ja, aber, was hätte es denn gefruchtet, wenn ich dir's gestern gesagt hätte. Gar nichts! Du hättest denselben Zinnober veranstaltet wie jetzt. Natürlich! Ist doch so, oder? Und so konnte ich wenigstens noch 'ne Nacht in Ruhe schlafen. Petra, Mensch, begreif mich doch. Ich kann dich nicht mitnehmen in den Westen. Es muss doch eins auf die Kinder aufpassen, und in unserer Familie bist du nun mal die Frau!

PETRA. Ich will doch nicht rüber. Nur, dass du's mir rechtzeitig sagst. Das hast du doch schon gestern Abend gewusst. Nee, Gunnar, so redet man nicht mit 'ner erwachsenen Frau.

Udo geht im Treppenhaus, das von der familiären Auseinandersetzung widerhallt, ungeduldig hin und her. Die beiden Mädchen auf den Treppenstufen halten sich die Ohren zu.

Petra knallt Gunnar den gesuchten Koffer wütend in die Hand.

PETRA. Hier, dein Koffer.

GUNNAR. Das kann doch nicht wahr sein – wo war denn der?

PETRA. Na, da, wo du ihn selber hingetan hast: auf dem Kleiderschrank.

GUNNAR. Was, auf dem Kleiderschrank? Und da lässt du mich hier die ganze Zeit suchen? Und dann wunderst du dich, wenn ich abhaue.

Udo bückt sich zu den Mädchen herab, kann aber die verschreckten Kinder nicht trösten.

Landstraßen am Rhein

Hinter der Windschutzscheibe des BMW tauchen die von Burgen gekrönten Rheinberge auf. Es ist ein heller Tag, und die Fahrt verläuft in flottem Tempo. Schon überquert Clarissa bei Koblenz die neue Rheinbrücke und erreicht das westliche Flussufer, auf dem es in südlicher Richtung weitergeht.

CLARISSA. *Der Tag verging im Flug, und ich lernte, unsere vertraute westdeutsche Welt mit den Augen von Udo und Gunnar zu sehen. Als wir an den Rhein kamen, wollten die beiden noch ihr Begrüßungsgeld abholen. 100 Mark, die jeder DDR-Bürger erhielt, der in diesen Tagen zum ersten Mal in den «goldenen Westen» kam.*

Eine kleine Bankfiliale

Die DDR-Personalausweise von Gunnar und Udo sind für den westdeutschen Bankangestellten eine Sensation. Immer wieder blättert er in den kleinen Dokumenten, sieht sich die Passbilder und die Dienststempel so genau an, dass Gunnar und Udo schon unruhig werden.

BANKANGESTELLTER. Aha, so sehen also Ihre Peronalausweise aus. Hab ich ja noch nie gesehen. Muss man sich ja mal genau anschauen, wenn man sie schon mal in der Hand hat.

UDO. Bitte.

BANKANGESTELLTER. Sie müssen verzeihen, ich kannte die bisher nur aus dem Fernsehen. Tun Sie uns einen Gefallen? Sie sind die Ersten, die hier das Begrüßungsgeld ausbezahlt bekommen. Dürfen wir davon ein Foto machen?

Clarissa hat die Szene durch die Glastür der Filiale verfolgt und stellt sich jetzt den Leuten von der Bank als Fotografin zur Verfügung.

UDO. Wir sind die Ersten.

Der Filialleiter hat sich zwischen Gunnar und Udo postiert und drückt beiden je einen Hundertmarkschein in die Hand. Die anderen Angestellten haben sich in zweiter Reihe dahinter aufgestellt.

Bevor Clarissa knipst, beugt sich Gunnar zu seinem Geldschein und beschnuppert ihn.

GUNNAR. Das riecht wie Intershop.

Clarissa ist aufnahmebereit.

CLARISSA. So, freundlich – ja.

Udo überlegt, ob sich die Reise jetzt schon lohnt.

UDO. Wir hätten die Oma mitnehmen sollen, Gunnar.

CLARISSA. Und noch eins.

Clarissa fotografiert den blaugrünen Hunderter mit dem Porträt des Fuggerfürsten in Großaufnahme.

Autobahn Richtung Hunsrück

Udo sitzt hinten im BMW und beugt sich immer wieder weit vor, um zwischen Clarissa und Gunnar hindurch die westdeutsche Landschaft anzusehen. Es ist Spätnachmittag, und das Tageslicht schwindet bereits. Clarissa ist sehr erstaunt über die fremde Sicht ihrer beiden Begleiter und dass sie alle Dinge des Westens für besser halten als ihre eigenen.

CLARISSA. Wisst ihr, was ich an der DDR besser finde?

UDO. Nee.

CLARISSA. Die Nationalhymne.

Sie beginnt zu singen.

CLARISSA.

Auferstanden aus Ruinen
und der Zukunft zugewandt,
lass es dir zum Guten dienen …

Jetzt weiß sie nicht mehr weiter.

UDO. … Deutschland, einig Vaterland.

GUNNAR. Mit Verlaub, Frau Lichtblau, Ihre Nationalhymne gefällt mir auch sehr gut. «Deutschland, Deutschland, über alles, über alles in der Welt …»

Gunnar schmettert die Hymne mit ungeniertem Pathos in der Stimme.

Da hat Udo etwas entdeckt, das ihn aus der Fassung bringt.

UDO. Gucke mal, gucke mal!

Er sieht in der Ferne, an einem Waldrand bei der Autobahn, das Blau einer Aral-Tankstelle, eine fremde Lichtinsel, die in der trüben Landschaft im Dämmerlicht strahlt.

CLARISSA. Was denn?

UDO. Dort.

CLARISSA. Die Tankstelle?

UDO. Ja, das Blau – Wahnsinn!

Der BMW gleitet in rascher Fahrt an der hell erleuchteten Tankstelle vorbei.

Schabbach, die Dorfstraße bei Nacht

Bei völliger Dunkelheit erreicht Clarissa die Kreuzung vor der Dorfkirche.
Antons Dienstwagen, mit Horst am Steuer, wartet hier, um sie abzufangen.
Horst öffnet die Seitenscheibe.
HORST. Das ist Schabbach.
Udo und Gunnar sind sehr gespannt, wie das Ziel ihrer ersten Westreise aussieht. Sie hängen sich weit aus dem Wagen, um alles genau zu betrachten.
GUNNAR. Ist ja Wahnsinn.
UDO. Ist ja wie bei uns.
Udo scheint realistischer zu sein als sein Kumpel.
Die Fahrt geht weiter, Horst fährt voran.

Antons Villa

Als Clarissa hinter Antons Dienstwagen in den Hof der Villa einfährt, stehen da immer noch die Fahrzeuge der Familienangehörigen. Sie sind auf Antons Wunsch alle zum Abendessen geblieben und sitzen, als Clarissa, von der Haushälterin Hanni geleitet, eintritt, einträchtig am großen ovalen Esstisch und blicken erwartungsvoll zur Eingangsgalerie empor.
Hermann springt auf, eilt über die Stufen Clarissa entgegen und nimmt sie mit einem Seufzer der Erleichterung in die Arme.
CLARISSA. Guten Abend. Ich hab eine Überraschung für dich.
Hermann führt sie an die Balustrade, um sie der mit unverhohlener Neugier heraufschauenden Familie vorzustellen.
HERMANN. Das ist Clarissa Lichtblau.
Schon hat sich Anton erhoben, um seine mächtige Hand zu ihr emporzustrecken.
ANTON. Ich bin dein Schwager, der Anton.
Er sagt das in breitem Hunsrücker Platt, um Clarissa gleich zu verstehen zu geben, wie man die Dinge in seinem Hause zu betrachten habe.

Clarissa lässt sich nicht aus dem Konzept bringen. Sie überlässt Hermann ihren Mantel und wendet sich an Anton.

Clarissa. Ich hab eine Überraschung mitgebracht: zwei junge Männer, direkt aus der DDR. Udo, Gunnar, kommt rein.

Sie geht den beiden, die sich bisher nicht zeigen wollten, entgegen.

Clarissa. Die zwei sind sehr gute Handwerker aus dem Gewandhaus in Leipzig, die sich speziell auskennen.

Hermann gibt den Männern die Hand.

Udo und Gunnar stellen sich vor, Udo mit dem Vornamen, Gunnar mit dem Vor- und Familiennamen.

Gunnar. N'Abend, Gunnar Brehme.

Clarissa. Stell dir vor, Hermann, sie sind bereit, unser Haus zu machen.

Clarissa ist so aufgeregt, dass sie sich zunächst an ihm festhalten muss und oben auf der Galerie bleibt, während Anton in seiner lauten, leutseligen Art die beiden Männer zu der Familie ins Esszimmer hinunterbittet.

Anton. Ihr seid aus der DDR?

Udo und Gunnar bejahen.

Anton wendet sich an seine Hausangestellten.

Anton. Horst, Hanni, die essen noch mit. In der DDR hat das Bauhandwerk noch Tradition. (Und an Gunnar und Udo gerichtet:) Ich muss euch erst mal erläutern, was es da zu essen gibt. Das ist original Hunsrücker Bauernwurst, vom Kneppels Alfred. Das ist seit drei Generationen der beste Metzger in der ganzen Gegend. Da lernt ihr den Hunsrück gleich mal vom Gaumen her kennen. Blutwurst und Stampes. Manchmal essen wir auch Leipziger Allerlei, vielleicht besser als bei euch.

Gunnar wendet sich an Gisela, neben der ihm ein Stuhl angeboten wird.

Gunnar. Was haben Sie gesagt?

Gisela. Stampes, das ist Kartoffelpüree.

Udo setzt sich neben Gunnar und beginnt, die Situation zu genießen.

Udo. Alle haben eenen Dialegt, nur wir haben geenen.

Gunnar bemerkt, dass Udo noch seinen Zimmermannshut auf dem Kopf hat.

GUNNAR. Nimm mal deinen Hut ab.

Clarissa hat mit Hermann noch Gedanken auszutauschen. Sie konnte ja nicht sicher sein, dass er mit ihrem Spontanentschluss einverstanden sein würde.

CLARISSA. Ich komm mir vor wie eine Ausbeuterin. Ich hab erst mal zehn Mark die Stunde geboten. Ich bin so aufgeregt, Hermann! Hättest du gedacht, dass es so schnell losgeht, und so billig?

Anton passt es nicht, dass seine beiden Hauptgäste miteinander tuscheln und sich nicht von ihm an die Tafel setzen lassen. Er geht zu den beiden und führt sie an den Familientisch.

ANTON. Da kann doch die Clarissa gleich mal kennen lernen, was es bei uns so zu essen gibt. Hermann, zeig ihr doch morgen mal das Dorf. Und den Soonwald, der ist doch gerade im Herbst so schön.

Dann wendet er sich wieder an die DDR-Gäste.

ANTON. Na ihr beiden, schmeckt's?

UDO. Sie sind Fabrikbesitzer? Wie viel Arbeiter haben Sie denn da?

ANTON. Ja, 430, allein im Stammwerk.

GUNNAR. Wird da auch mal gestreikt?

Dabei hat sich Gunnar mit seiner hellbeigen Windjacke höflich vom Stuhl erhoben. Anton muss über die Frage lachen. Die DDR-Propaganda scheint noch in Gunnars Kopf zu spuken.

An der Tafel sitzt, neben seiner Frau Mara, auch Hartmut, der etwa vierzigjährige Fabrikerbe, Antons ältester Sohn. Er mag das jovial-protzige Gehabe seines Vaters nicht. Sein Gesichtsausdruck lässt erkennen, dass zwischen den beiden nicht alles zum Besten steht.

Lothar wendet sich an Udo.

LOTHAR. Und Sie wollen das Günderrode-Haus in Schuss bringen? Kennen Sie sich aus mit historischer Bausubstanz?

GUNNAR. Wir haben da schon ganz andere Sachen gedreht.

UDO. Nu, freilich.

HANS. Ei, Lothar, mit so was wissen die doch Bescheid in der DDR.

HELGA. Ist das wahr?

Hans ist der Lehrer, den Antons Tochter Helga geheiratet hat.

HANS. Da leben die ganzen Handwerkstraditionen doch noch. Das neumodische Huschhusch, das kennen die noch nicht.
MARA. Na, Gott sei Dank. Früher wurde doch sowieso viel schöner gebaut. Unser Fortschritt macht uns doch nur alle krank. Nicht, Schatz?
Diese Frage stellt sie, um Hartmut abzulenken. Der aber brütet weiter böse Gedanken über seinen Vater.
UDO. Bei uns sagt man immer: Wir bauen auf und reißen nieder, so ham wir Arbeit immer wieder. Ich glaub, hier wird nur aufgebaut.
Udo fühlt sich so wohl, dass er den Hut gleich wieder aufsetzt, bevor er sich dem Hunsrücker Essen widmet.
Auch Hermann und Clarissa sind zufrieden mit den Ergebnissen des Tages.

Die Gaststätte Molz, spätnachts

Es weht ein heftiger Hunsrücker Herbststurm, als Hermann die Neulinge Udo und Gunnar zur «Bauernstube» von Rudi Molz begleitet. Die Wirtschaft ist schon geschlossen, und Hermann führt sie durch den Seiteneingang, in dem Rudi und Lenchen den späten Besuch schon erwarten. Sie werden herzlich begrüßt. Die Jungs aus dem Osten stellen sich ihren Gastgebern vor.
HERMANN. Ja, und wenn's euch beiden hier gefällt, dann könnt ihr die nächsten Wochen hier bleiben.
RUDI. Kommt mit.
Rudi bringt die beiden mit ihren Koffern und Taschen zur Treppe, die ins Obergeschoss führt.
Hermann wendet sich entschuldigend an Lenchen.
HERMANN. Na ja, je später der Abend …
Doch Lenchen nimmt die Sache von der guten Seite.
LENCHEN. Aber das sind nette Kerle, die zwei.
Rudi ist mit Udo und Gunnar in einem saalartigen Raum angekommen, von wo aus es durch eine Tür zu den Fremdenzimmern geht. Während die beiden sich noch neugierig umsehen, betritt Rudi ein freundliches Zweibettzimmer und dreht die Zentralheizung auf.

Rudi. So, gleich ist es schön warm. Also dann, gute Nacht.

Rudi schließt die Tür. Erleichtert lässt Gunnar sich auf einem der Betten nieder. Durch wippende Bewegungen mit seinem Hintern testet er die Matratze, die federnd nachgibt.

Gunnar. Na, die Betten sind doch herrlich. Also, hier kannst du schlafen wie in Abrahams Schoß. Hier kann die Bombe neben dir einhauen, Udo, da merkst du nichts.

Udo. Gunnar, hast du schon mal an einem Tag so viel erlebt wie heute?

Gunnar. Nö.

Udo. Was heute anfängt …

Mit diesen bedeutenden Worten lässt Udo sich nach hinten in das Westbett sinken.

Gunnar. Zehn Mark West, die Stunde. Udo, die kriegst du bei uns getauscht eins zu zehn, mindestens, wenn nicht sogar eins zu zwölf. Ja, und das sind ja jetzt wieder umgerechnet 120 Mark die Stunde. Wir haben bei uns bis gestern für sieben Mark die Stunde den Buckel krumm gemacht. Alter, wir verdienen hier an einem Tag so viel wie sonst für den ganzen Monat.

Gunnar hat sich die Schuhe ausgezogen und lehnt sich nach hinten.

Udo. Und die sind alle so freundlich, als ob die sich freuen, dass wir da sind. Alle sind so freundlich.

Gunnar. Ja, das stimmt.

Gunnar streckt sich im Bett aus.

Udo. So, wie's heute war, könnt's immer sein.

Als Lenchen heraufkommt und einen heißen Tee für die beiden bringt, sind Udo und Gunnar in ihren Kleidern auf den Betten liegend längst eingeschlafen. Lenchen stellt leise das Tablett mit den Teegläsern auf den Nachttisch und zieht Udo, der das wohlig grunzend mit sich geschehen lässt, die Stiefel aus. Dann legt sie seine Beine hoch, damit er besser schlafen kann.

In der Wohnküche trifft Lenchen ihren Mann, der wegen des Sturms beunruhigt ist und zum Fenster in die Nacht hinausschaut.

Lenchen. Sie schlafen schon.

Rudi. Sieht so aus, als gäb's ein Unwetter. Ich geh noch mal nach dem Vieh gucken. Das ist so unruhig.

LENCHEN. Und ich geh rauf und leg mich in dein Bett. Dann ist es schön warm, wenn du kommst.

Rudi hat sich seinen Hut aufgesetzt und sieht seine Frau an. Er und Lenchen gehören zu den Leuten, denen das Wort Liebe viel zu hochtrabend wäre, als dass sie es je aussprechen würden. Ihre Blicke aber können so hell sein, als ob sie sich zum ersten Mal im Leben ansähen.

RUDI. Ja, Lenchen, mach das. Ich komm dann gleich nach.

Lenchen lächelt liebevoll zurück.

Villa Anton, das Gästezimmer

Der Vollmond leuchtet gelblich durch die vom Wind gepeitschten Wolken. Der Sturm bewegt die entlaubten Bäume in Antons Garten, sodass ein bizarres Schattenspiel in das Gästezimmer fällt, in dem Hermann und Clarissa die Nacht verbringen. Die zwei Betten sind schmal und stehen weit voneinander entfernt – für die Liebenden eine Zumutung. Sie haben sich die Zudecken in eins der Betten geholt und kuscheln sich, an die Wand gelehnt, aneinander.

Hermann fühlt sich nach den massiven Berührungen mit Familie und Heimatdorf verwundet. Die beiden Tage nach Clarissas Abreise haben ihn überfordert.

HERMANN. Unser Haus braucht Richtung Schabbach einen Wall oder eine Hecke oder einen Graben.

CLARISSA. Aber mit Brücke.

HERMANN. Zugbrücke.

CLARISSA. Nein, es braucht einen Flügel, große Fenster und einen Kamin.

HERMANN. Und für dich ein schalldichtes Kellerzimmer zum Singen-Üben.

Kreisstadt Simmern, ein Baumarkt

Hermann bringt Gunnar und Udo zu einem großen Baumarkt, dessen Warenangebot das Vorstellungsvermögen der beiden Männer übersteigt. Ehe sie begreifen, was da alles über sie hereinbricht, hat Gunnar schon etwas Neues entdeckt. Das Sortiment der Bohrmaschinen und Elektrowerkzeuge, an denen sie vorbeigehen, nimmt kein Ende.

UDO. Wahnsinn: Pneumatikbohrer, Quatrobohrer.

GUNNAR. Ein Winkelschleifer.

UDO. Black & Decker, guck dir das an.

GUNNAR. Doppelfräser, ich werd blöde.

UDO. 25 …

GUNNAR. Guck dir das mal an.

UDO. Die Preise – die Preise darfst du dir natürlich nicht angucken.

GUNNAR. Na gut, irgendwann haben wir das auch.

UDO. Guck dir das an. Was ist denn das dort?

GUNNAR. Staubsauger.

UDO. Nee, das ist ein Winkelschleifer.

GUNNAR. Das ist …

UDO. Das ist ein Winkelschleifer.

GUNNAR. Das ist ein Winkelschleifer mit Staubsauger.

UDO. Und was für ein Gerät.

Sie gehen eine Ausstellungswand entlang, an der in Reihen über- und nebeneinander eine Riesenauswahl von Kloschüsseln und -deckeln ausgestellt ist. Die Jungs werden ganz laut vor Aufregung.

GUNNAR. Froschgrün!

UDO. Hier, die ganze Reihe, alles verschiedene Deckel – Wahnsinn.

GUNNAR. Hier, guck einmal. Du, hier haben sie einen mit in Plaste eingelassenen Stacheldraht. Wozu soll denn das gut sein?

Udo kommt ins Grübeln.

UDO. Vielleicht für einen, der mal im Knast gesessen hat und sich beim Scheißen dran erinnern will.

In der Werkzeugabteilung wird das Delirium noch gesteigert.

Udo. Guck mal hier: eine Hebelfugenlochblechschere. Können wir doch brauchen.

Udo und Gunnar können nicht widerstehen. Sie packen alles in den Warenkorb, was ihnen zusagt.

Gunnar. Udo?

Udo. Mhm?

Gunnar. Jetzt guck dir das mal an. Nun guck mal, nun guck doch mal, die haben hier einen Meißel für 29 D-Mark 95.

Er zieht das gute Stück aus einem Haufen der verschiedensten Meißel, die angeboten werden.

Udo. Na und?

Gunnar. Findest du nicht, dass das ein bisschen arg viel ist für ein einfaches Stück Stahl?

Udo. Nee. Pass mal auf, die Länge, Doppelschutz, ist schon okay.

Gunnar. Was kam bei uns ein Meißel?

Udo. Dreifünfzig.

Gunnar. Dreifünfzig. Lass ihn Siebenachtzig gekostet haben, aber Alter, doch keine 29,95 – West!

Udo. Na und?

Gunnar. Für das Geld, da muss der doch von alleine arbeiten.

An der Kasse treffen Gunnar und Udo auf Hermann, der alles bezahlen wird. Die Einkaufswagen sind überladen mit Werkzeugen aller Art. Udo kann immer noch nicht fassen, was dieses Warenangebot für ihn bedeutet. Er zeigt der Kassiererin die neu angeschaffte Fugenkelle und schwärmt.

Udo. Oder hier, die Fugenkelle. Als ich Stift war, da hatte ich keine. Aber der Meister, eines Tages kommt er und sagt, er hat im Werkzeugladen Fugenkellen gesehen. Na, dann haben wir einen losgeschickt aus der Lehrlingsbrigade, Fugenkellen kaufen. Tja, nun hatten die aber bloß zwei Fugenkellen pro Kunden, weil die ja knapp waren mit die Dinger, und die Qualität … Wir wollten doch alle Werkzeug haben aus dem Westen. Diese Fugenkelle, 'ne Zwölfer-Fugenkelle, oder hier, der Zimmermannshammer, wo die Finne nicht gleich diesen macht (er zeigt, wie sich die Hammerspitze verbiegen kann), wenn man mal Beton wegkloppt.

Gunnar ist immer noch mit seinem Spezialmeißel beschäftigt, den er nicht aus der Hand geben will.
GUNNAR. Guck dir den Meißel an, das ist Weltniveau.

Auf dem Parkplatz des Baumarkts kommt ein blauer Kleinlastwagen mit dem Logo der Optischen Werke Simon an. Hermann erkennt Clarissa am Steuer. Er ruft ihr zu, während sie den Wagen so parkt, dass Gunnar und Udo ihre Einkäufe, unter denen sich auch größere Gegenstände wie Schubkarren, Aluleitern, Sägemaschine befinden, bequem aufladen können.
Hermann ist überrascht, seine Freundin am Steuer eines Lastwagens zu sehen.
CLARISSA. Dein Bruder war perplex. Erstens, weil ich den Wagen wollte, zweitens, weil ich als Sängerin einen Dreieinhalbtonner fahren kann, und drittens, weil ich aus dem Gästezimmer ausgezogen bin.
Hermann entdeckt jetzt sein und Clarissas Reisegepäck auf der Ladefläche. Er kann aufatmen.

Günderrode-Haus

Gunnar und Udo haben damit begonnen, die Hausruine zu entrümpeln. Durch die Fensterhöhlen und Mauerlöcher werfen sie den ganzen Unrat, der sich im Lauf der Jahrzehnte angesammelt hat. Alte Kisten, Matratzen, zerbrochene Fensterrahmen, Hausrat, Eimer, Kartons, Farbtöpfe und Schutt fliegen in einen Müllcontainer unterhalb des Hauses.
Gunnar erzeugt bei der Räumaktion eine solche Sauerei, dass Udo, der am Container arbeitet, eingestaubt wird. Er bringt sich in Sicherheit und entdeckt Hermanns Auto, das soeben ankommt.
UDO. Der Chef!
Gunnar achtet nicht auf den Ruf und befördert weiterhin den alten Bauschutt zum Fenster hinaus.
Hermann breitet auf der Kühlerhaube seines Wagens Baupläne aus, um sie Udo zu zeigen.
HERMANN. Ich hab hier die genehmigten Baupläne.

Auf den Bauzeichnungen ist gut zu erkennen, wie das Haus einmal aussehen soll. Udo geht mit Hermann zum Aussichtspunkt, von wo beide auf den Rhein hinabschauen.

UDO. Die Jana und ich, wir haben den ganzen Sommer nachgedacht, ob wir nicht auch rübermachen in den Westen, mit den Jungens. Die ganzen Bilder im Fernsehen, da kommt man schon auf Gedanken.

HERMANN. Wollen Sie Ihre Familie nicht nachholen?

UDO. Nee, die bleiben in der Heimat. Jetzt erst recht. – Das ist schon ein wunderschönes Fleckchen Erde. Der Blick, der Wein, die Ruhe.

HERMANN. Ich hab so viel von der Welt gesehen – warum komme ich ausgerechnet hierher zurück? Warum nicht in der Toskana, oder ein Felsen in der Bretagne, oder eine Insel in Griechenland? Warum hier?

UDO. Ist doch ganz klar. Hier brauchen Sie keinem erklären, wer Sie sind. Die Leute hier, die denken, Sie waren nie weg, sondern nur unterwegs.

Ein Konzertsaal in Zürich

17. November 1989

Hermann hat seine beruflichen Verpflichtungen wieder aufgenommen. Er probt mit dem Orchester das 5. Klavierkonzert von Beethoven. Er spielt selbst den Klavierpart und dirigiert vom Flügel aus. Es herrscht konzentrierte Arbeitsatmosphäre. Hermann genießt den Respekt der Musiker. Seine Interpretation ist souverän und leidenschaftlich. Immer wieder feuert er das Orchester während seines Klavierspiels an.*

* Ludwig van Beethoven: Klavierkonzert Nr. 5, Es-Dur, Allegro

Günderrode-Haus als Baustelle

Die Arbeiten an der Hausruine sind vorangeschritten. Es geht jetzt darum, die alten Fachwerkfüllungen herauszuschlagen und festzustellen, in welchem Zustand die Balken sind. Die Arbeiten sind mit gewaltiger Staubentwicklung verbunden.

Gunnar, der sich mit Arbeitshandschuhen, Schutzhelm und Ohrenschützern ausgestattet hat, schimpft über den Dreck, den er selbst erzeugt.

GUNNAR. Der Mist geht gar nicht raus.

Immer wieder drischt er mit dem Vorschlaghammer auf die Lehmfüllungen ein, die fester sitzen, als er gedacht hat.

Rudi Molz, der die beiden Handwerker begleitet hat, sieht sich auf der Baustelle um. Das Stall- oder Torhäuschen, das hier einmal als Nebengebäude stand, ist bis auf die Grundmauern eingebrochen. Rudi findet darin Gerätschaften aus dem Weinbau.

RUDI. Eine alte Kelter!

GUNNAR. Was haben die denn da reingebretzelt? Ist schon ein paar Jahrhunderte drin. Und das Taubenviehzeug – ich werd blöde, du.

Die Tauben, die in der Ruine nisten, liegen Gunnar besonders im Magen. Er ekelt sich vor dem Federvieh und verflucht es bei jeder Gelegenheit.

Rudi sieht ihm bei seiner staubigen Arbeit zu.

RUDI. Die Fachwerkfüllungen sind aus Stroh und Birkenfelder Lehm. So hat man das früher immer gemacht.

Udo, der das eingefallene Schuppendach abräumt, nimmt die Sache leichter als Gunnar.

UDO. Nee, da nehmen wir Gipskartonplatten dafür.

GUNNAR. Wir werden schon machen, dass es nichts wird.

Gunnar liebt es, blöde Sprüche zu klopfen.

RUDI. Ich weiß auch nicht, aber Silikonfugen, die gehen hier in der Luft kaputt. Da geht's nach fünf Jahren wieder los. Ja, das ist alles hier seit Generationen ausprobiert worden. Da sollte keiner von uns schlauer sein wollen.

Udo unterbricht seine Arbeit.

UDO. Birken … was für'n Lehm?

RUDI. Birkenfelder Lehm. Aber die Lehmgrube, die gibt's nicht mehr, da ist jetzt eine Papierfabrik.

Udo hat das Bedürfnis, mit Gunnar die Lage zu besprechen. Schließlich braucht man ein Konzept für den Wiederaufbau. Er springt von dem Bretterstapel und sucht Gunnar im ausgeräumten Haupthaus.

UDO. Gunnar! Gunnar! Ach, hier bist du.

Gunnar balanciert über die morschen Deckenbalken, bis er einen Wanddurchbruch findet, durch den er Udo erblickt.

UDO. Du, die Füllungen sind aus Birkenfelder Lehm, sagt der Rudi. Kennst du dich da aus?

GUNNAR. He? Nee, du bist doch hier der Meister.

Zwischen den beiden entstehen leicht Missklänge.

UDO. Pass mal auf, mein Kleiner.

Rudi hat eine Eisenstange gefunden, mit der er die Fundamente abklopft, um zu untersuchen, ob sie noch solide sind.

RUDI. Das sind Schieferbruchsteine. Daraus haben sie im Mittelalter die vielen Burgen gebaut. Hält normalerweise tausend Jahre.

Gunnar ist aber mit seinem Wundermeißel auf eine besonders morsche Stelle gestoßen. Mit einem Hammerschlag kann er die korrodierten Schiefersteine durchtrennen. Der alte Mörtel bröckelt hinterher.

GUNNAR. Normalerweise.

RUDI. Alle paar hundert Jahre gibt's hier in der Eifel mal einen Erdstoß. Das spürt man dann runter bis nach Bingerbrück.

Gunnar sieht ihn zweifelnd an.

RUDI. Das kannst du mir glauben.

Zürich, Konzertsaal

Die Orchesterprobe von Hermann findet zur gleichen Zeit statt und ist ebenso harte Arbeit wie die auf der Baustelle. Immer wieder probt er die Einsätze nach seinen Kadenzen; immer wieder hört

er auf das Zusammenspiel, während er die virtuosen Klaviersoli präsentiert.
HERMANN. Sehr schön, und … drei, vier und …
Das Konzert nimmt Gestalt an. Der Klang ist meisterhaft.

Günderrode-Haus, die Baustelle

An einem der folgenden Tage treffen Hermann und Clarissa an der Baustelle ein. Auf dem LKW der «Optischen Werke» bringen sie einen nagelneuen Betonmischer herbei.
Hermann steuert das Lastauto rückwärts den Hang hinauf, Clarissa lotst ihn.
Als Udo und Gunnar die Bauherren kommen sehen, laufen sie ihnen entgegen, denn sie sind uneins wegen der korrekten Restaurierung.
UDO. Herr Simon! Ich glaube, wir brauchen noch einen für die historischen Methoden hier.
GUNNAR. Quatsch. Das bissel mit dem richtigen Lehm, das packen wir doch selber, gell, Rudi?
Rudi, wie immer auf der Baustelle, gesellt sich hinzu.
Clarissa verteilt Bierflaschen an die Arbeiter, während Gunnar und Rudi den Betonmischer abladen.
UDO. Aber ich kenne da einen, den Tobi in Dresden.
GUNNAR. Wie heißt der? Tobi?
UDO. Nu, der arbeitet in der Kirche. Rudi, nimm das jetzt mal nicht persönlich, ist nicht gegen dich. Versteh das nicht falsch, aber das ist eine richtige Fachkraft.
HERMANN. Verstehe, Sie wollen also noch Leute ranholen?
UDO. Na ja, wegen der ganzen Probleme hier, Birkenfelder Lehm, Schieferabdeckung, das ganze Bruchsteinfundament, das ist doch alles marode.
Clarissa ist voller Tatendrang. Sie prostet den beiden Handwerkern zünftig mit der Bierflasche zu.
CLARISSA. Soll auch noch kommen. Ruf ihn einfach an.
UDO. Prost!

Am Brandenburger Tor, ein Konzertsaal in Berlin

1. Dezember 1989
Tausende von Menschen treffen sich immer noch nach Einbruch der Dunkelheit am Brandenburger Tor. Immer noch ist freier Grenzverkehr. Die politischen Entwicklungen dieser Wochen sind ein bestimmendes Ereignis für die Menschen.
Die Zeit der «Mauerspechte» hat begonnen. Überall sind sie mit ihrem Werkzeug angerückt und damit beschäftigt, die Betonmauer zu zerkleinern.
Auf der Mauerkrone sitzen die jungen Leute zu Hunderten und singen. Ein Trompeter spielt Beethovens «Lied an die Freude». Gaukler sind gekommen und zeigen Akrobatenstücke, ein Clown fährt auf einem Einrad durch die Menge, deutsche und europäische Fahnen werden geschwenkt, und die Ostberliner Grenzbeamten mischen sich unter das feiernde Volk.

CLARISSA. *In Berlin, wo ich ein Programm mit internationalen Volksliedern sang, herrschte inzwischen permanente Feststimmung. Aus aller Welt kamen die Menschen, um mit den Berlinern den Fall der Mauer und die deutsche Wiedervereinigung zu feiern. Ich sang, begleitet von Musikern aus Ost und West. Berlin war ein Ort der Begegnungen geworden.*

Clarissa tritt mit dem Leipziger Ensemble «Avantgarde» auf. Die Bühne ist ganz in blaues Licht getaucht, sodass Clarissa in ihrem roten Phantasiekostüm in der Luft zu schweben scheint. Ihr Gesang ist virtuos. Sie singt ein aserbaidschanisches Volkslied, dessen Worte aus ihrem Mund wie eine frei erfundene Sprache klingen. Die komplizierten Rhythmen gelingen ihr ebenso temperamentvoll und leicht wie die mimische Darstellung des fremdartigen Liedes.*

* Luciano Berio: «Folk Songs», Nr. 12, «Aserbaijan Love Song»

Günderrode-Haus

Udo und Gunnar haben die alten Fachwerkfüllungen zum größten Teil herausgeschlagen und setzen die Entkernung des Hauses im Innern fort. Jetzt sind sie damit beschäftigt, Balken und Bretter zu nummerieren.
Da jeder für sich arbeitet, rufen sie sich permanent etwas zu, um sich die Zeit zu vertreiben – eine typisch gedankenlose Unterhaltung, in der es mehr darum geht, die eigene Anwesenheit zu signalisieren.

GUNNAR. Udo?

UDO. Was denn?

GUNNAR. Wenn du einen Schatz findest, machen wir dann halbe-halbe?

UDO. Na klar. Und wenn du einen findest, machen wir dann 60–40, oder was?

Clarissa nutzt jede freie Minute, in der sie etwas zur Gestaltung ihres zukünftigen Heimes beitragen kann. In Gummistiefeln gräbt sie unterhalb des Hauses den lehmigen Boden auf und pflanzt Blumenzwiebeln.
Da bringt ihr Hermann ein Telegramm, das im Hotel für sie angekommen ist. Er öffnet für sie den Umschlag und hält es ihr zum Lesen hin.

CLARISSA. «Bitte sofort kommen. Arnold wegen Eindringens in eine Bank verhaftet. Soll ein Hacker sein. Bin völlig ratlos. Deine Mutter.» Was ist ein Hacker?

Autobahn nach Hamburg

In Hermanns BMW fährt Clarissa auf der Autobahn in Richtung Hamburg. Sie ist von sorgenvollen Gedanken erfüllt.

CLARISSA. *Mein siebzehnjähriger Sohn Arnold lebte bei meiner Mutter in Hamburg. Ich machte mich sofort auf den Weg zu ihm. Arnold verhaftet! Was konnte passiert sein?*

Ein Gerichtsgebäude

Clarissa kommt zum Haftprüfungstermin gerade noch rechtzeitig. Sie hat einen befreundeten Rechtsanwalt verständigt, der die Verteidigung ihres Jungen übernehmen wird.
Gemeinsam mit ihm und ihrer Mutter geht sie die Treppen zum Sitzungssaal hinauf.
Mutter Lichtblau, eine korpulente, selbstgerechte Frau, ist von den Ereignissen überfordert und gibt Clarissa an allem die Schuld. Andererseits kann oder will sie nicht begreifen, dass ein halbwüchsiger Junge mit seinem Computer sich auch von zu Hause aus auf krumme Dinge einzulassen vermag.
MUTTER LICHTBLAU. Ich kann vor dem Gericht schwören, dass unser Jungchen das Haus nicht verlassen hat. Auch nachts nicht, das weiß ich, weil ich einen sehr leichten Schlaf habe.
CLARISSA. Mutter, er hat eben am Computer gesessen.
Clarissa nimmt neben ihrer Mutter in den Zuschauerreihen Platz. Anwesend sind außer dem Ermittlungsrichter der Anwalt, der Staatsanwalt und eine Schreibkraft.
Auf der Anklagebank sitzt Clarissas Sohn Arnold zwischen zwei Jungen in seinem Alter – zwei ebenso harmlosen Milchgesichtern wie er. Sie sehen einander neugierig an, da sie sich hier zum ersten Mal begegnen.
STAATSANWALT. Die Beschuldigten haben in gewolltem Zusammenwirken den Geheimcode der Deutschen Bank geknackt und jeweils den Betrag von einer Million auf ihr Privatkonto überwiesen.
Nachdem er einen aufmunternden Blick mit Clarissa gewechselt und den Jungen zugezwinkert hat, mischt Clarissas Rechtsanwalt sich ein.
VERTEIDIGER. Es fehlt aber an der Betrugsabsicht. Sie haben das Geld ja bereits nach 24 Stunden wieder zurücküberwiesen. Das ist doch strafbefreiender Rücktritt.
STAATSANWALT. Das ist irrelevant. Durch die Überweisung war die Straftat vollendet, das war nicht nur ein Versuch.
VERTEIDIGER. Aber mein Mandant hat mit einem Bekennerbrief

der Bankdirektion gegenüber klargestellt, dass sie nur auf Sicherheitsmängel aufmerksam machen wollten.

RICHTER. Was meinen Sie dazu?

Der Richter, ein gemütlicher Rundkopf, wendet sich freundlich an die Jungen.

ARNOLD. Na ja, wir wollten nur zeigen, dass man da reinkann.

RICHTER. Und wie macht man so was?

Die Frage ist von einem spitzbübischen Grinsen begleitet. Fast sieht es aus, als wollte sich der Richter einen Tipp geben lassen.

ERSTER KUMPEL. Das war ganz einfach. Wir haben den Namen einer Frau genommen.

STAATSANWALT. Was heißt hier einer Frau? Das war der Name der persönlichen Sekretärin des Direktors.

ZWEITER KUMPEL. Das wussten wir doch nicht.

Der Richter wendet sich an die Protokollführerin.

RICHTER. Das wussten sie nicht.

Der Satz wird zu Protokoll genommen. Der Staatsanwalt fühlt sich verkannt und zieht ein bärbeißiges Gesicht.

ERSTER KUMPEL. Wir haben das durchprobiert, und der zehnte Vorname war's dann.

RICHTER. Also, ich weiß nicht, Herr Staatsanwalt, ob Sie hier nicht ein bisschen übertreiben. Wer sich mit dem bloßen Eindringen begnügt ...

STAATSANWALT. Haben sie ja nicht.

RICHTER. Aber das Geld ist doch wieder da.

STAATSANWALT. Aber es war weg. Also, ich weiß nicht, ob Sie mit der Bekämpfung der Computerkriminalität schon genügend Erfahrung haben, Herr Amtsgerichtsrat.

Der Richter steht auf der Seite der Jungen. Damit dürfen Clarissa und ihre Mutter zunächst einmal aufatmen.

Hamburg, ein Billardcafé

Arnold und seine beiden «Mittäter» können sich, nachdem der Richter sie hat laufen lassen, bei einer Runde Billard näher kennen lernen. Clarissa und ihre Mutter sitzen bei einem Kaffee.

Clarissas größeres Problem ist nicht der minderjährige Sohn, der eigentlich ein braver, gut behüteter Junge ist, sondern ihre eifersüchtige Mutter, die sich bedenkenlos in ihr Leben einmischt.

MUTTER LICHTBLAU. Diese Jugendliebe am Rhein, das ist doch ein Hirngespinst. Was machst du da für kindische Sachen? Dein Leben gehört der Kunst, Clarissa, hast du denn das vergessen?

CLARISSA. Kannst du mir nicht einmal Luft zum Atmen lassen?

MUTTER LICHTBLAU. Unsinn, dein Erfolg hat mir Recht gegeben. Und er wird mir weiter Recht geben.

Clarissa spürt, dass sie sich in der Nähe dieser dominanten Frau aus der Rolle der Tochter nicht zu befreien vermag. Sie geht unruhig hin und her, überlegt, wie sie von hier wieder wegkommen kann, und setzt sich schließlich resigniert und mit sehnsüchtigen Gedanken an Hermann auf ihren Stuhl zurück.

CLARISSA. Immer hast du mich getrieben.

MUTTER LICHTBLAU. Was meinst du, warum ich dir das Jungchen abgenommen habe all die Jahre? Um dir den Rücken freizuhalten.

CLARISSA. Ich kann's nicht mehr hören!

Clarissa ist das Gespräch leid. Sie springt auf und holt die Mäntel.

MUTTER LICHTBLAU. Na, dann gehen wir jetzt nach Hause. Vergiss nicht, was der Rechtsanwalt gesagt hat. Das ist alles noch nicht ausgestanden. Jetzt ist er zwar frei, aber bis zu dem Prozess musst du für deinen Sohn geradestehen. Dabei kann ich dir nicht helfen.

Wie immer, wenn sie nicht mehr weiß, wie sie der Mutter noch entgegentreten könnte, wendet Clarissa ihre Gedanken nach innen. Sie sehnt sich danach, endlich ein eigenes Zuhause zu haben.

HERMANNS STIMME. *Liebe Clarissa! Ich beginne allmählich zu verstehen, warum wir uns in den vergangenen Jahren niemals begegnet sind. Diese Art von Musikerleben lässt viel zu wenig Raum für Begegnungen und für unsere Träume von Liebe und Zweisamkeit. Die Erkenntnis, dass Heimat etwas wahrhaft Absurdes ist in meinem Leben, macht mich traurig …*

Köln, auf dem Hauptbahnhof

Hermann hat auf dem von Menschen wimmelnden Bahnsteig ein erbärmliches Plätzchen gefunden, um seinen Brief an Clarissa zu schreiben. Das Briefpapier liegt auf der rauen Betonbalustrade bei der Rolltreppe. So schreibt er in Eile seine Gedanken auf, die er der Geliebten noch vor seiner Weiterfahrt nach Hamburg übermitteln will.

HERMANN. ... *Ich schreibe dir dieses zwischen zwei Konzerten auf einem Bahnsteig kurz vor Eintreffen meines Zuges nach Basel. Ich wollte endlich einmal meine Tochter Lulu besuchen, die hier in Köln studiert, aber die Zeit reichte auch dazu nicht aus. Wenn ich an unser Traumhaus denke, frage ich mich, was sich alles ändern muss, damit wir darin unser Glück finden.*

Oberwesel, Weinberge und Günderrode-Haus

Gunnar ist an diesem Tag überglücklich, denn er ist stolzer Besitzer eines Westautos geworden: eines gebrauchten VW-Käfers in leuchtendem Postautogelb. Auf der Serpentinenstraße kommt er die Steigung von Oberwesel heraufgefahren. Neben ihm sitzt Udo, auf dem Rücksitz Rudi Molz, der Gunnar den Wagen verkauft hat.

GUNNAR. Wenn ich ihn nicht genommen hätte, du hättest ihn doch gerne gehabt, stimmt's Udo?

UDO. Na ja, gut, du hast ein schönes Auto.

RUDI. Den hab ich am 15. Juni 1966 beim Pullig in Simmern geholt, zum 14. Hochzeitstag von meinem Lenchen. Ja, pass mal auf, was der noch alles kann.

Gunnar schaltet, gibt Gas. Die steilste Strecke hat begonnen.

GUNNAR. Wir sind im zweiten.

UDO. Soll ich vielleicht aussteigen und ein bisschen schieben?

RUDI. Nä, der packt das. Dein Auto, Gunnar!

GUNNAR. Rudi, ich danke dir. Du kriegst das Geld auch immer pünktlich zum Ersten.

Günderrode-Haus

An der Wendestelle steht ein Trabi. Nachdem der gelbe Käfer den Berg nur mit Ach und Krach geschafft hat, wirkt der Trabi fast wie eine Provokation. Die drei Männer steigen aus, und Udo, der wegen der Taubenplage ein Kleinkalibergewehr mitgebracht hat, legt seine Hand prüfend auf die Motorhaube des Trabi.

UDO. Der ist noch warm.

GUNNAR. Dann ist er auch hier, dein Tobi.

UDO. Wer denn sonst? Tobi! Tobi!

Wie im Western schleichen die drei nun auf das Haus zu. Zu sehen ist noch immer niemand. Gunnar sucht im Innern des Hauses, Udo folgt einem scharrenden Geräusch, das er vernommen hat. Als er um die Hausecke biegt, sieht er einen, der mit einer abgebrochenen Hacke das Fundament untersucht.

UDO. Du erst wieder – grüß dich, Alter!

Tobi, der das Gewehr in Udos Hand sieht, steht auf und hebt lachend die Hände hoch.

Tobi ist ein Gnom mit langen roten Haaren, die ihm bis zum Hintern herunterhängen, mit roten Cowboystiefeln und engen Lederhosen. Mit seiner ärmellosen Fellweste ist er für das kalte Wetter viel zu dünn angezogen.

TOBI. Mein liebes Heimatland, aber so ein Fundament habe ich auch schon lange nicht mehr gesehen. Wenn da unten mal ein Dampfer laut hupt, dann kracht das hier oben alles zusammen.

UDO. Ja, ja, das mit dem Fundament hab ich auch schon gesehen. Tobi, wir müssen hier alles abreißen und wieder aufbauen. Aber halleluja, bei dem Durcheinander hier, bei dem Tohuwabohu …

Gunnar, der im Haus niemanden gefunden hat, streckt den Kopf zum Fenster heraus und sieht Udo im Gespräch mit dem rothaarigen Monster.

GUNNAR. Ach, du bist der Tobi.

Auch Rudi hat nun Tobi entdeckt und folgt wortlos der Unterhaltung.

GUNNAR. Du, die haben hier ein Nummernsystem für die Balken, das ist einfach genial.

Gunnar hat die Angewohnheit, immer einen lindgrünen Stoffbeutel, wie sie in der DDR seit Jahren üblich waren, mit sich herumzutragen. Er erscheint Tobi ebenso exotisch wie Tobi umgekehrt ihm.

Tobi. Wer ist denn das?

Udo. Gunnar.

Gunnar. Wir haben eine ganze Weile getüftelt, ehe wir dahinter gestiegen sind – aber haben wir's rausgekriegt, Udo? Komm, ich zeig's dir mal.

Tobi und Udo folgen Gunnar auf die Vorderseite des Hauses. Die Fassade ist inzwischen von allen Lehmfüllungen befreit, sodass die alte Balkenkonstruktion frei liegt. Gunnar klettert auf ein Fenstersims und deutet auf verwitterte, aber immer noch gut erkennbare Kerben, die in die Balken eingeritzt sind.

Gunnar. Guck mal hier, die schrägen Zeichen hier, die siehst du doch? Das sind die Ruten.

Udo. Da weißt du, wo die Wand ist. In dem Fall ist es die vierte.

Rudi stimmt zu, denn von ihm hat Gunnar das alles gelernt und kann jetzt damit vor Tobi angeben.

Gunnar. Ganz genau. Und die römischen, das sind die Bundzeichen. Hier haben wir die Zehn und hier die Neun, dementsprechend.

Udo. Da siehst du, wo der Balken ist im Gefüge.

Rudi kann über Gunnar und Udo nur staunen.

Rudi. Nä, so äbbes.

Gunnar wendet sich an Tobi, der breitbeinig neben Udo steht und zu Gunnar heraufschaut.

Gunnar. Aber ich weiß gar nicht, wieso wir dir das hier erklären. Du bist doch der Fachmann.

Udo spürt, dass er Gunnar vor dem kritisch blickenden Tobi in Schutz nehmen muss.

Udo. Er redet ein bisschen viel, aber er hat ein gutes Herz.

Tobi. Und wer bezahlt denn das alles?

Gunnar. Ach, das sind so Leute, eine Sängerin und ein … (er macht die Bewegung des Dirigierens).

Udo. … Dirigent. Zehn Mark die Stunde, West, auf die Kralle.

TOBI. Wisst ihr, wie lange das dauert mit eurer Methode? Zwei Jahre!

GUNNAR. Was ist denn daran schlecht?

UDO. Ist doch gutes altes Handwerk.

TOBI. Weiß ich, was in zwei Jahren ist? Mensch, da hat sich die Welt doch zehnmal um sich selber gedreht. So sieht die Realität heute aus.

Tobi macht ein paar Schritte und überlegt, wie es weitergehen soll. Udo folgt ihm.

UDO. Was ist denn? Kann ich dir helfen?

TOBI. Gibt's in der Nähe eine große Autowerkstatt, die LKWs reparieren tut?

RUDI. Ei, ja, der Wiegand, aber der macht mehr die Traktoren und Busse.

TOBI. Nu, da fahren wir mal hin.

Ohne auch nur eine Sekunde zu verlieren, geht Tobi zu seinem Trabi. Rudi folgt ihm. Udo und Gunnar wissen nicht, was Tobi mit Rudi vorhat.

UDO. Das ist er, der Tobi, dafür ist der bekannt.

GUNNAR. Wofür?

UDO. Dass der macht, was gar nicht geht.

GUNNAR. Und dann?

UDO. Du wirst schon sehen.

Tobi lässt Rudi in den Trabi einsteigen und startet den Zweitakter. Udo erinnert sich des Gewehrs, das er während der ganzen Zeit schussbereit mit sich herumgetragen hat. Er gibt sich einen Ruck und hält nach den Tauben Ausschau, die im Gebälk und unter dem Dach hausen.

UDO. So, jetzt seid ihr fällig.

GUNNAR. Ja, mach sie tot.

UDO. Alle, ihr Mistviecher!

Udo zielt in den Dachraum und gibt einen Schuss ab. Die Tauben lassen sich von dem Knall kaum beeindrucken. Sie flattern ein wenig auf und kehren sofort in die Ruine zurück.

Flughafen Köln/Bonn

6. Dezember 1989
Hermann und Clarissa sitzen aneinander gekuschelt auf einer der langgestreckten Lederbänke in der Abflughalle. Direkt gegenüber befindet sich eine stockwerkhohe Anzeigetafel, auf der die Flüge in alle Welt angezeigt werden. Leise summen sie einander die Melodie einer Opernarie ins Ohr und genießen die wenigen Minuten der Zweisamkeit.

CLARISSA. Was ist das nur, diese große Freiheit, die wir in all den Jahren gesucht haben? Das ist doch alles ein Irrtum – keine Liebe, kein Zuhause, nichts Festes für unsere Kinder, nichts, woran man sich festhalten kann. Das muss jetzt anders werden. Ich finde, Arnoldchen soll jetzt öfters bei uns sein, wenn das Haus fertig ist.

HERMANN. Und Lulu auch.

Clarissa ist einverstanden.

HERMANN. Ich war immer auf der Flucht. Weiß der Teufel, warum ich so früh geheiratet habe. Armes Schnüsschen, ich habe mich nie wirklich binden können. Nur die Wohnung in München, die hab ich immer noch. Ich zahle da seit Jahren meine Miete und bin fast nie da. Morgen kündige ich die.

Ein Rauschen ertönt von der Anzeigetafel her, und Hunderte beschrifteter Metallplättchen verändern ihre Lage. So entstehen die Texte für die aktuellen Abflugzeiten.

CLARISSA. Ach, Amsterdam. Du musst los.

Hermann nimmt seinen Mantel auf, greift nach seiner Reisetasche und beugt sich über Clarissas Mund zu einem Abschiedskuss.

Als er sich auf den Weg zu den Gates macht, schaut Clarissa hinter ihm her. Hermann spürt ihren Blick, hält inne und wendet sich zu ihr um.

HERMANN. Wann sehen wir uns wieder?

CLARISSA. Weihnachten?

Clarissa verabschiedet sich mit einem kaum sichtbaren Winken ihrer Fingerspitzen.

Amsterdam, das Concertgebouw

7. Dezember 1989
Hermanns Konzert mit Werken von Beethoven und Schumann ist auf einem Transparent an der Fassade des berühmten Konzerthauses angekündigt.
An diesem Abend dirigiert er mit großem Erfolg die «Rheinische Symphonie» von Robert Schumann.*
Wie immer erwartet ihn sein Assistent Reinhold nach dem Konzert auf dem Weg zu den Garderoben. Ein Grüppchen Verehrerinnen bittet den Maestro um Autogramme. Eine von ihnen ist sogar aus Simmern angereist.
HERMANN. Es ist aber auch immer wieder ein Vergnügen, hier in Amsterdam mit diesem Orchester zu musizieren.
Während seiner Plaudereien mit den Fans bemerkt Hermann eine schwarz gekleidete alte Dame, die ihn unverwandt anstarrt. Hermann ist irritiert und spricht sie an.
HERMANN. Kenne ich Sie nicht?
MUTTER LICHTBLAU. Lassen Sie meine Tochter in Ruhe. Darüber will ich mit Ihnen reden.
Sie kommt auf ihn zu. Hermann fühlt sich bedrängt und schielt nach seinem Assistenten.
HERMANN. Ja, aber das ist hier doch nicht der richtige Ort.
MUTTER LICHTBLAU. Ich bin extra hierher gereist.
Die Mutter lässt sich nicht abweisen. Sie folgt Hermann durch den engen Korridor.
HERMANN. Ist ja gut, Frau Lichtblau. Mein Assistent wird sich um Sie kümmern. Wissen Sie schon, wo Sie unterkommen?
MUTTER LICHTBLAU. Lassen Sie Clarissa aus diesem unsinnigen Hausbauunternehmen raus. Das müssen Sie mir hier und heute versprechen. Schauen Sie mich an, ich werde im kommenden Jahr 76 Jahre ...
HERMANN. Aber doch nicht hier, Frau Lichtblau. Das ist Doktor Loewe, mein engster Mitarbeiter, der kennt sich aus in Amsterdam. Er wird Sie begleiten und bei allem behilflich sein

* Robert Schumann: Symphonie Nr. 3, «Rheinische», Es-Dur, op. 97

– Essen, Unterkunft –, und er wird Ihnen einen bequemen Zug für die Rückfahrt heraussuchen. Es wird Ihnen an nichts fehlen.

Hermann fasst Reinhold an der Schulter und lässt ihn mit Frau Lichtblau allein.

Rasch schließt er die Tür der Dirigentengarderobe hinter sich und setzt sich seufzend auf einen Klavierhocker. Endlich allein. Die Schweißperlen auf seiner Stirn sind nicht nur auf die Anstrengung des Dirigierens zurückzuführen.

Amsterdam, die Prinsengracht bei Nacht

Reinhold kümmert sich liebevoll um Clarissas Mutter. Er trägt ihr die Reisetasche durch die Nacht und bleibt respektvoll stehen, sobald die alte Dame ihm etwas zu sagen hat, was sie erregt. Reinhold weiß, was er seinem Maestro schuldig ist. Es bleibt allerdings ungewiss, ob er versteht, wovon Frau Lichtblau spricht.

MUTTER LICHTBLAU. Ich weiß nicht, was Sie vom Leben mitbekommen haben, junger Mann. Wahrscheinlich sind Sie aus gutem Hause und haben niemals Not gelitten. Und jetzt stehen Sie da und schauen mich an, als sei ich plemplem. Ich will Ihnen mal was sagen. Nach dem Krieg wären meine Tochter und ich in Bayern in den jämmerlichsten Verhältnissen untergegangen. Als Flüchtling mit nichts als den paar Klamotten auf dem Leib und, hören Sie gut zu, und mit unserer Disziplin. Die hat uns gerettet, die hat uns zusammengeschweißt, Clarissa und mich und den Jungen. Wir sind eine Schicksalsgemeinschaft. Wissen Sie, was das ist? Da sorgt jeder für den anderen. Das lasse ich mir nicht kaputtmachen. Ich lass mich nicht aussetzen wie ein Hund. Ich bin doch kein altes paar Schuhe, das man in den Mülleimer schmeißt. Ich liebe meine Tochter ebenso oder mehr als Ihr feiner Maestro. Was meinen Sie, warum ich mich in meinem Alter in den Zug gesetzt habe und hierher gefahren bin?

REINHOLD. Ich glaube, ich verstehe Sie sehr gut.

MUTTER LICHTBLAU. Sie denken, ich bin ein eifersüchtiges Monster, das sehe ich Ihnen an.

REINHOLD. Nein, ich würde Ihnen gerne helfen.
Die alte Dame hat Vertrauen zu Reinhold gefasst. Sie lässt eine Pause entstehen, bevor sie ihm ihre eigentliche Angst anvertraut.
MUTTER LICHTBLAU. Ich – ich will nicht allein bleiben.

Paris, eine gut beleuchtete Hotelhalle

Clarissa betritt, von der Lobby her kommend, den leeren Speisesaal des Hotels. Die Tische sind bereits für das Frühstück gedeckt. Es ist schon Schlafenszeit.

CLARISSA. *Mein Liebster, heute schreibe ich dir aus Paris. Ich sehe dich noch immer vor mir, wie du in der Flughafenhalle davoneilst, ohne sagen zu können, wann wir uns wiedersehen. Mich hat zwei Stunden später der Probenbetrieb des Opernhauses verschluckt. In fünf Tagen ist Premiere, und ich muss dir nicht erklären, wie in dieser Zeit die Welt um einen herum versinkt. Ich liebe die Rolle der Dido und singe sie mit Hingabe und Todesmut. Die Partie trifft mich im Innersten und lässt mich manchmal vergessen, dass sie uns noch viele Trennungen bescheren wird. Ich weiß aber vor allem eins, und das wird mir in der Entfernung noch einmal klar: dass ich dich, dich Hermann, nur dich liebe.*

Sie hat sich während des Brieftextes an einen der Tische gesetzt, räumt das Frühstücksgeschirr ein wenig zur Seite und schreibt ihren Brief an Hermann zu Ende.

Günderrode-Haus

Unter der Leitung von Tobi ist eine sensationelle Wende auf der Baustelle eingetreten.
Er hat eine Stützkonstruktion aus Balken und Stahlträgern, die das gesamte Haus umschließt, fertigen lassen und etwa 20 hydraulische Heber für Großfahrzeuge und LKWs aufgebaut, mit denen

sich die Fachwerkkonstruktion in voller Gänze vom Mauerwerk heben lässt.
Die Meister und Werkstattleiter verschiedener Autofirmen sind gekommen, um bei dem Spektakel mitzuhelfen. Konzentriert befolgen sie Tobis Kommandos, und große Spannung herrscht, während sie rhythmisch die Hydraulikheber betätigen und das Balkenskelett millimeterweise nach oben bewegen. Schon sieht man, wie sich die alten Eichenbalken leise ächzend von der Mauerauflage lösen. Auch ein Dutzend Hilfskräfte aus den Simon-Werken, erkennbar an ihren weißen Feinmechanikerkitteln, ist beteiligt.
Immerzu läuft Tobi mit der Wasserwaage ums Haus und misst überall die Lage der Fachwerkbalken. Dann erteilt er aufs Neue seine Anweisungen.
Viele Neugierige aus der Umgebung haben sich eingefunden. So etwas hat man noch nie gesehen! Rudi ist unter ihnen und beobachtet Tobis Arbeit mit verblüfftem Blick.
RUDI. Donnerwetter! Das steigt! Gibt es so etwas?
TOBI. Bisschen langsamer hier.
Rudi wendet sich an die umstehenden Hunsrücker.
RUDI. Und so was kommt aus der DDR. Ich weiß das, na, der wohnt doch bei mir. Ja, aus Dresden. Wisst ihr überhaupt, wo das liegt? Da müsst ihr uns Ältere fragen. Das sind Deutsche wie wir.
Tobi eilt jetzt ins Haus, in dem ebenfalls auf sein Kommando an den Hebern gepumpt wird. Alles scheint gut zu laufen.
TOBI. Ja, super. Ruhig, ruhig. Gunnar, du bist zu schnell, du bist zu schnell. Langsamer, langsamer!
Während der atemberaubenden Aktion ist Tillmann, ein junger Mann, von der Weinbergstraße heraufgekommen. Er trägt einen Anzug, ein weißes Hemd mit Krawatte und eine Art legerer Dufflecoat mit Lederschlaufen. Er lächelt nett, sieht sich fragend um, und dann geht er mit seinem Reisegepäck und einem unter den Arm geklemmten schmalen Köfferchen grüßend an den Zuschauern vorbei. Er hält nach jemandem Ausschau.
TILLMANN. Guten Tag – Tag. Ich suche den Tobi. Tobi!
Als Rudi sieht, wie Tillmann gebannt vor dem langsam in die Höhe

steigenden Haus stehen bleibt, nähert er sich ihm mit gewichtiger Miene von hinten.

RUDI. Manchmal spukt's in dem Haus, heißt es.

Tillmann dreht sich erstaunt nach Rudi um.

TILLMANN. Guten Tag.

Rudi grüßt zurück.

Das frei schwebende Fachwerkgeschoss bietet einen imposanten Anblick.

Tobi ist vom Erfolg seiner Maßnahme begeistert. Auch Gunnar, der immer skeptisch war, ist schwer beeindruckt.

GUNNAR. Also, dein Tobi ist schon 'ne Bereicherung.

UDO. Hab ich doch gesagt.

GUNNAR. Wir hätten hier zwei Jahre gewurschtelt.

UDO. Na ja, zwei Jahre nicht.

In diesem Augenblick geht ein Ruck durch das Haus. Ein berstendes Geräusch schreckt alle Beteiligten auf. Staub rieselt auf die Arbeiter herab. Panikartig flattern ein paar Dutzend Tauben auf.

UDO. Haut doch ab, ihr Hunde! Katzen-Vögel!

Mit dem Ruck hat sich nur einer der Balken in seinem uralten Gefüge eingepasst. Udo rennt mit dem Kleinkalibergewehr auf den Hof und schießt blindlings in den Vogelschwarm.

GUNNAR. Ist das nicht furchtbar?

Hotel Schönburg, Rezeption, Zimmer und Burgmauer

Hermann kommt von einer Konzertreise zurück.

Die Zufahrt zum Burghotel führt über eine Holzbrücke, die eine tiefe Schlucht überspannt. Er muss seinen Wagen außerhalb der Burgmauern parken. Den restlichen Weg legt er zu Fuß zurück: durch ein mittelalterliches Tor, über steile Steinstufen, in den Burghof hinauf zum Hoteleingang.

Die Empfangsdame überreicht ihm mit dem Zimmerschlüssel einen Brief von Clarissa, den Hermann auf seinem Weg zum Zimmer öffnet und zu lesen beginnt.

Clarissas Stimme. *Liebster Hermann, ich kann es nicht fassen, dass seit unserem Wiedersehen erst sechs Wochen vergangen sind. Mein Blick auf die Welt hat sich in der kurzen Zeit völlig verändert. Noch bis vor kurzem hätte mich nichts mehr gefreut als der Erfolg auf der Bühne, verbunden mit möglichst vielen Angeboten und Reisen. Jetzt bekomme ich immer einen Schreck, wenn meine Agentin sich meldet. Erfolg oder Liebe – kann man nicht beides haben?*

Hermann ist im Zimmer angekommen, hat den Koffer abgestellt und seinen Frack an den Haken gehängt. Weiterlesend geht er auf den Balkon hinaus und von dort aus über den ehemaligen Wehrgang der Burg zu einem idyllischen Freisitz in der Sonne. Ganz vertieft in Clarissas Zeilen setzt er sich dort nieder.

Clarissas Stimme. *Stell dir vor, Hermann: Meine Mutter ist von Amsterdam aus nach Paris gekommen und macht mir hier die Hölle heiß. Ich weiß nicht, wie ich sie in der kommenden Zeit besänftigen könnte. Die Jahre lassen sich eben doch nicht abschütteln. Arnold ist ein wunderbarer Junge. Das habe ich in den nächtelangen Gesprächen gesehen, als er auf rührende Weise versuchte, mir den Computer zu erklären. Ich habe ihn ins Herz geschlossen und könnte mir gut vorstellen, ihn in meiner Nähe zu haben.*

Hermann wird durch eine aufgeregte sächsische Stimme aus seiner Lektüre gerissen.
Tillmann, der junge Fremde, ist unten im Burghof erschienen und sieht wild gestikulierend zu ihm herauf.
Tillmann. Herr Günderrode, Herr Günderrode!
Hermann weiß nicht, ob er diese Anrede für einen blöden Scherz halten soll. Er nimmt seine Brieflektüre wieder auf.

Clarissas Stimme. *Ich habe ihm versprochen, Heiligabend in Hamburg zu sein. Es ist mein einziger freier Abend, den ich nun nicht mit dir verbringen kann. Wirst du mir das verzeihen?*

Erneut ruft der aufgeregte junge Sachse zu ihm hinauf.
Hermann sieht, wie er eine steile Holztreppe hinaufhastet und dann über den gegenüberliegenden Wehrgang läuft.

TILLMANN. Herr Günderrode, Herr Günderrode! Es schwebt, es schwebt! Es schwebt!

Jetzt taucht Tillmann atemlos in dem kleinen Steintor auf, das unter dem Eckturm hindurch die beiden Teile des Wehrgangs verbindet.

HERMANN. Ja, was schwebt?

TILLMANN. Ihr Haus schwebt. Ihr Haus! Es schwebt, soll ich Ihnen sagen, und Sie auch gleich mitbringen.

HERMANN. Mein Haus schwebt? Sind Sie da auch sicher?

TILLMANN. Ja, der Tobi hat mir seinen Trabi geliehen, damit ich Sie hinbringen kann.

Tillmann ist so aufgeregt, dass Hermann nichts anderes übrig bleibt, als ihm umgehend zu folgen.

Serpentinenstraße durch die Weinberge

Tobis Trabi, gelenkt von Tillmann und mit Hermann auf dem Beifahrersitz, töfft den Berg zum Günderrode-Haus hinauf. Tillmann kann mit dem Fahrzeug sehr gut umgehen und holt alles raus, was drin ist. Gegen den Autolärm anschreiend, stellt er sich Hermann vor.

TILLMANN. Tillmann Becker, obwohl ich nicht Bäcker, sondern Elektriker bin. Deshalb schreib ich mich auch mit «e»!

Hermanns Hände suchen in den Kurven vergeblichen Halt.

TILLMANN. Ich hab ein Telegramm bekommen, dass ich für Ihr Haus gebraucht werde. Also: Ich wurde am 11. September 1964 in Borna bei Leipzig geboren. Nach dem Besuch der allgemeinbildenden, zehnklassigen, polytechnischen Oberschule, die ich mit dem Prädikat «Gut» abschloss, machte ich eine zweijährige Lehre zum Elektriker beim VEB-Rationalisierungsmittelbau Leipzig, die ich mit «Sehr gut» abschloss. Danach hab ich als Facharbeiter in meinem Ausbildungsbetrieb gearbeitet und leistete 1985/86 meinen Grundwehrdienst bei der

Fahne. 1987 Qualifizierungslehrgang für Schweißmaschinenelektrik, 1988 ...

HERMANN. Ja, ich glaub's Ihnen ja.

Günderrode-Haus, «schwebend»

Als der Trabi an der Wendestelle unterhalb des Kastanienbaums eintrifft, ist der aufregende Teil von Tobis Arbeit längst vorbei. Einige Zuschauer verlassen schon wieder das Gelände, während die Arbeiter und Hilfskräfte eine ausgiebige Brotzeitpause eingelegt haben.

TILLMANN. Das hab ich Ihnen ja gesagt: Es schwebt! Sehen Sie!

Hermann folgt dem aufgeregten Tillmann. Da kommt ihm Rudi entgegen.

RUDI. Man soll's nicht glauben, aber das Haus schwebt. Ich hab jetzt selber unterm Fachwerk nachgeguckt. Da kriegst du überall die Finger dazwischen. Guck dir mal meine Hand an.

Zum Beweis hält Rudi seine flache Hand vor Hermanns Gesicht. Die Begeisterung teilt sich nun auch Hermann mit. Gunnars Stimme, die den Tonfall von Erich Honecker täuschend ähnlich imitiert, tönt über das Gelände.

GUNNAR. «Der Sozialismus versetzt jede Hütte und bringt Licht auf den kleinsten Berg. Venceremus.»

Jetzt erst hat Tillmann Gelegenheit, sich auch Gunnar vorzustellen.

GUNNAR. Ich bin der Gunnar. Willst du 'ne Wurst?

Gunnar hat den Platz neben den Suppentöpfen eingenommen und sich zum Herrn über Speis und Trank gemacht. Überall zufriedene Gesichter. Die Arbeiter trinken Bier und prosten sich zu.

Rudi übernimmt es, Hermann zum Haus zu führen und ihm die Vorgänge im Detail zu erklären.

RUDI. Alles mit Wagenhebern angehoben – guck mal da hinten, da um's Haus rum –, da überall. Ich bin mit dem Tobi drei Tage unterwegs gewesen, bis wir die ganzen Heber zusammen hatten. Von MAN und Ford, vom Scherer Rudi, von der Raiffeisen-Zentrale. Da ist der Tobi. Der schreckt vor keiner Aufgabe zurück.

Tobi und Udo haben es sich auf einem Holzstapel bequem gemacht. Udo raucht eine selbstgedrehte Zigarette, Tobi zieht es vor, ein Glas Rheinwein zu trinken. Hermann drückt beiden anerkennend die Hand.

HERMANN. Habt ihr richtig gut gemacht. Sehr gut.

TOBI. Na ja, abbauen – aufbauen war noch nie so mein Stil. Der Gunnar und der Udo, die fangen jetzt sofort an, die alten Fundamente abzutragen, betonieren neue. Dann senken wir das Haus ab, und dann steht es für die nächsten 200 Jahre wieder auf festem Grund.

Rudi tritt hinzu und stimmt mit wohlwollendem Grunzen zu.

UDO. Und was ist damit?

Udo zeigt eine hübsch verzierte, gusseiserne Türklinke vor, die er im Bauschutt gefunden hat.

TOBI. Wie ist denn das mit Ihrem Bruder? Sie sollen da einen haben, der uns mit so was weiterhelfen kann.

HERMANN. Ja, wenn Sie meinen Bruder Ernst meinen, der sammelt so was, glaube ich.

TOBI. Haustüren, Fensterrahmen, Fachwerkbalken, Verzierungen, Vertäfelungen, Beschläge, alles, was 'ne Masse Zeit verschlingt, wenn man es zum ersten Mal besorgen muss.

UDO. Und dann haben wir noch ein richtiges Problem. Wenn's schneit, dann schneit's.

Hermanns Fotoserie

Die Baufortschritte hat Hermann immer wieder in Fotos festgehalten: die Entrümpelung, das Abtragen der Fundamente, die Maurerarbeiten, bei denen ein völlig neues Erdgeschoss entsteht, das Wiedereinsetzen der alten Sandsteingewände an Fenstern und Türen, den Ausbau des Kellers und den Wiederaufbau des Nebengebäudes.

All diese Fotos steckt Hermann in einen Umschlag und schickt sie an Clarissa Lichtblau, Hotel Ambassador, Paris.

Wien, großer Saal des Konzerthauses

10. Dezember 1989
Schon ist Hermann wieder zu einem Konzertabend unterwegs. Heute dirigiert er eine Mozart-Symphonie.*
Der Saal ist ausverkauft. Das Wiener Publikum schätzt den deutschen Dirigenten. Der Applaus am Ende ist ausgesprochen herzlich.

Günderrode-Haus im Aufbau

Pause auf der Baustelle.
Tillmann reinigt den Betonmischer mit dem Wasserschlauch. Udo und Gunnar langweilen sich und fangen an, ihren jungen Kollegen aufs Korn zu nehmen. Udo zündet sich am Lagerfeuer eine Zigarre der Marke «Sprachlos» an. Dann geht er zu Gunnar hinüber, der an der Mauer des Stallgebäudes lehnt und grinst.
UDO. Tillmann, willst du mal 'ne «Sprachlos» rauchen?
TILLMANN. Du weißt doch genau, dass ich nicht rauche.
UDO. Hat es dir deine Mutti verboten, oder was?
TILLMANN. Es schmeckt mir einfach nicht.
UDO. Komm doch mal her, du Nusstörtchen.
GUNNAR. Der Udo will dich mal was fragen.
TILLMANN. Nu?
Tillmann, dem schwant, dass die beiden etwas im Schilde führen, geht vorsichtig einen Schritt auf Udo zu.
GUNNAR. Zeigst du uns mal, was in deinem Köfferchen ist?
TILLMANN. Was denn für ein Köfferchen?
UDO. Jetzt tu doch nicht so. Das Puppenköfferchen, das du immer mit dir rumschleppst.
Gunnar und Udo grinsen sich an.
GUNNAR. Tillmann, wie alt bist denn du?
TILLMANN. 25.
GUNNAR. 25! Das kann doch wohl nicht wahr sein! Du, in deinem Alter, da war ich schon zweifacher Vater.

* Wolfgang Amadeus Mozart: Symphonie in D-Dur, «Prager», KV 504

UDO. Wenn du schwul bist, Tillmann, das kannst du uns ruhig sagen.
GUNNAR. Wir haben da keine Vorurteile.
TILLMANN. Ich bin nicht schwul.
UDO. Oder brauchst du das Köfferchen für deinen Spannungsprüfer?
Zur Verdeutlichung greift sich Udo in den Schritt.
GUNNAR. Wir haben für alles Verständnis.
TILLMANN. Ich bin nicht schwul.
GUNNAR. Wenn du nicht schwul bist, kannst du uns doch auch sagen, was in deinem Köfferchen ist.
UDO. Ja, wir wollen ja bloß wissen, mit wem wir's zu tun haben.
TILLMANN. Was soll denn der Pfeffer? Seid ihr mit meiner Arbeit nicht zufrieden oder was?
UDO. Nö, du bist ein guter Elektriker.
GUNNAR. Stimmt, letzte Woche, wo er die Schlitze geschlagen hat – also, Hut ab, der Tscheche könnte es nicht besser.
UDO. Jetzt drück dich nicht. Hol's her.
TILLMANN. Ist nicht hier auf der Baustelle.
Udo öffnet die Stalltür, greift in den Raum und bringt Tillmanns Lederköfferchen zum Vorschein, das dieser schon bei seiner Ankunft mit sich herumgetragen hatte.
UDO. Ach nee, und was ist das hier?
Mit einem «Hopp» wirft er das Köfferchen, über Tillmann hinweg, Gunnar zu. Der wiederum wartet, bis Tillmann zu ihm hinrennt, und wirft es wieder zu Udo zurück. So geht das eine Weile hin und her, bis es Tillmann gelingt, das Köfferchen abzufangen. Dabei stürzt er zu Boden. Udo und Gunnar lachen sich kaputt.
TILLMANN. Ich fahr heim.
GUNNAR. Heim!
TILLMANN. Wenn's geht, morgen schon. Ich wollte sowieso nicht lange bleiben.
UDO. Ja, hau doch ab. Wo willst du denn hin, nach Zeitz oder was?
GUNNAR. Heimweh!
UDO. Hau ab, du Pfeife!
Tillmann verzieht sich in Richtung Weinberg. Er ist gekränkt.

Jetzt, als sie ihn so traurig davontrotten sehen, tut es den beiden Kumpels Leid.

UDO. Weißt du, was ich denke. Der hat da 'ne Klarinette drin. Das ist bestimmt ein Künstler.

Günderrode-Haus, hangseitig

Tags darauf führt die junge Moni aus Oberwesel ihren Hund spazieren.

Weil sie sich mal anschauen will, was da oben am Hang gebaut wird, nimmt sie den Weg durch den Weinberg. Der Hund hilft ihr beim Aufstieg, indem er kräftig an der Leine zerrt.

Im Näherkommen hört Moni eine melancholische Klarinettenmelodie, die von der Baustelle herüberweht. Oben angelangt, bleibt sie stehen und lauscht. Auch ihr Hund scheint sich von der Musik wie magisch angezogen zu fühlen und läuft in Richtung der Töne: Neben dem neu gemauerten Kellereingang sitzt Tillmann und gibt mit seinem Instrument seiner ganzen Melancholie Ausdruck. Sein Köfferchen steht aufgeklappt neben ihm.

Moni hat unwillkürlich die Leine losgelassen. Der Hund läuft zu Tillmann hin und lässt sich neben ihm nieder.

Monis und Tillmanns Blicke treffen sich, als dieser den Kopf hebt, und für einen Moment vergessen die beiden die Zeit.

Moni besinnt sich wieder, und das Spiel wird unterbrochen, indem sie den Hund mit einer kleinen Geste des Kopfes zu sich zurückbefiehlt. Der trottet, traurig die Leine hinter sich herschleppend, zu ihr hin. Dabei kommt er an dem hölzernen Aussichtspavillon vorbei, von dem aus man den schönsten Blick auf das Rheintal hat.

Dort sitzt Hermann, einen Brief an Clarissa schreibend. Auch er hat der sentimentalen Klarinettenmelodie gelauscht, von der seine Gedanken beim Schreiben beflügelt wurden.

HERMANN. *Clarissa, Liebste, dein Brief hat mich mitten im Trubel der Bauarbeiten erreicht. Seit Tobi die Sache in die Hand genommen hat, ist kein Halten mehr. Alle Ängste, die aus dei-*

nen Zeilen sprechen, werden durch die Tatsachen widerlegt. Es bleibt mir nichts anderes übrig, als zuzuschauen, wie das wächst, was wir beide gepflanzt haben.

«Pydna» und «Friedenswiese» im Hunsrück

Die kleine Landstraße, auf der Hermann zu Fuß den Wald durchquert, führt bald an einer langen, stacheldrahtbewehrten Mauer entlang.
Ein amerikanischer Militärjeep mit zwei misstrauisch blickenden, schwer bewaffneten Soldaten überholt ihn, verlangsamt die Fahrt, lässt ihn vorbeigehen, um ihn dann erneut zu überholen. Hermann hat allen Grund, sich unauffällig zu verhalten und die Blicke der Soldaten nicht zu erwidern, denn hinter der gesicherten Mauer liegt, wie sich an der nahen Toreinfahrt auch bald zeigt, ein ausgedehnter Militärstützpunkt mit Wachtürmen, Schießanlagen, Bunkern und unterirdischen Lagern für Atomwaffen. Es handelt sich um den wichtigsten Standort für die so genannten Cruise Missiles, dessen Tarnbezeichnung «Pydna» lautet.

HERMANN. *Weißt du, dass wir beide inzwischen eine Rolle in der Hunsrücker Friedensbewegung spielen? Unser Nest liegt nämlich innerhalb der militärischen Sicherheitszone eines Atomraketenstützpunkts der Amerikaner, und es gilt den Leuten als Demonstration gegen den Rüstungswahnsinn, dass wir hier an diesem Ort bauen und leben wollen. So werden wir auf die respektabelste Weise eingemeindet.*
Ich will versuchen, die nächste Zeit ohne deine Nähe auszukommen, obwohl es mir immer schwerer fällt. Wie konnte ich nur so viele Jahre ohne dich einschlafen? Hermann.

Unweit des Militärareals hat die Hunsrücker Friedensbewegung unter der Leitung des weißbärtigen Pfarrers ihre «Friedenswiese» eingerichtet. Zahllose Transparente und handgemalte Schilder weisen auf die Gefahren des Rüstungswahnsinns hin und warnen vor einem alles vernichtenden Atomkrieg. Auch ein Bild der Berliner Mauer ist aufgestellt worden. Es zeigt die hoffnungsvollen, fröhlichen Menschen, welche die Mauer übersteigen und sich gewaltlos die Freiheit erobern.

Pfarrer Dahl und eine unübersehbare Zahl von Hunsrücker Bürgern haben sich hier unter einem hohen Holzkreuz zum Friedensgebet versammelt. Als er Hermann kommen sieht, geht er freundlich auf ihn zu.

PFARRER DAHL. Herzlich willkommen bei uns. Das ist ein Akt der Heimatliebe, dass Sie zu uns stoßen.

HERMANN. Aber das ist doch selbstverständlich.

Schon erkennen ihn die Schabbacher, von denen einige sich um den Pfarrer scharen. Hermann begrüßt Rudi und Lenchen. Die Demonstranten und der Pfarrer intonieren den Choral «Herr, gib uns deinen Frieden». Rudi ergreift Hermanns Hand, Lenchen nimmt ihn an der anderen Hand, und bald begreift Hermann, dass er in eine Menschenkette integriert ist, die sich auf der angrenzenden Wiese bildet. Der Choral wird von weiteren Demonstrantengruppen, die einander an den Händen halten, aufgegriffen und als Kanon weitergetragen.

RUDI. Jetzt sind wir über ganz Rheinland-Pfalz verbunden. Vielleicht sogar noch weiter, bis nach Mutlangen.

Stolz sagt Rudi diese Worte und deutet auf die Horizontlinie, auf der sich die Menschenkette endlos fortsetzt.

Paris, die Oper

19. Dezember 1989

Der Tag der Premiere von «Dido und Aeneas» ist gekommen. Clarissa singt auf der leeren, nur mit wenigen Versatzstücken zum Palast der Königin stilisierten Bühne die Partie der Dido. Mit schillerndem Gewand und hoch aufgetürmter Frisur der antiken Königin stellt Clarissa eine pathetische Verwandlung zum Urbild der liebenden Frau dar. Bewegungen und Gesten sind von der herzzerreißenden Musik Purcells inspiriert. In der Schlussszene weiß Dido, dass sie ihren Geliebten verloren hat, und will deswegen sterben. Im Rezitativ verabschiedet sie sich von ihrer treuen Dienerin Belinda.

CLARISSA.

Thy hand, Belinda, darkness shades me.
From thy bossom let me rest.
More I would, but death invades me.
Death is now a welcome guest.

Belinda versucht Dido zurückzuhalten. Aber Dido ist schon auf dem Weg ins Reich der Schatten. In der berühmten Schlussarie, die Clarissa mit aller Inbrunst singt, bittet sie die Nachwelt weinend um Vergebung.

CLARISSA.

When I am laid on earth
may my wrongs create no trouble in thy breast.
Remember me, remember me
but ah forget my fate.*

Schon züngeln die Flammen des Scheiterhaufens an Didos Gewand empor.

Günderrode-Haus im Schneefall

Dichtes Schneegestöber umhüllt die Baustelle. Tobi, Udo, Gunnar und Tillmann breiten in aller Eile Schutzplanen über das frisch beplankte Hausdach. Die Arbeiten sind zum guten Etappenende gekommen, schon steht das Stahlgerüst für die Fassadenarbeiten, und im Hof türmt sich das Material für den Innenausbau.

Es herrscht fröhliche Stimmung. Die Ehefrauen aus Leipzig mitsamt den Kindern sind eingetroffen. Die Männer empfinden Stolz und Befriedigung, denn den Wettlauf mit dem nahenden Winter haben sie gewonnen. Das Haus steht auf den neuen Fundamenten.

Wegen des heftigen Schneefalls müssen die Frauen ihr Picknick

* Henry Purcell: «Dido and Aeneas», Semiopera, 3. Akt, Larghetto («Passacaglia»)

mit Würstchen und Linsensuppe unterbrechen und sich mit den Kindern in das neu erstandene Stallgebäude zurückziehen.

Rudi mag sich von der Baustelle und den sächsischen Handwerkern gar nicht mehr trennen. So ist er auch heute dabei. Von der Haustür aus sieht er Hermanns schwarzen BMW sich durch das Schneetreiben nähern. Er wendet sich ins Haus zurück, um die Männer zu verständigen.

RUDI. Ich glaub, wir kriegen Besuch.

Hermann hat seinen Assistenten Reinhold bei sich, der den Bau zum ersten Mal zu sehen bekommt. Er kann sich angesichts der Schönheit des Hauses und vor allem des Fortschritts der Restaurierung kaum fassen.

REINHOLD. Exorbitant!

Hermann beeilt sich, ins Trockene zu kommen. Er begrüßt Rudi in der Haustür.

RUDI. Tach, Hermann. Habt ihr den Schnee mitgebracht?

HERMANN. Nein, wir kommen aus Brüssel. Das ist mein Assistent, Dr. Loewe.

REINHOLD. Guten Tag, ein fantastisches Konzert mit 3000 Menschen.

RUDI. Lieber Gott, 3000 ...

Hermann entdeckt Tobi, der die provisorische Haustreppe vom Obergeschoss hinabsteigt und dabei letzte Anweisungen an die Kollegen gibt.

TOBI. So, oben ist alles dicht, jetzt ist alles fertig. Nur am Kamin nicht, zieht die Folie richtig übern Kamin drüber. Nu, gerade noch geschafft.

HERMANN. Na, ich musste doch mal sehen, wie's hier vorangeht.

TOBI. Ist gut, dass Sie wieder da sind: Das Geld ist nämlich alle.

HERMANN. Deswegen bin ich ja auch hier. Erst mal das Verrechnungsgeld fürs Material, bitte schön. Und dann, hier, Tillmann (er überreicht Tillmann ein Kuvert) und Tobi mit einer Extragratifikation auch im Namen von Clarissa.

Auch Tobi nimmt seinen Umschlag entgegen.

GUNNAR. Herr Simon!

Gunnar steht oben auf der Treppe. Wenn's Geld gibt, darf er nicht fehlen.

HERMANN. Damit ihr über Weihnachten nicht auf eure Löhne warten müsst.

GUNNAR. Bitte schauen Sie sich doch um. Das ganze Erdgeschoss, es ist neu.

Jetzt taucht auch Udo auf. Geschickt balanciert er über die Deckenbalken, die noch nicht die Zimmerdecke tragen und deswegen die Sicht in den offenen Dachraum freigeben.

UDO. Und hier, wo Sie drauf stehen: Das ist die neue Decke vom Keller – alles Beton. Dort, genau dort, wo Sie drauf stehen – das ist der Abfluss für die Küche.

HERMANN. Aha.

Hermann erkennt ein viereckiges Loch neben seinen Schuhen.

UDO. Alles schon fertig. Und hier, der Balken, den haben wir erhalten, so alt wie er war. Da drüben am Kamin haben wir ihn aufgesetzt.

GUNNAR. Und die Schlitze hat der Tillmann gemacht.

UDO. Genau, die sind für die Kabel.

GUNNAR. Elektroinstallation. Ist schon ein Genie, unser Kleiner.

Die Männer sind stolz auf ihre Arbeit.

Hermann überreicht nun auch Gunnar und Udo den Briefumschlag mit Lohn und Gratifikation.

UDO. Ei, das ist ja wie Weihnachten und Ostern zusammen.

Mit so viel Westgeld in der Tasche will Gunnar sich unbedingt vor seiner Frau Petra zeigen. Er findet sie und Jana mit den Kindern im ehemaligen Stall. Der Raum wird sonst als Werkzeuglager genutzt.

Der Suppentopf, Brot, Würstchen und Senf sind von den Frauen einladend auf einer Tischlerplatte angerichtet worden. Gunnar tut, als wolle er nur mal nach dem Rechten sehen.

GUNNAR. Ah, da seid ihr ja.

Beinah hätte er Reinhold übersehen, den Petra gerade mit einer Bockwurst versorgt. Gunnar stellt ihm in gespielter Beiläufigkeit, jedoch mit «Ich-bin-hier-der-Herr-im-Haus»-Attitüde die Anwesenden vor.

GUNNAR. Das ist die Jana, die Frau vom Udo. Und das sind die beiden Söhne, der Torsten und der … na, sag's selbst.

KLEINER JUNGE. Schack.

Gunnar. Jacques. – Das ist meine, die Petra. Und die Jennifer und die Nadine. Ja, können Sie sich das überhaupt alles merken, Herr …?

Reinhold fühlt sich aufgefordert, sich vorzustellen.

Reinhold. Äh, Doktor Loewe. Guten Tag. Ja, ja, das ist die Petra, und nein, das ist die Petra und …

Petra sieht Reinhold erwartungsvoll an.

Gunnar grinst über das schlechte Gedächtnis des Doktors.

Gunnar. Na ja, bis gleich.

Schon ist Gunnar wieder weg.

Es macht Reinhold verlegen, dass er schon wieder Petras Blick begegnet.

Reinhold. Na ja, bisher konnte ich mir nur Petra merken.

Reinhold sieht Petra in die Augen. Sie steht so nah vor ihm, dass er augenblicklich alle Anwesenden in dem winzigen Raum vergisst. Obwohl dies nur Sekunden dauert, erträgt Petra das Schweigen nicht länger.

Petra. Ach, Sie kommen aus München? Ich würde so gern mal die Alpen sehen.

Reinhold. Na, dann kommen Sie doch mit. Wir sind gerade auf dem Weg nach München, weil wir da morgen ein Weihnachtskonzert geben. Und Sie werden es nicht glauben – der Maestro und ich haben überlegt, dass Sie alle über Weihnachten mit nach München kommen.

Petra. Wie stellen Sie sich das vor? Wir müssen doch alle irgendwo schlafen.

Reinhold. Na ja, meine Mutter hat eine riesige Altbauwohnung in Bogenhausen, da ist Platz für alle. Und die Alpen sind so schön, da haben Sie Recht, die muss man gesehen haben.

Petra wendet sich impulsiv an Jana und die Kinder.

Petra. Warum eigentlich nicht? Weihnachten steht vor der Tür. Das Haus steht auf der Grundmauer. Nu klar, da müssen wir doch die Gelegenheit beim Schopfe packen!

Ihr letzter Satz geht in ihrem eigenen Lachen unter. Sie will augenblicklich ganz für die Kinder da sein. Auch Jana wird von der Idee mitgerissen.

Jana. Wir fahren nach München.

Jacques. Fahren wir da mit dem BMW?
Jana. Nu vielleicht, ich weiß nicht.
Jacques. Torsten, wir fahren mit dem BMW.
Torsten. Das müssen wir gleich dem Papa sagen.
Schon stürmen die Jungen hinaus, um die Neuigkeit Udo mitzuteilen.

Gunnars gelber Käfer wollte schon am Morgen nicht anspringen. Bei dem Wetter, dem Besuch seiner Kinder und bei den aufgekommenen Reiseplänen der Frauen ist das für Gunnar eine peinliche Panne. Aber Tillmann kann ihm am aufgeklappten Heckmotor die Ursache des Schadens vorführen: ein beschädigtes Zündkabel, das er inzwischen ausgebaut hat.
Tillmann. Hier gibt's Marder. Wusstest du das?
Gunnar ist ahnungslos.
Tillmann. Denen scheint ein VW-Zündkabel besonders gut zu schmecken. Ich hab's erst mal provisorisch geflickt, nun hält er durch bis München.
Gunnar führt das angenagte Zündkabel an die Nase und riecht daran. Nicht zu glauben, dass diesen Tieren so was Appetit machen kann.
Er bedankt sich bei Tillmann mit einem Händedruck, der so freundschaftlich ist, als könne er damit die Schmach wieder gutmachen, die er und Udo ihm einmal angetan haben.

Die Frauen, natürlich auch die Kinder, sind von dem Gedanken, nach München zu fahren, völlig begeistert. Da sind sie zum ersten Mal im Westen, und dann schon ein solches Angebot!
Udo lässt seine Jungs auf den Rücksitz des BMW klettern.
Udo. Passt mal auf, wir machen das so: Die Mutti und ich, wir fahren drüben im VW mit, also im Käfer, und ihr beide dürft im BMW mitfahren.
Udos Söhne haben den BMW in ihrer Leipziger Siedlung nicht vergessen, als Clarissa sie darin einsteigen ließ. Jetzt ist die Aussicht, in Hermanns Auto eine weite Strecke zu fahren, eine wahre Steigerung.
Jana hat ein weites, mütterliches Herz. Da ihre Söhne schon un-

tergebracht sind, kümmert sie sich um eine von Gunnars Töchtern, die unbedingt im Auto ihres Vaters mitfahren will. Die Kleine wird mit ihren dünnen Schuhchen durch den Schnee geführt.
JANA. Warst du schon pullern?
Das Kind ist nicht ansprechbar.
JANA. Nicht dass wir noch mal anhalten müssen. Musst du noch?
Jana bleibt beharrlich. Als erfahrene Mutter weiß sie, an was man vor einer langen Fahrt mit Kindern denken muss.

Gunnar hat sich schnell noch mit einer eisernen Marderfalle, die ihm beim Entrümpeln in die Hände geraten ist, hinter das Haus verzogen. Das Gerät muss seit Urzeiten in der Kellerecke des Hauses gelegen haben. Er stellt das brutale Fangeisen unter dem Gebüsch auf, das bei den Bauarbeiten unversehrt geblieben ist. Seine kleineTochter Nadine, die den frischen Fußspuren im Schnee gefolgt ist, kommt interessiert näher und sieht zu, wie ihr Vater das angenagte Zündkabel als Köder in der Falle befestigt.
GUNNAR. Nadine, VW-Zündkabel mit Isolierband, das ist für den Marder wie Weihnachtsessen. Ja, das schmeckt dem, so wie dir Pommes mit Broiler. Pass auf!
Er greift nach einem herumliegenden Stöckchen, hält es über die Falle, zielt auf den Köder und lässt es darauf fallen. Die beiden Eisenbügel mit ihren Zackenrändern schnappen ineinander. Das Stöckchen wird zerfetzt. Nadine erschrickt und sieht ihren Vater verängstigt an. Gunnar ist zufrieden.

Reinhold kann sich nicht von Petra trennen. Er hilft ihr beim Aufräumen der Brotzeit im Werkzeugraum. Viel gibt es nicht zu tun, denn alles ist schon verstaut und eingepackt. Höchstens die vier Suppenschüsseln könnte er abspülen. Das aber macht Petra schon. Die beiden sind allein. Petra setzt mit betonter Unbefangenheit das Gespräch über München fort.
PETRA. … lernen wir denn da auch Ihre Freundin kennen?
Reinhold bleibt die Antwort im Halse stecken. Petras Frage zielt mitten in sein Herz.

Hermann ist noch mal ins Haus gegangen, um sich von Rudi zu verabschieden. Er vergisst nicht, auch Lenchen die besten Weihnachtsgrüße zu bestellen.

Auf dem Weg zum Auto sieht er dann, dass Tobi und Tillmann keine Anstalten machen, die Baustelle zu verlassen. Sie stehen beide auf dem Gerüst und betrachten in aller Ruhe das Schneetreiben und die Aufbruchsszene.

HERMANN. Sagt mal, wollt ihr nicht mitkommen? Es gibt hervorragende Zugverbindungen nach München.

TOBI. Nee, nee, danke, Herr Simon – aber Weihnachten und Familie, das ist nicht so mein Ding.

TILLMANN. Und ich hab doch der Moni aus Oberwesel versprochen, dass wir Weihnachten zusammen feiern.

So erfährt Hermann, dass Monis musikliebender Hund die beiden zueinander geführt hat.

Reinhold und Petra kommen als Letzte zu den Autos, und es ergibt sich – Zufall oder nicht –, dass beide im BMW Platz nehmen.

PETRA. Na, wenn 'ne Frau mitkommt, das hebt doch gleich die Moral.

Sie verliert auch in dieser Situation nicht so leicht ihre Schlagfertigkeit.

Gunnars VW fährt zuerst los. Udo beugt sich beim Kastanienbaum aus dem Wagenfenster.

UDO. Macht's gut, Jungs.

Seine Stimme tönt im Wegfahren noch einmal über die verschneite Baustelle.

TILLMANN. Frohe Weinachten, und feiert nicht so wild.

UDO. Lasst uns noch ein bisschen Arbeit übrig!

TILLMANN UND TOBI. Nu klar. Genau.

München im Weihnachtslicht, Haus der Familie Loewe

Alles, was Gunnar, Udo und ihre Familien seit der Maueröffnung von den Segnungen des Westens erfahren haben, stand unter dem Zeichen der D-Mark West. Sie durften im Hunsrück schon ein wenig am Lebensstil des anderen Deutschland schnuppern. Für ihre Verhältnisse haben sie in der Zeit, nach fast 600 Arbeitsstunden, ein Vermögen verdient. Was sie nun, an den letzten Tagen des Jahres erleben, wirft ihre bisherigen Maßstäbe nochmals über den Haufen.
Da wäre als Erstes die Stadt München! Zu keiner Zeit wie um Weihnachten erstrahlt hier der Kapitalismus in solchem Glanz. Allein der turmhohe Christbaum auf dem Marienplatz mit seinen Hunderten von Lichtern überwältigt sie in seiner luxuriösen Nutzlosigkeit.
Den Heiligen Abend verbringen Jana und Udo, Gunnar und Petra mit ihren Kindern im Haus von Reinholds Mutter. Frau Loewe ist eine bekannte Konzertagentin, die seit Jahren Hermanns Karriere managt. In ihrem von bürgerlichem Luxus nur so strotzenden Haus lebt sie allein mit ihrem unverheirateten Sohn. In der Eingangsdiele, die von einer repräsentativen Marmortreppe beherrscht wird, steht eine schlichte, aber edel geschmückte Hochlandtanne, in der Couchecke unter der Treppe wurde eine Bescherung für die Kinder arrangiert: geschmackvolles Spielzeug, Puppen und Modisches für die Mädchen, elektrische Eisenbahn und Technikspielsachen für die Buben. Die putzigen Kleidchen von Nadine und Jennifer sind ebenso Geschenke der Gastgeberin wie die Anzüge der Buben. Die Kinder packen ehrfürchtig all die Wunderdinge aus und trauen sich in ihren neuen Kleidern kaum, einen Laut der Freude zu äußern.
Frau Loewe hat die Erwachsenen um den Esszimmertisch versammelt. Tischdekor und Inneneinrichtung sind erlesen: barocke Leuchter, Meißener Porzellan, festliches Tafelsilber, Gobelins und Ölgemälde, antike Möbel.
Die Gäste aus dem Osten sind dem Anlass gemäß gut gekleidet: Udo trägt sein neues kariertes Holzfällerhemd, und Gunnar hat es sich nicht nehmen lassen, im Jeansanzug zu erscheinen, den er sich von seinem ersten Westgeld gekauft hat.

Bevor alle an der Tafel Platz nehmen, hebt Frau Loewe ihr Champagnerglas.

FRAU LOEWE. Auf eine glückliche, neue Zeit! Für uns war das auch ein erfreuliches Jahr. Es war das umsatzstärkste seit Bestehen der Agentur, dank unseres Maestros Hermann Simon, der für uns 83 Konzerte gegeben hat …

REINHOLD. … 84, liebe Mama! Du hast unser heutiges Weihnachtskonzert vergessen.

FRAU LOEWE. … und zwölf Plattenaufnahmen.

Hermann kennt seine Agentin und weiß, dass sie selbst mit ihrer Weihnachtsansprache noch die Ausweitung ihres Geschäfts im Sinn hat. Dem will er vorbeugen, findet aber kein schlüssiges Gegenargument.

HERMANN. Vielen Dank, Frau Loewe, aber das muss im nächsten Jahr weniger werden.

Hermann spürt, dass über seinen zukünftigen Wohnsitz und sein damit verbundenes Bedürfnis nach freier Zeit für Haus und Freundin noch deutlichere Worte vonnöten sind, denn Frau Loewe geht auf seine Andeutungen nicht ein. Stattdessen amüsiert sie sich über Gunnar, der den Flügel im Zimmer entdeckt hat. Wie magisch von dem prächtigen Instrument angezogen, ist er aufgestanden und hat auf dem Klavierhocker Platz genommen. Bevor er die Tasten anrührt, reibt und knetet er seine Finger und hält sie schließlich demonstrativ empor.

GUNNAR. Sie schauen so auf meine Finger. Also, ich bin zwar ein Arbeiter, aber deswegen hab ich noch lange keine Tatzen. Stimmt's Petra? Petra, was war's an mir, was dir zuerst gefallen hat?

Petra möchte im Boden versinken, so peinlich ist ihr Gunnars ungehobeltes Benehmen. Sie wirft ihm wütende Blicke zu, aber Gunnar lässt sich nicht bremsen.

GUNNAR. Sag's nur – na, sag's nur: Es waren meine Hände. Richtige Gynäkologenhände hast du, das hast du gesagt.

Frau Loewe muss lachen. Udo und Jana bekommen nach und nach Spaß an der Situation. Petra hält hilfesuchend nach Reinhold Ausschau.

Nach einem erwartungsvollen Blick zu den Kindern legt Gunnar die Finger auf die Tastatur und beginnt, den «Entertainer» zu spielen. Das Stückchen geht ihm flott von den Händen, und er muss sich auch nicht sonderlich konzentrieren, um es mit gutem Rhythmus und fast fehlerfrei herunterzududeln.*

Angelockt von den Klängen kommt Nadine, die ältere seiner zwei Töchter, herein, schlüpft unter dem Flügel hindurch und kuschelt sich zu ihrem Vater auf den Schoß. Gunnar strahlt.

GUNNAR. Wissen Sie, Frau Loewe, wo ich Klavierspielen gelernt habe? An der besten Leipziger Musikschule. Da war mein Vati Hausmeister. Und immer, wenn da mal der Unterricht ausgefallen ist oder es war mal Zeit, da durfte ich ran. Und dann hab ich geübt und geübt, bis ich's drauf hatte, ganz alleine. «Dampf, Druck und Drill», hat der Vati immer gesagt.

Reinhold bemerkt, dass etwas Feuchtes aus seiner Nase rinnt. Er holt sein Taschentuch hervor, tupft sich die Oberlippe und sieht, dass ihm die Nase blutet. Er entschuldigt sich und beeilt sich, ins Bad zu gelangen.

FRAU LOEWE. Schon wieder.

Gunnar ist ganz in seinem Element. Er realisiert nicht, dass seine Frau sich bloßgestellt fühlt, und geht ungeniert davon aus, dass sein Klavierspiel nach dem Geschmack der Gastgeber ist.

GUNNAR. Zu großen Preisen hat's nicht gereicht, aber wenn Sie mal einen Barpianisten brauchen, Frau Loewe – für Sie jederzeit, gratis, kostenlos, aber nicht umsonst.

Hermann fühlt sich auf dem Ehrenplatz am Tischende einsam. Seine Gedanken sind bei Clarissa, die diesen einzigen freien Abend, wie sie ihm schrieb, bei ihrem Sohn Arnold in Hamburg verbringt. Während Gunnar immer weiter spielt und den «Entertainer», wenn er zu Ende ist, wieder von vorne beginnt, beugt sich Hermann zu Frau Loewe.

HERMANN. Darf ich mal Ihr Telefon benutzen?

Auf dem Weg zur Bibliothek geht er durch das Foyer, an den beschenkten Kindern und dem edlen Christbaum vorbei, zu einer englischen Kanzleileuchte, die das Telefon mit einem warmen Licht-

* Scott Joplin: Ragtime for Piano, «The Entertainer»

kreis umgibt. Hermann hat sein Adressbüchlein hervorgeholt und wählt die Hamburger Nummer. Zu seiner Überraschung ertönt aber nur das Besetztzeichen.

Hamburg, die Wohnung von Frau Lichtblau

Der Hörer des Hamburger Telefons liegt auf einem der «akustischen Modems», wie man sie in jenen frühen Jahren des Internets benutzte, um «online» zu gehen. So erklärt sich, warum sich vom Anschluss der Mutter Clarissas das Besetztzeichen meldet. Daran wird sich heute, sooft Hermann es auch versuchen mag, nichts ändern. Solange der computerbesessene Arnold seiner Mutter den Rechner erklärt und ihr zeigt, wie er E-Mails an seine Hackerfreunde verschickt, ist die Leitung blockiert.

Clarissa ahnt das alles nicht. Sie hat sich vorgenommen, heute einmal eine vorbildliche Mutter zu sein. Als viel beschäftigte Künstlerin hat sie wenig Erfahrung in dieser Rolle, die ihre alte Mama jahrelang für sie übernommen hat. Bei der Beschäftigung mit dem Sohn schlüpft Clarissa eher in die Rolle eines jungen Mädchens als in die einer Mutter. Amüsiert, mit hochgezogenen Beinen, verfolgt sie, wie sich auf dem grünen Bildschirm ein stilisierter Christbaum aufbaut, der sich aus Buchstaben und Worten zusammenfügt.

CLARISSA. «1989, smiley, Nagodnilavn godnizar, Boan natale, godnikar, chang ni chen tan chieng, Merry Christmas» … Mensch, die Sprachen kannst du alle?

Arnold lacht und kuschelt sich an Clarissa, die ihm über die Schulter blickt. Natürlich hat er sich die Vorlagen zu der Christbaum-Grafik aus dem Internet heruntergeladen und wird sie an seine Cyberfreunde weiterschicken.

Clarissas Mutter erscheint in der Zimmertür. Sie ist verärgert. Sie hat sich den Heiligen Abend geselliger vorgestellt.

MUTTER LICHTBLAU. Esst ihr noch was oder nicht?

Sie erhält keine Antwort. Empört kehrt sie in den Flur zurück und

geht mit stampfenden Schritten ins Esszimmer, in dem der echte Christbaum mit brennenden Kerzen steht.
MUTTER LICHTBLAU. Dann räum ich jetzt ab!

Günderrode-Haus, Heiligabend

Als Tillmann sich im November von seiner Mutter in Zeitz verabschiedet hatte, um sich am Rhein etwas Westgeld zu verdienen, war er sicher, Weihnachten wieder zu Hause zu sein. Da er noch nie in seinem Leben eine so weite Reise gemacht hatte, litt er bald an heftigem Heimweh.
Nun aber hat er die Moni aus Oberwesel kennen gelernt. Am Heiligabend feiern die beiden auf der Baustelle, weil sie kein anderes Plätzchen kennen für ihre Liebe. Mit vielen brennenden Kerzen, die sie überall aufgestellt haben, versuchen sie, den Kellerraum anzuwärmen. Bei den frisch verputzten, noch feuchten Wänden ist das schwierig. Moni hat einen alten Elektrokocher mitgebracht, auf dem ein Topf mit Glühwein blubbert. Zwischen Schaufeln, Schubkarren, Hacken und anderem Werkzeug haben sie sich ein gemütliches Plätzchen eingerichtet. Gemeinsam in eine Wolldecke gehüllt, können sie sich einigermaßen warm und geborgen fühlen.
MONI. Hast du immer noch Heimweh?
TILLMANN. Wenn ich dich hab, spür ich ganz was anderes.
MONI. Deine Mutter in Zeitz, die ist jetzt alleweil traurig ohne dich.
TILLMANN. Kann schon sein, aber ohne dich, bei meiner Mutter, da wäre *ich* vielleicht traurig.
MONI. Das wollen wir ja auch nicht.
Tillmann schüttelt den Kopf wie ein kleiner Junge. Moni, die offenbar ein wenig erfahrener ist, kuschelt sich an ihn und beginnt ganz sanft, seinen oberen Hemdknopf zu öffnen.

Aussichtsplateau auf der Zugspitze

Das schneebedeckte Alpenpanorama dehnt sich in einer glasklaren Winterluft viele Kilometer weit nach allen Richtungen. Udo, Gunnar, die Frauen und die Kinder können sich nicht satt sehen. Das ist alles viel gewaltiger, als man es sich in seinen sehnsuchtsvollen Reisefantasien von Leipzig aus hat vorstellen können. Der Blick geht über die Wolken hinweg bis tief nach Österreich hinein und in der Gegenrichtung bis München und das verschneite Voralpenland. In der dünnen, eisigen Luft hier oben geraten alle in eine Stimmung, die sie nie zuvor kannten.

HERMANN. Genießt die Aussicht, genießt die Aussichten.

GUNNAR. Es ist Wahnsinn.

Hermann und Reinhold sind eigens mit ihren Gästen aus dem Osten hier heraufgefahren, um ihnen diesen Wunsch zu erfüllen.

REINHOLD. Ist das herrlich. So einen Ausblick hatte ich hier noch nie.

UDO. Echt?

REINHOLD. Da haben Sie wirklich Glück gehabt.

Als Jana diese Worte hört, rennt sie zu ihrem Udo und wirft sich voller Begeisterung an seine Brust.

JANA. Wir Deutschen sind eben das glücklichste Volk auf der Welt.

UDO. Und ich bin der glücklichste Deutsche.

Er liebt seine Jana und ist ein glücklicher Familienvater.

Bei Petra und Gunnar verhalten sich die Dinge anders. Petra sucht die ganze Zeit die Nähe von Reinhold, dem sie bei Janas Worten in die Augen blickt.

PETRA. Ja, wenn ich hier so stehe, dann glaub ich's wirklich.

Udo schnappt sich den kleinen Jacques und wirbelt ihn herum.

UDO. Ich sag euch was. Die Einheit kommt schneller, als wir denken. Keine fünf Jahre, und wir haben ein vereintes Deutschland.

Hermann genießt es, seine Gäste so glücklich zu sehen, und lächelt Petra zu.

PETRA. Wenn ich da so an letztes Weihnachten denke, und nun … Ist alles so ein Glück!

UDO. Was macht eigentlich der Gunnar?

Jetzt erst wird bemerkt, dass Gunnar fehlt. Alle Blicke suchen ihn.
Gunnar steht unter der Fahnenstange, auf der die schwarz-rot-goldene Deutschlandfahne weht. Er nestelt am Zugmechanismus und befestigt seinen lindgrünen Stoffbeutel so an der Fahnenschnur, dass er ihn an der Gegenschnur nach oben befördern kann, was zur Folge hat, dass sich die Flagge gleichzeitig nach unten bewegt. Gunnar singt während dieser Aktion seine Deutschlandhymne nach der Melodie von «God bless America».
GUNNAR.

Von den A-hal-pen bis zur No-hord-see,
von der O-ho-der bis zum Rhein,
Deutsch-land, du-hu mein Va-ha-terland,
du mein Heima-hat-land.

Gunnar schafft es, dass sein DDR-Beutel exakt am Ende des Liedes oben am Fahnenmast pendelt. Alle sind begeistert und klatschen Beifall. Die Kinder stehen am Geländer und rufen im Chor.
KINDER. Deutschland, wir kommen!
Gunnar gibt noch eine seiner Nummern zum Besten und imitiert die übersteuerte Sprechweise von Erich Honecker.
GUNNAR. «Genossen Bundesbürger ...» Ich muss euch was sagen. Im Angesicht dieser majestätischen Berge verrate ich euch jetzt mein Geheimnis. Wisst ihr, warum ich so gut den Erich kann?
UDO. Nee.
GUNNAR. Meine Großeltern wohnten doch in Suhl, und wie jedes Kind wollte ich gerne jodeln lernen. Holloradi, holloradi, holloradi hüü. So weit hab ich's geschafft. Immer vor und zurück, das ist Jodeln. Und wenn du's nicht mehr zurück schaffst, dann ist es der Honecker.
UDO. Mach noch mal.
Gunnar ist wieder einmal nicht zu bremsen.
GUNNAR. Hollorado, holloradi, hollorado hüü.
Mit dem Honecker-Gejodele zieht Gunnar die Deutschlandfahne wieder nach oben, um seinen Beutel zurückzukriegen. Da mischt sich Torsten ein.
TORSTEN. Mama, mir ist kalt.

Jana. Ach, hüpf doch ein bisschen, dann wird's warm.
Reinhold knöpft seinen Mantel auf und zieht einen warmen Wollschal hervor, den er dem frierenden Kind lachend umbindet. Jana bedankt sich. Petra beobachtet Reinhold dabei. Dass er so lieb zu Kindern sein kann, lässt ihre Augen leuchten.

Obere Seilbahnstation

Die Gruppe wartet auf die Gondel. Es weht ein eisiger Wind von unten herauf. Die Kinder halten sich an den Erwachsenen fest. Das Gedränge der Skifahrer und Ausflügler schiebt die Gruppe in die Gondel. Da fällt auf, dass Reinhold fehlt. Rufe nach ihm werden laut. Hermann kann die Gondel, die zum Abfahren bereit ist, noch mal verlassen und ruft Reinholds Namen in die eisige Bergstation. Reinhold ist nicht zu sehen.
Jetzt ist auch Petra aus der Gondel gestiegen, entschlossen, ihn zu suchen. Udo und Hermann versuchen noch, sie zurückzuhalten, aber sie ist schon unterwegs. Da sich die Abfahrt der Gondel nicht länger hinauszögern lässt, entsteht eine kurze Konfusion, dann steigen alle wieder ein.
Hermann. Wir warten unten. Ihr fahrt mit der nächsten!

Während die Gondel in Richtung Tal schwebt, findet Petra Reinhold, der ein Stockwerk höher an einen Eisenträger gelehnt steht. An seine Nase hält er ein Taschentuch gepresst und sieht hilflos zu, wie die Blutung es rot durchtränkt. Petra taucht unter dem Arm, mit dem er sich abstützt, hindurch und gerät dadurch ganz nah vor ihn.
Petra. Sie kriegen aber oft Nasenbluten.
Reinhold. Ja, ja, ich weiß. Nicht sehr männlich.
Petra. Am besten, Sie lehnen sich nach hinten, ruhig auf meine Schulter.
Schon hat sie ihn mit dem Rücken zu sich gedreht, damit er seinen Kopf nach hinten auf ihre Schulter lehnen kann.
Petra. Ja, so ist's gut, ja. Das hab ich nämlich im ZV-Unterricht gelernt.

REINHOLD. ZV, was ist das?
PETRA. Zivilverteidigung.
Sie nimmt ihm das Taschentuch aus der Hand und drückt es nun selbst gegen seine Nase. So kann er sich vollkommen entspannen.

Inzwischen gleitet die Seilbahngondel mit den Familien der Talstation entgegen. Keiner sagt ein Wort. Auch Gunnar schweigt. Am Endpunkt der Strecke steht ein bescheidener Christbaum mit wenigen Elektrokerzen.

In diesem Moment dreht Reinhold sich von Petras Schulter weg und küsst sie. Sie erwidert den Kuss mit geschlossenen Augen. Als sie sich dann in die Augen sehen, wissen sie, dass es um sie beide geschehen ist.

Untere Seilbahnstation und Parkplatz

Hermann und die Familien sind am Parkplatz hinter dem Stationsgebäude eingetroffen, wo ihre Autos stehen. Von hier aus können sie die Seilbahn beobachten und sehen, wie die nächste Gondel sich aus dem Hangnebel löst und im Näherkommen immer mehr Kontur annimmt. Gunnar, der sich an der Frontklappe seines Käfers zu schaffen macht, versucht, den Blicken der anderen auszuweichen. Kurz vor der Ankunft der Gondel eilt er zum Bahnsteig hinauf und mustert aufgeregt die aussteigenden Passagiere. Enttäuscht kehrt er zu den Autos zurück.
GUNNAR. ... Ist wieder nicht dabei.
UDO. Das kann doch nicht wahr sein.
Jana und Udo halten sich aneinander fest. Sie spüren, wie bedroht eine Beziehung plötzlich sein kann. Gunnar wendet sich ratlos an Hermann.
GUNNAR. Herr Simon, Herr Simon, ich, ich fahr jetzt dort hoch. Wir stehen hier jetzt schon eine ganze Weile, das kann doch wohl nicht wahr sein. Was treiben die denn dort oben?
HERMANN. Das weiß ich doch auch nicht – aber beruhigen Sie sich doch, die werden schon herunterkommen.

GUNNAR. Dann fahr ich jetzt dort hoch.
HERMANN. Das ist doch viel zu teuer. Das bringt doch nichts.
GUNNAR. Dann fahr ich jetzt heim.
HERMANN. Sie wissen doch gar nicht, was passiert ist.
GUNNAR. Ich steh mir hier nicht die Beine in den Bauch.
Die nächste Gondel wird erst im letzten Augenblick sichtbar, weil der Nebel noch dichter geworden ist. Reinhold und Petra stehen schweigend am talseitigen Fenster und blicken in die Ferne.
Auch auf dem Parkplatz herrscht Schweigen. Gunnar hat sich schon in sein Auto gesetzt, um wegzufahren. Jetzt steigt er wieder aus und wartet ab.
Petra und Reinhold kommen mit dem Ausdruck des schlechten Gewissens vom Stationsgebäude herunter. Im Näherkommen schlagen sie verschiedene Richtungen ein. Petra geht auf Gunnar zu und bleibt vor ihm stehen. Ihr Lächeln ist unsicher. Sie berührt den Knopf von Gunnars Jacke in Brusthöhe. Doch Gunnar stößt ihre Hand beiseite.
GUNNAR. Na, glücklich?
Er lässt sie einfach stehen. Petra wagt nicht, den Blick zu heben, denn sie wird von allen Seiten angesehen. Da kommen die beiden Mädchen, die ihre Mutter schon vermisst haben, fassen sie entschlossen an beiden Händen und führen sie zu den Autos.
UDO. Willst du alleine fahren?
GUNNAR. Ich *bin* alleine!
Schon lässt Gunnar den Motor aufheulen und braust mit seinem Käfer davon.
UDO. Du spinnst wohl ein bisschen!
Gunnar hat Udos Ruf nicht mehr gehört, ist in die Zufahrtsstraße eingebogen und verschwunden.
Die anderen, Udo, Jana, die Söhne und Hermann haben das Geschehen wie gelähmt verfolgt.
UDO. Jetzt haben wir ein Transportproblem.

Regionalzug Garmisch–München, ein Zugabteil

Ein Zug rattert durch den Wintertag. Auf den Bergflanken im Hintergrund leuchtet die Abendsonne. Auf einem Abschnitt der Strecke verläuft die Bahnlinie kilometerweit parallel zur Landstraße. So kommt es, dass der Zug den gelben VW von Gunnar überholt.

Gunnars Töchter haben ihn vom Zugfenster aus entdeckt. Die Kinder trommeln gegen das Abteilfenster.

JENNIFER UND NADINE. Ich will zu meinem Papa, ich will zu meinem Papa!

Der Zug hat nun fast die gleiche Geschwindigkeit wie Gunnar in seinem Auto. Aber Gunnar reagiert nicht. Wahrscheinlich sieht er die Kinder nicht.

Im Abteil sitzen sich Petra und Reinhold gegenüber. Sie wissen nicht, was sie den Kindern sagen sollen. Als die Mädchen zu weinen anfangen, weil der Zug Gunnars Auto endgültig überholt, nimmt Petra die Kleinen in den Arm und drückt sie tröstend an sich.

PETRA. Ob das wohl richtig ist, was ich hier tue?

REINHOLD. Habt keine Angst, ich bin für euch da.

Die spitzen Strahlen der Sonne schießen durch das Geäst der vorbeihuschenden Bäume und lassen die Gesichter im Zug hektisch aufleuchten.

München, Hermanns alte Wohnung

Als Hermann zu seiner Münchner Wohnung zurückkehrt, sieht er auf dem Treppenabsatz Clarissa stehen. Sie hat einen Wollschal mehrfach um den Hals gewunden. Fassungslos und glücklich schließt er sie in die Arme.

HERMANN. Clarissa! Und das Theater, deine Vorstellung?

Clarissa sagt nichts. Hermann sieht sie an.

HERMANN. Du hast Fieber!

Clarissa kann nicht sprechen. Ihre Stimme ist vollkommen versiegt. Sie lächelt ihn an.

Aus der Wohnung kommt der kleine Jacques gelaufen, immer noch in Winterkleidung und Pudelmütze, und drängt sich neugierig zwischen die Liebenden.
Hermann beugt sich zu dem Kind.
HERMANN. Na, müde?
Der Junge verneint flüsternd. Seine Mutter Jana ist ihm gefolgt und holt ihn zu sich. Auch Udo erscheint in der Wohnungstür, zieht sich aber sogleich zurück und schließt sie, um die Intimität der Begrüßungsszene nicht zu stören – jedoch nicht ganz, damit Hermann und Clarissa sich nicht ausgesperrt fühlen.
HERMANN. Ich lass dich jetzt nie mehr allein.

Günderrode-Haus um Mitternacht

Der letzte Tag des Jahres ist gekommen. Das Städtchen Oberwesel liegt wie ausgestorben im dämmrigen Tal.
Gunnar sitzt auf dem kahlen Kastanienbaum. Er ist auf den dicken Ast geklettert, den der Baum über die neu entstandene Grundstückszufahrt streckt, und lässt traurig die Beine baumeln. Eine einzelne Silvesterrakete zischt über den Weinberg.

Berlin, Silvester am Brandenburger Tor

Das Silvesterfest 1989/90 hat in Berlin historische Ausmaße. Die ganze Stadt ist auf den Beinen. 100 000 Menschen aus West und Ost haben sich am Brandenburger Tor eingefunden und feiern den Beginn des ersten Jahres der Wiedervereinigung der Deutschen. Sie sind in diesem Augenblick wirklich das glücklichste Volk der Welt.
Das Feuerwerk ist ein Delirium.

ZWEITES BUCH

Die Weltmeister

BREHME
3

Der Rhein aus der Sicht des Fliegers

Das Flusstal schiebt sich in Ernsts Blickfeld: eine tiefe Kerbe im dicht bewaldeten Schiefergebirge. Der Rhein schimmert als silberne Schlangenlinie herauf.
Ernst kehrt von einer längeren Reise zurück.
Er drückt seine Cessna nach unten. In den heraufblitzenden Reflexen des Sonnenlichts lässt er sich euphorisch ins Tal hinabsinken. Wieder daheim!
Der Fluss ist an diesem Sommertag eine Schlagader pulsierenden Lebens mit seiner von Schiffen durchfurchten Strömung, seinen Ufern mit den beidseitigen Eisenbahnlinien, Tunnels und Straßen, die eine Kette von Städtchen verbinden.
Ernst überfliegt die Orte Boppard und Sankt Goar. Am Loreleyfelsen gewinnt er im Steigflug wieder Höhe und steuert die Maschine in Richtung Oberwesel.
Am Hang über den Weingärten wird das Günderrode-Haus sichtbar. Der restaurierte Bau mit seinen goldfarbenen Füllungen im historischen Fachwerk, seiner wie über einem Abgrund schwebenden Edelstahlterrasse und dem glitzernden Schieferdach leuchtet von weit her aus dem Grün der Reben und Bäume.
Ernst erkennt einen Mann auf dem Dachfirst, der mit weit ausgestreckten Armen die Schüssel einer Satellitenantenne über dem Kopf balanciert.

Günderrode-Haus mit Blick auf Oberwesel

Der Mann auf dem Dach ist Gunnar Brehme. Er trägt das Trikot der deutschen Fußballnationalmannschaft.
Das Flugzeug nähert sich von unten her, steigt mit aufheulendem Motor parallel zur Hanglinie empor und hält direkt auf das Haus zu.
Zuerst wird es von Udo und Tillmann bemerkt, die eine elektrische Lichterkette von der Terrassenkante zu einem Baum herüber-

ziehen. Sie rätseln, ob es sich um Ernst handelt, der da heranbraust, rufen ein paar Scherze zu ihrem Kumpel auf dem Dach hinauf, doch schon wird ihnen klar, dass der Spaß schiefgehen kann: Das Flugzeug rast direkt auf Gunnar zu.
Der duckt sich erschreckt und verliert mit seiner Satellitenschüssel fast das Gleichgewicht.
Ernst lacht in seinem Cockpit. Er zieht die Maschine in eine Steilkurve. Der Schatten der Cessna huscht über den Hof und Gunnar hinweg, der sich wieder gefangen und auch kapiert hat, wie Ernsts «Luftangriff» gemeint war.
GUNNAR. Tobi, Tobi! Du, ich glaub, der will was von dir!
Tobi kommt aus dem Haus gerannt, sieht die Cessna, die jetzt mit wackelnden Tragflächen in Richtung Schönburg davongleitet. Er hat verstanden, winkt kurz hinterher und rennt zu seinem Trabi. Er verlässt den Hof über den asphaltierten Weinbergweg, der nun als Zufahrt zum Günderrode-Haus ausgebaut ist.
Ernsts Flugzeug hat Kurs auf das Hochland über dem Rheingraben genommen und taucht in den schieferfarbenen Dunst der Hunsrücklandschaft ein.

Udo und Tillmann haben es heute auf Gunnar abgesehen und amüsieren sich damit, ihn auf dem Dach zu veräppeln, wo er sich weiterhin mit der unhandlichen Satellitenschüssel herumplagt. Was ihm die Arbeit erschwert, ist das freie Ende des Antennenkabels. Er lässt es einfach über die Dachschräge gleiten, sodass es an der Hausfassade herabbaumelt.
Das ist für Udo und Tillmann der Anlass für neue Boshaftigkeiten. Sie ergreifen das Ende des Kabels und melden zu Gunnar hinauf, dass sie jetzt Fernsehempfang hätten und man nur noch die Position der Schüssel justieren müsse.
UDO. Gunnar, höher!
Er versucht, die Anweisung zu befolgen. Das ist wegen der Windböen, die dort oben wehen, nicht ungefährlich.
GUNNAR. Das geht nicht höher!
Udo und Tillmann fläzen sich auf die Außentreppe des restaurierten Torhäuschens. Sie halten das freie Kabelende und feixen zu Gunnar hinauf, der sie nicht sehen kann. Immer wieder mit dem

Gleichgewicht kämpfend, stemmt er die Schüssel empor, so hoch es ihm möglich ist.

UDO. Na los, bis zum Himmel!

TILLMANN. Zum Mond, Gunnar, los!

GUNNAR. Seid ihr blöde oder was? Ich kann nicht höher.

UDO. Ach, du kannst nicht höher. Na ja, kein Wunder, dass dem die Frau weggerannt ist.

Jetzt ist es heraus! Gunnar ist nach dem Ehedrama auf der Zugspitze nun auch noch zum Gespött der Kollegen geworden. In seinem Trikot mit dem Namen des Fußballspielers *Brehme* und der Rückennummer 3 wirkt er tatsächlich recht lächerlich da oben auf dem Dach.

Ernsts Gelände am Goldbach

Die Cessna zieht eine Schleife über Schabbach und schwebt im Sinkflug über die Kuhweiden ein. Bei sanftem Gegenwind gelingt Ernst eine Musterlandung zwischen den rot-weißen Asphalttonnen auf seinem Landeplatz.

Oben am Waldrand taucht bereits Tobis Trabi auf, verlässt den Feldweg und brettert quer durch die Wiesen. Als er am Flugzeugschuppen ankommt, rollt die Cessna schon in Position.

Den restlichen Weg zu Wohnhaus und Werkstätten setzt Ernst in seinem alten Landrover fort. Tobi folgt mit dem Trabi. Die Fahrt geht über holprige Abkürzungen und endet im Hof am Goldbach.

Die Männer steigen aus ihren Fahrzeugen. Als Tobi hilfsbereit nach einem Paket greifen will, das Ernst mitgebracht hat, fällt das erste Wort.

ERNST. Vorsicht! Eigentlich dürfte ich das keinem zeigen, nicht einmal dir.

Natürlich ist die Bemerkung scherzhaft gemeint. Ernst hat das ganze Manöver am Günderrode-Haus nur veranstaltet, um Tobi gleich zu sich zu holen und ihm seine Beute zu zeigen. Er ist für ihn inzwischen ein Freund geworden.

Als er im Spätherbst am Goldbach aufgekreuzt war, hatte Ernst

gleich Sympathie für den jungen Sachsen empfunden. Tobi hatte nach stilgerechten Fensterrahmen, Türen und Beschlägen fürs Günderrode-Haus gesucht und von Hermann erfahren, dass dergleichen bei seinem Bruder Ernst zu finden wäre.
Während der Bauzeit hatte Ernst immer größeren Respekt vor Tobis Fachwissen und seinen handwerklichen Fertigkeiten entwickelt. Er konnte dies beurteilen, denn er selbst war ja Fachmann für Antiquitäten, hatte vor Jahren bäuerlichen Hausrat und regionale Altertümer gesammelt und damit Handel getrieben.
Ernsts Sammlerleidenschaft hatte sich inzwischen auf einen völlig anderen Bereich verlagert, und so war es ihm recht gewesen, dass Tobi sich in seinen alten Trödellagern bediente und Hermanns Haus bis hin zu den Türschlössern und Fenstergriffen exakt im Stil des frühen 19. Jahrhunderts rekonstruierte. Für die Freundschaft mag auch eine Rolle gespielt haben, dass der Sonderling Ernst einem bunten Vogel wie Tobi eher vertraute als so bürgerlichen Leuten wie etwa seiner Schabbacher Familie.
Das Chaos, in dem Ernst am Goldbach haust, ist nicht mit Verwahrlosung und Zerfall zu verwechseln. Er hat nur keinen Sinn für jegliche bürgerliche Selbstdarstellung. Warum sollte er sein Werkzeug in Reih und Glied anordnen, warum den Hof pflastern, warum Bretterstapel und Maschinen des ehemaligen Sägewerks wegräumen oder die Fassaden streichen lassen, wenn ihm das keinen praktischen Vorteil bringt? Hauptsache, es regnet nicht durchs Dach und er selbst findet immer, was er sucht. Ernst kann alles gebrauchen, sogar den fest installierten Verladekran mitten auf dem Hof, den er bei Bedarf betätigt, oder den alten Traktor, den er beim Kauf des Hauses einst miterworben hat.
In der Wohnküche steht ein eiserner Heizkessel, mit dem er im Winter das Haus wärmen kann. Der klobige Ofen ist inmitten des Raumes aufgebaut, sodass man ihn umrunden muss, wenn man die Leseecke erreichen will. Zentrum in Ernsts Alltag ist der antike Ausziehtisch, der lang genug ist für eine gemütliche Bauernbank, die eine ganze Wand einnimmt. In der Ecke brummt ein alter Kühlschrank, Geschirr und Gläser befinden sich in einer hübschen Rokokovitrine, eine Fünfziger-Jahre-Lampe baumelt über der Tischplatte, der alte Spülstein vor dem Fenster reicht für das

bisschen Haushalt. Für sein einsames Leben braucht Ernst nicht mehr.

Er hat das Paket geöffnet, das er im Flugzeug mitgebracht hat. Was er da vor Tobi ausbreitet, sind äußerst seltene Grafiken aus der Zeit des Expressionismus: Holzschnitte von Otto Dix, die den Schrecken des Ersten Weltkriegs darstellen.

Tobi ist ganz ehrfürchtig, solch schöne Kunstwerke in Händen halten zu dürfen.

Ernst hat in der Leseecke ein Ölgemälde ausgepackt und bringt es zum Tisch herüber.

ERNST. Aber jetzt kommt das Beste. – Na, schön?

Er hält Tobi ein primitives Landschaftsbild mit Alpenpanorama hin und grinst.

ERNST. Das Scheiß-Matterhorn kannst du vergessen. Aber guck mal auf die Rückseite, was da durchschimmert.

Tobi dreht das Gemälde um. Auf der Rückseite der Leinwand ist, von weißer Farbe halb verdeckt, das Porträt eines jungen Mannes zu sehen.

TOBI. Ah, übermalt.

ERNST. Kann man wohl sagen.

Er feuchtet den Daumen an und wischt damit über die weiße Deckfarbe.

TOBI. Nicht mit Spucke!

Voller Zufriedenheit lehnt sich Ernst an den Heizkessel und strahlt den Freund an.

ERNST. Das ist der verschollene «Zigeunerjunge» von Otto Müller. Und ich hab den Braten gerochen. Ich wusste, dass der in Vilnius vor sich hindämmert, unter einer billigen Temperaschicht. Seit 35 Jahren bin ich hinter dem Bild her. Kannst du dir das vorstellen, Tobi?

TOBI. Wie hast du denn das gemacht?

ERNST. Das möchtest du wohl gerne wissen!

Wieder verschwindet er in seiner Leseecke. Er hat noch mehr von seinem Streifzug in den Osten mitgebracht. Mit zwei weiteren Gemälden kehrt er zurück. Das eine zeigt die zartgliedrigen Gestalten nackter Frauen in einem Atelier, das andere einen idyllischen See, in dem junge Mädchen baden.

ERNST. Verschollene Expressionisten, Tobi – weißt du, was das bedeutet?
Tobi beugt sich mit fachmännischem Blick über eins der Bilder.
TOBI. Das ist ein Heckel.
ERNST. Ja, und das hier auch. Wahrscheinlich. Ich bin nicht sicher, die Signatur fehlt. Was bei den Nazis entartete Kunst war und dann der Weltkrieg durcheinander gewirbelt hat, das hat in einem litauischen Keller gelegen und dann auch noch 40 Jahre Sozialismus überdauert.
Er hat das zweite Bild an einen Nagel über der Bank gehängt und betrachtet es nachdenklich. Dann setzt er sich an den Tisch, nimmt noch einmal das übermalte Bild vom Zigeunerjungen zur Hand, streicht liebevoll darüber und sieht dann Tobi in die Augen.
ERNST. Tobi, versprichst du mir, mit keiner Menschenseele über meine Sammlung zu reden?
TOBI. Klar – aber warum?
ERNST. Weil wir hier im Hunsrück sind, verdammt noch mal. Neid, Missgunst, Gerüchte, Ignoranz. Guck mich nicht so an.

Günderrode-Haus

Freitag, 8. Juni, erster Tag der Fußballweltmeisterschaft 1990
Mag sich die Baumannschaft aus dem Osten unter Tobis Leitung auch noch so sehr bemüht haben, das Haus im alten Stil wieder erstehen zu lassen – es wirkt doch nach der Fertigstellung noch ein wenig steril mit den frisch getünchten Wänden, den neuen Fenstern und den akkurat verlegten Schieferplatten auf dem Dach.
Der Hof ist komplett mit Basaltsteinen gepflastert, hübsche Beete für Sträucher und Staudenblumen sind angelegt worden, und für die Autos der Besucher wurden Parkflächen und eine Wendemöglichkeit geschaffen. Der mächtige Kastanienbaum in der Mitte des Hofes hat alles unbeschadet überstanden. Sein knorriger Stamm ist jetzt von einer Rundbank umgeben – ein gemütlicher Treffpunkt, wie er früher unter den Dorflinden üblich war.
Auch der kleine Aussichtspavillon ist restauriert, hat ein neues

Schieferdach erhalten und setzt einen anmutigen Akzent auf den Grundstücksvorsprung am Weinberg.
Das ehemalige Torhäuschen steht eigenwillig schräg auf dem Hof. Es richtet sich nach keiner der Gebäudefluchten und hält keine rechten Winkel ein. Gerade so trägt es hübsch zur Gliederung des Geländes bei. Unten ein Abstellraum und, über eine hölzerne Außentreppe erreichbar, ein Stübchen im Obergeschoss, dessen Fenster sich zu Haus und Hof hin öffnen.

Gunnar ist noch immer auf dem Dach beschäftigt, als Hermann mit seinem Auto eintrifft, gefolgt von Rudi Molz und seiner Frau Lenchen. Gemeinsam laden sie Tabletts und Fleischtöpfe aus: ein Beitrag des Gasthauses Molz zur Einweihungsfeier.
Auf dem Weg zur Rasenfläche am oberen Ende des Hofes bleibt Lenchen staunend stehen. Sie sieht das neue Haus zum ersten Mal.

LENCHEN. Das ist ja ein richtiges Schmuckkästchen geworden. Mit den vielen Fenstern und den schönen Gefächern all. Und dann noch hier unten am Rhein, wo's sowieso viel schöner ist wie bei uns im Hunsrück, wo's immer so windig ist, wo es drei Wochen später blüht, ja, und vier Wochen früher Winter ist. Hermann, das habt ihr wirklich richtig gemacht.

Auf dem Rasen ist unter Sonnenschirmen ein Partybuffet vorbereitet worden, das Lenchen und Rudi mit ihren Töpfen bereichern. Hermann hilft mit, auch Moni aus Oberwesel, die mit einem Stapel Teller aus dem Haus kommt.

HERMANN. Ja, ihr habt euch aber auch Mühe gegeben.

LENCHEN. Aber, das ist doch ein Plätzchen fürs Leben, und der viele Wein hier rundherum.

Ein Autohupen unterbricht die Arbeiten am Buffet.
Auch Clarissa horcht auf und erscheint mit eingewickelten Haaren und Föhn an einem der Fenster.
Ein eleganter Galaxy mit Münchner Nummer rollt hupend heran, gefolgt von einem fabrikneuen dunkelblauen Fiesta.
Gunnar auf dem Dach hält inne, lauscht. Er kennt die Frauenstimme, die jetzt auf dem Hof ertönt. Es ist Petra, seine Frau, die aus dem Minivan aussteigt und Jana begrüßt, die in dem Fiesta

gefolgt ist. Die Frauen haben sich bei der Anfahrt schon erkannt und freuen sich lautstark über ihr unverhofftes Wiedersehen. Gunnar möchte am liebsten in einem Mauseloch verschwinden, was oben auf dem Dach ein unangebrachtes, dafür aber umso bedrückenderes Gefühl ist. Zum ersten Mal, seit Petra ihn in München verlassen hat, sieht er sie wieder. Er duckt sich hinter die Satellitenschüssel.

PETRA. Na, guck mal, unser schönes neues Auto!

JANA. Na, und *unser* Auto!

Über den Rand der Satellitenantenne hinweg beobachtet Gunnar, wie die Frauen stolz ihre Autos begutachten. Als er sieht, wie Petra zu Reinhold eilt, um ihm beim Aussteigen mit den Kindern zu helfen, schließt er vor Schmerz die Augen und lässt seine Arbeit fahren. Die Satellitenschüssel kippt und stürzt polternd vom Dach.

Sie landet direkt vor Udos Füßen, der gerade aus dem Haus tritt, um seine Frau zu begrüßen.

UDO. Gunnar, merkst du, noch 'nen Meter? Das ist doch Präzisionsarbeit aus der Raumfahrt, das Teil. Hast wohl einen Riss in der Schüssel!

Beschämt und hilflos sieht sich Gunnar allen Blicken ausgesetzt. Gleichzeitig muss er tatenlos zuschauen, wie seine jüngere Tochter schlafend auf Reinholds Arm liegt und der Rivale sich liebevoll um seine – Gunnars! – Kinder kümmert.

Udos ganze Aufmerksamkeit gilt Jana und den beiden Söhnen, die aus dem neuen Kleinwagen klettern.

Auch Tillmann ist auf dem Hof erschienen. Er kümmert sich um die trotz des Aufpralls unbeschädigte Satellitenschüssel und kann den erschrockenen Hermann beruhigen.

Er deutet zu Udo hinüber, der sich von Jana und den Buben den neuen Wagen erklären lässt. Jana berichtet aufgeregt von ihren Erlebnissen in der Autofabrik.

JANA. Weißt du, zwei Stunden haben die uns warten lassen. Ja, und weißt du auch, warum? – Die waren nicht mehr gewohnt, dass jemand bar zahlt.

Udo ist von seinem ersten eigenen Wagen so begeistert, dass er ihr nicht richtig zuhören kann.

Udo. Meiner Hände Arbeit!

Er versucht, das Auto zu umarmen, was ihm mit seinen mächtigen Pranken auch beinah gelingt. Alle reden durcheinander. Die Buben können es nicht abwarten, ihrem Vater alles Zubehör und die technischen Daten des Autos vorzuführen.

Tillmann. Der Udo hat erzählt, die Jana hat den Wagen direkt im Werk abgeholt, in Köln. Die haben sich die Überführungskosten gespart, über 700 Mark. Na ja, haben oder nicht haben.

Hermann. Schönes Blau.

Jetzt erst wird sich Jana bewusst, wo sie sich befindet. Sie wendet sich um und erfasst, ein wenig irritiert und überfordert, Hermanns zum Gruß ausgestreckte Hand. Dann erst strahlt sie ihn an und lässt sich willkommen heißen.

Tillmann kann sich's indes nicht verkneifen, Gunnar weiter zu hänseln, und ruft zu ihm hinauf.

Tillmann. Du, Gunnar, der Fiesta, der schafft die Berge ooch im vierten, mein Freund.

Damit spielt er auf dessen gelben VW an, der neben den beiden Neuwagen im Hof steht und ebenso kläglich wirkt wie sein Besitzer auf dem Dach.

Während auch Hermann sich von den Jungs den Fiesta erklären lässt, läuft Jana zu Petra und Reinhold hinüber, die mit den müden Mädchen beschäftigt sind.

Jana. Mensch, gut siehst du aus. Sag mal, ist das alles echt?

Sie berührt Petras urlaubsbraune Haut, die aus der modischen Bluse schimmert.

Petra. Je voudrais quatre croissants, s'il-vous-plait. Au revoir!

Jana. Du kannst ja ooch Französisch.

Petra. Nu klar, zwee Wochen Bretagne.

Petra hat Gunnar noch immer nicht entdeckt. Er hat sich auf das Brett gesetzt, das ihm auf dem First als Standfläche dient, und ringt um Fassung.

Unter ihm im Hof kümmert sich Lenchen Molz jetzt um seine kleinen Töchter, und Hermann ruft ihr zu, wo sie im Haus ein Bett für die Mädchen finden könne.

Gunnar sieht, wie Jennifer in Reinholds Armen eine andere Schlafposition sucht und dabei ihren Arm um seinen Hals schlingt, während er Lenchen über die Treppe folgt.

PETRA. So ein Haus ...!

JANA. ... gerade wie aus dem Bilderbuch.

Gunnar sitzt reglos in der prallen Sonne auf seinem Brett und blickt apathisch zu Petra hinunter, die staunend mit Jana das Haus umwandert. Die beiden hatten es ja als Baustelle kennen gelernt. Ihr ungezwungenes Lachen klingt zu ihm herauf.

Hermann trifft auf Clarissa, die mit einem Strauß roter Rosen auf den Hof tritt.

HERMANN. Sind eigentlich alle da, nur der Gunnar ist noch oben auf dem Dach.

Clarissa begreift sofort Gunnars missliche Lage. Niemand hatte mit Petras und Reinholds Besuch gerechnet, weil man wusste, dass sie verreist sind.

Kurz entschlossen klettert sie in ihrem seidenen Sommerkleid die Ausziehleiter hinauf. Udo und Rudi laufen erschrocken herbei, um sie daran zu hindern. Da sie aber unbeirrt weitersteigt, beschränken sie sich darauf, die Leiter zu sichern.

Clarissa erscheint an der Dachrinne und sieht Gunnar aufmunternd an.

CLARISSA. Gunnar, jetzt geht's unten weiter.

GUNNAR. Weiter? Wir haben keine Antenne, ergo kein Eröffnungsspiel.

CLARISSA. Ach, das ist doch jetzt nicht so wichtig. Du würdest uns allen imponieren, auch Petra, wenn du genauso wärst wie immer.

GUNNAR. Was hat die denn hier verloren? Die hätte sich doch ruhig einen andern Tag aussuchen können, wenn sie schon unbedingt kommen muss.

Udo und Rudi hören das Gespräch vom Fuß der Leiter aus mit. Udo wird ungeduldig. Er weiß, dass Clarissa bei dem eingeschnappten Kumpel nichts erreichen wird.

UDO. Gunnar, jetzt komm runter – es gibt Prämie.

Auch auf das Reizwort «Prämie» reagiert er nicht. Die Kränkung steckt zu tief in seiner Brust.

Clarissa beschließt, ihm Zeit zu lassen.

Am Aussichtspavillon

Hermann wartet mit Moni am Aussichtspavillon. Die Rosen stehen da in einer Vase, und Moni hat ein Tablett mit Schnapsgläsern vorbereitet.
Udo und Clarissa kommen hinzu, gefolgt von Rudi und Lenchen, die sich anhören wollen, was das Bauherren-Paar den Männern aus der DDR zum Abschluss ihres Werks sagen wird.
Auch Jana und Petra sind zum Pavillon hinuntergegangen. Sie möchten mitten im Geschehen sein und können von hier aus den unvergleichlichen Blick ins Tal genießen.
Udo und Tillmann erhalten je eine Rose von Clarissa.
Als Udo seine hübsch gekleidete Frau so glücklich vor dem Panorama stehen sieht, kann er nicht widerstehen, sie zu umarmen. Er küsst sie vor aller Augen leidenschaftlich auf den Mund.
JANA. Manchmal war's schon hart, so lange «ohne». Aber sagen wir mal so: Es hat sich gelohnt.
Die ihr zuhören, sind alles glückliche Paare: Hermann und Clarissa, Tillmann und Moni, auch Petra und der kinderliebe Reinhold, an den sie bei Janas Worten mit wissendem Lächeln denkt.
Hermann ist nun für seine kleine Zeremonie bereit. Er bittet Tillmann, sich mit Moni zu den anderen zu stellen.
HERMANN. Es dauert nicht lange.
Gunnar auf dem Dach, der die Versammlung am Pavillon betrachtet, kommt jetzt die Erkenntnis, dass er eigentlich dort unten fehlt. Und war da nicht von einer Prämie die Rede? Das Wort wirkt in seinem Kurzzeitgedächtnis nach und nimmt sinnliche Präsenz an. Außerdem hat Petra, die beiläufig nach oben blickte, ihn jetzt entdeckt.
Er entschließt sich zum Abstieg.
Clarissa atmet erleichtert auf, als sie Gunnar kommen sieht. Lächelnd überreicht sie auch ihm eine Rose, die er lässig entgegennimmt. Er geht, mit der Blume schlenkernd, grußlos an Petra vorbei und stellt sich neben Udo und Jana.
HERMANN. Als ihr gleich nach der Wende angefangen habt, das baufällige Haus auszuräumen, da gab es nur schlechte Prognosen. Die Fachleute rechneten mit mindestens zweijähriger Bau-

zeit, und es gab Zweifel, ob eine stilgerechte Restaurierung überhaupt möglich sei. Jetzt sind nicht einmal sieben Monate vergangen. Das Haus, das wir heute einweihen, ist ein Schmuckstück für die ganze Gegend geworden, und das verdanken wir vor allem euch: Gunnar, Udo, Tillmann …

Er überreicht jedem einen Umschlag. Dabei fällt ihm auf, dass Tobi fehlt. Er wendet sich fragend zu Clarissa.

Gunnar, dem das egal ist, guckt als Erster in seinen Umschlag, um das Prämiengeld geschwind zu zählen.

GUNNAR. Mensch, das ist ja mehr, als ich dachte!

In diesem Moment fällt ein Schuss.

Clarissa fährt zusammen, beinah wären ihr vor Schreck die Schnapsgläser vom Tablett gekippt.

UDO. Das war doch im Weinberg!

Wallauers Weinberg und Günderrode-Haus

Im nahen Weinberg findet eine Art Treibjagd statt. Das Objekt der Hatz ist eine gewöhnliche weiße Hausziege.

Herr Wallauer, in Jägerkluft und mit angelegtem Gewehr, läuft aufgeregt am unteren Ende der Rebstöcke entlang, während sein Nachbar Pitt versucht, der Ziege den Fluchtweg nach oben abzuschneiden.

Clarissa ist losgerannt, um nachzusehen, was da passiert. Udo versucht sie aufzuhalten.

UDO. Passen Sie auf, hier wird geschossen!

Schon hat sie die Ziege entdeckt.

Es fällt ein weiterer Schuss.

Ungeachtet ihres feinen Kleides und der leichten Schuhe rennt Clarissa den Hang hinab und erreicht das Tier auf dem rutschigen Gestein gerade noch, ehe es sich davonmachen kann. Sie hält es am Halsband fest und streichelt ihm beruhigend den Rücken.

Da taucht Wallauer dicht vor ihr in der nächsten Rebstockreihe auf und zielt mit der Flinte direkt auf den Kopf der Ziege.

WALLAUER. Endlich! Frau Lichtblau, gehen Sie aus dem Weg!

Clarissa. Was haben Sie denn vor?

Außer sich vor Sorge ist Hermann Clarissa gefolgt und wirft sich dazwischen.

Hermann. Herr Wallauer!

Clarissa. Um Gottes willen!

Hermann. Weg mit dem Ding!

Von der Ziege mitgerissen, stürzt Clarissa zwischen die Reben, aber sie lässt das Halsband nicht los. Udo und Tillmann kommen rechtzeitig hinzu, um ihr wieder auf die Beine zu helfen und das Tier den Berg hinaufzuzerren.

Wallauer ist aufgebracht.

Wallauer. Seit Wochen frisst die uns die Triebe von den Weinstöcken ab! Die hat einen Riesenschaden angerichtet. Und kein Mensch weiß, wem es gehört, das Teufelsvieh.

Hermann. Aber das ist doch kein Grund, hier rumzuballern.

Clarissa nimmt sich der Ziege an in dem Bestreben, sie vor Wallauer zu schützen.

Clarissa. Udo, was hältst du vom Schuppen?

Udo. Das ist ’ne gute Idee. Von Ziegen weiß ich zwar nicht so viel, aber ein bisschen Frühstückskäse und Milch und Butter wird es schon werden für Sie und den Herrn Simon. Und jedes Jahr ein Kleines.

Lenchen. Ja, oder zwei.

Hinter der Geiß, die von Udo und Clarissa zum Torhäuschen geführt wird, hat sich eine fröhliche kleine Prozession gebildet. Alle folgen hinterdrein. Da kann Herr Wallauer nur klein beigeben und sich anschließen.

Udo. Aber Ziegenfleisch hat nicht so einen guten Ruf.

Jana. Nee, Udo. So ein armes kleines Tierchen – kannst du das?

Udo. Nee, aber dich könnt ich gleich fressen.

Wallauer nutzt die Gelegenheit, das fertige Haus zu betrachten. Beeindruckt sieht er sich auf dem Hof um.

Die Ziege wird neben der Schuppentür angebunden. Udo verspricht, den noch als Werkzeuglager genutzten Raum freizuräumen und einen Stall für sie einzurichten.

Clarissa. Ich hab mir immer Tiere gewünscht, Hermann.

WALLAUER. Na, da machen Sie sich mal keine Illusionen.
Clarissa hat nur noch Augen für das Tier.
CLARISSA. Ganz ruhig, und nicht mehr in die Weinberge, sonst kommt der Herr Wallauer mit dem Schießgewehr!
Hermann geht auf Wallauer zu, um ihn noch einmal, diesmal freundlich und besonnen, willkommen zu heißen. Immerhin ist er der Vorbesitzer des Hauses und Eigentümer der Nachbargrundstücke und Weingärten.
WALLAUER. Ein Wunder, ein Wunder, was Sie da geschaffen haben. Mein Glückwunsch, und der kommt von Herzen. Der Pitt hat ein Fässchen Wein von mir auf seinem Traktor. Das ist Jahrgang '84, stammt also aus demselben Jahr, wo Sie zum ersten Mal hier waren, Frau Lichtblau.
Er wendet sich an Clarissa, die sich nun ebenfalls beruhigt hat und zur Begrüßung kommt. Auch sie denkt an gute Nachbarschaftsbeziehungen.
CLARISSA. Da bleiben Sie aber zu unserem Fest. Mit Ihnen hat doch alles angefangen.
Wallauer verspricht, später wiederzukommen.

Aus dem Haus ertönt chaotisches Klaviergeklimper. Hermann beeilt sich nachzusehen. Er ertappt Udos Söhne, die in seinem Arbeitszimmer wild auf den Tasten des Flügels herumhacken.
HERMANN. Kinder, nicht so laut, da oben schlafen die Kleinen!
Die Jungen gehorchen sofort. Als Hermann sieht, wie brav sie nebeneinander auf dem Hocker sitzen und das Instrument bestaunen, gesellt er sich zu ihnen.
HERMANN. Könnt ihr denn auch was Richtiges?
Jacques, der jüngere, spielt den Anfang einer Jazzmelodie. Dann folgt Torsten mit «Hänschen klein». Hermann begleitet, und bald klingt es schon wie richtige Musik.

Das Erlebnis mit der Ziege hat Leben in die Festgesellschaft gebracht.
Nun kommt auch noch Pitt auf dem Traktor mit Wallauers Weinfass angefahren. Damit wird es eng auf dem Hof, und Rudi muss

mit Udo die Ausziehleiter wegschaffen, die noch von Gunnars gescheiterter Antennenmontage zeugt.
Tillmann hat sich mit Moni und Lenchen darangemacht, das Grillfeuer hinterm Haus anzufachen und das Buffet zu vervollständigen.
Erleichtert verfolgt Clarissa die Aktivitäten. Ihre Housewarming-Party scheint endlich in Gang zu kommen. Da stellt sie fest, dass ihr schönes Festkleid zerrissen ist. Sie hatte dies bei der aufregenden Rettungsaktion im Weinberg nicht bemerkt.
Aus dem Haus erklingt eine heitere Variation auf «Hänschen klein», nun von einer Klarinette begleitet. Tillmann hat sich zu Hermanns Klavierdarbietung für die Kinder hinzugesellt. Die Jungen können nur staunen, als er auf seiner Klarinette spielend von der Terrasse hereinkommt. Bald verwandelt sich das Motiv in eine Improvisation im Kletzmer-Stil.

Gunnar hält sich fern von allen. Er hat von der Hänselei der Kameraden genug, und ihm ist nicht danach, Petra über den Weg zu laufen oder all den Paaren beim Turteln zuzusehen. Er tröstet sich mit Bierflaschen, die unter dem Aufgang zur Terrasse gelagert sind. Als er wieder einen traurigen Schluck nimmt, hört er trippelnde Schritte hinter sich. Er dreht sich um und sieht sein Töchterchen Nadine, die in ihrem rot-gelb karierten Ferienkleidchen die Treppe herunterkommt. Sie schaut ihn an, als wäre nichts geschehen.
NADINE. Papa, wir haben 'ne Ziege.
Schon geht sie weiter, um das Tier zu besuchen.
Die Ziege steht am Pfosten angebunden und beobachtet Udo, der den Betonmischer aus dem Stall rollt, um für sie Platz zu schaffen.
Es scheint so, als ob der Tag einen Augenblick lang den Atem anhielte. Im Haus hat sich Ruhe ausgebreitet. Nadine ist an der Hausecke stehen geblieben und blickt selbstvergessen auf die weiße Geiß.
Gunnar umklammert seine Bierflasche und kämpft mit den Tränen.
Auch Clarissa spürt einen Stimmungswechsel. Welche Musik

könnte zu diesem Moment passen? Sie beugt sich über den Plattenspieler und überlegt. Da gibt es doch diese Aufnahme eines Tschaikowsky-Stücks, die Hermann einmal mit dem Philadelphia Symphony Orchestra produziert hat!*

Das Torhäuschen

Das Torhäuschen birgt ein Geheimnis.

Die steile Außentreppe zum Zimmer im Obergeschoss ist mit einer Gummistrippe versperrt, daran ein Zettel mit der Aufschrift «Privat». Nichts rührt sich da oben, die Tür ist geschlossen.

Clarissa nähert sich der Treppe und schaut zu dem Sperrschild hinauf.

CLARISSA. Arnold?

Statt einer Antwort öffnet sich die Tür, das Gesicht ihres Sohnes wird sichtbar und verschwindet gleich wieder.

Clarissa entschließt sich hinaufzusteigen und die Strippe einfach auszuklinken.

CLARISSA. Willst du nicht mit uns feiern? Es ist doch ein großer Tag für uns.

Arnold sitzt an seinem Computer, wirkt verschüchtert.

ARNOLD. Ich kenn die alle nicht.

CLARISSA. Ich mach dich bekannt.

ARNOLD. Ich will lieber lernen.

CLARISSA. Du hast dein Abi doch längst in der Tasche. Bei den Noten im Schriftlichen.

Sie steht in der Türöffnung und weiß nicht, ob sie nun stolz oder besorgt sein soll.

ARNOLD. Es interessiert mich halt nicht.

CLARISSA. Mir fehlt etwas, wenn du dich hier oben verkriechst.

ARNOLD. Du willst mich doch nur vorführen. «Der geniale Junge, er wird in Amerika Informatik studieren, und das Gericht hat ihn freigesprochen, weil er so nett ist.» Ich hasse das.

* Peter Tschaikowsky: Serenade für Streichorchester C-Dur, op. 48, Walzer

CLARISSA. Komm, du übertreibst. Ich bin eben stolz auf dich.

ARNOLD. Und ich bin ich – ob du stolz bist oder nicht. Das geht mir auf den Geist.

Clarissa in ihrer Rolle als Mutter muss sich in Geduld üben. Sie hatte gemeint, dass das Fest und die Anwesenheit fröhlicher Leute helfen könnten, sie ihrem Sohn näher zu bringen. Aber es war ein Irrtum. Weil Ferien sind, ist Arnold von Hamburg zu ihr an den Rhein gekommen; das sollte ihr zunächst einmal genügen.

Auf dem Hof sind neue Gäste eingetroffen, «gewichtige» Gäste. Das zeigt sich schon an den Autos: ein riesiger Oldtimer mit offenem Verdeck, gefolgt von Antons Mercedes-Limousine – die Schabbacher Unternehmerfamilie, Hermanns Verwandtschaft.

Clarissa erlebt die Ankunft von Arnolds Turmfenster aus.

Anton hat sich in dem halben Jahr seit dem Wiedersehen mit Hermann verändert: Infolge eines Schlaganfalls kann er nicht mehr allein aus dem Wagen aussteigen. Er wird von Schwiegertochter Mara und seinem Chauffeur Horst gestützt. Er winkt Hermann, der ihm entgegeneilt, mit seiner Krücke zu.

ANTON. Lass dir Zeit, Hermann, bei mir geht's net mehr so schnell.

Clarissa ist nun auch zur Stelle, um an Hermanns Seite die Familie zu empfangen. Sie lächelt Anton zu.

CLARISSA. Schön, dass du wieder auf den Beinen bist!

Mit dem Eintreffen des Simon-Clans erhält das Fest einen offiziellen Charakter.

Hermann und Clarissa sind sich darüber im Klaren, wie kritisch die Familie ihren Nestbau hier oben verfolgt hat und wie skeptisch sie das außereheliche Verhältnis beurteilt, in dem die beiden zu leben gedenken. Sie wissen, wo die Grenzen der Verständigung mit der Verwandtschaft liegen, und Hermann hat von Anfang an darauf geachtet, den Hausbau nicht als Rückkehr in den Schoß der Familie erscheinen zu lassen. Distanz ist angesagt. Zugleich aber gehört ein freundlicher Umgang mit Respekt und Anteilnahme zu dem Frieden, den das Paar hier finden will.

Ab jetzt halten sich die beiden nah beieinander. Ihre Rolle als Gastgeber, das spüren sie, ist nun auf dem Prüfstand.

Die Buben von Udo und Jana haben den Oldtimer entdeckt. Sie stürmen aus dem Haus, um Hartmut, den Eigentümer, mit Fragen zu überfallen.

TORSTEN. Ist das ein Benz?

HARTMUT. Das ist ein Horch, Baujahr 1934. Weißt du was, damit ist sogar schon der norwegische König gefahren. Willst du mal einsteigen?

Der kleine Jacques klettert auf den Sitz und umklammert das riesige Lenkrad.

HARTMUT. Aber nichts verstellen! Komm, ich zeig dir mal was.

Er führt Torsten, den größeren Jungen, zur Kühlerhaube des Autos und öffnet mit geschicktem Griff eine faltbare Klappe, die den Blick auf den Motor freigibt.

Torsten stellt sich aufs Trittbrett, weil er sonst viel zu klein wäre, um in den hohen Motorraum zu sehen. Er hält sich an dem Reserverad fest, das in den Kotflügel eingelassen ist und von einer breiten Chromspange gehalten wird.

HARTMUT. Dieses Auto hat als einziges Auto der Welt eine Königswelle.

Er deutet auf ein Bauteil im Innern des riesigen Motors. Torsten ist sprachlos.

Während Clarissa von Hartmuts Schwester Marlies und ihrem Mann begrüßt wird und einen Blumenstrauß in Empfang nimmt, hakt Anton sich bei Hermann unter und führt ihn vertraulich zur Seite.

ANTON. Also, ich sag immer, was den Wert von einem Haus ausmacht, das ist erstens die Lage, zweitens noch einmal die Lage und drittens, wer drin wohnt.

HERMANN. Aha. Das hast du aber schön gesagt, Anton.

Anton dreht sich nach der Verwandtschaft um und winkt seinen Chauffeur heran.

ANTON. Horst, zeig doch einmal her, wat wir mitgebracht han. Kommt alle her, kommt aus dem Haus, kommt her zu mir!

Seine joviale Art und seine befehlsgewohnte Stimme zeigen sofortige Wirkung. Im Nu erscheinen die anderen Gäste in der Haustür oder versammeln sich hinter Anton: Tillmann mit der Klarinette, Petra, jetzt mit offenen Haaren und in einem Modellkleid an der Seite von Reinhold und Jana.

Horst überreicht Anton einen eisernen Gegenstand, der aber nicht sofort vorgezeigt wird.

ANTON. Danke, Horst – geh, such doch mal eine Leiter. Wisst ihr, was das da ist?

Jetzt erst hebt er sein Geschenk in die Höhe.

ANTON. Das ist das letzte Hufeisen, das der Großvater mit den eigenen Händen geschmiedet hat. Ich seh's noch vor mir, wie er mit dem Schmiedehammer draufgeklopft hat, bis das Eisen geglüht hat. Dabei hat er damals schon Magenkrebs gehabt und ist drei Wochen später gestorben. Ja, ja, so ein Mann war der Matthias Simon, unser Großvater, von dem wir alle abstammen.

Hermann wiegt das Hufeisen in seinen Händen. Er kann sich kaum an den Schmied erinnern, der sein Schabbacher Großvater gewesen ist. Matthias soll noch vor dem Kriegsende gestorben sein, und da war Hermann noch nicht einmal in die Schule gegangen.

Anton, der den angesehenen Musiker Hermann mit diesem Geschenk in die Familiengeschichte einbinden will, weiß natürlich, dass dessen wirklicher Vater Otto Wohlleben war. Hermann ist also nur ein Halbbruder und stammt nicht vom alten Dorfschmied ab. Er war dennoch von seiner Mutter als der kleine Bruder von Anton und Ernst aufgezogen worden. Hermann hatte, wie es bei nichtehelichen Kindern üblich war, den Namen der Mutter erhalten. Er hieß Simon wie alle anderen, und damit hatte die Familie schon vor Jahrzehnten die Abstammungsfrage vereinfacht.

Anton hat einen ausgeprägten Sinn für die Machtposition, die man auf dem Land mithilfe weit gespannter Familienbande erreichen kann. Mit seinem vierzigjährigen Sohn Hartmut hat er jedoch Schwierigkeiten.

Mitten in seiner Rede dreht er sich nach ihm um und sucht ihn mit den Augen.

ANTON. … und Hartmut, du auch!

Hartmut hält sich im Hintergrund. Mit jeder seiner Gesten zeigt er, dass er dem mächtigen Vater widerstehen kann. Es ist ihm völlig egal, dass er vom selben Großvater abstammt.

Horst steht jetzt wunschgemäß mit der Leiter bereit.

ANTON. Horst, mach das Eisen genau dort oben hin, in die Mitte an den Balken, da. Er deutet mit seinem Stock auf den Fachwerkbalken über der Haustür.

ANTON. Hermann, Clarissa, da oben wird es euch Glück bringen.

Horst stellt die Leiter auf und steigt nach oben.

Da mischt sich Mara ein.

MARA. Aber Schwiegervater, das ist doch wirklich Aberglaube mit dem Hufeisen, das glaubst du doch selber nicht.

ANTON. Mara, über Aberglauben red ich mit dir doch gar nicht.

Wenn Mara ihm widerspricht, ist das etwas anderes als bei Hartmut. Anton ist vernarrt in seine blonde Schwiegertochter mit dem Hamburger Akzent. Er lässt keine Gelegenheit vergehen, ihr Komplimente zu machen.

MARA. Also, wenn schon, dann muss das Hufeisen *ins* Haus, damit das Glück *im* Haus bleibt und nicht draußen vor der Tür.

ANTON. Mara, weil du's bist.

Er lässt zu, dass sie Horst mit der Leiter ins Haus beordert und dafür sorgt, dass das Hufeisen innen befestigt wird.

Im Grunde geht es Anton nicht um Magie oder Aberglauben. Es sind die familiären Symbolakte, die es heute zu demonstrieren gilt – und da hat er noch eine Steigerung parat. Er bringt ein zylindrisch geformtes Samtetui zum Vorschein, dessen Verschluss er mit ritueller Langsamkeit vor Hermanns Augen öffnet.

ANTON. Hermann, ich hab noch etwas für dich. Guck mal, das ist das alte Fernglas, mit dem du als Fünfzehnjähriger in die Sterne geguckt hast.

Er entnimmt der Hülse ein schön geformtes antikes Fernrohr aus Messing und drückt es ihm in die Hand.

HERMANN. Stimmt, ich erinnere mich.

Auch Hermanns Hände erinnern sich und wissen, wie man das Fernrohr mit einer kleinen, ruckhaften Drehung entriegeln und das Teleskop zur vollen Länge ausziehen kann.

ANTON. Aber du hast ja schon immer den Drang gehabt, nach

Höherem Ausschau zu halten. Und jetzt kommt's dahin zurück, wo's hingehört, zu dir.

Antons Stimme wird nun ganz privat. Er legt seinen Arm um Hermanns Schulter und sucht Blickkontakt mit Clarissa.

ANTON. Hermann, ich find's schön, dass du in die Heimat zurückgefunden hast.

Günderrode-Haus von innen

Gunnar, immer noch im Trikot der Nationalmannschaft, hat eine Möglichkeit gefunden, sich aus allem herauszuhalten. Er rettet sich zum Fernseher und dem bevorstehenden Eröffnungsspiel der Fußballweltmeisterschaft. Es ist ihm zwar nicht gelungen, eine funktionierende Satellitenantenne zu installieren, doch das Gerät läuft, obwohl der Empfang miserabel ist.

Er hat sich in Hermanns Arbeitszimmer einen Platz vor der Glotze gesichert und sitzt direkt am Fenster. Hier kann er seine Bierflasche auf dem Sims abstellen und muss nicht damit rechnen, dass er später von den anderen Fußballfreunden eingeklemmt wird. Hier hat er seine Ruhe und behält die Übersicht über das, was draußen geschieht. So hat er auch Antons Zeremonie verfolgen können und sieht jetzt, wie Hermann und Clarissa ihre «Schlossführung» beginnen.

Gunnar will von niemandem bemerkt werden und tut so, als interessiere ihn die Übertragung der Eröffnungsfeier aus Rom ganz besonders. Unscharf wehende Fahnen aller Nationen und Mannschaften in verwischten Phantasiekostümen flimmern über den Bildschirm.

Angesichts dieses elektronischen Schneegestöbers versagt seine Vorstellungskraft. Dafür nimmt er einen weiteren Schluck aus der Bierflasche.

Hermann und Clarissa machen den ersten Halt im Wohnzimmer, das den größten Teil des Erdgeschosses einnimmt. Ehemalige Zwischenwände wurden entfernt, sodass die schöne alte Eichentreppe zur oberen Etage als dekorativer Bestandteil mitten im Zimmer steht. Auch die Küche ist in den Raum integriert, schließt ihn auf einer Seite ab und bildet die Trennwand zu Hermanns Arbeitszimmer.

CLARISSA. Also, was uns sehr entgegenkam, war, dass die Häuser früher nicht auf ein Wohnzimmer hin zentriert waren.

Die Gäste kommentieren und betasten im Vorbeigehen das Mobiliar: alles gute, dezente Qualität. Moderne neue Möbel mischen sich mit ein paar wenigen antiken Stücken.

Clarissa lässt sich von Lenchen den Blumenstrauß abnehmen und führt die Gäste die Treppe hinauf.

Jana, die das Haus schon erforscht hat, kuschelt sich an Udo.

JANA. Du, Udo, das blaue Schlafzimmer, das ist total schön.

UDO. Du denkst doch nur an das eine.

Gunnar schaut durchs Fenster in den Hof hinaus. Die untergehende Sonne wirft ihr Licht auf eine für ihn schmerzliche Szene: Petra und Reinhold verschmelzen oben auf der Wiese in einem langen Kuss, während daneben die Mädchen mit der Ziege spielen. Die Kinderstimmen wehen zu ihm herüber.

Die putzig gekleideten Kleinen, die aufgeblühte Petra, das Idyll mit dem neuen Partner … Gunnar muss schwer schlucken.

Clarissa hat die Gäste in ihrem Zimmer versammelt. Der Raum erlaubt den Blick auf den Rhein durch zwei Fenster. Hier hat sie sich ein Stehpult zum Arbeiten aufgestellt. Ein kuscheliges Biedermeierbett steht an einer Wand, auf der anderen Seite bewahrt sie ihre vielen Koffer auf.

CLARISSA. Ja, das hier ist mein Reich. Leider weiß ich immer noch nicht, wo ich alle meine Koffer unterbringen soll. Hab zu viel angesammelt in den Jahren. – Ja, das hier ist das Badezimmer.

Das komfortable Bad ist durch wandhohe Glasscheiben von ihrem Zimmer getrennt. So kann das Licht von beiden Seiten hereinfluten.

CLARISSA. Während der Bauarbeiten sind uns die Hausgeister verloren gegangen. Wir hoffen jetzt, dass sie durch das Wohnen hier langsam wieder zurückkommen. Wir versuchen, ihr Vertrauen wiederzuerlangen.

Gunnar hört die Schritte über sich. Er weiß, dass die Besucher jetzt von Clarissas Zimmer ins Schlafzimmer hinübergehen. Er kennt das Haus in- und auswendig, denn er hat darin als Erster geschlafen und ist mit allen Geräuschen innerhalb des alten Gemäuers vertraut.

Hermann und Clarissa haben die Führung mit verteilten Rollen übernommen. Das Schlafzimmer, den intimsten Raum, stellt Hermann den Gästen im Tonfall eines Fremdenführers vor.

HERMANN. Wir haben das Zimmer unser «blaues Zimmer» genannt. Einfach hereinkommen! Hier haben wir einen herrlichen Blick bis hin zur Pfalzburg bei Kaub, das müsst ihr euch angucken.

Das Fernsehprogramm langweilt Gunnar, solange das Spiel nicht beginnt. Draußen würde er aber Petra begegnen, und das Innere des Hauses ist voll von diesen Hunsrückern, die ihm nur indiskrete Fragen stellen würden. Was ihm bleibt, ist eine neue Flasche Bier.

Als die Leute auf dem Rückweg nun auch ins Arbeitszimmer drängen, sorgt Clarissa dafür, dass Gunnar unbehelligt bleibt. Sie merkt, wie schlecht es ihm geht. Sie versucht, ihm zuzulächeln. Er sieht sie nur aus leeren, traurigen Augen an.

CLARISSA. Gunnar? Weißt du denn schon, was du vorhast?

Er erhebt sich förmlich von seinem Stuhl, als sie ihn anspricht.

CLARISSA. Ach, setz dich doch. Ich meine, wenn das hier vorbei ist, hast du Pläne?

GUNNAR. Also, nach Leipzig kriegen mich keine zehn Pferde mehr, das weiß ich genau. Nie wieder geh ich nach Leipzig. Vielleicht nach Berlin. Ja, das wär's überhaupt. In Berlin leben, also Ost, und in Westberlin arbeiten. Wer wirklich Arbeit haben will, der findet auch welche.

Auf dem Fernsehschirm flimmern die exotischen Kostüme einer südamerikanischen Folkloregruppe. Es grieselt erbärmlich.

Am Pavillon, im Abendlicht, steht noch die Vase mit einer Rose für Tobi.

Ernsts Anwesen am Goldbach

Tobi hilft Ernst, die Gemälde über den Hof zu tragen, die er von seiner Reise ins Baltikum mitgebracht hat. Er ist von dessen Sammlerleidenschaft so fasziniert, dass er die Party am Günderrode-Haus völlig vergessen hat.

ERNST. Mit den Bildern ist das so wie mit den Frauen: Wenn du dich verliebst, verlierst du den klaren Blick.

TOBI. Ich tät sie an die Wand hängen.

ERNST. Hähä, die Frauen? Du hast ja keine Ahnung. – Halt mal.

Er schließt die Tür eines ehemaligen Stallgebäudes auf. Sie sieht so zerfallen und unscheinbar aus, dass niemand dahinter eine zweite Tür aus stabilem Eisen vermuten würde.

Tobi folgt ihm mit den Gemälden in einen düsteren Raum.

Erst als Ernst das primitive Neonlicht einschaltet, sieht er die Deckengewölbe und die alten Nischen, die einst als Boxen für das Vieh gedient haben. Sie sind mit Holzregalen gefüllt, in denen ein unübersichtliches Durcheinander von Bildern, Skulpturen, Rahmen und antikem Trödel herrscht.

Während Tobi sich das alles anschaut, bleibt Ernst hinter ihm stehen.

ERNST. Kannst du Russisch?

TOBI. Du riechst schon wieder einen Braten, hab ich Recht? Das seh ich dir doch an. Diesmal Russland?

Tobi geht fasziniert weiter. In den hinteren Regalen scheinen die wertvolleren Sammlerstücke zu lagern, denn die Bilder sind in professionellen Transportkisten verpackt. Was offen herumsteht, erweist sich als Stilmischmasch aus mehreren Jahrhunderten.

Für all das hat Ernst keinen Blick. Er sieht zu Tobi hin und wartet auf eine Antwort.

ERNST. ... Jeden Abend steigt es mir in die Nase, dass ich nicht schlafen kann. Dann komm ich her und räum einen Platz frei für die Beckmanns, späten Kandinskis. Tobi, ich weiß genau, wo die liegen, wie man hinkommt und was sie kosten, was sie *mich* kosten. Also, kannst du Russisch?

TOBI. Kanjeschno gawarju pa-russki: Proletarii vsech stran soedinaites. Da sdrastwujet sozialistitscheskaja revoluzija! *(Natür-*

lich spreche ich Russisch: Proletarier aller Länder vereinigt euch. Es lebe die sozialistische Weltrevolution.)

ERNST. Wahnsinnige Schätze warten auf uns.

TOBI. Auf uns?

Er hilft Ernst, die neuen Bilder im hintersten Regal zu verstauen.

ERNST. Ich mache dir ein Angebot. Du bleibst bei mir als meine rechte Hand – hast ja Konservator gelernt, kennst dich aus mit dem Ganzen. Außerdem bist du einer, der anpacken kann und kein Wort zu viel redet. Gefällt mir. Du weißt, ich hab keine Familie und wurschtel allein hier rum. Was du hier siehst, das ist mein Zwischenlager, da kommt alles rein, was noch restauriert werden muss, wo der Rahmen fehlt oder was beschädigt ist, wo die Herkunft zu klären ist. Wenn wir zwei uns einig werden, dann zeig ich dir mein richtiges Lager. Da siehst du dann alles, was ich in 40 Jahren Stück für Stück zusammengetragen habe. Wie ein Eichhörnchen hab ich gesammelt. Oft weiß ich selbst nicht mehr, was ich alles hab oder was ich damit will.

Tobi betrachtet den Raum, die Bilder, den Staub, der über allem liegt, nun noch einmal mit verändertem Blick.

TOBI. Lass mich da raus.

Aber Ernst bleibt beharrlich. Seine Sammlerleidenschaft ist nun einmal in Aufruhr. Davon kann doch einer wie Tobi nicht einfach unberührt bleiben!

ERNST. Grad jetzt sind die Kirschen reif! Verstehst du mich, Tobi? 1945 war das genauso. Da lagen die unbezahlbarsten Schätze im Dreck. Für ein Stück Butter hast du einen Picasso gekriegt. In den Fünfzigerjahren, in der Fress- und Möbelwelle, da hab ich nur hinlangen müssen, schon hatte ich ein Barockzimmer, einen seidenen Afghanen, fünf Impressionisten. Und heute ist das genauso wieder im Osten: Für einen Videorekorder und ein paar Dollar schmeißen sie dir die Kunstwerke hinterher.

TOBI. Und was habe ich damit zu tun?

Sein Gefühl sagt, dass etwas nicht in Ordnung ist mit Ernsts Argumentation. Als einer, der im Osten aufgewachsen ist, weiß Tobi, wie sich die Maßstäbe der Menschen dort verzerrt haben. Sosehr er gegen das DDR-Regime opponiert hatte, seine Moral ist anders als die von Ernst.

ERNST. Ich biete dir dreifünf im Monat, netto, plus Kost und Logis. Du kannst hier wohnen und es dir schön einrichten. 3500 D-Mark. West, Tobi!

In diesem Augenblick kann der Freund weder Ja noch Nein sagen.

Günderrode-Haus im Sommerwind

Reinhold hat es in die Hand genommen, den beiden Hausbesitzern ein fröhliches Ständchen zu bringen. Hermann und Clarissa müssen sich im Hauseingang unter dem glückbringenden Hufeisen aufstellen und sich feiern lassen.

Reinhold dirigiert den Kanon mit einem Besenstil, Tillmann begleitet mit der Klarinette. Alle sind als Sänger beteiligt: Rudi und Lenchen, die Schabbacher Verwandtschaft, die begeisterten Kinder. Sogar Anton erscheint gönnerhaft lächelnd hinter Hermann und Clarissa.

Gunnar wagt einen sehnsüchtigen Blick durch das Wohnzimmerfenster.

Einigermaßen hält Reinhold den kleinen Chor zusammen, sodass am Ende ein akzeptabler Schlussakkord zustande kommt.

Von niemandem bemerkt, ist inzwischen Herr Wallauer eingetroffen. Er hat sich ein gutes Jackett angezogen und als Gastgeschenk eine großformatige Fotografie dabei, die in einem silbernen

Rahmen gefasst ist. Das stimmungsvolle Bild zeigt das Günderrode-Haus im Ruinenzustand.

WALLAUER. Ich hab Ihnen ein kleines Andenken mitgebracht. Das hat der Pitt fotografiert an dem Tag, wo wir uns den Handschlag gegeben haben, mit meinem Apparat, und ich hab mir gedacht, bei Ihnen hängt es besser als bei mir. Da können Sie jeden Tag sehen, wie tüchtig Sie waren.

Das schöne Dokument müsste bei allen Interesse erwecken, wenn sich da nicht eine mächtige Konkurrenz ergeben hätte: Das Fußballspiel beginnt.

Die Gäste sind nicht mehr zu halten und drängen sich vor das Fernsehgerät. Hermann kann sich bei Wallauer nur noch herzlich bedanken.

Tillmann hat aus Draht und Alufolie im Nu eine Behelfsantenne gebastelt, die ein passables Bild liefert.

Alle verfügbaren Stühle werden ins Zimmer getragen, während die aufgeregte Stimme des Reporters den Beginn der 14. Fußballweltmeisterschaft ankündigt: das Spiel Argentinien gegen Kamerun.

Im Gegensatz zu Hermann kann sich Clarissa durchaus für Fußball begeistern. Sie organisiert die Platzverteilung und setzt Anton auf einen Stuhl hinter Gunnar. Sie selbst hält sich ebenfalls in Gunnars Nähe. Sie leidet mit ihm und hofft, dass er jetzt Ablenkung findet.

ANTON. Seit ich Vorsitzender vom FC Schabbach bin, gibt's keine Hätscheleien mehr. Trotzdem haben wir zwei von unseren Buben in Köln beim FC untergebracht. Die haben jetzt richtige Profiverträge.

In der ersten Reihe nimmt Jana neben Gunnar Platz. Udo und die Söhne sitzen dicht bei ihr und verfolgen das Spiel mit großer Spannung vom Anstoß an.

Hermann nutzt die Gelegenheit, mit Hartmut über Anton zu reden. Da beide etwa gleichaltrig sind, scheint ein offenes Gespräch möglich. Sie trinken ein Glas von Wallauers Rheinwein auf der Terrasse.

Am Himmel ziehen Gewitterwolken auf.

Das Gespräch dreht sich um Antons Krankheit und die Frage, wie es mit dem Familienbetrieb einmal weitergehen soll, falls ihm etwas zustößt.

HARTMUT. Ich will ja nicht gerade sagen, ich hätte auf so einen Moment gewartet, aber eins ist mir seit Jahren klar: Meine große Stunde kommt erst, wenn der Alte mal nicht mehr kann.

HERMANN. Aha, es war also doch ein richtiger Schlaganfall?

Hermann hätte nicht erwartet, dass Hartmut die Sache so kühl betrachtet. Er schweigt, weil er zu dem Generationskonflikt, der sich hier äußert, nicht Stellung beziehen möchte.

Da nähert sich Mara, die in der Bibliothek ein Buch über gesunde Ernährung gefunden hat und darin schmökert.

MARA. Ja, das war es. Jeden Tag hab ich ihm gesagt: Schwiegervater, vertrau nicht auf dieses Gift aus der Apotheke. Hätte er seine Ernährung zum Beispiel umgestellt, wäre das mit Sicherheit nicht passiert.

Hartmut hört Mara nicht zu, sondern spinnt seinen Gedanken weiter.

HARTMUT. Jedenfalls sollte man die Gelegenheit nutzen und das alte Firmenschiff jetzt hochseetauglich machen, dass es mal aus Schabbach wegsegeln kann – wenn du verstehst, was ich meine. Die Welt wird zurzeit neu verteilt, aber der kapiert das nicht und gibt das Regiment nicht ab. Da ist der wie die alten Hunsrückbauern, die die Jungen nicht ranlassen wollen.

Vor dem Fernseher wächst die Spannung. Die Sympathien der Gäste sind aufseiten der Mannschaft aus Kamerun. Da vernimmt man ein Liebesstöhnen von Petra und Reinhold aus dem Obergeschoss. Aus lauter Peinlichkeit drückt Jana die Hand von Torsten so fest, dass der Junge vor Schmerz aufschreit.

FERNSEHREPORTER. … Maradona gegen den Rest der Welt …

Clarissas Aufmerksamkeit wird durch das Geräusch von oben nun ebenfalls gestört. Schon ist auch Gunnar irritiert. Janas und Udos Blicke wandern betreten zur Zimmerdecke. Clarissa versucht abzulenken.

CLARISSA. Wieso kommt man eigentlich in den Strafraum?

Die Frage ist so naiv gestellt, dass Anton sich erbarmt und sie wie ein Kind belehrt.

ANTON. Strafraum, das heißt, da gibt es Elfmeter, während es auf dem restlichen Spielfeld Freistoß gibt. Du weißt doch, was ein Freistoß ist?

Sie schüttelt den Kopf.

Da findet Gunnar endlich Gelegenheit aufzutrumpfen.

GUNNAR. Nicht zu verwechseln mit dem Strafstoß! «In unserem sozialistischen Sportgeschehen wird der Strafstoß auch Elfmeter genannt. Er lebe hoch.»

Er imitiert erneut Erich Honecker, was er so gut kann, dass er seine Beherrschung wiederfindet. Udo atmet auf.

Jana wird die Situation jedoch umso peinlicher, als sie Petras Schritte auf der Treppe vernimmt.

Petra läuft barfuß vom oberen Stockwerk herunter. Ihre Schuhe trägt sie in der Hand. Erst als sie bei Lenchen ankommt, die in der Küche Gläser spült, bückt sie sich, um ihre schicken Sandaletten aus Frankreich wieder anzuziehen.

LENCHEN. Schlafen die Kleinen jetzt?

PETRA. Ja, sind gerade dabei. Es war auch ganz schön anstrengend für die Kleinen. Der Reinhold wollte unbedingt bis München durchfahren – aber ich habe gedacht, wenn wir schon mal in der Nähe sind ...

LENCHEN. Aber ist doch auch schön, und der Hermann, der freut sich so.

Jetzt kommt auch Reinhold die Treppe herunter und steuert auf den Fernsehraum zu, aus dessen Gerät der Lärm einer faszinierten Menschenmasse dringt.

Doch da tritt ihm Jana entgegen und drängt ihn ins Wohnzimmer zurück. Sie macht ihm durch Gesten begreiflich, dass er den Raum und den darin lauernden Konflikt mit Gunnar unbedingt meiden soll. Reinhold versteht sofort.

Petra hingegen hat nichts verstanden. Kaum hat sie Jana erblickt, packt sie ihr Mitteilungsbedürfnis. Ihr Leben an Reinholds Seite im Westen muss sie der Freundin jetzt unbedingt schildern. Sie zieht Jana zu sich in einen geschützten Winkel unter der Treppe.

PETRA. Ja, sag mal, hat dir die Ramona wieder die Haare so schön gemacht?

JANA. Ach, das macht sie doch immer.

In seiner liebenswerten Art hilft Reinhold Lenchen beim Abwaschen, greift nach dem Küchentuch und trocknet Gläser ab.

REINHOLD. Ich kann Ihnen doch helfen. Zu Hause bin ich ja auch die Spülmaschine.

LENCHEN. Solche Männer hat man gern.

Die zwei Frauen verstecken sich hinter einem großen Blumenstrauß und tuscheln wie die Backfische.

PETRA. Da gab's zum Beispiel so 'ne Bouillabaisse, mit so richtig viel Zander drin und Loup de mer und viel Hummer. Nee, das Allerbeste, das war Gigot de pré-salé – weißt du, was das heißt? Das ist Lämmchenkeule direkt von der Salzwiese. Und das Gute ist, du musst das Fleisch nicht mal salzen. Kannst du dir das vorstellen?

JANA. Das kannst du mir doch alles später erzählen.

Petra begreift nicht, wieso Jana ihre Frankreich-Erlebnisse nicht hören will. Redet sie zu schnell?

JANA. Der Gunnar spitzt doch die Ohren, das muss doch nicht sein, oder?

Doch Petra ist so in Fahrt, dass es ihr nicht gelingt, wenigstens ihr aufgekratztes Lachen zu unterdrücken.

JANA. Ich meine, versuch doch, ihn auch ein bisschen zu verstehen, hey?

PETRA. Ja, du hast Recht. Manchmal vergess ich alles um mich rum. Du weißt ja noch …

Jetzt wird hinter dem Blumenstrauß nur noch geflüstert.

Hof und Grillplatz vor dem Gewitter

Rudi hält im Hof das Grillfeuer in Gang, als Tobi ankommt.

Für Hermann ist das endlich die Gelegenheit, auch ihm den Umschlag mit der Erfolgsprämie und Clarissas Rose zu überreichen.

Das nahende Sommergewitter lässt das Rot der Blume und die Gesichter der beiden Männer fahl erscheinen.

HERMANN. Schönen Dank, Tobi, keiner hätte diese Aufgabe so genial gelöst wie du, mein ganz besonderes Kompliment. Das hier ist von Clarissa. Und der Ernst, wo ist der, wollte der nicht mitkommen? War wohl doch nur ein frommer Wunsch.

Tobi. Nu, der hat's wohl nicht so mit Familie. Aber Ihnen auch schönen Dank, Herr Simon, jetzt trennen sich ja unsere Wege schon wieder, sternförmig sozusagen. Na ja, neues Leben!

Er reicht Hermann die Hand. Es sieht so aus, als wolle er heute noch abreisen. Er interessiert sich nicht für Fußball, und zum Feiern hat er offenbar auch wenig Lust. An seinem Trabi dreht er sich noch einmal um.

Tobi. Die Rose, die kommt in meinen Trabi, da passt sie rein.

Ein Donner rollt durch die Luft. Hermann horcht auf und sieht Rudi fragend an.

Hermann. Was war denn das – ein Tor?

Rudi spürt die ersten Regentropfen. Das Grillfeuer fängt an zu qualmen.

Das Fußballspiel scheint indessen einen Höhepunkt erreicht zu haben, denn begeistertes Gejohle dringt aus dem Haus.

Tillmanns Schaltzentrale

Tillmann und Moni bringen sich vor dem einsetzenden Gewitterregen in Sicherheit. Der Kellerraum war in der Bauzeit ihr Lieblingsplatz gewesen. Hier haben sie miteinander ihr erstes Weihnachtsfest mit Glühwein und Kerzen gefeiert.

Inzwischen ist der Raum zur Technikzentrale des Hauses umfunktioniert worden, in der alle Leitungen und Installationen zusammenlaufen. Von hier aus hat Tillmann in den Monaten des Aufbaus sein Konzept einer modernen Elektroinstallation verwirklicht.

Moni betritt den Raum mit Zurückhaltung. Technik ist nicht ihr Ding.

Tillmann. Komm, das ist nämlich ganz einfach. Jede Steckdose und jede Lampe haben zwei Lämpchen, ein rotes und ein grünes. Wenn jetzt das rote leuchtet, da hängt der Verbraucher an der Steckdose.

Er ist vor einem Schaltkasten stehen geblieben, auf dessen Vorderseite es zahllose Schalter, Druckknöpfe und Anzeigedioden gibt. Während er versucht, seiner Moni die Funktion der Lämpchen zu erklären, hat sie nur Blicke der Bewunderung für ihn, den Meister, der das alles versteht und gebaut hat.

MONI. Und die grünen Lämpchen?

TILLMANN. Die Leuchtdioden zeigen den jeweiligen Betriebszustand der Verbraucherstellen an. Und wenn jetzt hier ein grünes Lämpchen leuchtet, dann ist oben das Licht angeknipst. Zum Beispiel: Der Herr Simon verlässt sein Haus, weil er ein Konzert dirigieren will, und da kann er hier auf einen Blick sehen, ob ihn eine utopische Stromrechnung erwartet, wenn er wieder zurückkommt. Wenn er hier drauf drückt, kann er den Verbrauch ablesen auf die Zehntel-Kilowattstunde genau.

MONI. Was du alles kannst …

Tillmann ist in seinem Vortrag immer wieder ins Stocken geraten, weil Moni ihn derart atemlos und verliebt anguckt, dass er nur noch an ihre weit geöffneten Augen und ihren Körper denken kann, der ihm immer näher kommt, bis er es nicht mehr aushält.

TILLMANN. Wenn's keine Kriechströme gibt …

MONI. Kriechströme?

Er weiß nicht mehr, was er sagen wollte. Ganz bestimmt war es etwas technisch sehr Wichtiges, aber Monis Liebesbereitschaft ist wie ein Magnetfeld, das augenblicklich in seinem Hirn alle Daten löscht.

Dämmerung in Wallauers Weinberg

Das Gewitter war kurz.

Hermann und Clarissa haben sich vom Haus entfernt, um endlich einmal allein sein zu können. Im letzten Tageslicht klettern sie über Weinbergmauern und suchen ein Plätzchen zum Schmusen. Von weitem hört man das Stimmengewirr der Party und die Fernsehübertragung.

HERMANN. Ah, nach einem Gewitter, das ist immer so … der Geruch von Weinberg.
Sie sind über eine Steintreppe zu einem höher gelegenen Weingarten geklettert. Clarissa eilt durch die Rebstockreihen voraus.
HERMANN. Wo willst du hin?
CLARISSA. Oh, die sind ganz heiß.
Sie klettert jetzt auf allen vieren den Hang hinauf, berührt dabei das Schiefergestein in der Weinbergerde und verbrennt sich fast die Handflächen.
HERMANN. Das ist die Hitze, die sich tagsüber hier sammelt.
CLARISSA. Oh, wenn ich mich setze – hier, ganz heiß.
Sie ist wie berauscht. Sie will alles genießen und setzt sich mit nacktem Po auf die Steine. Da sieht sie Hermann in der Parallelreihe auftauchen und kriecht unter den Rebstöcken und Bindedrähten hindurch zu ihm hin.
Sofort fallen die zwei übereinander her.
CLARISSA. Zeig mal, hoffentlich gibt's hier keine Ameisen oder Weinbergschnecken. Oh, schön!
Bald sind sie von Dunkelheit umhüllt. Ihr Stöhnen vermischt sich mit dem Nachtwind und den Fahrgeräuschen der Eisenbahnen unten im Tal.

Nacht, innen

Auf der alten Eichentreppe erscheinen zwei nackte Kinderfüße. Es ist fast still im Haus.
Im Fernsehzimmer sitzt nur noch ein wackeres Grüppchen von Fußballfreunden, die das Spiel, das längst auf der Stelle tritt, bis zum Ende sehen wollen.
Die kleine Nadine in ihrem rosa Nachthemdchen kommt leise die Stufen herunter. Offenbar kann sie nicht schlafen, und sie hat etwas Geheimnisvolles in der Hand, das sie fest umklammert hält. Sie folgt dem Lichtschein des Fernsehzimmers und sieht ihren Vater. Schnell läuft sie zu ihm und kuschelt sich auf seinen Schoß. Gunnar ist überwältigt. Nadine öffnet ihr Händchen und übergibt ihm eine Muschel.

Nadine. Papa, die hab ich dir aus dem Meer mitgebracht.

Da werden Gunnars Augen feucht. Alle Blicke sind auf ihn gerichtet.

Gunnar. Danke, danke schön, du Weib, du.

Da er die Tränen nicht mehr zurückhalten kann, löst er sich von dem Kind, setzt es Jana auf den Schoß und verlässt rasch Zimmer und Haus.

Nacht, außen

Gunnar weiß nicht, wohin mit sich. Sein erster Impuls will ihn den Berg hinaufschicken, dorthin, wo es dunkel ist und wo das Grundstück in ein Wäldchen übergeht. Er müsste aber am Grillplatz vorbei, wo die gesamte Schabbacher Familie um das Feuer sitzt. Herr Wallauer plaudert mit Anton, man labt sich an Rudis Grillwürsten und trinkt den Rheinwein aus Wallauers Fass.

Schnell entdeckt Gunnar auch Petra, die mit Reinhold schmusend auf der Gartentreppe sitzt, über die allein er zum Wald hinaufgelangen könnte. Also macht er kehrt. Niemand soll seine Tränen sehen.

Er läuft zum Pavillon hinab, unter dem die vielen Lichter der Rheinorte funkeln.

Jana erträgt die Lage nicht mehr. Sie hat Nadine ihrem Udo überlassen und macht sich entrüstet auf die Suche nach Petra. Das turtelnde Paar ist nicht schwer zu finden. Jana baut sich vor den beiden an der Treppe auf.

Jana. Petra, jetzt muss ich mal was sagen: So geht's wirklich nicht, du musst mit ihm reden.

Von Gunnars Tragödie hat Petra nichts mitbekommen, oder sie wollte nicht wahrhaben, wie es um ihn steht. Für sie ist die Trennung vollzogen. Weil aber die Freundin so insistiert, will sie mit Gunnar reden; darunter versteht sie allerdings, ihm reinen Wein einzuschenken.

Jana zeigt ihr, wo er sich aufhält, und kehrt zu den Kindern ins Haus zurück. Das Fußballspiel ist zu Ende. Antons Schwiegersohn Lothar verlässt als Letzter das Fernsehzimmer, um nun auch am Grillplatz mitzufeiern.

LOTHAR. Eins-null für Kamerun, von wegen «Neger»!

Er spielt auf die abschätzigen Bemerkungen an, die Gunnar gegen die schwarzen Fußballer hat fallen lassen: «Der Nescher als solsches, in Afriga, das geht in Ordnung, aber …»

Reinhold sieht mit äußerster Erregung Petra nach, als sie zu Gunnar geht. Aber er hat sich im Griff. Er bleibt in der Nähe des Torhauses, wo er zum Pavillon hinuntersehen kann.

PETRA. Gunnar, ich glaub, wir müssen noch ein paar Dinge regeln.

GUNNAR. Regeln? Petra, wie sprichst du denn von uns, was denn regeln?

PETRA. Am 2. Juli kommt der Möbelwagen – also, wenn du dann auch zu Hause, ich meine in Leipzig, sein könntest?

GUNNAR. Was, da soll ich dir dann auch noch helfen beim Ausräumen der Bude, oder was? Ich will dir mal was sagen, Petra: Innerhalb von einem halben Jahr hast du es geschafft, dass die Kinder gar nicht mehr wissen, wer ihr Vater ist.

PETRA. Ach komm, jetzt rede doch nicht so'n Blödsinn, Gunnar, ehrlich.

GUNNAR. An wen sollen sie sich denn wenden, an den Westarsch oder was?

PETRA. Hör doch auf, werd hier nicht primitiv.

GUNNAR. Ich bin überhaupt nicht primitiv. Ich hab gearbeitet, die ganze Zeit gearbeitet.

PETRA. Ach komm, hör auf.

GUNNAR. Die Wandvertäfelung, alles das …

PETRA. Du bist kein Vorbild für die Kinder.

GUNNAR. Was, warum bin ich kein Vorbild? Warum bin ich kein Vorbild?

Der Streit zwischen ihnen wird laut. Reinhold kann jedes Wort verstehen. Wenn Gunnar handgreiflich würde, wäre er sofort zur Stelle. Er liebt Petra, dessen war er sich nie so gewiss wie jetzt.

Udo bringt seine Söhne zu Bett. Den kleinen Jacques muss er die Treppe hinauftragen, weil er schon vor dem Fernseher eingeschlafen ist.

UDO. Torsten, wenn die Deutschen ins Finale kommen, dann fahren wir alle nach Rom. Verspreche ich dir, alle zusammen, die Mutti, der Jacques, du und ich. Das müssen wir uns doch mit eigenen Augen ansehen. Na, komm.

TORSTEN. Ich bin noch total wach.

UDO. Ja, ja, du hast doch schon gegähnt.

Gunnar hat genug von Petra. Er ist nun fest entschlossen, nicht eine Sekunde länger hier zu bleiben. Mit seinem grünen DDR-Beutel läuft er den Berg hinauf. Die Leute am Grillfeuer sind ihm jetzt völlig egal. Von ihren und auch Reinholds Blicken verfolgt, beeilt er sich, in den Schuppen des Torhauses zu gelangen, in dem sich seine Reisetasche und Dinge befinden, die er mitnehmen will. Im Dunkeln durchwühlt er hektisch die verschiedenen Kisten, bis er den «Wundermeißel» findet, den er im Baumarkt gekauft hat. Wenn es einen Wertgegenstand aus dem Westen gibt, auf den er nicht verzichten möchte, dann ist es dieser Meißel.

Inzwischen ist auch die andere Tochter von Gunnar und Petra aufgewacht. Udo hat das weinende Kind an der Treppe vorgefunden, nachdem er die Jungs zu Bett gebracht hat. Tröstend nimmt er die kleine Jennifer an sich und bringt sie zu Jana, die schon Nadine in Obhut hat.

UDO. Jana, weißt du, wo die Petra ist?

JANA. Na, draußen.

UDO. Hier ist alles so durcheinander, Mensch. Die Kleinen sind doch völlig fertig.

Da kommt Petra von der Terrasse her ins Zimmer. Sie will sich sofort ihrer Mädchen annehmen.

Udo ist erleichtert. Er ist ein gestandener Handwerker, kann die größten Dachkonstruktionen berechnen und aufbauen. Aber für das, was hier passiert, fehlt ihm jegliches Einfühlungsvermögen.

UDO. Also, ich glaub, ich bin hier fehl am Platz.

Schon verlässt er das Haus.
Petra kniet bei ihren Kindern und drückt sie zärtlich an sich.
JANA. Und? Habt ihr was klären können?
PETRA. Die Kleinen bleiben bei mir.

Gunnar wirft alle seine Habe, Tasche, Kleidung, Mantel in den Gepäckraum seines VW und will wegfahren. Da sieht er, dass das Auto gänzlich von den anderen Fahrzeugen eingekeilt ist. Ausgeschlossen, da rauszukommen. Vor allem ist es der Galaxy von Reinhold und Petra, der ihm den Weg versperrt.
Gunnar ist kurz vor dem Explodieren. Er läuft zum Grillplatz hinauf und blökt die Gäste an.
GUNNAR. Welcher Vollidiot hat mir meinen Käfer zugeparkt? Ja, irgendjemand hat hier Tomaten auf den Augen!
Dabei richtet er sich an Reinhold, der ihn ratlos ansieht. Gunnar droht ihm mit dem Meißel in seiner Hand, belässt es aber dabei und geht zu den Autos zurück.
Er kommt an Udo vorbei, der den aufgebrachten Kumpel festhält.
UDO. Kannst du vielleicht mal reingehen und dich um deine Kinder kümmern? Du schreist hier die Leute an, die haben überhaupt nichts damit zu tun.
Gunnar ist so mit den Nerven fertig, dass er kein Wort herausbringt. Als er Udo zum Abschied umarmt, sieht es einen Moment lang so aus, als wolle er ihn zu Boden ringen und verprügeln. Dann kehrt er ins Haus zurück, sieht Petra und seine Kinder. Da ist es um ihn restlos geschehen. Er brüllt nur noch.
GUNNAR. Sag deinem Lover, er soll seine Karre rausfahren, sonst raucht's, kriegt er ein paar in die Lafette, klar?
PETRA. Gunnar, ich bitte dich, mach kein Theater.
GUNNAR. Ach, du redest mit mir. Du, du bist doch das Letzte.
Petra hat Jennifer auf dem Arm. Nadine steht eingeschüchtert am Küchenschrank und starrt ihre Eltern voller Panik an.
PETRA. Nicht vor allen Menschen. Hör doch auf. Nicht vor den Kindern!
GUNNAR. Du, du hast die Familie verraten! Du bist das Allerletzte.

PETRA. Gunnar, mach keinen Ärger, hör doch auf jetzt!
Er ist plötzlich entschlossen, Petra die Kinder wegzunehmen. Er packt Nadine an der Hand und will sie zu sich zerren.
PETRA. Lass die Kleine hier bei mir. Jetzt reicht's!
Sie fährt dazwischen, versteckt das weinende Kind hinter ihrem Rücken und schreit, dass man es überall hört. Da lässt Gunnar los und wendet sich zum Gehen.
GUNNAR. Du bist doch so bescheuert, du Ziege, du!
An der Haustür tritt ihm Reinhold in den Weg. Innerhalb von Sekunden entsteht zwischen beiden Männern ein Gerangel, das wohl schlimmer enden würde, wenn sich nicht Jana beherzt dazwischenwürfe.
JANA. Gunnar! Ich fahr *unser* Auto weg!
Ihr Auftritt ist so bestimmt, dass plötzlich Ruhe herrscht. Nur die Kinder schluchzen in der Stille und klammern sich an ihre Mutter.
GUNNAR. Geht doch!
Voller Zorn verlässt er mit Jana das Haus. Reinhold umarmt die Mädchen und Petras Beine.
NADINE. Ich möchte bei Mutti bleiben.

Der Krach hat die Gäste am Lagerfeuer aufgeschreckt. Anton erhebt sich mit einer resignierten Geste.
ANTON. Wie spät ist es denn?
Alle Familienmitglieder sehen gleichzeitig auf ihre Armbanduhren. Es ist Mitternacht.
Anton ruft seinen Chauffeur, der sofort zur Stelle ist, um ihn zu stützen und zusammen mit Mara zum Mercedes zu geleiten.
Jana hat ihr Auto zur Seite gefahren und so für Gunnar die Ausfahrt frei gemacht.
Der gelbe VW rast mit aufheulendem Motor davon.
Udo kann die Entwicklung des Abends kaum begreifen. Er steht da, sieht Antons Auto davonfahren, sieht, wie der Oldtimer Hartmuts das Gelände verlässt, wie auch Rudi und Lenchen aufbrechen und das ganze Fest mit einem Schlag zu Ende ist.

Weinbergmauer und Hof des Günderrode-Hauses

Hermann und Clarissa würden am liebsten die ganze Nacht im aufgeheizten Weinberg bleiben. Sie haben vom Verlauf ihrer Party nichts mitbekommen. Nur die Stille, die eingetreten ist, gibt ihnen zu denken.

CLARISSA. Meinst du, die haben gemerkt, dass wir weggegangen sind?

HERMANN. Ach was, die sitzen doch alle gebannt vorm Fernseher.

CLARISSA. Nein, das Spiel ist doch schon vorbei.

Am unteren Ende des Weingartens gibt es eine hohe Mauer aus Schieferbruchsteinen und einem darauf angebrachten Geländer, mit der die Terrassenstufe gesichert ist. Die beiden lehnen sich an das Geländer und sehen in die laue Nacht hinaus.

CLARISSA. Mensch, freu ich mich drauf, wenn die mal alle weg sind – alle, alle, alle –, und nur wir zwei allein sind.

HERMANN. Es ist immer so: Man lädt sich Gäste ein und freut sich, wenn sie alle wieder weg sind.

Der Blick auf das Städtchen, die blinkenden Lichter vom anderen Ufer des Flusses, die angestrahlten Burgen und Kirchen erscheinen ihnen wie ein Blick ins Paradies.

Als sie auf den Hof zugehen, hören sie ein heftiges Liebesstöhnen, das immer lauter wird, je mehr sie sich ihrem Haus nähern. Die Lustlaute ertönen aus dem Elektrokeller.

Tillmann und Moni haben sich da unten eingeschlossen. Moni, die über ihrem Liebsten kniet, verlangsamt ihre Bewegungen und zögert so den höchsten Augenblick für sich und ihn noch hinaus, ehe sich beide fallen lassen.

Lächelnd und Hand in Hand sind Hermann und Clarissa an der Haustür angekommen. Auf der Schwelle steht, vielleicht als Abschiedsgruß der Gäste, ein Blumenstrauß. Auf dem Weiterweg zur Feuerstelle finden sie nur noch Reste des Buffets, das Grillfeuer flackert schwach, und oberhalb liegt schläfrig die weiße Ziege.

Da kommt Wallauer vorbei, dem das lustvolle Seufzen ebenfalls nicht entgangen ist, und winkt im Weggehen geheimnisvoll.

WALLAUER. Ein Haus der Liebe, hm?

Als Clarissa sich umwendet, sieht sie ihren Sohn Arnold neben dem Blumenstrauß auf der Türschwelle stehen. Den ganzen Abend hat er sich nicht blicken lassen. Jetzt hat er sich etwas zu essen gesucht und steht kauend da.
CLARISSA. Arnold, du bist ja noch auf!
Er hebt lächelnd seinen vollen Teller hoch und verschwindet im Turmzimmer.

Abschied aus der Luft

Im Morgendunst startet Ernsts Cessna auf der Wiese vor Schabbach. Der Motor arbeitet mit höchster Drehzahl, sodass ein vibrierendes Singen über die Kuhweiden weht, ehe die kleine Maschine abhebt. In einer langgestreckten Rechtskurve lässt sie das Heimatdorf unter sich wegkippen.
Die geografische Lage des Günderrode-Hauses wird erst bei Betrachtung aus der Luft ersichtlich: Umgeben von hohen Nadelbäumen liegt es auf einem kleinen Geländevorsprung der Hunsrücklandschaft, der unmittelbar unterhalb der neuen Terrasse steil abbricht. Darunter, tief drunten, der Rhein.
Haus, Pavillon und Stallgebäude leuchten in der Morgensonne zur Cessna herauf. Alles scheint am Morgen nach dem Fest noch zu schlafen.
Im Cockpit sitzt Tobi neben Ernst, dem Piloten.
Das Flugzeug zieht eine zweite Schleife über dem Haus, damit Tobi noch einmal das Werk der letzten Monate betrachten und Abschied nehmen kann.
TOBI. Da unten pennen noch alle. Na ja, schönes Häuschen, schöner Blick, schönes Geld …
ERNST. Und die große Liebe jede Nacht im Bett. Das hab ich auch mal gesucht – aber nein, immer nur kurze Bodenberührung und gleich wieder durchgestartet. So bin ich eben.
Es ist das erste Mal, dass Tobi Ernst in dessen Flugzeug begleitet. Er hat es nicht so mit dem Fliegen und fühlt sich nicht sonderlich wohl in der zerbrechlichen Sportmaschine. Vor seinen Knien bewegt sich ein zweites Steuer wie von Geisterhand. Er starrt auf

die Instrumente und klammert sich bei jeder Höhenänderung an den Sitz.

Ernst. Hier, greif mir mal in die Tasche. Los, guck mal rein.

Tobi bringt Ernsts pralle Brieftasche zum Vorschein. Was er da sieht, lässt ihn zusammenzucken: Zwei dicke Bündel großer Geldscheine drohen das Lederfutteral zu sprengen.

Tobi. D-Mark, Dollars!

Die Geldsumme, die er in Händen hält, geht in die Tausende.

Ernst. Damit sind wir die Kings von Vilnius bis Wladiwostok. Da kenn ich die wichtigsten Konservatoren und Sammler. Zurzeit sind die imstande, ihre ganzen Museen zu verscherbeln, wenn sie Westdevisen dafür kriegen.

Tobi. Wollen wir wirklich nach Russland fliegen? Ich meine, Ernst, ich hab echt ein beschissenes Gefühl bei dem Gedanken.

Ernst. Erst mal nach Litauen. Da kenne ich die Jungs von der Luftüberwachung. Dann sehen wir weiter.

Tobi. Dollar, Deutschmark, Videorekorder – Genossen, wir bringen euch die schöne neue Welt!

Die Cessna überquert den Westerwald und erreicht bald den östlichen Teil Hessens. Ernst nimmt sein Bordmikrofon zur Hand und meldet sich bei der Luftüberwachung.

Ernst. Delta-Echo-Hotel-Lima-Tango: Weiterflug VFR über Funkfeuer Fulda zur ehemaligen Staatsgrenze der DDR. Erbitte Verlassen Ihrer Frequenz.

Tobi lauscht dem Kauderwelsch mit offenem Mund. Alles, was er an diesem Tag erlebt, ist neu.

Bodenstation. Delta-Echo-Hotel-Lima-Tango: Halten Sie maximal 3500 Fuß bis zum Verlassen des kontrollierten Luftraums, Frequenzwechsel genehmigt.

Der erste Morgen im neuen Haus

Ein Sonnenstrahl streift Hermanns Nasenspitze, der noch selig schlummernd im Bett liegt. Als der Lichtstrahl seine Augen trifft, taucht er aus seinen Träumen auf. Ohne hinzusehen, tastet er nach Clarissa, doch er greift ins Leere.

Er lauscht ins Haus. Nur ein Getuschel von Kinderstimmen ist in seiner Nähe zu hören. Hermann richtet sich auf, um nachzusehen. Die Tür hat sich vorsichtig geöffnet, und er blickt in die Augen von Jennifer und Nadine. So schnell sie können, laufen die Kinder wieder weg.

NADINE UND JENNIFER. Er ist wach! Er ist wach!

Er hört, wie ihre Schritte sich auf der Treppe schnell wieder entfernen.

Auf der Terrasse können die Mädchen ihre Botschaft bei den Erwachsenen loswerden.

Reinhold und Petra haben im Günderrode-Haus übernachtet und mit Clarissa ein üppiges Frühstück vorbereitet. Die Nachricht, dass Hermann nun bald zu erwarten sei, bringt die drei in Bewegung. Reinhold öffnet eine Champagnerflasche und füllt die Gläser. Petra schickt die Kinder zur Ziege. Jubelnd stürmen sie in den Garten hinunter.

Als Hermann noch ziemlich verschlafen im Bademantel auf der Terrasse erscheint, wundert er sich über den festlichen Empfang.

REINHOLD. Wir gratulieren.

CLARISSA. Es gibt einen ganz besonderen Grund.

REINHOLD. Einen ganz besonderen, brandaktuellen Grund zum Feiern.

Hermann zieht fröstelnd die Schultern hoch und geht auf Clarissa zu.

CLARISSA. Wer sagt's?

REINHOLD. Clarissa soll's sagen.

HERMANN. Ich verstehe gar nichts.

CLARISSA. Reinhold hat heute früh beim Südwestfunk angerufen.

REINHOLD. Ich hatte mir das eigentlich schon vor dem Urlaub für heute vorgenommen.

Clarissa überreicht Hermann ein mit Champagner gefülltes Glas und küsst ihn lächelnd auf den Mund.

CLARISSA. Du bekommst den Auftrag, eine Vereinigungssymphonie zu schreiben. Einstimmiger Beschluss der Rundfunkanstalten.

REINHOLD. Und des Deutschen Musikrats. Ein Orchesterwerk

mit allem Drum und Dran. Uraufführung in Berlin. Kein schlechter Anfang für das neue Leben.

CLARISSA. In unserem Haus.

Alle stoßen mit Hermann an.

HERMANN. Und ich habe tief und fest geschlafen.

Mit wiederholtem Prosit wird er zum Frühstückstisch geführt. Die Sonne scheint. Es ist ein glücklicher erster Morgen im neuen Heim.

Ein Parkplatz an der Autobahn

Für Gunnar ist es ein trostloser Tag: das Ende seiner Ehe mit Petra und seines Familienlebens. Am Ende der Streitigkeiten ist er als Verlierer abgereist.

Mit seinem klapprigen VW ist er unterwegs nach Berlin. Er kommt nur langsam voran. Auf einem Autobahnparkplatz macht er Pause, stellt den Wagen neben Mülltonnen und Toiletten ab.

Noch immer trägt er das Trikot der deutschen Nationalmannschaft. Todmüde und verkatert, wie er ist, kann er sich nicht mit Kleiderwechsel oder Körperpflege befassen.

Gunnar sucht Deckung hinter einem Gebüsch, das die Sicht auf den höllischen Autobahnverkehr kaschiert. Er streckt die Arme nach vorn, versucht, seinen Körper ins Gleichgewicht zu bringen und beginnt, Kniebeugen zu machen. Sein Blick ist auf die Fingerspitzen geheftet, wie er es im Sportunterricht gelernt hat.

Dabei fällt ihm sein Ehering auf. Er unterbricht die Übung. Was soll der noch? Verbissen dreht und zieht er ihn vom Finger. Weg damit!

Gunnar holt zum Wurf aus. Aber da schießt ein neuer Gedanke durch sein Hirn: Ist der Ring nicht aus echtem Gold? Er wäre ja schön blöd, wenn er wegen dieser Petra auf den Goldwert verzichten würde! Er steckt ihn in seine Hosentasche. Damit ist das Ding zuerst einmal entsorgt.

Gunnar setzt seine Übungen in gesteigerter Form fort. Er wirft sich auf den Boden, stemmt sich mit gestrecktem Rücken auf Zehenspitzen und Handflächen hoch und nieder, vollführt mehrere vorschriftsmäßige Liegestütze. Wäre ja noch schöner, wenn er sich unterkriegen ließe!

Flug über DDR-Gebiet, NVA-Flugplatz

9. Juni 1990

Aus der Luft sieht die Landschaft ebenso deutsch aus wie im Westen. Ernsts Cessna überfliegt Brandenburg. Tobi schaut gebannt nach unten.

TOBI. Da unten hab ich mal eine Kirche renoviert, komplett... Bestuhlung, Fresken, alles aus dem Siebzehnten – und abends Musik im «Kakadu».

ERNST. Wenn du dich hier auskennst? Wir müssen bald tanken. Da unten, ist das ein Militärflughafen?

TOBI. Marxwalde. Und ob ich mich da auskenne. Da haben sie mich fertig gemacht, als ich zur Fahne sollte.

ERNST. Du bei der Armee? Kann ich mir überhaupt nicht vorstellen bei dir – Gleichschritt, strammstehen, Stubendienst.

TOBI. Es scheiterte schon an der Uniform, weil ich mich nämlich geweigert habe, die anzuziehen.

Tobis Erinnerungen werden wach. Seine Mimik verändert sich beim Sprechen, weil eine maßlose Wut in ihm hochkocht. All seine Ängste und Unsicherheiten, die durch das Fliegen hervorgerufen wurden, sind vergessen. Er starrt auf das Militärgelände hinab und kann es nicht fassen, dass das System, dem er sich jahrelang widersetzt hat, nun in Scherben liegt.

ERNST. Tobi, da landen wir. Wollen wir doch mal sehen, ob die immer noch so ein großes Maul haben oder ob die uns schön brav den Tank voll machen.

TOBI. Ich weiß sogar noch, dass da ein Lenindenkmal stand, wo die mich vermöbelt haben.

Ernst steuert die Maschine auf Landekurs.

ERNST. Rache ist süß, Tobi. Die Zeiten haben sich geändert. Pass mal auf, wie ich das jetzt mache.

Er drückt die Cessna nach unten und setzt auf der langen Betonpiste auf. Nach kurzem Ausrollen steuert er auf eine der Zufahrtbahnen zu. Tobi klappt das seitliche Bordfenster hoch, um besser sehen zu können. Weit hinten, vor der Silhouette eines Kiefernwaldes, stehen die MiGs, aufgereiht wie in besten Zeiten, zwischen den Startanlagen und Servicefahrzeugen.

Ernst bringt die Cessna zum Stehen, und schon nähert sich in schneller Fahrt ein Kübelwagen mit zwei Offizieren der NVA-Luftwaffe. Er wartet einfach ab, was jetzt geschehen wird.

In dem Trabant-Kübel sitzen Hauptmann Walde und Oberst Herzog und starren die Eindringlinge erstaunt an.

Ernst klappt nun seinerseits das Fenster hoch.

ERNST. Tach, die Herren. Bringen Sie uns unverzüglich zum Standortkommandanten.

OBERST HERZOG. Der Kommandeur des Geschwaders hier bin ich.

ERNST. Dann wissen Sie ja, was zu tun ist. Wir folgen Ihnen.

OBERST HERZOG. Gut, kommen Sie.

Tobi ist verblüfft. Der Ton, den Ernst anschlägt, lässt die NVA-Offiziere unsicher werden.

Der Kübelwagen wendet und lotst die Cessna über das von Sommerhitze flimmernde Flugfeld zu den MiG-Jägern hinüber.

TOBI. Pass auf, die halten dich für ein hohes Tier von der Bundeswehr.

ERNST. Dann wollen wir sie doch bei dem Glauben lassen.

TOBI. Nu, dann bin ich jetzt einer vom Komitee für Abrüstung.

ERNST. Das Spiel gefällt mir.

Lachend erreichen sie die Parkposition, die ihnen zugewiesen wird. Sie klettern aus der Cessna und gehen auf die NVA-Offiziere zu.

Tobi ist nun doch etwas mulmig, und er hält sich ein wenig im Hintergrund. Er sieht, wie Ernst den Oberst militärisch korrekt grüßt, ihm dann gönnerhaft die Hand schüttelt und sich vorstellt.

ERNST. Simon. Mit der MiG da würd ich gern mal hochgehen, ich kenne nur die Jäger von der Luftwaffe. Tornado 4 B bin ich mal geflogen.

OBERST HERZOG. Ich glaub nicht, dass es da eine Starterlaubnis gibt für uns.

ERNST. Aber reinsetzen, Triebwerke durchblasen geht doch, oder?
OBERST HERZOG. Was haben Sie gesagt, Tornado 4B?
Ernst bestätigt. Unter Fliegern scheint es einen geheimnisvollen Code zu geben, mit dem man sich verständigt. Der Oberst überlegt. Die Vertrauenswürdigkeit des Fremden scheint nicht sein Problem zu sein, sondern eher die Dienstvorschrift, die zu umgehen ihn im Moment unsicher macht.
OBERST HERZOG. Ah ja, dann kommen Sie mal mit. Ich schau mal rein.
Er führt Ernst näher an die MiG-21 heran, die gerade von einem Techniker überprüft wird. Eine Metallleiter steht bereit, sodass der Oberst ohne Umstände zum Cockpit hinaufsteigen kann.

Der andere Offizier hält indessen Tobi fest im Blick. So wie der aussieht mit seinen langen roten Haaren, dem abgewandelten Hippieaufzug und den roten Cowboystiefeln – das muss einen Uniformierten doch misstrauisch machen.
HAUPTMANN WALDE. Und Sie? ...
Tobi kontert mit einem abschätzigen Blick auf dessen Uniform. Er sagt nichts und blockt den unsicheren Offizier eines in Auflösung befindlichen Staates kühl ab.

Der Oberst hat es Ernst tatsächlich erlaubt, im Cockpit des Düsenjägers Platz zu nehmen, und ist stolz darauf, seinem westdeutschen Besucher das hochtechnisierte Flugzeug zeigen zu können. Er zweifelt nicht daran, dass es den Jägern aus dem Westen, zum Beispiel der Tornado, von der Ernst gesprochen hat, überlegen ist.
OBERST HERZOG. Diesen Automaten müssten Sie ja kennen.
ERNST. Was heißt denn «Schleudersitze» auf Russisch?
OBERST HERZOG. Das sind die «Katapulte».
Ernst nickt anerkennend.
OBERST HERZOG. Also, Drosselhebel auf Leerlauf und dann – mal anlassen!
Ernst folgt der Anweisung, und schon wird der sirenenartige Ton hörbar, mit dem die Anlassermaschine das Triebwerk auf Touren bringt. Aus der rückwärtigen Öffnung der Turbinen schießt heiße

Luft, die das gesamte Gelände hinter den MiG-Jägern zum Flimmern bringt. Das Anlassgeräusch schwillt immer weiter an. Es scheint keine Grenze in der Energieentfaltung zu geben, die in diesem Heulen spürbar wird.
Ernst strahlt wie ein kleiner Junge. Am liebsten würde er jetzt starten und mit diesem Feuerstuhl durch die Lüfte donnern.

Von dem misstrauischen Hauptmann lässt sich Tobi im Trabant-Kübel zu den Versorgungsgebäuden fahren. Er gibt sich als Einkäufer von militärischen Ausrüstungen aus, der sich die Bestände zeigen lassen will. Die konkrete Aufgabe, die schließlich Bestandteil des Dienstplanes ist, macht den Hauptmann plötzlich gesprächig.

HAUPTMANN WALDE. Die wollen hier alle von der Bundeswehr übernommen werden. Na ja, ich fang ja am 1. 7. bei der Hamburg-Mannheimer an. Genau zum Zeitpunkt der Währungsreform. Sie fliegen? Das ist schön, ich kenne das Gefühl, aber da gibt's doch immer ein Risiko. Da will man doch abgesichert sein. Da ist es doch schön, wenn man versichert ist.

Tobi traut seinen Ohren nicht. Will der ausgemusterte Offizier und künftige Versicherungsvertreter ihm tatsächlich eine Unfallversicherung andrehen?
Vor einer langgestreckten Lagerhalle bringt Walde den Kübel zum Stehen. Ein riesiges Kettenfahrzeug, eine Panzer-Ponton-Fähre, versperrt den Weg, und Walde muss warten, bis das Ungetüm in der Zufahrtsstraße gewendet hat. Dann steigt er aus und führt Tobi in die Halle.

HAUPTMANN WALDE. Wir verkaufen gerade unsere Ausrüstungsgegenstände. Wir haben ja schließlich einen Pfarrer als Minister für Abrüstung. Alles Panzermotoren, Zwölfzylinder für den T 54 und 55, Sechszylinder für den PT 76 und für diese Panzer-Ponton-Fähre GSP 55.

Vor Tobi breitet sich eine unglaubliche Szenerie aus: Hunderte von fabrikneuen Motoren stehen auf Paletten aufgereiht – Motoren, wie sie für schwerste Militärfahrzeuge Verwendung finden. Zum Teil sind die Maschinen noch in Plastikfolien eingeschweißt, und Tobi kann den Stolz spüren, der in Waldes Stimme

mitschwingt – einen verletzten Stolz, der in Anbetracht dieses Standes der Militärtechnik, der Organisation und vorbildlichen Lagerhaltung verständlich ist.
Hauptmann Walde lenkt Tobis Blick auf ein ebenso eindrucksvolles Lager von Flugzeugmotoren.

HAUPTMANN WALDE. Und das dahinten, das sind Helikoptertriebwerke für die MI 2, alle Motoren so gut wie noch nie gelaufen. Wenn ich hier einen auspacke, in zehn Minuten ist der einsatzbereit.

Er deutet nach oben ins Hallengewölbe. Dort sind die Bauteile für komplette Flugzeuge aufgehängt.

HAUPTMANN WALDE. Diese Maschine, die wird sogar von der Flugbereitschaft der Bundeswehr übernommen.

In der Nachbarhalle, durch die er seinen Begleiter nun führt, stehen deckenhohe Metallregale in dichten Reihen. Sie sind von unten bis oben prall gefüllt mit Holz- und Metallkisten, Containern und Kunststoffsäcken.
Während Walde erklärt, wird seine Stimme immer höher vor Erregung, und enthusiastisch gestikuliert er mit den Armen.

HAUPTMANN WALDE. Wir hatten schon 'ne Menge Kaufinteressierte hier. Neulich sogar einen Ausstatter von einer Münchner Filmfirma. Der will Tausende von Uniformstücken. Die werden ganze Kinofilme damit ausstatten.

Im Quergang stehen an den Regalenden einige geöffnete Kisten, aus denen Muster der gelagerten Gegenstände entnommen werden können. Walde greift wahllos in die Kisten und hält Tobi den einen oder anderen Gegenstand, von dem er spricht, vor die Nase.

HAUPTMANN WALDE. Hier, Winterschutzbekleidung für medizinisches Personal, Feldjacken, Pulswärmer, die OMA genannt, und das hier, das ist was ganz Besonderes: eine Gasmaske für Kinder. Die DDR war das einzige Land, wo Gasmasken für Mutter und Kind im Einsatz waren.

Tobi schweigt. Zu viele böse Erinnerungen an seine Erlebnisse beim Militär werden in ihm wach. Er greift in eine Kiste, die randvoll mit grauen Stricksocken angefüllt ist. Nachdenklich zieht er eine Socke heraus, aber Walde nimmt sie ihm ab und wirft sie achtlos in die Kiste zurück.

HAUPTMANN WALDE. Das ist die gemeine graue NVA-Socke, und hier: Taucheranzüge, Offizierssturmgepäck, Flaschen für Kampfschwimmer, und wenn Sie mal einen Schlafsack brauchen – 10 000 Stück!

Der Mann ist selbst überwältigt von Erinnerungen. So viele Jahre waren diese Dinge und ihre ordnungsgemäße Verwaltung sein Lebensinhalt gewesen.

HAUPTMANN WALDE. So sieht es aus, wenn ein Staat sich auflöst.

Walde ist jemand, dem man den Lebenssinn geraubt hat.

Zwischen Ernst und dem Oberst hat sich auf der Basis gemeinsamer Pilotenerfahrungen in der kurzen Zeit ein kameradschaftliches Verhältnis entwickelt.

Als Ernst das Cockpit der MiG verlässt und wieder festen Boden unter den Füßen spürt, führt Herzog ihn zu den übrigen Angehörigen des Bodenpersonals.

OBERST HERZOG. Kommen Sie, Simon, wir machen mal ein Foto.

ERNST. Das ist ein Maschinchen!

Schon posiert Ernst mit den Kameraden des Obersts vor der Flugzeugstaffel. Die MiG-Jäger sind mit ihren Bugspitzen so exakt ausgerichtet, dass man ein Lineal an ihnen entlanglegen könnte. Oberst Herzog ist stolz auf seine Staffel und nimmt einfach noch nicht zur Kenntnis, dass die Tage der Armee, der er diente, gezählt sind.

OBERST HERZOG. Ja, mit den Dingern sind wir über die kasachische Steppe gebraust.

ERNST. Kasachstan, kennen Sie sich da aus?

OBERST HERZOG. Ja, ich war ein paar Jahre da zur Kosmonautenausbildung. Geflogen ist dann bekanntermaßen ein anderer, aber es war 'ne schöne Zeit, 'ne wirklich schöne Zeit.

ERNST. Kennen Sie die zivilen Luftkorridore in Russland?

OBERST HERZOG. ... Und lächeln!

Einer der Kameraden hat während des kurzen Gesprächs mehrere Erinnerungsfotos geschossen.

Oberst Herzog und Ernst sind zum Tower hinübergegangen. Hier gibt es das beste Kartenmaterial, auf dem der Luftraum über der DDR, der Ostsee und dem Gebiet westlich von Moskau dargestellt ist. Ernst erhält damit Einblicke in militärische Geheimnisse. Es scheint, dass Herzog ihn für seinen Wagemut bewundert.

OBERST HERZOG. ... In Weißrussland wird's eng, da ist die Luftüberwachung noch auf Zack. Nee, nee – besser, Sie kämen über Litauen.

ERNST. Da kenn ich mich aus.

OBERST HERZOG. ... Richtung Witebsk, Smolensk, immer südlich von Moskau halten, da haben Sie zurzeit 120 Knoten Rückenwind, Richtung Tula. Wie ist die Reichweite bei Ihrer 172?

ERNST. 800, mit Rückenwind 1000.

OBERST HERZOG. 1000 ... Wissen Sie was? Sie müssten fliegen, wenn das Spiel ist. Russland gegen Argentinien!

ERNST. Das ist 'ne Idee. Dann sitzen sie vorm Fernseher und gucken Fußball, starren nicht so auf den Radar.

Herzog hat sich während des Gesprächs derart in Ernsts geplanten Abenteuerflug versetzt, dass er ins Schwärmen kommt.

OBERST HERZOG. Könnte klappen!

Noch einmal beugen sich die beiden Flieger über die ausgebreitete Luftraumkarte.

OBERST HERZOG. Ich würde wirklich gerne dabei sein.

Ernst folgt Herzogs Blick, der sich zuerst in die Ferne, hinaus auf das weite Flugfeld richtet. Dann aber kehrt er zurück und bleibt wehmütig auf der Wand der Leitstelle haften. Hier hängt eine laienhafte Zeichnung. Sie zeigt den noch deutlich jüngeren Oberst in sowjetischer Offiziersuniform mit dem Fliegerhelm der Kosmonauten.

Tobi hat sich von Hauptmann Walde zum «Med.-Punkt» der Sanitätsdienststelle bringen lassen. Der Dienst habende Feldscher wühlt hinter einem Wandschirm in einem Karteischrank und kommt bald darauf mit einer Röntgenaufnahme zu Tobi zurück.

FELDSCHER. Vom Mai '81?

TOBI. Stimmt.

FELDSCHER. Na, dann wollen wir mal schauen.

Er heftet das Röntgenbild an einen Leuchtkasten. Vor ihm erscheint das Knochenbild eines Unterschenkels, auf dem deutlich eine Fraktur erkennbar ist.

FELDSCHER. Oh, Fraktur der rechten Fibula, Achsenfehlstellung, Konsolidierung der Knochen. Skiunfall?

TOBI. Fünf Kammerbullen auf einen Zivilisten. Kann ich das haben – als Souvenir?

Hauptmann Walde hat sich in die Zimmerecke verzogen und starrt auf einen Fernseher, über den gerade ein Spiel von der Weltmeisterschaft flimmert. Er scheint so vertieft, dass er von dem Gespräch zwischen Feldscher und Tobi nichts mitbekommen hat. Er will sich offenbar aus allem heraushalten, was seiner geplanten Versicherungskarriere hinderlich sein könnte.

Als der Feldscher ihn anspricht, wirkt er geistesabwesend.

FELDSCHER. Also, wie er das jetzt so erzählt, könnte vielleicht der Staatsanwalt auch noch ein Wort mitreden wollen. Ich will mich ja nicht der Unterschlagung von Beweismitteln schuldig machen.

Walde tut so, als nähme das Spielgeschehen auf dem Bildschirm eine plötzliche, dramatische Wendung. Aber nichts geschieht. Dabei lugt über den Rand des Fernsehers ein unvollkommen verstecktes Bild von Erich Honecker.

Tobi nimmt dem Feldscher die Röntgenaufnahme aus der Hand und geht damit nachdenklich zur Tür.

TOBI. Den Hauptmann Gies, gibt's den noch?

HAUPTMANN WALDE. Selbstverständlich, den *Major* Gies gibt es noch. Der löst hier gerade alles auf.

Tobi zögert nicht, sich von Walde zu dem erwähnten Major führen zu lassen. Er ist immer selbstbewusster geworden.

Sie durchqueren eine weitläufige Halle, in der mehrere Hubschrauber repariert werden. Die Mechaniker haben sich jedoch um ein Fernsehgerät versammelt, das mitten in der Halle aufgestellt worden ist. Als Walde mit Tobi an ihnen vorbeigeht, grüßen die Männer den Offizier.

HAUPTMANN WALDE. Na, Genossen, wie steht's?

TECHNIKER. Null zu null.

Durch ein Verbindungstor gelangen sie zu einer weiteren Halle.

Tobi hat Gies sofort entdeckt. Seine Schritte verlangsamen sich, während er auf ihn zugeht.

Walde, dem nichts Gutes schwant, hält sich im Hintergrund.

HAUPTMANN WALDE. Genosse Major.

Der Major dreht sich um und sieht Tobi.

TOBI. Na, 's Leben noch frisch?

Gies hält ein Klemmbrett in der Hand, unterbricht seine Inventurarbeit an Utensilien für die Jägerstaffel. Er erkennt Tobi, kann sich aber keinen Reim auf dessen Erscheinen machen.

MAJOR GIES. Sie sind wohl von einem dieser Komitees. Schon was gefunden?

Er denkt, dass Tobi beauftragt sei, die Abrüstungsmaßnahmen zu kontrollieren, und der geht zum Schein auf das Spiel ein.

TOBI. Aufschreiben: 100 Kilo Stiefel, 500 Kilo Stahlhelme, 500 Kampfanzüge, 100 Kilo Bärenfotzen, 100 Kilo Lederkoppel, einen Sack mit Schulterstücken und Ihre Mütze – und zwar ein bisschen plötzlich!

Tobi brüllt dies dem verdatterten Mann ins Gesicht. Der lässt sein Klemmbrett sinken und nimmt seine Schirmmütze ab – nicht weil er sie Tobi aushändigen will, sondern weil ihm der Angstschweiß auf die Stirn getreten ist.

TOBI. Und so was will übernommen werden. Sie wollen doch übernommen werden?

Der Major sinkt förmlich in sich zusammen.

MAJOR GIES. Hören Sie, ich hatte ja nichts gegen Sie persönlich, damals. Und es war auch nicht so, dass ich irgendeinen Vorteil gehabt hätte davon. Ich musste viel arbeiten, dreimal im Jahr zum Manöver raus. Das ist kein Zuckerschlecken, auf gut Deutsch gesagt. Und wenn wir damals im November nicht stillgehalten hätten, das hätte doch nur Gemetzel und Bürgerkrieg gegeben. Ich bin doch auch froh, dass es endlich vorbei ist.

Er setzt sich die Dienstmütze wieder auf.

Hauptmann Walde macht sich im Hintergrund aus dem Staub. Lautlos verschwindet er durch die Hallentür.

Tobi kennt nun nur noch eins: Er braucht seine Genugtuung.

TOBI. Wollen Sie mal sehen, wie das aussieht, wenn Sie nichts gegen einen persönlich haben?

Er geht an Gies vorbei und hält die Röntgenaufnahme gegen das Licht des Hallenfensters.

Tobi. Da sind Sie mit Ihren Leuten über mich hergefallen. Wissen Sie wenigstens noch, wo das war? Zu Lenins Füßen.

Natürlich erinnert sich Gies.

Tobi. Aber getreten haben Sie. Wegtreten!

Er schreit jetzt so, wie Gies damals geschrien haben mag. Er tritt dabei mit aller Wucht gegen einen Blechschrank.

Gies bleibt ruhig. Wie Walde verfolgt er die Taktik, nichts zu sagen, was man später gegen ihn verwenden könnte.

Tobi. Aber wieso rede ich eigentlich immer nur? Es ist doch unsere gemeinsame Geschichte, oder? Wo ist denn der Lenin jetzt?

Da wird Gies wieder munter.

Major Gies. Der Lenin? Also, ich habe selbst dafür gesorgt, dass er wegkommt. Schon im Dezember. Er ist dort, wo er hingehört, auf dem Schrotthaufen, und wird bald abgeholt.

Tobi lässt sich zu dem Schrotthaufen bringen.

Zwischen Wänden von modernden Armeekisten, abgefahrenen LKW-Reifen, verrosteten Fahrgestellen und Bergen von Altmetall steht er: Lenin, eine mehr als fünf Meter hohe Bronzestatue mit Denkerkopf und zum Sieg emporgestreckter Hand.

Tobi vergisst seinen einstigen Peiniger, der am Rand des Schrottplatzes zurückgeblieben ist. Ein Augenblick innerer Zwiesprache hat begonnen. Zwischen Tobi und Lenin ist einiges zu bereinigen. Es sind nicht nur die Erinnerungen an die schändliche Szene, in der er als Wehrdienstverweigerer zusammengeschlagen wurde. Von diesem Tag an hatte für ihn auch eine Leidensgeschichte begonnen, die im Namen einer Ideologie von Gerechtigkeit und menschlichem Glück über ihn hereingebrochen war. Lenin stand für diese erbarmungslose Lüge.

Erst als sich ein Fahrzeug nähert, kehren Tobis Gedanken in die Gegenwart zurück. Auf der Suche nach ihm brettert Ernst mit seinem Fliegerkollegen Herzog im Kübelwagen heran.

Ernst. Tobi, wir fliegen an die Wolga. Der Direktor vom Nationalmuseum in Saratow, das ist ein Kumpel hier von unserem Oberst Herzog. Na, da kann man doch nicht anders. Und den Lenin hast du auch gefunden?

Müde und deprimiert schlurft Tobi vom Schrottplatz herbei. Er bleibt vor dem Wagen stehen und schaut Ernst an, der sich auf der Erfolgswelle wähnt. Den Lenin? Tobi nickt. Ernst wendet sich an den Oberst.

ERNST. Wie kriegen wir den hier weg? Auf den erheben wir Anspruch. Wir haben's mit den Russen, nicht wahr?

Major Gies fühlt sich in Gegenwart seines Obersts wieder sicher. Er gesellt sich dazu.

OBERST HERZOG. Na ja, wir verkaufen auch LKWs. Was ist denn mit dem Krass 255?

MAJOR GIES. Mit der B 1? Der hat einen Kranausleger.

OBERST HERZOG. Na, das wär's doch.

Ernst zückt seine Brieftasche mit den vielen Geldscheinen.

ERNST. Wie viel?

Tobi wird das Spiel unheimlich.

ERNST. Wie stellst du dir die Abrüstung sonst vor?

Er grinst Tobi an und riskiert, dass die NVA-Offiziere kapieren, was hier mit ihnen gespielt wird.

Der von Gies erwähnte Krass 255 ist ein Monstrum auf Rädern. Die Ladefläche ist so hoch, dass die darauf aufgestellte Leninfigur kaum die Alleen passieren kann, durch die Ernst mit Tobi nun fährt. Sie haben ein maliziöses Spiel vor, dessen Folgen ihnen im Augenblick weder bewusst noch wichtig sind.

Die Fahrt endet in einer Einfamilienhaus-Siedlung am Rande der Garnisonsstadt. Vor einem der vielen spießigen Häuschen machen sie sich daran, den Lenin abzuladen. Tobi beherrscht den Kran ohne Schwierigkeiten. Ihm sind diese Fahrzeuge russischer Bauart bestens vertraut.

Bald schwebt die Bronzestatue über den Vorgartenzaun hinweg und wird unter Ernsts Anleitung auf dem kleinen Rasen abgestellt.

Als er eine Nachbarin auf der anderen Straßenseite entdeckt, geht er zu ihr und fragt, ob dies das Haus von Major Gies sei. Sie nickt.

ERNST. Gut. Das hat alles seine Ordnung. Wir sind vom Komitee für Abrüstung.

Die Frau ist sichtlich beeindruckt.

Eine Hotelpension in Marxwalde, Flugfeld

Es ist Nacht. An einen Weiterflug ist nicht mehr zu denken. Ernst und Tobi haben sich in der einzigen Pension des Ortes einquartiert. Ihr Domizil ähnelt eher einem kleinbürgerlichen Eheschlafzimmer der Vorkriegszeit als einer Hotelunterkunft. Über dem Bett hängt ein kitschiges Bild mit Nymphen und Engelchen. Die zwei Abenteurer sind rechtschaffen müde.

ERNST. Schnarchst du?

TOBI. Ja.

ERNST. Dann ist's ja gut. Ich auch.

Sie lassen sich in ihren Kleidern, so, wie sie gekommen sind, und ohne die Schuhe auszuziehen, auf das Doppelbett sinken.

TOBI. Dem sein Gesicht hätte ich gern gesehen, als der nach Hause gekommen ist. Glotzt dem der Lenin ins Schlafzimmer rein.

ERNST. Da träumt er bestimmt vom Sieg des Kommunismus.

Sie schlafen grinsend ein.

Am nächsten Morgen wird Tobi von einem Sonnenstrahl geweckt. Er öffnet die Augen. Er liegt noch so da, wie er eingeschlafen ist, neben Ernst auf dem Doppelbett. Den stört das Morgenlicht nicht, er schläft noch. Als Tobi sich ein wenig aufrichtet, sieht er die Gardine am Fenster im Wind schaukeln.

Plötzlich ist er hellwach: Halb verdeckt von den Geranien auf der Fensterbank starrt ihn das strenge Gesicht der Leninstatue an. Tobi rüttelt Ernst an der Schulter.

TOBI. Ernst, Ernst!

ERNST. Was ist denn?

TOBI. Ich komm nicht mit!

Nun sieht auch Ernst das Leningesicht, das zum Fenster hereinblickt.

ERNST. Was, da komm ich jetzt nicht mit. Nee, wegen dem da?

TOBI. Das ist ein Warnschuss, aber eindeutig.

Ihm wird auf einmal klar, dass ihre Köpenickiade durchschaut worden ist. Tobi weiß, wie empfindlich diese Militärmenschen sein können und dass sie nichts weniger als Spaß verstehen. Mit dem Rücktransport der Leninstatue vor das Hotelfenster war mehr gemeint als nur ein Gegenstreich. Das ist eine Drohung!

ERNST. Was hast du denn auf einmal?

TOBI. Nee, Ernst, die haben noch ihre alten Kontakte. Die kündigen uns bei den Russen an, und die holen uns runter. Die wissen jetzt schon, was du vorhast.

ERNST. Die haben doch jetzt Wichtigeres zu tun bei der Fußballweltmeisterschaft. Wenn die Sowjetunion spielt, dann sitzen die vorm Fernseher und gucken Fußball, starren nicht auf den Radar. Zum Endspiel sind wir zurück.

TOBI. Ich rieche das, wenn die was gegen uns vorhaben. Überlege es dir, es ist ein Wahnsinn. Die russische Abwehr ist kein Fußballclub. Ich mache da nicht mit.

Doch er unterschätzt Ernsts Sammlerleidenschaft, die ihn bis hierher getrieben hat und weitertreiben wird. Seine Warnung kann Ernst nicht umstimmen.

ERNST. Die Chance darf man sich nicht entgehen lassen. Ich würde mich bis zu meinem letzten Atemzug grämen, wenn ich den Braten nicht schnappe. Wir fliegen erst mal nach Vilnius, da kennen sie mich. Dann sehen wir weiter.

Ernst verkennt seinerseits Tobis Entschlossenheit. Der will sich auf keinen Fall zum zweiten Mal mit den Militärs anlegen. Er schweigt. Ernsts Pläne gehen ihn plötzlich nichts mehr an.

Er begleitet Ernst noch zum Flugfeld, bringt ihn mit dem Krass-LKW und der Leninstatue auf dessen Ladefläche dorthin. Schließlich gehört ihm nun beides: der LKW und die Statue.

Ernst startet in östlicher Richtung. Aus Tobis Sicht steigt die Cessna genau über dem ausgestreckten Arm Lenins gen Himmel.

TOBI. «Flieger, grüß mir die Sonne.»

Seine Gedanken sind voller Sorgen um den Freund.

Ostberlin, eine Wohnstraße

10. Juni 1990
Das Ostberliner Viertel wirkt schäbig mit seinen grauen Fassaden, den abbröckelnden Ornamenten, den Löchern, die von Bombensplittern und Granaten des Zweiten Weltkriegs gerissen wurden, mit dem holprigen Pflaster, in dem sich Regenpfützen tagelang halten. Schaufenster sind mit rostigen Blechrollläden verschlossen, die schon jahre- oder jahrzehntelang nicht mehr hochgezogen wurden. Hinter vielen schief in den Rahmen hängenden Fenstern wohnt niemand mehr. Dennoch ist in der Art, wie sich die Häuser aneinander reihen, wie sich Toreinfahrten öffnen und wie sich der leere Raum über den Straßen weitet, etwas zutiefst Urbanes zu spüren. Nur Berlin, die Hauptstadt, besitzt solche Dimensionen, und der Moder, der sich nach Krieg, Zerstörung und 40 Jahren DDR eingenistet hat, gibt dem Viertel etwas Ehrwürdiges. Die wenigen Autos, die an den holprigen Gehsteigen geparkt sind, lassen Raum für das alte Wohngefühl.

In seinem VW mit der Simmerner Nummer nähert sich Gunnar aus einer Querstraße und biegt in die Straße ein, die er gesucht hat. Er fährt in langsamem Tempo.
Als er eine abgeblätterte Hausnummer entziffert, hält er an und steigt aus. Er trägt noch immer das WM-Trikot.
Er überquert die Straße. Bevor er durch die düstere Toreinfahrt gehen will, entdeckt er ein kleines Mädchen auf dem Trottoir. Ein Himmel-und-Hölle-Spiel, das wohl schon vor langer Zeit mit Kreide auf das Pflaster gemalt worden ist, wird von dem Kind liebevoll ausgebessert. Mit federnden Sprüngen hüpft Gunnar über die quadratischen Felder und landet neben der Kleinen, die sich nicht stören lässt.
GUNNAR. Na, wohnst du hier?
MÄDCHEN. Ja.
GUNNAR. Aha, und weißt du, ob in dem Haus vielleicht ein Mann wohnt, der Trompete spielt?
Das Mädchen versteht und deutet zur Toreinfahrt hinüber.
GUNNAR. Hörst du den manchmal?

Es nickt.
Gunnar hat sich zu der Kleinen in die Hocke begeben, taucht seinen Finger in den Kreidestaub und beginnt nun ebenfalls, auf den Pflasterstein zu zeichnen.

GUNNAR. Das find ich ja toll, dass dir so was auffällt. Weißt du, ich kenn den von früher. Wir haben zusammen Musik gemacht in der Schule. Gehst du schon zur Schule?

Das Kind lächelt Gunnar an und schüttelt den Kopf.

GUNNAR. Aber du kommst bald zur Schule, stimmt's? Dann wirst du bestimmt mal eine sehr gute Schülerin, wenn du weiterhin so schön aufpasst.

Das Kind wird ein wenig verlegen.

GUNNAR. Ich hab zu Hause auch eine Tochter, die geht auch schon zur Schule, die heißt Nadine. Und wie heißt du?

MÄDCHEN. Rosa.

Eine schrille Frauenstimme tönt über die Straße und schreckt Gunnar auf.

Eine dicke Rentnerin, die Ellbogen auf ein Kissen am Fensterbrett gestützt, hat ihn beobachtet.

FENSTERGUCKERIN. He, wat machen Se mit det Kind da? Passen Se bloß uff!

Gunnar geht verärgert zu der Frau am Fenster hinüber.

GUNNAR. Ob Sie mal aufhören mit dem Rumgeblöke? Ich hab das Mädchen nur gefragt, ob hier in dem Haus ein Musiker wohnt, das war alles. Mehr war nicht.

FENSTERGUCKERIN. Ach, ick hab doch jesehen, wie Sie mit det Auto ankamen, ehe Se die Kleene anjesprochen habn. Aber ick hab mir die Nummer jemerkt. Wir passen nämlich uff hier, wissen Se!

Die Kleine auf den Trottoir wundert sich und spielt weiter.

Ostberlin, ein heruntergekommenes Wohnhaus

Gunnar gelangt durch die Einfahrt in einen verwinkelten Hinterhof mit Mülltonnen, einem verwitterten Tisch mit Stühlen und dem Wrack eines Trabis. Auch hier ist der Zerfall weit fortgeschritten: abgebröckelter Putz, mit Brettern vernagelte Fenster, verbogene Fernsehantennen an den Balkonen, modernde Wasserflecken an den Wänden. Gunnar untersucht das Trabi-Wrack. Er scheint es wiederzuerkennen, obwohl die Kennzeichen fehlen.

Gunnar betritt das Haus durch den offen stehenden Hintereingang. Die blechernen Briefkästen auf dem Treppenabsatz quellen über mit alten Zeitungen, nie abgeholter Post, Müll, den man hineingestopft hat. Die meisten Kästen sind gewaltsam aufgebrochen worden, die Türen verbogen, und Dübel ragen aus der Wand.

Während er die Namensschilder zu entziffern versucht, betritt eine junge Frau das enge Treppenhaus. Sie trägt einen Blecheimer, in dem sie Müll weggebracht hat. Scheu und ohne Gunnar anzusehen drückt sie sich an ihm vorbei.

GUNNAR. Sagen Sie, der Jürgen Senge – wohnt der nicht mehr hier?

DIE SCHEUE MIETERIN. Ich weiß nicht.

Sie steigt die Treppe hinauf. Gunnar folgt ihr einen Schritt.

GUNNAR. Können Sie mir sagen, wo er wohnt?

Die scheue Frau geht weiter, wirkt ängstlich. Sie hinkt. Es scheint etwas mit ihrem Bein zu sein, das sie zu verbergen trachtet. Das gibt ihrem Gang etwas Provokantes.

Als Gunnar ihr folgt, werden ihre Schritte schneller, und sie beeilt sich, den zweiten Stock zu erreichen. Er überholt sie, ohne sie noch einmal anzusprechen. Er interessiert sich für eine Wohnung, deren Eingang in einer Nische liegt. Das Türschild zeigt den Namen «J. Senge». Er drückt auf die Klingel und ruft durch die Tür.

GUNNAR. Jürgen, ich bin's, der Gunnar! – Mensch, wo ist denn der?

Die scheue Frau hat nebenan ihre Wohnungstür geöffnet und ist schnell verschwunden. Einen Spalt hat sie jedoch offen gelassen und beobachtet ängstlich, was der Fremde auf ihrem Stock-

werk sucht. Als ihre Augen Gunnars Blick begegnen, schließt sie die Tür und verriegelt sie von innen.
Über Jürgen Senges Eingang verläuft ein Abflussrohr, über dem Schwalben ihr Nest gebaut haben. Die Jungvögel darin fangen laut zu piepsen an, um ihre Eltern herbeizurufen. Die sind aber draußen auf einem Mauervorsprung und trauen sich nicht durchs zersplitterte Fenster herein, solange dieser Zweibeiner da steht.
Gunnar kommt zu dem Schluss, dass sein Freund Senge schon lang nicht mehr hier gewesen ist. Nachdenklich geht er treppabwärts. Dabei sieht er, dass die Tür zur Wohnung unter der der scheuen Mieterin offen steht. Er steckt den Kopf durch die Öffnung und horcht. Es ist wohl niemand da.
GUNNAR. Hallo, Ihre Tür steht offen. Ist hier jemand?
Er beugt sich zu dem Türschild.
GUNNAR. Herr Buschkowiak?
Als keine Antwort kommt, wagt er sich in die Wohnung hinein. Was er da nun zu sehen bekommt, übersteigt sein Vorstellungsvermögen. Die Wohnung ist düster und gänzlich verkommen: in Fetzen von der Wand hängende Tapeten, völlig versiffte Polster, ein Servierwagen mit ein paar fast leeren Flaschen billigen Fusels, Ofenheizung, ein Schwarz-Weiß-Fernseher, herumliegende Dreckwäsche, schmutzige Unterwäsche, verdorrte Blumenstöcke, heruntergefallene Putzteile, die sich über dem ekligen Säuferchaos verteilen. Die Gardinen sind zugezogen.
Gunnar entfährt ein erschüttertes «o Gott».
Den Unrat auf dem Teppich, die leeren Schnapsflaschen, das stinkende Zeug könnte er vielleicht beseitigen. Von der Wand mahnt ihn ein Spruch: «Vergiss die Liebe nicht.»
Widerwillig beschließt er, hier sein Quartier einzurichten, solange er keine andere Lösung weiß. Außerdem ist er müde.

Berlin, an der Mauer

Am nächsten Morgen in einem Café bemerkt Gunnar einen Typen, der an den Tischen Bruchstückchen der Berliner Mauer verkauft und drei Mark pro Stück kassiert.

Das bringt ihn auf eine Idee, und er schaut sich den einstigen «sozialistischen Schutzwall» einmal von der Westseite her an.
In seinem gelben Käfer fährt er an einem Mauerteilstück entlang. Touristen aus aller Welt sind gekommen. Sie fotografieren die Trennwand zwischen Ost und West, die vielerorts noch steht und von «Mauerspechten» mit Hämmern und Meißeln durchlöchert wird.
Alle Betonflächen, die zur Westseite zeigen, sind von Spray-Bildern bedeckt. Die Geschichte von Jahrzehnten spiegelt sich im Stilwandel der Graffiti, die größtenteils schon nicht mehr entzifferbar sind. Manche Flächen sind mehrmals übermalt oder von den «Mauerspechten» schon abgehackt worden.
Die uniformierten Männer der DDR-Grenztruppe, die oben auf der Mauerkrone umherschlendern, sehen dem Treiben gelassen zu. Es gibt sie noch, aber sie wissen, dass auch ihre Tage gezählt sind.
Der Weg, auf dem Gunnar fährt, endet in einem Winkel, in dem die Mauer ihre Richtung ändert. Hier ist ein geradezu professionell ausgerüsteter «Mauerspecht» am Werk. Er arbeitet mit Schutzbrille. Staub liegt ihm in den Haaren, auf der Haut und auf den Lippen, aber mit fast jedem Schlag fliegt ein Bröckchen heraus. Sein Meißel ist schon ziemlich abgenutzt. Er hat das Mauersegment, auf das er einhackt, zuvor mit Farbe besprüht.
Als Gunnar aussteigt, ist die Luft vom Geräusch der rhythmischen Hammerschläge erfüllt. Die Betonplatten haben eine typische Resonanz, hart und elastisch zugleich. Gunnar hat seinen grünen Beutel mitgebracht, dem er den Hunsrücker Wundermeißel entnimmt. Er begrüßt den «Mauerspecht» mit einem lauten «Servus». Der aber lässt sich nicht ablenken und hämmert mit ausholenden Schlägen auf seinen Meißel ein.
GUNNAR. Ist ganz schön hart!?
Der «Mauerspecht» grummelt in sich hinein. Gunnar schaut sich die Mauerbrocken an, die der Typ schon abgeschlagen und anschließend auf ausgebreiteten Handtüchern gestapelt hat. Er überfliegt die Anzahl der Steine und rechnet schnell nach, was der Mann sich heute mit seiner Klopferei wohl bereits verdient hat.
Neben einem Sortiment von Spraydosen sieht er Vorschlaghäm-

mer in verschiedenen Größen liegen. Er wiegt die Hämmer in seiner Hand und geht mit dem größeren zu dem «Mauerspecht» hinüber.

GUNNAR. Du, darf ich mir den mal ausborgen? Nicht professionell.

Er wird mit einem misstrauischen Blick bedacht.

MAUERSPECHT. Na ja, okay, dann mach halt – aber det is mein Revier, wa? Kannst dich ja irgendwie dahinten hinstellen oder so – aber hier is meins.

Gunnar, der schon im Bereich der schöneren Graffiti mit dem Klopfen beginnen wollte, kehrt um und sucht sich ein Segment weiter unten. Er beginnt zu klopfen, wobei sich sein Meißel bewährt. Ein paar Steinchen fallen sofort heraus. Er bückt sich, hebt sie auf.

Da ruft ihm jemand zu.

FOTOGRAF. He, nun kloppen Se mal ruhig weiter.

Gunnar, der mit seinem WM-Trikot für den Fotografen ein attraktives Bild abgibt, lässt sich bereitwillig bei der Arbeit ablichten. Der Fotograf scheint ein echter Profi zu sein, zumindest hat er eine gute Ausrüstung.

Gunnar dreht sich so, dass die Namensaufschrift auf seinem Trikot lesbar wird.

GUNNAR. Dann können Sie ja auch gleich meinen Namen richtig sehen.

Der Fotograf geht auf die Andeutung nicht ein. Offenbar hat er sie nicht verstanden.

GUNNAR. Ich mach das hier zum ersten Mal. Aber ich hab einen richtigen Meißel mitgebracht, für 29,95 D-Mark, West.

Sein Wundermeißel trennt bei einem Hammerschlag ein besonders großes Betonstück aus der Mauer. Der Fotograf bückt sich und hält ihm das Mauerstück vor die Augen.

FOTOGRAF. Dafür kriegst du am Kudamm 20 Glocken.

GUNNAR. 20 Mark?

FOTOGRAF. Gib mir mal deine Adresse und 'ne Unterschrift.

Der Mann holt einen Block aus der Tasche, um Gunnars Adresse aufzuschreiben.

GUNNAR. Ach, das ist für die Zeitung?

FOTOGRAF. Na ja, dann kriegst du ein Belegexemplar.

GUNNAR. Das weiß ich doch nicht, Entschuldigung. Mit meiner Adresse, das ist so 'ne Sache. Ich wohne da jetzt nur vorübergehend, also momentan.

Dennoch notiert er seine Adresse.

GUNNAR. Gunnar Brehme ...

FOTOGRAF. Was, du heißt wirklich «Brehme»?

GUNNAR. Sonst würd ich's doch nicht schreiben.

FOTOGRAF. Das ist ein Ding! Warte mal.

Schon schnappt er sich wieder die Kamera, dreht sich den «Brehme» noch einmal vor das Objektiv und betätigt den Auslöser, während Gunnar den Wisch unterschreibt.

GUNNAR. Kannst du das lesen?

FOTOGRAF. Ja, super. Das gibt's nicht: «Gunnar Brehme ...»

Er winkt zum Abschied und rennt zu seinem Wagen.

Gunnar, mit dem großen Brocken und ein paar kleineren Steinchen in Händen, bringt dem «Mauerspecht» den Hammer zurück.

Ostberlin, das heruntergekommene Wohnhaus

Gunnar hat die versiffte Bude notdürftig aufgeräumt. Es ist ihm sogar gelungen, den alten DDR-Schwarz-Weiß-Fernseher wieder in Gang zu setzen. Es läuft das Spiel Italien gegen Österreich. Die Stimme des Reporters füllt das Zimmer und lässt es in seiner Verkommenheit etwas gemütlicher wirken.

Auf dem Plüschsofa, das hinter dem Esstisch steht, versinkt Gunnar so tief im ausgeleierten Polster, dass er kaum über den Tischrand hinwegblicken kann. Er gießt sich ein Glas aus einer verstaubten Flasche «Gotano-Bitter-Rosso», einem abgestandenen Gesöff, ein und trinkt.

FERNSEHREPORTER. «... und der mit der Brille, das ist der Walter Gebhard, Trainer des Olympiateams der Österreicher und Assistenztrainer bei Josef Hickersberger ... Foul von Stürmer Paul ... so haben es die Italiener gesehen. Bergomi ... Mamma mia, er fleht sämtliche Kardinäle Italiens an, aber es geht weiter …»

Das Zeug aus der Flasche schmeckt widerlich, auch spürt Gunnar, dass er mit Trinken allein den Abend nicht bewältigen wird. Er hat Hunger, und sein Magen knurrt.

Er hält in der Küche nach etwas Essbarem Ausschau. Hier sieht es absolut Ekel erregend aus: dreckige Wäsche im Duschbecken, leere Schnapspullen in der Ecke. Billigstes Besteck, bestimmt aus Gaststätten und Kantinen zusammengeklaut. Ebenso die Gläser und das Geschirr – alles elende Einzelstücke. Auf dem Herd schimmelt eine vermutliche Kartoffelsuppe in einem Emailtopf. Als er sich darüber beugt, wird ihm schlecht. Der Gestank ist unerträglich.

Gunnar will den Topf nicht mit bloßen Händen berühren. Er benutzt das Ende seines WM-Trikots als Handschuh. So trägt er das üble Ding mit abgewandtem Kopf schnell aus der Wohnung und die Treppe hinauf ins Zwischengeschoss zur Außentoilette.

Als er den mitgebrachten Schlüssel betätigen will, steckt da schon einer im Schloss. Er hat es eilig, also zieht er die Tür auf.

Da sitzt die scheue Mieterin auf dem Klo und schreit wie besinnungslos vor Schreck. Gunnar versucht zu erklären, hält ihr den Kochtopf hin.

GUNNAR. Bitte, entschuldigen Sie. Ich kann doch nicht ahnen, dass Sie da auf dem Thron hocken.

DIE SCHEUE MIETERIN. Weg da!

Gunnar hat die Toilettentür schnell wieder geschlossen und lehnt sich dagegen, als könne er dadurch seinen Fauxpas wieder gutmachen.

GUNNAR. Ich wollte nur den Topf auskippen, einen Essenstopf. Übrigens, die Wohnung unter Ihnen, also, das ist eine ganz schöne Buchte, aber ich will da erst mal rein. Der Mensch muss ja irgendwo bleiben. Vielleicht sieht man sich ja noch mal unter anderen Umständen.

Gunnar stellt den stinkenden Topf vor seiner Wohnung ab und zieht sich in die düsteren Räume zurück.

GUNNAR. Also, nichts für ungut!

Jetzt kann die junge Frau unbehelligt das Klo verlassen.

Dresden-Neustadt, unsaniertes Wohnviertel, ein Haus mit WG

13. Juni 1990
Tobi ist mit seinem Militärtransporter in Dresden angekommen. Die Leninfigur steht, vom Kranausleger gehalten, aufrecht auf dem Gefährt. Tobi muss sehr vorsichtig fahren, denn die Statue ist so hoch, dass sie nur knapp unter den Oberleitungen der Straßenbahn hindurchpasst.
Auch hier in Dresden sind die Spuren des 45 Jahre zurückliegenden Krieges noch deutlich zu sehen: Ruinengrundstücke, notdürftig reparierte Häuser, Dächer, durch die der Regen dringt und die oberen Stockwerke unbewohnbar macht, graue Fassaden, von denen der Putz abblättert, verrammelte Rollläden, Aufschriften aus der Vorkriegszeit über geschlossenen Kneipen, abenteuerlich niedergefahrene Straßenpflaster, auf denen der Krass-LKW bedenklich ins Schwanken gerät.
Als er in seine Straße einbiegt und vor einem der grauen Häuser anhält, läuft da ein junges, dickliches Mädchen mit Down-Syndrom. Es kommt gerade von der Schule heim. Mit offenem Mund verfolgt es den seltsamen Transport.
Auch Männer mit Aktentaschen und in Polohemden und Frauen in Jeans bleiben auf der Straße stehen. Ein Lenin! Seit ein paar Monaten sind solche Politfiguren aus dem Stadtbild verbannt. Und jetzt fährt da so eine wieder vorbei? Man macht sich seine Gedanken, ohne recht zu wissen, welche.
Das Mädchen mit dem Schulranzen, dem kecken Sommerhütchen und dem bunten Röckchen geht weiter, um zu sehen, warum der Laster mit dem Lenin direkt vor dem Haus anhält, in dem es wohnt. Da hat Tobi es schon erkannt.
Er springt vom Führerstand, um die unförmige Anna mit weit geöffneten Armen zu begrüßen.
ANNA. Das ist der liebe Tobi.
Anna spricht ziemlich undeutlich. Aber sie kann sich von Herzen freuen und strahlt Tobi dermaßen an, dass das mongoloide Gesicht leuchtet.
TOBI. Was machst du denn so?

ANNA. Ich bin jetzt für Fußball für Deutschland.
TOBI. Für Fußball bist du? Für Deutschland? Ich bin für die Sowjetunion. Ist die Mutti oben?
Anna bejaht.
TOBI. Dann gehn wir hoch.
Er nimmt das Mädchen an der Hand und führt es ins Haus.

Die Wohnung beherbergt eine Wohngemeinschaft von ehemaligen DDR-Oppositionellen. Die Freunde von Tobi sind alle ausgeflippte Typen, die sich im Stil der Sechzigerjahre in nachgemachten Hippie-Klamotten kleiden. Langhaarige Männer mit Nickelbrillen und wilden Bärten und Frauen mit wallenden Batikkleidern und einer Unmenge Lederbändchen um den Hals, an denen Bernsteine, Hühnergötter oder ähnliche Amulette hängen. Die Eingangstür ist mit einem John-Lennon-Poster verziert.
Einer der Bewohner ist Karli, der den ganzen Tag Schlagzeug spielt, das er in der Küche aufgebaut hat. Und da ist der lange, bärtige Gerald in Lederhose und Lederweste. Er führt die Gruppe an.
GERALD. Will jemand Kulturattaché in Bulgarien werden?
Er trägt das Telefon durch die Wohnung und fragt weiter, wer an einem solchen Posten interessiert ist. In der sich auflösenden DDR machen sich die Leute aus den Randgruppen Hoffnungen auf Ämter.
Die kleine Biggi ist älter als Tobi und hat ein etwas verlebtes Gesicht – drei Kinder, davon ein behindertes, die Anna, kosten Kraft. Biggi unterscheidet sich in der Mode nicht von den anderen, hat als Frau aber an Ausstrahlung verloren. Sie umarmt Tobi zur Begrüßung – wortlos. Ihr Gesicht liegt an seiner Schulter.

Auch in der Küche läuft ein Fernseher mit der Übertragung eines WM-Spiels. Anna isst Müsli und sieht fasziniert zu. Sie versteht nicht, wer gegen wen spielt.
ANNA. Deutschland! Ja! ja! Deutschland!
Der Fernsehreporter quasselt, Karli trommelt, und Gerald fragt wieder, warum denn hier keiner Kulturattaché werden wolle.
Als er vor Tobi stehen bleibt, den er offenbar noch nicht einmal

begrüßt hat, will der von ihm wissen, wann denn die Sowjetunion mit ihrem ersten WM-Spiel an der Reihe sei. Gerald, mit dem Telefon in der Hand, kapiert nichts.

GERALD. Sowjetunion?

Da kommt die blonde Silvia aus dem Nebenzimmer. Sie schnappt sich den Apparat aus seiner Hand.

SILVIA. Bulgarien? He, da war ich doch dreimal im Urlaub! Hallo? Ich bin die Silvia. Ach, nach Sofia? Was, nächste Woche schon? Klar!

Somit hat sich das Problem für Gerald gelöst.

Biggi zieht Tobi in ihr Zimmer. Sie ist begeistert, wie sich die Dinge seit dem Mauerfall hier entwickelt haben.

BIGGI. Ist das nicht herrlich? Es gibt keine Mauer mehr, keine Verbote, keine Zensur. Alle haben Ideen und Pläne.

Silvia lässt sich am Fußende von Biggis Bett nieder. Es scheint, dass sie ein reales Angebot für ein wichtiges Amt der neuen DDR bekommen hat.

SILVIA. Nu, dann nehm ich den D-Zug, nachts hier von Dresden über Prag, da bin ich früh da.

Biggi geht mit Tobi zum Fenster. Von hier aus sehen sie die Leninstatue, die auf dem LKW in gleicher Höhe mit dem Stockwerk der Kommune steht.

BIGGI. Früher sind wir immer an der DDR gescheitert, heute können wir nur noch an uns selbst scheitern.

Sie betrachtet das leer stehende Haus auf der anderen Straßenseite.

BIGGI. Ein Haus zu besetzen – Mensch, Tobi, hast du dazu keine Lust?

Tobi klettert auf das Hochbett, das direkt am Fenster steht. Er streckt seine müden Glieder aus.

BIGGI. Hast du schon Ideen, wie's bei dir weitergeht?

TOBI. Erst mal bin ich froh, dass ich wieder zu Hause bin.

BIGGI. Warst ja lange weg.

Wieder sieht sie zum Fenster hinaus.

BIGGI. Und was du mit dem Lenin vorhast, das erzählst du mir morgen.

Die Sonne brennt erbarmungslos auf die Statue.

Leipzig, Stadtteil Anger-Cröttendorf, ein Abbruchhaus

14. Juni 1990

Das Stadtviertel mit den ehemaligen Bürgerhäusern wirkt menschenleer.

Am Bordstein einer holprigen Straße steht wie ein Fremdkörper der neue «Fiesta» von Udo und Jana, jetzt mit einer Zulassungsnummer von Leipzig versehen.

Jana sitzt am Steuer, Udo neben ihr. Offenbar auf jemanden wartend, vertreiben sie sich mit Gesprächen die Zeit.

Udo hat sich bei der Leipziger Stadtverwaltung als Fachmann für Bausanierungen beworben. Er will die Kenntnisse, die er sich beim Wiederaufbau des Günderrode-Hauses erworben hat, in seiner Heimatstadt professionell nutzen. An heruntergekommener Bausubstanz besteht hier ja kein Mangel.

Als eine hagere Frau in mittleren Jahren mit Brille, Aktentasche und Jackenkleid an dem parkenden Auto vorübereilt, dreht Jana sich mit einer spöttischen Bemerkung nach ihr um.

JANA. Die sieht doch aus wie eine Hygieneinspektorin!

Udo folgt Janas Blick und stutzt.

UDO. Das ist ja auch eine. Das ist sie!

Er springt aus dem Auto und läuft hinter der Frau her, die am Eingang eines leerstehenden und abgesperrten Hauses stehen bleibt.

UDO. Hallo, wir dachten schon, Sie kommen gar nicht mehr!

HYGIENEINSPEKTORIN. Ich hab mich ja auch verspätet, Entschuldigung. So, das hab ich mitgebracht, können Sie gleich unterschreiben.

Sie zieht ein Formular aus ihrer Aktentasche und überreicht es ihm.

Auch Udo hat eine Aktentasche bei sich, die ihm jetzt als Schreibunterlage dient.

HYGIENEINSPEKTORIN. Herr Trötsch.

UDO. Tröt-z-sch!

HYGIENEINSPEKTORIN. Trötzsch.

UDO. Na, das ist ja egal. Ich hatte schon einen Brief an Sie geschrieben, den brauchen wir nun nicht mehr.

Während sie einen riesigen Bund Schlüssel aus der Tasche kramt und mit einem davon die staubige Haustür aufsperrt, fällt ihr Blick auf Jana, die gespannt aus ihrem Fiesta herübersieht.

HYGIENEINSPEKTORIN. Ach, Ihre Frau?

UDO. Ja, das ist meine. Ich hol mal die Ausrüstung.

Er folgt der Beamtin in den Hausflur. Kurz darauf kehrt er zu Jana zurück, baut sich in Siegerpose vor ihr auf und zwinkert ihr zu.

JANA. Und?

UDO. Na, die will wissen, ob ich der Richtige bin. Nun kommt die gleich mit der Krönung, dem schwierigsten Dach. Aber wenn ich das mit den Tauben geschafft habe, dann bin ich's.

Er lässt sich den Autoschlüssel reichen und öffnet die Heckklappe. Die Werkzeuge, die er hervorholt, sind Belege dafür, dass er sich auf die Aufgabe bestens vorbereitet hat: ein Sprühgerät für Insektizide, ein Schutzanzug, Werkzeugtasche.

UDO. Die Scheiße ist nur, das ganze Haus ist baupolizeilich gesperrt.

JANA. Mensch, Udo, ist ja zum Fürchten.

Er bringt eine Luftdruckpistole zum Vorschein und stellt sich wie ein Westernheld «schussbereit» vor sie hin.

UDO. He, das schaffen wir schon.

Jana ist stolz auf ihren entschlossenen Udo.

Als er sein Werkzeug und die Ausrüstung die Treppe hinaufträgt, kommt ihm die Inspektorin entgegen. Sie zieht es vor, sich in dem aus Hygienegründen gesperrten Haus nicht in Gefahr zu bringen.

HYGIENEINSPEKTORIN. Sie melden sich aber bei mir, wenn Sie fertig sind.

Sie überlässt Udo das Feld.

Er ist guter Dinge und steigt unbeirrt weiter durch die düsteren Stockwerke. Sein Ziel ist das Dachgeschoss.

Jana schließt gerade den Kofferraum, als die Hygieneinspektorin das Haus verlässt.

JANA. Kann ich Sie ein Stück mitnehmen?

Die überkorrekte Beamtin ziert sich ein wenig. Jana nutzt die Gelegenheit, sie einzuwickeln.

JANA. Wo wollen Sie denn hin?

HYGIENEINSPEKTORIN. Ich muss nämlich nach Wiederitzsch.
JANA. Ach, das liegt auf dem Weg.
Die Frau nimmt die Einladung an.
JANA. Mein Mann hat das ja auch schon im Westen gemacht. Nu, da hat er seine ersten Erfahrungen gesammelt.
HYGIENEINSPEKTORIN. Ach ja?
JANA. Und zu mir hat er gesagt, Jana, hat er gesagt, so eine Arbeit muss auch in Leipzig gemacht werden. Das kann doch keiner mehr mit ansehen, wie uns die Stadt immer mehr verfällt, bloß weil die Berliner alles in den Arsch geblasen kriegen. Und schön wär's auch für uns, dann könnten wir vielleicht auch einmal nach Italien fahren mit den Jungens. Aber ich weiß gar nicht, ob die uns kleine DDR-Bürger überhaupt ins Land reinlassen.
Sie hat ein Thema angeschlagen, bei dem selbst die Augen der Beamtin zu leuchten beginnen und der verkniffene Mund ein Lächeln andeutet.
HYGIENEINSPEKTORIN. Doch, doch, ich hab mich mal rumgehorcht. Denen genügt ein einfacher Reisepass.
Schon erlischt das Leuchten in den Beamtinnenaugen wieder. Sie wirkt mutlos.
HYGIENEINSPEKTORIN. Na ja, vor Jahren wär's mal ganz schön gewesen, aber na ja, jetzt trau ich mich nicht mehr so richtig.
Jana antwortet mit einem unternehmungslustigen Seufzer. Sie fühlt sich so stark, dass sie die resignierte Frau mitreißen möchte.
JANA. Mein Mann und die Jungens, die sind solche Fußballfanatiker, die wollen unbedingt zum Endspiel nach Rom, wenn's der Westen so weit bringt. Ich gönn es den Jungens ja – dann haben sie was zu erzählen, wenn die Ferien vorbei sind.
Sie startet den Motor und fährt zügig los.

In seinem selbstgemachten Schutzanzug ist Udo kaum wiederzuerkennen. Über Kopf und Gesicht trägt er eine Art Fechtmaske, mit der er sich notdürftig vor dem giftigen Sprühnebel schützt, den er mithilfe des Hochdruckgeräts unter dem Dachgebälk verteilt. Der aschfahle Raum ist Nistplatz Hunderter von Tauben, die das Haus mit Milben und Krankheitskeimen verseucht haben. Udos Auftritt ist heldenhaft.

UDO. Jetzt ist eure Zeit gekommen. Mensch, haut ab hier! Soll ich euch hier rausekeln? Jetzt kommt *meine* Zeit – los, haut ab! *Menschenskinder*, ist doch 'ne Scheiße hier – los, raus, raus hier, raus!

Mit wilden Gesten und gezielten Schlägen scheucht er die Taubenmeute auf. Ein gespenstisches Flattern umgibt ihn, und sein Sprühnebel bewirkt eine ziellose Flucht der Tiere durch die Lücken des maroden Daches.

Berlin, ein Sonntag auf dem Kurfürstendamm

Sonntag, 17. Juni 1990

An einem der Warenschaukästen auf dem breiten Gehsteig klebt eine Klarsichthülle. Darin steckt ein Zeitungsausschnitt mit der Überschrift «Bild des Tages». Er zeigt eine der Aufnahmen, die der Fotograf von Gunnar an der Mauer gemacht hat. Man sieht ihn von hinten, sodass der Eindruck entsteht, der Fußballspieler Brehme klopfe Mauersteine.

Gunnar hat neben dem Schaukasten einen Campingtisch aus seiner Ostwohnung aufgeklappt, auf dem er seine Mauersteine zum Verkauf ausstellt. Das deutsche WM-Trikot, das er immer noch trägt, dient als Beweis, dass er der Mann auf dem Zeitungsbild ist. Verglichen mit den Angeboten der Händler um ihn herum ist das seine recht armselig: nur ein paar kleinere Stücke und der große Brocken vom ersten Tag.

Beide Seiten des Kurfürstendamms werden von fliegenden Händlern gesäumt, die mit einer Überfülle funkelnder Abzeichen und exotischer Militärutensilien aufwarten: Uniformmützen, Feuerzeuge mit Sowjetsternen, Urkunden, russische Uhren mit Armee- und Fliegermotiven, Parteistatuten, das Buch «Vom Sinn des Soldatseins» und andere propagandistische Schriften. Knöpfe und Schulterstücke werden angeboten. Sogar russische Offiziersdolche und Winterausrüstungen, Pelzmützen und Paradestiefel der sich auflösenden Armeen werden von zwielichtigen Typen verhökert. Straßenmusiker sorgen für Volksfeststimmung auf der Flaniermeile.

Vier US-Amerikaner schlendern über das Trottoir und fühlen sich wie Sieger nach einem langen Krieg. Sie probieren russische Uniformmützen an und amüsieren sich mit den wohlfeilen Orden.

Hütchenspieler aus Jugoslawien, die ihnen im Nu ihr Geld abgeluchst haben, verschwinden spurlos wie eine Geistererscheinung, sobald eine Polizeistreife aufgetaucht ist.

Irgendwann kommen die Amerikaner auch bei Gunnars Stand an.

Einer von ihnen, Typ Jungmanager, mustert Gunnars Angebot.

MR. BIERBAUM. Mauersteine.

GUNNAR. Das Stück zwei Mark, West.

MR. BIERBAUM. Two marks for one?

MR. KOLDING. How do you know, that's real?

Die Männer beraten sich, ob sie ihm etwas abkaufen sollen.

MR. BIERBAUM. Sind das wirklich Originalsteine der Berliner Mauer?

GUNNAR. Nu, echte Originale von unserer Mauer. Do you lesen paper?

MR. BIERBAUM. Paper?

Gunnar deutet auf den Schaukasten mit dem Zeitungsausschnitt.

GUNNAR. Hier I am, das bin ich. It's my name. Ich heiße sogar so: Brehme.

Er dreht sich um und lässt die Herren den Namen auf seinem Rücken lesen.

GUNNAR. Und Moment, just ein Moment, hier ist my Meißel, 29,95 Mark. Very super.

Er bückt sich, um den realen Meißel hervorzuholen, den er als Beweis der Echtheit neben das Zeitungsbild hält.

MR. BIERBAUM. He wants to sell the Meißel?

MR. KOLDING. I don't know. They are nice, look here.

Der Manager hat Gunnars größten Mauerstein entdeckt und wiegt ihn in der Hand.

GUNNAR. 20 Marks.

MR. BIERBAUM. You can use them as a paper-weight.

MR. KOLDING. Yeah, as a paper-weight.

GUNNAR. Very, very fine Eastgerman Beton. Strong. Hard.

Der vierte Ami, Mister Nothe, ein smarter Herr in Anzug, Weste und großgemusterter Krawatte, kommt hinzu und lässt sich von seinen Kollegen zeigen, was es hier zu kaufen gibt.

MR. NOTHE. What you got there? Listen, I have an idea.

Die Herren folgen Nothe hinter den Schaukasten, damit Gunnar ihre Beratung nicht mithören kann.

MR. NOTHE. A perfect christmas gift. A piece of the Berlin wall! All our distributists, all the Hollywood guys: nineteen-ninety, that's it.

MR. GEIST. It's great.

MR. BIERBAUM. It sounds good.

MR. NOTHE. Two marks. We get him lower.

Die Amerikaner kehren zu Gunnar zurück. Jetzt führt der Herr im feinen Anzug das Wort.

MR. NOTHE. Können Sie eine Million Steine bis Mitte November liefern? In einer schönen, kleinen Packung?

MR. GEIST. Repräsentativ verpackt.

GUNNAR. Was, eine Million?

MR. NOTHE. Dass wir für das Stück nicht zwei Mark zahlen, ist klar.

GUNNAR. Ja, das ist klar.

MR. NOTHE. Anybody have a card?

Die Männer suchen in ihren Brieftaschen vergeblich nach einer Visitenkarte. Schnell reicht Gunnar ihnen einen Zettel. Wenigstens einen Füller hat einer der Herren bei sich.

MR. NOTHE. Jetzt schreibe ich Ihnen die Telefonnummer auf. Sie melden sich, wenn Sie die Muster haben. Fragen Sie nach Herrn Nothe, das bin ich. Wie die «gute Note», aber mit «th».

Gunnar ist sprachlos. Winkt ihm gerade das Glück? Hat er in diesem Moment das große Los gezogen?

Wie gute Geister aus einem Märchen entschwinden die vier Herren aus Amerika winkend auf dem Trottoir.

Sofort lernt Gunnar die Nummer auf dem Zettel auswendig, geht zur nahen Telefonzelle und wählt sie. Es meldet sich ein Anrufbeantworter mit einer sanften Frauenstimme.

ANSAGESTIMME. Guten Tag, hier ist das Berliner Büro der Warner Brothers. Sie erreichen uns Montag bis Freitag zwischen acht und 18 Uhr …

Gunnar hat aufgelegt. Die Warner Brothers!

Er taumelt aus der Zelle. Eine hübsche Frau, die davor wartet, soll die Feuerprobe für sein Glück werden.

GUNNAR. Sagen Sie, würden Sie sich vielleicht von jemand auf einen Bohnenkaffee einladen lassen, der gerade von den Warner Brothers einen Millionenauftrag ergattert hat?

JUNGE FRAU. Wenn er ordentlich Deutsch spricht und nicht so stinkt.

Gunnars Trikot verströmt in der Tat einen solchen Schweißgeruch, dass die Frau zuerst einmal die Telefonzelle lüftet. Als er dennoch bei ihr stehen bleibt, wird sie im Ton schärfer.

JUNGE FRAU. War doch deutlich, oder?

Gunnar trollt sich. Verstohlen steckt er seine Nase unter die Achsel und schnuppert.

Ostberlin, das heruntergekommene Wohnhaus

Gunnar trägt jetzt ein kariertes Hemd. Er tritt aus seiner «Suffke»-Wohnung und steigt ein Stockwerk höher. In der Hand hält er das verschwitzte Fußballtrikot.

Vor der Tür der scheuen Mieterin zögert er, dann klopft er an. Nichts regt sich.

GUNNAR. Hallo, hier ist Gunnar Brehme von unter Ihnen.

Es bleibt still in der Wohnung. Da bückt er sich zum Briefeinwurf, hebt den Deckel an und spricht durch den Schlitz.

GUNNAR. Ich weiß doch, dass Sie da sind. Ich hör immer Ihre Schritte. Also, ich wollte Sie eigentlich nur fragen, ob es eventuell möglich sein könnte, dass in Ihrer Waschmaschine – ich meine … können Sie bitte mein Hemd mitwaschen? Ich würde mich darüber sehr freuen.

Da immer noch keine Antwort kommt, schiebt er das Trikot ein Stückchen weit in den Briefeinwurf hinein.

Im Gehen sieht er sich erwartungsvoll um. War da ein Geräusch? Er geht einen Schritt weiter, horcht.
Plötzlich wird das Hemd von unsichtbaren Händen durch den Briefkastenschlitz nach innen gezogen.
Als Gunnar am nächsten Morgen seine Wohnungstür öffnet, hängt das Trikot frisch gewaschen auf einem Bügel an der Klinke. Er ist begeistert. Mehrmals daran schnuppernd, trägt er das duftende und gebügelte Hemd ein Stück weit die Treppe hinauf und schaut zu der Wohnung empor.
GUNNAR. Danke! Vielen Dank!
Auf einmal sieht seine Welt wieder bunt und hoffnungsvoll aus.

Eine Reststrecke der Berliner Mauer

Voller Tatendrang macht sich Gunnar daran, den Großauftrag der Warner Brothers auszuführen. Er hat sich mit allem ausgerüstet, was ein professioneller «Mauerspecht» so braucht: Schutzbrille, Mundschutz, Vorschlaghämmer, Arbeitshandschuhe, eine Kollektion Spraydosen, mehrere Plastikeimer für den Abtransport und seinen «Wundermeißel» aus dem Hunsrück.
Gunnar, im frisch gewaschenen WM-Trikot, hat einen ruhigen Abschnitt der Berliner Mauer gefunden, in einer Einfamilienhäuser-Gegend im Norden Berlins, wo weit und breit kein «Mauerspecht» am Werk ist. Der Nachteil ist nur, dass die Mauer in diesem Abschnitt keine Graffiti aufweist.
Dem weiß er Abhilfe zu schaffen. Er ist zwar als Sprayer kein Künstler, aber für ein paar Strichmännchen und Farbflächen, die hinterher auf den Mauersteinchen wie Reste von alten Originalgraffiti wirken, reicht es allemal.
Er sprüht einen Kreis, dann eine Art Wurst, dann kommen weitere Würste dazu. Punkt, Punkt, Komma, Strich, ein Kreis … Er sprüht und sprüht. Seine Gedanken sind woanders.
Das naive Bild eines Kindes entsteht, dann eines zweiten; sie halten sich an der Hand, und bald sind sie von Vater und Mutter umgeben: eine glückliche Familie!
Gunnar sprüht und malt aus dem Bauch heraus.

GUNNAR. Das haste geschafft. Die Familie haste zerstört. Was ich mich abgerackert hätte für euch, Petra. Und dass wir Millionäre werden, das hättest du nie gedacht. Ja, ich konnte schon immer durch meiner Hände Arbeit für mich selbst sorgen. Aber du? Du? Niemals, mit so einem Muttersöhnchen. Petra, ich frage mich, wo dein Stolz bleibt, ja. Aber eins kannst du wissen: Wenn du angekrochen kommen wirst – und du kommst angekrochen –, dann wird der kleine Gunnar gar nicht mehr so klein sein. Da wirst du ein blaues Wunder erleben. Das glaubst du doch alleine nicht, dass das ewig hält mit dem – niemals hält das, und mit zwei kleinen Kindern. Hast du dir das mal überlegt? Mit zwei kleinen Kindern, wer nimmt dich denn dann? Aber lass mal, Petra, wir sehen uns noch mal wieder, das schwör ich dir, aber auf einer ganz anderen Ebene.

Es dauert Stunden, bis vier Mauersegmente zur Gänze mit Gunnars Spraybild bedeckt sind. Über dem Familienporträt schweben blau-weiße Wölkchen, und der Vater rechts außen trägt das Trikot der deutschen Nationalmannschaft.

Das ganze Bild muss Gunnar jetzt wieder zerstören. Voller Zorn greift er nach Meißel und Vorschlaghammer und beginnt seine Arbeit an der grünen Bluse der blonden Mutti.

Betonstaub wirbelt auf und legt sich auf sein Gesicht.

Ostberlin, die «Suffke»-Wohnung

Gunnar hat seine neue Ausbeute an Mauersteinen in die Wohnung geschleppt. Auf dem Tisch liegen verschieden große Stückchen, die größeren davon hat er mit einem Hammer zerkleinert. Er versucht, sich eine Vorstellung davon zu verschaffen, was der Warner-Brothers-Auftrag für praktische Folgen hat. Er greift nach einer Briefwaage, legt ein Mauersteinchen darauf und berät sich mit sich selber.

GUNNAR. So, jetzt wiegen wir erst mal spaßeshalber. Das sind in dem Fall 59 Gramm. 59 mal eine Million, das sind ja 59 Tonnen! Wart einmal.

Er steht auf und wirft einen prüfenden Blick zur Zimmerdecke hinauf. Dann macht er einen Testsprung und lässt sein Gewicht auf dem Fußboden aufprallen. Der Sprung hat zur Folge, dass die Deckenlampe pendelt.

GUNNAR. 59 Tonnen! Das trägt die Buchte nicht, das kannst du vergessen. Gut, was Kleineres.

Er setzt sich wieder an den Tisch, sucht sich ein wesentlich kleineres Steinchen heraus und legt es auf die Waage.

GUNNAR. Der hier, das sind zwölf Gramm. Aber das macht immer noch zwölf Tonnen! Ohne Verpackung.

Er ist ratlos.

Das Büro der Warner Brothers in Westberlin

Für seinen ersten Besuch beim Auftraggeber hat Gunnar sich in Schale geworfen: blauer Anzug, blaues Hemd mit weißem Kragen, lila gemusterte Krawatte. Sein blondes Haar ist gestriegelt, seine Schuhe sind neu und glänzen.

Das Büro liegt im obersten Stock eines Hochhauses, mit Blick auf Gedächtniskirche und Europacenter.

Nachdem er der Sekretärin seine beiden Probeexemplare von Mauersteinen in hübschen Schächtelchen überreicht hat, führt sie ihn ins Besprechungszimmer und lässt ihn mit seinem Musterkoffer warten. Er sieht sich um.

An den Wänden hängen Ansichten von Hollywood-Studios und berühmten Filmstars.

Gunnar fühlt sich im Auge des Taifuns.

Als Mr. Nothe die Muster in die Hand bekommt, unterbricht er das Gespräch mit einem Mitarbeiter, um Gunnar zu begrüßen.

MR. NOTHE. Ah, hallo, Herr Bremse.

Der Mitarbeiter korrigiert den Chef: «Herr Brehme.»

MR. NOTHE. Entschuldigung, Herr Brehme.

Gunnar hat sich linkisch erhoben und steht beim Händeschütteln in strammer Haltung vor dem amerikanischen Chef.

MR. NOTHE. Also, um ehrlich zu sein, bleibt Ihr Muster hinter dem zurück, was wir erwarten durften.

Gunnar. Ich hatte das bereits befürchtet. Deswegen habe ich etwas vorbereitet – wenn ich Ihnen das kurz skizzieren dürfte?

Mr. Nothe bietet ihm einen Platz am Konferenztisch an.

Gewichtig deponiert Gunnar seinen nagelneuen Business-Koffer auf der Edelholzplatte, öffnet den Deckel und bringt zum Erstaunen der beiden Herren eine altertümliche Briefwaage zum Vorschein. Ihr folgt ein handflächengroßer Mauerstein.

Gunnar. Wissen Sie, ich hab mir das mal ausgerechnet, wie schwer eine Million davon ist. Also der, das wären in dem Fall 53 Gramm. Ja, aber das mal eine Million, das sind dann schon 53 Tonnen. Also, bei aller Liebe, das schafft meine Wohnung nicht – also, jetzt rein vom Statischen her gesehen. Do you understand?

Die zwei Amerikaner kichern. Sie sehen, dass Gunnar Recht hat und dass sie im Begriff waren, sich mit ihren Erwartungen einer Selbsttäuschung hinzugeben.

Mr. Geist. But he is right, in a way he is right. It's 53 tons. We have to store it somewhere. It's going to cost transport ...

Gunnar. Aber this, die Schächtelchen, wissen Sie, was da reinkommt? Der Karl-Marx-Orden.

Während die Sekretärin Kaffee an den Tisch bringt, versucht er, die nachdenklichen Herren wieder aufzumuntern.

Gunnar. Beispiel: Wenn jemand in der DDR so einen herrlichen Bohnenkaffee brühen konnte, dann kriegte der immer den Karl-Marx-Orden.

Gunnar muss sich natürlich auch vor der Sekretärin aufspielen.

Mr. Geist. Frau Müller *ist* aus der DDR.

Gunnar springt erschrocken auf.

Gunnar. Nee, so sehen Sie aber wirklich nicht aus.

Frau Müller lächelt süßsauer. Die Herren merken nichts und vertiefen sich in die Musterschächtelchen.

Mr. Nothe. Phil, look, this thing is microscopic.

Gunnar versucht Frau Müller zu versöhnen, indem er sich als «Ossie» zu erkennen gibt und in vertrauter Terminologie weiterspricht.

Gunnar. Frau Müller, den Kaffee – bitte *komplett*.

«Komplett» heißt so viel wie «mit Milch und Zucker».

Mr. Geist. Wait, microchip. A chip from German history. What does that sound like? Wait, a chip from world history from Warner Brothers for you.
Mr. Nothe. «A chip of world history from Warner Brothers».
Mr. Geist. What do you say?
Mr. Nothe. That's it! Hey, we've got it. It's a rap, man!
Die Herren haben eine Lösung gefunden, die ihre und Gunnars Probleme mit einem Schlag aus der Welt schafft.
Als wäre es eine wundersame Bestätigung für die Genialität der soeben geborenen Werbeidee, tritt eine blonde Assistentin mit dem Milchkännchen auf.
Blonde Assistentin. Sugar? ... Milk?
Gunnar hält der Marilyn-Monroe-Kopie seine Kaffeetasse hin.
Mr. Geist. Aber wo kriegen Sie denn eine Million Verpackungen für Karl-Marx-Orden her?
Da Gunnar wieder Boden unter den Füßen spürt, dreht er gleich wieder auf.
Gunnar. Das ist sehr gut, dass Sie mich an meine soziale Verantwortung erinnern. Wissen Sie, ich will ja vor meinen Arbeiterinnen nicht als der pure Ausbeuter dastehen. Die arbeiten nur für mich drei Schichten, rund um die Uhr, ein ganzes Werk. Also, da sind schon Investitionen nötig. Ob vielleicht ein Vorschuss möglich wäre – von 35 Prozent?

Eine Kartonagenfabrik in Ostberlin

In seinem blauen Business-Anzug mit dem frisch gebügelten Hemd, sauber gewaschen und ordentlich frisiert, repräsentiert Gunnar das, was er unter einem Unternehmer versteht. Den obligaten Stoffbeutel hat er mit einem ledernen Herrentäschchen vertauscht, das er beim Gehen lässig am Handgelenk schlenkert.
In dieser Aufmachung stromert er jetzt auch über ein nächtliches Betriebsgelände – ein wahres Industriemuseum aus dem 19. Jahrhundert: gepflasterter Hof, Klinkermauern, eine Laderampe vor altertümlich verriegelten Lagertoren.
Er kommt zu einem beleuchteten Fenster, durch das er eine junge

Frau beobachtet, die einsam an einem Fließband Nachtschicht schiebt. Mit automatischen Bewegungen bedient sie die Maschine, und ein Schächtelchen nach dem anderen kommt zum Vorschein. Sie arbeitet abartig schnell, wie im Zeitraffertempo.

Gunnar hat die Halle betreten und nähert sich der Maschine. Da die junge Frau sich auf die Arbeit konzentrieren muss, merkt sie nicht, wie sein Blick lüstern über ihren hübschen Körper gleitet.

MARTINA. Wer soll eigentlich eine Million Karl-Marx-Orden bekommen?

Sie will herausfinden, ob der Mann neben ihr etwa der Auftraggeber ist.

GUNNAR. Das ist mein Geheimnis. Die Wende war nur angetäuscht.

Er hält das für einen guten Witz und lacht über seine Bemerkung. Die junge Arbeiterin hantiert einstweilen wortlos weiter. Schächtelchen um Schächtelchen fliegt in einen Pappkarton.

GUNNAR. Sag mal, was wird eigentlich aus der Bude hier?

MARTINA. Na, wir machen dicht. Das ist doch der einzige Arbeitsplatz, wo noch produziert wird. Die anderen sitzen da und drehen Däumchen.

Gunnar spielt jetzt den besorgten Unternehmer.

GUNNAR. Ja, und du? Wie heißt du eigentlich?

MARTINA. Martina.

GUNNAR. Martina, was wird dann aus dir?

MARTINA. Also, mein Freund, der hat da schon eine Idee. Aber die verrät er noch nicht mal mir.

Immer näher pirscht er sich an sie heran. Dicht hinter ihr bleibt er stehen und weicht nicht aus, wenn sie sich bücken muss.

GUNNAR. Na, hoffentlich schickt er dich nicht auf den Strich!

Martina versetzt ihm einen unmissverständlichen Schubs, um ihn sich vom Leib zu halten.

Aber er bleibt hartnäckig. Schließlich ist er der Auftraggeber! Er beugt sich über das Fließband, beobachtet Martinas Bewegungen bei der Arbeit und schmachtet sie an.

GUNNAR. Ist dir nicht ein bisschen heiß?

Ohne zu überlegen grapscht er nach dem Träger ihres Kleides,

streift ihn von ihrer Schulter, sodass für einen Augenblick ihr kleiner Busen sichtbar wird.
Die junge Frau ist empört. Sie greift sich die nächstliegende Kiste, die bis oben mit den goldenen Schächtelchen gefüllt ist, und stülpt sie über seinen Kopf.
MARTINA. Nun ist aber genug! Mach 'ne Flocke!
Gunnar steht als absolut lächerliche Figur in einem endlos rieselnden Schachtelregen.

Der Große Garten in Dresden

Der erste Tag der deutschen Währungsunion ist ein herrlicher, heißer Sommertag und ein Sonntag: 1. Juli 1990.
Tobi, seine Freundin Biggi und Anna gehen im Großen Garten spazieren, in dem heute viele Menschen unterwegs sind. Das Paar schlendert nachdenklich Hand in Hand dahin. Anna hat Tobis freie Hand ergriffen und tappt nebenher.

TOBI. Du hast doch vor ein paar Tagen gesagt, dass wir nur noch an uns selber scheitern können.

BIGGI. Ja, genau.

TOBI. Nu, und ich glaube, wir können nur noch an uns selber scheitern und *werden* an uns selber scheitern. Leute wie wir, die scheitern doch schon aus Prinzip, bloß um zu beweisen, wie ungerecht es zugeht auf der Welt. Und das find ich blöde.

ANNA. Ich auch.

Das Mädchen möchte am Gespräch beteiligt sein. Es genießt den Tag, mit seinem Hütchen auf dem Kopf und so sicher von Tobis Hand geführt.
Biggi will sich von der Skepsis des Freundes nicht anstecken lassen.

TOBI. Na, guck doch mal: Wir standen auf der richtigen Seite, und trotzdem haben wir die Wahlen mit Pauken und Trompeten verloren. Und jetzt bilden wir uns sonst noch was darauf ein. Es muss ein Ende haben, so sehe ich das.

ANNA. Ich auch.

Tobi, der ziemlich prinzipiell und fast schon verbissen wurde, muss über Annas unschuldigen Kommentar lachen, Biggi ebenfalls. Somit ist die Stimmung wieder entspannt.

Tobi. Ich weiß nicht, ob ich nicht das Angebot vom Ernst annehmen soll.

Biggi. Das musst du wissen. Aber wann er wieder kommt, weißt du auch nicht.

In einem Café unter freiem Himmel sitzt kein Mensch, alle Plätze sind leer. Der Kellner in blendend weißem Hemd und Kellnerjäckchen steht sich die Beine in den Bauch. Keiner der vielen Passanten nimmt Platz.

Tobi. Siehst du, jetzt ist den Leuten das Geld zu schade für einen Kaffee.

Anna hat im Vorbeigehen einen Eisverkäufer entdeckt und löst sich von Tobis Hand.

Der Mann freut sich, eine Kundin angelockt zu haben, und begrüßt lächelnd das behinderte Mädchen.

Tobi ist Anna gefolgt. Die altertümliche Softeismaschine kann zwei Sorten Eis herstellen, zwischen denen Anna sich entscheiden muss. Sie wählt eine kleine Portion Schokoladeneis. Mit Tobi verfolgt sie in der Hocke, wie die cremige Masse aus der Düse tritt.

Dieser Sonntag ist Annas schönster Tag im Leben.

Straße vor dem Bechstein-Haus, Westberlin

Herrliche schwarzrote Kirschen füllen den Stand eines Obsthändlers, und es ist ein Gefühl von Fleischeslust, wenn er mit der Hand in den Kirschenberg greift, um für Gunnar eine Tüte zu füllen.

Der trägt nun wieder sein Brehme-Trikot, genießt den Tag und ist in Spendierlaune. Es darf ruhig etwas mehr als ein Kilo sein, und als der Kirschenverkäufer vier Mark verlangt, gibt Gunnar ihm fünf.

Essend und Kerne spuckend schlendert er durch die laue Sommerluft. Die Stimme des Händlers begleitet ihn dabei.

KIRSCHENVERKÄUFER. Herrschaften, die wunderschönen Knusperkirschen aus dem Berliner Umland! Gezupft, süß und superfleischig – Kilo nur vier Mark, Herrschaften!

Gunnars Blick fällt auf eine Werbetafel des Konzertflügelcenters der Firma Bechstein. Die Ankündigung einer Ausstellung wertvoller Instrumente lockt ihn an. Mit seiner Tüte Kirschen, genüsslich die Früchte kauend, betritt er den Ausstellungsraum.

Außer Gunnar scheint niemand in dem Geschäft zu sein. Der Anblick lässt ihm die Augen übergehen: In langen Reihen stehen da die schönsten Flügel in allen Größen und Qualitätsstufen. Bei den meisten ist der Deckel aufgeklappt, sodass er sich auch das Innere, die edle Mechanik der Instrumente, ansehen kann.

Bei einem der Flügel wagt er es, einen tiefen Ton anzuschlagen, der so wohlig sonor klingt, dass es ihm warm ums Herz wird.

Weiter hinten im Raum steht sogar ein Flügel in schimmerndem Weiß.

Als Gunnar, immer noch Kirschen essend, auf das Instrument zugeht und den Deckel der Klaviatur öffnet, wird er angesprochen.

KLAVIERVERKÄUFER. Was kann ich für Sie tun?

GUNNAR. Ach, ich wollte mich erst mal ein bisschen umgucken.

KLAVIERVERKÄUFER. Umgucken? Hm, bitte.

GUNNAR. So einen habe ich mal beim Elton John gesehen, genau den, bloß aus Plaste.

KLAVIERVERKÄUFER. Schon möglich.

Gunnar bietet dem Verkäufer an, sich aus seiner Kirschtüte zu bedienen. Der lehnt ab und betrachtet ihn äußerst misstrauisch.

KLAVIERVERKÄUFER. An was für eine Preisklasse hatten Sie denn gedacht?

Gunnar geht auf den allergrößten Konzertflügel, den «Rolls-Royce» der Ausstellung, zu und setzt sich kurz entschlossen davor, als wolle er zu spielen beginnen.

GUNNAR. Na ja, also so ein ganz Großer passt leider nicht in meine Wohnung.

Der Verkäufer schließt schnell den Deckel, damit Gunnars Kirschfinger gar nicht erst die Tasten berühren können.

KLAVIERVERKÄUFER. Kann schon sein, ja. Ja, ich sage das nur, weil manche Kunden mit Vorstellungen kommen.

GUNNAR. Nö, also, was richtig Gutes kann auch mal was kosten. Der Kleine da vorne, wie sieht's denn mit dem aus? Der wär doch was!

Schon hat er das Podium mit dem Konzertflügel verlassen und nimmt hinter einem anderen Flügel Platz, der mitten im Ausstellungsraum steht. Der Verkäufer kann gar nicht so schnell folgen, wie der ominöse Kunde den Platz wechselt.

Gunnar drückt ihm seine ausgespuckten Kirschkerne in die Hand.

GUNNAR. Können Sie mal, bitte?

Die Tüte mit den leuchtend roten Früchten landet auf der schwarzen Lackfläche, und Gunnar spielt den «Entertainer», sein Paradestück, in derart rasantem Tempo, dass der Verkäufer mit den Kernen in der Hand völlig von den Socken ist.

Er beugt sich zu Gunnar und flüstert ihm den Preis ins Ohr.

GUNNAR. Nein, und ich dachte schon, ich könnte ihn nicht bezahlen.

Jetzt ist das Eis gebrochen.

KLAVIERVERKÄUFER. Ich zeig Ihnen was.

Der Verkäufer führt Gunnar in die Fertigungsabteilung des Hauses. Eine Mischung aus Schreinerei und Feinmechaniker-Werkstatt öffnet sich vor ihm.

Hier werden Klaviere und Flügel zusammenmontiert, die Mechanik wird eingebaut, und in einem mit Schalldämmungsmaterial abgeschirmten Raum ist ein asiatisch aussehender Spezialist mit Intonierungsarbeiten beschäftigt.

KLAVIERVERKÄUFER. Unsere Klavierbauer mit teilweise zwanzig oder dreißig Jahren Berufserfahrung. Und hier: Stimmung und Intonation, hier bekommt das Instrument Leben und Seele.

Gunnar ist hingerissen. Sein Entschluss, den Flügel zu kaufen, steht fest.

Ostberlin, das heruntergekommene Wohnhaus

Als die scheue Mieterin an diesem Tag heimkommt, hält sie im Hinterhof überrascht inne. Aus dem grauen Haus tönt fröhliche Klaviermusik im Ragtime-Rhythmus. Ein Lächeln huscht über ihr ernstes Gesicht.
Auch sonst wirkt sie verändert: Sie trägt ein zartblaues Sommerkleid, das ihren Körper beim Treppensteigen anmutig umschmeichelt.
Wie sie vermutet hat, dringt das Geklimper aus Gunnars Wohnung. Sie bleibt am Treppenabsatz stehen, hält sich am Geländer fest und hört selbstvergessen zu.
Der neue Flügel steht im ausgeräumten Wohnzimmer, umgeben von Plastikeimern, die bis zum Rand mit Mauersteinen gefüllt sind. Das edle, spiegelnde Instrument wirkt in der verkommenen Bude wie ein Beutestück.
Gunnar spielt sein Standardstück, den «Entertainer». Sobald er damit fertig ist, fängt er unbekümmert wieder von vorne an. Dabei schaut er schmachtend zur Decke empor und ahnt nicht, dass die Frau, an die er beim Spielen denkt, draußen vor seiner Wohnungstür steht und lauscht.
Aus der Wohnung sind aber nicht nur die Klavierakkorde, sondern – in deren Rhythmus – zunehmend laute Hammerschläge zu hören. Die scheue Mieterin erschrickt, löst sich vom Treppengeländer und eilt zu ihrer Wohnung hinauf.
Vier Hilfskräfte – auf dem Schwarzmarkt angeheuerte Tamilen – sitzen an einem Tapeziertisch und arbeiten für Gunnar: Einer zertrümmert mit dem Hammer die größeren Mauersteine zu passenden «Chips» für Warner Brothers, der zweite klappt die kleinen Karl-Marx-Orden-Schachteln auf und drückt einen Tropfen Klebstoff in die Mitte, damit der dritte Tamile ein Mauersteinchen darauf setzen und der vierte die Schachtel verschließen und in die Versandkiste stapeln kann: Fließbandarbeit im «Entertainer»-Rhythmus, dessen Tempo Gunnar langsam steigert.
Auf den weißen Schächtelchen steht in Goldschrift die vom Auftraggeber gewünschte Widmung: «Merry Christmas 1990».

Leipzig, Wohnung von Gunnar und Petra

Der Tag ist gekommen, den Petra beim Streit am Günderrode-Haus als Termin für ihren endgültigen Auszug genannt hat. Gunnar fährt in seinem gelben Käfer in den Ort zurück, wo für ihn vor weniger als einem Jahr das Leben noch klar überschaubar war und unverrückbar geordnet zu sein schien.

Die Fassaden der Plattenbausiedlung sehen aus wie immer und sind ihm dennoch fremd geworden.

Gunnar stellt den Wagen ab und fährt im Aufzug zum zehnten Stock hinauf. Dort sind draußen schon Umzugskartons einer Münchner Speditionsfirma gestapelt. Ein junger Mann, Typ netter Werkstudent aus dem Westen, trägt die vollen Kartons zum Aufzug. Die Wohnungstür steht offen, sodass Gunnar seine vor der Wende begonnene, nur halb fertige Wandvertäfelung im Flur sehen kann. Er tritt vorsichtig ein.

Da kommt ihm Petra mit einem Umzugskarton entgegen, hübscher denn je in modischer Bluse und schwarzen Jeans.

PETRA. Nu, wie geht's?

GUNNAR. Petra! Ziehst du jetzt aus? Entschuldige, ich seh's ja. Wo sind die Kinder?

PETRA. In München.

Sie setzt ihren Weg zum Treppenhaus fort. Da sie mit dem schweren Karton und dem noch obendrauf gepackten Kinderspielzeug an Gunnar nicht vorbeikommt, stellt sie die Last einfach vor seinen Füßen ab.

GUNNAR. Sag mal, lässt er dich das alles alleine machen? Hilft er dir nicht?

Petra hat keine Lust, sich auf die Provokation einzulassen. Sie klopft kurz auf die unfertige Wandvertäfelung, deutet auf das herumliegende Werkzeug und schaut ihm kühl in die Augen.

PETRA. Gunnar, woran musst du denken, wenn du zum Beispiel diesen Flur hier siehst?

Schon ist sie im Schlafzimmer verschwunden, in dem es noch einiges zu packen gibt. Er folgt bis zur Türschwelle und setzt sein liebenswürdigstes Gesicht auf.

GUNNAR. Ja, du hast ja Recht, aber der Mensch kann sich auch ändern. Petra, wenn du den Entschluss fassen solltest, und du möchtest zu mir zurückkehren – also, an meiner Seite ist für dich immer ein Platz frei, immer.

Sie reagiert nicht. Deswegen ändert er den Tonfall und spielt den Munteren.

GUNNAR. Du, ich habe jetzt geschäftliche Beziehungen zu den Warner Brothers. Ja, ich arbeite für die Warners, also Clint Eastwood und Tina Turner, Faye Dunaway – du kennst sie ja. Petra, ich nehm dich mit. Na klar, du bist doch eine Frau, mit der man sich sehen lassen kann.

Petra kehrt jetzt aus dem Zimmer in einer rostroten Lederjacke zurück, die sie tatsächlich zu der Frau macht, mit der man sich nicht zu schämen braucht. Aber sie hat mit Gunnar abgeschlossen und bleibt kalt und abweisend.

PETRA. Gunnar, die Möbel lass ich hier, und das Kinderzimmer kannst du verschenken oder so.

Als sie sich zu dem Karton mit dem Spielzeug bückt, kommt er ihr galant zuvor. Aber was nutzt ihm die Geste noch? Petra lässt sich das Gepäck hinterhertragen, als wäre er ihr Hilfsarbeiter.

Mit dem Aufzug kommt der Werkstudent vom Hof zurück.

PETRA. Was hier noch steht, in die Kisten rein, bitte, und Tür zuziehen, wenn ich fertig bin.

Schon steht sie in der Aufzugskabine und drückt auf den Knopf.

GUNNAR. Du glaubst mir nicht, aber ich bin ein echter Hauptgewinn.

Er kann nur noch den Karton zu ihr hineinstellen und sie kurz ansehen, bevor sich die Tür vor ihr schließt.

Als er in die Wohnung zurückgeht, vermag er sich seiner Tränen nicht mehr zu erwehren.

Petra hat die Küche unberührt hinterlassen. Nichts, womit man jahrelang gelebt hat, war ihr wert, es in ihr neues Leben im Westen mitzunehmen. Gunnar steht mit brennenden Augen in der Küchentür. Über seinem Kopf bimmelt das Glöckchen, das er für die Kinder im Türstock angebracht hatte. Vor der Fensterscheibe ein Fisch aus Tiffany-Glas, den Petra in guten Tagen einmal dort aufgehängt hat: Der kleine Fisch scheint durch die Luft der Neubausiedlung zu schwimmen.

Auf dem Regal sieht Gunnar die bunten «Hühnchen-Eierbecher», das «Eberswalder Hackfleisch» in Dosen, das er einmal als Vorrat organisiert hat, die Pakete mit «Tempo-Erbsen», die bunten Kaffeetassen und Teller aus Hartplaste und eine angebrochene Flasche «Im-Nu-Kaffee-Extrakt». Gunnar berührt die von seiner Schwiegermutter gehäkelten Topflappen: Dies alles ist nun Müll geworden.

Ein Konzertsaal in München

Hermann dirigiert «Till Eulenspiegel». Der erzählerische Aufbau der Musik mit den grotesken Episoden macht ihm sichtliches Vergnügen. Das Orchester folgt seinen Impulsen und gestaltet die Töne zu einem musikalischen Feuerwerk.*

Günderrode-Haus mit Ziegenstall

Hermann und Clarissa unternehmen das Wagnis, die Geiß zu melken.

Zu diesem Zweck hat Hermann sich ein Lehrbuch über Ziegenhaltung angeschafft. Clarissa sieht die Aufgabe eher praktisch und zwängt sich zu dem Tier in den engen Stall.

Mit seinem Buch in der Hand betrachtet Hermann die Sache von außen durch das vergitterte Stallfenster.

HERMANN. Hier, ich hab's. «Das Handmelken: Das sauber gereinigte Euter ist behutsam anzurüsten, damit die Milch einschießen kann.» Weißt du, was «anrüsten» ist?

Clarissa horcht auf. Sie wollte soeben ein wenig das Vertrauen der Ziege gewinnen.

CLARISSA. Anrüsten? Komm, Bianca, komm, komm, ich möchte dich jetzt hier festmachen.

Das Tier spürt ihre Unsicherheit und entzieht sich jedem ihrer

* Richard Strauss: «Till Eulenspiegels lustige Streiche» (1895), Tondichtung, op. 28

Versuche. Es springt in wechselnden Richtungen im Stall umher, wirft den Melkschemel und den als Milcheimer bereitgestellten Sektkübel um.

CLARISSA. Kannst du mir nicht mal helfen, sie festzuhalten?

Hermann traut sich hinein, aber die Ziege anzufassen überlässt er lieber Clarissa. Sie hat es geschafft, den Strick unterm Halsband durchzuziehen, und kann das Tier endlich festbinden. Sie richtet den Melkschemel wieder auf und stellt vorsichtig den Eimer unter das Euter.

CLARISSA. Ich weiß auch nicht, was «anrüsten» heißt. Vielleicht schaust du mal im Großen Duden nach.

Er liest weiter aus seinem Buch vor.

HERMANN. Jetzt pass mal auf: «Knebeln und Strippen sind Tierquälerei und schädigen das Euter. Sie haben in der modernen Tierhaltung keinen Platz mehr. Fausteln ist richtig.»

Die Ziege tut sich mittlerweile an den bereitgelegten Kleenex-Tüchern gütlich. Clarissas Nerven liegen blank. Doch Hermann hält ihr die Abbildungen der Melkmethoden vors Gesicht.

HERMANN. Hier ist eine Zeichnung. Clarissa, pass auf: «Knebeln und Strippen sind falsch. Fausteln ist richtig, und es gibt drei Arten: mit zwei Fingern, mit vier Fingern und mit der ganzen Faust fausteln.»

Der überforderten Clarissa ist es nun doch gelungen, ein wenig Milch aus dem Euter zu melken, aber in einem unbewachten Moment tritt die Ziege mit einem kotigen Hinterfuß in den Eimer und sträubt sich, den Huf wieder herauszubewegen.

HERMANN. Ja, aber du strippst. Du sollst nicht strippen.

CLARISSA. Nein, ich faustel.

Sie gibt nicht auf.

Endlich fügt sich die Ziege in ihr Schicksal.

Arnold, Clarissas Sohn, hält sich von allem fern. Er hat sich in Hermanns Arbeitszimmer ein gemütliches Eckchen zum Fernsehen eingerichtet. Auf dem Bauch liegend verfolgt er das WM-Spiel Kamerun gegen die UdSSR.

FUSSBALLREPORTER. Kamerun jetzt also mit zehn Mann nur.

Dobrolowski ... das eins zu null. Der Pass kam von Litowtschenko ...

Der Fernsehton schallt zum Stall herüber. Hermann und Clarissa sind dort ins Nachdenken geraten.

CLARISSA. Ich wäre gern mal drei Wochen am Stück hier.

HERMANN. Dann sollten wir mal unsere Termine vergleichen.

CLARISSA. Ich fürchte, das macht uns nur traurig.

Sie hat damit etwas ausgesprochen, was von Anfang an ihr Zusammenleben belastet. Als viel beschäftigte Künstler können sie ihr schönes neues Nest nur an wenigen Tagen des Jahres bewohnen, und die Zweisamkeit, nach der sie sich so sehnen, ist mit der Fertigstellung des Hauses keineswegs Wirklichkeit geworden.

HERMANN. Also, weiter!

Clarissa widmet sich wieder dem Ziegeneuter, und Hermann vertieft sich in die Theorie.

Schabbach, Ernsts Anwesen am Goldbach

Sonntag, 8. Juli 1990

Der Krass-LKW mit der Leninstatue auf der Ladefläche schiebt sich in langsamer Fahrt unter den Bäumen hindurch, die das Bachufer säumen. Weit und breit ist kein Mensch zu sehen.

Das seltsame Gefährt, von Tobi gesteuert, hält vor dem Zaun und dem verschlossenen Eisentor, mit dem Ernsts Anwesen in Richtung Dorf abgeriegelt ist. Die Dämmerung ist hereingebrochen, die Gebäude auf dem Gelände scheinen zu schlafen.

Mehrmals hupt Tobi und ruft nach Ernst.

Keine Antwort.

Ortsmitte Schabbach,
die Gastwirtschaft von Rudi Molz

Wenig später rollt der gewaltige Lastwagen durch das Dorf. Auch hier ist kein Mensch zu sehen. Wie ausgestorben wirken die Häuser.

Als Tobi in die Kurve zur Dorfwirtschaft einbiegt, sieht er viele Autos, die dicht an dicht auf Gehsteig, Höfen und Straßenrändern geparkt sind.
Im Aussteigen hört er schon den Fußballton, der die Luft vibrieren lässt.
Es ist der Tag des Weltmeisterschaftsfinales in Rom.
Nahezu alle Einwohner Schabbachs haben sich in Rudis Wirtschaft versammelt, um gemeinsam dieses historische Spiel zu sehen: das deutsche Nationalteam im Endspiel gegen Argentinien.
Die Stimme des Reporters füllt die Gaststube. Alle Gesichter sind gespannt auf das Fernsehgerät gerichtet.
FERNSEHREPORTER. Brehme auf der linken Abwehrseite ... Kohler vor dem Libero Augenthaler, der zweite Mann ... Guido Buchwald, Thomas Berthold auf der rechten Abwehrseite ... Lothar Matthäus, Thomas Häßler im rechten Mittelfeld ... Rudi Völler, Heimspiel für den Römer, genauso wie für Berthold und Klinsmann ...
Niemand beachtet Tobi, der sich zu Rudi vorarbeitet. Der steht neben Lenchen direkt beim Fernseher.
RUDI. Ah, Tobi. Du, es fängt gleich an.
TOBI. Hast du was vom Ernst gehört?
RUDI. Nä, wenn du nix weißt – nä, nix.
Die Fußballübertragung aus Rom fesselt derart die Gemüter, dass Tobi keine Chance hat, weitere Fragen zu stellen.
FERNSEHREPORTER. Auf geht's: Beginn des WM-Finales Argentinien gegen die Bundesrepublik Deutschland ...
Auf dem Bildschirm ist der Anstoß der Partie zu sehen. Ein Zuschauer, dem Tobi die Sicht nimmt, fordert ihn barsch auf, sich hinzusetzen.
FERNSEHREPORTER. ... erst mal auf der linken Seite. In jedem Fall spielt ... Manndecker neben Jürgen Klinsmann ...
Tobi verlässt das Gasthaus.

Ernsts Landebahn

Seine letzte Idee, etwas über Ernst zu erfahren, führt Tobi zu der Landebahn, von der aus er vor knapp einem Monat gestartet ist. Hier sind vielleicht frische Spuren der Cessna zu finden. Nichts bestätigt seine Hoffnung.
Er parkt den LKW mit der Statue und geht zu den Schuppen hinüber. Hinter dem Maschendrahttor, das er beiseite räumt, steht noch sein Trabi. An der Windschutzscheibe steckt Clarissas verdorrte Rose.
Tobi hat ein Gefühl, als wären Jahre vergangen, seit er sich zu Ernst in das Flugzeug gesetzt hat, um ihn auf seiner Abenteuerreise in die zerfallende Sowjetunion zu begleiten.
Laut spricht er vor sich hin:
TOBI. Ernst, ich mache mir Sorgen.

An der Berliner Mauer

Gunnar, im verdreckten WM-Trikot, erlebt den Tag des Endspiels an der Berliner Mauer. Er schuftet auch heute, mit Presslufthammer, Grubenlampe und Mundschutz. Die Steinchen spritzen nur so aus der Wand. Ein Haufen Mauerschutt ist entstanden, nur Teile davon landen in den Plastikeimern, die neben Spraydosen, Kompressor und Werkzeug aufgereiht sind.
Ein voll aufgedrehtes Kofferradio steht auf dem Steinhaufen, wird aber vom Höllenlärm des Presslufthammers übertönt. Lediglich in Momenten, wenn Gunnar das Werkzeug absetzt, ist der Reporter zu hören.
RADIOREPORTER. Es fehlt da unten niemand mehr auf der deutschen Bank. Alle sind aufgesprungen. Beckenbauer, stehend, ganz erstarrt .... Die Ersatzspieler schauen zu, was die deutsche Mannschaft macht. Nur jetzt keinen Fehler begehen. Einwurf für die deutsche Mannschaft. Was kostet das jetzt Nerven! Jürgen Kohler kann's kaum aushalten, greift sich immer an den Kopf ... Er gibt Elfmeter!

Hermanns Arbeitszimmer im Günderrode-Haus

Der Fernseher läuft. Clarissa hat sich zu ihrem Sohn Arnold gesellt, um die spannende Schlussphase des Spiels zu verfolgen. Sie sieht den Moment – in Zeitlupe wiederholt –, in dem Rudi Völler nach dem Steilpass von Lothar Matthäus im Strafraum zu Boden fällt.

FERNSEHREPORTER. Er gibt Elfmeter, er gibt Elfmeter!!

CLARISSA. Eine Schwalbe war das doch, das war doch kein Elfmeter! Das war doch eine Schwalbe, eine glatte Fehlentscheidung!

FERNSEHREPORTER. Also, den vorher an Augenthaler, den hätte ich zehnmal eher gepfiffen als den an Völler.

CLARISSA. Was sagst du dazu?

Arnold tut, als stehe er gänzlich über den Dingen, und liest in einem Buch.

Er ist der einzige Mensch, der in diesem Moment Ruhe bewahrt.

Schabbach, Rudis Gastwirtschaft

Die Spannung in Rudis Wirtschaft ist zum Bersten. Mit angehaltenem Atem verfolgen die Gäste die Vorbereitungen zum Strafstoß.

FERNSEHREPORTER. An diesem einen Schuss, meine Damen und Herren, kann der Weltmeistertitel für die deutsche Mannschaft hängen. Er kann mit links und kann mit rechts. Meistens schießt er mit rechts. So, genug der Prognosen, hoffentlich trifft er, das ist das einzig Wichtige. Brehme gegen den Elfmetertöter Goycochea.

Andreas Brehme läuft an, schießt – und ein Torschrei dröhnt durch die Gaststube. Rudi und Lenchen fallen sich in die Arme, alle jubeln.

Auf dem Bildschirm werden die Deutschlandfahnen geschwungen. Das Olympiastadion von Rom kocht. Immer ist in Zeitlupe zu sehen, wie Brehme den Strafstoß verwandelt.

FERNSEHREPORTER. … die deutsche Fußballnationalmannschaft, vier Minuten und sechzig Sekunden vor dem Ende des Spiels.

An der Berliner Mauer

Noch immer ist Gunnar mit seinem Presslufthammer bei der Arbeit. Er hat den Schlusspfiff überhört.
Aus dem Hintergrund strömen jubelnde Leute heran, zünden Knaller und grölen. Sie schwenken Deutschlandfahnen, fuchteln mit Sektpullen herum.
Da sehen sie Gunnar im Brehme-Trikot und rennen auf ihn zu.
FUSSBALLFANS. He, der Brehme!
Gunnar sieht die Meute kommen, versucht zu fliehen, wird aber von den begeisterten Fans umringt.
FUSSBALLFANS. Brehme hat das Ding versenkt! Brehme, Brehme!
Sie heben ihn hoch und werfen ihn, immer wieder «Brehme!» rufend, in die Luft.
Gunnar muss sich feiern lassen, als wäre er selbst soeben Weltmeister geworden.
Feuerwerkskörper explodieren über der Mauer und zischen in den Stadthimmel.

Günderrode-Haus, Terrasse und dämmriges Rheintal

Hermann hat sich mit einem kleinen DAT-Rekorder auf die Terrasse begeben, um den Jubel und das Gehupe aufzunehmen, die aus dem Rheintal heraufschallen. Knaller, Schiffssirenen und Pfeifsignale der vorbeifahrenden Züge mischen sich in das Geräuschkonzert.
Das letzte Tageslicht lässt Weinberge, Fluss und Städtchen in einem Traumblau versinken.
Als Clarissa neben ihn tritt, flüstert er ihr zu:
HERMANN. Das kommt nie mehr wieder.

Clarissa. Dein Taxi ist da.
Hermanns Koffer stehen reisefertig auf der Terrasse.
Arnold führt indessen einen kleinen Freudentanz auf und ruft «Deutschland, Deutschland!»

Ein Konzertsaal, das Kolosseum in Rom, Ernsts Landeplatz

Hermann dirigiert ein Sinfonieorchester. Man spielt Beethoven. Die festliche Musik mischt sich mit dem Jubel, der alle Straßen füllt.*

Udo, Jana und ihre Söhne haben sich ihren Wunsch erfüllt und sind zum Endspiel nach Rom gefahren. Sie tanzen jetzt in der feiernden Menge vor dem Kolosseum. Wie die Menschen nach dem Mauerfall haben sie Wunderkerzen angezündet. Es ist tatsächlich alles nochmals wie ein Wunder. Was spielt es da für eine Rolle, dass es nicht die DDR-Mannschaft war, die gewonnen hat? Ist nicht alles *ein* Deutschland?

Tobi hat seinen Trabi flottgemacht. Er nimmt Abschied von seinem LKW und der Leninstatue, indem er sie einfach neben Ernsts Flugzeugschuppen für spätere Zeiten zurücklässt.
Im letzten Tageslicht erscheint das Dorf Schabbach wie ein Schattenriss hinter den Konturen Lenins.

* Ludwig van Beethoven: Leonoren-Ouvertüre (1805), op. 72

DRITTES BUCH

Die Russen kommen

Frankfurt, Rhein-Main-Flughafen, Landebahn

5. September 1992
Im Landeanflug wirkt die russische Verkehrsmaschine ein wenig unsicher über dem ausgedehnten Flughafengelände. Mehrmals muss sie den Kurs korrigieren, pendelt im Sinkflug hin und her, setzt dann aber sicher auf der Piste auf.
Im Durchgang zur Lobby kann man durch hohe Glaswände den Flugverkehr auf dem Vorfeld beobachten. Hier hat sich ein Fernsehteam mit einer permanent lächelnden Reporterin postiert. Die Kamera, in die sie spricht, schwenkt auf das russische Flugzeug, das draußen heranrollt.
FERNSEHREPORTERIN. Das spurlose Verschwinden von Ernst Simon, der mit seinem Privatflugzeug im Sommer 1990 in die Sowjetunion flog und von dort nicht zurückkehrte, beschäftigte über zwei Jahre lang die deutschen Behörden. Auf diplomatischen Kanälen wurde nach dem Verbleib des Abenteurers geforscht und seine Rückkehr nach Deutschland betrieben. Letztlich mag bei seiner Freilassung aus russischen Gefängnissen auch eine Rolle gespielt haben, dass die Sowjetunion, gegen deren Gesetze er verstoßen hatte, so nicht mehr existiert. Mit dieser Aeroflot-Maschine soll er heute, nach über zwei Jahren diplomatischer Bemühungen, aus Moskau eintreffen.
Ernst wirkt verändert. Er hat an Gewicht zugelegt, Gesicht und Bewegungen sind weniger konturiert als vor seiner Abenteuerreise. Die innere Spannung hat ihn verlassen. Er wartet geduldig am Förderband. Die Menschen, die ihn begleiten, unterhalten sich auf Russisch mit ihm.

Rhein-Main-Flughafen, Ankunftshalle

In der Ankunftshalle herrscht Aufregung. Fernsehkameras werden in Stellung gebracht, Halogenleuchten flammen auf, uniformierte Helfer des DRK beziehen Posten an den Gates. Sobald sich die Glastüren öffnen, sehen die ankommenden Passagiere geblendet in die Videoleuchten.

Auf der Freifläche vor den Ausgängen drängen sich Neugierige.

Als Ernst, müde und blass, durch die Sperre kommt, trägt er zur Überraschung der Presseleute ein Baby auf dem Arm. Er läuft mitten in einem Pulk von Aussiedlern, die sich ihm angeschlossen haben und nicht von seiner Seite weichen.

Die Reporterin stellt sich Ernst in den Weg und hält ihm das Mikrofon vors Gesicht.

FERNSEHREPORTERIN. Wie fühlen Sie sich auf deutschem Boden?

ERNST. Wen interessiert das?

Er sieht sich nach den Menschen um, die ihn begleiten.

Eine in altmodische Sonntagsgewänder gekleidete Großfamilie, bestehend aus etwa 15 Personen, umgibt Ernst mit ihren hoffnungslos überladenen Gepäckwagen und sieht mit abwesenden Blicken in die Kameras. Die Frauen, auch die älteren unter ihnen, tragen zu ihren dunklen Kleidern sorgfältig frisierte Dauerwellen, Lippenstift und Schmuck und sehen aus, als befänden sie sich auf dem Weg zur Kirche.

ERNST. Schauen Sie sich um. Hier, diese Menschen, die haben viel eher Ihre Aufmerksamkeit verdient. Die waren nicht zwei Jahre wie ich in Russland in Gefangenschaft, sondern zwei, drei, vier Generationen. Und ich bin in erster Linie am Wohl von diesen Menschen interessiert – Menschen deutscher Herkunft, die seit Stalin in der Sowjetunion umhergebeutelt worden sind, als wären sie eine Herde Vieh. Und jeder Einzelne von denen hat Jahre darum gekämpft, in Deutschland leben zu dürfen, Jahre der Erniedrigung, des Leidens. Das sollen Sie mal schreiben.

Einer der Journalisten drängt sich nach vorn, als wittere er eine Sensation.

REPORTER. Gehört das Kind zu Ihnen?

ERNST. Leider nicht. Das ist Galina, die Mutter. Ich hatte nie das Glück eigener Kinder. Und stellen Sie sich vor, sie hat es in Moskau auf dem Flughafen zur Welt gebracht. Direkt vor unserem Abflug. Dabei hat die Familie sich so gewünscht, dass es in Deutschland geboren werden sollte.

Galina, eine auffallend hübsche Aussiedlerin, blond, gerade mal 20 Jahre alt, mit leuchtenden großen Augen, winkt und lacht in die Kameras, als Ernst ihr das Baby zurückgibt. Sie schlägt die Häkeldecke zurück, in die es gewickelt ist, damit man sein Gesichtchen gut sehen kann.

GALINA. Der Name ist Nikita, auf Deutsch Niko.

Als Galina erneut lacht und winkt, schreitet ihr Mann, ein verschlossen wirkender Mensch mit schmalen Lippen, ein und bedeutet den Kameras, sie und das Baby nicht zu filmen. Er hat ein steifes Knie und humpelt stark.

Hinter der Familie sind noch viele andere Russlanddeutsche angekommen, um die sich Vertreter des DRK und der Einwanderungsbehörde kümmern. Es entsteht ein hektisches Gewimmel. Neben den ernsten, hölzernen Aussiedlern wirkt die heitere, anmutige Galina wie ein unzulässiger Kontrast. Da sie von der Entbindung im Moskauer Flughafen noch etwas geschwächt ist, lässt sie sich von ihrem Mann auf einem der bereitstehenden Gepäckwagen durch die Halle fahren. Sie hat das Baby an ihre Babuschka weitergereicht und bestaunt mit weit geöffneten Augen die an ihr vorbeigleitende, gänzlich ungewohnte westliche Zivilisation. Die vielen Lichter, die gut gekleideten Menschen überall, funkelndes Glas und Chrom, die schicken Modeauslagen, Luxusnippes aus aller Welt – all dies erscheint ihr wie ein unfassbares Wunder.

Juri, ihr Mann, ist ebenso beeindruckt, hat sich aber besser unter Kontrolle, verzieht keine Miene. Als er das Vehikel anhält, um auf die Familie zu warten, dreht Galina sich schwärmerisch nach ihm um.

GALINA. Deutschland!

Das ist der Nenner, auf den sie all ihre Eindrücke in diesem Augenblick bringt.

Juris Vater, ein gedrungener Rentner mit eng sitzendem, schwarzem Anzug und einem Mund voller Goldzähne, bleibt gebannt vor einer Vitrine stehen, in der das überdimensionale Modell eines Schweizermessers ausgestellt ist. Es klappt seine vielen Klingen, Sägen, Feilen und Scheren geisterhaft aus und ein. Der ältere Mann bestaunt das Modell, als wäre es ein Wesen von einem anderen Planeten.

Straße am Rheinufer, die Loreley

Ernst begleitet die Aussiedler in einem Reisebus, der den Weg zum Hunsrück über die romantische Mittelrheinstrecke nimmt. Es herrscht erwartungsvolle Heiterkeit. Zwei Frauen aus Galinas Familie stimmen ein russisches Volkslied an. Sie singen, zweistimmig und voller Gefühl, von Sehnsucht und von einer fernen, verlorenen Heimat.

Als ich in die fernen Länder reiste,
Verließ ich dich, du meine Heimat.
War traurig ich und sehnte mich zurück,
Dorthin, wo die Liebe mich erwartet.
Auch für uns wird die Zeit der Trennung Vergangenheit sein,
Es kommt auch wieder der Tag des frohen Wiedersehens.
Dann sind wir wieder eins – mit dir, du meine Erde.*

Es ist ein durchsichtig klarer Septembertag.
Das Lied der Frauen untermalt die Aussicht der Reisenden auf die Landschaft: die Pfalzburg bei Kaub, Wehrtürme, Burgen, Weinberge.
Ernst erklärt ihnen alles, was zu sehen ist: die Namen der Städte, Dörfer, den Binger Mäuseturm, den Verkehr, die Eisenbahn. Galina nickt lachend, als würde sie jedes Wort verstehen. Sie will unbedingt Deutsch lernen, deutet auf alles und wiederholt Ernsts Worte.
Der Bus nähert sich dem Loreleyfelsen, der sich am anderen Flussufer aus dem Wasser erhebt.
Ernst. Die Loreley! Kennt ihr das Lied?
Sogleich beginnen alle, das Loreleylied zu singen. Es gehört zu dem spärlichen Erinnerungsschatz, der den nach Sibirien und Kasachstan verschleppten Familien noch geblieben ist. «Ich weiß nicht, was soll es bedeuten, / dass ich so traurig bin. / Ein Märchen aus uralten Zeiten, / das kommt mir nicht aus dem Sinn. / Die Luft ist kühl und es dunkelt / und ruhig fließet der Rhein ...»
Während des Liedes, das mit starkem russischem Akzent gesun-

* Aus dem Russischen von Werner Freitag

gen wird, taut sogar der reservierte Juri auf. Er holt sein Akkordeon aus dem Gepäckfach und begleitet die Singenden.
Bald verschwindet der Rhein hinter hohen Bäumen. In engen Kurven windet sich die Straße den Berg hinauf. Die Frauen singen wieder ein russisches Volkslied.
ERNST. Jetzt geht's rauf in den Hunsrück.
GALINA. Huns-rück.
ERNST. Tannenbaum.
GALINA. Tan-nen-baum.
Da dreht sich die strenge Babuschka, die immer noch das Baby hütet, in ihrem Sitz um, wirft einen missbilligenden Blick auf die Schwiegertochter und wendet sich an ihren Sohn Juri.
BABUSCHKA. Galina soll still sein und zuhören und die deutschen Sitten von uns lernen. Sie weiß doch, dass sie nur deshalb mitkommen darf, weil sie mit dir verheiratet ist. Sag ihr das!
Galina wird auf diese Weise wieder einmal zu verstehen gegeben, dass sie im Gegensatz zur gesamten Familie nicht deutscher Abstammung ist. Sie lächelt aber bei den Worten der Schwiegermutter. In Kasachstan hätte deren Mahnung noch Bedeutung für sie gehabt, denn nur die deutschstämmigen Familien erhielten in diesen Tagen die Erlaubnis zur Einreise in das Paradies, das sie Deutschland nennen.
Galina ist Russin, hat aber als Ehefrau Juris mitkommen dürfen. Sie ist schön, hat Charme und Humor, und sie kämpft mit den «Mitteln der Frau». Zärtlich schaut sie Juri in die Augen und wartet, bis er sich verliebt an ihre Schulter lehnt.
GALINA. Mein-deut-scher-Mann!
Es wird Abend, und das Dorf Schabbach naht.

Ernsts Anwesen am Goldbach, Dämmerung

Ernst ist mit der Verantwortung für einen ganzen Bus voller Aussiedler überfordert. Galina, Juri und deren Anhang nimmt er jedoch unter seine Fittiche, und selbst diese Familie besteht aus einem guten Dutzend Personen.

Der Bus hält in Schabbach an, um Ernst und seine Schützlinge aussteigen zu lassen. Dann übernimmt Rudi Molz den weiteren Transport. Auf dem Anhänger seines Traktors findet die Familie mitsamt ihrer Habe Platz. Ernst sitzt vorn auf dem Beifahrerbock.

Es ist nun eine schweigsame Fahrt. Die Leute halten sich an ihren Gepäckstücken fest und betrachten still die fremde Umgebung.

Am Maschendrahttor vor Ernsts Gelände hält Rudi an.

Die Aussiedler bleiben sitzen und beobachten Ernst, der in diesem Augenblick seine Rückkehr erlebt.

Er steigt vom Traktor und geht über den Heimatboden, als wäre er noch nie hier gewesen: suchend, ratlos, um Gefühle ringend, die ihm in der Zeit der Gefangenschaft abhanden gekommen sind. Wie ein Fremder bleibt er vor dem verschlossenen Tor stehen.

RUDI. Hast du einen Schlüssel?

ERNST. Hatte ich einmal.

RUDI. Wir han ein Aug' auf dein Haus gehabt. Dat Gras han mer allerdings stehn gelass'.

Das Hofgelände und die Zufahrt zum Wohnhaus sind von hohem Gras überwuchert. Gebüsch und Hecken haben sich bis zu den Gebäudemauern hin ausgedehnt. Das Haus liegt hinter dem verrosteten Zaun wie ein Dornröschenschloss.

Ernst wirkt unschlüssig.

Die Russen auf dem Anhänger schweigen. Rudi kommt mit einem Werkzeug heran.

RUDI. Nu, dat macht nix, ich han en Bolzenschneider.

Rudi knackt das Vorhängeschloss, und Ernst tritt ein.

Auf dem Weg zu seinem Haus vergisst er alles: die Ängste und Entbehrungen der letzten zwei Jahre, die Menschen, die mit ihm gekommen sind, die Fragen nach der Zukunft. Er geht die fremd gewordene und doch so vertraute Strecke. Mechanisch wälzt er den Granitblock zur Seite, unter dem er seinen Hausschlüssel zu verstecken pflegte, findet ihn korrodiert im feuchten Lehm zwischen Würmern und Asseln, geht damit zur Haustür, sperrt auf und steht in seiner Wohnküche. Es riecht nach Moder. Um die Deckenlampe hat sich ein gelblicher Wasserfleck gebildet.

Ernst betätigt den Lichtschalter – und verursacht einen Kurzschluss.

Es gibt einen Blitz und einen Knall, und eine Rauchwolke verteilt sich langsam im Raum.
Hier haben Tiere gehaust. Auf Tisch und Boden liegen Reste von ihren Mahlzeiten. Möbel und Waschbecken sind voller Dreck, das Küchenfenster ist zerbrochen. Es hat hereingeregnet, auf den Dielen glänzt eine ölige Pfütze.
Als Rudis Traktor in den Hof rollt, kehrt Ernsts Bewusstsein in die Gegenwart zurück. Er tritt aus dem Haus.
Seine russischen Gäste sind schon abgestiegen. Müde und stumm stehen sie in der Abenddämmerung vor ihrem Gepäckberg und sehen Ernst an.
ERNST. Bei mir seid ihr sicher.
Woher er diese Gewissheit nimmt, weiß er nicht. Er ist hier zu Hause.

Hahn Airbase, Blick auf die Startbahn

Eine Silhouette von Menschen, die baumhohe Holzkreuze tragen, wandert über einen Bergkamm. Der Anführer – an seinem langen weißen Bart leicht erkennbar – ist der Schabbacher Friedenspfarrer August Dahl.
Die Gruppe gesellt sich zu einer unübersehbaren Menschenmenge, die sich mit größeren und kleineren Kreuzen auf einem Feld eingefunden hat und auf die Ankömmmlinge wartet. Von hier aus hat man freien Blick auf die Start- und Landebahn des amerikanischen Militärflughafens.
Hinter den Ketten der weißen und roten Positionslichter, die jetzt alle auf einmal aufleuchten, erscheint die Hunsrücklandschaft wie gläsern an diesem Septemberabend.
Ein riesiges Flugzeug rollt auf der taghell ausgeleuchteten Bahn in Startposition: eine Transportmaschine vom Typ Galaxy IV. Sie bewegt sich wie in Zeitlupe. Unter dem infernalischen Kreischen ihrer Triebwerke erzittert die Erde.
In Fortsetzung der Positionsleuchten reihen sich die vielen Holzkreuze vor dem dämmrigen Himmel. Dazu flackern unzählige Kerzen. Es sind mehr als tausend Menschen, die im Dröhnen der

Triebwerke ausharren, um das Ungeheuer zu sehen, das auf der Runway abhebt.
Der Pfarrer faltet die Hände zum Gebet.

PFARRER DAHL. Gott, du Ewiger, Gott des Lebens und der Liebe, du Schöpfer der Erde und der Menschen, wir danken dir, dass du unser Flehen erhört hast und dass Teile der schrecklichen Waffen, die uns und unsere Kinder hier und auf der anderen Seite des Vorhangs vier Jahrzehnte lang bedroht haben, nun zurückgeflogen und abgerüstet werden. Wir danken dir auch, Gott, dass du die Herzen der Mächtigen erleuchtet hast und sie endlich einen Schritt auf den Weg des Friedens …

Das gewaltige Flugzeug erstickt mit seinem Lärm die weiteren Gebetsworte. Bedrohlich nah fliegt es über die Köpfe der Demonstranten hinweg und verdunkelt den Himmel. Die schwer beladene Galaxy gewinnt nur langsam an Höhe. In ihrem Luftsog erlöschen die Kerzen.

Schabbach, Dorfstraße

Die Galaxy donnert direkt über das Dorf. In ihrem Aufstieg erscheint sie so groß, dass sie für einige Sekunden alle Maßstäbe verändert: Menschen und Häuser sind winzig klein.
Gegenüber der Kirche hat sich ein kleiner Auflauf gebildet, bestehend aus Toni, dem Bürgermeister, dem Großbauern Helmut, Rudi Molz und anderen aufgeregten Dorfbewohnern, die zu dem Monstrum über ihren Köpfen hinaufstarren.

RUDI. Der Dollar geht, der Rubel kommt.

HELMUT. Rudi, so schwarz muss man dat net sehen.

Anwesen Ernst, Schlafzimmer und außen

Die russlanddeutsche Familie hat sich in einem von Ernsts Zimmern zum Gebet versammelt. Das Dröhnen des Riesenflugzeugs lässt Möbel und Wände vibrieren. Putz rieselt von der Decke.

Alle sind voller Furcht. Babuschka betet vor, die anderen murmeln mit und blicken wiederholt zur Zimmerdecke.

BABUSCHKA. … unser täglich Brot gib uns heute, und vergib uns unsere Schuld …

Galina sitzt mit ihrem Kind neben Juri, dessen Hand sie festhält.
Auch in diesem Zimmer gehen die Worte im Dröhnen unter.

Ernst steht im Freien mit einem Bierglas in der Hand und blickt zum Nachthimmel auf. Als die Galaxy über sein Dach fliegt und das Getöse der Triebwerke sein Maximum erreicht, zersplittert das Glas.

Er hält nur noch dessen Henkel in der Hand, als er in die Stube zu den verängstigten Deutschrussen tritt.

ERNST. Also, das müsst ihr euch anschauen. Das Glas ist mir eben in den Händen zersprungen. Das muss man sich mal vorstellen!

Hahn Airbase, Blick auf die Startbahn

Die Holzkreuze werden vom Licht der Startbahnbefeuerung magisch erleuchtet.

Eine weitere Galaxy ist in Startposition gerollt und lässt die Triebwerke aufheulen.

Die Demonstranten halten in dem erneuten Inferno durch und pressen sich beide Hände fest auf die Ohren. Gemeinsam summen sie einen Choral. Es ist, als wollten sie das aggressive Getöse durch ihr leises Singen bannen.

Oberwesel, Günderrode-Haus, Schlafzimmer, Arbeitszimmer

Friedlich liegt um diese Stunde das Rheinstädtchen Oberwesel mit seinen Lichtern am Fuß der Weinberge. Der Flugzeuglärm ist hier als ein fernes Grollen zu hören. Oben am Hang recken sich schemenhaft die Konturen des Günderrode-Hauses in den Nachthimmel.

Hinter den Fenstern im oberen Stockwerk geht ein Licht an.
Clarissa hat sich im Bett aufgesetzt und lauscht angestrengt. Das Geräusch der Flugzeugmotoren ist kaum mehr vernehmbar, ebbt schließlich ganz ab.
Clarissa scheint aber etwas anderes zu hören. Sie streckt die Hand nach dem schlafenden Hermann an ihrer Seite aus und berührt ihn. Hermann spürt ihre Unruhe, hält aber die Augen geschlossen.
CLARISSA. Hermann, hörst du das?
HERMANN. Vielleicht der Nachhall von den Flugzeugen.
CLARISSA. Nein, ein Ton.
Er richtet sich schläfrig auf.
HERMANN. Was meinst du?
CLARISSA. Dieser Ton, den musst du doch hören.
Hermann horcht angestrengt.
CLARISSA. Ist dein Computer noch an?
HERMANN. Der ist garantiert aus.
Er überlegt, ob er sich geirrt hat, dann steigt er aus dem Bett.
Clarissa ist voller Unruhe. Mit weit geöffneten Augen starrt sie in den Raum.
Hermann ist ins Wohnzimmer hinuntergegangen. Alles scheint in Ordnung zu sein. Fenster und Haustür sind geschlossen, die Möbel stehen als weiche Schatten im Dunkeln. Ins Arbeitszimmer fällt ein Mondstrahl.
Er macht auch dort kein Licht an. Sein Computer ist ausgeschaltet. In der Stille ist nur ein leises Rauschen des Nachtwinds vernehmbar, das durch Wände und Fenster haucht.
Er ist sich sicher, dass Clarissa sich getäuscht hat, und kehrt zu ihr ins Schlafzimmer zurück.
Clarissas Unruhe wächst. Sie steht auf und horcht an Wänden und Fachwerkbalken.
Hermann kann beim besten Willen nicht hören, was sie so beunruhigt.
CLARISSA. Das ist hier irgendwo im Raum.
HERMANN. Weißt du, was Tinnitus ist?
Sie geht auf seine Vermutung nicht ein und sucht nach der Quelle des Geräuschs, das sie mehr und mehr zu quälen scheint. Dabei gelangt sie in Hermanns Nähe.

CLARISSA. Hier bei dir ist es am stärksten.

Sie nähert sich seinem Gesicht, entfernt sich wieder und wird immer verzweifelter.

CLARISSA. Verzeih mir, aber das musst du doch hören.

Sie wirft sich schluchzend ins Bett zurück und vergräbt ihr Gesicht in Hermanns Schoß. Sie ist erschöpft und ratlos. Er streichelt ihr liebevoll übers Haar.

HERMANN. Ist das nicht komisch mit unserem Liebesnest hier oben? Das Haus der toten Dichterin. Letzten Sommer die Aufwinde vom Tal, die uns keiner erklären konnte. Die Stimmen der amerikanischen Fluglotsen aus den Heizkörpern, das musst du doch noch wissen. Die sind ja Gott sei Dank wieder weg. Zerbrochene Fenster, das Blubbern in den Heizungsrohren – und jetzt ...

Clarissa nimmt sich zusammen. Sie richtet sich auf und kämpft gegen das Weinen an.

CLARISSA. Jetzt nehm ich mir ein Aspirin!

Entschlossen geht sie zum Bad.

HERMANN. Vielleicht will das Haus uns gar nicht und rebelliert.

Nicht auszudenken, wenn das wahr wäre! Alle Träume geraten ins Wanken.

Hermann geht zum Fenster und zieht den Vorhang zur Seite. Der erste Sonnenstrahl trifft rot auf sein Gesicht.

Unten im nachtblauen Fluss treiben die Schleppkähne.

Hahn Airbase, Freigelände

Bei Tageslicht starten die letzten Großtransporter, mit denen die Amerikaner Kriegsmaterial und Soldaten außer Landes schaffen. Aus sämtlichen Richtungen kommen die Hunsrücker mit Autos oder auf Fahrrädern zum Gelände des verlassenen Militärflughafens. Es ist ein wahrer Massenausflug. Alle wollen sehen, was jahrelang hinter den hohen Stacheldrahtzäunen und Mauern verborgen lag.

Was sich den Besuchern darbietet, ist eine gespenstische Szenerie mit leeren Straßen und verlassenen Gebäuden: mit Tarnfarbe überzogene Bauten riesigen Ausmaßes, Hangars, Energieversorgungsanlagen, Sporthallen, Wohntrakts mit Supermärkten, Wäschereien, Kantinen, Bürohäuser, Kasernen, Manöverplätze, unterirdische Bunkeranlagen oder Kommandozentralen für den Luftverkehr. Die Gebäude sind alle bestens in Schuss. Überall weisen Aufschriften in der typischen Schablonenschrift des Militärs auf ihre ehemalige Funktion hin.

Die Hunsrücker gehen staunend umher, unter ihnen Rudi Molz, Toni Bast, der Bauer Helmut und der Metzger Manni.

Rudi ist bei Lenchen angekommen, die ihn am Auto erwartet, geht aber weiter, um den Bürgermeister und seine Frau zu begrüßen. Erstaunt lauschen sie seinem Bericht.

RUDI. Da hinne is eine gewaltige Sporting-Area: Basketballcenter, Handballhalle, Radsporthalle, Volleyballhalle. Ein riesiger Supermarket und 'ne Großwäscherei, funkelnagelneu. Die sind zugemacht worden, bevor sie überhaupt aufgemacht worden sind.

Der Schabbacher Friedenspfarrer kommt mit seinem Motorrad an. Er will die Erfüllung seiner Gebete aus der Nähe besichtigen. Er ist mit ein paar Jugendlichen verabredet, die vor einem der Bunker auf ihn warten. Als Zeichen ihrer Zugehörigkeit zur Friedensbewegung haben sie sich lila Tücher um den Hals gebunden. Pfarrer Dahl führt seine jungen Anhänger in eines der Gebäude.

Hier haben die GIs an den Wänden von Diensträumen, Schießanlagen, Unterkünften und Waffenlagern Graffiti und Malereien hinterlassen. Es sind heroische Darstellungen von Kampfeinsätzen, mit Raketen gespickten Kampfflugzeugen, Bomben, brennend abstürzenden MiG-Jägern der Russen, GIs in martialischen Kampfanzügen und aggressivem Sex, wie er in der Männerwelt der Kasernen üblich ist.

Der Pfarrer beleuchtet die Wandmalereien mit einer Taschenlampe. Vieles muss er erklären, was die Jugendlichen sonst nicht verstünden.

PFARRER DAHL. Da ist ein B 52-Geschwader, die kenn ich noch, die hab ich noch im Ohr. «The Love Machine», Liebesmaschine für Todesflugzeuge! Snoopy, der schöne Hund, in einem Flugzeug drin, in einem Jagdflugzeug mit Bomben! Der Sieg, der da gefeiert wird, das ist die Atombombe, denn hinten dran ist ein Atompilz.

Ortsrand von Schabbach, Maras Reitplatz

Maras Übungsparcours liegt unmittelbar hinter dem alten Simon-Haus und ist von den Stallungen aus direkt erreichbar. Ihr Reitlehrer beobachtet sie beim Training auf ihrem Lieblingspferd, einem Hannoveraner. Sie beherrscht die hohe Kunst des Dressurreitens. Es ist fast ein Tanz, den sie aufführt: Spanischer Schritt, übergehend in Trab, dann mehrere Passaden. Es ist ein Genuss, Mara und dem Tier zuzusehen.
Pfarrer Dahl nähert sich über die Felder.
Von weitem sieht er die russlanddeutsche Familie am Zaun des Parcours stehen. Galina trägt ihr Kind auf dem Arm. Alle bewundern Maras Reitkünste.

PFARRER DAHL. *Fast 50 Jahre waren die amerikanischen Truppen hier im Hunsrück stationiert. Dutzende von Waffenlagern, Raketenstützpunkten und dann der gewaltige Militärflughafen Hahn. Das war 'ne permanente Kriegsdrohung. Mit dem Fall der Mauer zogen die Truppen dann ab – endlich – und haben ihre tödlichen Waffenarsenale mitgenommen. Da blieb nicht nur manches Haus leer, sondern auch für manchen Hunsrücker war da ein Gefühl der Leere. In diesen Tagen strömten dann Tausende, Zehntausende von Menschen deutscher Herkunft aus der zerfallenen Sowjetunion hierher, suchten hier eine neue Heimat. Die «Russen», so nannte man sie, bezogen die leer stehenden Wohnungen der Amerikaner und füllten so den leer gewordenen Raum.*

Vom Zaun her ertönt Applaus: Juri, Galinas Mann, und die anderen kennen sich mit Pferden aus und wissen Maras Können zu würdigen.
Der Pfarrer begrüßt die ganze Sippe und begleitet sie ins Dorf.

Schabbach, Raiffeisen-Lager und Dorfstraße

Die Familie wird vom Pfarrer in eine Scheune geführt, die der Gemeinde als Raiffeisen-Lager für landwirtschaftliche Geräte und Chemikalien dient.

Hier findet heute ein Basar mit amerikanischen Haushaltsgeräten und Möbeln statt. Es sind hauptsächlich die russisch-deutschen Aussiedler, die sich für die sehr billigen Angebote interessieren. Es gibt Westinghouse-Kühlschränke, Waschmaschinen und eine ganze Reihe – für europäische Verhältnisse – übergroßer Elektrogeräte zu erstehen, aber auch Dinge zu bewundern, die auf die Zuwanderer wie ein Blick ins Paradies wirken: Polstermöbel, Fernsehgeräte, Einbauküchen mit Eisbereitern, Kaffeeautomaten oder Mikrowellen. Alles zu Schleuderpreisen.

Während Galinas hinkender Mann Juri und die anderen Angehörigen noch bedächtig jedes Teil mustern und sich von den GIs und ihren Frauen liebevoll mit Kaffee versorgen lassen, trägt Galina ihr Kind auf den Dorfplatz.

Sie ist zu aufgeregt und froh, um es in der Enge der Scheune auszuhalten.

GALINA. So, Nikitoschka, jetzt fängt neue Zeit an, für dich und für mich und für dein Papa auch.

Auf der anderen Straßenseite ist eine der GI-Familien dabei auszuziehen. Ein Möbelwagen ist vorgefahren, und zwei kleine schwarze Kinder schauen zu, wie der Hausrat ihrer Familie verstaut wird.

Galina kommt hinzu. Sie interessiert sich für die hübschen Negerlein. Sie nimmt das Händchen ihres Babys und lässt es die krausen Haare des Mädchens betasten. Neugierig streichelt sie dann selbst darüber und lacht. Als sie Juri und seinen Bruder Wladimir aus der Scheune kommen sieht, winkt sie ihnen begeistert zu.

Galina streichelt nun auch den Krauskopf des Jungen und kann sich nicht satt sehen an dem dunklen Teint der kleinen Amerikaner.

Rose, die Mutter der Kinder, kommt vom Möbelwagen zu Galina herüber.

Rose. Hi, you're Russians, aren't you?
Galina. Ja. You Amerika?
Rose. Yes, yes, I'm from America.
Galina. Du kann auch Deutsch?
Rose. No, no, I'm afraid, not. Is this your baby?
Rose interessiert sich für das russische Baby. Sie als Schwarze findet es ebenso exotisch und zauberhaft wie Galina ihre Kinder.
Galina reicht Rose ihren kleinen Niko.
Rose. May I? Oh, so beautiful, what's his name?
Galina. Nikita.
Rose. Come. I'll show you something.
Galina blickt sich nach Juri um, der noch am Scheuneneingang steht und darüber staunt, wie schnell sie Bekanntschaften knüpfen kann.
Rose trägt das Baby an den Möbelpackern vorbei ins Haus. Galina läuft hinterher.
Die bisherige Wohnung von Rose liegt im Obergeschoss des Hauses an der Schabbacher Hauptstraße. Es gibt zwei ineinander gehende helle Räume und zwei weitere Zimmer, die Galina in Gedanken sogleich für sich und ihre Familie einrichtet.
Während sie in den leer geräumten Zimmern prüfend umhergeht, trägt Rose das Kleine.
Galina. Schöne Wohnung du hast.
Rose. I love it too.
Rose lässt Galina allein, damit sie sich mit der Wohnung vertraut machen kann.

Juri und sein Bruder haben inzwischen ihre Einkäufe beendet und beobachten, wie ihre Erwerbungen zu Rudis Traktor gebracht werden.
Pfarrer Dahl. Juri, euer Kühlschrank! Guck mal hier, das ist der Trafo dafür. Den stellen wir so lange bei uns im Pfarrhaus unter, bis ihr eine Wohnung gefunden habt.
Auf einer Sackkarre rollt der Pfarrer einen mannshohen Westinghouse-Kühlschrank heran, der normalerweise nur am amerikanischen 110-Volt-Netz betrieben werden kann. Dahl hat aber einen für Deutschland passenden Transformator aufgetrieben, den

er Juri in die Hand drückt. Der freut sich, obwohl er all diese technischen Probleme noch nicht verstanden hat.

In der leeren GI-Wohnung ist Rose in der Küche verschwunden. Mit einem Parfümfläschchen kehrt sie zurück und hält es Galina vor die Nase.

ROSE. Sweety, sweety! Oh, Rose, what is that?

Rose spielt Galina vor, wie ihr Mann jedes Mal Lust auf sie bekommt, wenn sie dieses Parfüm benutzt, wie er zur Tür reinkommt, die Nase hebt, schnuppert und dann gierig auf sie losgeht.

Galina nimmt das Wunderfläschchen in die Hand und riecht noch einmal daran.

GALINA. Sweety, sweety ...

ROSE. It's for you.

GALINA. Für mich?

ROSE. Yes.

Galina kann nicht fassen, dass sie dieses nach Luxus duftende Fläschchen behalten darf. Sie bedankt sich, läuft zum Fenster und öffnet es.

Unten auf der Straße fährt gerade der Traktor vorbei, auf dessen Anhänger Polstermöbel, Kühlschrank, Tische und Lampen abtransportiert werden. Babuschka und ihr Mann sitzen in den Sesseln wie im Erste-Klasse-Waggon.

Sie sehen zu Galina herauf. Auch Juri und Wladimir kommen vorbei.

Sie hält das Parfümfläschchen aus dem Fenster, aber Juri erkennt nicht, was sie ihm zeigt.

GALINA. Juri, ich hab eine Wohnung für uns gefunden!

Ernsts Anwesen, das Wohnhaus

Das Haus ist von Ernsts Gästen bestens geputzt und aufgeräumt worden. Die Zimmer sind jedoch nicht mehr bewohnt. Die Betten sind abgezogen, und gepackte Koffer stehen bereit, die von Juri hinausgetragen werden.

Ernst ist allein in dem Zimmer, in dem Galina einquartiert war.

Da steht noch die antike Wiege mit ihrem Baby darin. Das Kind ist von den Geräuschen der ausziehenden Familie wach geworden und schaut sich fragend um.

Ernst geht zur Wiege und schaukelt sie leicht hin und her.

ERNST. Keine Angst, deine Mama kommt dich gleich holen. Ich tät dich ja glatt hier behalten, aber du gehörst nun mal zu deiner Sippe, und die muss jetzt deutsch werden, den goldenen Westen erobern. Kühlschrank, Fernseher, schöne Kleider, Reisen, Freiheit.

Das Baby sieht Ernst an, als ob es jedes Wort verstünde. Dem fällt es schwer, seine Rührung zu unterdrücken. Er weiß, dass er jetzt wieder die Einsamkeit spüren wird, die ihn immer in diesem Haus begleitet hat. Mehrmals schaut er zur Tür, denn gleich wird auch das Kind abgeholt werden.

ERNST. Guck mich nicht so an mit deinen russischen Augen. Ich hab mich kaum an euch gewöhnt, da zieht ihr auch schon weiter.

Galina kommt auf Zehenspitzen herein. Sie spürt, wie Ernst zumute ist. Aber was soll sie machen? Der Aufenthalt bei ihm war nur eine Übergangslösung.

Der Anhänger hinter Rudis Traktor füllt sich im Hof mit noch mehr Gepäck als bei der Ankunft der Familie. Juris Akkordeon wäre beinah vergessen worden.

Als Galina mit dem Kind das Haus verlässt, trägt Ernst die handgeschnitzte antike Wiege, die er zur Verfügung gestellt hatte, hinterher.

Die Familie hat bereits auf dem Anhänger Platz genommen, als er die Wiege hinaufreicht.

ERNST. Jetzt fehlt diesem Haus der Sonnenschein, verstehst du das, Galina? Und die Wiege, wenn du die zurücklässt – ich meine, das Zimmer, wo ihr gewohnt habt, das mag ich gar nicht mehr.

Galina beugt sich über die Ladeklappe zu Ernst hinunter. Sie schlingt die Arme um seinen Hals und küsst ihn noch einmal zum Abschied.

GALINA. Ernst, danke viel Mal, danke für alles – tschüs.

ERNST. Ich hab's gern getan. Alles Gute.

GALINA. Nach Schabbach ist doch nicht so weit wie nach Kasachstan.
ERNST. Mit dem Flugzeug eine Minute.
Da fährt der Traktor los. Alle winken Ernst zu, als verabschiedeten sie sich für immer.
GALINA. Du bist sehr gute Mensch!
Ernst winkt noch einmal lässig zurück und versucht in Gedanken, an sein altes Leben anzuknüpfen.

Ernsts Landebahn

Zum ersten Mal seit seiner Rückkehr begibt sich Ernst an den Platz, der in seinem Leben immer eine so wichtige Rolle gespielt hat. Von hier aus konnte er sich in die Lüfte erheben und seine Freiheit genießen. Hier war er zu seinen Traumzielen aufgebrochen und mit seinen Sammlerstücken heimgekehrt. Hier war er vor über zwei Jahren mit Tobi gestartet, und ohne sein Flugzeug ist er aus Russland zurückgekommen.
Der Gang zur Landebahn weckt schmerzliche Erinnerungen. Von weitem schon ist die Leninstatue zu sehen, die das Schuppendach überragt. Als Ernst näher kommt, sieht er auch den ostdeutschen Armee-LKW, auf dessen Ladefläche die Bronzestatue steht. Auch hier sind die Spuren der beiden Jahre zu erkennen, die seit Ernsts Russlandflug vergangen sind: Der LKW ist ganz in Gestrüpp eingewachsen, Türen und andere Blechteile sind verrostet, eine Dreckschicht liegt auf den Scheiben. Ernst klettert auf den unförmigen Lastwagen. Oben an der Windschutzscheibe steckt ein vergilbter Zettel. Ein Gruß von Tobi? Er balanciert über die Kühlerhaube und nimmt ihn an sich.
Der Zettel hat Sonne und Nässe überstanden, aber nur noch Fragmente einer Botschaft sind zu entziffern.
ERNST. «Tobi Neubauer, Straße der Befreiung, 88048 Dresden. Lieber Ernst, wenn ich ... Zukunft ... erreichbar ...»

Dresden, Altstadt – Neustadt

In seinem alten Jeep ist Ernst nach Dresden gefahren. Für das klapprige, langsame Gefährt ist dies eine elend lange Strecke.
Er fährt durch die Stadt: Zwinger, Altstadt, Carolabrücke.
In grauen Straßen mit verlassenen Häusern verliert er die Orientierung. Die von Tobi notierte Adresse kann er nirgends finden. Ernst weiß nicht, dass nach der Wende viele Straßennamen geändert wurden, vor allem solche, die an das ehemalige politische System erinnerten. Postleitzahlen, Telefonnummern und Nummern von Buslinien sind ebenfalls nicht mehr dieselben, sodass auch die Einheimischen sich noch nicht recht auskennen.
Ernst hält auf einer Kreuzung an und fragt eine Passantin.
ERNST. Bitte, Entschuldigung, können Sie mir vielleicht helfen? Ich suche die «Straße der Befreiung».
PASSANTIN. Ach so, Sie suchen eine Adresse. So, wie Sie hier um die Häuser gekreiselt sind, dachte ich, Sie wären, auf Deutsch gesagt, so ein Immobilienwessi.
Die freundliche Dame kann ihm sagen, wie er sein Ziel findet.
Bald parkt Ernst seinen Jeep vor dem Haus, in dem Tobi jetzt wohnt. Er nimmt seine Fliegertasche von der Ladefläche und geht zum Eingang hinüber. Es ist das Haus, dessen Besetzung Tobis Freunde 1990 vorhatten. Von außen sieht es noch immer heruntergekommen aus.
Das Treppenhaus bietet einen unerwarteten Anblick. Es ist auf Eigeninitiative und unter Umgehung der üblichen Standards und Vorschriften renoviert worden. Bunte Graffiti bedecken die Wände und geben die Gesinnung der Bewohner kund. «Die Mauer ist in unseren Köpfen», liest Ernst beim Hinaufgehen.
Die Tür mit Tobis Namen steht offen, und Ernst tritt ohne Zögern ein. Er freut sich, den Freund wiederzusehen.
ERNST. Hallo, Tobi?!
Keine Antwort.
Sein Blick fällt auf ein Exemplar der Zeitschrift «Stern», das auf der Flurgarderobe liegt. Das Titelbild zeigt Ernst mit seiner Cessna; dazu der Text: «Russland-Flieger Simon, ein deutscher Abenteurer im Dickicht von Kunst- und Menschenhandel in der un-

tergehenden Sowjetunion». Ernst kennt den Artikel. Es irritiert ihn ein wenig, dass Tobi ihn besitzt, denn er hätte ihm gern selber von seinen Erlebnissen berichtet. Während er in Gedanken dasteht, nähert sich Anna, das behinderte Mädchen. Es trägt eine brennende Kerze in der Hand und sieht ihn durch seine dicken Brillengläser an.

ANNA. Der Mann mit dem Flugzeug.

Nun hat er auch die kleine Frau entdeckt, die Annas Mutter ist.

BIGGI. Ach, Sie sind der Ernst. Der Tobi hat mir schon von Ihnen erzählt.

ERNST. Ist der Tobi nicht da?

BIGGI. Nee, der macht doch jetzt die Sache da an der Elbe. Aber das ist nicht weit von der Straße. Stromaufwärts, Richtung Laubegast, wenn Sie gleich hinwollen. Aber kommen Sie doch erst mal rein.

Ernst folgt der Einladung. Immer noch steht das Mädchen mit der Kerze da und hält sie ihm entgegen.

ERNST. Dann bist du bestimmt die Anna.

ANNA. Ja. Das ist für dein Flugzeug.

Anna überreicht Ernst die brennende Kerze, die er annimmt, ohne zu wissen, was er damit anfangen soll.

BIGGI. Die schenkt sie Ihnen für Ihr Flugzeug.

ERNST. Ich hab jetzt kein Flugzeug mehr.

BIGGI. Wir waren nämlich gestern bei der Lichterkette gegen Rechts. Wir hatten alle Kerzen, und die Anna war auch dabei.

ANNA. Gegen die rechts ...

Als Ernst in das Gesicht des Mädchens sieht, spürt er zum ersten Mal, wie viel sich inzwischen in Deutschland verändert hat.

Dresden, eine Werft in Laubegast

Ernsts Jeep rollt über das Werftgelände.

Es besteht aus einigen Backsteinbaracken aus den Dreißigerjahren, einem Verwaltungsbau aus DDR-Zeiten und viel Schrott, der sich im Lauf von Jahrzehnten hier angesammelt hat: Fahrzeugteile, Eisenbahnschienen und verrostete Schiffsteile. Unterhalb ei-

nes riesigen Kranwagens stehen vier in Plastikfolien verpackte Trabis, die jetzt – in Haltegurten hängend – hochgehievt werden. Ernst steigt aus und versucht sich zu orientieren.
Da sieht er, unter einer Trabi-Karosserie, zwei rote Westernstiefel auftauchen. Während das Auto in den Gurten nach oben schwebt, wird die ganze Statur des Freundes sichtbar: Tobi.
Der wendet den Kopf und erkennt nun auch Ernst.

TOBI. Ach, nee!

Die Begrüßung lässt ahnen, dass Tobi sich von Ernst im Stich gelassen fühlte. Sein Händedruck ist jedoch herzlich.

TOBI. Bist ja richtig berühmt geworden jetzt! Ich hab deine Story im «Stern» gelesen.

ERNST. Vergiss es.

TOBI. Und, wie weit biste gekommen?

ERNST. Immerhin bis Minsk.

TOBI. Hab ich wohl doch Recht gehabt mit meiner Vorahnung.

ERNST. Ich hatte 'ne echte Chance.

TOBI. Und, Bilder gekauft?

In Tobis Frage schwingt etwas Abschätziges mit. Ernst versucht, locker zu bleiben.

ERNST. Nee, eigentlich net.

TOBI. Immerhin ist es auf dem Hinweg passiert. Auf dem Rückflug mit Beutekunst und Ikonen an Bord – die hätten dich nach Sibirien geschickt, aber ohne Rückfahrkarte. Und was hat es gekostet, wieder rauszukommen?

Tobis Blick geht jetzt zu den schwebenden Trabis hinüber. Er wendet Ernst den Rücken zu.

ERNST. Tobi, es geht net um Geld.

TOBI. Nee? Ich hab mir auch völlig kostenlos Sorgen gemacht und mich frei gehalten, 18 Monate. Bis das hier kam.

Ernst beginnt zu verstehen, dass Tobi gekränkt ist und sein Handeln inzwischen anders beurteilt als damals im Sommer 1990.

ERNST. Was ist das?

Ernst sieht, wie unterhalb des Krans eine Banane aus Beton in schimmernde Goldfolie eingewickelt wird. Sie ist so groß wie ein Auto und wiegt die vier Trabis auf, die an dem Stahlarm hängen. Auf der einen Seite die Autos, auf der anderen die Banane.

Tobi. Land Art. Das wird ein Mobile. Das hängen wir direkt über den Schifffahrtsweg von der Elbe, und alle Schiffe, die langkommen, aus der Tschechei nach Hamburg, die ganzen Personendampfer zur Sächsischen Schweiz, die haben was zu gucken.

Ernst. Land Art! Was hat das mit Kunst zu tun?

Ernst hat den Fehdehandschuh aufgenommen. Sein Tonfall gegenüber Tobi klingt nun auch gekränkt.

Tobi. Ernst, wenn ein kleiner Spießer die Frage stellt, okay – aber du? Ich meine, die Symbolik müsstest du doch verstehen, oder?

Ernst macht eine abfällige Handbewegung, die er durch ein verkrampftes Grinsen aufzufangen sucht.

Tobi. Na ja, es wiegt zehn Tonnen, kannste nicht mitnehmen. Vielleicht ist es das, was dir nicht gefällt.

Ernst. Ich finde so was plump. Ein Calder oder Christo für Arme.

Gerade nähert sich ein Ausflugsdampfer auf der Elbe, ein Anlass für Tobi, zu seiner Mannschaft zurückzukehren und die Anweisungen für das Hochhieven des Mobiles zu geben. Der Kranmotor heult auf, langsam schweben die vier verpackten Trabis nach oben und pendeln sich mit der goldenen Banane aus.

Ernst geht zu Tobi hinüber.

Ernst. In deiner Nachricht hat was gestanden von Zukunft. Ich bin eigentlich nur gekommen, um dir zu sagen, dass mein Angebot noch steht.

Tobi will davon nichts wissen. Er deutet auf einen Mann, der das Mobile von einem alten Stahlturm aus betrachtet.

Tobi. Der Harry, guck mal, da oben auf dem Turm, der Künstler, der hat noch 'ne Menge Riesenprojekte im Kopf, die er realisieren möchte: ein Wasserrad, 50 Meter Durchmesser; eine Himmelsleiter, 100 Meter groß; ein Pferd, 25 Meter über der Wasseroberfläche schwebend. Wenn der seine Visionen erzählt, dann sagen alle: Hör auf, es geht nicht, lass es. Der braucht mich, nu, der ist auf mich angewiesen.

Tobi lässt Ernst einfach stehen. Das Riesenmobile pendelt über dem Schifffahrtsweg.

Ernst muss begreifen, dass sich an seine Pläne von vor zwei Jahren und auch an die Freundschaft von damals nicht mehr anknüpfen lässt.

Hahn Airbase, ehemaliges Offizierskasino

Von Ernsts Anwesen aus gesehen scheint Schabbach über dem Tal zu schweben. Der Hang, der zum Goldbach hin abfällt, ist schon herbstlich gefärbt, sodass die beiden weißen Simon-Villen am Dorfrand noch plastischer hervortreten.
Hartmut, der Oldtimer-Sammler, liebt es zurzeit, mit einem leuchtend roten Dixie herumzufahren. Er hat seinen Planungsingenieur, Herrn Pfeiffer, zu sich in das enge Sportauto gezwängt und fährt zum ehemaligen Militärflugplatz der Amerikaner.
Hartmut sieht die Zeit gekommen, sich endlich selbstständig zu machen und nicht mehr zu warten, bis sein dominanter Vater ihm die Leitung der Optischen Werke überlässt. Der Abzug der Amerikaner eröffnet für den Unternehmergeist im Hunsrück neue Chancen. So jedenfalls sieht Hartmut die Dinge. Er hat sich in dem Militärgelände vor einem der leeren Gebäude verabredet.
Der Angestellte der Bundeswehr, die jetzt das Areal verwaltet, erwartet ihn mit den Schlüsseln.
HARTMUT. Das ist Herr Pfeiffer, mein Ingenieur. Wollen wir mal gucken?
Der Angestellte sperrt den Herren die Türe auf.

HARTMUT. *Es gibt Zeiten, da ändert sich alles. Die Wende, das war nicht nur eine Umwälzung für den Osten – nee, auch im Hunsrück gingen die Uhren auf einmal anders. Der ehemalige Militärflugplatz Hahn wurde zu einem gewaltigen Spekulationsobjekt, ein Areal von über 7000 Hektar mit zahllosen, leer stehenden Gebäuden und einer perfekten Start- und Landebahn, mit der gesamten Infrastruktur von einem Großflughafen. Das musste doch die Gemüter aufrütteln. Entweder*

Niedergang oder Aufbruch zu neuen Ufern, das war für mich die Frage der Zeit.

Das Gebäude beherbergte noch vor kurzem das Offizierskasino der Amerikaner. Von einem großzügigen Eingangsbereich mit gläserner Pförtnerloge gelangt man in eine Bar, deren Theke über 20 Meter lang ist.

Herr Pfeiffer schreitet die Raummaße ab, während der Angestellte Hartmut die Räumlichkeiten erklärt.

HARTMUT. Da könnte man vielleicht 'ne Kantine draus machen. Und wie viel Quadratmeter sind denn das ungefähr?

ANGESTELLTER. Ach, das sind mindestens 300 Quadratmeter.

Herr Pfeiffer bestätigt. Das deckt sich mit seiner Messung. Auf seinem Klemmbrett legt er eine Raumskizze an.

ANGESTELLTER. Da hinten kommen wir noch in die Dancing-Hall, da spielten früher die Bands. Hier oben wurde Stepdance vorgeführt.

Hartmut findet alles wunderbar. Er betritt nun einen noch wesentlich größeren Raum.

Herr Pfeiffer klatscht in die Hände. Es gibt ein Mehrfachecho.

HERR PFEIFFER. Eine komische Akustik haben wir da, Herr Simon.

HARTMUT. Macht doch nix, Herr Pfeiffer, hier machen wir die Fertigung. Fensterlos find ich schon mal gut, guckt uns keiner in die Suppe.

Hartmut lacht ein bisschen großspurig.

HARTMUT. Wie ist denn das mit Büroräumen?

ANGESTELLTER. Das dürfte kein Problem sein. Das hier sind flexible Wände, die kann man wegschieben. Da ist dieselbe Fläche noch mal hintendran wie hier vorne. Es gibt noch eine große Küche.

Der Angestellte steht vor einer Faltwand aus edlem Holz und zeigt, wie diese bei Bedarf zu öffnen ist. Der Raum hat beeindruckende Dimensionen.

HARTMUT. Was meinen Sie, Herr Pfeiffer – gründen wir hier unser neues Imperium?

HERR PFEIFFER. Stimmt alles, Herr Simon.

Herr Pfeiffer ist Hartmut ergeben. Er hofft auf eine leitende Position in der neuen Firma. Der Name Simon hat einen guten Klang in der Gegend. In dieser Hinsicht profitiert Hartmut trotz aller Differenzen vom Ansehen seines Vaters.

Schabbach, Straße und Villa Anton

Galina trägt eilig ihr Kind durch das Dorf. Es ist in warme Decken gehüllt. Die junge Mutter wirkt sorgenvoll. Das Auto des Landarztes, den sie sucht, parkt bei Antons Villa. Also muss sie es wagen, das vornehme Haus zu betreten. Das schmiedeeiserne Tor ist nur angelehnt, gibt bei geringem Druck nach. Galina geht über den frisch geharkten Kiesweg auf die edle Haustür zu. Schützend und auch aus Scheu drückt sie das Kind an ihre Brust. Sie läutet, und die alte Hanni, Antons Haushälterin, öffnet.
GALINA. Ist Herr Doktor da – für mein Kind?

Anton liegt mit Leidensmiene auf dem Sofa im Wohnzimmer. Der Arzt hat ihn soeben untersucht. Mara ist dabei.
DOKTOR. Sorgen Sie bitte dafür, dass er seine Medikamente regelmäßig nimmt und pünktlich. Und Ruhe ist wichtig.
Mara verspricht, sich um Anton zu kümmern. Da nähert sich die alte Hanni.
HANNI. Herr Doktor, in der Küche, die russische Frau ... Dem Kind scheint's gar nicht gut zu gehen.
Der Arzt wollte soeben seine Tasche schließen. Das ist jetzt zu früh. Er folgt Hanni in die Küche.
Anton versucht sich aufzurichten, wendet sich an seinen Sohn Hartmut, der sich während der Untersuchung in die Sitzecke zurückgezogen hat. Er spielt mit einem antiken Globus.
ANTON. Hartmut, weißt du, was Bonität ist?
HARTMUT. Was willst du mir denn jetzt schon wieder beibringen? Vater, ich bin 42. In dem Alter warst du längst am Ruder, hast die Firma allein getragen. Ich kann das auch.
Hartmut dreht verstimmt an dem Globus herum.
ANTON. Guck mich an, wenn ich mit dir schwätze. Du hast doch

immer alles gehabt. Vitamine, gesunde Luft, Spielzeuge in allen Preislagen, deine Oldtimer, dein Segelboot. Immer ist es dir gut gegangen, von Kindesbeinen an, stimmt's?

Hartmut erhebt sich. Er weiß, was der Vater ihm schon wieder vorhalten will.

HARTMUT. Darum geht's doch gar nicht!

ANTON. Doch, genau darum geht's.

Mara ist dem Doktor in die Küche gefolgt. Das hilflose Kind, das er dort auf dem Tisch untersucht, rührt ihr Herz. Liebevoll streichelt sie die kleinen nackten Füße, während er sein Stethoskop auf Brust und Rücken des Säuglings drückt. In ihrer erwachenden Mütterlichkeit vergisst sie beinah die wirkliche Mutter, die an der Küchentür steht und mit den Tränen kämpft.

DOKTOR. Das Trommelfell ist ein bisschen gerötet, aber das ist normal bei der Temperatur; schauen wir noch die andere Seite an.

Galina verfolgt ängstlich, wie er in die Gehörgänge des Babys leuchtet.

Antons Hand liegt auf der Herzgegend, während er mit Hartmut spricht. Er macht mit der Geste deutlich, dass es ihn große Mühe kostet, jetzt auf die Probleme seines Sohnes einzugehen. Gleichzeitig soll Hartmut merken, dass er einen mitdenkenden Vater hat.

ANTON. Du bist ein Kind der fetten Jahre. Na, das wünscht sich jeder Vater für seine Kinder. Aber das ist auch genau der Grund, warum ich dir nicht über den Weg traue.

HARTMUT. Ich bin kein Kind mehr. Gewöhn dir das Wort einmal ab.

Hartmut nimmt seinen ganzen Mut zusammen, so bestimmt mit dem Vater zu sprechen.

HARTMUT. Der Markt hat sich verändert. Wir sitzen auf Dutzenden von ungenutzten Patenten. Vater, so was ist ein Kapital, das muss genutzt werden. Und jetzt, wo der Hahn frei geworden ist und wir uns kostenlos erweitern können. Fabrikationsräume, beste Verkehrsanbindung, haufenweise Arbeitskräfte – der Moment kommt nie mehr wieder. Vater, heutzutage muss man kreativ sein!

Hartmut kämpft um Anerkennung. Er setzt sich zum Vater auf die Sofakante.

Da richtet dieser sich auf.

ANTON. Kreativ – wenn ich das Wort nur höre. Die einfallslosesten Affen sind kreativ, die dümmsten Idioten sind kreativ, morgens, mittags, abends sind sie kreativ. Nachts sind sie besonders kreativ! Hartmut, ich sag dir eins: Wer den Zeitgeist heiratet, wird früh Witwer.

Hartmut begreift, dass der Alte niemals aufhören wird, ihn erziehen zu wollen. Das ist er nun endgültig leid. Er baut sich vor ihm auf und atmet tief ein.

HARTMUT. Ich brauch mein Geld, weil – ich will mich auf dem Hahn selbstständig machen.

ANTON. Was denn für Geld?

HARTMUT. Ich will meinen Anteil aus der Firma haben, weil es mit dir nicht anders geht. Ich bin mit 25 Prozent Kommanditist, hab seit Jahren nichts zu melden und will endlich aus deiner Fuchtel raus.

Auf jeden Anflug von Erregung bei Hartmut reagiert sein Vater mit noch größerer Erregbarkeit. Seine Stimme wird laut, der Tonfall ironisch.

ANTON. Das wär ja noch schöner. Mein eigener Sohn macht mir mit meinem eigenen Geld Konkurrenz. Das kommt gar nicht infrage.

In diesem Moment spürt er Herzstiche, sodass er sich mit Schmerzensmiene erneut an die Brust fasst.

HARTMUT. Willst du es wirklich auf eine gerichtliche Auseinandersetzung zwischen Vater und Sohn anlegen?

ANTON. Du bist genauso wie mein Bruder Ernst – ein Hasardeur.

Das Gespräch hätte auch anders ausgehen können, denn Anton ist insgeheim stolz auf seinen Sohn. So muss einer kämpfen, wenn er ihm Paroli bieten will. Aber der Tonfall wurde zu scharf. Der Junior sieht dem Alten erbittert in die Augen und wendet sich ab. Jetzt hätte Hartmut den Beistand seiner Frau gebraucht. Die aber hätschelt in der Küche Galinas Kind in den Armen und nimmt ihn kaum wahr, als er hinzukommt.

Einige Sekunden steht Hartmut neben Galina, die ihn kurz mustert. Flüchtig erwidert er den Blick. Dann wendet er sich abrupt ab.

MARA. Hier bei uns wird der Kleine bestimmt wieder schnell gesund, da bin ich mir ganz sicher.

Mara würde das Kind am liebsten nicht mehr hergeben.

Ernsts Landebahn

Jeder in Schabbach weiß, dass es zwischen den Simon-Brüdern Anton und Ernst von Kindheit an Rivalität und Feindseligkeiten gegeben hat und dass die beiden keinen Umgang miteinander pflegen. Natürlich kennt auch Hartmut das gespannte Verhältnis der beiden und hat längst seinen Weg gefunden, sich aus der Familienfehde herauszuhalten. Jetzt aber hat sein Vater mit der Bemerkung, Hartmut sei ein Hasardeur wie Ernst, ihn auf die Idee gebracht, mit dem geschmähten Onkel Kontakt aufzunehmen.
Hartmut steigt in seinen Oldtimer und braust über Wiesen und Weiden.

Ernst ist von der Fahrt nach Dresden zurück. Mithilfe des W 50-LKW versucht er, die Leninfigur wegzuschaffen. Er ist wütend bei dieser Arbeit. Er hat es zwar geschafft, den Selbstladekran in Gang zu setzen, doch gelingt es ihm nicht, die Statue von der Stelle zu bewegen. Lenin wird zwar angehoben, rutscht aber aus den Seilen und kommt in Schieflage wieder zu Boden. So bleibt er stehen, wie ein Zeichen der Vergeblichkeit.
Als das rote Auto bei der Graspiste ankommt, steht Ernst auf einer Leiter und versucht die Gurte von der Statue zu lösen. Hartmut beeilt sich, ihm zur Hand zu gehen.

HARTMUT. Hallo, Onkel Ernst.

ERNST. Hartmut? Das ist ja 'ne Überraschung!

HARTMUT. Tach, alter Hasardeur.

ERNST. He, du schwätzt wie dein Alter.

HARTMUT. Dem hab ich den Laufpass gegeben. Ich mache mich selbstständig.

ERNST. Oh, das gibt Stunk. Bist du deswegen hier?

HARTMUT. Du warst lange weg. Und wenn dich sonst keiner von der Familie begrüßt …
Ernst unterbricht seine Arbeit.
ERNST. Ach, Hartmut, hör doch auf mit dem Schmu. Sag geradeaus, was du willst.
Hartmut erkennt, dass jetzt nur Ehrlichkeit hilft.
HARTMUT. Ich brauche das Startkapital.
ERNST. Das Startkapital? Und da hast du an mich gedacht.
HARTMUT. Kein Geld. Eine Bürgschaft würde mir schon helfen. Ich will dem Alten mal zeigen, wo seine Grenzen liegen. Und der *hat* Grenzen.
ERNST. Viel Glück.
Ernst packt die Gurte zusammen und wendet sich von Hartmut ab.
Beim Verstauen der Werkzeuge in seinem Schuppen lässt er sich besonders viel Zeit.
Hartmut muss warten. Er ist sich nicht sicher, ob der Onkel das Gespräch mit ihm fortsetzen will. Er weiß sich sonst keinen Rat.
Da kommt Ernst zu ihm zurückgeschlendert.
ERNST. Eine Bürgschaft?
Hartmut wird wieder munter.

Am Günderrode-Haus

Über den Weinbergweg nähert sich ein schwarzer Lieferwagen. Hermann, der Clarissa bei der Hausarbeit hilft, hört das lauter werdende Motorengeräusch. Er geht auf die Terrasse hinaus.
HERMANN. Clarissa, sie sind da!
Der Lieferwagen umrundet den Kastanienbaum und bleibt vor dem Hauseingang stehen. Zwei Männer mittleren Alters steigen aus und beginnen sofort, verschiedene Messinstrumente und Aluköfferchen auszuladen.
Clarissa führt die Techniker zum Haus, und gerade, als der größere der beiden über die Schwelle tritt, löst sich das Hufeisen – Antons Geschenk für die Hauseinweihung – vom Nagel. Es fällt dem Techniker auf den Kopf. Mit einem Schmerzensschrei geht

er in die Knie und fasst sich an den Schädel. Das Hufeisen schleudert er wütend über den Fußboden.

TECHNIKER. Damit erreichen Sie doch überhaupt gar nichts, mit dem faulen Zauber.

Das Fahrzeug der Männer ist mit einer Werbeaufschrift versehen: «Radiästhetische Untersuchung, Messung von Störfeldern im Wohnbereich und am Schlafplatz. Messung von Erdstrahlen, Elektrosmog ...»

Hermann und Clarissa überlassen den beiden das Haus, obwohl ihnen schwere Zweifel an deren Kompetenz kommen.

Clarissa leidet immer noch unter unerwartet auftretenden Pfeiftönen, die manchmal so intensiv in ihren Ohren klingen, dass sie sich auf nichts mehr konzentrieren kann. Liegt es an ihr? Sind es Störungen im Haus? Wenn sie sich aus ihm entfernt, wie zum Beispiel jetzt, da sie mit Hermann zum Aussichtspunkt hinabgeht, ist das Pfeifen weg.

Die beiden Techniker untersuchen das Haus mit merkwürdigen Methoden: Der eine hat einen Kopfhörer auf den Ohren und führt einen Stab mit einer Verdickung am Ende über Möbel und Fußböden, der andere versucht sein Glück mit einer Wünschelrute. Als er sich dem großen Bett im Schlafzimmer nähert, schlägt die Rute aus. Der Techniker wiederholt das Experiment und schaut viel sagend zu seinem Kollegen hinüber.

Fahrt nach Leipzig, Zugabteil

Der Intercity rauscht durch die Landschaft. Hermann hat einen Fensterplatz. Er träumt in das sattgrüne Land hinaus.

Als er kürzlich eine Tantiemen-Nachzahlung von der GEMA erhalten hatte, gab ihm die Steuerberaterin den Tipp, das Geld in Ostimmobilien anzulegen. Dies sei zurzeit der beste Weg, Steuern zu sparen und zugleich einen Beitrag zum Aufbau der ehemaligen DDR-Gebiete zu leisten. Hermann, dem die Materie fremd ist, hat mit Udo Kontakt aufgenommen. Der soll, wie er gehört hat, neuerdings in Leipzig Immobiliengeschäfte machen.

Der Zug durchquert Ostdeutschland.

Auf dem Platz gegenüber sitzt ein Herr im Anzug. Völlig absorbiert und wie versessen tippt er die Tasten eines kleinen Spielcomputers. Gelegentlich flucht er, dann haut er mit der flachen Hand auf den Aktenkoffer. Das Computerchen piept eine kleine Melodie. Da sieht er Hermann triumphierend an.

MITREISENDER. Warum fragen Sie eigentlich nicht, was ich hier mache?

HERMANN. Na gut, was machen Sie da?

MITREISENDER. Zum ersten Mal hab ich's geschafft, in die fünfte Welt zu kommen. Meine Tochter schafft's jedes Mal. Die ist erst acht.

Hermann sieht sich das elektronische Spielzeug an.

HERMANN. Ich dachte, Sie arbeiten oder kalkulieren etwas oder so.

MITREISENDER. Ich bin heute früh um 8 Uhr 16 aus den USA zurückgekehrt. Frankfurt, Airport. Seit sieben Wochen meine Frau nicht gesehen und die Kleine. Seit fünf Jahren keinen Urlaub mehr. Ich weiß überhaupt nicht, was das ist, Urlaub.

HERMANN. In welcher Branche arbeiten Sie?

MITREISENDER. Alle Branchen. Und Sie? Lassen Sie mich raten: Sie sind Künstler.

Hermann fühlt sich unbehaglich. Der Mann sieht ihn taxierend an.

MITREISENDER. Architekt, Designer?

HERMANN. Ich bin Musiker.

MITREISENDER. Dann fahren Sie also nicht zur Leipziger Messe?

Hermann schüttelt den Kopf.

Der Herr im Anzug lockert die Krawatte. Endlich hat er einen vor sich, dem er sich anvertrauen kann.

MITREISENDER. Stellen Sie sich vor, da ist ein dynamischer Mittelstandsbetrieb in Württemberg. Der stellt Radiatoren für Heizungen her. Sie kennen das?

Hermann betrachtet den Mann. Er ist knapp 40 Jahre alt. Sein dunkles Haar wird über der Stirn bereits ein wenig schütter.

MITREISENDER. Erstklassige Ware, sehr gute Verarbeitung, ein eingeführter Markenartikel. Wir haben auch Radiatoren im Programm, Abteilung Non-Food, Unterabteilung Baumärkte, neue Bundesländer. Unsere Radiatoren sind schlecht. Selbst die Ossis lassen sich nicht mehr vom Billigpreis täuschen. Also gehe ich zu dem schwäbischen Fabrikanten und kaufe ihm seine gesamte Jahresproduktion ab. Der Fabrikant freut sich, erweitert seinen Betrieb, stellt Leute ein. Im nächsten Jahr handeln wir den Preis gewaltig runter und bestellen die doppelte Menge Radiatoren, weil im Osten gerade der Sanierungsboom angelaufen ist. Der Hersteller stöhnt unter unserer Preispolitik, aber er lässt sich auf das Geschäft ein, weil er seine Investitionen amortisieren muss. Da der Auftrag aber verdoppelt wurde, muss er weiter investieren. Wir geben ihm Kredit. Er kommt mit der Lieferverpflichtung nicht nach. Wir geben ihm noch mehr Kredit. Er stellt noch mehr Leute ein. Er bekommt ein Verdienstkreuz, er wird als mutiger Arbeitgeber öffentlich belobigt, aber er hängt nun völlig von uns ab. Können Sie mir folgen?

Hermann beugt sich vor. Er will alles genau verstehen.

MITREISENDER. Der Schwabe kann mit seinen Zahlungsverpflichtungen nicht mehr nachkommen, obwohl sein Betrieb so gut läuft wie nie zuvor. Genau jetzt schlagen wir zu. Wir erlösen ihn von seinem Leiden und kaufen ihm den Betrieb für einen Pappenstiel ab. Kürzlich hat einer in diesem Moment Selbstmord begangen, mit Frau und drei Kindern, in Göppingen.

Hermann sieht erschrocken auf den kleinen Geschäftsmann vor sich.

HERMANN. Und was haben Sie damit zu tun?

MITREISENDER. Ich bin der Firmenvernichter. Das ist mein Job. Wenn ich auch nur eine Woche Urlaub machen würde, säße hinterher ein anderer auf meinem Platz. Das amerikanische System.

Es entsteht eine Pause. Hermann sieht nachdenklich zum Fenster hinaus. Draußen gleitet die thüringische Landschaft vorbei.

MITREISENDER. In den meisten Fällen behalten wir die Firmen, die wir an uns gerissen haben, gar nicht. Wir schließen sie und exportieren das Know-how nach Fernost.

Hermann vermeidet es, den Mann anzusehen. Er ist ihm unheimlich geworden. Jetzt begegnen sich die Blicke doch.

MITREISENDER. Den Heizkörperfabrikanten hab ich gemocht.

Ich war mit seiner Familie letztes Jahr über Weihnachten auf der Schwäbischen Alb – sechs freie Stunden im Neuschnee.

Bei der Erinnerung an den Neuschnee bekommt der Mitreisende feuchte Augen. Seine Stimme wird schrill.

MITREISENDER. Ich habe mir oft vorgestellt, dass ich eines Tages nach Düsseldorf fahre, in den 11. Stock hinaufgehe, die Hose herunterlasse und meinem Chef vor die Bürotür scheiße – einen großen Haufen! – und dann elegant meinen Abschied nehme. Die süße Freiheit wieder genießen! Sie sind also Musiker?

Er wartet Hermanns Antwort nicht ab, ist in großer Erregung.

MITREISENDER. Auch in mir schlummern unerweckte Träume …

Er verstummt, denn der Zug fährt jetzt in den Leipziger Bahnhof ein. Es geht ein Ruck durch den Firmenvernichter. Schnell richtet er seine Krawatte, packt den Spielcomputer in den Aktenkoffer und kontrolliert sein Aussehen im Spiegel über Hermanns Kopfstütze.

MITREISENDER. Es war schön, sich einmal aussprechen zu dürfen.

Leipzig, Hauptbahnhof und sanierte Straßen

Hermann läuft auf dem Bahnsteig an Udo vorbei. Er hat ihn nicht bemerkt.

Erst als der seinen Namen ruft, bleibt Hermann stehen.

Udo trägt Krawatte, Tuchmantel, Seidenschal und einen edlen Filzhut. Er wirkt recht bürgerlich. Hermann erkennt ihn erst nach einem Augenblick und ist sichtlich erstaunt, den ehemaligen Handwerker so gut angezogen zu sehen – besser als er selbst.

UDO. Jetzt wär'n Sie doch beinah an mir vorbeigerannt. Willkommen in der Messestadt!

Auch Udos Bewegungen haben sich verändert. Sie haben etwas Großspuriges angenommen.

Udo kutschiert Hermann in seinem neuen Lieferwagen durch die einst großbürgerlichen Straßen Leipzigs. Einige Häuser haben bereits aufgefrischte Fassaden, andere sind eingerüstet und werden von innen her komplett restauriert.

UDO. Als ich hier oben die Dachstühle sah und gedacht habe, wenn dort einer wohnt, mit so einem Blick – den würde ich beneiden. Also hatte ich eine Idee, die hat sich breit gemacht und immer breiter, und, schwupps, war ich im Immobiliengeschäft, als Experte für Dachgeschosse und Innenausbau.

Udo reicht Hermann mit eleganter Bewegung sein Visitenkärtchen rüber.

UDO. Ich sag nur «Aufbau Ost». Das Geschäft läuft so gut, ich weiß gar nicht mehr, wie ich die ganzen Leute einstellen soll. Die ganze Innenstadt hat jetzt Dachwohnungen.

Er parkt den Wagen mitten auf einem Trottoir.

Ganz in der Nähe sieht Hermann die neu eröffnete Leipziger McDonald's-Filiale.

Udo hört nicht auf zu reden.

UDO. Meine Arbeit! Das Dach von Auerbachs Keller – ich sag nur «Goethe», aber Sie kennen sich ja aus mit der deutschen Klassik –, die Mädler-Passage, Specks Hof. Da sind Dachwohnungen drin entstanden – mein liebes Heimatland!

Jana ist Filialleiterin des Fast-Food-Restaurants. In ihrem hübschen Kostüm und mit Namensschild an der Brust dirigiert sie den Betrieb.

An dem schönen Tag sitzen die Gäste an Tischen im Freien.

Jana, die ihren Udo schon von weitem kommen sieht, stellt sich ungeniert in eine Blumenrabatte, um ihm und seinem Begleiter zuzuwinken.

UDO. Jana, jetzt komm doch mal raus aus der Rabatte. Was sollen denn die Leute denken?

HERMANN. Nun seien Sie doch nicht so.

JANA. Sie sind ja schon da! Herzlich willkommen. Schön, dass Sie auch mal nach Leipzig kommen.

Jana strotzt vor Selbstbewusstsein. Auf ihren neu eingekleideten Udo ist sie besonders stolz. Sie schlingt die Arme um ihn und führt ihn Hermann noch einmal vor.

JANA. Sieht er nicht fesch aus, der Udo? Da sieht man doch gleich, dass wir mit der Zeit gehen.

Leipzig, ein Sanierungsobjekt

Das bürgerliche Wohnhaus aus der Gründerzeit, zu dem Udo Hermann bringt, wird gerade renoviert. Eine Abbildung auf der Bautafel zeigt es im Fertigzustand.

Udo lässt Hermann vorausgehen, damit er sich gleich das richtige Bild machen kann.

UDO. Das ganze Gebäude wird toprenoviert. Die Wohnungen kriegen 'nen neuen Grundriss. Da haben wir einen Wintergarten, ein Wohnzimmer, ein Esszimmer und eine Diele, alles mit Eschenholzparkett. Ja, und die Bäder mit Carrara-Marmor, mit Whirlpool, und die Armaturen je nach Wunsch vergoldet oder mit gebürstetem Edelstahl.

HERMANN. Mit was?

UDO. Mit gebürstetem Edelstahl!

HERMANN. Ach so.

Das erste Geschoss ist völlig ausgeräumt, Stuckornamente sind freigelegt worden, geschnitzte Türen und Vertäfelungen stehen zur Aufbereitung da.

UDO. Und was die Küchen angeht: Marken-Einbauküchen der Luxusklasse, Granitarbeitsflächen, 170-Liter-Kühlschrank …

Im Treppenhaus werden sie von fünf wilden Jungs in Neonazi-Aufmachung überholt. Hermann erschrickt bei dem Ansturm der Typen mit Glatzen, Springerstiefeln und Nazi-Emblemen an der Kleidung. Sie schleppen Bierkisten nach oben und verschwinden in einer offen stehenden Wohnung.

Udo lässt sich dadurch nicht unterbrechen.

UDO. … Tiefkühltruhe, Geschirrspüler …

Man ist in der darüber liegenden Wohnung angekommen. Udo schließt auf. Sie stehen in einer weitläufigen Diele, von der gut acht bis zehn Zimmer abgehen.

Hermann wird in einen Raum geführt, der voll gestopft ist mit Baustoffen, Elektro- und Sanitätsartikeln, Farbmustern und dergleichen mehr.

UDO. Kommen Sie mal hier rein. In der Buchte haben bis zur Wende vier Familien gehaust. Eine Küche, ein Klo. Da können Sie sich ja vorstellen, was hier abging.

Das ist er, unser Katalog. Den können Sie sich ruhig mal reinziehen. So was Günstiges werden Sie in Leipzig nicht so schnell wiederfinden.

Udo nimmt eine Hochglanzbroschüre von einem Tisch, schlägt sie auf und überreicht sie Hermann.

UDO. Und es löst Ihre Steuerprobleme auf einmal. Statt Ihr Geld beim Finanzamt rauszuschmeißen, da kaufen Sie sich hier ein erstklassiges Eigentum in dieser wunderschönen Stadt Leipzig. Fünfzig Prozent Sonder-AfA, und der Grundstücksanteil, den Sie ja eh nicht absetzen können, unter acht Prozent. So viel Steuern können Sie im Westen nicht sparen. Mit nichts.

Udo steht triumphierend vor Hermann.

HERMANN. Mensch, Udo, da verstehen Sie mittlerweile viel mehr vom Kapitalismus als ich.

Die Nazi-Typen haben in einer der leer stehenden Wohnungen mit ihrer Musik begonnen. Sie grölen in Mikrofone und lärmen mit ihren Elektrogitarren derart, dass die Wände vibrieren. Ihr Lied besteht nur aus einer Zeile, die sie immer wieder hinausschreien. Hermann hält das nicht aus.

Aber auf seiner Flucht in die oberen Stockwerke wird es nicht besser: Nazi-Parolen und SS-Runen sind überall auf die Verkleidungen geschmiert.

Eine ältere Frau versucht weinend, Hermann aufzuhalten.

ALTE MIETERIN. Wenn Sie mir noch länger das Gas abstellen …

Udo mischt sich in barschem Ton ein.

UDO. Erst mal guten Tag, und zweitens stelle ich Ihnen hier nicht das Gas ab. Da wenden Sie sich mal an die Hausverwaltung.

Er führt Hermann weiter. Sein Ziel ist das Dachgeschoss.

Es ist riesig in den Ausmaßen und völlig freigeräumt. Da stellenweise der Fußboden herausgerissen wurde, muss Hermann über Balken balancieren.

UDO. Erinnert Sie der Dachboden an was? Gucken Sie mal, der Blick. Es ist zwar nicht der Rhein, aber schon gigantisch. Und dann noch ’ne Terrasse zur Südseite, da fragt doch keiner mehr ernsthaft nach der Miete. In so ’ne Wohnung verliebt man sich.

HERMANN. Es tut mir Leid, Udo.

Udo hatte gemeint, es sei nur eine Frage des richtigen Tonfalls, um Hermann zu überzeugen, dass er hier und heute sein Geld anlegen muss. Aber den haben die Erlebnisse der letzten Stunden nachdenklich gemacht. So vieles hat sich verändert. Und er weiß nicht, warum seine Sympathie für Udo sich so plötzlich verflüchtigt hat.

Schabbach, Villa Hartmut

Seit Mara Galinas Baby im Arm hatte, ist sie ganz vernarrt in den Kleinen. Oder ist es der Wunsch nach einem eigenen Kind, der bei der Begegnung mit der Russin in ihr so übermächtig wurde? Mara ist seit mehr als zehn Jahren Hartmuts Frau. Sie besitzt alles, was sie sich zu ihrem Glück wünschen mag: ein großzügiges Haus, ihre Turnierpferde, gesellschaftliche Anerkennung, die Zuneigung ihres einflussreichen Schwiegervaters. Sie ist mit ihren 42 Jahren eine attraktive Frau, blond, elegant und unterhaltsam. Nur das Glück, ein Kind zu haben, blieb ihr versagt.

Galina arbeitet inzwischen als Haushaltshilfe bei ihr. So hat Mara das Kind in ihrer Nähe. Ein fremdes Kind zwar, aber sie hätschelt es zu jeder freien Stunde.

Während Galina putzt, vertraut sich Mara am Telefon einer Freundin an.

MARA. Seit der Kleine bei uns im Haus ist, verändern sich total meine Sinneswahrnehmungen. Ja, ja, und es hat mir auch nie gefehlt, kein Kind zu haben, aber jetzt … Erinnerst du dich? Als du schwanger warst, da hast du mir eine ganz ähnliche Geschichte von dir erzählt.

Mit Siegerlächeln kommt Hartmut nach Hause.

Mara unterbricht ihr Gespräch, aber nicht seinetwegen, sondern weil das Kind auf ihrem Arm unruhig wird.

HARTMUT. Es gibt was zu feiern. Der Ernst hat unterschrieben!

Hartmut winkt ihr freudestrahlend mit einem Dokument zu. Mara aber ist um das weinende Kind bemüht, versucht es zu beruhigen.

MARA. Was hast du denn, mein Kleiner? Komm mal her.

HARTMUT. Die Bürgschaft!

Hartmut kann Maras Interesse nicht auf sich lenken. Die Freude über Ernsts Hilfe, die finanzielle Sicherung seiner Geschäftsgründung – all das interessiert sie im Augenblick nicht. Das Kind hat Hunger. Es bleibt ihr nichts anderes übrig, als es in die Küche zu bringen, wo Galina schon auf dem Stuhl Platz nimmt. Sie ist eben die richtige Mutter.

MARA. Galina, ich glaube, er braucht dich jetzt.

GALINA. Ja, er will essen.

Sie nimmt das Baby in Empfang, überhäuft es mit russischen Koseworten und beginnt in aller Unschuld ihre Bluse aufzuknöpfen. Hartmut versucht zwar, diskret wegzusehen, aber in einem Spiegel betrachtet er Galinas Schönheit beim Stillen des Kindes. Mara hat ihn dabei beobachtet. Auch sie spürt die erotische Aura der kleinen Russin. Mit geheimnisvollem Lächeln geht sie auf ihn zu.

MARA. Hartmut, wenn wir jetzt ...

Sie sieht ihn durchdringend an.

HARTMUT. Mara, was sagst du da?

Mara erwartet Hartmut im Bad. Überall stehen flackernde Kerzen, die den Raum mit rosa Licht erfüllen. Mara liegt im dampfenden Whirlpool und lässt ihren Körper in den glitzernden Luftblasen treiben.

Hartmut kommt näher, die Lichtreflexe des Wassers huschen über sein Gesicht. Er schließt die Augen. In seiner Vorstellung tauchen die Brüste Galinas und ihr süßes Lächeln auf. So lässt er sich von Mara empfangen.

Günderrode-Haus

Als weder die Männer mit der Wünschelrute noch der Arzt helfen konnten, geschweige denn Tillmann, der die gesamte Elektroanlage des Hauses und den Computer überprüft hat, greift Clarissa zur Selbsthilfe: Sie singt ein Lied über das Geräusch in ihrem Ohr. Hermann begleitet sie auf dem Keyboard, Tillmann klopft den Rhythmus dazu.

Als Liedtext dient der Beipackzettel der Pillen, die der Arzt ihr verschrieben hat.
CLARISSA. Tinni-tinni-tinni-tus.
Das Wort «Tinnitus» hat es ihr angetan. Sie kann es mit Piepsstimme in der allerhöchsten Lage singen. Wenn sie dazu den höchsten Ton auf dem Flügel anschlägt, verstehen alle, wie die Pein in ihrem Ohr klingen mag.
Auch Moni, die ihrem Tillmann immer nah sein will und sich deshalb im Garten nützlich macht, kann dort Clarissas Plageton hören.
Clarissa findet Freude daran, den beängstigenden Text des Beipackzettels in eine Kabarettnummer zu verwandeln, und befreit sich singend von ihrer Furcht.
CLARISSA. Gingko-Biloba-Trockenextrakt, Dosierung nach Vorschrift, genau und exakt, 200 Dragees gegen Geräusche im Ohr. Bei Überdosierung treten folgende Erscheinungen auf: Unruhe, Erregung, Schwitzen, Benommenheit, Muskelzittern, Krämpfe, Verwirrtheit, Schock, Verlust erworbener geistiger Fähigkeiten ... Das Verfallsdatum ist auf der Durchdrückpackung aufgedruckt.
Hermann und Tillmann fallen immer wieder mit dem Wort «Koma» ein und machen einen makabren Refrain daraus.
Während der Improvisation hat Hermanns Computer die Noten berechnet: Auf dem Bildschirm erscheint ein abstruser Notenklumpen, der die Darbietung zur reinen Farce werden lässt.
Als Clarissa am Ende eine effektvolle Kunstpause einlegt, ertönt ein hoher Ton.
Hermann hebt den Kopf.
HERMANN. Da ist doch dein Ton!
Alle verstummen und lauschen in den Raum. Von draußen ertönt das banale Bimmeln einer Fahrradglocke.
Hermann eilt auf den Hof, um nachzusehen.
Unter der Kastanie stehen drei Mountainbikes, beladen mit Tourengepäck. Eine langgliedrige junge Frau in knallrotem Anorak winkt Hermann zu. Sie ist in Begleitung zweier junger Männer, die mit müden Bewegungen das Gepäck von den Rädern laden.

HERMANN. Lulu!
Er hat seine Tochter erkannt, die ihn heute zum ersten Mal in seinem Domizil am Rhein besucht.
LULU. Wir wollten doch mal sehen, ob ihr zu Hause seid.
Hermann umarmt Lulu und schüttelt ihren Begleitern die Hand.
HERMANN. Das ist aber eine Überraschung. Schön, dass du auch einmal den Weg zu uns gefunden hast.
Er versucht, den Vorwurf, der in seiner Äußerung mitschwingt, mit Lachen zu überbrücken.
HERMANN. Und ihr habt also den ganzen weiten Weg von Köln hierher auf den Fahrrädern geschafft?
ROLAND. Nicht ganz, letzte Nacht haben wir in der Eifel gezeltet, am Toten Maar.
LULU. Können wir bei euch übernachten?
HERMANN. Ja, sicher, warum denn nicht? Clarissa!
Auch Clarissa kommt nun aus dem Haus.
Hermann hat ihr viel von seiner Tochter erzählt. Abgesehen davon, dass sie Lulu einmal als Kleinkind gesehen hat, kennt sie sie noch nicht.
CLARISSA. Herzlich willkommen. Freut mich, dich endlich mal hier begrüßen zu dürfen.
In Lulus Gesicht spielt ein Lächeln, das Clarissa als Mischung aus Neugier und Ironie deutet.
Hermann zeigt stolz auf das Günderrode-Haus, das nun, zwei Jahre nach der Renovierung, von allen Seiten mit wildem Wein, Ziersträuchern und Blumenrabatten umwachsen ist. Die Wandfarben haben schon Patina angesetzt, sodass allmählich die Romantik spürbar wird, die er und Clarissa sich in den Tagen der Wende erträumt haben.
HERMANN. Das ist es.
LULU. Euer Liebesnest, ganz schön groß! Man sieht's schon von weitem.
Wieder diese Ironie! Clarissa versucht darauf mit offener Herzlichkeit zu reagieren.
CLARISSA. Komm doch rein.
Sie weiß, dass sie Lulus Gefühle ihr gegenüber respektieren muss. Sie hält vorsichtige Distanz, lässt sie in Ruhe das Wohnzimmer be-

trachten und folgt ihr, ohne sie zu sehr zu beobachten, hinaus auf die Terrasse.

Hier begutachtet Lulu die Lage, den schönen Blick auf den Rhein, registriert auch den Lärm der Eisenbahnen. Dann dreht sie sich plötzlich zu Clarissa um.

LULU. Na, und wie lebt sich's mit meinem Daddy?

Es hätte schlimmer kommen können. Clarissa gesellt sich erleichtert zu ihr ans Terrassengeländer.

CLARISSA. Uns geht's gut. Wir machen gerade ein «Kreativjahr». Hermann komponiert, ich bereite ein Soloprogramm vor und kümmere mich um die Ziege.

LULU. Ihr habt 'ne Ziege?

CLARISSA. Bianca.

Schimmert da nicht erneut eine Spur von Ironie durch? Vielleicht ist Lulu der Meinung, die Liebe sei eine Sache der Jungen und gehöre sich nicht für Leute im Alter ihres Vaters. Aber Clarissas Ausstrahlung, das spürt sie, ist jugendlicher als erwartet.

CLARISSA. Wir haben lange kämpfen müssen, bis wir so frei waren. Die tollsten Angebote absagen, lernen, Nein zu sagen. Aber wozu hat man so ein schönes Haus? Wir genießen es, endlich zu Hause zu sein.

Das Geräusch in Clarissas Ohr meldet sich zurück. Es scheint ein Stress-Symptom zu sein. Sie sieht, wie Lulu sich in einen Liegestuhl fläzt.

Gut, dass Hermann jetzt auf die Terrasse kommt. Soll *er* sich doch mit den unterschwelligen Aggressionen seiner Tochter auseinander setzen. Clarissa wählt den leichteren Part und kümmert sich um die Getränke.

HERMANN. Na, was machen denn deine beiden Freunde?

Lächelnd beugt sich Hermann über Lulu, während er sich auf einen Terrassenstuhl neben ihr setzt.

LULU. Oh, wie ich diese Art von Fragen hasse!

HERMANN. Entschuldigung. Soll mich das nicht interessieren? Was ist denn daran falsch?

LULU. Alles. Alles ist völlig daneben! Ich weiß schon, wo für dich der Mensch anfängt.

Hermann wendet sich ab. Seine Wiedersehensfreude ist verflogen. Aber ist er nicht der Ältere? Ist es nicht seine Rolle, die jugendlichen Affekte der Tochter zu verstehen?

HERMANN. Normalerweise – hör mal zu: Normalerweise freut man sich, wenn man gefragt wird, was man macht. Du natürlich nicht, Lulu, bei dir soll man ahnen, was der andere tut – und wenn man fragt, ist das daneben.

Lulu bleibt lässig ausgestreckt im Liegestuhl.

LULU. Also: Lutz ist Humanmediziner …

Mit einem höflichen Lächeln betritt Lutz die Terrasse, als hätte er nur auf seinen Auftritt gewartet. Er nickt Hermann zu und geht zur Terrassenbrüstung, um sich den Rhein anzusehen.

LULU. … 11. Semester, Facharztausbildung Pädiatrie, auf Deutsch: Kinderarzt. Zurzeit 2400 Mark brutto, Universitätsklinik Köln. – Und, Roland!

Roland reagiert sofort. Er streckt den Kopf durch die Balkontür und lässt sich von Lulu vorstellen.

LULU. Roland macht Architektur wie ich und ist im sechsten Semester – Einkommen: null. Ich auch: Einkommen null, Ausbildungsunterhalt des Vaters; er BaföG, 870 Mark. Zufrieden? Genug Profil?

Clarissa unterbricht die Szene zwischen Vater und Tochter, indem sie so beschwingt wie möglich mit einem Tablett auf die Terrasse hinaustritt.

CLARISSA. So, ein kleines Erfrischungsgetränk für die Radler.

Sie verteilt eisgekühlten Cidre an die jungen Männer und Lulu. Schließlich sind sie durstig nach der langen Radtour, und mit ein wenig Alkohol wird man vielleicht sogar friedlicher.

Clarissa weiß, dass Lulu und ihre Freunde hier übernachten wollen. Deshalb geht sie gleich zum praktischen Teil des Besuchs über. Lulu muss ihr helfen, Handtücher und Bettzeug aus der Truhe zu holen. Allein unter Frauen und begleitet von Arbeit scheint es leichter zu sein, ein vernünftiges Gespräch zu führen.

CLARISSA. Ihr solltet eure alten Geschichten endlich begraben. Hermann freut sich doch, dass du gekommen bist, und ich liebe solche Spontanbesuche. Ihr könnt natürlich auch noch länger bleiben, wenn ihr wollt. Weißt du eigentlich, dass heute ein großes Fest da unten stattfindet?

LULU. Ja, «Rhein in Flammen». Was meinst du, warum wir hier sind?

Lulus Freunde sind sehr unterschiedliche Typen. Obwohl Lutz der ältere ist, hat er noch die runden Gesichtszüge der wohlerzogenen Bürgerkinder. Er ist weicher und liebenswürdiger als Roland, dem man ansieht, dass er aus nicht so behüteten Verhältnissen kommt. Roland ist markanter und weniger höflich. Es ist schwer zu erraten, zu welchem von beiden sich Lulu mehr hingezogen fühlt.

Unter Hermanns Anleitung tragen die jungen Männer ihr Fahrradgepäck zur Treppe, die zum Turmstübchen über dem Ziegenstall hinaufführt.

HERMANN. Wie lange wollt ihr eigentlich unterwegs sein?

ROLAND. Das wissen wir noch nicht so genau. Aber 'ne Woche bestimmt.

Als Clarissa und Lulu mit dem Bettzeug im Stübchen verschwunden sind, beginnt Hermann den beiden Freunden zu erklären, warum es zwischen ihm und Lulu so leicht zu Spannungen kommt. Er drückt sich aber so vorsichtig aus, dass sie sich noch mehr Fragen stellen als bisher.

HERMANN. Ich weiß nicht, ob Sie das wissen, aber Lulu ist bei ihrer Mutter groß geworden. Da sieht man sich natürlich viel zu selten. Deswegen freut es mich besonders …

Zum Glück nähert sich jetzt das Motorengeräusch eines Autos, und das heikle Thema ist zunächst einmal vergessen.

Hermann sieht einen klapprigen Lieferwagen auf den Hof einfahren.

HERMANN. Der Ziegenbock!

Hermanns Ruf hat Clarissa und Lulu aus der Turmstube gelockt. Sie sehen, wie unten ein schmuddeliger alter Kerl aussteigt, zum Heck des Wagens geht und einen wild meckernden Ziegenbock an einem Strick herauszerrt.

ZIEGEN-MANN. Tach, da bin ich!

CLARISSA. Tag, kommen Sie, ich zeig's Ihnen.

Die Ziege Bianca grast auf einem kleinen Freigehege oberhalb des Torhauses. Der Mann muss den Bock, der das Weibchen schon gewittert hat, zurückhalten.

ZIEGEN-MANN. Das macht aber fuffzig Mark inklusive Fahrtkosten.

HERMANN. Vorher oder nachher?

ZIEGEN-MANN. Selbstverständlich vorher.

Hermann greift nach seiner Geldbörse und überreicht die geforderte Summe.

Lulu und ihre Freunde betrachten das Geschehen von der Plattform der Außentreppe her. Sie, wie auch Clarissa und Hermann, sind beim Zuschauen merkwürdig ergriffen.

ZIEGEN-MANN. Und dass Sie mir nicht auf die Idee kommen, das zweimal machen zu lassen. Das geht nicht. Wir haben Hochkonjunktur, ich muss den Bock schonen.

Clarissa eilt voraus, um Biancas Gehege zu öffnen.

ZIEGEN-MANN. Halten Sie sie fest?

CLARISSA. Das kommt nicht infrage. Das muss sie doch freiwillig machen.

Der Ziegen-Mann hat kein Verständnis für so ein Argument.

ZIEGEN-MANN. Aber bockig war sie doch?

HERMANN. Also, wie's im Buch steht: Unruhe, häufiges Meckern und Schwanzwedeln, Schwellung und Rötung der Scheide …

ZIEGEN-MANN. Na ja, dann …

Er zieht den unruhigen Bock an der kurzen Leine, führt ihn hinein, und sobald Clarissa das Gehege verlassen hat, lässt er ihn zu Bianca laufen. Die Tiere beschnuppern sich kurz, dann sieht es aus, als wolle die Geiß von dem Bock nichts wissen. Sie macht eigenwillige Sprünge und umrundet den Ziegen-Mann. Der Bock kann gar nicht so schnell folgen, wie Bianca die Richtung wechselt und ausdauernd rennt.

Hermann und Clarissa sehen verlegen zu. Lulu umklammert unwillkürlich Lutz und Roland gleichzeitig.

Schließlich packt der Mann die Ziege am Halsband und hält sie fest, woraufhin sie der Bock unverzüglich bespringt.

Hermann und Clarissa atmen erleichtert auf und grinsen zu Lulu hinauf.

Die Einzigen, die davon nichts mitbekommen haben, sind Tillmann und Moni. Tillmann rüstet Hermanns Computer auf und lötet neue Steckverbindungen an. Er liegt bei der Arbeit unter dem Tisch, sodass Moni in die Knie gehen muss, um ihm eine Tasse Tee zu reichen.
TILLMANN. Danke, Moni, ich mach noch ein bisschen weiter.
Moni antwortet mit einem liebevollen Lächeln. Sie kann sich an Tillmanns Geschicklichkeit nicht satt sehen.

Weinfest, «Rhein in Flammen»

Auf dem Marktplatz, in den benachbarten Gassen und am Rheinufer drängen sich Menschenmassen. Die kleinen Rheinstädte feiern ihr gemeinsames Volksfest mit einem Großaufgebot an Attraktionen. Blaskapellen spielen an Plätzen und Durchgängen, die Musikanten sind in Phantasiekostüme der verschiedenen Regionen gekleidet. Weinstände, Grillstationen, Andenkenstände, Festzelte und Tanzpodien verlocken die Besucher zum Flanieren, Trinken oder Tanzen.
Es ist ein sonniger Tag. Die Stimmung ist schon am Nachmittag ausgelassen.
Die russischen Aussiedlerfamilien wagen sich zum ersten Mal unter die Einheimischen. Mit ernsten Gesichtern schlendern sie durch die Straßen, als ob sie Angst hätten, sich von der Stimmung anstecken zu lassen.
Die Sippe Galinas ist auch dabei. Die Älteren fürchten, sich im Gedränge zu verlieren. Sie bleiben immer dicht beieinander, und Galina, deren Blicke schon etwas neugieriger werden, hält sich an ihrem Juri fest.

Lulu, Lutz und Roland dagegen rennen lachend durch die Menge. Die Freunde verfolgen Lulu, die ihnen den Hotdog weggeschnappt hat. Sie balgen sich darum, um schließlich auf der Rathaustreppe das Brötchen mit drei Mündern gleichzeitig zu verzehren. Lulu spielt mit den beiden. Mal flirtet sie mit Lutz, dann schmust sie mit Roland.

Als Lutz verloren geht, suchen Lulu und Roland ihn gemeinsam und finden ihn am Rheinufer wieder. Von hinten kommend, halten sie ihm die Augen zu, umarmen ihn und knutschen zu dritt. Lulu ist die Königin. Sie hat das Gefühl zu fliegen, und ihre Freunde, die beide in sie verliebt sind, fangen sie auf.

Am Rande des Volksfestes gibt es eine Attraktion. Von einem schwindelerregend hohen Kran können besonders Mutige einen Bungee-Sprung wagen. Viele Zuschauer drängen sich aufgeregt um das abgezäunte Areal.

Als Lulu den Sprungturm entdeckt, ist sie fasziniert. Mit ihren Freunden steht sie unter den Leuten und verfolgt mit Gänsehaut, wie waghalsige Springer sich von einer winzigen Plattform an der Spitze des Krans in die Tiefe fallen lassen. Jedes Mal geht ein Aufschrei durch die Menge.

LULU. Wer springt mit mir?

Sie sieht ihre Freunde an.

LULU. Roland?

Lulu meint es ernst. Da meldet sich Lutz.

LUTZ. Ich!

Roland hat eine Sekunde gezögert. Obwohl Lulu ihm zuerst das Angebot machte, ist Lutz jetzt ihr Favorit geworden.

Roland muss zusehen, wie Lulu und Lutz auf die schmale Plattform steigen. Sie werden am Kran emporgezogen.

Aus Lulus Perspektive wird Roland immer kleiner, während sie nach oben schwebt. Er ist der Zurückgebliebene, der Besorgte, der, den man verlassen hat, zu dem man lächelnd zurückkehren wird, nachdem man etwas erlebt hat, was er nicht kennt. Roland geht verloren auf der Wiese umher, spürt, wie die Zeit verrinnt, nimmt Sand in die Hand, lässt ihn durch die Luft rieseln, beobachtet die Windrichtung, ist allein.

Lulu und Lutz sind oben angekommen. Sie haben von hier aus einen weiten Blick über den Fluss und die Stadt, sind auf gleicher Höhe mit Kirchtürmen, Burgen, Weinbergen.

Sie umfassen sich eng, sehen sich tief in die Augen.

LULU. Ich bin bei dir.

Lulu und Lutz lassen sich in die Tiefe fallen.

Im Stürzen ertönt Lulus langgezogener Schrei. Lutz gibt keinen

Laut von sich. Lulus Haarschopf saust ihr voraus – bis das Gummiseil die beiden auffängt, sich strafft, sie in einem gewaltigen «Rebounce» umdreht und zurück in die Höhe schnellen lässt. Sie erreichen den Umkehrpunkt, kippen erneut kopfüber und stürzen wieder nach unten.
Roland steht mit offenem Mund da. Er ist hohl und leer.
Lulu und Lutz halten sich immer noch umschlungen, während sie – mit den Füßen nach oben – von ihren Beinmanschetten befreit werden. Hilfskräfte legen sie sanft in der Wiese ab und lösen die Gurte. Eng umschlungen und einander unverwandt ansehend bleiben sie reglos liegen.
Roland nähert sich scheu.
ROLAND. Na, wie war's?
Warum er diese törichste aller Fragen stellt, weiß er selbst nicht. Lutz nimmt ihn nicht wahr. Auch Lulu hebt nicht den Blick, während sie antwortet.
LULU. Schöner als heiraten.

Günderrode-Haus, unter dem nächtlichen Kastanienbaum

Die Feuerwerker des Volksfests sind wahre Künstler. In allen Farben des Regenbogens leuchten ihre Phantasiegebilde über dem Rhein auf. Mehrere Schiffe sind vor dem Städtchen aufgefahren und illuminieren ihre Decks mit bengalischem Licht.
Mit einer Flasche Wein sind Lulu und ihre Freunde zum Günderrode-Haus zurückgekehrt. Auf dem Mäuerchen beim Hofeingang sitzend, betrachten sie das Feuerwerk, das seine glitzernden Rosetten und sprühenden Figuren hier oben wie aus nächster Nähe entfaltet. Dicht aneinander gedrängt genießen sie das märchenhafte Finale des Festes.

Auch Hermann und Clarissa haben sich von den Lichtblitzen und der heraufklingenden Musik anlocken lassen. Die Rundbank unter dem Kastanienbaum ist ein wahrer Logenplatz, von dem aus auch sie das Spektakel betrachten.

Clarissa bemerkt den Blick, den Hermann auf Lulu und ihre Freunde wirft, die nur wenige Meter entfernt sitzen.

CLARISSA. Ihr solltet endlich Frieden schließen. Du bist doch der Erfahrenere. Du solltest wissen, dass sie immer noch fürchtet, zwischen dir und ihrer Mutter entscheiden zu müssen. So ist das mit Scheidungskindern. Ich kenne das von Arnoldchen.

HERMANN. Aber sie sind doch keine Kinder mehr.

CLARISSA. Vielleicht doch ...

Das Feuerwerk erreicht seinen Höhepunkt.

Hermanns Gedanken kreisen um Lulu und ihre unterkühlte Art, mit der sie ihn behandelt. Jetzt sitzt sie da mit ihren Freunden und wendet sich kein einziges Mal zu ihm um – sie grüßt nicht, sie lächelt ihn nicht an, sie freut sich nicht, dass sie hier aufgenommen wurde. Hermann liebt seine Tochter, zugleich ist er voller Vorwürfe, die er ihr gegenüber nicht äußert.

HERMANN. Nicht ein einziges Mal ist sie zu mir gekommen, ohne Geld haben zu wollen.

CLARISSA. Vielleicht ist das ihre einzige Möglichkeit zu spüren, dass sie einen Vater hat.

Clarissas Erklärung mag zutreffen, vielleicht auch nicht. Hermann spürt, dass seine Gefühle voller Widersprüche sind.

Im Tal entsteht jetzt ein magisches Licht. Das ganze Städtchen, Stadtmauer und Türme, die Schiffe auf dem nächtlichen Fluss, die Schönburg, die Weingärten und die Schieferfelsen leuchten dunkelrot.

HERMANN. Was macht der Ton in deinem Ohr?

Statt einer Antwort singt Clarissa ein hohes C. Sie singt mit geschlossenen Augen.

HERMANN. Was ist bloß los mit uns, Clarissa? Wir sind am schönsten Fleckchen der Erde und können keine Ruhe finden. Ich quäle mich mit dem Komponieren, als hätte ich nicht das mindeste Talent. Ich konstruiere, philosophiere, ich mache Zeichnungen, entwerfe die wildesten Theorien vor meinen Studenten über Vereinigungsprozesse in der Musik und der Welt, aber wenn ich ehrlich bin, Clarissa – mir fällt nichts ein.

Noch einmal singt Clarissa das hohe C. Diesmal sieht sie Hermann an.

Weihnachten in Schabbach, die Dorfkirche

In diesem Jahr erleben die Schabbacher eine weiße Weihnacht wie im Bilderbuch. Das Dorf ist in frischen Pulverschnee gehüllt, auch der hohe Christbaum, den die Gemeinde an der Bushaltestelle aufgestellt hat. Die Straßenkreuzung, das Gasthaus, der Platz vor der Kirche liegen menschenleer und friedlich im Licht der elektrischen Christbaumkerzen. Aus der Kirche ertönt Chorgesang: «Es ist ein Ros' entsprungen».
Ein einzelner Mensch geht über den Platz. Er kommt von einem Lieferwagen der Simon-Werke, der mit Weihnachtsdekor und Lichtern neben der Kirche steht. Es ist Horst, der treue Chauffeur von Anton Simon. Er nähert sich der Kirchentür, öffnet sie behutsam und tritt ein.
Alle Schabbacher sind in dem bescheidenen Kirchenraum versammelt, auch Anton und seine Familie, Hartmut und Mara, Rudi und Lenchen, der Bürgermeister mit Frau und, als neue Bürger des Dorfes, die russischen Einwandererfamilien. Sie sitzen ganz vorn, in Nähe des Altars. Die Älteren unter ihnen sind starr vor Befangenheit und auch vor Rührung, die Jungen sehen sich neugierig um.
Galina hat ihr Kind bei sich. Der Kleine ist sichtlich gewachsen und strebt schon aus ihrem Arm.
Hartmut schließt die Augen. Mara hält ihren Leib mit beiden Händen und hat den Blick nach innen gewendet.
Dem Pfarrer ist es ein Bedürfnis, nach dem Gottesdienst jedem die Hand zu schütteln und gesegnete Weihnachten zu wünschen. Er hat sich dabei so postiert, dass alle beim Verlassen der Kirche an ihm vorbeimüssen.
Ein paar Schritte weiter kommen die Leute an dem Lieferwagen vorbei, dessen Seitentür jetzt geöffnet ist und den Blick auf einen Berg von Geschenken freigibt. Anton steht daneben und verteilt sie an die russischen Familien: Kleidung, Wein, Lebensmittel und Kinderspielzeug, alles geschmückt mit einer Widmung der Optischen Werke.
Für die Schabbacher Bürger gibt es Glühwein, den seine Toch-

ter Gisela in Pappbecher füllt und mit allerlei Wunschfloskeln und Nettigkeiten an sie austeilt.
Anton ist heute der Weihnachtsmann von Schabbach.
Nachdem er auch Galina und ihren Mann beschenkt hat, spricht er seinen Sohn Hartmut an, der sich betont abwendet. Zu tief sitzt immer noch die Kränkung in seiner Seele, die der Alte ihm zugefügt hat.

ANTON. Hartmut, komm doch mal her. Weihnachten, das ist doch das Fest der Versöhnung. Frieden. Und wenn dir der Ernst Millionen leihen täte, Frieden ... Wir leben doch nicht ewig. Und jetzt kommste mit nach Haus.

Hartmuts Reflex ist zunächst, auf das Angebot nicht einzugehen, aber Mara stößt ihn an und führt ihn mit einem netten Lächeln zu seinem Vater. Der legt ihm herzlich den Arm um die Schultern.

ANTON. Wir haben zwei Gänse im Ofen. Und die hübsche Russin hilft beim Servieren.

Anton deutet mit komplizenhaftem Grinsen auf Galina, die sich bei Juri unterhakt und im Weggehen freundlich nickt. Hartmut sagt nichts. Er nimmt von seiner Schwester Gisela den Glühweinbecher entgegen, ohne jedoch daraus zu trinken.

Weihnachten in Antons Villa

Antons Haus erstrahlt in einer aufwändigen Weihnachtsdekoration. Alles ist mit Tannenzweigen, Kerzen, Sternen und Lametta geschmückt, auch das Treppengeländer, der Kachelofen und der Durchgang zum Wintergarten. An diesem Abend kommt wieder der riesige Ausziehtisch zur Geltung, der mit dekorierten Geschenken für alle Familienmitglieder bedeckt ist.
Hanni, die alte Haushälterin, hatte den ganzen Tag mit der Vorbereitung des Essens zu tun. Jetzt trägt sie ein blütenweißes Spitzenschürzchen, lächelt erleichtert und tut so, als wäre sie keineswegs müde.
Als alle schon an der Tafel sitzen, kommt Antons Schwiegersohn Lothar aufgeregt herein, mit einer Kiste Champagner auf dem Arm.

LOTHAR. Im Sonderangebot! Elfneunzig die Flasche, echte Flaschengärung, brütt-de-brütt. Keine Ahnung, wie die das machen zu dem Preis. So, davon haben wir 20 Stück.

Er stellt eine Musterflasche vor Anton auf den Tisch. Marlies, Lothars Frau, findet den Auftritt peinlich und tuschelt mit Mara. Anton residiert am Kopfende und beherrscht die Runde. Seine Enkelkinder, lauter kleine Mädchen, haben großen Respekt vor ihm und wagen kaum, den Mund aufzutun.

Anton ergreift das Wort.

ANTON. Ich finde es ganz großartig, euch alle hier an diesem Tisch zusammen zu sehen. Das hat ja schon Tradition. Das ist das elfte Mal, dass wir am Heiligen Abend so zusammensitzen. Und wir werden immer mehr. Stimmt's Mara? Du zählst ja jetzt doppelt. Und da bin ich stolz drauf. Tut mir Leid, Hartmut, aber du siehst, ich weiß alles.

Hartmut und Mara wird zugeprostet. Mara ist verlegen. Hartmut atmet tief ein und schluckt.

ANTON. Wir haben immer ein offenes Haus gehabt, das wisst ihr. Und deshalb freue ich mich, dass aus dem fernen Kasachstan ein echter Engel in unser Heim geflattert ist. Hanni, mach die Tür auf, lass sie rein.

Alle Augen folgen nun der Haushälterin, die zur Küchentür geht, um Galina hereinzubitten. In ihrem schwarzen Festkleid sieht die junge Russin erwachsener, weniger mädchenhaft aus als sonst. Das weiße Servierkrönchen auf ihrem Kopf lässt sie größer erscheinen.

ANTON. Wie eine aus dem Film siehst du heute aus.

Galina gibt sich Mühe, eine gute Figur zu machen.

GALINA. Ja, ich habe auch einmal gespielt in Schultheater solche Frau. In Tschechow.

ANTON. Theater hast du auch gespielt? Das hab ich gleich gewusst. Zeig uns doch mal deine Talente. Hanni, gib ihr mal die Suppenschüssel.

Galina versteht nicht, worauf Anton hinauswill. Hanni dagegen weiß Bescheid, denn sie geht unverzüglich zur Anrichte, um eine edle Porzellanschüssel zu holen, die dort als Dekorationsstück fungiert.

Hartmut wirkt skeptisch. Jetzt schon ist ihm das Theater seines Vaters peinlich.
Die Tischrunde folgt jeder Bewegung Galinas, die die Suppenschüssel wie eine brave Schülerin von Hanni übernimmt.
ANTON. So, und jetzt machst du den Auftritt. Gehste raus und kommst wieder.
Galina hat irgendwie verstanden, was Anton sich unter «Auftritt» vorstellt, dreht sich um und verschwindet.
Anton bückt sich zu seinen Enkelinnen, die ihn an der Tafel einrahmen.
ANTON. Pass auf, jetzt kommt sie gleich um die Ecke geschossen. Guck, gleich kommt sie um die Ecke!
Galina hat sich draußen ein weißes Servierschürzchen umgebunden. In dieser Aufmachung kann sie die perfekte Kammerzofe spielen und erscheint wieder.
ANTON. Kannst du auch einen Knicks?
Galina versteht das Wort nicht. Hanni zeigt ihr, was gemeint ist, indem sie einen Knicks andeutet.
Galina versucht, vor Anton einen Hofknicks zu machen. Dabei stolpert sie über die eigenen Füße, fängt sich aber wieder, sodass die Schüssel heil bleibt.
Anton bricht in ein dröhnendes Lachen aus.
ANTON. Gut, dass keine Suppe in der Schüssel war! Aber das lernst du noch, bist ja jetzt bei uns.
Hartmut ist aufgesprungen und nimmt Galina die Schüssel ab. Voller Empörung wendet er sich gegen den Vater.
HARTMUT. Vater, jetzt ist es genug. Das ist ja nicht mehr auszuhalten mit deinem Affenzirkus. Wo sind wir denn hier, beim Kaiser Wilhelm oder beim Adenauer? Du bist ja total stecken geblieben. Von vorgestern bist du! Das wollt ich dir schon immer mal sagen. Und die, wo vor dir immer einen Knicks gemacht haben, die schmeiß ich jetzt alle raus. Damit endlich neue Zeiten anfangen.
In den Gesichtern der Familie breitet sich Entsetzen aus. Ausgerechnet heute solche Worte, die keiner auch sonst je zu denken wagt!
Mara versucht vergeblich, ihren Mann zu mäßigen.

Hartmut. Und jetzt: frohe Weihnachten. Komm, Galina, raus hier! Das hast du nicht verdient. Das hast du nicht nötig.

Hartmut führt Galina, die nicht versteht, was hier geschieht, die Treppe zum Ausgang hinauf. Er greift nach ihrem Mantel und legt ihn ihr erregt um die Schultern.

Hartmut. Du bist zu schad, Galina! Es soll dir nicht schlecht gehen. Aber das hast du wirklich nicht verdient.

Sie beginnt zu weinen. Je mehr Anteilnahme Hartmut ihr zeigt, desto verwirrter wird sie.

Galina. Ich hab ein Kind, und mein Mann, und ich arbeite. Ich bin fröhlicher und jung Mensch. Ich mache jede Arbeit. Verstehst du? In Deutschland mache ich alles und lache. Verstehst du das?

Hartmut nickt. In Wahrheit kann sein Problem mit Anton nicht das Problem von Galina werden. Er beschützt sie, ohne zu merken, dass er ihr an diesem Abend den Job weggenommen hat.

Galina greift sich ins Haar, nimmt das Spitzenhäubchen ab und drückt es Hartmut in die Hand. Sie sieht ihm kurz in die Augen. Dann verlässt sie die Villa.

Hartmuts Herz ist verwirrt. Er spürt, dass er etwas falsch gemacht hat. So läuft er ratlos Galina hinterher.

Auf den verschneiten Straßen ist sie nirgends mehr zu sehen. Hartmut geht bis zur Kreuzung. Kein Mensch weit und breit.

Da steht das Haus, in dem Galina und ihre Angehörigen wohnen. Es brennt kein Licht, nur eine kleine Weihnachtsdekoration leuchtet aus einem der Fenster.

Frühling im Hunsrück

Der Frühling ist anders als einstmals. Die Rapsblüte hat das sonst so karge Schiefergebirge in ein nach Honig duftendes Meer verwandelt. Diese goldene Landschaft ist das Produkt moderner Landwirtschaft.

Die wenigen Hunsrücker, die noch als Landwirte arbeiten, bewirtschaften die Anbauflächen, von denen früher in den Dörfern Hunderte Familien lebten. Dabei wissen die Bauern wohl nicht,

dass sie auch zu Landschaftsgärtnern geworden sind und eine fantastische Farbdramaturgie inszenieren. Der unbefangene Reisende könnte dies alles für pure Natur halten, obwohl daran nur wenig natürlich ist. Der Anbau von Raps, als «erneuerbare Rohstoffquelle» mit öffentlichen Geldern gefördert, versprach Gewinn. Er ist der Grund für die Schönheit. Die Rapsblüte ist überwältigend, vor allem im Frühnebel oder abends, wenn Thermik aufkommt und der Hunsrückwind über die goldenen Flächen weht.
Am Günderrode-Haus ist es der vierte Frühling seit dem Umbau. Die Kastanie steht voll im Laub, mag aber noch nicht so recht blühen.
Clarissa ist allein zu Hause. Es gibt ein Ereignis, das ihr Herz erfreut: Bianca, die Ziege, hat drei Junge geboren, zwei weiße und ein braunes Zicklein. Neugierig und ohne Scheu kommen sie ins Haus und springen um sie herum, während sie sich die Zähne putzt.
Der Frühling hat seine eigenen, beglückenden Geräusche. Da ist der Tinnitus in Clarissas Ohr nur noch eine böse Erinnerung.

Schabbach, die Kreuzung, Maras Pferdekoppel und Hartmuts Villa

Hartmut genießt den Frühling auf seine Weise. Er ist nun Besitzer eines fabrikneuen bordeauxroten Porsche-Cabrios, mit dem er durchs Dorf fährt. Die Blicke der Leute folgen ihm. Auch Rudi Molz, der mit Bauer Helmut plaudernd auf der Straße steht, nickt anerkennend.
Autonummer: SIM-ON 1
HELMUT. Dann ist das doch wahr mit dem Großauftrag.
RUDI. Alle Achtung, hätten wir ihm das zugetraut? Nä!
An der Kreuzung kommt es beinah zu einem Zusammenstoß zwischen dem Porsche und dem neuen Briefträger, der mit seinem gelben Postrad die Dorfstraße herunterfährt. Hartmut hupt zwar, doch der Mann kann sich nur retten, indem er vom Rad abspringt. Verärgert schaut er hinter dem teuren Sportwagen her.

Helmut und Rudi haben den Vorfall beobachtet. Der Briefträger ist Galinas Schwager Wladimir, der nun in Schabbach der Postler ist. Er hebt immer wieder den Blick, um das zur Adresse eines Briefes gehörende Haus auszumachen. Rudi geht zu ihm hin.

RUDI. Na, Postowitsch, kann man dir helfen?

POSTOWITSCH. Postowitsch? In Russland waren wir die Faschisten, hier sind wir die Russen, man wird nie zu einem Deutschen.

RUDI. Jetzt sei doch nicht gleich eingeschnappt. Das war doch nicht bös gemeint. Du bist nun mal der Postowitsch für uns, da musst du dich dran gewöhnen. Komm mit rein, kriegst ein Bier.

POSTOWITSCH. Nein danke, im Dienst kein Alkohol.

RUDI. Aha, bist also doch schon ein richtiger Deutscher.

Hartmut, der neue Porsche-Besitzer, will unbedingt sein Auto vorführen. Er biegt im Oberdorf ab und steuert zum Stammhaus der Simons, dem Bauernhaus mit der alten Schmiede. Beim Einfahren in den Hof kreuzt er den Weg eines alten Mannes, der in der Nachbarschaft wohnt. Er heißt Willem und hat schon Hartmuts Großmutter gekannt.

WILLEM. Tach, Hartmut, wie geht's? Hast du wieder ein neues Auto?

Hartmut sieht, dass er bemerkt wird. Aber was wird Mara sagen, wenn er ihr sein neues Spielzeug zeigt?

Es kommt nicht oft vor, dass er seine Frau in ihrem Reitstall besucht. Beide haben ihre Hobbys, die sie gegenseitig respektieren.

HARTMUT. Mara? Mara, bist du da?

Schon in der Scheune ruft er nach ihr. Er meint, dass sie die Pferde pflegt, die Gegenwart ihrer Tiere sucht, aber dass sie als hochschwangere Frau weiterhin im Sattel sitzt und sich mit schwierigen Dressurübungen beschäftigt, verblüfft ihn.

Er sieht von den Stallungen herunter auf den Parcours. Unter Anleitung des Reitlehrers dreht Mara ihre Runden und lässt den Hengst komplizierte Schritte ausführen.

HARTMUT. Fällt dir schwer, das Reiten zu lassen, nicht wahr?

MARA. Hartmut, der würde mir nie was tun. Der spürt genau, dass ich schwanger bin, nicht?

Sie tätschelt den Hals des Pferdes und schaut glücklich zu Hartmut hinauf.
MARA. Und bald gehen wir wieder auf Turniere.
Weshalb fragt sie nicht, warum er gekommen ist?
HARTMUT. Willst du mal mein neues Autochen sehen?
Mara ist schon wieder mit ihrem Trainingsprogramm befasst. Sie gibt dem Pferd die Sporen.
MARA. Hartmut, wann wirst du endlich erwachsen?
Er muss schlucken. Er versteht Mara nicht. Das Kind in ihrem Bauch, das Pferd unter ihr, der auf sie konzentrierte Reitlehrer ... Von Mara geht eine Überlegenheit aus, die ihn kränkt.
In seiner Enttäuschung braust Hartmut erst einmal auf Feldwegen durch die Rapsfelder. Die schmalen Wege steigern das Gefühl für Geschwindigkeit. Die Weite der Landschaft beruhigt ihn.
Als Hartmut an Antons Villa vorbei zu seiner «Juniorvilla» kommt, sieht er Galina im Garten. Er öffnet das elektrische Tor mit der Fernbedienung und lässt den Porsche auf den Hof rollen.
Galina hat Waschtag im Hause Simon. Sie kommt mit einem leeren Korb von der Wiese, auf der sie die Wäsche zum Trocknen aufgehängt hat, und will ins Haus zurückkehren.
Hartmut hupt kurz, will auf sich und das neue Auto aufmerksam machen. Galina hält inne.
HARTMUT. Na, wo ist denn der kleine Niko?
GALINA. Bei Babuschka.
Galinas Blick geht an dem Auto vorbei in die Ferne.
HARTMUT. Warum guckst du denn so traurig?
Hartmut löst den Sicherheitsgurt und richtet sich in seinem Cabrio auf. So kann er über die Windschutzscheibe hinwegblicken. Galina sieht besonders reizvoll aus in ihren Gummistiefeln an den nackten Beinen.
HARTMUT. Weißt du, was ich immer mache, wenn's mir mal nicht so gut geht?
Sie schüttelt den Kopf. Seit dem Vorfall am Heiligabend weiß sie nicht, wie sie Hartmuts Interesse an ihr einschätzen soll.
HARTMUT. Komm, willst du 'ne kleine Runde mit mir durch den Hunsrück drehen? Dann lernst du mal die Gegend kennen.
GALINA. Ich muss arbeiten.

HARTMUT. Wenn ich das sage, hast du frei.

Er weiß, dass es ihn nicht attraktiver macht, wenn er den Chef hervorkehrt. Deswegen ironisiert er seine Bemerkung mit einem maliziösen Lachen.

GALINA. Nein, meine Arbeit ist noch nicht fertig. Ich muss noch Fenster putzen und Teppich schlagen.

HARTMUT. Hat mein Vater das gesagt?

GALINA. Nein, Ihre Frau.

HARTMUT. Die ist doch weg, bei ihren Gäulen.

GALINA. Ich weiß, ich liebe auch Pferde.

Hartmut kämpft um Anerkennung, jetzt auch bei Galina.

HARTMUT. Aber das Autochen hier ist auch nicht zu verachten. 250 PS.

GALINA. Pee-Ess, was heißt?

Jetzt gibt es wenigstens Grund zum Lachen.

HARTMUT. Pferdestärke! Ein Erlebnis, sag ich dir. Komm, gib dir einen Ruck. Steig ein. Nur eine kleine Runde. Du wirst es nicht bereuen.

Zaghaft nähert sich Galina. Sie klammert sich an den Wäschekorb, bleibt aber stehen, bis sich die Autotür vor ihr öffnet. Sie stellt den Korb auf den Boden, zögert jedoch einzusteigen.

HARTMUT. Ja, komm! Setz dich wenigstens mal rein.

Galina wagt es, sich auf den Beifahrersitz gleiten zu lassen, bereit, sofort wieder auszusteigen. Ihre Hände tasten über den Ledersitz.

HARTMUT. Fühlt sich gut an, gell? Kalifornisches Büffelleder. Direkt aus dem Wilden Westen. Soll ich mal ein bisschen Gas geben?

Schon hat Hartmut den Schlüssel umgedreht. Der Motor heult auf. Galina erschrickt.

GALINA. Nein, meine Arbeit!

Hartmut stellt den Motor wieder ab. Er sieht die eingeschüchterte Frau neben sich mit seinem schönsten Strahlelächeln an.

HARTMUT. Komm, ich helf dir mal, die Gummistiefel auszuziehen.

Er beugt sich zu Galinas Füßen und streift ihr die Stiefel ab. Dabei gerät er so nah an ihren Körper, dass er Herzklopfen bekommt.

Er richtet sich auf. Jetzt lächelt er nicht mehr. Galina greift nach den Stiefeln.
GALINA. Die sind sehr schmutzig.
Hartmut nimmt ihr die Stiefel weg und wirft sie kurzerhand aus dem Auto.
HARTMUT. So einfach ist das. Und die Kittelschürze ziehst du auch aus.
Da sie sich vorgebeugt hat, um zu sehen, wo die Stiefel gelandet sind, kann er schnell die Schleife ihrer Schürze auf dem Rücken lösen.
Sie macht Anstalten, die Schürze ebenfalls aus dem Auto zu werfen. Doch das täuscht sie nur vor. Hartmut lacht über den Scherz.
GALINA. Wie heißt Auto?
HARTMUT. Porsche Carrera 964, Sonderedition. So, jetzt halt dich fest.
Er greift über sie hinweg zur Beifahrertür und schließt sie. Dabei beugt er sich über Galinas hübsches Gesicht.
HARTMUT. Du wirst sehen, der Hunsrück ist eine wunderschöne Gegend. Endlose Felder, Hügel, Wälder und ein Himmel drüber, der ist jede Minute anders.
GALINA. Hunsrück ist Herz von ganze Deutschland?
HARTMUT. Ja genau, das ist der Hunsrück!

Straßen im Hunsrück, Flughafen Hahn

Hartmut und Galina brausen im Nachmittagslicht durch die blühende Landschaft. Hartmut genießt die kurvenreichen Straßen, die ihm Gelegenheit geben, Galina den starken Motor spüren zu lassen.
HARTMUT. Ich hab heut nämlich Grund zum Feiern. Die Bank hat den Kredit voll zugesagt, jetzt geht's erst richtig los mit meiner Firma. Ich geb dem Ernst seine Bürgschaft zurück und stelle 80 neue Leute ein. Man muss die Zeichen der Zeit verstehen. Jetzt brauchen wir endlich keinen Knicks mehr zu machen vor dem Alten – du nicht und ich nicht. Ist das nicht schön?

GALINA. Schön!
HARTMUT. Wenigstens lachst du jetzt.
Galina hat nicht wirklich verstanden, was Hartmut sagt, aber sie spürt, dass er niemanden hat außer ihr, dem er das alles erzählen kann.
Der Porsche ist auf dem Gelände des Hahn Airport angekommen. Er umkreist die Fabrikationshallen. Gerade wird die neue Firmenaufschrift auf dem Dach montiert. SIMON CONTACT, so nennt Hartmut sein Unternehmen, mit dem er seinem Vater Konkurrenz macht.
HARTMUT. Mensch, Galina, ich an deiner Stelle, ich wär nicht zu bremsen. Soll ich dir helfen? Raus aus dem Schlamassel. Alles abhängen, was an dir klebt. Die ganze humorlose family. Ein Bleiklotz ist so was. Ich an deiner Stelle, ich würd durchstarten und richtig Gas geben. Mensch, Galina, du mit deiner Ausstrahlung, du kannst alles machen!
Hartmut hat sich so in Rage geredet, dass er unwillkürlich Gas gibt und das aufheulende Auto auf eine Betonpiste jagt, die den amerikanischen Kampfbombern als Zufahrt zur Startbahn diente. Zwischen den Hangars, in denen die Atombomber untergestellt waren, beschleunigt er mit Vollgas, um dann eine Vollbremsung einzuleiten. Das Auto gerät in Schleuderbewegungen, die er aber meisterhaft abfängt und dann den Wagen im Powerslide um 180 Grad wendet. Die Reifen beginnen zu qualmen.
Da erwacht Hartmuts Sportsgeist erst recht. Er gibt noch einmal Gas und zwingt das Autoheck zum Ausbrechen. Bald ist er vollkommen vom Qualm der überhitzten Reifen eingehüllt. Galina schreit wie auf dem Rummelplatz.
Als der Wagen steht, versucht Hartmut, sie zu küssen. So erstickt er ihren Schrei. Galina kann sich nicht wehren, aber als er von ihr ablässt, weint sie.
HARTMUT. Was ist denn? Was hast du denn?
GALINA. Ich muss an Juri denken.
HARTMUT. Dein Mann?
Hartmuts Geschwindigkeitsrausch ist verflogen, auch der Qualm von den heißen Reifen.
GALINA. Er hat Tag und Nacht immer, immer Schmerzen.

In reinster Naivität legt Galina ihre Hand auf Hartmuts Oberschenkel und lässt sich tröstend die Hand streicheln.

HARTMUT. Na, daran denkst du jetzt?

Galina nickt wie ein braves Kind.

GALINA. Ja, sein Knie fünfmal operiert in Kasachstan. In der Sowchose, Unfall, hier guck mal, hier und hier.

Sie streift den Rock so weit zurück, dass ein Teil ihres nackten Beines zum Vorschein kommt, und erklärt Hartmut, wo Juris Operationsnarben verlaufen.

HARTMUT. Ach, Scheiße.

GALINA. Ja, ich sage auch Scheiße.

HARTMUT. Der soll mir sein Knie mal zeigen.

Hartmut ist etwas ernüchtert, will sich aber nichts anmerken lassen. Er legt den Gang ein und fährt mit Getöse Richtung Schabbach zurück.

Schabbach, vor Haus Galina

Vor dem «Russenhaus» hält der Porsche an.

Galina merkt erst beim Aussteigen, dass ihre Stiefel auf dem Hof der Villa zurückgeblieben sind. Barfuß läuft sie zum Haus, während Hartmut beklommen am Steuer sitzt. Er spürt, dass man ihn von oben her angafft. So souverän, wie er in seinem Sportauto sitzt, ist er nicht. Als er den Kopf hebt und zu der Wohnung hinaufschaut, sieht er die Babuschka am Fenster. Sein Nicken wird nicht als Gruß gewertet. Die Alte verzieht keine Miene.

Da kommt Galina zurück. Sie führt ihren hinkenden Mann durch die Haustür und bleibt neben ihm auf der Treppe stehen.

Hartmut steigt aus. Jetzt ist er wieder ganz der Juniorchef aus dem großen Simon-Clan. Lässig nimmt er die Sonnenbrille ab, während er Juri die Hand reicht.

HARTMUT. Tach, ich bin der Hartmut.

Auch Juri nennt seinen Namen. Verschlossen und zugleich abwartend steht er in seinen Jogginghosen und einem karierten Unterhemd da.

HARTMUT. Deine Frau hat's mir erzählt. Darf ich's mir mal angucken?

Galina gibt Juri ein aufmunterndes Zeichen. Ihr Mann bückt sich und krempelt das Hosenbein hoch. Das Bein ist blaurot verfärbt, um das Knie und zum Schienbein hinunter verlaufen schlecht verheilte Narben. Galina deutet mit dem Finger auf eine besonders tiefe Narbe.

HARTMUT. Das sieht ja furchtbar aus. Eieieieiei.

Juris Hand stößt Galina weg, als sie allzu fürsorglich wird. Er leidet unter der sozialen Zurücksetzung, die ihm und seiner Familie nach der Ankunft in Deutschland widerfahren ist.

GALINA. Juri war Direktor von 800 Leuten, von ganze Sowchose.

HARTMUT. Da müssen wir doch was machen. Du, ein Freund von mir, der ist eine Koryphäe auf dem Gebiet, den ruf ich jetzt mal an.

Während Hartmut zu seinem Porsche zurückgeht, um das Autotelefon zu benutzen, lehnt Galina ihren Kopf liebevoll an Juris Schulter. Sie weiß, dass ihr Mann voller Misstrauen ist und aus ihren und Hartmuts Worten alle Zwischentöne heraushört.

HARTMUT. Hallo, ist da die Chirurgie? Ja, Simon, guten Tag. Ich würde gern Professor Petri sprechen – ist er da?

Mit einem so wichtigen Telefonat, das mit größter Lässigkeit auf offener Straße stattfindet, kann Hartmut seine Selbstsicherheit vollends wiederfinden.

HARTMUT. Gerhard, hier ist der Hartmut. Ja, danke, danke gut, und selbst? Ja, sag ich auch immer. Du, aber mal Spaß beiseite: Ich hab hier einen jungen Mann aus Kasachstan, der hat ein Knie, also furchtbar, sag ich dir. Sieht wirklich verheerend aus! Du, weiß ich auch nicht, russischer Ärztepfusch, ha, da ist x-mal dran rumgeschnippelt worden. Kannst du es nicht mal anschauen? Ja, geht es noch diese Woche? Super! Ja, hast was gut. Ja, machen wir. Lass uns mal wieder Golf spielen gehen.

Juri und Galina stehen verschüchtert auf der Treppe. Bei so viel Weltläufigkeit wird ihnen bewusst, wie weit sie noch davon entfernt sind, in diesem reichen Land heimisch zu werden.

Hartmut kommt mit Siegermiene zurück.

Hartmut. Es klappt! Habt ihr gehört? Also, das ist Professor Gerhard Petri, Uniklinik Mainz – einfach anrufen, Termin ausmachen, schönen Gruß von mir, Hartmut Simon.

Jetzt kann er sich verabschieden und den Tag auf seine Erfolgsliste setzen. Er reicht Galina die Hand, aber ihr Mann reagiert schneller. Dort, wo Juri herkommt, gibt man zuerst dem Mann die Hand.

Juris misstrauischer Blick folgt Hartmut auf dessen Weg zum Auto.

Juri. Warum macht er das? Für dich?

Galina lässt nicht zu, dass Juris Gedanken so negativ sind. Sie stellt sich vor ihn hin, sieht ihm in die Augen.

Galina. Wir sind in Deutschland, und ich will, dass du wieder gesund.

Bahnhof Koblenz, im Zug

Eine Woche später begleitet Galina ihren Mann zur Behandlung des Knies nach Mainz. Juri trägt den guten Anzug, den er aus Kasachstan mitgebracht hat: einen braunen Dreiteiler mit weißem Hemd und passender Krawatte mit braunem Schottenkaro. Galinas Haar ist zu einem mädchenhaften Zopf geflochten, der ihr an der Wange herabhängt.

Der Regionalzug, in den sie einsteigen, wird auf diesem Bahnsteig eingesetzt und ist deswegen noch leer. Die beiden sind viel zu früh gekommen. Es herrscht eine spürbare Spannung zwischen ihnen. Galina versucht, Juri mit Blicken aufzuheitern.

Als sie ihn nach wie vor starr am Zugfenster stehen sieht, nestelt sie das Parfümfläschchen aus ihrer Handtasche, das die schwarze Amerikanerin ihr geschenkt hat. Vielleicht, denkt Galina, kann sie ihren Juri mit dem Duft der weiten Welt verzaubern. Sie sprüht sich ein wenig Parfüm hinters Ohr und aufs Haar.

Juri hört das Zischen des Zerstäubers. Er stellt sich vor den Sitz, auf dem Galina Platz genommen hat, schnuppert, sieht sie mürrisch an und fragt sie auf Russisch, was sie da habe.

Galina. Für dich, kleine Überraschung. Riech mal.

In den Aussiedlerfamilien spricht man eine eigentümliche Mischung aus Russisch und Deutsch. Je stärker dabei Gefühle ins Spiel kommen, desto größer wird der russische Anteil. Wenn Galina oder Juri deutsche Wörter benutzen, empfinden sie eine Art Überlegenheit und benutzen ihr Deutsch, um den anderen zurechtzuweisen. Für Juri ist Galinas Parfüm etwas Dekadentes, etwas, womit eine Frau sich den Männern anbietet.

JURI *russisch.* Es stinkt. Woher ...?

GALINA *russisch.* Ist doch egal.

JURI *russisch.* Was heißt hier egal? Weißt du überhaupt, mit wem du sprichst?

GALINA *russisch.* Nun, riech doch mal.

JURI *russisch.* Ich hab schon gerochen.

GALINA *deutsch.* Wieso bist du so böse? Alle sind gut zu dir, und du ...

JURI *russisch.* Du benimmst dich wie die letzte «Hure».

Das Wort «Hure» hat er ihr auf Deutsch entgegengeschleudert.

JURI *deutsch.* Geh dich waschen.

Galina verteidigt sich, so gut sie kann, auf Russisch.

Je strenger Juri wird und je mehr er den traditionellen Mann herauskehrt, der von seiner Frau Gehorsam und Unterwerfung fordert, desto verzweifelter versucht es Galina mit Freundlichkeit und Charme.

GALINA *deutsch.* Alle sind gut zu dir, und du ...

Juri bleibt halsstarrig. Er entreißt Galina das Fläschchen und duldet nicht, dass sie den Duft an ihrem Körper behält.

JURI. Geh dich waschen!

Als sie nicht gleich reagiert, fällt er ins Russische zurück, sein Ton wird noch schärfer.

Galina geht verwirrt zur Toilette.

Der Zug setzt sich in Bewegung und verlässt den Bahnhof.

Sobald die Bahn die offene Strecke am Rheinufer erreicht, reißt Juri das Zugfenster auf und wirft das Teufelsfläschchen hinaus. Er sieht das Rheintal seit dem Tag seiner Ankunft heute zum zweiten Mal. So vieles, denkt er, hat sich in der kurzen Zeit verändert.

Chirurgie der Universitätsklinik Mainz

Man hat von Juris Knie Röntgenaufnahmen angefertigt, die er vorsichtig zwischen zwei Fingern durch den Gang des Krankenhauses trägt, damit sie trocknen können. Auf dem Weg zu Professor Petris Sprechzimmer geht Galina voran.
Der Arzt sieht sich die Röntgenbilder an und bittet Juri, sich zu setzen. Er erklärt ihm die bevorstehende Operation, indem er ihm das Modell eines Kniegelenks aus Kunststoff zeigt. Es ist beweglich und wird mit elastischen Plastikbändern zusammengehalten.

PROFESSOR PETRI. Sehen Sie, das ist das Modernste, was es heute auf dem Markt gibt. Das ist ein künstliches Kniegelenk, das die Gelenkflächen, die kaputt sind, ersetzt. Sie können es ruhig mal in die Hand nehmen und durchbewegen, dann sehen Sie, wie es funktioniert.

Juri stellt sich etwas ungeschickt an. Er biegt das künstliche Gelenk mechanisch hin und her und wirkt befremdet.

GALINA. Bitte helfen Sie. Er kann nicht mehr freuen, nicht an mich, nicht an mein Kind. Bitte.

PROFESSOR PETRI. Wir werden ihn operieren, und danach kann er wieder schmerzfrei gehen.

Das ist eine klare Auskunft. Galina sieht sich noch einmal das Röntgenbild an, das im bläulichen Licht des Leuchtkastens hängt. Sie spürt ein wenig Stolz. Immerhin war es sie, die im richtigen Moment für ihren Mann gehandelt hat.

Ortsrand von Schabbach und Ernsts Anwesen

Anton Simon wird von seinem Bruder Ernst verächtlich «der Fußgänger» genannt. Das ist eine Anspielung auf Antons legendären Fußmarsch, den er im Jahr 1946 aus der russischen Gefangenschaft bis ins heimatliche Schabbach bewältigt hatte.
Für einen leidenschaftlichen Flieger wie Ernst war die Leistung des Bruders nur der Ausdruck von dessen Sturheit. Beide sind sich

immer fremd gewesen, und ihre jeweilige Art zu leben ist bis ins Alter unvereinbar geblieben.

So freimütig Ernst bekennt, dass er sich nirgendwo zu Hause fühlt, so erdverbunden gibt sich Anton. Das hat bei Anton solche Ausmaße angenommen, dass er kilometerlange Wege im Hunsrück zu Fuß zurücklegt. Gemächlich wandert er dann in seinem Unternehmermantel, mit Stock und schwarzem Filzhut, über Feldwege und lässt seinen Chauffeur Horst mit dem Mercedes folgen. Dabei bleibt Horst in der Nähe, muss aber so großen Abstand halten, dass sein Chef vom Motorgeräusch und den Auspuffgasen nicht belästigt wird. Dieses Bild des wandernden, von einer schwarzen Limousine begleiteten Unternehmers ist den Hunsrückern mittlerweile geläufig.

Anton nimmt diesmal einen Weg, auf dem man ihn noch nie gesehen hat. Er durchquert ein Gehölz, das sich von Schabbach aus zum Goldbach hinunterzieht. Bald erreicht er das Gelände von Ernst. Das hohe Maschendrahttor ist wie üblich geschlossen. Anton bleibt dicht vor dem Zaun stehen und gibt dem Chauffeur ein Zeichen, anzuhalten,

Durch die Drahtmaschen erkennt er Ernst, der an dem alten Kran hantiert. Er hat seinen klapprigen Landrover an den Haken genommen und für eine Reifenmontage angehoben.

Anton sieht zu, wie Ernst das Ersatzrad zur Montagestelle rollt, und wartet, bis er den Blick hebt und ihn am Tor entdeckt.

ERNST. Ach, der Fußgänger! Was verschafft mir die seltene Ehre?

Ernst hebt einen Lappen auf und wischt sich die ölverschmierten Hände ab, während er auf den Zaun zugeht.

ANTON. Wo du doch jetzt mit dem Hartmut Geschäfte machst ... Bist immerhin mein Bruder.

Ernsts Hände sind nun sauber, dennoch gibt er Anton nicht die Hand und macht auch keine Anstalten, für ihn das Tor zu öffnen.

ERNST. Ach ja. Anton, das kann doch nicht der Grund sein.

ANTON. Nein, ich wollte dich einladen. Kleines Familienfest, schön essen, ein Glas Wein trinken, schwätzen. Der Hermann, die Kinder ...

ERNST. Gibt's was zu feiern?

ANTON. Vielleicht hast du's ja schon gehört. Wir haben ein Enkelchen bekommen: der erste Junge, da guckt man schon mal in die Zukunft.

Anton holt mit stolzem Lächeln ein Foto von Maras neugeborenem Kind aus der Brieftasche und hält es an den Zaun.

Ernst sieht sich das Bild ungerührt an.

ERNST. Der sieht dir ja sogar ähnlich. Dann bist du ja wieder mal ganz oben. Ein Stückchen Unsterblichkeit durch Fortpflanzung. Seid fruchtbar und mehret euch. Gratuliere!

ANTON. Ernst, du lebst hier ganz allein, ohne Familie – das ist doch nichts. Wir waren doch auch einmal Kinder.

ERNST. Und da erinnerst du dich an deinen Bruder. Da steckt doch was dahinter.

ANTON. Lass uns doch unsern Streit begraben. Wir werden nicht jünger.

Antons Gesicht ist milder als sonst. Seine Augen sind traurig, während der Mund zu lächeln versucht. Er scheint es ehrlich zu meinen mit dem Versöhnungsangebot, aber Ernst ist nicht dazu bereit.

ERNST. Da muss jeder sehen, wie er klarkommt. Dir geht's doch gut, langt dir das nicht? Ich kann mir nicht vorstellen, dass dir was fehlt, was ich dir geben könnte.

ANTON. Mensch, Ernst, Besitz ist nicht alles.

ERNST. Das sagst ausgerechnet du.

Anton holt Luft, um noch etwas zu sagen, das den Bruder umstimmen könnte. Eine Sekunde lang kämpft er gegen den Stolz an, der ihm einflüstert, er sei längst zu weit gegangen. Wenn Ernst nicht zu würdigen weiß, dass er gekommen ist! Anton öffnet noch einmal den Mund, dreht sich dann jedoch stumm um und geht auf den Mercedes zu, jetzt wieder ganz der Patriarch.

Als Horst ihm die Wagentür öffnet, zögert er, wirft einen kurzen Blick zurück. Ernst wendet ihm den Rücken zu. Da steigt Anton ein. Er ahnt nicht, dass Ernst sich gerade besinnt. Er bräuchte nur noch eine Minute, um sein Herz zu öffnen und Antons Versöhnungsgeste anzunehmen. Die Zeit aber gönnt der große Bruder ihm nicht mehr.

Der «Hunsrückdom» in Ravengiersburg

Das einzige Gotteshaus, in dem Anton sich die Taufe seines ersten männlichen Enkelkinds vorstellen kann, ist eine romanische Klosterkirche, die gern als «Hunsrückdom» bezeichnet wird. Im ganzen Land gibt es kein ehrwürdigeres und repräsentativeres Gotteshaus. Die beiden Türme, das Kirchenschiff und das Kloster erheben sich auf einem wehrhaften Hügel inmitten eines kleinen Dorfes, das über gewundene Straßen zu erreichen ist.
Die Klosterkirche ist natürlich eine katholische Kirche, was die evangelische Simon-Familie jedoch nicht hindert, hier ihre Kindstaufe abzuhalten. Man hat sich mit den Mönchen darauf geeinigt, dass dem Schabbacher «Friedenspfarrer» ausnahmsweise Einlass gewährt wird und er die Zeremonie an dem marmornen Taufbecken vollziehen darf.
Das Kircheninnere ist gefüllt mit Schabbachern, Angestellten der Simon-Werke, Mitgliedern des FC Schabbach, Bürgermeistern, Landrat und Prominenz aus der Gegend.
Während Mara, gefolgt von Hartmut und den Taufpaten, das Kind zum Taufbecken trägt, singt Clarissa auf der Orgelempore einen Choral:

CLARISSA.

Er weidet seine Herde, dem Hirten gleich,
und heget seine Lämmer so sanft in seinem Arm.
Er nimmt sie mit Erbarmen auf in seinen Schoß,
und leitet sanft, die gebären soll.*

Hermann sitzt in der ersten Bankreihe neben den herausgeputzten Enkelinnen Antons. Der Gesang hebt die Herzen der Anwesenden. Der Pfarrer entzündet die Taufkerze. Die Eltern lächeln glücklich, und Anton, der bei ihnen steht, blickt mit stolzgeschwellter Brust auf das Kind. Er als Familienpatriarch lässt es sich nicht nehmen, es eigenhändig über das Taufbecken zu halten.
Der Pfarrer greift in das geweihte Wasser und benetzt die Stirn des Kindes.

* Georg Friedrich Händel: «Der Messias», Oratorium (1741), Sopran-Arie Nr. 18

Pfarrer Dahl. Matthias Paul Anton, ich taufe dich im Namen des Vaters, des Sohnes und des Heiligen Geistes. Amen.

Weiter hinten in den Bankreihen sitzt auch Rudi Molz, der sich jetzt flüsternd zu Lenchen beugt.

Rudi. Eigentlich müsste es doch heißen: im Namen des Großvaters, des Urgroßvaters und des Ururgroßvaters.

Lenchen ermahnt ihren Mann, ernst zu bleiben. Rudi winkt ab. Er kennt die Familiengeschichte der Simons besser als manch anderer aus Schabbach. Er weiß, dass der erste Vorname der des Dorfschmieds war, von dem sich die Simons herleiten; den zweiten Namen hat man nach jenem Paul Simon gewählt, der einst das Dorf verließ und als reicher Unternehmer aus Amerika zurückgekehrt ist. Er war Antons Vater. Dass dem Kind auch noch Antons Name verpasst wird, erklärt sich aus der erwarteten Erbfolge. Rudi wundert sich über derart hochgeschraubte Spekulationen, die an ein Baby schon mit der Namenswahl geknüpft werden.

Der Pfarrer spendet den Segen.

Anton gibt das Kind an die Mutter zurück. Damit ist der symbolische Teil des Festtags vorüber.

Ein langer Konvoi von Autos verlässt Ravengiersburg, angeführt von Horsts Dienstwagen mit Anton, Mara und dem Kind. Die Domkirche bietet im Hintergrund die angemessene Festkulisse.

Optische Werke Simon, Fabrikhof und Kantine

Unterwegs hat sich Hartmut mit seinem Porsche an die Spitze des Konvois gesetzt. Als Erster erreicht er den Fabrikhof, der zum Empfang aufwändig geschmückt ist. Den Hauseingang überdacht ein mit Girlanden verzierter Baldachin, der sich bis zur Anfahrt hin erstreckt.

Antons Wagen hält direkt vor dem roten Teppich, der hier endet. Aus echten Vogelfedern gefertigte Störche, Blumengebinde, seidene Schleifen am Geländer, ein Empfangskomitee mit den schönsten Mädchen des Betriebes und ein Meer von Blumen erwarten das Kind und Anton, der das Fest auch für seinen Auftritt inszeniert hat.

Als Hartmut aus dem Porsche steigt, winkt ihm ein lächelnder Herr von der Terrasse zu. Er scheint speziell auf ihn gewartet zu haben.

HARTMUT. Herr Böckle, das ist ja 'ne Überraschung! Was verschafft mir denn die Ehre?

HERR BÖCKLE. Herr Simon, ich lasse es mir selbstverständlich nicht nehmen, hier zu erscheinen, wenn einer meiner wichtigsten Geschäftspartner Vater geworden ist. Gratuliere!

Schon ist Hartmut über die Seitentreppe zu ihm hinaufgelaufen und schüttelt ihm die Hand. Böckle überreicht ihm dabei ein kleines, doch dafür umso edler wirkendes Geschenkpaket. Der Verpackung nach könnte es sich um ein Schmuckstück handeln.

HARTMUT. Oh, für meine Frau?

HERR BÖCKLE. Nein, ausschließlich für Sie.

HARTMUT. Herr Böckle, Sie sind der Einzige, der daran gedacht hat! Darauf trinken wir einen.

Tatsächlich ist Hartmut während der ganzen bisherigen Veranstaltung zur Randfigur degradiert worden. Als Vater des Kindes scheint er bedeutungslos zu sein. Anton hat die Fäden in der Hand, und Mara erfährt erneut, dass sie seine Lieblingsschwiegertochter ist.

Anton trägt das Kind über den roten Teppich und hält es hoch, damit alle es sehen können.

ANTON. Hier ist er, der Matthias Paul Anton!

Von Applaus begleitet setzt Anton den Einzug in sein Imperium fort. Es folgen die Söhne und Töchter, Schwiegersöhne und Enkelinnen, Maras Eltern, fernere Verwandte und die übrigen Gäste – alle festlich gekleidet.

Hermann und Clarissa begegnen Hartmut, der ihnen mit Herrn Böckle über den Weg läuft.

HARTMUT. Hermann, Clarissa, ich muss euch jemanden vorstellen: Frau Lichtblau, Herr Böckle, Herr Simon.

Hermann traut seinen Augen kaum. Diesen Herrn hat er doch schon einmal gesehen!

HERMANN. Tag, kennen wir uns nicht irgendwoher?

HERR BÖCKLE. Sind wir uns nicht mal in der Bahn begegnet?

Hartmut. Das ist ja ein Zufall, Sie kennen sich?
Hermann hatte die Reisebekanntschaft von seiner Fahrt nach Leipzig vergessen. Jetzt steht dieser Mann, der sich als «Firmenvernichter» bezeichnet hat, wieder vor ihm und ist ein Bekannter von Hartmut.
Was soll er davon halten? Oder irrt er sich? Er weiß nur noch, dass ihm der Mann grenzenlos unsympathisch wurde.
Während Hermann grübelt, unterhält sich Clarissa mit Hartmut. Sie geht mit ihm davon, lässt Hermann allein mit Böckle. Der ist sichtlich nervös geworden, fängt sich aber wieder, als Hermann sich von ihm abwenden will.
Herr Böckle. Ich fürchte allerdings, ich habe Ihnen einen riesigen Bären aufgebunden. Wissen Sie, es ist ein altes Hobby von mir, wildfremden Menschen, denen ich unterwegs begegne, Schauergeschichten zu erzählen. Sind Sie mir böse? Schön jedenfalls, Sie in der Realität wiederzusehen. Bei einem so positiven Anlass.
Die Erklärung kann Hermann nicht beruhigen. Ein wenig verwirrt verabschiedet er sich von dem Mann.
Böckle, jetzt allein auf der Terrasse, denkt angestrengt nach.

Die Werkskantine ist in einen Festsaal verwandelt worden. Die mit weißen Tüchern und edlem Geschirr gedeckten Tische sind so angeordnet, dass man von allen Plätzen aus gute Sicht zum Podest hat, auf dem die «Evergreens», ein Hunsrücker Unterhaltungstrio, volkstümliche Musik spielen. Neben der Kapelle ist eine Bühne aufgebaut mit einem Rednerpult, das den Schriftzug der Firma trägt.
Als Hermann den Saal betritt, herrscht an den Tischen bereits heitere Stimmung. Die Kellnerinnen servieren Begrüßungsgetränke.
Clarissa steht mit Hartmut vor einem Gabentisch, auf dem sich die Taufgeschenke türmen.
Hermann ist voller Ungeduld, will sich mit Clarissa beraten. Soll er Hartmut, der ihm und ihr die Plätze zuweist, gleich von seiner Begegnung mit Böckle erzählen? Das ist jetzt allerdings die denkbar schlechteste Gelegenheit.
Hermann. Clarissa, pass mal auf, ich hab dir doch von der Zug-

fahrt nach Leipzig erzählt, von diesem merkwürdigen Menschen – das ist der!

Clarissa ist nicht in der Stimmung, sich mit Hermanns Sorge zu befassen. Ihre Aufmerksamkeit gilt den kleinen Störchen, die jeden Teller zieren.

Hartmut widmet sich Böckle mit besonderer Aufmerksamkeit. Es scheint, dass die beiden in enger Geschäftsbeziehung stehen.

HARTMUT. Herr Böckle, darf ich Sie bitten, sich hierher zu setzen? Gedeck lass ich noch bringen. Wir sehen uns später.

Hartmut hat es eilig, an seinen Platz zu kommen, weil Anton, begleitet von einem Tusch des Musiktrios, zur Bühne schreitet, um eine Rede zu halten.

ANTON. Liebe Schabbacher, Kollegen, Mitarbeiter, Herr Regierungspräsident, Herr Bürgermeister, Toni. Ich möchte etwas bekannt geben, was ich erst heut Nachmittag ganz spontan beschlossen hab. Das Kind da …

Es ist noch immer unruhig im Saal. Hartmut hat sich zu Mara mit dem Baby gesetzt. Das Kleine verfolgt das Geschehen mit wachen Augen.

Anton deutet auf Mara.

ANTON. Mara, bring doch mal das Kind auf die Bühne.

Hartmut hilft seiner Frau beim Aufstehen. Er hat keine Ahnung, was der Vater vorhat.

ANTON. Tusch für die Mutter!

Die Kapelle spielt einen Tusch bei Maras Weg zur Bühne.

Anton wendet sich an sie.

ANTON. Also, mit 43 Jahren, das ist eine reife Leistung, Mara, und dafür bewundern wir dich alle. Hartmut, da wirst du mir Recht geben. Damit hat doch keiner mehr gerechnet, du am allerwenigsten.

Die Festgäste sehen verlegen auf Hartmut. Sie fragen sich, was Anton zu solch böser Ironie bewegt.

ANTON. Das Kind ist der erste Junge unter meinen Enkeln, und dass ich mich darüber sehr freue, das versteht ihr alle, wie ich sehe.

Der Blick in den Saal hätte Anton zeigen müssen, dass keineswegs jeder seine Freude teilt. Da gibt es seine Töchter Marlies und Helga, die verstehen sollen, dass er ihre Mädchen als Enkelinnen geringer schätzt als den neugeborenen Jungen. Es gibt im Saal auch einige andere Gäste, die Antons Ansprache mit gemischten Gefühlen verfolgen.

ANTON. ... Aber er ist nicht nur ein Enkelkind für mich, sondern auch der Garant dafür, dass es weitergeht mit Schabbach und mit der Firma. Wir machen uns auf ins dritte Jahrtausend. Tusch!

Die «Evergreens» reagieren augenblicklich auf jede Geste des Firmenchefs.

Anton deutet auf einen Mann in der Nähe des Buffets.

ANTON. Herr Notar, kommen Sie mal auf die Bühne. Bringen Sie das Schriftstück mit. Den Notar Weber aus Simmern kennt ihr ja. Er wird euch jetzt auszugsweise aus einem Schriftstück vorlesen, das er in meinem Namen abgefasst hat.

Keiner weiß, was Anton da vorbereitet hat.

Notar Weber, ein amtlich wirkender Mann mit linkischen Bewegungen, hat eine Aktentasche bei sich, die er hinter dem Rednerpult umständlich auspackt.

ANTON. Das ganze amtliche Blabla, das können Sie sich sparen, Herr Weber.

Anton dreht das Mikrofon zu ihm hin.

Mara steht mit dem Kind auf der anderen Seite des Pultes.

Der Notar sucht im Text einen geeigneten Anfang.

NOTAR WEBER. ... übereigne und schenke ich hiermit meinem Enkelkind Matthias Paul Anton Simon, geboren am 12. Juli 1993 ...

ANTON. ... in Schabbach und so weiter und so weiter. Aber jetzt, jetzt kommt's. Hört genau hin.

Anton tritt einen Schritt nach vorn.

Im Saal ist es still geworden. Hartmut wird unruhig.

NOTAR WEBER. ... den größten Teil meines Privatvermögens, bestehend aus Wertpapieren, Bargeld und Immobilien laut Anlage im Wert von zehn Millionen Deutsche Mark zuzüglich der anfallenden Schenkungssteuer.

Hartmut und seine Geschwister sehen sich an. Sie können die Tragweite der Worte noch nicht fassen.

Anton lässt sich vom Notar einen Füller reichen.

ANTON. Der Akt ... wird in diesem Augenblick rechtsgültig.

Rudi Molz und Lenchen haben sich im Hintergrund erhoben. Sie begeben sich zu Hermann und Clarissa.

Der Notar zeigt Anton, wo er unterzeichnen muss.

ANTON. Da staunt ihr. Niemand, auch nicht die Eltern oder ich selber, kann dem Kind jetzt noch sein Eigentum streitig machen. Das ist jetzt das reichste Baby in Rheinland-Pfalz. Tusch!

Antons Stimme ist vor Erregung belegt. Er beugt sich über das Kind und scheint das Gleichgewicht zu verlieren.

Mara ist völlig irritiert. Sie steht auf der Bühne, allen Blicken ausgesetzt, als wäre sie Antons Komplizin.

Die Kapelle spielt einen weiteren Tusch, der nun absurd wirkt.

Alle Feststimmung ist zum Erliegen gekommen.

ANTON. Und wenn der Bub 18 wird, am 12. Juli 2011, kann er mit seinem Geld machen, was er will. Und mit den Zinseszinsen wird er das Werk der Simons weiterführen.

Anton kann sich kaum noch auf den Beinen halten. Er stützt sich auf Maras Schulter, um die Stahlsäulen des Bühnenbaldachins zu erreichen und daran Halt zu finden.

Der Notar steht hilflos hinterm Rednerpult und weiß nicht weiter.

Die «Evergreens» reagieren in ihrer Weise auf die Skandalstimmung im Saal: Musik! Unter allen Umständen heißt es jetzt, irgendwas zu spielen. Ihr Lied ist zwar gut gemeint, gleichwohl der wahre Hohn:

Heile, heile Gänssche, es is bald widder gut,
das Kätzsche hat e Schwänzsche, es wird bald widder gut.
Heile, heile Mausedreck, in hunnert Jahr'n is alles weg.

Rudi beugt sich über Hermanns Schulter.

RUDI. Das ist hart.

LENCHEN. Es gibt immerhin noch vier Geschwister vom Hartmut und noch fünf Enkelchen.

Am Familientisch der Simons bricht Aufruhr aus. Hasserfüllte Blicke richten sich auf Anton, der immer noch auf der Bühne steht und sich an der Stütze festhält.

MARLIES. Was? Sind unsere Kinder vielleicht weniger wert?

LOTHAR. Das kann doch nicht wahr sein!

Dieter, der Rechtsanwalt unter Antons Kindern, sieht seine Stunde gekommen.

DIETER. Jetzt wart doch mal ab.

LOTHAR. Das werden wir noch sehen.

Schwiegersohn Lothar, Möbelfabrikant, hebt seine Hand drohend in Richtung Bühne.

Seine Frau scheucht ihre Töchter auf.

MARLIES. Hanna, Katharina, kommt! Wir gehen.

Mara hat zwar die Bühne verlassen, weiß aber nicht, zu wem sie jetzt gehört.

Auch Antons Tochter Helga ist empört.

HELGA. Also, das lassen wir uns nicht bieten. Komm, Hans, wir gehen!

Ihr Mann erhebt sich ebenfalls.

Anton scheint sich angesichts des ihm entgegenschlagenden Widerstands zu erholen. Ein eigenartiges Grinsen steht jetzt in seinem Gesicht.

Dieter beugt sich über den geschockten Hartmut.

DIETER. Hast du was davon gewusst?

Hartmut kann nichts sagen.

Rudi und Lenchen halten sich an Hermann, der am wenigsten mit dem Simon-Clan und seinen Problemen zu schaffen hat.

RUDI. Immer gegen den Hartmut. Weißt du, warum?

HERMANN. Ich möchte mit all dem überhaupt nichts zu tun haben. Ja, lass uns gehen, komm!

Clarissa folgt ihm nach draußen. Auch Rudi und Lenchen verlassen den Saal.

Der treue Horst sieht, wie mitgenommen sein Chef ist, steigt zu ihm aufs Podest und will ihm herunterhelfen. Anton schüttelt ihn ab.

ANTON. Lass mich los.

Er kommt an seinem Ehrengast, dem Regierungspräsidenten, vorbei, der kaum begriffen hat, welches Drama sich hier abspielt. Er versucht seinem Freund Anton zu helfen.

REGIERUNGSPRÄSIDENT. Und, Anton, alles klar?

Anton ist nun auch noch beleidigt. Er dreht sich zu den verbliebenen Gästen um und droht.

ANTON. Ich verbitte mir jegliche Einmischung!

Mara sieht zu, dass sie sich mit dem Kind davonmacht.
Hartmut hat sich inzwischen gefangen. Er weiß, dass er jetzt handeln muss, weil er sonst nur der Getretene ist, der sich bei aller Ungerechtigkeit nicht einmal zu verteidigen weiß. Mitten in der ratlosen Stille geht er zum Rednerpult.
Dort steht immer noch der Notar.
HARTMUT. Sie können gehen, ich will was sagen.
NOTAR WEBER. Die Ausfertigung der Urkunde schick ich Ihnen per Post.
Hartmut versucht die Aufmerksamkeit auf sich zu lenken, was nicht leicht ist, da im Hintergrund immer noch Leute den Saal verlassen.
HARTMUT. Ich bin genauso überrascht wie ihr. Aber da ist etwas, das sollt ihr wissen. Egal, was da in der family an Ungereimtheiten kocht – eins versprech ich euch: Wir segeln im Aufwind. Ihr kennt doch alle die neue Fabrikationsstätte auf dem Hahn. Das ist meine Gründung, aus eigener Kraft und ohne den Alten. Soll er doch machen mit seinen Ersparnissen, was er will. Die Hauptsache ist, die Firma bleibt erhalten. Und meine Anteile als Kommanditist, die hol ich mir von ihm, und wenn ich bis zum Bundesgerichtshof damit geh. Das Schlachtfeld ist nicht hier, sondern auf den Märkten. Allein von der Frühjahrsmesse in Leipzig hab ich Aufträge in Millionenhöhe mitgebracht. Und wenn ihr euch jetzt umdreht, dann seht ihr den Mann, dem wir in Zukunft viel, sehr viel verdanken werden: Herr Böckle! – Herr Böckle?
Herr Böckle, den Hartmut eben noch auf seinem Platz sitzen sah, ist verschwunden.
Hartmut auf der Bühne schaut ziemlich verdattert drein.

Villa Anton, das Wohnzimmer

In Antons Villa verrinnt die Zeit. Man wartet auf die Ankunft des Doktors.
Mit seinem Auftritt hat Anton dem Herzen zu viel zugemutet. Er liegt schwer atmend auf dem Wohnzimmerteppich. Mara massiert

ihm die Fußreflexzonen. Offenbar war er ohnmächtig und kommt nun langsam wieder zu sich.

Anton fasst sich ans Herz.

Die Wiege mit Maras Kind steht in seinem Sichtfeld.

ANTON. Schläft der Kleine?

MARA. Mach dir mal um den Kleinen keine Gedanken. Du musst tief einatmen. Ganz tief, ordentlich atmen.

Anton hat heftige Schmerzen in der Brust. Sein Kopf liegt nach hinten gereckt, der Blick geht zur Zimmerdecke.

ANTON. Mara, ich muss dir was sagen. Wie der Hartmut damals mit dir angekommen ist, da hab ich gedacht: Du lieber Himmel, die mit ihrer sauteuren Pferdeliebhaberei, die soll meine Schwiegertochter werden? Ich hab dich furchtbar gefunden.

MARA. Ich bin halt, wie ich bin.

ANTON. Dann weißt du, was ich meine. Ich bin auch, wie ich bin.

Endlich trifft der Arzt ein. Hanni führt ihn die Treppe hinunter.

Als Anton ihn erblickt, versucht er sich aufzurichten.

ANTON. Nicht ins Krankenhaus, Herr Doktor. Ersparen Sie mir den Zirkus, da sterben die Leute. Geben Sie mir doch wieder so eine Spritze wie damals. Die hat prima geholfen.

Um bei dem Arzt einen besseren Eindruck herauszuschinden, ist es Anton gelungen, sich an das Sofa zu lehnen. Doch der lässt sich nicht täuschen. Er setzt das Stethoskop auf und beginnt mit der Untersuchung.

DOKTOR. Sie sind doch umgefallen, oder nicht? Ich muss mich an das halten, was Ihre Schwiegertochter mir sagt.

Er beginnt mit der Blutdruckmessung.

MARA. Du warst wirklich ohnmächtig, Schwiegervater.

ANTON. Mach keine Witze. Ich, ich bin nie ohnmächtig. Stimmt das, Hanni?

Die alte Haushälterin steht abseits und hält den Mantel des Arztes.

HANNI. Ja, das stimmt.

Wenn Anton sagt, er sei niemals zuvor ohnmächtig geworden, dann stimmt das für sie.

Günderrode-Haus, Wendestelle

Der Sommer geht zu Ende.
Anton hat seinen Herzanfall überlebt. – Hartmut und Mara sind sich nach der Millionenschenkung noch fremder geworden. Sie geht ganz in ihrer Mutterschaft auf, er stürzt sich in die Arbeit mit seiner Firma auf dem Hahn. – Hermann hat mit Hartmut nie über Herrn Böckle gesprochen. Es gab andere Themen, die wichtiger erschienen. – Juris Knie ist erfolgreich operiert worden, und Galina hat einen Job in der Exportabteilung von Hartmuts Firma bekommen. – Ernst widmet sich seiner Kunstsammlung.
Alle sind in die Bahnen ihres Alltags zurückgekehrt. Sie fühlen sich dort wohl am sichersten.

Das Günderrode-Haus liegt an diesem Abend in einem samtigen Licht, das alles, auch die Gefühle, harmonisch erscheinen lässt.
Vom Weinberg her nähert sich ein kleines Auto mit Kölner Nummer und hält unter dem Kastanienbaum im Hof. Lulu, Lutz und Roland steigen aus.
Lulu ist beschwingt. Sie sieht sich um. Das Haus ist unbeleuchtet. Sie eilt zur Haustür, die verschlossen ist. Die Klingel scheint nicht zu funktionieren. Lulu tritt ein paar Schritte zurück und ruft nach Hermann.
Da geht die Außenbeleuchtung an, und kurz darauf öffnet sich zaghaft die Tür. Tillmann streckt den Kopf heraus, erkennt Lulu und sieht sie fragend an.
LULU. Sind Hermann und Clarissa nicht zu Hause?
Lulu hat Tillmann offenbar bei einem Schäferstündchen mit Moni gestört. Er ruft nach ihr. Moni, mit roten Bäckchen, erscheint neben ihm.
MONI. Also, wir sind nur hier, weil wir auf das Haus aufpassen sollen, der Tillmann und ich.
TILLMANN. Genau, weil der Herr Simon und die Frau Lichtblau das Konzert in Bonn nicht haben absagen können. Sie haben alles versucht, aber ...
MONI. ... weil es für Staatsgäste ist, da mussten sie eben.
TILLMANN. Genau, aber sie kommen heute Nacht zurück. Oder?

MONI. Frühestens um eins.
Die gemeinsame einjährige «Auszeit» für Clarissa und Hermann scheint sich nicht verwirklichen zu lassen.
LULU. Schade, ich wollte mit Hermann feiern. Könnt ihr ihnen was ausrichten?
Lulu lächelt, als die beiden wie aus einem Munde «selbstverständlich» sagen.
LULU. Also, ich bin seit genau vier Stunden Diplomingenieurin – Durchschnittsnote eins Komma drei – und wir haben einen Tisch bestellt im Römerkeller. Und wenn sie ein bisschen früher kommen, dann können sie ja noch nachkommen.
TILLMANN. Seit vier Stunden Diplomingenieurin, Durchschnittsnote eins Komma drei, und sie können nachkommen.
Lulus Freunde haben inzwischen ihr Übernachtungsgepäck beim Ziegenstall abgelegt.
Alle drei kehren zum Auto zurück.
LULU. Und wir möchten gern heute hier übernachten!

Restaurant Römerkeller

Nicht nur Lulu, auch Roland hat heute das Diplom erhalten. Die Freunde haben sich ein edles Restaurant zum Feiern ausgesucht. Der gewölbte Raum schimmert im Kerzenlicht, es herrscht gedämpfte Stimmung.
Roland, der mit dem Rücken zum Lokal sitzt, hat das verliebte Turteln von Lulu und Lutz vor Augen.
LUTZ. Seit längerem beobachte ich dein vermehrtes Verlangen nach Proteinen, Schinken, Beefsteak, rohem Fleisch.
Lutz spielt auf das Essen an, das gerade serviert worden ist. Er genießt es, dass Lulu sich auf Hals und Wange küssen lässt und sich dabei an ihn schmiegt.
LULU. Vermehrtes Verlangen nach dir. Wie heißt diese Krankheit?
LUTZ. Voluptio graviditi vulgaris. Ist heilbar.
Der Freund sitzt ihnen einsam gegenüber. Er riecht an seinem Weinglas und weiß nicht, wohin er den Blick wenden soll. Als

Lutz mit seinem Medizinerlatein auf Lulus Schwangerschaft anspielt, wird Roland melancholisch.

ROLAND. Schade, dass ein Kind nicht zwei Väter haben kann.

Ihm wird jetzt vom Kellner sein Essen serviert.

Lulu denkt über Rolands Äußerung nach.

LULU. Du warst traurig, als es zwischen mir und Lutz losging?

Roland trinkt einen Schluck, ist verlegen.

ROLAND. Ist mir nicht neu, immer hänge ich an Pärchen. Muss wohl irgend so ein Schaden bei mir sein.

Lutz hebt aufmunternd sein Glas und prostet dem Freund zu.

LUTZ. Auf euer Diplom.

Lulu spürt, dass sie es in der Hand hat, dem Abend dennoch einen harmonischen Verlauf zu geben. Sie rückt mit ihrem Stuhl näher zu Roland und küsst ihn liebevoll auf den Mundwinkel. Dabei lächelt sie in seine Augen und prostet ihm zu.

LULU. Auf deins.

Die Speisen würden kalt werden, wenn man sich jetzt in Rolands Problem vertiefte. Also wünscht man sich guten Appetit und genießt das wunderbare Essen.

LULU. Lecker, Proteine!

LUTZ. Altes Fressmonster!

Die drei Freunde sind nun wieder, was sie immer sein wollten: heitere Realisten.

Schabbach, Dorfstraße und Wohnung von Galinas Familie

Die Straßen von Schabbach sind nachts nur spärlich beleuchtet. Darum ist die Aufschrift «Simon Contact» auf dem Kleinbus, der in der Nähe der Kirche hält, nicht gleich zu erkennen. Die Schiebetür wird geöffnet.

Galina, in Jeans und schicker Lederjacke, steigt aus. Sie verabschiedet sich von ihren Kollegen, die mit dem Shuttle-Bus weiterfahren. Es ist spät geworden bei der Arbeit, und Galina ist nervös. Heute ist ihr Mann aus der Reha-Klinik entlassen worden und wieder nach Hause gekommen.

Nach ein paar Schritten sieht sie das Licht hinter den Fenstern: Im «Russenhaus» feiert man schon Juris Rückkehr.
Beim Betreten der Wohnung hört Galina das Singen der Männer, darunter Juris Stimme. Leise schließt sie die Tür hinter sich. Ein kurzer Blick ins Wohnzimmer bestätigt ihr: Juri ist wieder da.
Er hat den kleinen Niko im Arm und tanzt vor den Augen der Eltern und des Bruders einen russischen Volkstanz. Überglücklich bestaunt die Familie das Wunder der Medizin, das sich an Juris Bein vollzogen hat. Er tanzt und lacht, als hätte er immer ein gesundes Bein gehabt und nie unter Schmerzen gelitten.
Galina huscht ins Bad. Seit dem Erlebnis mit dem Parfümfläschchen weiß sie, dass ihre neuen Jeans und das modische Oberteil ein weiteres Ärgernis für Juri wären. Auch vor der Familie kann sie sich erst blicken lassen, wenn sie Rock und Kittelschürze trägt.
Juri und sein Bruder, der «Postowitsch», singen so laut, dass ihre Ankunft niemandem auffällt. Juri macht tänzerische Kniebeugen und trägt sein Kind in fröhlichen Runden zu Babuschka, die den Kleinen zu Bett bringen will.
Als die Alte die Diele betritt, hat sie sofort Galinas Rückkehr bemerkt. Sie ruft ihren Namen durch die Badezimmertür und wartet mit dem Kind.
Galina kommt in rot geblümter Schürze heraus.
BABUSCHKA. Galina, sag dem Niko gute Nacht, der will jetzt schlafen.
Galina liebkost ihr Kind, flüstert ihm russische Zärtlichkeiten ins Ohr, bis die Babuschka ungeduldig wird und es ins Schlafzimmer trägt.
Juri tanzt jetzt mit dem Röntgenbild, das die gelungene Implantation zeigt. Postowitsch und der Vater klatschen Beifall.
Galina steht im Türrahmen und lächelt glücklich.
Die Männer nehmen Juri in die Arme, drücken ihn an sich.
Da geht Galina auf ihn zu, um ihn willkommen zu heißen. Juri, der sich gerade setzen will, lässt sich von ihr umarmen. Er duldet auch ihren Kuss auf die Wange, ist aber eigenartig starr geworden, sieht sie nicht an. Es scheint etwas in der Luft zu liegen.
GALINA. Bist du schon lange zu Hause?
POSTOWITSCH. Ja, seit fünf Stunden schon.

Galina. Ja, wirklich?
Postowitsch. Ja, wirklich.
Das war es also! Man ist böse, dass sie nicht da war, als er heimkam.
Juri geht nicht auf Galinas Deutsch ein. Er fragt auf Russisch, wo sie so lange gewesen sei.
Galina. Ja, ich weiß, ich wollte früher kommen, aber es ging nicht.
Er glaubt ihr nicht. In seiner Antwort fällt das deutsche Wort «Nachtschicht».
Sie setzt sich neben ihn auf die Eckbank und versucht, auf ihn einzugehen. Mit ruhiger Stimme berichtigt sie ihn.
Galina. Nicht Nachtschicht, Spätschicht. Aber wenn der Chef sagt, dann arbeiten wir alle in der Nacht. Es ist schöne Arbeit, Juri.
Galina wechselt zu ihrem Platz am Tisch. Von hier aus kann sie Juri in die Augen sehen. Vielleicht wird sein Ton jetzt weniger vorwurfsvoll.
Das Wort «schöne Arbeit» wiederholt sich aber in seinen russischen Sätzen mit ironischem Unterton.
Galina. Ja, ich musste Gäste von Firma betreuen.
Postowitsch. Wie betreut man Gäste in der Nacht?
Die Männer sind voller Misstrauen.
Galina. So. Einfach mit Linsen.
Postowitsch. Mit was?
Galina. Mit Kontakt-Simon-Linsen.
Eigentlich müssten alle längst wissen, was Galina in ihrem unvollkommenen Deutsch meint. Sie spricht von den «optischen Linsen», die in Hartmuts Firma hergestellt und weltweit exportiert werden. Dass Galina einen guten Job gefunden hat, scheint die Familie zu ärgern.
Postowitsch. Ach, Schluss! Leute, kommt, wir feiern lieber.
Galina weiß nicht mehr, ob sie sich freuen darf. Die Männer beachten sie nicht mehr.
Der Alte fragt Juri, wie es im Krankenhaus gewesen sei, und der muss jetzt ausführlich berichten. Er tut dies auf Russisch.
Die Babuschka kommt vom Schlafzimmer zurück, hat die An-

griffe auf Galina nicht mitbekommen. Sie geht zu ihr, umarmt sie zur nochmaligen Begrüßung.

Juri muss weiter von seinem Klinikaufenthalt erzählen. In seinen Bericht flicht er die deutschen Worte «sehr gutes Essen» ein. Die Behandlung habe vor allem aus «Vitaminen, Vitaminen, Vitaminen» bestanden.

Die Mutter trägt die Suppenschüssel herein.

BABUSCHKA. Aber was deine Mamuschka kocht, ist immer noch am besten. Sag ja, sonst musst du zurück in Reha-Klinik.

Juri bejaht.

Die Suppe wird in einem strengen Ritual ausgeteilt: Zuerst bekommt der Vater seine Portion, dann der ältere Bruder, dann der jüngere, dann die Frauen.

Galina versucht, etwas ins Gespräch zu bringen, das Juris schroffes Verhalten ihr gegenüber mildern könnte.

GALINA. Juri, ich kann dir helfen, sehr guter Job zu bekommen. Herr Simon hat gesagt, es gibt drei Möglichkeiten: entweder Fabrikation oder Teilelager oder Expedition, und du kannst selber wählen. Schön? Chef hat gestern so was gesagt.

Statt einer erfreuten Reaktion breitet sich Schweigen am Tisch aus. Die Männer starren vor sich hin oder sehen Galina wortlos an.

GALINA. Warum guckt ihr alle so? Das ist Wahrheit, was ich sage.

VATER. Was ist das für eine Welt, wo die Frau muss für dich die Arbeit beschaffen?

Juri hält es auf seinem Platz nicht mehr aus. In seinem Inneren brodelt es. Er wirft sein Besteck hin, schiebt den Teller wütend zur Seite, springt auf und rennt ins Schlafzimmer. Als er die Tür hinter sich zuknallt, zucken alle erschreckt zusammen.

Juri kocht vor Eifersucht. Galina ahnt, wie ihm zumute ist. Was soll sie tun?

Da kommt er zurück und stellt sich aufrecht vor seine Frau. Er, der Ehrenmann, will jetzt Genugtuung.

JURI. Wie viel schulden wir ihm für die Operation?

GALINA. Nichts.

Das hat Juri erwartet, seine Frage war eine Fangfrage.

JURI. Hast du etwa schon bezahlt?

Jetzt erst begreift Galina, welch ungeheuerlichen Verdacht er hegt.
Als sie sieht, dass die Blicke aller ihr stumm dieselbe Frage stellen, steht sie auf. Ohne sich umzudrehen, geht sie zur Garderobe, schnappt sich ihren russischen Pelzmantel und verlässt die Wohnung.
Auf der Straße muss sie zuerst einmal loslaufen. Zu groß ist ihre Empörung. Sie rennt, ohne zu wissen, wohin. An der Kirche überlegt sie es sich anders, kehrt um, aber nach ein paar Schritten siegt ihr Stolz, und sie kehrt dem Haus erneut den Rücken.
Die Babuschka sieht ihr aus dem Fenster nach, aber Galina läuft weiter durch das nächtliche Schabbach.
Hinter ihr nähert sich ein Auto. Sie erkennt den Porsche von Hartmut.
Er verlangsamt die Fahrt, überholt und wartet, bis sie neben ihm geht.
GALINA. Herr Hartmut.
HARTMUT. Na, was macht das Knie von deinem Juri?
GALINA. Ist wieder zu Hause. Geht gut. Lacht, tanzt und trinkt.
HARTMUT. Ist doch prima.
GALINA. Ich muss danken.
HARTMUT. Ach, Unsinn!
Hartmut schaut ihr ins Gesicht.
HARTMUT. Aber glücklich siehst du nicht gerade aus.
Er lässt den Wagen weiterrollen, und schweigend geht Galina ihren Weg.
HARTMUT. Scheiß Familienbande – das ist es doch, oder?
GALINA. In unserer Familie, besser ein Mann zu sein und nicht eine Frau.
Galina bleibt stehen. Hartmut hält an. Er spürt, dass sie lieber allein auf der Straße unterwegs ist, als daheim zu sein. Ihm geht es ebenso. Auch er will nicht nach Hause und ist ziellos durch die Nacht gefahren.
HARTMUT. Komm mit.
Galina überlegt nicht lang und steigt zu ihm in den Wagen.

Nächtliche Fahrt mit Hartmut

Die beiden haben kein Ziel. Auf der langen Landstraße hängen sie ihren Gedanken nach. Galina verkriecht sich in ihrem Mantel, Hartmut trotzt dem kalten Fahrtwind.

HARTMUT. Weißt du, was ich denke? Nur auf dich kommt es an, einzig und allein! Nur der stärkste Wolf setzt sich durch im Rudel, und in der Familie erst recht. Und ich hab den Kampf aufgenommen.

GALINA. Ich auch Wolf.

Ihre Worte klingen so entschieden, dass Hartmut sie erstaunt ansieht. Das Mädchen, das Galina vor kurzem noch war, existiert nicht mehr. Eine erwachsene Frau sitzt neben ihm.

HARTMUT. Bald sind wir im Warmen.

Galina sieht ihn ruhig an und sagt nichts. Hartmut spürt, dass er sie liebt.

HARTMUT. Willst du ein bisschen Musik hören?

GALINA. Ja, schöne Musik.

Er schiebt eine Kassette in den Rekorder. Galina wiegt sich leicht im Rhythmus der Töne. Ein schwaches Lächeln huscht über ihr Gesicht.

Hartmuts Büro

Das Firmengebäude ist menschenleer. Beim Betreten des Chefbüros empfängt die beiden die abgestandene Luft des Feierabends.

Hartmut bleibt an der Tür zurück, während Galina in ihrem Mantel langsam den Raum durchquert. Sie legt den Schal ab und sieht sich um.

Hartmut drückt auf den Lichtschalter. Ein Strahler geht an und beleuchtet die Konsole, vor der Galina ankommt. Hier steht ein Silberrahmen mit dem Bild seiner Frau. Ein weiteres Foto zeigt Mara auf ihrem Lieblingspferd sitzend.

Daneben steht auch ein Ventilator, den Hartmut jetzt per Fernbedienung einschaltet. Die Luft weht in Galinas Haar.

Sie dreht sich nach Hartmut um und lächelt.

Als sie weitergeht, begleitet er sie mit Lichteffekten: Eine Projektionslampe wirft das Simon-Contact-Firmenlogo auf den Teppich. Galina vermeidet es, auf das Logo zu treten, lässt es aber im Weitergehen kokett zwischen ihren Beinen aufleuchten. Dabei lacht sie leise.
Dann entdeckt sie eine Anrichte mit Modellen schöner alter Autos. Hartmut schaltet auch dafür die Spezialbeleuchtung ein. Ein kleiner Sportwagen-Oldtimer erinnert Galina an die Autofahrt hierher. Mit dem Zeigefinger schnippt sie die kleine Beifahrertür auf und blickt verführerisch zu Hartmut zurück.
Er steht nach wie vor an der Tür, gebannt von dem wortlosen Spiel und zugleich abwartend. Er hält noch den Schlüssel in der Hand, überlegt und steckt ihn ins Schloss – jedoch ohne ihn umzudrehen.
Da klappt Galina die kleine Autotür zu.
Hartmut dreht den Schlüssel um und geht zu ihr, küsst ihr die Hand.
Galina, die eine solche Geste nie erlebt hat, wendet sich verlegen ab. Er hebt ihren Arm und lässt sie eine Pirouette drehen.
HARTMUT. Na, kannst du jetzt den Hofknicks?
GALINA. Ja, wenn Sie sind König.
Hartmut hilft ihr aus dem Mantel.
HARTMUT. Ich bin halt jemand anderes. Ich bin einfach nur ich.
GALINA. Ich bin auch nur ich.
Sie steht jetzt in ihrer ärmellosen Kittelschürze vor ihm. Er streckt die Hände aus, um ihre nackten Oberarme zu berühren.
HARTMUT. Für mich jedenfalls bist du so ’ne Art Prinzessin. Du musst allerdings die Kittelschürze ausziehen.
Galina lässt zu, dass er die Knöpfe öffnet und ihr die Träger über die Schultern streift. Bevor die Schürze ganz auf dem Boden landet, hält Galina sie fest. Sie steht in einem bescheidenen Hemdchen da, für das sie sich schämt. Sie trüge jetzt gern solch schöne Wäsche wie die Frauen in den Modeheften.
Hartmut spürt ihre Verlegenheit und senkt den Blick. Er geht zur Tür, um das grelle Licht auszuschalten.
Dies wäre die letzte Gelegenheit zur Umkehr. Hartmut wartet. Er sieht, wie Galina die Schürze fallen lässt.

Er legt seine Lederjacke ab und kehrt zu ihr zurück. Er setzt sich aufs Sofa und streckt ihr die Hand entgegen. Galina kommt näher. Er sieht zu ihrem Gesicht auf.
Sie greift sich ins Haar und öffnet es für ihn. Die langen blonden Locken fallen auf ihre Schultern.
Beide wagen kaum zu atmen.
Galina bückt sich, um ihr Höschen auszuziehen. Dann reicht sie Hartmut beide Hände. Er zieht sie sehr langsam zu sich. Mit ihrem nackten Unterleib lässt sie sich auf seinen Schoß gleiten und nähert sich ihm mit ihrem Mund zum Kuss.

Parkplatz vor dem Restaurant

Inzwischen haben Lulu und die Freunde ihr Essen und den Rheinwein genossen.
Sie sind trotz reichlichen Alkoholgenusses nicht übermäßig angeheitert, eher ein wenig melancholisch, als sie das Lokal verlassen. Rolands Trauer über die verlorene Liebe, sein Gefühl, nur noch ein Anhängsel des Paars zu sein, hat die Stimmung gedämpft.
Als Lulu neben dem Eingang eine Blumenrabatte entdeckt, bückt sie sich, um heimlich ein paar Blümchen zu pflücken.
Roland rennt hinter Lutz her, der sich unsicheren Schrittes auf den Weg zum Auto gemacht hat. Als er ihn einholt, reißt er ihm den Schlüssel aus der Hand.
ROLAND. Komm, du fährst mir jetzt in dem Zustand nicht mehr Auto.
LUTZ. Ich kann doch noch Auto fahren.
ROLAND. Nein! Ich hab ein Taxi gerufen.
Lutz ist uneinsichtig. Er rangelt mit Roland um den Schlüssel, kann ihn aber nicht zurückerobern. Mehrmals mahnt ihn der Freund, nicht albern zu sein, und erinnert an das Taxi. Auch Lulu versteht nicht, warum Lutz solch heftigen Widerstand leistet.
Als die Streithähne erschöpft Luft holen, hält sie ihnen den geklauten Blumenstrauß vor die schnaubenden Nasen.
LULU. Die bringe ich Clarissa mit.
Die jungen Herren können wieder lachen.

Schabbach, kleine Abzweigung, Hartmuts Villa, Russenhaus

Hartmut und Galina kehren ins Dorf zurück. Sie schweigen. Sie sind sich so nah gekommen, dass ihnen jetzt die Worte fehlen. Das Gefühl, beieinander im Wagen zu sitzen, ist jetzt ganz anders. Was vor wenigen Stunden noch zwei getrennte Sinneseindrücke waren, ist nun ein gemeinsames Wahrnehmen.

Doch sie haben auch Angst.

Hartmut weiß nicht, wie es weitergehen soll, Galina spürt schmerzliche Sorgen um ihr Kind. Auch ist die Familie ihr Selbst, und sie sehnt sich danach, wieder aufgenommen zu werden. Sie muss es noch einmal versuchen, sonst weiß sie nicht mehr, wer sie ist.

Als der Porsche an der Abzweigung stehen bleibt, ist sie nicht mehr zu halten. Im Wegrennen winkt sie Hartmut verstohlen zu. Eine heimliche Liebe, ab jetzt?

Hartmut fragt sich, wohin er gehen soll.

Er sieht Galina davonlaufen – so, als wolle sie auf dem Rückweg die Zeit einholen, die inzwischen verronnen ist. Der Weg ist länger als sonst.

Hartmut fährt zu seinem Haus. Alles ist jetzt Routine, die in den Handgelenken gespeichert ist: weite Linkskurve, Anhalten vor dem eisernen Tor, die Fernbedienung aus dem Handschuhfach nehmen, den Knopf drücken, damit das Tor sich öffnet. Was dann käme, wäre: Gang einlegen, Gas geben, Kupplung kommen lassen ... und dann?

Hartmut sieht sein Haus im Mondlicht dastehen, es ist ihm fremd. Er weiß, dass sein Kind in einem der Zimmer schläft, er weiß, dass Mara es bei sich im Bett liegen hat und auf jedes Geräusch des Kleinen reagieren, bei jedem unregelmäßigen Atmen aufwachen würde. Er weiß aber auch, dass sie ihren Mann nicht beachten würde, wenn er jetzt ins Haus käme.

Hartmut hält die Fernbedienung in der Hand und zögert. Das Tor ist inzwischen ganz aufgegangen. Die Scheinwerfer des Autos leuchten grell auf den Hof und die Hauswand. Hartmut schaltet das Fernlicht aus, schaltet es wieder ein und abermals aus. Seine Gedanken wiederholen das Ritual des Heimkommens.

Da drückt er erneut auf den Fernbedienungsknopf. Der Schließmotor läuft wieder an, das kunstvoll verzierte Eisentor geht langsam zu. Hartmut wartet, bis die beiden Torflügel ineinander greifen und mit einem metallischen Ton einrasten. Dann legt er den Rückwärtsgang ein, wendet und fährt los.

Hartmut hält direkt vor dem Eingang von Galinas Haus. Er hört aufgebrachte Stimmen aus der Russenwohnung. Es wird geschrien, böse Schatten geistern über die Vorhänge.

Hartmut steigt aus. Er hat die Konturen Galinas hinter dem Fenster entdeckt. Ihm ist jetzt alles egal. Er stellt sich auf die gegenüberliegende Straßenseite und ruft ihren Namen.

Als das Geschrei in der Wohnung weitergeht, bildet Hartmut mit den Händen einen Trichter vor dem Mund und ruft Galinas Namen, so laut er kann.

Da wird ihr winkender Arm am Fenster sichtbar und bedeutet ihm wegzugehen. Aber Hartmut bleibt.

Als Galina ein zweites Mal erscheint, diesmal am Schlafzimmerfenster, winkt er sie zu sich herunter. Der Krach in der Wohnung steigert sich.

Da stürmt Juris Bruder Wladimir aus dem Haus. Der «Postowitsch» ist blass vor Erregung. Mit hochgekrempelten Ärmeln geht er auf Hartmut los und brüllt ihn an.

POSTOWITSCH. Was willst du hier? Verschwinde von hier!

Hartmut ist bereit, sich seinen Weg mit Gewalt zu bahnen. Er geht geradewegs auf Wladimir zu und zwingt ihn auszuweichen.

HARTMUT. Hör mal, von dir lass ich mir nicht die geringsten Vorschriften machen. Ich lass mir überhaupt nichts mehr vorschreiben, von niemandem auf der Welt – verstanden?

Als Wladimir ihn zurückhalten will, holt Hartmut zum Schlag aus. Wladimir begreift blitzschnell, wie verhängnisvoll es für ihn und die Seinen wäre, wenn er zurückschlagen und den Sohn der reichsten Familie im Ort verletzen würde. Er erstarrt bei diesem Gedanken.

Hartmut geht zu seinem Auto und betätigt die Hupe. Der schrille, mehrstimmige Ton zerschneidet die Nachtluft.

POSTOWITSCH. Sie sollten sich schämen!

Oben in der Wohnung ist es still geworden.

Kurz darauf kommt Galina aus der Haustür gerannt und steigt, so schnell sie kann, zu Hartmut ins Auto.
Juris Eltern, die Babuschka und ihr Mann, reißen das Fenster auf, sehen, was Galina tut.
VATER. Komm nie wieder in dieses Haus!
BABUSCHKA. Wir wollen dich hier nie mehr sehen!
Galina weiß, was die Worte bedeuten. In diesem Augenblick ist sie für immer verstoßen worden. Sie sieht Hartmut an, erkennt die Liebe in seinen Augen.
GALINA. Bring mich schnell hier weg.
Hartmut gibt Gas. Der Porsche beschleunigt auf der leeren Dorfstraße.
Zu spät, um noch von Galina bemerkt zu werden, stürzt Juri in Socken aus dem Haus. Er sieht nur noch, wie die Rücklichter in der Dunkelheit verblassen.
Juri schreit den Namen seiner Frau in die Nacht. Er sinkt auf die Bordsteinkante und weint. Noch lange sitzt er so, ist außer sich vor Schmerz.

Landstraße im Hunsrück

Die Taxifahrt zum Günderrode-Haus, in dem Lulu und die Freunde übernachten wollen, führt über schmale, kurvenreiche Landstraßen.
Lulu hat mit Roland auf dem Rücksitz Platz genommen. Vielleicht will sie ihn mit ihrer Nähe ein wenig trösten. In jedem Fall wäre Roland vorn auf dem Beifahrersitz schon wieder der Ausgeschlossene.
So mag es wohl auch Lutz gesehen haben, als er sich spontan neben den Taxifahrer setzte. Lulu kann sich allerdings, in ihrer Position vom Rücksitz aus, besonders zärtlich mit Lutz beschäftigen. Sie beugt sich nach vorn und spielt mit seinen hübschen Ohren.
LULU. Ich wünsch mir, dass er deine Ohren bekommt.
Sie hat ihm dies zugeflüstert. Lutz muss lachen.
Das Taxi fährt zügig durch die Nacht.

Auf einem asphaltierten Feldweg ist Hartmut mit Galina unterwegs.
Nach all der Aufregung sind sie beide etwas müde. Er fasst sanft nach ihrer Hand und führt sie an die Lippen. Handküsse von Hartmut, das kennt sie inzwischen und kann sie genießen. Sie lächelt in sich hinein und kuschelt sich wohlig in seine schützende Armbeuge. Sie schließt die Augen. Wie schön, denkt Hartmut, wenn wir beide jetzt ein Bett hätten …

Auch der Taxifahrer ist müde. Es nervt ihn, dass Lulu und Lutz immer noch ihr Spiel mit den Ohren treiben. Dieses alberne Gekicher! Er gibt Gas.
Hartmuts Porsche nähert sich der Landstraße.
Der Taxifahrer bemerkt den Sportwagen erst, als er schon nicht mehr bremsen kann.
Hartmut reißt das Steuer herum und kann gerade noch in die Landstraße einbiegen.
Dabei schneidet er dem Taxi den Weg ab. Mit panischen Lenkbewegungen versucht dessen Fahrer auszuweichen und gerät ins Schleudern.
Lutz, der sich gerade zu seinen Freunden umwendet, bekommt von all dem nichts mit und lacht über den Achterbahn-Effekt. Lulu, die die Gefahr erkannt hat, schreit gellend auf.
Das Taxi schießt über den Fahrbahnrand die Böschung hinauf und prallt mit voller Wucht gegen einen Apfelbaum. Für Sekunden ist nichts zu hören, dann fallen auf einmal alle Äpfel vom Baum. Sie poltern in langer, rhythmischer Folge auf das Autodach.
Hartmut hat seinen Wagen nach einer Vollbremsung endlich zum Stehen gebracht. Er und Galina schauen angestrengt nach hinten. Im Dunkeln ist nur wenig erkennbar: zwei schwach leuchtende Scheinwerfer, eine Staubwolke, die sich langsam senkt, und Stille.
Lulu und Roland sind bei dem Aufprall in den Fußraum zwischen Vorder- und Hintersitz gedrückt worden. Sie sehen sich erschrocken an, richten sich auf. Roland fragt Lulu, ob sie okay sei.
Lulu sorgt sich um Lutz. Der lächelt immer noch, wie vor dem Knall.

Lutz. Das war knapp.

Sobald er dies gesagt hat, kippt er zur Seite. Lulu und Roland versuchen vergeblich, ihn zu halten.

Der Taxifahrer ist jetzt hellwach. Er reißt die Wagentür auf, stürzt nach draußen und brüllt in die Nacht.

Taxifahrer. Was ist denn das für ein Bekloppter?

Von weitem kommt der Porsche im Rückwärtsgang heran.

Als Hartmut sieht, was passiert ist, hält er. Das Warndreieck, denkt er panisch, wo hat der neue Porsche sein Warndreieck?

Hartmut will die Gepäckraumhaube öffnen, findet jedoch nicht gleich den passenden Hebel. Als er endlich das Ding in der Hand hält, rennt er damit die Straße hinauf, in die Richtung, aus der das Taxi kam. Das Warndreieck verheddert sich in seinen zitternden Händen.

Der Taxifahrer befreit Roland und Lulu aus dem verklemmten Wagenfond, und Roland eilt zu Lutz. Er fordert ihn auf, auch auszusteigen. Lutz reagiert nicht. Roland begreift und zieht den ohnmächtigen Freund vom Fahrersitz aus ins Freie.

Der Taxifahrer läuft jetzt wutentbrannt Hartmut entgegen und droht ihm.

Taxifahrer. Sag mal, du hast sie ja nicht mehr alle!

Hartmut. Mensch, Sie bluten ja!

Der Mann hat nicht bemerkt, dass Blut über sein Gesicht fließt. Erschrocken fasst er sich an den Kopf.

Da gellt Lulus langgezogener Hilferuf herüber.

Hartmut läuft, so schnell er kann, zur Unfallstelle.

Lulu und Roland haben den reglosen Freund auf die Straße gezogen und versuchen, ihn wiederzubeleben. Roland ist außer sich vor Angst. Lulu lauscht an der Brust ihres Liebsten.

Roland. Komm, Lutz, Lutz!? Geh mal weg!.

Er schiebt Lulu zur Seite, um Lutz zu reanimieren. Er drückt mit beiden Händen rhythmisch auf das Brustbein des Verletzten.

Lutz liegt reglos inmitten der vielen Äpfel.

Lulu. Hartmut, du bist das?

Lulu wird gewahr, dass sie neben einem Verwandten steht.

Roland kniet bei dem Freund und versucht es jetzt mit Mund-zu-Mund-Beatmung. Lutz rührt sich nicht.

Immer wieder ruft Roland ihn beim Namen und fordert ihn auf, endlich aufzuwachen. Lulu steht da und zittert am ganzen Leib. Hartmut legt ihr seine Lederjacke um die Schultern, läuft zu seinem Wagen. Er sucht sein Autotelefon.

Galinas Augen sind vor Schreck geweitet.

HARTMUT. Hallo, Polizei, hier ist was passiert. Hartmut Simon. B 225 zwischen Hasselbach und Hunsrückhöhenstraße. Ja, es eilt, verdammt noch mal!

Roland und Lulu beatmen abwechselnd den Ohnmächtigen. Er gibt kein Lebenszeichen von sich.

HARTMUT. Bis der Krankenwagen da ist, das dauert eine ganze Stunde. Aber wenn ich ihn nach Simmern fahre …

LULU. Ja, mach schon, mach schon!

Mit vereinten Kräften wird Lutz nun aufgehoben und zum Porsche hinübergetragen. Der Taxifahrer hilft mit, während Galina aussteigt und Hartmut den Vordersitz in Liegeposition stellt. Lutz ist schwer. Unter Ächzen und Keuchen und bei laufendem Motor wird er auf den Beifahrersitz gehievt.

Als Lulu den Freund loslässt, sind ihre Hände voll Blut. Sie erschrickt. Da sagt der Taxifahrer, das Blut sei von ihm. Schon schöpft Lulu wieder Hoffnung.

Hartmut braust davon. Lulu rennt hinter seinem Wagen her.

LULU. Halt, ich muss doch mitkommen. Warte!

Hartmut fährt, so schnell er kann. Die Lichter der nahenden Kreisstadt leuchten wie aus einer anderen Welt.

Am Unfallort sitzt Roland wie in Trance unter dem Apfelbaum. Galina kümmert sich um Lulu, die mitten auf der Straße stehen geblieben ist, und bringt sie in Sicherheit.

GALINA. Wenn wird kommen Polizei, wir fahren sofort hinterher.

Sie legt Lulu Hartmuts Lederjacke, die ihr entglitten ist, wieder über die Schultern.

Lulus Gedanken sind nicht hier. Sie weint, zuerst nur nach innen, dann, als Galina sie an sich zieht, schluchzt sie los.

Krankenhaus Simmern, Notaufnahme

Der Flur vor den Behandlungsräumen ist grell beleuchtet. Eine blassgrüne Schiebetür öffnet sich und gewährt Einblick in den Reanimationsraum.
Hartmut sitzt der Tür gegenüber auf dem Fußboden.
Der junge Doktor schüttelt den Kopf.
Hartmut blickt auf und versteht.
Im Hintergrund sind drei Ärzte über den Leichnam von Lutz gebeugt und entfernen Geräte und Schläuche.

Günderrode-Haus

Ein Polizeiwagen liefert Lulu und Roland unter dem Kastanienbaum ab.
Clarissa ist noch wach. Das Blaulicht blinkt in das Wohnzimmer.
Lulu und Roland steigen die Treppe zur Terrasse hinauf.
Clarissa öffnet die Tür und steht vor Lulu.
Rolands Beine knicken ein. Er lässt sich auf einen der Stühle sacken.
Lulu überreicht wortlos Clarissa das, was von ihrem geklauten Blumenstrauß noch übrig ist.
Hermann kommt mit fröhlichem Begrüßungslächeln die Treppe vom Schlafzimmer herunter.
Er sieht Lulu, die jetzt wie Espenlaub am ganzen Körper zittert.

Eine Landstraße

Hartmut läuft wie im Traum die dicht befahrene Bundesstraße entlang. Er wird von Galina eingeholt, denkt aber nicht daran, stehen zu bleiben.
Sie folgt ihm, will ihn am Arm halten, aber die Autos kommen derart bedrohlich herangebraust, dass sie hinter ihm gehen muss.

Als der Verkehr einen Moment lang ruht, nimmt sie seinen Arm und drängt ihn, sich auf eine Leitplanke zu setzen.
Hartmut starrt vor sich hin. Er hat Tränen in den Augen.
Galina setzt sich neben ihn und versucht, mit ihrem Körper bei ihm zu sein.
So sitzen sie, geblendet vom Licht der vorüberhuschenden Scheinwerfer.

VIERTES BUCH

Allen geht's gut

mon optik

Das westliche Rheinufer, Bahnhof Koblenz

9. Oktober 1995
In den frühen Morgenstunden steht im Rheingraben die Luft noch still. So kann der Tau sich an Milliarden von Schwebeteilchen der Zivilisationsausdünstung niederschlagen und diese zu pittoresken Nebelschwaden formen. Die romantischen Burgen auf den Anhöhen scheinen über dem Smog zu schweben.
Vom Günderrode-Haus aus betrachtet ist es die reinste Idylle.
An diesem Morgen ist Hermann unterwegs, um Clarissa in Koblenz abzuholen.
Sie ist seit zweieinhalb Monaten nicht mehr daheim gewesen. Die Zeit ist längst vorbei, in der sich die beiden eine Auszeit, das ersehnte Zusammenleben in ihrem kleinen Paradies, halbwegs leisten konnten. Die Karriere hat sie wieder im Griff.
Hermann hat im Garten schnell noch eine Sonnenblume für Clarissa abgeschnitten. Mehr als ein Dutzend leuchtender Blüten verzweigen sich an dem Stiel, der so lang ist, dass er den ganzen Vordersitz des BMW einnimmt und sogar über das Armaturenbrett ragt.
Hermanns erwartungsvolles Herz schlägt höher. Beim Fahren verspürt er Lust zu singen.
HERMANN.

Im wunderschönen Monat Mai,
als alle Knospen sprangen,
da ist in meinem Herzen
die Liebe aufgegangen.*

Was vor der Windschutzscheibe vorbeiwandert, ist allerdings kein Bild des blütenstrotzenden Frühlings. Die ersten Herbstfarben breiten sich an den Hängen aus, einige Weinberge sind schon abgeerntet.
Hermanns Gedanken wandern zurück in die Vergangenheit. Er fragt sich, seit wann er Clarissa liebt. Es muss in einem Frühling

* Robert Schumann: «Dichterliebe I», op. 48, Text: Heinrich Heine

begonnen haben. Davon singen alle Lieder – und wäre es nicht so, so gäbe es die Liebe nicht.
Beschwingt kommt er am Bahnhof an. Mit dem Sonnenblumenzweig und einem Gepäckwagen ist es nicht unkompliziert, mit der Rolltreppe zum Bahnsteig hinaufzufahren, aber in seiner Vorfreude gelingt es Hermann leicht.
Der Fernzug von Amsterdam nach Basel, der auch ihn schon oft von langen Reisen heimgebracht hat, fährt gerade ein. Die kreischenden Bremsen, die eiligen Reisenden, die verhallenden Lautsprecheransagen wecken Erinnerungen an jegliches Ankommen. Die Irrealität des Wartens verwandelt sich in die Irrealität des Augenblicks, der Wiedersehen heißt.
Clarissa steigt in einem leuchtend roten Mantel aus. Ein einziger Blickfang. Hermann muss nur wenige Schritte gehen, bis ihre Hände sich berühren. Sie nimmt lächelnd den Zweig entgegen und blickt zu den vielen Blüten empor.
Da der Zug nicht lange in Koblenz hält, beeilt Hermann sich, ihr Gepäck auszuladen. Aber da ist kein Gepäck. Er sieht im Vorraum des Waggons nach und dann zu Clarissa zurück, die nur mit der Handtasche und der Blume dasteht.
HERMANN. Ohne Gepäck?
Zwischen seiner Frage und Clarissas Antwort vergehen unwirkliche Sekunden.
CLARISSA. Hermann, ich muss dir was sagen.
HERMANN. Was ist denn passiert?
CLARISSA. Ich muss in ein paar Stunden wieder weg.
Er sieht sie entgeistert an.
Auf dem Weg zum Auto fehlt Hermann das sonst so beglückende Gewicht der Koffer in den Händen. So ist es kein wirkliches Heimkommen. Er ist verwirrt, und Clarissas Erklärungen helfen nicht, sein enttäuschtes Gefühl zu beschwichtigen. Man habe sich doch ein Jahr lang jede Nacht gehabt und dann noch die Monate, bis alles wieder ins Laufen kam. Er wisse doch, dass sie die Bühne brauche. Ihre Kollegen seien im Bus vorausgefahren.
Als Clarissa bei ihm im Wagen sitzt, hört sie nicht auf, von ihrer Arbeit zu erzählen. Sie sieht den Herbst nicht, der den Heimweg mit Rostrot und Purpur beleuchtet, sie sieht die Blüten nicht, die

am Zweig zwischen ihrem und Hermanns Gesicht schaukeln, sie fragt ihn nicht nach seinen Gefühlen.

CLARISSA. Du solltest mal David und mich improvisieren hören. Das ganze Team trägt mich auf Händen. So hab ich mir das immer erträumt.

HERMANN. Scheint ja ein fideler Laden zu sein.

CLARISSA. Und das Programm ist genial. Zuerst Schumann: «Dichterliebe» und danach «Das Lied von der Erde». Das wird bestimmt einen großen Erfolg haben. Schumanns Lieder eignen sich hervorragend für eine verpopte Crossover-Version. Zum Beispiel «No grudge».

HERMANN. No grudge?

Sofort schlüpft Clarissa in ihre Rolle als Sängerin und holt zu einem kleinen Spontanvortrag aus.

CLARISSA. «Love – lost forever. Shine! And the snake, that bites your heart, it's got no grudge – no grudge.»

Hermann konzentriert sich auf den Straßenverkehr. Ein paar musikalische Elemente hat er als Reste einer Melodie von Robert Schumann erkannt.

HERMANN. Auf Englisch? Ist das die Übersetzung von «Ich grolle nicht»?

CLARISSA. Na klar! Wir machen doch fünf Konzerte in den Staaten. Da muss das auf Englisch sein.

Hermann liebt die Gedichte von Heinrich Heine, die schönen Verse in deutscher Sprache, die sehnsuchtsvolle Poesie des nach Paris Emigrierten, die jeweils in harte Ironie umschlägt. Heimweh und Erinnerungen an ein Glück, das sich als trügerisch erwies.

HERMANN. Auf Englisch?

Clarissa ist so überdreht, dass sie sich nicht bremsen lässt. Er will ihr auch nichts von ihrer Freude nehmen. Er spürt nur, dass sie eigentlich nicht bei ihm ist. Er sagt sich, dass er ihr Zeit lassen müsse, um anzukommen.

CLARISSA. Ach, ich freu mich wahnsinnig auf die Bühne morgen!

Günderrode-Haus

Als Hermann vor zwei Stunden losgefahren war, um Clarissa abzuholen, hatte sich seine Phantasie ein ganz anderes Szenario zurechtgelegt: Wie zu Beginn ihres Zusammenseins sollte es werden – ein Wiederfinden voller Begeisterung, Zweisamkeit und ein Rausch mit Küssen und Versprechungen.

Jetzt steht er neben dem Auto, sieht, wie seine Liebste über den Hof zum Haus geht, wie sie die Blumentöpfe auf den Fensterbänken untersucht und eine verdorrte Pflanze entsorgt. Hermann spürt die Feuchtigkeit in der kühlen Luft und stellt fest, dass die Birken schon ihr Laub fallen lassen.

So, wie Clarissa heimkommt, würde sich eine allein lebende Person bewegen: Kontrollblicke, ob alles in Ordnung ist, ob die Pflanzen gegossen wurden, mit eigenem Schlüssel aufsperren und schnell ins Haus gelangen.

Hermann ist nur noch ein unbemerkter Zeuge.

Als er ihr folgen will, hört er hinter sich ein merkwürdiges Geräusch. Sein BMW hat sich selbstständig gemacht und rollt rückwärts den abschüssigen Hof hinab. Erschrocken rennt Hermann hinterher. Er kann das Auto nicht mehr einholen und muss zusehen, wie es die steinernen Treppenstufen zum Pavillon hinunterrumpelt und auf der befestigten Terrassierung aufsetzt.

Ratlos sieht er sich die Bescherung an. Clarissas Stimme klingt wie aus weiter Ferne an sein Ohr.

CLARISSA. Mein Zug geht um 17 Uhr 08.

Sie wühlt in der Kommode im Wohnzimmer, sucht nach dem Brieföffner, rüttelt an der Schublade, die sich verkantet hat, und macht sich daran, den Stapel ihrer Post zu sichten. Dabei trällert sie eine Melodie aus Mahlers «Lied von der Erde».

CLARISSA. «I sing until I can't no more ...»

Hermann wundert sich, dass sie auch dieses Lied auf Englisch singt. Er bleibt im Türrahmen stehen.

Clarissa unterbricht sich mit Räuspern und Vokalübungen.

CLARISSA. Klingt meine Stimme eigentlich angestrengt?

HERMANN. Was bist du denn so aufgekratzt? Willst du nicht erst mal ankommen?

Er setzt ein Lächeln auf und geht zu ihr, um ihr den Mantel abzunehmen.

CLARISSA. Ich bin doch da.

Schon widmet sie sich wieder ihrer Post. Es sind mehrere große Umschläge dabei, die von Musikverlagen kommen, wahrscheinlich mit Notenmaterial gefüllt. Eine Sendung muss dabei sein, auf die sie schon gewartet hat. Sie sucht in dem Stapel.

Hermann wartet ab, was sie sagen wird. Sie muss doch einmal den Blick heben und sich im Raum umsehen.

Clarissa fühlt sich beobachtet.

CLARISSA. Schau mich nicht so kritisch an. Mir tut es doch auch Leid.

Er versucht es noch einmal und nimmt sie in die Arme.

CLARISSA. Ich will nicht, dass du mir ein schlechtes Gewissen machst. Wir haben fünf Stunden Zeit.

Ein kurzer Kuss, und schon liest sie, während der Umarmung, wieder in ihrer Post.

HERMANN. Schau dich doch mal um. Fällt dir irgendetwas auf?

Sie lächelt unkonzentriert und sieht sich im Wohnzimmer um.

CLARISSA. Hm, riecht vielleicht ein bisschen komisch.

HERMANN. Ich habe die Bude von oben bis unten geputzt. Ich habe die Vorhänge reinigen lassen. Blumen in allen Zimmern.

Natürlich, die Blumen, die Clarissa so liebt! Sie steht direkt neben einer gefüllten Vase, die das Frühstückstischchen schmückt.

HERMANN. Die Betten sind frisch bezogen.

Clarissas nervöse Hände haben endlich den Großbrief gefunden. Sie geht zur Küchenzeile, um die Haushaltsschere zu holen.

CLARISSA. Klingt irgendwie vorwurfsvoll. Haben wir uns nicht einmal fest vorgenommen, dass wir uns niemals Vorwürfe machen?

HERMANN. Warum bist du überhaupt gekommen?

Sie schneidet den Briefumschlag auf.

CLARISSA. Weil ich hier genauso zu Hause bin wie du. Und weil ich die nächsten acht Wochen unterwegs sein werde und viele Sachen brauche: Wäsche, Warmes für Skandinavien und Sommerkleider für Spanien und für die Amerikatour. Warum erzähl ich dir das eigentlich?

Der Brief enthält die Notensendung, die sie erwartet hat. Sie geht mit ernstem Gesicht auf Hermann zu.

CLARISSA. Es macht mich irgendwie traurig, so mit dir zu sprechen.

Hermann steht beschämt vor ihr. Sie hat Recht, er bedrängt sie zu sehr mit seinen aufgestauten Träumen, macht ihr indirekt Vorwürfe. Er gönnt ihr nicht ihre eigene Stimmung.

Wenigstens sehen sie sich jetzt an. Zum ersten Mal, seit Clarissa aus dem Zug gestiegen ist, begegnen sich die Blicke wirklich.

Da schrillt das Telefon durchs Haus. Clarissa weiß, dass es ihr Apparat oben in ihrem Zimmer ist. Sie und Hermann hatten es so eingerichtet, dass jeder seinen Telefonanschluss besitzt, der sich mit eigenem Klingelton meldet.

Hermann bleibt an der Treppe stehen, als sie nach oben eilt und den Anruf annimmt. Er vernimmt ein Gespräch, das in schlagartig verändertem Ton abläuft. Clarissas Stimme ist plötzlich fröhlich und verfällt ins Flirten.

CLARISSA. Lichtblau – hi! Oh, it's you. Of course, of course you can call me. Always and at any time, as I told you.

Der Argwohn springt wie ein Tier Hermanns Herz an. Er will ihn nicht wahrhaben. Hat er sich getäuscht? Mit wem dieser geschmacklose Flirt, auch noch in seiner Gegenwart?

Er geht durch die Terrassentür ins Freie. Aber auch hier sind ihre Worte zu hören, vermischt mit Kichern, vergnügtem Quietschen und Gelächter.

CLARISSA. Oh, please, honey, tell me when I was good, I need it. What, what are you doing? You're right ... yeah ... Oh, I love it. Tomorrow? What do you want? I come to Berlin this evening. I take the train at five o'clock, yeah, and I think I will be there round midnight.

Vor Hermanns Blick liegt ein Nebelschleier über dem Tal.

Clarissa flötet und turtelt ins Telefon.

CLARISSA. Round midnight, yeah, yeah. So we meet at the bar? Tell to the others, I'm very happy to see them again and you too ...

Hermann sieht sie am Fenster stehen. Als sie sich mit Küsschen verabschiedet, ist es um ihn geschehen: Er brennt vor Eifersucht.

Er kehrt ins Zimmer zurück, schließt die Tür hinter sich, wartet, bis er ihre Schritte auf den Stufen hört. Am Fuß der Treppe fängt er sie ab.

Hermann. Hab ich mich also doch nicht getäuscht. Seit Wochen diese Geschwätzigkeit am Telefon. Tausend lächerliche Nichtigkeiten hast du mir mitgeteilt, als müsstest du mir ein lückenloses Bild davon vermitteln, wie du lebst, wie ausgefüllt deine Tage sind und wie kaputt und ausgelaugt du nachts ins Bett sinkst.

Clarissa steht als Angeklagte auf der Treppe. Sie weiß nicht, ob sie ihn unterbrechen, wieder umkehren oder ihren zitternden Knien nachgeben und auf die Stufen sinken soll. Sie will stark sein, will über alles sprechen, aber er lässt nicht locker.

Hermann. Wer ist es denn? Ist es David oder Mike oder Ali? «Honey, I need it!»

Er äfft ihre Stimme nach.

Clarissa. Hermann, bitte. Ich erzähle dir alles.

Hermann. Klar, die deutsche Sängerin und der amerikanische Erfolgsjazzer, zusammengeschweißt durch Romantikliedchen und Blues ...

Ein aufdringliches Autohupen ertönt. Hermann unterbricht sich, weil nun auch sein Name gerufen wird. Das Hupen wird lauter. Ein roter Porsche ist vorgefahren, dem Hartmut und Galina entsteigen.

Hartmut hat sogleich den BMW entdeckt und läuft zu dem havarierten Auto hin, das einen Teil der Steintreppe mitgerissen hat und mit dem Fahrgestell auf Grund sitzt.

Hartmut. Mann o Mann! Hermann, hast du noch net gesehn? Du hast die Handbrems' vergess'!

Statt Hermann tritt Clarissa auf die Terrasse heraus. Sie erschrickt, als sie sieht, wie gefährlich das Auto im abschüssigen Gelände hängt.

Clarissa. Was ist denn da passiert?

Hartmut. Soll ich den Schlepper kommen lassen? Ich bring das für euch in Ordnung. Dat ist für mich überhaupt kein Problem.

Clarissa will zuerst einmal dafür sorgen, dass die Situation wieder übersichtlich wird. Also soll Hermann sich mit Hartmut um

das Autoproblem kümmern. Sie wird sich inzwischen überlegen, wie sich das unterbrochene Gespräch fortsetzen ließe. Ihre Gedanken irren in alle Richtungen, und es ist gut, dass sie jetzt ein wenig Zeit gewinnt.
Hermann öffnet die Haustür für Hartmut, dessen Mitteilungsbedürfnis gleich einen derartigen Druck ausübt, dass es nicht das geringste Gespür für Hermanns Verfassung übrig lässt.
HARTMUT. Du, ich hab da jemand mitgebracht. Das ist die Galina. Na ja, dat muss ich dir ja net erklären. Kannst du net was tun für sie? Du, die ist unheimlich musikalisch, ein Naturtalent, ehrlich! Also, mein Wunsch ist es, sie Musik studieren zu lassen – also Gesang, genau gesagt. Hermann, du tätst mir einen Riesengefallen tun.
Hermann gewahrt jetzt Galina, die ihren kleinen Sohn an der Hand herbeiführt.
HARTMUT. Ich, ich lieb sie nämlich.
Wovon spricht er? Hermann spürt die Absurdität des Augenblicks.
HARTMUT. Du, hör sie dir wenigstens mal an. Hermann!
Wortlos ist Hermann ins Haus getreten.
Die unwillkommenen drei folgen ihm.
Galina trägt ein modisches rotes Jäckchen. Der Junge ist inzwischen drei Jahre alt. Mit hübschen Schuhen und einem kleinen Herrenhemd unter dem Pulli wurde auch er für den Besuch zurechtgemacht. Hartmut nickt Galina, die nicht ganz einverstanden wirkt, aufmunternd zu.
Clarissa kocht Kaffee für die Gäste. Damit hat sie eine beruhigende Beschäftigung gefunden.
Hermann aber steht wie angewurzelt an seinem Arbeitspult und starrt in die Ferne. Seine Gedanken sind gänzlich blockiert.
Hartmut hält ihm ein Notenheft vor die Augen.
HARTMUT. Du, sind das Klaviernoten? Wir waren in einem Musikgeschäft. Du, das sind russische Volkslieder. Haben sie da gehabt. Ist das nicht toll? Du, tu mir mal den Gefallen und spiel das und lass sie dazu singen.
Galina ist verlegen im Wohnzimmer stehen geblieben. Der kleine Niko sitzt brav auf einem Stuhl.
Clarissa holt für das Kind einen Saft aus dem Kühlschrank. Da-

bei tritt Hartmut zu ihr, um auch sie auf sein Anliegen anzusprechen.
HARTMUT. Clarissa, von dir tät ich auch gern mal hören, ob sie Talent hat.
Clarissa sieht, wie starr Hermann an seinem Pult lehnt. Er scheint nicht zu realisieren, was um ihn vor sich geht. Sie hält inne, aber es gelingt ihr nicht, seinem Blick zu begegnen. Gern würde sie ihm signalisieren, dass die Fortsetzung des Gesprächs auch für sie wichtig ist.
Mit seinem Notenheft ist Hartmut wieder bei ihm angekommen.
HARTMUT. Komm, hör se dir mal an, sag du's ihr, du bist doch der Experte.
Er lässt Galina nicht die Zeit, den Kaffee zu trinken, und winkt sie aufgeregt zu Hermanns Flügel herüber.
Die junge Russin ist unsicher, hat das Gefühl, sich bei Clarissa entschuldigen zu müssen.
GALINA. Hartmut sagt, ich soll singen.
Clarissa beachtet sie kaum. Sie merkt, dass die Anspannung immer größer wird. Sie wird den Stau der Gefühle nicht mehr lang ertragen können. Die Haustür steht noch offen. Sie möchte hinauslaufen. Sie muss jetzt allein sein!
Sie entschuldigt sich, schnappt ihre Handtasche vom Treppengeländer und läuft in ihr Zimmer hinauf.
Die Tür, die sich hinter ihr schließt, ist für ein paar Momente ein Schutzwall für sie. Angelehnt an das kühle Holz spürt ihr Rücken ein wenig von dem Halt, der ihr jetzt fehlt.

Hartmut sieht sich im Arbeitszimmer um. Als Hermann sich in Richtung Treppe bewegt und nach oben lauscht, folgt er ihm mit seinen Erklärungen.
HARTMUT. Das ist vielleicht nicht der ideale Zeitpunkt, weißt du. Die Galina ist erst heut Mittag geschieden worden, in Simmern auf'm Amtsgericht.
Er deutet Hermanns Gedankenverlorenheit völlig falsch. Er glaubt, er mache sich Gedanken um ihn und Galinas Zukunft.

Clarissa läuft fahrig in ihrem Zimmer umher. Als sie sich im Badspiegel erblickt, kann sie die Tränen nicht mehr zurückhalten. Weinend sinkt sie auf den Wannenrand.
Hartmut spricht unbeirrbar auf Hermann ein.

HARTMUT. Den Jungen haben sie ihr hundertprozentig zugesprochen. Und sie hat auch schon seit ’ner Weile eine Wohnung in Wiesbaden. Hab net ich ihr besorgt, sondern der Ernst. Also, ich bin der Meinung, sie soll dir mal vorsingen – nur so als Versuch, damit sie nicht einen großen Fehler macht in ihrem Leben. Verstehst du?

Er drückt ihm das Heft mit den russischen Liedern in die Hand.

Clarissa kämpft gegen die verrinnende Zeit. Solange sie Hermanns Verständnis nicht hat, weiß sie nicht, was sie tun soll. Sie entschließt sich, ihre Koffer zu packen. Wahllos holt sie ein Kleid, das sie brauchen könnte, aus dem Schrank und wirft es aufs Bett. Da tönt Galinas Lied zu ihr herauf.

Hermann sitzt am Klavier. Er spielt die Akkorde einer Reihe einfacher Harmonien, mit denen die Begleitung des Liedes notiert ist. Galinas Gesang besteht im Wesentlichen aus der Wiedergabe des russischen Textes.

GALINA.

Es freut mich, dass Sie nicht an mir erkrankt sind.
Ich freue mich, dass ich es auch nicht bin,
Dass die Erde nie unter unsren Füßen ins Wanken gerät.
Ich danke Ihnen von Herzen und aus ganzer Seele dafür,
Dass Sie mich so lieben, ohne mich zu kennen.
Für meine ruhigen Nächte,
Für die seltnen Treffen bei Sonnenuntergang,
Für unsre Gänge unter’m Mond,
Für die Sonne, der wir uns nicht zeigen,
Dafür, dass Sie, leider, nicht an mir erkrankt,
Dafür, dass ich, leider, nicht an Ihnen leide.*

* Frei nach einem Gedicht von Marina Zwetajewa

Hingerissen lauscht Hartmut seiner Liebsten, ohne den Inhalt des Liedes zu verstehen. Niko, der auf seinem Schoß sitzt, schaut mit großen Augen zu seiner Mutter hin.
Als das Lied zu Ende ist, richtet Hartmut sich mit Tränen in den Augen auf.
HARTMUT. Ist schön, gell?
Er ist sicher, dass Galinas Gesang Hermann begeistert hat.
HERMANN. Ich kann nichts für sie tun.
Hartmut ist sprachlos. Sein Gesichtsausdruck erstarrt mitten in der Rührung.
Galina wirkt eher erleichtert.
Hermann verlässt abrupt den Raum. Seine Sorgen folgen ihm, krallen sich in seinen Nacken. Er hastet die Treppe hinauf. In ihm ist eine Erregung aufgekommen, die keinen Aufschub mehr duldet. Ohne anzuklopfen öffnet er Clarissas Tür.
HERMANN. Und, was soll jetzt werden?
Clarissa kniet auf dem Boden, sortiert ihre Wäsche nach den Klimazonen ihrer Reise und verteilt sie auf verschiedene Koffer. Sie hat inzwischen beschlossen, sich von seiner Eifersucht nicht in die Enge treiben zu lassen.
CLARISSA. Ich muss das jetzt durchziehen.
HERMANN. Ach ja, du musst das jetzt durchziehen. Dieser amerikanische Crossover-Kitsch – ist es das, was du mit würdig und kultiviert bezeichnest? Durchziehen!
Er lacht bitter auf.
HERMANN. Sieh dich doch mal um. Das Haus hier, tausend kleine Dinge, die wir miteinander durchgezogen haben!
Er bückt sich zu ihr hinab, packt sie grob an den Schultern, als wolle er sie durch Schütteln zur Vernunft bringen.
HERMANN. Die Wände, sie sehen dich an, sie fragen dich. Sie gehören dir genauso wie mir. Durchziehen?!
Er sieht sie aggressiv an.
HERMANN. In deinem Alter ... Weißt du überhaupt, was du da machst?
Hermann kennt ihre verletzlichsten Stellen. Er hat zugestoßen.
Clarissa weiß, dass sie jetzt zurückstechen muss.
CLARISSA. Besser, als in diesem Haus zum Frührentner zu wer-

den. Oder willst du, dass ich hier bleibe und in diesem Haus künstlerisch einschlafe, so wie du?

Nach längerem Zusammenleben wissen alle Paare der Welt, wie sie einander tödlich verwunden können. Der Gegenstoß hat getroffen. Was immer nun folgen könnte, nach dieser Verletzung kann Hermann nicht mehr mit ihr weitermachen. Er richtet sich auf. Jetzt soll wenigstens er es sein, der geht.

Er verlässt das Zimmer.

Clarissa weiß, was sie da gesagt hat. Es gibt aber auch genug andere gegenseitige Rechnungen, die rechtfertigen, was sie tut. Sie rennt zur Tür, um ihm noch etwas hinterherzurufen.

CLARISSA. Aber du erträgst es nicht, dass ich in meiner Arbeit glücklich bin!

Ein Wind kommt auf und rüttelt an den Zierbüschen, als wollten auch die Hausgeister sich an dem Streit beteiligen.

Hermann ist ins Freie gelaufen und wählt den nächsten Weg nach nirgendwo. Der führt an Hartmut und Galina vorbei, die unschlüssig mit dem Jungen am Aussichtspavillon stehen. Er rennt ohne Jacke und Mantel den Steilhang hinunter.

Oberwesel, der Marktplatz, Einkaufszentrum

Hermann lässt den Beinen einfach ihren Willen. Wütend und atemlos stürmt er durch die kleine Gasse, die auf den Marktplatz mündet. Wie ein Ball, der einen Berg hinunter- und allmählich ausrollt, bleibt er stehen.

Hier auf dem Platz nimmt nichts, was geschieht, Bezug auf ihn. Der harmlose Straßenverkehr, der Schnellzug, der auf dem Bahndamm dahindonnert, die Bürger, die zum Einkaufen gehen, haben nichts mit seiner Seelennot zu tun. Er ist mitten im Alltag der anderen gelandet.

Auf der Steintreppe vor dem großen Kruzifix, das eine Ecke des Marktes ziert, muss er sich setzen. Die Beine versagen ihm den Dienst.

Und wohin jetzt? Gewiss nicht zurück nach Hause. Er friert, weil der Oktobertag schon recht kalt ist.

Da steht ein Bus, der zu einem Einkaufszentrum in die Kreistadt fährt. Hermann steigt ein.

Im Supermarkt irrt er planlos umher. Was Frustkäufe sind, erfährt der berühmte Künstler, der er doch ist, in diesen Stunden an sich selber. Kummerverloren lässt er sich durch die Regalreihen treiben und probiert wahllos Winterjacken an. Dann sieht er Kindern bei ihren stupiden Computergames zu.

Der Bus bringt ihn zum Marktplatz zurück. Hermann hat sich auf sinnlose Einkäufe eingelassen, die ihm in großen Plastiktüten von den Händen baumeln. Es ist schon halb sechs. Clarissa muss längst abgereist sein. Also ist der Rückzug ins Haus ohne Stolzverlust möglich.

Als er aussteigt, hört er jemanden seinen Namen rufen.

TILLMANN. Herr Simon, gut, dass ich Sie treffe. Ich hab da was, das liegt seit drei Wochen zum Abholen: das Mobiltelefon für Ihre Frau. Das haben wir direkt in Amerika bestellen müssen, na, Sie wissen doch, Silicon Valley und so. Das hat die neue Tri-Band-Technologie und den Long-Life-Modus. Na, weil Ihre Frau doch jetzt international tätig ist. Das Ding kann sie in der ganzen Welt benutzen.

Tillmann ist aufgeregt. In seinem professionellen Arbeitskittel und mit der Geste, in diesem Städtchen zu Hause zu sein, lotst er Hermann aus seinem Gefühlschaos.

TILLMANN. Na, kommen Sie, Herr Simon. Soll ich Ihnen helfen?

Willenlos trägt Hermann seine Plastiktüten hinter ihm her und lässt sich zu dem neu eröffneten Elektroladen führen.

TILLMANN. ... und da bin ich dem Bus einfach hinterhergerannt.

Das Geschäft ist, den örtlichen Verhältnissen gemäß, mit allem Nötigen ausgestattet: ein bemerkenswertes Angebot an Haushaltsgeräten, Fernsehern, Zubehör und Ersatzteilen.

TILLMANN. Warten Sie mal ganz kurz. Moni, Moni!

Er hat offenbar mehr vor, als Hermann nur das Mobiltelefon auszuhändigen. Schon ist er in den rückwärtigen Räumen verschwunden, und es dauert nicht lang, bis er mit Moni zurückkehrt. Arm in Arm stellen sich die beiden vor Hermann hin.

TILLMANN. Also, Herr Simon, die Moni und ich, wir haben uns nämlich überlegt, dass wir in absehbarer Zeit heiraten wollen.

HERMANN. Ach ja ...

Tillmann hat es mit seinem naiven Eifer fertig gebracht, dass Hermann wieder lächeln kann.

TILLMANN. ... und da wollten wir Sie fragen, ob Sie und Ihre Frau nicht unsre Trauzeugen werden.

MONI. Weil es mit dem Tillmann und mir doch in Ihrem Haus angefangen hat – wenn Sie wissen, was ich meine.

TILLMANN. Monische!

Der junge Sachse hat von Moni schon den örtlichen Akzent angenommen.

Hermanns Lächeln erlischt. Es kann an diesem Tag wohl nichts passieren, das ihn nicht an sein Unglück mit Clarissa erinnert. Was soll er da noch sagen? Niemand ahnt, wie er heute über Liebe und feste Bindungen denkt.

HERMANN. Ja, ich glaub, das wird sich machen lassen, ja.

Seine Antwort wirkt förmlich.

Moni meldet sich mit stolz leuchtenden Augen zu Wort.

MONI. Stellen Sie sich vor, wir haben uns kenne gelernt, ohne zu wissen, dass ich einmal das Geschäft hier erben dät. Das war nämlich net von vornherein klar.

TILLMANN. Und sie wollte keenen Elektriker.

MONI. Und jetzt passt auf einmal alles zusammen.

TILLMANN. Wie die Faust aufs Auge. Ich meine, haben Sie meine Computerabteilung gesehen? Da bleibt doch keen Wunsch offen, oder? Sagen Sie mal, haben Sie nicht auch noch den alten 386er? Soll ich da nicht mal vorbeikommen und den aufrüsten?

HERMANN. Ja, das wird dann wohl nötig sein.

TILLMANN. Na, dann lass ich mich mal bei Ihnen sehn, oder?

Hermann muss staunen, welchen Egoismus Paare entwickeln können. Sie verlieren das Gespür für die anderen und meinen, dass alle nur Spiegelbilder ihrer Gefühle sind.

Moni, die einen ebenso blassgelben Kittel trägt wie ihr Schatz, verpackt jetzt das Mobiltelefon. Geschäftig übergibt sie es Tillmann, damit er es an Hermann weiterreicht. Der Kunde soll sehen, wer der Mann in ihrem Laden ist. Monis Hochgefühl dringt ihr aus allen Poren.

Tillmann. Das Mobiltelefon für Ihre Frau.
Moni. Die Rechnung liegt bei.
Moni achtet aufs Geld, sie ist jetzt schließlich eine Geschäftsfrau. Hermann stammelt etwas von Dank. Er will endlich Ruhe haben und nicht mehr lächeln müssen.
Tillmann. Und schönen Dank ooch für den Auftrag.
Im Weggehen weiß Hermann nicht mehr, dass Tillmanns Dank seinem Auftrag gilt, den Computer aufzurüsten.

Günderrode-Haus, Terrasse und Urgehölz

Im erlöschenden Tageslicht erreicht Hermann mit seinen Einkaufstüten das obere Ende des Weinbergs.
Das Haus steht fahl und abweisend da. Der BMW steckt zwischen aufgewühlter Erde und herausgebrochenen Treppenstufen – ein Bild des Scheiterns.
Hermann stellt die Tüten ab, um den Türgriff zu drücken. Das Haus ist verschlossen. Er konnte nichts anderes erwarten. Natürlich würde Clarissa niemals das Haus verlassen, ohne abzusperren. Aber Hermann hat beim Wegrennen keinen Schlüssel mitgenommen. Da muss er gar nicht erst in seinen Taschen nachsehen. Er tritt ein paar Schritte zurück, sieht zu den Fenstern hinauf. Alle sind zu.
Er umrundet das Haus. Vielleicht hat sie die Terrassentür für ihn aufgelassen, so wie man das früher tat, wenn man den anderen erwartete.
Er drückt gegen die Tür und findet sie ebenfalls verschlossen. Wut steigt in ihm auf. Er knallt seine Tüten auf den Terrassenboden. Er ist hier schließlich zu Hause. Und wenn er die Glastür einschlägt – er will, darf und muss jetzt hinein! Er packt einen der eisernen Gartenstühle, eine gewaltige Waffe gegen das Panzerglas. Er schwingt den Stuhl und holt aus.
Da blitzt in ihm ein Gedanke auf: das Schlüsselversteck im Gehölz!
Er lässt den Stuhl sinken. Wie hatte er vergessen können, dass es einen geheimen Ort gibt, den nur er und Clarissa kennen?

Drüben, unter einem Urgehölz, wo das Grundstück endet, stehen die Reste einer Gartenlaube. Sie ist so zerfallen und von Dornen und Haselnusshecken überwachsen, dass die Bauhandwerker sie wohl nicht entdeckt hatten.
Hermann schöpft Hoffnung und läuft hinüber. Seine Handgriffe sind Routine. Er fasst durch das zerborstene Fenster, tastet am Tragebalken entlang, bis er ein Leinensäckchen in der Hand hat. Er erfühlt darin den Schlüssel. Wie konnte er nur annehmen, dass Clarissa ihn aussperren würde!
Aufatmend macht er sich auf den Rückweg und wählt den kürzeren Weg durchs Gestrüpp nach oben.
Kaum aber hat er ein paar Schritte getan, spürt er einen brutalen Hieb, der sein Bein trifft. Die Wucht des Schlages, der Schreck und der Schmerz, der seine Knochen durchfährt, werfen ihn um. Hermann stürzt hinterrücks zu Boden und würde hilflos den Hang hinunterrutschen, wenn sein Bein nicht festgehalten würde.
Er schreit auf und krümmt sich, um nachzusehen, was passiert ist. Die Marderfalle! Er ist in das Fangeisen getreten, das Gunnar vor fünf Jahren hier aufgestellt hatte.
Das Mordgerät mit seinen zwei Eisenbügeln hält seinen Fuß mit scharfen Zacken umfasst. Sein Versuch, die Klammer zu lösen, lässt sie nur noch fester einrasten, sodass sich die Zähne umso tiefer ins Fleisch bohren. Zu allem Unglück ist die Falle mit einer Kette an einem Baum verankert. So kann Hermann sich auch nicht davonschleppen.
Als er die Hände von der Klammer nimmt, sind sie voller Blut. Es sprudelt nur so aus der Wunde. Er schreit um Hilfe.
Sein Rufen würde ungehört bleiben, wenn nicht Frau Wirth gerade im nahe gelegenen Weinberg zu tun hätte. Die Winzerin kennt die «Günderrode-Nachbarn» gut, auch weil sie inzwischen die Ziege Bianca in Pflege hat. Im Herbeieilen registriert sie rasch, dass die Hilferufe vom Gebüsch unter der Grillwiese kommen.
Da sie jedoch etwas übergewichtig ist, wagt sie es nicht, zu Hermann hinabzusteigen.
Sie sieht ihn unter sich hilflos daliegen und weiß sich in ihrem Schrecken keinen Rat als den, seinen Namen zu rufen.
Hermann versucht, die Frau zu logischem Handeln zu veranlassen.

HERMANN. Hier, der Schlüssel!
Er wirft ihr das Leinensäckchen mit dem Hausschlüssel zu.
HERMANN. Gleich neben der Tür ist das Telefon. Rufen Sie 112.
WINZERIN. Die Feuerwehr?
HERMANN. Ja, die kennen sich aus.
WINZERIN. Meinen Sie net, ich soll meinen Mann rufen?
HERMANN. Nee, die Feuerwehr, gucken Sie doch mal!
Hermann zeigt ihr sein blutendes Bein in dem Falleisen.
WINZERIN. Ach Gott, ich ruf meinen Mann!
Schon macht sie sich mit dem Schlüsselsäckchen auf den Weg.
HERMANN. Nein, die Feuerwehr, verdammt noch mal!
Hermann wimmert vor Schmerzen.
Frau Wirth sperrt hastig die Haustür auf, macht Licht und findet das Telefon. Als sie den Hörer abnimmt, sieht sie daneben einen Brief liegen. Sie wählt die Nummer der Feuerwehr.
Draußen wird eine Männerstimme vernehmbar. Hartmut ist mit einem Abschleppwagen und zwei Arbeitern zurückgekehrt, um den BMW wieder flottzumachen.
HARTMUT. Hermann, Clarissa, ist jemand zu Hause?
Als er die Winzerin mit dem Brief aus dem Haus kommen sieht, ist er irritiert. Er kennt die Frau nicht.
HARTMUT. Was machen Sie denn hier?
WINZERIN. Sind Sie die Feuerwehr?
HARTMUT. Seh ich so aus? Wo ist denn der Hermann?
WINZERIN. Da hinten liegt er!
Von weitem vernimmt nun auch Hartmut das Stöhnen des Verletzten.
HARTMUT. Was, ist was passiert? Hermann, wo bist du denn?
Er rennt über die Wiese, gefolgt von Frau Wirth mit dem Brief in der Hand.
Bald hat er den armen Hermann gefunden und hangelt sich zu ihm hinunter. Er sieht das Eisen und versucht unverzüglich, die Klammer zu lösen.
HARTMUT. Ach du Scheiße – wart, ich helf dir.
Bei Hartmuts Befreiungsversuch wiederholt sich, was Hermann schon einmal erfahren musste: Der Federmechanismus zieht sich noch fester zusammen. Er kann den Schmerz kaum mehr ertragen.

Hartmuts ratloser Blick irrt zu Frau Wirth hinauf, die tatenlos oben steht.

HARTMUT. Holen Sie ebbes: Verbandszeug, irgendwas zum Blutstillen. Muss doch im Haus was zu finden sein!

Er ist nicht weniger in Panik als die überforderte Winzerin.

Der Verletzte ist noch in der Lage, praktische Anweisungen zu geben.

HERMANN. Ja, oben, im Badezimmer, im Schränkchen, da ist was.

HARTMUT. Sag ich doch.

Aber die Frau reagiert nicht, hält ihm nur den Brief hin, den sie beim Telefon gefunden hat.

HARTMUT. Was wollen Sie denn noch?

WINZERIN. Der Brief!

Er reicht ihn an Hermann weiter, bevor er sich den Hang hinaufarbeitet, um Hilfe zu holen.

Hermann bleibt mit dem Brief allein. Im letzten Tageslicht und mit schwindenden Sinnen liest er die Zeilen Clarissas.

CLARISSA. *Ich habe bis zuletzt auf dich gewartet, weil du ohne Hausschlüssel weggerannt bist und weil ich mich von dir verabschieden wollte. Aber jetzt steht das Taxi vor der Tür. Ich lege den Schlüssel in unser altes Versteck, und dort hast du ihn hoffentlich gefunden …*

Hartmut und Frau Wirth treffen auf dem Parkplatz ein. Die Arbeiter haben den BMW schon an der Winde. Nur noch Sekunden, und er steht wieder auf den Rädern und rollt auf den sicheren Hof.

HARTMUT. Yilmaz! Aufhören! Hör auf, wir brauchen Hilfe. Hast du 'ne Flex dabei? Oder eine Metallsäge oder eine Brechzange? Mach schon! Verdammt noch mal, eine Marderfalle!

Der Arbeiter begreift überhaupt nichts. Frau Wirth kreischt, als könne sie damit die Hilfe beschleunigen.

Hermann ist still geworden. Clarissas Gesicht erscheint ihm und lächelt ihn so engelhaft an, dass seine Schmerzen zu vergehen scheinen. Die Schrift ihrer Zeilen leuchtet ihn magisch an und spricht mit ihrer Stimme.

Clarissa. *Hermann, ich weiß, dass ich dich beleidigt habe. Und ich hoffe, du kannst mir noch mal verzeihen. Ich war so sehr in der Defensive und meiner Gefühle überhaupt nicht mehr sicher. Manchmal denk ich, dass es ein Fehler war, wie wir's gemacht haben. Das schöne Haus, für immer und ewig Heimat! Sich nie mehr trennen, jeder dem anderen als einzige Lebensmitte – ist das in dieser Konsequenz nicht lebensfremd? Ich würde es gut verstehen, wenn auch du das Nomadenleben wieder aufnehmen würdest. Man fühlt neue Kraft …*

Die Feuerwehr trifft ein, als es schon dunkel wird. Die Männer müssen ihre Suchlampen einschalten und eilen mit Rettungsgeräten zur Unfallstelle.
Hermann bekommt nicht mehr mit, wie die Hilfe naht. Vor seinem schwindenden Bewusstsein tanzt Clarissas Gesicht, das bei den letzten Worten von der «neuen Kraft» überirdisch zu lächeln scheint.
Im Scheinwerferlicht wird er ohnmächtig.

Galinas Wohnung in Wiesbaden

Galinas Wiesbadener Wohnung befindet sich in einem jener prächtigen Häuser, die an das Vorkriegs-Berlin erinnern. Ineinander gehende Zimmer, hohe Stuckdecken, zweiflüglige Türen, deren Rahmen mit Ornamenthölzern verziert sind, und eine zentral gelegene Herrschaftsküche versetzen die kleine Russin mit ihrem Söhnchen in ein viel zu theatralisches Ambiente. Hartmut, der Regisseur in ihrem neuen Leben, ist allerdings mit seiner Idee, sie als Sängerin zu inszenieren, gescheitert. Galina träumt von einer ganz anderen Karriere. Ihre wahren Talente will sie ihm zunächst einmal beweisen.
Mit einer Halogenlampe beleuchtet sie Hartmuts Gesicht, um ihm die Haare zu färben. Er schließt geblendet die Augen. Galina trägt Gummihandschuhe und beugt den Kopf ihres ersten Kunden über eine Plastikschüssel, um die Chemikalien besser auftragen zu können.

Der kleine Niko sitzt am Küchentisch und verfolgt gespannt das Verwandlungsspiel: zuerst eine kosmetische Gesichtsmaske, die einwirken soll, dann das Schaumpräparat auf die Haare.

Hartmut gibt ein wohliges Grunzen von sich.

Galina. Siehst du, Nikita, jetzt wird Onkel Hartmut schön und jung.

Der gelbe Farbschaum türmt sich auf Hartmuts Kopf in Gestalt einer Möhre. Das Kind muss lachen. Mit einer weiteren Möhre hat er zwei Teufelshörner erhalten. Wieder lacht das Kind auf.

Galina. Ohne Sorgenfalten, ohne graue Härchen – und alle werden denken, es geht ihm gut.

Hartmut macht Faxen für das Kind. In der Rolle als Galinas Versuchskaninchen fällt es ihm nicht schwer, als Spielkamerad akzeptiert zu werden.

Galina. Ja, und alle werden sich freuen, wenn er in die Firma kommt.

Hartmut hat auch schon ein paar Brocken Russisch aufgeschnappt, mit denen er Niko anspricht. Er hat es nicht leicht, ihm den Vater zu ersetzen.

Hartmut. Niko, gefall ich dir so besser?

Der Junge grinst.

Galina. Eines Tages werde ich eine sehr gute Kosmetikerin sein, und ich werde berühmte Frauen schön machen, und auch Männer. Und sie werden sagen, sehr gut, dass Sie nicht schlechte Sängerin geworden sind.

Hartmut wird ins Bad geschickt, um die Cremes und Schäume vom Kopf zu waschen. Als er sich abgetrocknet hat und das Frotteetuch vom Kopf nimmt, blickt er in den Spiegel. Ein neues Gesicht schaut zurück. Er sieht jünger aus, aber auch unseriöser.

Galina, die neben ihm im Spiegel auftaucht, ist mit ihrem Werk zufrieden.

Die roten Wangen, die gefärbten Haare, die Schatten unter seinen Augen machen ihn jedoch zu einer Fälschung.

Schabbach, Antons Villa

Hartmut fährt mit einem neu erworbenen Oldtimer durchs Dorf. Es ist ein silbergrauer BMW V8, ein Auto, das von seinen Liebhabern schwärmerisch «der Barockengel» genannt wird. Hartmut sitzt frisch und jugendlich hinter dem Steuer, so wie Galina ihn gestylt hat.

Vor der Villa seines Vaters stehen viele Autos, alle gewaschen und poliert und mit vergoldeten Lorbeerkränzen verziert. Die Zahl «50», ebenfalls in Gold, prangt an den Windschutzscheiben. Antons Fahrer Horst befestigt eine dieser bekränzten Goldziffern auch an der Haustür.

Hartmut steigt aus seinem Oldtimer, den er direkt neben dem Dienstmercedes des Vaters abgestellt hat, und betrachtet die Autokennzeichen: Anton hat die Nummer SIM-A1. Hartmuts Wagen trägt die Nummer SIM-ON 11.

Er begrüßt Horst, der das neue Auto voller Respekt zur Kenntnis nimmt.

HARTMUT. Hast du meine Nummer gesehen? Nummer elf in meiner Sammlung.

Hartmut geht vor seinem Nummernschild in die Knie und reibt sich stolz die Hände. Da hält Horst ihm den goldenen Lorbeerkranz vor die Augen.

HORST. 50 Jahre Simon, ich zähle schon gar nimmer mit.

Er legt die Jubiläumszahl auf die Kühlerhaube des «Barockengels», um auch dieses Fahrzeug zum Zeichen der Familienzugehörigkeit zu markieren.

Hartmut nimmt ein Geschenketui aus dem Wagen und bleibt neben Horst stehen.

HARTMUT. Kommste net mit rein? Gehörst doch auch zur Familie.

HORST. Nä, lieber net.

HARTMUT. Warum denn net?

HORST. In eurer Familie kenn ich mich net aus.

Hartmut beugt sich vertraulich zu dem alten Chauffeur.

HARTMUT. Ich kenn mich auch net aus. Aber es geht trotzdem. Guck mich an: Ich prozessiere gegen meinen Vater. Meine Geschwister prozessieren auch gegen ihn und gegen meine Frau, und die prozessiert gegen mich. Ha, sie will sich scheiden lassen, traut sich aber net, weil sie sich's net mit dem Alten verderben will. Und ich kann net wisse, ob sich mein eigenes Kind nicht einmal gegen mich stellt. Alle miteinander beneiden sich untereinander und missgönnen mir und sich gegenseitig den Erfolg. Und trotzdem gehe ich da jetzt durch die Tür in das Haus rein und lache. Einfach so. So ebbes gibt es. Das nennt sich Familienbande!

Er nimmt den Lorbeerkranz von seinem Autokühler und gibt ihn Horst mit größter Selbstverständlichkeit zurück.

Im Hauseingang bleibt er stehen, um sich nochmals zu Horst umzudrehen.

HORST. Ich fahre lieber Auto, das langt mir.

HARTMUT. Haste auch Recht.

Anton will sich heute inmitten seiner Familie fotografieren lassen.

Er sitzt herausgeputzt in seinem Lieblingssessel aus geschnitztem Eichenholz. Zum Stresemann trägt er das Bundesverdienstkreuz, aber auch eine Schärpe seines geliebten FC Schabbach mit der Aufschrift «Ehrenvorsitzender».

Schwiegertochter Mara, die Haushälterin Hanni und seine langjährige Büroleiterin, Frau Weirich, frisieren, zupfen und dekorieren noch an ihm herum.

Mara hat den Verdienstorden des Landes Rheinland-Pfalz einem Samtetui entnommen und liest in einer Broschüre über die Regeln zum Tragen von Orden nach.

MARA. ... und das muss ab.

FRAU WEIRICH. So ist es schön.

Anton sonnt sich in so viel Zuwendung.

Herr Schwarz, sein Werksfotograf, baut die Linhof-Studiokamera auf ein Profi-Stativ. Die Großbildkamera ist ein geheiligtes Juwel aus Antons Sammlung optischer Geräte. Er lässt sich die Zubehörteile von seinem Assistenten reichen und gibt Anweisungen, wo Lampen aufzustellen sind.

Frau Weirich ist mit Antons Ausstaffierung nicht einverstanden.

FRAU WEIRICH. Chef, also die Schärpe vom FC Schabbach, also ehrlich, die passt überhaupt net.

ANTON. Für meinen Verein werf ich jede Etikette übern Haufen. Wo ist denn der Pokal von unserm Sieg letztes Jahr? Den will ich in der Hand halten.

Hanni, die weiß, wo das Ding steht, holt es vom Regal. Die Überreichung an Anton erfolgt auf dem Umweg über Mara, die alles noch einmal auf Richtigkeit überprüft.

ANTON. Herr Schwarz, der muss genau in die Bildmitte.

Anton hält den kniehohen Silberpokal neben sein Herz und strahlt wie ein Siegerpferd.

Im Wohnzimmer ist die Verwandtschaft schon vollzählig versammelt: Rechtsanwalt Dieter, seine Schwestern Gisela, Marlies und Helga mit den Ehemännern und den Töchtern. Der Schock, der die Familie vor zwei Jahren nach der Taufe des kleinen Matthias Paul Anton fast zerrissen hätte, scheint vorüber zu sein. Geheilt ist die Wunde nicht. Man hat sich auch nicht arrangiert, sondern sich auf Wahrung der Etikette geeinigt, eine altbürgerliche Tugend, an die keiner mehr glaubt, die aber zu gelten hat, solange Anton sie verkörpert.

Alle sind froh, dass keine sichtbaren Katastrophen gefolgt sind. Keiner ist renitent geworden, keiner änderte seine Gewohnheiten, der Patriarch ist wieder wohlauf, und die Familienfeste wurden auch weiterhin gefeiert.

Der 50. Jahrestag von Antons Firmengründung ist mehr als ein Familienfest. Er berührt das Selbstverständnis aller. Heute geht es um ein Datum der Hunsrücker Landesgeschichte. Dazu ist es unverzichtbar, an diesem Ort zusammenzukommen.

Mara bringt ein weiteres Samtetui herein, klappt es auf und zeigt es herum.

MARA. Guck mal, das ist der andere Orden.

Anton hat alles im Blick, auch was sich nebenan im Wohnzimmer abspielt. Aus den Augenwinkeln verfolgt er, wie Hartmut ankommt, sich ein Glas Sekt einschenkt, Mara einen beiläufigen Kuss auf die Wange drückt und mit den Geschwistern anstößt.

ANTON. Tach, Hartmut. Ich weiß, wo du herkommst.
Hartmut hebt den Kopf. Er will sich auf keinen Fall provozieren lassen.

ANTON. Dein Blick, die roten Backen – ich war doch auch mal jung. Komm her zu mir und werd net gleich wieder misstrauisch.

Hartmut bleibt im Durchgang zum Couchzimmer stehen, lehnt sich an den Türstock und grinst. «Maul halten», das ist inzwischen seine Devise im Umgang mit dem Vater.

ANTON. Komm, stell dich hier rechts neben mich. Konkurrenz belebt das Geschäft. Das ist ein alter, weiser Spruch. Du bist doch mein Erstgeborener, der Kronprinz. Wirst eines Tages auf meinem Stuhl sitzen. Simon bleibt Simon.

Hartmut weiß, was der Alte ihm unter die Nase reiben will. Da kehrt er lieber zu den Geschwistern zurück. Als Mara ihm gegenübertritt, nimmt er sie zur Seite. Mit einem gewinnenden Lächeln drückt er ihr die kleine Schmuckschatulle, die er mitgebracht hat, in die Hand.

MARA. Was ist das?

HARTMUT. Ein Orden. Kriegst auch einen. Haste verdient. Zwei Jahre Waffenstillstand.

Mara würdigt das Geschenk vorerst keines Blickes. Ihre Augen forschen in Hartmuts Gesicht.

HARTMUT. Das ist 'ne Gemme von 1830.

Jetzt sieht sie hin.

In der Schatulle liegt eine wertvolle Goldkette mit einem Biedermeieranhänger. Der gefasste Gemmenstein zeigt das klassische Diana-Motiv, einen altrömischen Frauenkopf mit kunstvollen Locken.

MARA. Soll das eine Bestechung sein?

HARTMUT. Frieden, nichts als Frieden. Du weißt, dass ich die Scheidung will. In Frieden.

Hartmut spricht so sanft zu ihr, dass das Gespräch für Außenstehende wie ein vertrauliches Geplänkel unter Liebenden wirkt. Mara kann nichts entgegnen. Sie hält das teure Geschenk in Händen und fühlt sich gedemütigt. Die Tränen, die in ihr aufsteigen, vermag sie gerade noch zu unterdrücken.

Fragend und kühl zugleich sieht Hartmut seine Frau an. Gleichzeitig hat Anton die beiden im Blick, und Dieter beobachtet alle zusammen.
Die Ehepartner der Schwestern flüstern aufeinander ein, die Luft ist zum Schneiden.
LOTHAR. Dieter, wir streiten hier jetzt schon so lang.
DIETER. Jetzt reg dich mal net uff. Ich mach das schon.
LOTHAR. Hoffentlich.
DIETER. Hartmut, komm mal her.
Hartmut ist eigentlich bestrebt, allen Gesprächen aus dem Weg zu gehen.
HARTMUT. Was denn?
Dieter führt den Bruder zur Kachelofenbank. Dieser Platz war immer schon ein Rückzugsort in der Familie.
DIETER. Unsere beiden Prozesse, die stehn sich gegenseitig im Weg. Wenn du mit dem Koblenzer Urteil net einverstanden bist und dich mit deiner Forderung als Kommanditist bis nach Karlsruhe durchklagen willst, dann stehn wir mit unserer Klage gegen die Geldschenkung für euren Kleinen in der zweiten Reihe. Die Bundesrichter werden doch nie uns beiden Recht geben.
HARTMUT. Bist du der Jurist oder ich? Bei mir geht es um Gesellschaftsrecht, bei euch um Erbrecht. Das sind doch zwei Paar Stiefel.
DIETER. Wenn wir beide gewinnen, ist es vorbei mit dem Familienfrieden.
HARTMUT. Und wenn einer von uns beiden verliert, erst recht.
Hartmut hat sich im Vorbeigehen den Feldstecher des Vaters geschnappt. Damit kann er vor den Augen des Bruders den Gelangweilten spielen. Er setzt das Glas an die Augen und tut, als sähe er nach draußen auf Maras Pferdekoppel.
DIETER. Na ja, gut, dann müssen wir ewig weiterprozessieren.
HARTMUT. Das hält einen munter.
Er drückt Dieter das Fernglas in die Hand und lässt diesen einfach stehen.
Doch er täuscht sich, wenn er meint, die Familienfehden ließen sich durch Wurstigkeit beilegen. Schon greift Anton erneut an.

Anton. Hartmut, komm mal her.

Hartmut schlendert zu dem Sessel, auf dem der Alte wie ein Fürst thront.

Anton. Hör mal zu, Junge: Tatsachen bleiben Tatsachen. Dass die Mara die Mutter von deinem Sohn ist, das ist 'ne Tatsache. Dass ich dich damals rausgeboxt hab, als das mit dem Unfall passiert ist, ist auch 'ne Tatsache. Tote kann man net wieder lebendig machen, auch wenn wir der Lulu jeden Monat einen Tausender überweisen. Eine weitere Tatsache! Hartmut, ich will doch nur net, dass du den Sinn für die Tatsachen verlierst. Das ist alles. Im Übrigen kannst du morgen in mein Büro einziehen.

Hartmut. Wo ist der Haken?

Was der Vater da sagt, ist neu.

Seit jeher war Hartmut als der älteste Sohn dazu bestimmt gewesen, einmal den Betrieb zu übernehmen. Aber ebenso lang hatte er die Knute des Alten härter zu spüren bekommen als alle anderen Geschwister. Oft schien es, als herrsche eine Urfeindschaft zwischen beiden, und doch musste man sich fragen, warum sie sich so ineinander verbissen haben, dass all die Geschwister nur noch Zuschauer blieben. Hartmut fühlte sich niemals geliebt. Seit dem Tod seiner Mutter blieb eine Leere, die der Vater nicht füllen wollte. Die beiden umkreisten sich fortan in einer Hassliebe und Konkurrenz, wie es nur Väter und Söhne vermögen.

Anton. Schau dich um. Das da, das sind deine Tatsachen.

Hartmuts Gedanken kehren in die Gegenwart zurück. Sein Sohn, der kleine Matthias Paul Anton, dreht fröhliche Runden um den großen Esstisch. Die Kusinen spielen Fangen mit ihm. Mara lächelt selig. Ihr Kind ist ihre große Freude.

Anton. Und wenn du dich an die Familienregeln hältst, hat hier niemand was dagegen, wenn du nach Wiesbaden fährst, ab und zu.

Der Vater grinst so unverschämt, dass Hartmut schon wieder in die Defensive gerät.

Hartmut. Mein Privatleben ist meine Sache.

Anton. Hör mir doch zu. Ich hab doch nichts gegen die junge Russin. Das versteh ich doch. Die ist so jung und so gelehrig, dass es einen rühren könnte. Genieß es. Wo ist die denn jetzt?

Hartmut. Frag net so scheinheilig.

Anton erzeugt ein permanentes Auf und Ab der Gefühle.

Hartmut richtet sich stolz auf.

Anton. Ich hab den Notarvertrag gesehen. Es muss eine hübsche, gemütliche Wohnung sein in Wiesbaden.

Hartmut. Allerdings!

Da wird Anton heftiger. Er lässt in seine Stimme ein wohldosiertes Crescendo einfließen.

Anton. Aber damit hat sich's. Du hast dich anständig gezeigt, großzügig. Aber jetzt ist Schluss! Du versöhnst dich mit der Mara und hörst auf, uns in der ganzen Welt zu blamieren, im ganzen Hunsrück und vor den russischen Aussiedlerfamilien. Hast du mich verstanden?

Hartmuts Ehre steht auf dem Spiel.

Hartmut. Kannst du das net endlich mir selbst überlassen?

Anton. Nä.

Hartmut. Nä?

Anton. Nä!

Hartmut. Das werden wir ja noch sehen.

Er wendet dem Vater den Rücken zu und geht ins Nebenzimmer, in dem Kinderspiele veranstaltet werden.

Anton ist im Nu wieder entspannt. In aller Ruhe beobachtet er die Schwiegersöhne, die sich für die Plattenkamera interessieren.

Anton. Guckt euch mal das Objektiv an, das der Herr Schwarz da in der Hand hat. Das ist meine früheste Entwicklung, stimmt doch, Herr Schwarz?

Der Fotograf dreht das Objektiv prüfend in der Hand, bevor er es in die Kamera einsetzt.

Herr Schwarz. Stimmt genau, Chef.

Die Gravur auf dem Einstellring lautet: «SIMON-OPTIK-SCHABBACH».

Liebevoll wischt er mit einem Samtläppchen über die Linse, um noch die feinste Staubfaser zu entfernen.

Anton. Alle Ingenieure, die es berechnet haben, sagten: «Geht nicht, ist unscharf, verzerrt in den Ecken.» Aber es ist trotzdem das beste Objektiv, das jemals gebaut worden ist.

Antons Blick geht in die Ferne. Zum ersten Mal ist er an diesem Tag ohne Attitüde.

ANTON. Da wird jede Hautpore von euch so scharf abgebildet, dass man eure Gedanken hinter der Stirn lesen kann. Passt bloß auf, wenn die Fotos fertig sind und ihr sie euch später anguckt.

Herr Schwarz setzt das Objektiv in die Präzisionsfassung, in der sie mit einem Klicken einrastet. Anton sieht einen Moment lang traurig zu, dann wechselt sein Mienenspiel wieder zur gewohnten Konzilianz des Familienchefs.

ANTON. Frau Weirich, wo bleiben denn die Stiefel?

Alle Vorbereitungen für das Festtagsfoto sind getroffen. Die Familie schart sich um Antons Stuhl.

Auf einem Messingtischchen werden die vergoldeten Militärstiefel drapiert. Darunter stellt Frau Weirich ein rotes Kunststoffschild, auf dem in goldener Schrift die Erklärung zu lesen ist, die von Herrn Schwarz als Bestandteil des Bildes erfasst werden soll:

«In diesen Stiefeln
ging der Firmengründer
Anton Simon 1945 zu Fuß
von Nowosibirsk
nach Schabbach.»

Als Überschrift ist das Wort «Patentring» zu lesen, das für das System von Erfindungen steht, die sich Anton damals auf seinem über 5000 Kilometer langen Marsch in die Heimat ausgedacht hat. Die Gründung seines Unternehmens war ihm ohne Kapital gelungen, allein mit der Überzeugungskraft seiner Ideen. Davon lebt er heute noch.

ANTON. Frau Weirich, Sie kommen mit aufs Bild.

FRAU WEIRICH. Muss das denn sein?

ANTON. Keine Widerrede, als altes Bürofaktotum gehören Sie doch zu uns. Hab ich net recht?

Alle lachen, denn die Weirich ist bei ihrer Korpulenz gewiss fotoscheu. Ganz im Hintergrund findet sie ein unauffälliges Plätzchen. Der Fotograf verzieht sich unter das schwarze Tuch, bittet die

Leute, ein wenig enger zusammenzurücken, dann findet er das Bild perfekt.

HERR SCHWARZ. Eine Kassette bräuchte ich jetzt noch.

Der Assistent bückt sich zum Kassettenkoffer.

Hartmut kommt als Letzter hinzu. Sein Platz ist selbstverständlich zwischen Mara und Anton. «Zur Rechten des Vaters», wie der sagen würde.

Dabei ruht Maras Hand vertraulich auf dem Arm des Schwiegervaters.

ANTON. Herr Schwarz, jetzt sind wir soweit.

HERR SCHWARZ. Ganz wichtig, bitte nicht bewegen. Ganz wichtig.

Anton rückt seine goldenen Stiefel schnell noch ein wenig auseinander, damit der kleine Millionenerbe dazwischen hervorlugen kann.

Herr Schwarz ergreift den Drahtauslöser: «Achtung, bitte recht freundlich!»

Das Blitzlicht flammt auf, der Objektivverschluss schnappt auf und zu.

ANTON. Noch einmal, Herr Schwarz. Bei so vielen Leuten weiß man nie, ob sie auch alle gelächelt haben und freundlich waren.

Der Fotograf setzt eine neue Kassette ein. Wieder flammt der Blitz auf.

ANTON. Und net nur freundlich gucken, auch freundlich denken. Noch einmal und noch einmal ...

Das Ritual wird noch mehrmals vollzogen. Immer wieder zuckt der Compur-Verschluss hinter dem Präzisionsobjektiv aus Antons Frühzeit.

ANTON. ... bis die Platten alle voll sind.

Das Gruppenbild mit dem zum Popanz ausstaffierten Patriarchen in der Mitte hat in seiner Reglosigkeit etwas Unwirkliches. Die Kommandos des Fotografen klingen wie Zauberformeln.

ANTON. Ein Bild sagt mehr als tausend Worte.

Günderrode-Haus, ein Herbsttag

Der Herbst schreitet weiter voran. Das schräg einfallende Sonnenlicht, vermischt mit den Luftmassen eines Island-Tiefs, löst in den Bäumen eine biochemische Reaktion aus, die für mehrere Stunden das Laub regnen lässt. Das Resultat ist ein pathetisches Bild von Herbstmelancholie.

Im Blättertreiben unter der Kastanie kommt ein Taxi an. Mit Krücke und Gipsfuß kehrt Hermann nach Wochen aus der Klinik zurück. Der Fahrer hilft ihm beim Aussteigen und kümmert sich um seine Reisetasche. Der Weg über den Hof führt ihn an seinem Auto vorbei, das dasteht, so wie Hartmuts Abschlepper es vom Haken gelassen hat.

Auf der Terrasse sieht Hermann das Werk der Zeit: Die Einkaufstüten, die er an seinem Unglückstag dort abgestellt hatte, sind zerfleddert und durchnässt, offensichtlich auch von Tieren durchwühlt. Er findet Clarissas Handy, dessen Verpackung ebenfalls gänzlich verrottet ist. Dies alles ist nur noch einen Tritt mit dem Gipsfuß wert.

Die Terrassentür ist angelehnt. Als Hermann sich nähert, geht sie wie durch Geisterhand von allein auf. Vorsichtig tritt er ein. Da flattert ihm ein Rotkehlchen entgegen. Er weicht aus, aber das Tier kehrt in Panik um, fliegt an der Wohnzimmerdecke entlang und stößt gegen Balken und Wände. Er zieht den Vorhang zur Seite, damit es hinaus kann. Es flieht jedoch ins Arbeitszimmer und prallt gegen die Fensterscheiben. Die Hilfsversuche verwirren den Vogel restlos. Schon etwas benommen flattert er ins Obergeschoss hinauf. Auch dort gibt es häßliche Geräusche, weil ihm Schränke, Lampen und Fensterscheiben in die Flugbahn geraten.

Hermann lässt seine Tasche zurück und folgt ihm in Clarissas Zimmer hinauf. Da sitzt das erschöpfte Rotkehlchen auf der Frisierkommode und scheißt auf das Telefon. Hermann öffnet das Fenster, doch das verängstigte Wesen will durch den Spiegel entkommen. Hermann resigniert, lässt das Fenster offen und schließt die Tür. Eigentlich hat er Clarissas Zimmer nicht mehr betreten wollen.

Das Gehen fällt Hermann schwer. Trotz wochenlangen Klinik-

aufenthalts sind Unterschenkel und Fuß noch immer mit einem dicken Verband geschützt, was vor allem das Treppensteigen problematisch macht. Auf der untersten Stufe sieht er sich in Diele und Wohnzimmer um. Es scheint alles unverändert, nur dass Möbel, Sessellehnen und Klavier mit Vogelkot bekleckert sind. Der Blumenstrauß auf dem Tisch ist verdorrt.
Hermanns Blick fällt auf den Anrufbeantworter. Die rote Diode blinkt. Natürlich ist bei so langer Abwesenheit einiges an Nachrichten gespeichert. Er drückt auf die Abhörtaste. Clarissas Stimme ertönt. Sie spricht gegen das Fahrgeräusch eines Zuges an und klingt deswegen noch fremder.

CLARISSA. *Hermann, ich rufe aus dem Zug an. Ich fahre gerade durch Göttingen. Da sind wir doch auch schon zusammen dran vorbeigefahren – aber du, ich bin sehr traurig, wie das gelaufen ist mit unserm Wiedersehen. Du kennst das doch: Vor so einer Premiere, da ist man irgendwie so durch den Wind. In solchen Situationen bist du auch oft nicht ganz zurechnungsfähig. Ach, Scheiße, das blöde Zugtelefon frisst mein ganzes Kleingeld. Ich versuch dich heute Abend noch mal anzurufen. Bis dann! Das war die Clarissa.*

Während er dem Tonband lauscht, sieht er wieder die bedrückende Streitszene vor sich, die sich hier abgespielt hat. Und in der Stille, die nach Clarissas Gruß eintritt, wird ihm noch klarer, dass er ab jetzt allein sein wird.
In der Abgeschiedenheit der Klinik hat Hermann wieder mit dem Komponieren begonnen. Was seit Jahren versiegt zu sein schien, ist dort wieder erwacht. Das Personal hat ihn oft zwingen müssen, die nächtliche Schreibarbeit abzubrechen, damit noch ein wenig Kraft für die Heilung übrig blieb. Der Chefarzt jedoch, ein alter Schulfreund, hatte Verständnis für den schaffenswütigen Patienten gehabt und ihn länger als nötig in seiner Obhut behalten.
Hermann ist schließlich heimgekehrt, um die Arbeit mithilfe des Computers und seiner Aufzeichnungen aus den frühen Jahren vollenden zu können.
In der Nacht, als er eben ein wenig Schlaf gefunden hat, wird er

von plötzlicher Übelkeit geweckt. Er wankt barfuß die Treppe hinunter. Sein Gleichgewichtssinn setzt aus. Ein merkwürdiges Wummern begleitet ihn, das dann abrupt endet. Er sucht Halt am Treppengeländer. Ohne erkennbare Ursache flackert das Deckenlicht, und während eines erneuten Wummerns macht sich der Küchenschrank selbstständig. Seine Türen springen auf, und ein Stapel Teller schießt klirrend zu Boden.
Hermann springt zur Seite und humpelt ins Freie. Auf der Terrasse das gleiche Gefühl, auf schwankendem Boden zu stehen.
Unten im Tal gehen auf einmal alle Lichter, Straßen- und Gebäudebeleuchtungen aus und flackern Sekunden später auf. Der Vorgang wiederholt sich, dann ist Ruhe und wieder das gewohnte Bild.
Hermann steht im Schlafanzug draußen und wischt sich die Augen. Ein Erdbeben? Ein Traum?
Alles, was geschieht, inspiriert ihn. Das Erlebte treibt ihn zu seiner Arbeit zurück. Sie hat ihn ohnehin bis in den Schlaf beschäftigt. Er schaltet den Computer ein und ordnet die Papiere.
Sein Gesicht ist vom Licht des Monitors erhellt. Vor ihm breitet sich eine großformatige Partitur aus, in der sich unzählige winzige Noten in komplizierten Strukturen reihen.

Tage später. Der Herbst hat sich mit klebriger Nasskälte eingenistet.
Ein roter Lieferwagen kommt an. Tillmann mit Montageköfferchen und zwei Software-Paketen versucht, sich am Gartentor bemerkbar zu machen. Er ruft nach Herrn Simon.
Das niedrige Tor ist nur eine symbolische Barriere vor dem Grundstück, und Tillmann kennt sich hier aus. Als sich nichts rührt, steigt er einfach über die Absperrung. Nach allen Richtungen blickend, geht er zum Haus. Der BMW steht jedenfalls auf dem Hof. Herr Simon muss da sein.
Vor dem Fenster des Arbeitszimmers bleibt er stehen, er hat einen Schatten vorbeihuschen sehen. Er klopft an die Scheibe.
Hermann kommt ans Fenster und winkt.
HERMANN. Es ist offen.
Auf dem Weg zu Hermann, der in Nähe der offenen Zimmertür

sitzt, spürt Tillmann, dass etwas anders ist als sonst. Einfühlsam bleibt er stehen.

TILLMANN. Herr Simon, ich komm wegen der neuen Platine und der kleinen Rechnung, wenn's recht ist, aber es scheint ...

Jetzt erst bemerkt er, wie übernächtigt und müde Hermann aussieht. Er ist seit Tagen unrasiert und ungekämmt, hat tiefe Ringe unter den Augen, die Kleidung ist vernachlässigt. Er sitzt auf seinem Arbeitsstuhl und streckt das Gipsbein von sich.

TILLMANN. Kann ich Ihnen irgendwie helfen?

In Hermanns Gesicht breitet sich ein bleiches Lächeln aus.

HERMANN. Tillmann, ich glaube, ich bin am Ende!

Tillmann erschrickt.

TILLMANN. Um Gottes willen, wirklich am Ende?

HERMANN. Die Vereinigungssymphonie. Fertig.

Tillmann tut einen schüchternen Schritt ins Arbeitszimmer. Jetzt kann er bestaunen, wovon Hermann spricht: In Leporello-Faltung aneinander gefügtes Notenpapier bildet eine lange Bahn über Schreibtisch, Flügel und Stehpult. In zahllosen Zeilen reihen sich die Symbole und Zeichen. Auch der Fußboden ist mit Notenblättern übersät – das chaotische Bild ungezügelter Schaffenswut.

TILLMANN. Mensch, die Vereinigungssymphonie! An die hab ich gar nicht mehr geglaubt.

HERMANN. Sechs Sätze. Eigentlich müsste sie Trennungssymphonie heißen.

TILLMANN. Aber Herr Simon, Vereinigungssymphonie klingt doch schöner.

HERMANN. Hast ja Recht. Es kommt sogar ein kleines Klarinettensolo darin vor.

TILLMANN. Das ist aber schön.

Ein Ruck geht durch Hermanns Körper, als wolle er gleich wieder seine Arbeit fortsetzen.

HERMANN. Ich war noch nie so produktiv wie heute. Und ganz nebenbei ist noch ein Liederzyklus mit 33 Liedern entstanden – ohne jede Anstrengung.

Er hebt ein Buch vom Schreibtisch auf, um es Tillmann in die Hand zu drücken.

HERMANN. Stell dir vor, ich nehme dieses Buch zur Hand, das sind die Gedichte der Günderrode, und ich höre die Melodien, als hätten sie 200 Jahre in diesem Haus umhergeschwebt und ich bräuchte sie nur noch aufzuschreiben.

Tillmann traut seinen Augen nicht.

Hermann greift nach einem Notenheft und humpelt damit zum Flügel. Die Partitur der Vereinigungssymphonie besteht aus mehreren Metern Notenpapier, die ihm den Weg versperren.

Hermann taucht darunter hindurch, lässt sich auf dem Klavierhocker nieder und beginnt zu spielen. Es ist eine wehmütige Melodie, deren Töne permanent um einen Mittelpunkt zu kreisen scheinen.

HERMANN.

Ist alles stumm und leer,
nichts macht mir Freude mehr.
Düfte, sie düften nicht,
Lüfte, sie lüften nicht
mein Herz so schwer ...*

Sein Gesang klingt eher kläglich, so als wolle er die Töne auf ihre Richtigkeit überprüfen, indem er die Stimme jaulen lässt. In Wahrheit ist ihm die Gabe des gepflegten Gesangs nicht gegeben. Hauptsache, Tillmann versteht, was gemeint ist.

In der Küche türmt sich ungewaschenes Geschirr. Töpfe mit Essensresten, verkrustete Pfannen, leere Flaschen und Kaffeekannen geben Zeugnis von seinem Arbeitsrausch, dem alles andere untergeordnet blieb.

Tillmann will es Hermann gleichtun und auf seinem Gebiet, der Computertechnik, zeigen, was möglich ist. Er macht sich unverzüglich an die Arbeit. Er schraubt den PC auf, ordnet sorgfältig die Kabel und Verbindungen neu an und baut die Hauptplatine aus.

TILLMANN. Jetzt, wo Sie so kreativ sind, müssen wir Ihren Computer einfach aufrüsten. In Zukunft können Sie dann Ihre Noten direkt in den Computer eingeben, druckfertig abspeichern

* Komposition: Wolfgang Rihm, «Günderrode-Lieder», Liedtext: Karoline von Günderrode

und in null Komma nix in die ganze Welt versenden. Jeder, der Ihre Symphonie spielen will, kann sie von uns bekommen. Das garantiere ich Ihnen. Na, Ihr Auftrag gilt doch noch, oder?

Hermann tut etwas gegen das Hungergefühl, das er seit Stunden unterdrückt hat. In einem Topf sind noch trockene Bandnudeln, die er sich in den Mund stopft.

TILLMANN. Ich bau jetzt das Mainboard mit dem Pentium ein und installiere das neue Windows.

Hermann kaut auf den harten Nudeln herum und versteht nichts. Vielleicht ist sein Hunger auch Ausdruck der Freude, endlich wieder eine Menschenseele um sich zu haben.

TILLMANN. Jetzt bin ich an der Reihe, Chef!

Tillmann vertieft sich in die Innereien des Rechners.

Hermann hätte sich nicht auf das Sofa legen dürfen, denn sobald er sich ausgestreckt hat, lässt der Muskeltonus nach, und das Nervensystem holt sich sein Recht. Schlaf überfällt den Erschöpften. Auch Tillmann mit seinen Arbeitsgeräuschen kann ihn nicht stören. Er ist in tiefe Träume gesunken.

Als das neue Notenprogramm endlich läuft, ist es späte Nacht, und Tillmann denkt nicht daran, dass Moni längst ohne ihn zu Bett gegangen ist. Er ist so intensiv bei der Sache, dass die Stunden unbemerkt verrinnen.

Im Morgengrauen beginnt der Drucker mit einem trotzigen Singsang zu laufen und schreibt die schönsten Noten auf breite Partiturblätter. Begeistert druckt Tillmann Seite für Seite von Hermanns Symphonie aus.

Wiesbaden, Galinas Schlafzimmer

Wer Kinder hat, kann seinen Tageslauf nicht so beliebig einteilen wie Hermann oder Tillmann.

Obwohl das Morgenlicht im Spätherbst länger braucht, durch die Fenster zu dringen, hält der kleine Niko es längst nicht mehr in seinem Bettchen aus. Er hat beim Spielen eine Wäscheklammer gefunden und tappt durch den Flur auf das Schlafzimmer seiner

Mutter zu. Die Tür steht offen. Er sieht, dass sie noch, an Hartmuts Brust gekuschelt, tief schläft.
Er schleicht sich mit der Wäscheklammer an. Auch als er aufs Bett klettert, wachen die beiden nicht auf. So kann er bis an ihre Gesichter gelangen und das Ding auf Hartmuts Nase klemmen. Der schrickt auf und weckt damit auch Galina.
GALINA. Nikita, was machst du?
Sie will das lachende Kind auf Russisch zurechtweisen, aber Hartmut ist gleich versöhnt und bereit, mit ihm zu spielen. Beide stimmen in Nikos Lachen ein und werden davon erst richtig wach.

Im Bad darf der Kleine für Hartmut den Duschkopf halten. Er hat einen Heidenspaß daran, ihn von oben bis unten nass zu spritzen.
Auch Hartmut genießt das Glück des Familienlebens, das ihm bei der herben Mara versagt geblieben ist. Galina sieht zu und bewundert den verspielten Geliebten. Unter seinem Schutz hat sie sich von all den strengen Bevormundungen durch die deutschrussische Familie lösen können.
Als sie sich von außen dem Duschvorhang nähert und ihre nackten Arme zärtlich nach ihm ausstreckt, stellt Hartmut das Wasser ab. Er ist glücklich, sie so aufgeblüht und froh zu wissen. Er ertastet ihr Gesicht hinter dem milchigen Plastikvorhang.
HARTMUT. Ich habe gedacht, dass ihr euch schön anzieht, mit mir runter geht, ins Auto steigt, und dann fahren wir nach Schabbach. Und wenn wir dort ankommen, machen wir endlich, was wir wollen, und stehen dazu. Und das mit deiner Familie kriegen wir auch hin. Und wenn uns einer an den Karren fahren will, dann bring ich ihn persönlich zur Ruh. Das kannst du mir glauben.
Galina ist ernst geworden. Sie lässt ihn zwar ausreden, aber ihre Antwort steht fest.
GALINA. Hier in dieser Stadt beginnt mein neues Leben, Hartmut.
Er hebt den Duschvorhang an, bauscht ihn zu einer Art Schleier, den er um Galinas Kopf drapiert, und blickt sie verliebt an. Sie sieht aus wie eine Braut.
HARTMUT. Galina, ich will dich heiraten.

Es muss ihr Widerstand sein, der ihn dazu brachte, sich so weit vorzuwagen.
Galina weiß, dass dies Träume sind, die der Wirklichkeit nicht standhalten würden.
In Sekunden macht sie sich klar, dass Hartmuts Scheidung von Mara Jahre dauern kann und dass in Schabbach unüberwindbare Widerstände auf sie warten würden. Sie will Hartmut nicht wehtun, aber er soll auch nicht versuchen, sie, ihr Kind und schließlich sich selbst an Illusionen zu verlieren.
Seine Augen sind immer noch bittend auf sie gerichtet.
GALINA. Ja, aber lass mich hier, bitte.
Sie ist die Vernünftige. Als sie Hartmut im Bad zurücklässt, weiß sie, dass sie ihr Leben allein in die Hand nehmen muss.

Von ihrem Balkon aus schaut sie zu, wie der Freund unten auf der Straße zu seinem Porsche geht und ihr eine Kusshand zum Abschied zuwirft. Sie hat ihren Jungen auf dem Arm, der traurig ist, dass der Spielkamerad wieder wegfährt. Hartmut winkt, das Kind winkt zurück, und dann gibt es nur noch die zwei auf dem Balkon. Galina hat Tränen in den Augen. Ihr Leben will einfach kein Märchen werden.

Der Weg nach Schabbach

Der Arbeitsexzess hat sich positiv auf die Heilung von Hermanns Fuß ausgewirkt. Er braucht nun keinen Gipsverband mehr und kann, wenn er einen Stock benutzt, schon weitere Strecken gehen. Spaziergänge sind das, was der Arzt ihm empfohlen hat. Hermann hat kein Ziel, aber ein Gefühl treibt ihn bergan.
Als dicke Nebelschwaden über seinen Wanderweg ziehen, kommt die Erinnerung an seine Heimkehr von 1989 zurück. Damals wollte er erfahren, ob das Land seiner Kindheit ihn wieder aufnehmen würde, ohne ihn zu verschlingen. Jetzt steht er am Ende seiner Illusionen. Schon in der Schulzeit waren Herbst, Nebel und Einsamkeit für ihn Synonyme gewesen. Ein Gedicht Hermann Hesses, «Einsam im Nebel zu wandern», hatte sein Lebensgefühl vollends

ausgedrückt. Die Verse waren zu einer seiner ersten Liedkompositionen geworden.
Er lenkt seine Schritte über bedeutsame Wege. An der Stelle, von der er mit Clarissa den Schabbacher Kirchturm wiederentdeckt hatte, beschleunigt er seinen Gang. Auch das Ortsschild kann ihn nicht aufhalten.
Er will wissen, was hinter der Heimkehrromantik noch Bestand hat. Seit Clarissa ihn verlassen hat, tut sich ein neuer Riss in seiner Welt auf.
Der Nebel folgt ihm heute nicht ins Dorf, bleibt draußen in der ewigen Landschaft, und die alte Heimat scheint wieder völlig menschenleer zu sein.
Die Wirtschaft von Rudi Molz ist geschlossen, auf der Straße keine Menschenseele.
Er geht weiter, bis er an die Schmiede kommt und das Elternhaus wiedersieht. Das Bein tut ihm weh.
In Maras Stall bewegen sich die Pferde.
Er bleibt vor der Marmortafel beim Hauseingang stehen und liest erneut die verblasste Inschrift:

«Original Hunsrücker Schiefer-Fachwerkhaus
mit Schmiede und Inventar.
Erbaut 1773.
Gestiftet von der
Paul-Simon-Stiftung, Detroit, USA.»

Das Haus ist zum Heimatmuseum geworden. Es sieht aus, als solle es alles überdauern, die Schicksale der Familie, auch Hermanns Trauer.
Jetzt nochmals Abschied nehmen von hier? Das Nomadenleben wieder aufnehmen, wie Clarissa ihm schrieb?
Ein Schnauben aus Maras Pferdestall scheint Hermanns Gedanken zu bestätigen. Er geht zu dem Tier hin, das ihm sanft den Kopf entgegenhält. Das einzige Lebewesen in Schabbach außer Hermann. Er streichelt ihm über die Nüstern.
Da vernimmt er den Aufschrei vieler Menschenstimmen. Hermann folgt humpelnd dem plötzlichen Lärm. So kommt er an den Sportplatz. Ein Fußballspiel, kein Spuk. Sämtliche Autos von Schabbach sind hier vereint und die Einwohner dazu!

Hinter einem Opel pinkelt ein Fan an den Reifen. Hermann spricht ihn an.
HERMANN. Wie steht's denn?
FAN. Drei Minuten vor Schluss immer noch null zu null.
HERMANN. Aha, und wer sind die anderen?
FAN. SG Eintracht Bad Kreuznach, die sind Nummer eins in der Bezirksliga.
HERMANN. Ah ja, dann geht's also um alles oder nichts. Seh ich das richtig?
FAN. So kann man's auch sagen.
Der Fan joggt mit federnden Schritten zurück zur Tribüne.
Mannschaftsbaracke, Spielfeldbegrenzungen und Tribünen sind mit zahlreichen Werbetransparenten der Optischen Werke Simon dekoriert.
Auf dem Rasen ist ein hartes Gebolze um den Sieg im Gange. Für die Kreuznacher geht es darum, das Unentschieden über die Zeit zu retten; die Schabbacher setzen immer noch voll auf Angriff. Noch nie ist es ihnen gelungen, einen so starken Gegner zu schlagen. Die Zuschauer feuern ihre Mannschaft an. Nach einem Freistoß für Kreuznach wird das Spiel noch hektischer. Die Schabbacher geben ihr Äußerstes und kämpfen bis zum Umfallen. Ein Kreuznacher erhält die gelbe Karte. Wieder tobt das Publikum. Bürgermeister Toni treibt mit Trompetentönen seine Mannschaft nach vorne.
Hermann ist im Tribünendurchgang stehen geblieben.
Hier folgt auch Antons Chauffeur dem Spiel. Die Sekunden verrinnen.
Da fällt das ersehnte Tor. Eins zu null für Schabbach!
Der Jubel nimmt kein Ende. Hermann jubelt unwillkürlich mit. Er erkennt Anton, der mit dem Trainer und anderen Funktionären seines Vereins von der Bank aufspringt und aus Leibeskräften brüllt. Die blau-weiße Mannschaft der Schabbacher wälzt sich im Siegerglück. Anton feuert sie an, denn das Spiel ist noch nicht zu Ende.
ANTON. Weiter so, Jungs, weiter so, schießt noch ein Tor!
Hermann wird von der Tribüne aus zugerufen. Er erkennt Rudi Molz, Lenchen und die Honoratioren des Dorfes. Man reicht ihm die Hände und rückt für ihn auf der Sitzreihe zusammen.
RUDI. Hermann! Ich hab dich beinah net erkannt.

Hermann wird zwischen die Zuschauer gezwängt. Das Spiel auf dem Platz geht mit unverminderter Härte weiter.

RUDI. Jeder, der heute ein Tor schießt, wird Ehrenbürger von Schabbach. Das ist abgemacht. Weißt du eigentlich, dass Schabbach früher schon mal ganz groß war im Fußball? Mit dem Weckmüller Erich rechts außen und den Brüdern Scherer und Sulzbacher Albert im Tor?

Der Lärm nimmt so zu, dass Rudi nur noch schwer zu verstehen ist. Hermann fühlt sich angenommen. Das ist heute ein gutes Gefühl für ihn, und er nickt zu allem, was Rudi sagt.

RUDI. Du, damals haben die's bis in die Landesliga geschafft. Weißt du das net mehr?

Hermann sieht fasziniert zu Anton hinüber, der nicht mehr zu halten ist. Mit seinem Stock gestikuliert er wild in der Luft und schreit lauter als alle anderen.

ANTON. Kämpfen ... Bravo!

HERMANN. Wo der Anton nur seine Energie hernimmt.

ANTON. Schabbach, Schabbach!

Anton skandiert einen Sprechchor, in den bald sämtliche Fans mit einstimmen.

RUDI. Ein Wunder, nach dem Schlaganfall. Hättest ihn mal vorhin rennen sehn sollen, wie er den Sturm angefeuert hat. Net zu glauben, dabei ist er vier Jahr älter als wie ich.

HERMANN. Na ja, das ist eben seine Leidenschaft.

RUDI. Und dein Fuß?

HERMANN. Ach, das wird schon wieder.

Wieder erfährt Hermann, dass die Schabbacher alles über ihn wissen.

RUDI. Hermann, gar net hingucken, dann heilt's besser, das ist meine Erfahrung im Leben. Net wahr, Lenche?

Das herzliche «Ei, allemol» von Lenchen klingt wie Musik und Muttersprache zugleich.

Da ertönt der Schlusspfiff: der definitive Sieg von Schabbach!

Ein Freudenfest bricht los. Die Schabbacher auf den Tribünen fallen sich in die Arme, der Bürgermeister trompetet das Siegeslied, Rudi und Lenchen schreien, so laut sie können.

Anton ist mit den Vereinsfunktionären auf das Spielfeld gerannt.

Er muss jetzt seine Jungs und Schützlinge beglückwünschen. Die Spieler packen das schwere Mannsbild Anton und heben ihn hoch über ihre Schultern. So tragen sie ihren Sponsor triumphierend über das Feld.

Der Jubel hat sich schließlich gelegt, und die Zuschauerränge sind schon fast leer.
Hermann ist auf der obersten Reihe sitzen geblieben, weil es ihn fasziniert hat, seinen Bruder so in seinem Element zu sehen.
Anton steht nach dem Abzug der Mannschaft allein auf dem Platz. Mit einem blau-weißen Schal kostet er seinen Triumph aus, indem er einfach dasteht und auf das Panorama seines Dorfes schaut. Schabbach bietet von hier aus einen schönen Anblick mit seinen schwarzblauen Schieferdächern, der Kirchturmspitze und den beiden weißen Villen am linken Ortsrand: Antons Residenz und das noch prächtigere Anwesen seines Sohns Hartmut.
Hermann überquert den Rasen.
Anton spürt, wer da hinter ihm näher kommt. Er dreht sich nicht um, sondern spricht mit Blick auf Schabbach.
ANTON. Wer dat heute erlebt hat, der weiß, dass ich noch immer alle in die Tasche stecken kann.
Jetzt erst sieht Anton den Bruder an. Beide haben einen Stock als Gehhilfe.
ANTON. Dat beweist meine uralte Theorie, dass du hier im Hunsrück alle Talente finden kannst. Du musst sie nur erkennen und kontinuierlich fördern. Das heißt knallhartes Training jeden Tag, den Gott erschaffen hat, und dass du den Stachel ins Fleisch pflanzt, den Ehrgeiz. Paar Jahre später kannst du dann ernten. In meiner Mannschaft, da spielen 90 Prozent Hunsrücker, und über die Hälfte davon sind aus Schabbach. Unter den Russen, da habe ich noch ein paar gefunden, erstklassige Jungs, ehrgeizig. Und keiner von denen hat Millionen bekommen, wie das heute im Profifußball üblich ist.
Anton beginnt, eine Runde auf dem Mittelkreis zu drehen, Hermann folgt Schritt auf Schritt.
HERMANN. Dann war das ja richtig gute Werbung für dich, heute.
ANTON. Na ja, ein bisschen etwas muss ja rüberkommen. Ich

sage dir, bei den Bad Kreuznachern, gegen die wir heut gewonnen haben, da stammt keiner mehr aus Bad Kreuznach. Die sind alle nur noch zusammengekauft. Geld, Geld, na ja, und so was nennen die dann noch Sport. Aber du hast gesehen, wie wir die heute besiegt haben.

HERMANN. Ich kann mich noch gut erinnern, wie du gleich nach dem Krieg die Bauernjungen zusammengetrommelt und gesagt hast: «Aus euch mach ich richtig gute Feinmechaniker.» Und da haste dir die dicken Finger angeguckt und gesagt: «Ihr werdet ganz andere Finger bekommen.»

ANTON. Na ja, Qualität setzt sich eben durch.

HERMANN. Das war vielleicht mal so.

ANTON. Dat is immer noch so.

Hermann kennt den Wahlspruch, den Anton schon in seinen Gründerjahren an jede Wand seines Betriebs pinseln ließ. Es gab Zeiten, da galt diese Maxime auch für Hermann.

Die beiden Brüder bleiben stehen und sehen sich an.

HERMANN. Dein Wahlspruch in allen Ehren, aber die Welt sieht nicht so aus, als ob du Recht behalten solltest.

ANTON. Hermann, du kommst doch viel rum. Sag mir mal: Wer ist die Welt?

HERMANN. Anton – na, Leute wie du.

Hermann lacht. Anton wollte eigentlich keine Antwort hören.

ANTON. Du nimmst mich auf die Schipp.

HERMANN. Ich gratulier dir zu deinem Sieg.

Die nachdenklichen Augenblicke sind bei Anton sehr kurz, und Hermann muss genau hinsehen, um die winzigen Anflüge von Melancholie in seinen Augen zu entdecken.

ANTON. Ich gehe jetzt mal zur Mannschaft, die feiern schon. Sei mir nicht böse, aber die brauchen mich.

Anton winkt mit seinem Stock zum Parkplatz hinüber. Dort steht der treue Horst mit dem Dienst-Mercedes.

ANTON. Ich lass dich heimchauffieren. – Horst!

Als Hermann losgehen will, sieht Anton hinter ihm her.

ANTON. Und nimm's dir nicht so zu Herzen.

Hermann ist erstaunt. Auf was spielt der große Bruder an? Kennt er seinen Kummer mit Clarissa?

HERMANN. Was denn?
ANTON. Ei, das mit dem Fuß natürlich.
HERMANN. Ach so.
Hermann sieht zu Horst hinüber, der schon mit geöffneter Autotür auf ihn wartet. Dann blickt er nochmals zu Anton zurück, der sich abwendet und langsam auf das Fußballfeld zurückgeht. Wieder wird Hermann von dem Gefühl befallen, dass alles nicht so ist, wie es aussieht. Die wahre Wirklichkeit verbirgt sich vor ihm.

Anton geht nicht, wie er sagte, zu seiner Mannschaft zurück, sondern setzt die Runde auf dem Mittelkreis fort, bis er dort ankommt, von wo er gestartet ist. Es sieht aus, als wolle er in der Stille nach dem Spiel nicht gestört werden. Er bleibt stehen und schaut erneut zu seinem Schabbach hinüber. Sein Leben.

Oberwesel, das Rheinufer bei Hochwasser

Hermann lässt sich von Horst in der Nähe der alten Stadtmauer absetzen.
Schon bei der Herfahrt hat er gesehen, dass der Fluss über die Ufer getreten ist und sein Wasser Auen und Promenaden bedeckt. Es zeigt sich, dass selbst ein so zivilisierter Strom mit seinen Schifffahrtswegen, dem Andenken-Tourismus und der ihn umgebenden Weinseligkeit eine Naturgewalt ist, die sich hin und wieder Respekt verschafft.
Nicht selten steigt das Wasser über Straßen und Dämme hinweg und macht Gassen und Plätze der kleinen Stadt unpassierbar. Damit verändern sich schlagartig alle Lebensgewohnheiten der Bewohner. Erinnerungen an Not und Überlebenskämpfe früherer Zeiten werden wach.
Hermann wählt einen schmalen Durchgang, der unter dem Bahndamm hindurch zur Rheinuferstraße hinabführt. Trockenen Fußes kann er die Betonbrücke erreichen, die als Fußgängersteg die Bundesstraße überspannt. Von hier aus lässt sich das Naturschauspiel gut betrachten. Die Wassermassen sind gewaltig. Bäume und ufernahe Gebäude ragen aus den trüben Fluten.

Am Geländer steht ein alter Mann in langem, schwarzem Mantel. Er hat den Blick vom Wasser abgewandt und ist mit einer Taschenuhr beschäftigt, die er in beiden Händen hält.

Hermann bleibt in seiner Nähe stehen. Er schaut auf die Wasserfluten hinunter, zugleich aber lauscht er zu dem Alten hinüber, der vor sich hinmurmelt.

ALTER MANN. Von diesem Moment an sind es noch genau 40 000 Stunden bis zum nächsten Jahrtausend, haben Sie das gewusst? Für jeden Kilometer Erdumfang eine Stunde. Das ist ein kosmischer Moment. Die Herrschaft der Zahl Vier, das Quadrat bedeutet Stillstand, aber auch Gewalt.

Der Mann ist bei seinen Spekulationen näher gekommen. Er sieht Hermann bedeutungsvoll an und kehrt dann wieder zu seinem Platz am Geländer zurück.

Hermann schaut auf die überschwemmte Schiffsanlegestelle, betrachtet die umspülten Bäume, das vorübertreibende erdbraune Wasser.

Da fängt der Fremde wieder zu sprechen an.

ALTER MANN. Etwas Gewaltiges ist das, ein Jahrtausendwechsel. Ich habe schon als vierjähriges Kind an der Wolga nachgerechnet, ob ich dieses Datum, das für die ganze Christenwelt bedeutsam ist, überhaupt noch erleben werde. Heute früh um vier Uhr bin ich 94 Jahre geworden. Sehen Sie mich an. Werde ich noch 40 000 Stunden leben? Was meinen Sie?

Wie kann der Mann erwarten, dass er darauf eine Antwort erhält? Wie kann er überhaupt diese Frage stellen? Ist das real, was Hermann hier erlebt?

ALTER MANN. Was kann in vier Jahren nicht alles geschehen? Vielleicht der Weltenbrand, vor dem wir uns seit 1945 gefürchtet haben. Zurzeit ist alles ruhig. Ich bete, dass es so bleibt.

Stumm blicken beide auf den Fluss. Auch Hermanns Schweigen ist wie ein Gebet.

ALTER MANN. Ich liebe dieses breite Wasser. Es fließt und fließt und nimmt alles mit. Unsern ganzen Dreck.

Hermann wendet sich zum Weitergehen.

ALTER MANN. Wie sehen Sie das Datum? Glauben Sie auch, dass von da an der Rhein in die andere Richtung fließt?

Hermann. Dem Fluss ist das egal.
Alter Mann. Haben Sie das Erdbeben gespürt?
Hermann hält erstaunt inne.
Hermann. Dann war es also wahr, was ich da gespürt habe?
Alter Mann. Ja. Das Epizentrum lag bei Dhaun in der Eifel. Es war ein ganz schwaches Beben. Die meisten Leute haben es gar nicht gemerkt. «Die Erde ist gewaltig schön, doch sicher ist sie nicht …»
Hermann kennt die Liedzeile von Franz Schubert und singt sie.
Hermann. «Die Erde ist gewaltig schön, doch sicher ist sie nicht …» *
Jetzt ist es der Alte, der sich zum Gehen wendet.
Alter Mann. So kündigen sie sich an!
Hermann. Wer? Wer kündigt sich an?
Der Greis tappt die Brücke hinunter und gibt keine Antwort.
Hermann sieht ihm nach, bis er verschwunden ist.

Günderrode-Haus

Über Nacht ist das Hochwasser zurückgegangen.
Die aufgehende Sonne trifft den Hang, über dem Hermanns Haus steht, um diese Jahreszeit frontal. Die Räume sind erfüllt vom ersten Tageslicht.
Im Wohnzimmer läutet das Telefon – ausdauernd und durchdringend.
Hermann wird mit jedem Klingelton wacher, bis ein freudiges Lächeln in seinem Gesicht aufleuchtet.
Hermann. Clarissa!
Als er die Treppe hinuntersteigt, merkt er, dass sein Bein immer noch schmerzt. Dennoch läuft er, so schnell er kann, zum Hörer, hebt ihn ans Ohr.
Hermann. Ja!?
Es ist nicht Clarissa. Hermann braucht einige Sekunden, um sich von dem Traumgedanken zu verabschieden.

* Franz Schubert: «Wie Ulfru fischt», op. 21, III, Text: Johann Mayrhofer

MARA. Hermann, ich bin's, Mara. Du, ich muss dir was Trauriges mitteilen: Der Anton ist letzte Nacht gestorben.
Hermann versucht, noch einmal wach zu werden.
HERMANN. Der Anton?
MARA. Ja, sein Herz ...
Hermann blickt reflexartig auf die Uhr, als spiele die Zeit jetzt eine Rolle.
HERMANN. Es ist sieben Uhr.
MARA. Gisela ist bei mir. Wir kümmern uns um alles.
Gisela steht neben der telefonierenden Mara. Beide Frauen tragen Schwarz. Gisela wird von einem Weinkrampf überwältigt. Ihre Beine versagen. Sie setzt sich auf die Steinbank neben dem Kachelofen.
Verwirrt setzt Hermann sich auf die Treppenstufen und kann seine Gedanken trotz aller Anstrengung und tiefen Einatmens nicht ordnen.

Antons Villa, Wohnzimmer und Terrasse

Während Mara am Telefon weitere Angehörige verständigt, nähert sich Hartmut über die Terrasse. Er bleibt vor der Glastür stehen, als wäre er ausgesperrt. Sein Atem beschlägt die Scheibe. Mara lässt ihn herein, hält ihm den Hörer hin. Ihre Augen sind gerötet. Sie kann nicht mehr.
MARA. ... Dieter.
Sie möchte, dass Hartmut ihr Gespräch mit Dieter fortsetzt. Sie steht nah vor ihm, so nah, dass er nur die Hand heben müsste, um Mara zu trösten. Ihre Augen suchen Halt, aber Hartmut weicht aus. Sie weint, aber er bringt kein Wort über die Lippen. Auch mit dem Bruder am anderen Ende der Leitung kann er nicht sprechen. Er reicht Mara den Hörer zurück.

Ernsts Anwesen am Goldbach

Hartmuts Porsche kommt vom Dorf herunter und hält vor dem Maschendrahtzaun an Ernsts Gelände.
Hartmut trägt einen schwarzen Tuchmantel, der ihn älter macht. Er sieht zu Ernsts Wohnhaus hinüber.
Weißer Rauch steigt aus dem Kamin. Der Onkel scheint zu Hause zu sein.
Das Rolltor ist nicht ganz geschlossen. Hartmut schlüpft durch den Spalt und geht auf das Haus zu. Auch hier ist die Tür nicht zu.
HARTMUT. Ernst, bist du daheim?
Es gibt zwar einen Klingelknopf, doch der funktioniert nicht. Er horcht in den Hausflur. Es ist alles still.
HARTMUT. Onkel Ernst!
Hartmut tritt einen Schritt zurück. Eines der Fenster im Obergeschoss steht offen. Wieder ruft er vergeblich.
Auf dem Rückweg zum Tor hört er Schritte und heftige Atemgeräusche, die vom Gebüsch herübertönen. Ernst kehrt im Trabschritt von einer Joggingrunde zurück. Er trägt einen abgewetzten Trainingsanzug und kämpft verbissen um seine Kondition. Als er den Porsche sieht, verlangsamt er seinen Lauf.
Hartmut kommt ihm mit ernster Miene entgegen.
ERNST. Tach, Hartmut. Ich wusste gar net, dass du zu den Frühaufstehern gehörst.
Hartmut gibt ihm die Hand.
HARTMUT. Ich muss dir ebbes mitteilen.
ERNST. Hat dich dein Vater geschickt?
Ernst greift nach dem Handtuch, das ihm um den Hals hängt, und wischt sich den Schweiß vom Gesicht.
HARTMUT. Er ist tot.
ERNST. Sag dat noch mal.
HARTMUT. Der Vater ist heut Nacht um vier gestorben.
ERNST. Es hat ihm doch gar nichts gefehlt.
HARTMUT. Das Herz. Wir haben's ja auch alle net fassen können. Aber es ist wahr, dein Bruder lebt net mehr. Dein ganzes Leben bist du mit ihm hintereinander gewes'.

Ernst. Du vielleicht net? Dich hat er ja einigermaßen auf dem Gewissen.

Hartmut. Wollen wir das jetzt net vergessen?

Onkel und Neffe stehen auf dem lehmigen Zufahrtsweg und schweigen.

Hartmut blinzelt heftig mit den Augen, Ernst zieht sich verlegen die Trainingshose hoch.

Ernst. So'n verbohrter Fußgänger. 5000 Kilometer, von Sibirien nach Schabbach! Zu Fuß, net zu fassen! Ein Elefant ist der Anton, und ein Schulmeister. Einer mit Lehmklumpen an den Stiefeln – und am Hirn.

Ernst wendet sich ab. Er spürt, dass ihm seine Tiraden nun nicht mehr helfen. Er hat seinen einzigen Feind verloren.

Hartmut. Ich wollte, dass du's direkt erfährst. Net dass du's in der Zeitung liest und uns Vorwürfe machst.

Ernst. Danke, ist gut, dass du gekommen bist. Wie es aussieht, ist ja jetzt deine Stunde gekommen.

Hartmut. So was kommt nie im richtigen Moment.

Hartmut wird unversehens von Trauer überwältigt. Er lässt Ernst stehen und geht langsam zu seinem Auto hinüber. Ernst folgt ihm bis zum Tor. Der Zaun trennt sie nun, so wie er damals Ernst und Anton getrennt hat.

Ernst. Du bist jetzt der Chef, Hartmut, mach dir das klar.

Hartmut. Das braucht seine Zeit.

Bevor er einsteigt, wischt Hartmut mit einem Papiertaschentuch den Lehm von seinen Schuhen.

Ernst atmet schwer und fasst sich an die Brust.

Ernst. Du siehst ja, ewig Zeit hat man net, aber da drin – in dir drin –, da tickt die Uhr. Eine Zeitbombe ist das, von Jugend an.

Ein wildes Kreischen erfüllt die Luft.

Beide blicken auf, sehen einen riesigen Schwarm Wildgänse. In weit geschwungener Deltaformation überfliegen die Vögel Ernsts Gelände auf ihrem Weg ins Land der Sonne.

Während Ernst den Kopf nach oben reckt, erleidet er einen Schwächeanfall. Er dauert nur Sekunden, in denen er sich am Zaun festhält. Dann ist es wieder gut. Hartmut sieht den Onkel erschrocken an. Der aber winkt ab.

Ernst. Vorläufig geht's uns noch gut. Stimmt doch, Hartmut.
Unerwartet hat die Nachricht Ernsts Seele doch noch erwischt. Die beiden ehemaligen Kontrahenten Antons schweigen. Hartmut bleibt noch ein paar Momente bei geöffneter Tür im Wagen sitzen. Er betrachtet Ernst, der hinter seinem Zaun unruhig hin und her geht, hörbar atmet und sich nervös an die Brust fasst.

Wiesbaden, Galinas Wohnung

Hartmut hat das Verlangen, Galina zu sehen, und fährt nach Wiesbaden. Er besitzt einen Schlüssel zu ihrer Wohnung, den er aber nur benutzt, wenn sie ihn erwartet.
Heute kommt er unangemeldet, doch Galina erkennt ihn am Schritt.
Sie erscheint in einem verführerischen Tigerkleid in der Diele, und es sieht aus, als habe sie mit seinem Kommen gerechnet. Sie kann nicht verbergen, dass es eine tolle Neuigkeit gibt. Freudig erregt springt sie in Hartmuts Arme und umklammert ihn mit gespreizten Beinen. Er lässt sich von ihr mit Küssen überschütten und spürt den vibrierenden Körper, der ihm jegliche Tröstung verspricht.
Galina. Hartmut, leise. Bitte, Niko macht Mittagsschlaf.
Er sinkt mit ihr zu Boden.
Sie versteht nicht, warum er so überaus liebebedürftig ist, wehrt sich aber gegen sein Drängen nicht.
Galina. Leise, leise! Hartmut, ich muss dir was sagen.
Hartmut. Ich muss dir auch was sagen.
Galina. Ich hab heute in der Kosmetikschule Studienplatz bekommen.
Hartmut. Mein Vater ist tot.
Heftig atmend liegt er zwischen ihren Beinen.
Galina. Dein großer Vater?
Hartmut kann das Schluchzen nicht mehr aufhalten. Es ist, als hätten seine Tränen auf diese Gelegenheit gewartet, um endlich fließen zu dürfen. Galina hält seinen Kopf und streichelt ihn. Die Geste löst alle Kontrollen.
Hartmut. Ich, ich hab jetzt nur noch dich.

Der kleine Niko ist längst wach. Er spielt «Onkel Hartmut» und fährt mit seinem Spielzeug-Porsche durch den Flur. Das Tretauto und der Rennfahrerhelm, den er trägt, glänzen im exakt nachlackierten Metallicrot des Original-Porsche.
Galina versucht sich unter Hartmut herauszuwinden. Sie will nicht, dass ihr Kind sie in der Liebesposition findet. Wenigstens ihre Nacktheit oberhalb der Strümpfe will sie bedecken.
GALINA. Niko ist aufgewacht, Hartmut.
Er ist in seinem Schmerz nicht ansprechbar.
Als das Kind im Eingang anhält, sieht es doch, was Galina verbergen wollte. Es reagiert mit einem wissenden Lächeln.

Antons Villa, ein Trauerhaus

Auch Hermann braucht Zeit, bis er den Schock der Todesnachricht überwunden hat. Es ist schon später Vormittag, als er am Haus des Verstorbenen ankommt. Gisela öffnet ihm.
Er bemüht sich, ruhig und besonnen zu bleiben. Sie umarmt ihn zur Begrüßung.
GISELA. Wir haben uns lang net mehr gesehen.
Sie will damit sagen, dass es erst eines solchen Anlasses bedurft hätte. Hermann will das Thema nicht vertiefen, doch Gisela fängt zu weinen an. Das wird sie heute bei jedem tun, den sie begrüßen muss.
Die alte Hanni kommt hinzu. Hermann fängt mit dem Händeschütteln bei ihr an.
HANNI. Wir müssen alle mal gehen.
HERMANN. Ja, Hanni.
Sein Seufzer zeigt, dass er sich keinen Rat weiß.
Er lässt sich von zwei fremden Männern die Hand drücken, die auf der Eingangsempore stehen und sich nicht trauen, die Stufen zum Wohnzimmer hinabzugehen. Es sind Antons Vereinskameraden vom FC Schabbach, der Trainer und sein Mannschaftskapitän. Beide sind in Trainingsanzügen und den blau-weißen Schals des Vereins erschienen. Sie sprechen Hermann ihr Beileid aus. Ihm wird klar, dass er als Antons Bruder einer der nächsten Angehörigen ist und heute eine Reihe längst vergessener Traditionen über

sich ergehen lassen muss. Er bedankt sich und folgt Gisela ins Wohnzimmer.

Trainer. Der könnte uns mal 'ne Vereinshymne komponieren.

Der Mannschaftskapitän hat andere Sorgen, die er seinem Trainer flüsternd anvertraut.

Mannschaftskapitän. Ich wusste erst gar net, wie man sich einen Schlips bindet. Da hat die Marie zu mir gesagt, dass man zu der Aufbewahrung …

Trainer. Aufbahrung! Du schwätzt, wie du deine Freistöße schießt – immer knapp daneben.

Mannschaftskapitän. Ja, ist gut, du musst auch net immer den Trainer raushängen lassen … Da hat die Marie gesagt, dass ich zu der *Aufbahrung* eigentlich gar net in Schwarz gehen müsst. Da hab ich gesagt: «Ja, wenn dat so ist …»

Er unterbricht sich mit einem anerkennenden «Oahh!», weil Hanni ein Tablett mit Schnapsgläsern anbringt. Die Fußballer greifen erleichtert zu, bedanken sich, stoßen miteinander an und kippen den Alkohol in ihre traurigen Kehlen.

Hermann lässt sich von Gisela erklären, wie es zu dem unerwarteten Tod kommen konnte.

Hermann. So plötzlich, ich hab ihn doch gestern noch gesehn.

Gisela. Ich weiß, und er hat sich so gefreut mit seinem Pokal. Aber er hat's ja mit dem Herz, das weißt du ja.

Hermann. Ich weiß.

Er hält Giselas Hand, damit sie beim Sprechen ruhig bleibt.

Gisela. Alles zu spät …

Als er ihr tröstend über den Kopf streicht, brechen ihre Tränen erneut hervor.

Antons dicke Büroleiterin betreut jetzt das Telefon. Sie beantwortet eine Anfrage der örtlichen Presse.

Frau Weirich. Ja, das stimmt leider. Nein, das geht im Moment nicht. Die Familie wird sich später dazu äußern.

Sie legt auf, weil sie Hermann kommen sieht. Das Händeschütteln und das Aufsagen des Beileidsprüchleins ist jetzt wichtiger. Er bedankt sich, wie es sich gehört.

Er würde gern Mara begrüßen. Die aber ist in ein Gespräch mit dem Pfarrer verwickelt. Es scheint da grundsätzliche Meinungsverschiedenheiten zu geben. Mara sitzt im Sessel und behandelt den vor ihr stehenden Pfarrer ungnädig.

PFARRER DAHL. Nein, Frau Simon, ich glaube, Sie verstehen die Botschaft des Evangeliums falsch, wenn Sie meinen, es ginge um ...

Er muss sich unterbrechen, um den vorbeigehenden Hermann zu grüßen.

PFARRER DAHL. ... um Hölle und ewige Verdammnis

MARA. Aber ihr droht doch damit.

PFARRER DAHL. Ich drohe niemandem.

MARA. Moment, ich meine nicht Sie persönlich, sondern die Institution, die Sie vertreten.

PFARRER DAHL. Ich bin hier, um Ihnen beizustehen.

MARA. Ich habe mich immer von der Kirche bedroht gefühlt, schon als Kind.

Hinter der halb geschlossenen Glasflügeltür ist Anton aufgebahrt. Er liegt in seinem Sonntagsanzug mit Krawatte und Weste auf einem mit weißem Tuch bespannten Podest. Hermann und Gisela stehen in respektvollem Abstand vor ihm und schweigen.

Frau Weirich unterbricht Maras Streit mit dem Pfarrer.

FRAU WEIRICH. Soll ich jetzt eigentlich eine Meldung an die DPA durchgeben, und wer entscheidet das überhaupt?

MARA. Ich weiß es auch nicht. Hartmut müsste längst zurück sein.

Mara erhebt sich, will das Gespräch mit dem Pfarrer beenden.

MARA. Ist Ihnen eigentlich aufgefallen, dass mein Schwiegervater das ganze Jahr über nicht in der Kirche war, höchstens mal zu Weihnachten, so wie die meisten?

Sie lässt den Pfarrer einfach stehen und geht ins Aufbahrungszimmer, um endlich Hermann zu begrüßen. Wieder das betroffene Händeschütteln, die Trostgesten und Berührungen.

MARA. Schön, dass du gekommen bist.

HERMANN. Aber das ist doch selbstverständlich.

Mara und Gisela nehmen Hermann in die Mitte, als sie vor den

Toten treten. Sie stehen da, als könnte Anton sie sehen. Sie fühlen sich einen Augenblick lang tatsächlich beobachtet und «nehmen Haltung an».

Anton ist auch als Leichnam mächtig. Sein Bauch bläht die Weste und das zugeknöpfte Jackett zu einer imposanten Wölbung auf. Die steil nach oben zeigenden Lackschuhe halten jedem, der sich nähert, gebieterisch die ledernen Sohlen entgegen.

Die Vorhänge des Raumes sind geschlossen. Zu Antons Lebzeiten war hier die Leseecke mit einem großzügigen Sofa, von dem aus man durch umlaufende Fenster das ganze Soonwald-Panorama genießen konnte. Der aus Eichenholz geschnitzte Lieblingssessel des Verstorbenen ist jetzt unterhalb der Bahre platziert. Im Bücherschrank, auf der Erkerbrüstung, überall stehen Duplikate der Pokale, die er mit seiner Fußballmannschaft gewonnen hatte. Auch silberne Rähmchen mit Familienfotos hat Mara im Totenzimmer aufgestellt: Bilder, die ihn mit den Enkelkindern zeigen und ein Bild seiner geliebten Frau Martha.

Mara nimmt auf Antons Sessel Platz. Es scheint, dass sie in diesem Augenblick sein Erbe antritt.

GISELA. Familienbande ...

Gisela spricht das Wort mitten in die Stille. Auch Hermann lässt seine Gedanken vernehmen.

HERMANN. Du läufst durch die ganze Welt, und doch ...

GISELA. Vater bleibt Vater, Schwester bleibt Schwester, Onkel bleibt Onkel ...

HERMANN. Nur Liebe bleibt nicht Liebe.

Hermann löst sich von Giselas Seite, um das Gesicht des Toten näher zu betrachten.

Im Wohnzimmer kommen weitere Familienmitglieder an: Marlies mit ihrem Möbelfabrikanten Lothar Welt und Helga, die Lehrerin, mit ihrem Mann Hans. Der Pfarrer spricht im Weggehen auch ihnen sein Beileid aus.

Gisela betrachtet liebevoll das Gesicht des Vaters. Eine Haarsträhne hängt verklebt an der Schläfe des Toten. Sie kniet nieder, um sie zu lösen und seine Frisur zu perfektionieren. Die Berührung mit der kühlen Haut macht ihr bewusst, dass er auf keine ihrer Fragen mehr antworten wird. Als sie sich aufrichtet, sieht sie gequält in Hermanns Gesicht.

GISELA. Bist du für Erdbestattung?

HERMANN. Erdbestattung ist nun mal Tradition.

Inzwischen sind die Geschwister hereingekommen. Ohne besondere Rührung mischen sie sich sofort in das Gespräch ein.

HELGA. Also, ich will mal verbrannt werden, wenn ich tot bin. Der Hans auch, gelle Hans?

HANS. Ja, das ist uns lieber.

Das Händeschütteln mit Hermann, die Trostgesten für Mara, das betroffene Spiel der Blicke – all das funktioniert wie automatisch und unabhängig von den Worten.

MARLIES. Also, für mich käm das überhaupt net infrage. Überall Feuer – wenn ich mir vorstelle, Helga, du bist plötzlich von lauter Flammen umgeben –, nee, ich kann das gar net glauben, dass ihr so schwätzen könnt in seinem Beisein.

Alle haben sich im Kreis vor Antons Bahre aufgestellt, und erneut ist es so, dass jeder sich von dem Toten beobachtet fühlt. Immer hat er gesagt, was richtig ist. Jetzt schweigt er einfach. Sie müssen ohne ihn einen Beschluss fassen.

GISELA. Wir müssen uns doch für irgendebbes entscheiden. Das geht euch alle was an.

Hermann versucht, dem Gespräch eine neue Richtung zu geben. Er ist schließlich der Älteste hier, der Weitgereiste und Welterfahrene, der jetzt etwas sagen müsste.

HERMANN. Gisela, für so etwas gibt es Fachleute. Habt ihr denn schon ein Bestattungsinstitut verständigt?

Niemand antwortet. Hermann ist verlegen. Hat man sich von ihm eine erhabene Lösung erwartet?

Giselas Stimme wird schrill.

GISELA. Ich will net, dass die Würmer an ihm rumnagen.

Wenn man Anton so daliegen sieht, perfekt und voller Würde, muss man ihr Recht geben. Mara scheint einverstanden zu sein.

Schließlich kommt Dieter noch an, korrekt gekleidet und völlig ungerührt. Mara, die sich als Hausfrau fühlt, geht ihm entgegen.

DIETER. Dass wir uns so bald wiedersehen. Ich hätt gewettet, das würde vor Gericht passieren.

Dieter reckt den Kopf, um festzustellen, wo sich der Tote befindet.

MARA. Dieter, wir wollen ihn verbrennen lassen.

DIETER. Jetzt übertreibt's mal net.

Mara hat die Unverschämtheit in seiner Antwort nicht registriert.

MARA. Das Feuer entspricht seiner Wesensart, glaub mir. Er hat mal so was geäußert. Sein Körper war ihm oft eine Last. Er hätte ihn gern einfach abgelegt.

Dieter sieht, dass die ganze Familie um den Toten versammelt ist. Da bleibt ihm nichts anderes übrig, als sich in den Kreis einzureihen. Gisela wirft sich an seine Brust. Bei Dieter hat sie noch nicht geweint. Das holt sie jetzt nach.

GISELA. Dieter, net die Würmer! Mich ekelt bei dem Gedanken.

DIETER. Na ja gut, dann lassen wir ihn einäschern. Ist auch die modernere Methode, und auch ästhetisch, gell?

Er wendet sich, Einverständnis demonstrierend, an die anderen Schwestern und ihre Männer. Dann sieht er den Toten an, als wäre er ein besiegter Feind.

DIETER. Gibt's eigentlich ein Testament?

Hermann hält es in der latent zerstrittenen Familie nicht länger aus. Noch sind alle im Angesicht des Toten gesittet. Was aber wird geschehen, wenn Anton einmal unter der Erde ist? Er spürt, dass die «Familienbande», die Gisela beschworen hat, ihm keinen Halt geben können.

Auf seinem Weg zur Tür holt Mara ihn ein.

MARA. Ist es wahr, dass du gestern noch mit ihm zusammen warst?

HERMANN. Ja, auf dem Fußballplatz.

MARA. Er hat mir davon erzählt. Wir hatten noch so ein gutes Gespräch über dich und Clarissa. Er wollte, dass wir uns alle wieder versöhnen.

HERMANN. Ah ja?

Ist es möglich, dass Mara seine Gedanken errät? Seine Worte «Die Liebe bleibt nicht die Liebe» klingen offenbar in ihr nach.

MARA. Ich halte dich auf dem Laufenden.

Hermann lässt sich von Hanni hinausgeleiten. Als sie für ihn die Tür öffnet, steht da eine freundliche Dame in Schwarz mit Brille und Aktenkoffer, die sofort Hermanns Hand ergreift.

FREUNDLICHE DAME. Bestattungsinstitut Pick, Gisela Pick. Guten Tag, mein herzliches Beileid zum Verlust Ihres Verstorbenen. Sie haben mit Sicherheit jetzt sehr viele Fragen, und deshalb bin ich gekommen, um mit Ihnen alles Weitere durchzusprechen.

Aha, die Familie hatte natürlich längst an die «Fachleute» gedacht, deren Rat zu suchen Hermann empfohlen hatte. Er schämt sich ein wenig seiner Unerfahrenheit und löst sich aus dem Griff der Bestatterin.

HERMANN. Ja, vielen Dank. Sie werden mit Sicherheit schon erwartet. Kommen Sie doch herein.

Die Dame wird von Hanni übernommen.

Ein erschütterndes Bild der Trauer gibt nur einer in der ganzen Sippe ab: Antons langjähriger Chauffeur Horst. Er steht im Hof der Villa, regungs- und fassungslos, und starrt den Dienst-Mercedes an, in dem er den Chef unendlich oft gefahren hat. Am Steuer dieses Wagens hatte er alles erfahren, was in Schabbach und der restlichen Welt wichtig war. Mit Antons Tod erlischt der Sinn seines Lebens. Das Auto und Horst – was soll aus beiden werden?

Hermann legt dem Mann die Hand auf die Schulter.

HERMANN. Horst, wollen Sie net reingehen?

Horst spürt weder die Berührung, noch hört er die Frage.

Als Hermann in seinem Auto Platz nimmt, weiß er, dass er jetzt vieles tun kann, nur eins nicht: Er will nicht ins Günderrode-Haus zurück.

Autobahnraststätte Hunsrück

Wenn alle Gefühle ins Wanken geraten und man nicht mehr weiß, wohin man gehört, wird einem das Auto zur Heimat. Man kann die Tür zuschlagen, sich in den Sitz lehnen, den Motor starten, und schon wird die Welt ausgeblendet.

«Lass es rollen», denkt Hermann. Die Häuser der Verwandtschaft, die Erinnerungen, das gelbe Ortsschild von Schabbach – alles verschwindet im Rückspiegel.

Wenn man doch fahren und nirgendwo ankommen könnte! Die Autobahn führt überallhin. Nach wenigen Kilometern sieht er die Aufschrift «Hunsrück West». Die Raststätte schimmert in mildem Licht. Das Auto braucht Sprit, der Magen knurrt.

Nach dem Tanken eine Currywurst mit Pommes, bei offen stehender Tür zwischen anderen Autos. Hermann isst von einem Pappteller. Keine Gedanken. Nur die rote Sauce, die an den Fingern herunterläuft.

Das Nachbarauto fährt weg. Dahinter wird ein Geländewagen sichtbar, dessen Fahrertür ebenfalls offen steht. Auf dem Sitz noch so einer, der eine Currywurst mit Pommes mampft. Hermann erkennt den Mann, der vor sich hinguckt und gedankenlos kaut.

HERMANN. Ernst, bist du das?

Mit Pappteller und Kaffeebecher geht er zu ihm hinüber.

ERNST. Hermännchen, so sieht man sich also endlich mal wieder.

HERMANN. Warum bist du denn nie mehr bei uns vorbeigekommen?

ERNST. Ach komm, Hermann, kein Schmu. Du guckst da von deinem Haus auf den Rhein runter, verkehrst in den besseren Kreisen und lässt dir net anmerken, dass du einen Buckel hast: einen Hunsbuckel nämlich wie wir alle – ich weiß das. Die Familie, die ist wie ein dicker, knorriger Buckel, den man durch's Leben schleppt. Man versucht, sich mühselig aufzurichten, damit man grad und aufrecht erscheint. Man lässt sich feine Anzüge schneidern, aber im Grunde ist er immer da, dein Hunsbuckel und mein Hunsbuckel.

Hermann schüttelt die Hand des Bruders. Das Weiteressen ist jetzt wichtig, denn der Magen braucht Beruhigung.

HERMANN. Gegen dich hab ich doch nie was gehabt, Ernst.

ERNST. Im Gegenteil, ich war ja immer der Einzige, der so ähnlich gedacht hat wie du. Weißt du noch: Scheiß Heimat, nix wie fort von hier! Das war dein Motto und meins auch. Ich bin oft über dein Haus geflogen. Haste das überhaupt gemerkt?

HERMANN. Natürlich. Das war eben deine Art von Besuch.

ERNST. Und was ist deine Art? Der Anton, der Fußgänger, und seine bodenständige Brut sind dir doch im Grunde viel näher. Hab ich nicht Recht? Hermann, du bist doch auch net mehr der Alte. Hast Schiss vorm Alter und kehrst reumütig zurück.

Hermann wendet sich ab. Ernst scheint nicht zu wissen, was er da sagt. Vor kurzem noch hätte er vielleicht Recht gehabt – aber jetzt? Hermann denkt nach, dann wendet er sich ihm wieder zu.

HERMANN. Sag einmal, Ernst, weißt du's noch gar nicht?

ERNST. Dat es ihn erwischt hat, unseren Erzpatriarch?

HERMANN. Aus heiterem Himmel.

ERNST. Gerade mal 70. Aber es geht schön brav der Reihe nach. Zuerst der Älteste, dann ...

Es gibt eine Art der Ratlosigkeit, die sich immer nur mit Bestätigungsfloskeln äußern kann. Sie betrifft die großen Dinge wie Leben und Tod. «Ja, jaaa.» Als wüsste jeder darüber Bescheid.

HERMANN. Und was machen wir jetzt?

ERNST. Wir trinken einen zusammen. Na, guck net so, so jung kommen wir nimmer zusammen.

Hermann zögert. Wollte er nicht eben noch ziellos in die Welt fahren? Mit vollem Tank und ohne Hoffnung?

Ernst drückt ihm seinen Raststättenabfall in die Hand.

ERNST. Hier, schmeiß weg, und dann steig ein. Sorry, wir fahren zu mir. Und mach keine Ausflüchte – ich seh dir doch an, dass du net heim willst. Lass dein Auto hier stehn. Wir nehmen den Schleichweg, dat geht nur mit dem Jeep.

Ernsts Anwesen, die Wohnküche

Ernst denkt in Luftlinien. Als Flieger weiß er, dass die Raststätte nur durch einen bewaldeten Hügel von seinem Anwesen getrennt liegt. Für seinen Jeep kennt er schnelle Verbindungswege, die alle außerhalb der Straßennetze liegen.

Das Herbstlicht leuchtet golden im Wald.

Ein tiefroter Wein, das ist Ernsts Antwort auf die Fragen des heutigen Tages.

In seiner Küche füllt er für Hermann ein feines Rotweinglas, sich selbst schenkt er den edlen Saft in ein Senfglas. So heben die Brüder, nebeneinander auf der Bank sitzend, ihre Gläser. Sie wissen, dass sie alte Männer geworden sind.

HERMANN. Alles, woran wir geglaubt haben …

ERNST. … hat uns nur traurig gemacht, stimmt's?

Hermann trinkt, indem er den Wein ein paar Augenblicke im Mund behält und dem Nachgeschmack hinterherforscht.

ERNST. Na?

HERMANN. Sehr gut.

Ernst kennt seinen Roten. Er schlürft ihn in kleinen Schlucken. Hermann sieht sich im Raum um: Alles deutet darauf hin, dass Ernst hier seine Tage allein verbringt: die Leseecke mit ihren vielen Kunstbüchern und Auktionskatalogen, das wenige Geschirr, das nicht einmal ein zweites Rotweinglas vorsieht, der Staub der Jahre auf allen Gegenständen.

HERMANN. Hier riecht's nach Einsamkeit.

Hermann geht in der Küche umher, findet überall Bestätigungen. Seine eigene Zukunft tritt ihm vor Augen.

ERNST. Das kommt von den Altertümern, mit denen ich seit 40 Jahren hier leb. Ich bin internationaler Experte für Modergeruch und Abgesang. Dabei passt das eigentlich gar net zu mir. Erinnerst du dich? Ich hab aus Verlegenheit mit dem Sammeln angefangen, in der Zeit, als man mit Kultur viel Geld verdienen konnte, weil durch den Krieg alles kaputtgegangen war. Zuerst schöner alter Hausrat, geschnitzte Türen, Möbel, landwirtschaftliches Gerät. Dann Bilder. Die sind eine Sucht geworden.

Brücke über den Goldbach und Schieferstollen

Schon bei seinem ersten Besuch auf Ernsts Gelände hatte Hermann die kleine Holzbrücke bemerkt, die versteckt hinter den Gebäuden den Goldbach überspannt. Damals hatte er nicht gefragt, wohin der Steg führt und warum auf der anderen Seite kein

Weg zu sehen ist. Ernst hätte wohl auch nur mit Ausflüchten geantwortet, denn es war sein Lebensprinzip, keinem Menschen Einblick in sein Innerstes zu geben, auch und gerade der Familie nicht.

Nach der zweiten Flasche Château Lafitte Rothschild aus dem Jahr 1961 haben sich Ernsts Maximen verändert. Hermann hat ihm von seinem Aufbruch aus Schabbach erzählt, von seiner ersten Liebe, von seinen Studienfreunden, deren Spuren sich im Sand der Zeit verloren haben.

Das alles hat Ernst bewogen, sich eine Bergmannslampe auf den Kopf zu setzen und Hermann zum Goldbach hinüberzuführen.

Es ist inzwischen Nacht geworden.

Ernst wartet auf dem Brückchen, bis der Bruder dicht neben ihm anhält.

Das Stegende stößt auf eine Stelle, an der im nackten Schieferfels einstmals ein Bergwerksstollen begann. Der alte Eingang ist mit einer mannshohen Stahltür verschlossen.

Ernst. Hinter der Tür liegt mein Leben begraben, verriegelt, verrammelt, tief im Berg drin. Aber jetzt pass auf.

Es scheint keine Vorrichtung an der Edelstahlfläche zu geben, die eine Möglichkeit zum Öffnen böte. Ernst bringt ein winziges Kästchen zum Vorschein, das er in eine Vertiefung im Stahl drückt. Ein leiser Piepton antwortet, während eine grüne Diode aufleuchtet, und Ernst tritt einen Schritt zurück.

Ernst. Sesam, öffne dich.

Geräuschlos schwingt die tonnenschwere Tür den beiden Männern entgegen. Der Stolleneingang steht offen.

Ernst. Da staunste, was? Komm!

Hermann folgt ihm in den niedrigen Schacht, der nur spärlich von Ernsts Grubenlampe ausgeleuchtet wird.

Bald weitet sich die Höhle aber zu einem verzweigten System hoher Räume, die über Treppen verbunden sind. Ein perfektes Lichtsystem schaltet sich automatisch ein, sodass der «große Abbau», das Ziel der unterirdischen Wanderung, in seinen eindrucksvollen Dimensionen sichtbar wird. Die Decken erreichen Höhen, die an gotische Kathedralen erinnern.

Ernst. Natürlich kannste die Bilder nicht einfach in den Stollen legen, dafür hab ich meine Container. Drei Edelstahlcontainer, wo das ganze Jahr exakt dasselbe Klima herrscht.

Vor Hermanns Augen erheben sich kubische Edelstahlsafes, die durch Rohrleitungen einer Klimaanlage miteinander verbunden sind. Jeder der Metallwürfel hat eine Tür, die nach dem Prinzip von Panzerschränken verschlossen ist.

ERNST. 53 Prozent Luftfeuchtigkeit und 16,5 Grad, vollautomatisch geregelt.

HERMANN. Ah, interessant.

Hermann ist vor einem der Container stehen geblieben und betrachtet das integrierte Anzeige-Display. Die von Ernst genannten Zahlen können hier abgelesen werden.

HERMANN. Wie viele Gemälde hast du insgesamt in deinen Containern?

ERNST. Momentan exakt 1072 ohne Rahmen. Natürlich nur die wertvollsten Stücke.

Hermann dreht an dem radförmigen Türgriff.

ERNST. Zwecklos.

Er lässt den Griff wieder los.

ERNST. Ja, so ist das mit dem Sammeln. Es geht ums Haben, net ums Angucken.

Ernst gönnt Hermann keinen Blick ins Innere seiner Schatzkästen. Deswegen hat er ihn auch nicht mitgenommen. Er geht rascheren Schrittes zum Ende der Halle weiter.

ERNST. Hermann, jetzt horch einmal zu. Du bist mein Bruder. Und wenn du mit einsteigen tätest, dann könnten wir hier ein Museum bauen. Das Gebrüder-Simon-Museum, hier auf meinem Gelände, das wär doch ein Traum, oder?

Hermann sieht ihn skeptisch an. Ernst aber ist in seinem Element. Er eilt voraus, über Steinstufen, die in eine Nachbarhöhle führen.

ERNST. 44 000 Quadratmeter «entschabbachisierte» Zone! Und jetzt guck dir dat mal an.

Er erwartet Hermann an einem Vitrinentisch, auf dem ein Architekturmodell aufgebaut ist. Mit einer Taschenlampe, die auf dem Tisch gelegen hat, beleuchtet er die stilisierten Gebäude.

ERNST. Hier, das wird das Museum, hier ist der Goldbach. Da steht jetzt ungefähr mein Haus. Da, wo wir grad rüber sind, da wird auch die neue Brücke sein. Wir sind jetzt ungefähr hier – und jetzt kommt der Gag: Hier, da ist der große Abbau. Und genau da drin, da bauen wir einen fantastischen Konzertsaal, ganz für dich allein.

Ernsts Träume sind schon weit gediehen. Die geplanten Gebäude liegen zum Teil im Innern des Berges, sodass nur die Fassaden wie die Enden von mächtigen Granitriegeln aus dem Schiefer ragen. Wie konnte er sich all das ausdenken, ohne jemals mit irgendeinem Menschen darüber zu reden?

HERMANN. In ein paar Jahren beginnt das dritte Jahrtausend. Mensch, Ernst, willst du noch einsamer werden?

ERNST. Die großen Aufgaben muss man sich selber stellen.

Genauso hätte auch Hermann noch vor wenigen Wochen gesprochen. Die Energien, die der Bruder entfaltet, erinnern ihn nur an seine eigene Niederlage.

HERMANN. Clarissa hat mich im Stich gelassen.

ERNST. Wirklich?

HERMANN. Ich bin mir da ziemlich sicher.

Ernst hält erstaunt inne.

ERNST. Und ich hab immer gedacht, du hast jede Menge Glück bei den Weibern.

Als sie wieder aus der Höhle kommen und den Steg überqueren, schließt sich lautlos die Stahltür hinter ihnen. Hermann sieht das Goldbachgelände mit den vielen Schuppen und Ernsts Wohnhaus mit neuem Blick.

Die Wolken haben sich verzogen, und über dem Tal, das jetzt vom Mondlicht zart beleuchtet ist, wölbt sich ein gewaltiger Sternenhimmel. Da fehlen den Brüdern die Worte.

Schabbach, Gasthaus Molz

Der plötzliche Tod von Anton Simon beschäftigt alle im Hunsrück. Ohne den Gründer des hoch angesehenen Familienunternehmens hätte sich die gesamte Region anders entwickelt. Manche sagen, sie hätte sich überhaupt nicht entwickelt. Das sind vor

allem die Beriebsangehörigen der Optischen Werke, die jetzt um ihren Arbeitsplatz bangen.
Die Bewohner von Schabbach aber betrauern vor allem den leidenschaftlichen Förderer ihres Fußballvereins. Unter Antons Vorsitz hatte der Club zahlreiche Pokale und Trophäen erkämpft, deren Originale in einer Ecke des Gasthauses aufbewahrt und von Rudi Molz liebevoll gepflegt werden.
Bei Antons letztem Spiel wurde der Augenblick des Sieges auf einem Foto festgehalten: Im Triumph wird er von seiner Mannschaft über das Spielfeld getragen. Dieses Bild, mit einem Trauerflor geschmückt, soll für immer seinen Platz in Rudis Wirtschaft haben. Dass es einem noch so gut gehen kann, kurz bevor man stirbt, vermag Rudi kaum zu glauben. Er ist auf die Eckbank gestiegen und stellt das Foto in eine Nische.
RUDI. Is es so gut zu sehn?
Die Frage richtet sich an die Männer, die gegenüber am Ecktisch sitzen. Unter ihnen sind auch der Ortsvorsteher Toni und der Großbauer Helmut. Wenn sich so große Dinge ereignen, dann trinkt man schon einmal sein Bier am helllichten Tag, weil es viel zu besprechen gibt.
TONI. Is gut Rudi. Hast du gehört? Sie wollen ihn verbrennen lassen.
RUDI. Was, den Anton? Das wär das erste Mal, dat in Schabbach einer verbrannt wird.
Toni wendet sich an die Männer an seinem Tisch.
TONI. Auf so ebbes sind wir doch gar net eingerichtet, wenn du verstehst, wat ich meine. Wir sind doch hier net in Indien.
HELMUT. Dat viele Fett, nä, mir wird schlecht bei dem Gedanken.
Lenchen hilft ihrem Rudi, von der Bank zu steigen. Er nähert sich dem Ecktisch.
RUDI. Ach, Helmut, da bleibt doch net viel davon übrig. Das passt nachher in so'n Pokal da rein.
TONI. Glaub doch dat net. Du hast doch den dicken Hännes von Wommert gekannt.
RUDI. Ei ja.
TONI. Den haben sie in Mainz doch auch verbrannt nach der Herztransplantation, die wo schief gegangen ist. Da tun sie im

Krematorium, bevor sie den großen Ofen da auf 1000 Grad einheizen, so zehn, 15 Leichen zusammenkommen lassen, und die kommen dann auf einmal in die Glut. Entschuldigt, dat ich das so sage. Ihr müsst euch das vorstellen, wie im KZ.

Rudi findet den Vergleich schrecklich.

Toni. Und dann tun sie die Asche auf 15 Urnen verteilen, und was übrig bleibt, tun sie dann heimlich in Ingelheim auf den Müllberg.

Es gehört zu den Regeln eines Wirtes, keine allzu schlimmen Themen aufkommen zu lassen, die den Gästen den Appetit verderben. Er versteht, das Thema geschickt in andere Richtungen zu lenken.

Rudi. Vielleicht könnten wir den großen Pokal vom Spiel gegen Wildbad-Kreuth zur Verfügung stellen.

Er begibt sich zu seiner Trophäensammlung und holt ein besonders großes Exemplar vom Regal.

Rudi. Ha, da is sogar noch en Deckel dabei. Ei, den könnte man doch mit einem Zweikomponentenkleber dicht machen, da hält der mindestens hundert Jahr.

Helmut ist zur Begutachtung hinzugekommen. Er nimmt den Deckel prüfend in die Hand.

Rudi. Is ja schließlich echt Silber.

Helmut ist anderer Meinung. Der Pokal ist aus Blech und würde nicht lange halten.

Antons Villa, Hof und Sterbezimmer

Zwei Tage und Nächte hat Hartmut sich in Galinas Wohnung vergraben. Unbeobachtet von der Familie und ohne Konfrontation mit den abgegriffenen Formeln von Trauer und Anteilnahme konnte er sich seinem Schmerz überlassen. Galina hat das respektiert. Am dritten Tag ist Hartmut sich darüber klar geworden, dass er in Schabbach gebraucht wird. Er setzt sich ins Auto und fährt nach Hause.

Als er ankommt, steht der Leichenwagen im Hof. Die Bestatterin und ihre Gehilfen fahren soeben den Sarg mit Anton auf einer La-

fette aus der Villa. Mara wartet neben der Garage, die alte Hanni sieht dem Geschehen von der Haustür aus zu.
Hartmut stellt sein Auto ab und geht zu Mara.
MARA. Ich bin ganz allein hier mit alledem.
Die Lafette kann mittels eines perfekten Mechanismus an der Verladekante des Leichentransporters andocken, auf Knopfdruck das Fahrgestell einklappen und mitsamt dem Sarg im Wagen verschwinden.
MARA. Er wird nach Mainz überführt.
HARTMUT. Nach Mainz? Wieso denn nach Mainz?
Die Bestatterin folgt der Lafette mit einem edlen Blumengebinde. Sie bemerkt Hartmuts Unwissenheit.
BESTATTERIN. Herr Simon, haben Sie keine Angst, das wird von uns alles erledigt. Dafür sind wir ja da.
Sie sagt das mit professionellem Timbre in der Stimme.
Hartmut begreift, dass er gerade noch rechtzeitig gekommen ist, um zu sehen, wie sein Vater zum letzten Mal das Haus verlässt.
Das Bouquet wird auf die Ladefläche neben dem Sarg geschoben, die Heckklappe schlägt zu, und das Leichenauto setzt sich in Bewegung.
Die alte Hanni drückt sich das Taschentuch an den Mund, um nicht loszuheulen. Hartmut bleibt neben Mara stehen, bis das Fahrzeug verschwunden ist.

Hartmut geht durch die Räume.
Alle Türen und Fenster stehen offen. Der Wind, der durchs Haus weht, bewegt die Vorhänge. Im Sterbezimmer befindet sich noch die Liege, auf der Anton aufgebahrt war. Auch stehen noch die Kerzenständer und Dekorationen herum. Auf dem Boden liegen Tannennadeln, welke Blütenblätter und ein Handfeger, mit dem provisorisch zusammengekehrt worden ist.
Hartmut setzt sich auf die Liege. Er hält das Rähmchen mit dem Bild seiner Mutter in der Hand. Wenn beide Eltern tot sind, muss man erwachsen sein. Er begreift, dass ihm nun niemand mehr Vorschriften machen wird. Er wird sich nicht mehr auflehnen müssen, wird nicht mehr der ewige Sohn sein.
Er legt das Bild auf die Anrichte zurück und will hinausgehen, doch

auf einmal bricht er in Schluchzen aus. Es ist wie ein Anfall von Atemnot, gegen den er sich vergeblich wehrt. Er tastet sich zum Sofa hinüber und krümmt sich wie ein Kleinkind in die Polster. Mit angezogenen Beinen und unter den Armen verborgenem Kopf lässt er sich vom Schmerz überwältigen.

Optische Werke Simon, Kantine und Antons Chefbüro

Hartmut wird erwartet. Er ist jetzt der Chef, und die Belegschaft erwartet heute von ihm eine Antwort auf drängende Zukunftsfragen.
In der Eingangshalle hat man ein Porträt des Firmengründers mit Trauerflor aufgehängt, im Durchgang zur Kantine stehen Antons vergoldete Militärstiefel. Darüber ist das Schild mit dem Hinweis auf seinen legendären Fußmarsch angebracht.
Hartmut, der im dunklen Anzug erschienen ist, nutzt den Aufenthalt vor dem «Votivbild», um seine Gedanken zu sammeln. Erst, als Frau Weirich kommt, um ihm den Mantel abzunehmen, richtet er sich auf.
FRAU WEIRICH. Tach, Hartmutchen.
Sie nennt ihn immer noch bei seinem Kindernamen. So lang ist sie schon in der Firma. Hartmut überhört den unpassenden Ton.
HARTMUT. Wissen alle Bescheid?
FRAU WEIRICH. Es sind alle informiert.
Der technische Direktor begrüßt ihn am Durchgang, andere Mitarbeiter strömen in ihren weißen Arbeitskitteln zum Versammlungsraum.
Hartmut versucht, durch elanvolles Auftreten Sicherheit zu gewinnen. Er lässt Frau Weirich zu sich herantreten und schaut sich im Raum um.
HARTMUT. Sind das alle?
FRAU WEIRICH. Soweit sie hier im Haus sind, sind alle versammelt.
HARTMUT. Danke.
Er sieht, dass von allen Seiten Stühle hereingetragen werden, und schreitet nach vorn. Die Leute sollen ihn sehen.

Hartmut. Guten Tag, lassen Sie mal das Stühlerücken. Kommen Sie bitte näher. Sie auch da hinten, bitte.

Einen einzelnen Stehtisch wählt Hartmut als seinen Standort. Er lässt seinen Blick langsam in die Runde schweifen. Die Menschen haben sich erwartungsvoll im Halbkreis versammelt. Es ist eine imponierende Belegschaft. Intelligente und treue Männer und Frauen sehen ihn an.

Hartmut. Dass wir ein Familienunternehmen sind, wisst ihr. Deswegen stehe ich heute vor euch. Familie, das bedeutet für mich, dass wir zusammenhalten müssen. Meine Firma auf dem Hahn, die inzwischen auf 360 Beschäftigte angewachsen ist, widmet sich dem Consumer-Bereich, und dieses von meinem Vater gegründete Unternehmen widmet sich seit jeher dem Profi-Bereich und ist ein Vorbild für Imagetreue und höchste Qualitätsstandards. Egal, ob wir's mit modernen Massenprodukten oder konservativen Markenprodukten zu tun haben – wir können hier auf dem Hunsrück nur überleben, wenn wir die Gesetze vom Markt erkennen, und mein Vater …

Hartmut hält inne. Er will damit aufhören, Kritik an der Unternehmenspolitik des Vaters zu üben. Er will die Leute durch positives Handeln beeindrucken. Das ist es, was er sich auf der Fahrt von Wiesbaden hierher vorgenommen hat.

Hartmut. Sobald das Testament eröffnet ist, will ich mit den Abteilungsleitern und den Herren vom Betriebsrat noch mal sprechen. Ich garantiere aber schon jetzt, dass es für die meisten von euch weitergehen wird. Dass wir nicht mehr so weitermachen können wie seit 40 Jahren, dürfte klar sein. Ich bin Profi genug, um das beurteilen zu können. Die Dinge entscheiden sich heutzutage nicht mehr in Schabbach. Mein Ziel ist es, diesen Betrieb in eine neue Ära zu führen.

Er ist überrascht, dass er schon beim Schlusssatz seiner Rede angekommen ist. Er spürt, dass alle noch mehr hören wollen. Er aber bedankt sich.

Hartmut. Gibt's noch Fragen?

Der Betriebsratsvorsitzende arbeitet sich durch die Menge, bis er vor Hartmut steht.

Betriebsrat. Herr Simon?

Hartmut. Ja bitte?
Betriebsrat. Wann ist denn die Beerdigung von unserm Chef?
Es verschlägt Hartmut die Stimme. Er weiß die Antwort nicht. Solange man Anton nicht feierlich zu Grabe getragen und ordentlich von ihm Abschied genommen hat, kann er nicht damit rechnen, als Chef akzeptiert zu werden.
Frau Weirich springt ein.
Frau Weirich. Der Familienrat hat beschlossen, dass die Beisetzung im engsten Familienkreis stattfinden soll.
Hartmut. Danke für eure Aufmerksamkeit.
Er beendet die Versammlung und verlässt unverzüglich den Raum.

Das Büro, in dem Anton jahrzehntelang residierte, liegt in einem älteren Gebäudeteil. Frau Weirich hat Hartmut dorthin begleitet.
Frau Weirich. Besuch. Er wartet im Büro vom Chef.
Hartmut bedankt sich. Er ahnt nicht, wer da auf ihn wartet. Aber kaum, dass er das Büro betritt, eilt der Besuch schon mit devotem Lächeln auf ihn zu. Es ist Herr Böckle, der auf Antons Platz gesessen und gewartet hat. Je näher er Hartmut kommt, desto förmlicher wird er.
Böckle. Ich weiß, Schweres liegt hinter Ihnen, Großes liegt vor Ihnen. Auf jeden Fall können Sie mit mir rechnen.
Eine innere Stimme sagt Hartmut, dass er sich den gedrechselten Satz Böckles merken muss. Er klingt einfach zu gut!
Auf dem Weg zu Antons Schreibtisch kommt Hartmut an einem Regal mit Fußballpokalen und Maras Reitturnier-Trophäen vorbei. Das hat hier keinen Platz mehr, denkt er. Die frühesten Objektiv-Modelle des Vaters dagegen imponieren ihm. Die kostbaren Einzelstücke sind für die Präsentation in einer Vitrine vergoldet worden. Eines der hochwertigen Objektive ist umgefallen. Hartmut öffnet die Glastür und richtet es wieder auf. Er versucht Zeit zu gewinnen. Er wendet sich dem altmodischen Ledersessel zu, der hinter dem Schreibtisch thront, als wäre er selber der Chef.
Hartmut. Ich hab so meine Zweifel, ob ich mich wirklich auf den Stuhl da setzen soll.
Sein Gang zu dem Sessel ist ein Akt der Überwindung. Böckle er-

mutigt ihn mit einem unmerklichen Kopfnicken, und Hartmut, der neue Chef, setzt sich.

BÖCKLE. Die Fusion der beiden Firmen erscheint mir wichtig. Fusionen sind der Trend der Zeit. Nur den ganz Großen gehört die Zukunft.

Mit diesen Worten möchte er ausdrücken, dass Hartmut seine eigene Firma, die «Simon Contact», mit der traditionellen Firma des Vaters vereinen soll.

Hartmut hört nicht richtig zu, denn auf dem Schreibtisch vor ihm sind mehrere Standrähmchen mit Familienbildern aufgestellt. Sie zeigen die Taufe seines Sohns Matthias Paul Anton, in der Mitte ein Bild von Hartmuts Mutter, und ein weiteres Foto von der Taufe des kleinen Millionenerben. Der ganze Familienstreit, der damals ausgebrochen war, kommt ihm in Erinnerung.

HARTMUT. Ich hab noch vier Geschwister. Einer davon ist Rechtsanwalt, der ist besonders ausgefuchst. Meine Frau und ich, wir leben in gesetzlicher Zugewinngemeinschaft. Herr Böckle, wenn ich die alle ausbezahlen soll – ich zahle bis an mein Lebensende, mach mich zum Sklaven der ganzen Sippschaft.

Böckle wendet sich abrupt um.

BÖCKLE. Sie haben uns vergessen. Food & Non-Food kann das Problem mit einem Schlag aus der Welt schaffen.

Er beugt sich über den Schreibtisch und kommt Hartmut sehr nah.

BÖCKLE. Wir sind an Ihnen interessiert. Das ist die Wahrheit.

Hartmut, der allen Mut braucht, um auf Antons Chefsessel sitzen zu bleiben, atmet tief ein. Wenn es wahr ist, dass Böckles Konzern ihm helfen wird, dann könnte er es schaffen. Er schöpft vorsichtig Hoffnung.

Köln, Lulus Wohnung und Treppenhaus

Nach dem Treffen mit Ernst hat sich Hermann dennoch auf seine Fahrt ins Nirgendwo begeben. In der Nähe von Köln fällt ihm ein, seine Tochter Lulu zu besuchen. Schon lang hatte er sich das vorgenommen.

Zu seiner Überraschung findet er das am Stadtrand gelegene Neubauviertel auf Anhieb. Er studiert die Klingelschilder, liest «L. S. Simon» und drückt den Knopf.

Das «S» steht für Simone, ist zugleich eine Anspielung auf Hermanns Familiennamen. Lulus Mutter hatte sich den Namen ausgedacht, um Hermann an seine Vaterschaft zu erinnern – ein unliebsames Detail aus seiner gescheiterten Ehe.

Hermann wartet. Es rührt sich nichts. Er läutet noch einmal. Dann drückt er einen beliebigen Knopf in der untersten Reihe. Kurz darauf schnarrt der Türöffner.

Ein dunkelhäutiger Mann steht in seiner Wohnungstür und sieht ihn fragend an.

HERMANN. Entschuldigen Sie, meine Tochter wohnt hier im Haus. Sie scheint nicht da zu sein. Ich wollte ihr eine Nachricht an ihrer Tür hinterlassen. Sie wohnt oben im zweiten Stock.

Der Afrikaner, der mit nervösem Gesichtsausdruck zugehört hat, ist erleichtert. Es scheint, dass er Schikanen gewohnt ist. Er knallt seine Tür wieder zu.

Hermann geht die Treppe hinauf. Vor Lulus Wohnung schreibt er einen Zettel.

Da hört er eine weinende Kinderstimme von drinnen.

HERMANN. Lukas? Lukas!

Er horcht, gibt dem Kind Klopfzeichen, kniet schließlich nieder und versucht, durch den Briefkastenschlitz zu sehen. Als das Kind immer lauter schreit, trommelt er energisch gegen die Tür.

Eine rundliche Frau in Kittelschürze tritt aus der gegenüberliegenden Wohnung und schaut Hermann befremdet an. Hinter ihr erscheint ein feister, brutal aussehender Mann in Jogginghosen.

NACHBARIN. Sagen Se mal, wat machen Se da?

Hermann unterbricht sein Trommeln.

HERMANN. Guten Tag, ich bin völlig ratlos. Das ist die Wohnung meiner Tochter, und ich höre das Kind. Das ist mein Enkelkind, was ich da höre. Ich habe Angst, dass meiner Tochter was passiert ist, verstehen Sie? Wissen Sie vielleicht, wie man in die Wohnung hineinkommt?

Hermanns Fuß schmerzt auf einmal wieder. Er humpelt zu den Nachbarn hin und sieht sie besorgt an.

HERMANN. Gibt es einen Hausmeister oder sonst irgendjemand, der einen Schlüssel hat?

NACHBAR. Da kann isch Ihnen helfen. Aber die Verantwortung müssen Sie übernehmen. Dat muss von vornherein klar sein.

HERMANN. Die übernehme ich, die Verantwortung.

Der Vierschrötige verzieht sich in die Wohnung. Die Frau tritt näher an Hermann heran. Sie spricht in breitestem Kölsch. Ihr Tonfall ist plötzlich vertraulich.

NACHBARIN. Hören Se mal, isch will Ihnen mal wat sagen: In dem Haus hier, da ist alles möglich. Unter uns im ersten Stock, Dealer. Ja, dat janze Haus ist ein einziges Drogenlager.

Ihr Mann kommt mit einer Kabeltrommel zurück und stellt die Stromzufuhr für seine Bohrmaschine her.

NACHBARIN. Haben Se an Ihrer Tochter noch nichts jemerkt? Ich seh dat ja jedem sofort an, am Blick. Wissen Se, wie die kucken? Und an der Jesischtsfarbe – so aschfahl, besonders hier unter de Augen. Ja, und dann jehen die ja auch janz anders, ist Ihnen dat schon mal aufjefallen? Die bleiben alle paar Meter, bleiben die stehen. Ja, da kenn isch misch aus, dat können Se mir jlauben. Nun, isch mein, isch will Se ja nit verrückt machen, aber hören Se mal: Se müssen sich nit wundern, wenn Ihre Tochter tot in der Wohnung liegt.

Hermann ist blass geworden.

Das Kind hat sich inzwischen beruhigt.

NACHBARIN. Ja, vor einer Woche ist hier ein junger Mann aus dem vierten Stock herausjetragen worden. Tot! Seit drei Wochen tot. Seitdem trau isch misch jar nit mehr, hier die Luft im Treppenhaus einzuatmen. Rieschen Se dat nit?

Hermann hat ein Gefühl, als schnüre sich ihm die Kehle zu.

NACHBAR. Im Öffnen von Türen bin isch Fachmann. Ich hab zehn Jahre auf'm Bau jearbeitet, da kennt man sisch aus. Jetzt bin isch zwar arbeitslos, aber et jeht mir jut.

Er wühlt in seinem Werkzeugkasten und schließt die Bohrmaschine an

NACHBARIN. Ja, et jeht uns jut, da jibt et nix.

Als die Maschine anläuft, beginnt Lukas im Innern der Wohnung sofort wieder zu schreien. Hermann versucht ihn zu beruhigen.

HERMANN. Lukas, ist alles gut. Ich bin's, dein Opa.

Der Nachbar setzt sein Gerät in den Schlüsselschlitz, bohrt ihn brutal auf und führt ein Spezialwerkzeug ein, mit dem er den Riegel herunterdrückt.

NACHBARIN. Manfred, dat haste ja rischtisch toll jemacht, dat seh isch ja heut zum ersten Mal.

Die Tür springt auf. Das erschrockene Kind flüchtet ins Badezimmer. Hermann folgt ihm im Bestreben, ihm die Angst zu nehmen.

HERMANN. Lukas, ja, ich bin's doch. Na komm, komm, ist doch nicht so schlimm, das ist doch der Opa. Sag mal, wo ist denn die Mama?

Lukas ist etwa anderthalb Jahre alt. Unter den neugierigen Augen der Nachbarn trägt Hermann ihn durch alle Zimmer, um zu sehen, ob Lulu irgendwo steckt. Zuletzt geht er zum Kinderzimmer.

HERMANN. Ist die gar nicht da? Komm, gehen wir in dein Zimmer, ja, guck mal, da ist ja das Bett. Hast du geschlafen?

Als er das Kind ins Bettchen legen will, bäumt es sich auf und schreit verzweifelt nach seiner Mutter.

HERMANN. Die Mama kommt bestimmt gleich wieder, pass auf.

Mit unverhohlener Neugier schnüffeln die Nachbarn inzwischen in den Räumen herum, prüfen Gegenstände, öffnen Schranktüren. Die Wohnung wirkt verlottert. Im Schlafzimmer steht ein ungemachtes Doppelbett, die Küche erstickt in ungespültem Geschirr. Überall Essensreste, Flaschen, volle Aschenbecher.

Die Nachbarin kommt aus dem Bad und zeigt ihrem Mann eine benutzte Einmalspritze. Sie wartet nur darauf, dass Hermann aus dem Kinderzimmer tritt, um ihm dann das Ding triumphierend unter die Nase zu halten.

NACHBARIN. Ja, wissen Se, wat man mit so wat macht?

Mit Mühe hat Hermann das weinende Kind beruhigen können, und jetzt das! Er fühlt sich mitten in einem Fiasko.

Da öffnet sich die Aufzugstür, und Lulu tritt heraus. Sie hat einen vollen Einkaufsbeutel und eine schwere Aktentasche bei sich. Als sie ihre offene Wohnung sieht, beschleunigt sie die Schritte.

LULU. Was ist denn hier los?

HERMANN. Mensch, Lulu, da bist du ja!

Hermann nimmt sie erleichtert in die Arme, aber Lulu macht sich los und starrt die Nachbarn an.

LULU. Was macht ihr denn hier alle? Was ist mit Lukas?

Sie geht geradewegs zur Kinderzimmertür und öffnet sie einen Spalt.

HERMANN. Der schläft.

Sie schaut nach, ob Hermann die Wahrheit sagt. Als sie sich vergewissert hat, blickt sie direkt in das blöd grinsende Gesicht des Vierschrötigen von nebenan.

LULU. Aber was fällt Ihnen denn ein, einfach so in meine Wohnung zu kommen?! Ich meine, was würden Sie denn sagen, wenn ich einfach so bei Ihnen reinlatschen würde?

HERMANN. Lulu, ich habe mir Sorgen gemacht.

LULU. Darf man nicht mal eine Stunde weggehen? Lukas hat ja geschlafen.

HERMANN. Lukas hat geschrien wie am Spieß.

Jetzt erst kommt sie dazu, ihre Taschen abzustellen.

LULU. Wenn man in eine Wohnung einbricht, wacht jedes Kind auf und schreit.

Hermann folgt ihr ins Wohnzimmer, wo sie anfängt, Ordnung zu machen. Sie sammelt das Spielzeug ein, das Lukas auf dem Boden zerstreut hat.

HERMANN. Jetzt hör mal zu: Ich hab mir wirklich Sorgen gemacht. Es hätte doch auch etwas passiert sein können. Kannst du das nicht positiv sehen?

LULU. 20 Jahre lang hast du dir nie Sorgen um mich gemacht. Und jetzt auf einmal, das ist doch lächerlich! Seit deiner Trennung von der Mama war dir doch scheißegal, wie's mir geht. Seit ich sechs Jahre alt war.

Lulu hätte beinah die Nachbarn vergessen, wenn die nicht, von ihrer Neugier getrieben, am Wohnzimmer aufgetaucht wären. Schamlos verfolgen die zwei den Streit zwischen Tochter und Vater. Die dicke Frau hält immer noch die Einmalspritze in der Hand, als wäre sie ein Beweisstück, mit dem sie Lulu jederzeit erpressen könnte.

LULU. Was glotzen Sie so?

Lulu springt auf und reißt der verdutzten Frau die Spritze aus der Hand.

LULU. Geben Sie her! Damit füllt man Tintenpatronen für den Drucker auf. Gewusst? Nee!

Die Nachbarn stehen mit offenen Mündern da. Der Groschen fällt langsam.

LULU. Mund zu und raus!

Das Ehepaar trabt, Empörungslaute ausstoßend, Richtung Treppenhaus.

NACHBAR. Also, mir reischt et. Komm, Schatz. So nischt!

Lulus Blick fällt auf das aufgebohrte Schloss.

LULU. Was ist denn das noch? Das Schloss ist ja kaputt! Soll ich jetzt mit offener Tür leben?

Der Nachbar drückt ihr den unbrauchbaren Zylinder in die Hand und beginnt seine Kabeltrommel betont ordentlich aufzurollen.

NACHBARIN. Da ist man freundlisch und hilft, wo man kann – und dat ist dä Dank dafür.

NACHBAR. Jar nisch' drüber reden, jehen wir rüber. Isch will mit den Leuten nix mehr zu tun haben.

Es gelingt Lulu, den alten Zylinder ins Schloss zu stecken, damit sie die Tür wenigstens provisorisch schließen kann.

LULU. Du bezahlst mir die Reparatur.

Hermann ist sprachlos. Er möchte sich für einen Augenblick setzen, weiß aber nicht, wo. Lulu ist voll aufgebrachter Energie. Sie schlägt das Telefonbuch auf und sucht eine Nummer, die sie sofort wählt.

Hermann ist in die Küche gegangen. Zwischen ungespültem Geschirr und dem voll gestellten Tisch findet er einen Stuhl.

HERMANN. Hab ich dir nicht jedes Mal geholfen, wenn du etwas brauchtest? Monatelang hast du bei uns gewohnt, als du schwanger warst. Wir haben dich in die Klinik gefahren, als das Kind kam. Plötzlich zählt das alles nicht mehr. Kannst du nicht auch mal nach *meinen* Gründen fragen?

Er legt 200 Mark auf den Tisch, zwischen leere Flaschen und Kindernahrung.

Lulu telefoniert.

LULU. Guten Tag, ist da die Hausverwaltung?

HERMANN. Es muss doch irgendwas geben auf der Welt, auf das man sich verlassen kann.

Er sitzt elend auf dem Küchenstuhl, und keiner hört ihm zu.

LULU. Hier ist Simon. Bei mir ist eingebrochen worden, ich brauche dringend ein neues Schloss. Ich warte.

Mit dem Hörer am Ohr wendet sie sich an Hermann.

LULU. Ich will vor allem nicht mehr «Lulu» genannt werden. Das ist ein Nuttenname. Ab heute heiße ich Simone, so wie die Mama mich immer genannt hat. Weißt du überhaupt, wie es meiner Mutter geht?

Die ältesten Rechnungen werden ihm aufgetischt. Hermann bekommt keine Gelegenheit, sich zu verteidigen, denn schon telefoniert sie weiter.

LULU. Ja, können Sie vielleicht noch heute jemanden vorbeischicken? Gut, wiederhören.

Sie räumt ein Plätzchen auf der Arbeitsplatte frei, damit sie ihre Einkäufe abstellen kann. Ein Strauß Rosen, noch in Zellophan verpackt, wird zur Seite geschoben. Mit einem kurzen Seitenblick überprüft sie, ob Hermann die Blumen bemerkt hat.

LULU. Wir haben gestern Abend gefeiert. Ich bin 28 geworden, Herr Vater. Ich hatte schon gehofft, dass du deswegen gekommen bist.

Hermann ist noch einmal beschämt. Er erhebt sich von seinem Stuhl. Sie missdeutet seine Bewegung als Aufbruch.

LULU. Ja, du kannst ruhig gehen. Uns geht's gut, ich hab die Sache im Griff.

HERMANN. Welche Sache?

LULU. Das mit der Räumungsklage.

HERMANN. Was denn für eine Räumungsklage?

LULU. Deswegen war ich doch weg. Ich hab den Einspruch abgegeben, fristgerecht.

HERMANN. Hast du deine Miete nicht bezahlt?

LULU. Die wollen Eigentumswohnungen draus machen.

HERMANN. Ich versteh das nicht. Dieses Haus soll abgerissen werden?

LULU. Du hast keine Ahnung, was läuft, Hermann. Du lebst echt in einer andern Welt.

Sie hat begonnen, das schmutzige Geschirr zu spülen.

HERMANN. Du hättest doch einen Ton sagen können. Man kann doch auch leicht eine andere Wohnung finden, auch wenn die etwas teurer ist, dann hätte ich dir doch geholfen.

LULU. Ich wollte kein Geld, und ich verbitte mir auch, dass ihr bei mir immer nur ans Geld denkt.

HERMANN. Ihr? Wer ist denn «ihr»?

LULU. Ihr alle! Den Hartmut mein' ich und deinen Bruder, die dem Kleinen jeden Monat Geld überweisen, nur damit sie ihr Scheißgewissen beruhigen. Als ob man damit Tote wieder lebendig machen könnte.

Hermann spürt die Vergeblichkeit des Gesprächs und schickt sich an, tatsächlich zu gehen.

HERMANN. Du wirfst alles in einen Topf.

Die Tochter versucht nicht, ihn aufzuhalten.

LULU. Warum bist'n du überhaupt hier?

HERMANN. Es läuft alles schief.

Lulu begleitet ihn zögernd zur Tür. Da erst erkennt sie, dass ihr Vater hinkt.

LULU. Was ist mit deinem Fuß?

Der kleine Lukas ist aufgewacht und fängt wieder zu schreien an.

Lulu wartet nicht auf Hermanns Antwort. Sie eilt zu ihrem Kind und nimmt es tröstend auf den Arm.

Hermann wartet im Treppenhaus, bis sie mit dem Kleinen zurückkommt.

HERMANN. Der Anton ist tot, das wollte ich dir noch sagen.

Er ist dem Weinen nah. Das aber will er der Tochter nicht zeigen und macht, dass er wegkommt.

Lulu braucht zu lang, um die Nachricht zu begreifen. Lukas, den sie an sich presst, winkt noch hinter dem Großvater her, als der schon längst weg ist.

Eine Amüsierstraße in Köln, Bar

Hermann braucht Luft. Erneut fühlt er sich gescheitert. Sein künstlerischer Schaffensrausch liegt weit zurück, erscheint ihm wie ein Hohn, wie ein sentimentaler Irrweg.

Auf seinem nächtlichen Spaziergang zum Rheinufer gelangt er zur Altstadt mit ihren engen Straßen. Den Mantelkragen hat er hochgeschlagen, er fröstelt. Aus den Kneipen, an denen er sich vorbeidrückt, dröhnt laute Musik. Er kommt an einem Schuppen vorbei, dessen Eingangstür offen steht.

Er wagt einen Blick ins Innere: ein plüschig eingerichteter Raum mit Spiegelkugel, Karussellpferden an der Tanzfläche und einer kleinen Bühne, auf der gerade eine mäßige Striptease-Show abläuft. Alles ist in puffrotes Licht getaucht. Ein paar Männer sitzen herum, die zur Bühne starren.

Auf dem Weg zu einem freien Tisch kommt Hermann an den Amüsierfrauen vorbei, die in einer Loge wie Hühner auf der Stange sitzen. Sie verfolgen jede Bewegung des neuen Gastes. Eine der Damen folgt ihm und greift nach seinem Mantel.

BARFRAU. Kann ich was abnehmen?

HERMANN. Wir legen das dahin.

Er wirft seinen Mantel über den Nachbarstuhl, wo er ihn in Griffnähe hat.

Die Frau beugt sich provozierend über ihn.

BARFRAU. Was darf ich für Sie tun?

HERMANN. Bringen Sie mir einfach ein Bier.

Sie verzieht sich mit geringschätziger Miene.

Auf der Bühne räkeln sich ein Mann und eine Frau mit solch muskulösen Gliedmaßen, dass sie einem Bodybuilding-Studio entsprungen sein könnten. Wenn die Kolosse die Position wechseln, entsteht ein uncharmantes Getrampel auf der Bühne. Erotisch ist dies keineswegs, auch dann nicht, als der Muskelmann der Muskeldame den Slip auszieht und anfängt, Kopulationsstellungen zu mimen.

Hermann hat sich nochmals vertan. Er wird an diesem Ort nur noch depressiver. Das Bier wird gebracht, diesmal von einer anderen Dame, die sich noch tiefer über ihn beugt als die vorige.

HERMANN. Was macht das?

BARDAME. Willst du dir's nicht im Separee ein bisschen gemütlich machen? So in netter Gesellschaft. Das Bier kostet dort das Gleiche.

Hermann mustert die Frau flüchtig. Sie sieht verlebt aus. Er lehnt ab und reicht einen Geldschein rüber.

BARDAME. Danke. Dann nicht.

Sie kassiert und zieht sich zurück.

Die Bühnenshow wird immer peinlicher, weil das Paar sich mit seinen plumpen Bewegungen nur wiederholt.

Vom Ausgang her lächeln ein schwarzhaariges und zwei blonde Mädchen zu Hermann herüber. Eine von ihnen hat ein freches Gesicht mit Stupsnase. Sie spielt alle ihre Verführungsgesten durch. Als er gehen will, stellt sie sich ihm in den Weg.

STUPSNASE. Wie heißt du denn?

HERMANN. Ich heiß ... Anton.

Warum sollte er ihr seinen Namen sagen? Antons Name ist ihm so herausgerutscht.

Die Stupsnase insistiert. Sie weiß, dass man Typen wie Hermann keine Zeit zum Grübeln lassen darf. «Im Grunde will er ja», denkt sie, «warum wäre er sonst hier?» Schon hat sie ihn am Wickel. Sie hakt ihn vertraulich unter, lässt ihn ihren jungen Körper spüren und führt ihn zu den Separees.

STUPSNASE. Anton, wat isch dir noch erklären muss: Ich mach alles, nur kein Verkehr, dat is mir heutzutage zu gefährlisch. Aber isch glaub, du kannst dat verstehen, als gebildeter Mensch. Ah, du ahnst nit, wat isch den primitiven Typen immer erklären muss. Meinst du, die verstehn dat? Die würden hier glatt ihre Nummer «ohne» schieben und dann zu Mutti in de Heia krieschen und kein Wort sagen. Komm, Anton, komm.

Die Show geht gerade zu Ende, sodass Hermann auf seinem Weg dem Muskelpaar ausweichen muss. Der Boden dröhnt unter den Schritten der Kolosse.

Die Stupsnase führt Hermann zu einem Plüschvorhang, den sie mit einem energischen Ruck hinter sich und ihm schließt.

STUPSNASE. Macht 200.
Hermann sitzt in der Falle. Die zwei Hunderter verschwinden in einem Versteck unter der Ablage.
Das Separée ist geräumiger als erwartet. Die Dekoration suggeriert Pariser Halbwelt mit Moulin-Rouge-Motiven, Pigalle-Aufschriften und einer ledernen Sitzgruppe.
STUPSNASE. Deinen Mantel und deine Jacke kannste dahin tun, und dann mach et dir jemütlisch.
«Gemütlich» klingt gut in seinen Ohren. Wenn schon, denn schon! Er will seine Schuhe ausziehen.
STUPSNASE. Nit die Schuhe ausziehen, dat is hier so unhygienisch. Komm, Anton setz disch mal op dä Stuhl.
Er wird von ihr auf einen der Sessel gedrückt. Dann legt sie den Minirock ab.
Sie trägt nur schwarze Strapse und keinen Slip. Ihre rotblonden Schamhaare liegen frei. Stupsnase verliert keine Sekunde. Sie zieht ihr glitzerndes Oberteil etwas nach unten, sodass ihre «süßen» Naturbrüste hervorspringen.
STUPSNASE. Jefällt dir dat, Anton?
Die Hormone des Kunden arbeiten schon, wie sie spürt.
STUPSNASE. Kannst ruhisch zupacken.
Sie streckt ihm den Busen entgegen und hilft seinen Händen, die Früchte anzufassen. Alles ist vorbereitet. Geschickt hebt sie das Bein über seine Knie, und schon sitzt sie rittlings auf seinem Schoß. Das ist ein Frontalangriff, der ihn gefechtsunfähig macht.
STUPSNASE. Jetzt wollen wir mal nach deinem Prachtstück sehen.
Ihre Hände nesteln an seiner Hose und finden den Eingang.
STUPSNASE. Oh, ich han ja gleisch jesacht, du bist wat Besseres.
Ein Kompliment zur rechten Zeit. Dann fängt sie an zu reiben. Ihre Augen sind weit aufgerissen, ihr Mund strahlt sündig und engelhaft zugleich, sie gibt Lustschluchzer von sich und sieht Hermann so verlangend an, dass ihm Hören und Sehen vergeht. Sie braucht nur noch ein wenig mit dem nackten Po auf seiner Hose herumzurutschen und das Tempo ein bisschen zu steigern, und schon ist es um ihn geschehen. Er kommt mit abgehacktem Stöhnen und geschlossenen Augen.

Stupsnases Gesicht ist purer Triumph. Schwungvoll schnappt sie sich die Kleenex-Tücher und wischt sich so lässig die Hände trocken, dass man sie mit einem Geigenvirtuosen vergleichen möchte, der sich vor der Verbeugung den Schweiß von der Stirn wischt. Noch nie hat Hermann eine so schnelle Nummer erlebt. Es ist vorbei, noch ehe er die Augen wieder öffnet. Das raffinierte Mädchen hat sich mit zwei Handgriffen wieder angezogen und holt das Geld aus dem Versteck.
STUPSNASE. Siehste Anton, damit weckt man Tote auf.
Die Banknoten verschwinden zwischen den Brüsten im Oberteil, dann ist sie weg.

Hermann ist in dem spärlich beleuchteten Kabuff allein und seinem Schmerz noch mehr ausgeliefert als zuvor. Er sieht sich um, wo er gelandet ist. Der von Kleenex-Tüchern und Kondomen überquellende Mülleimer starrt ihn an. Das Sofa, auf dem er sitzt, ist voller Spermaflecken. Die Hose hängt ihm in den Kniekehlen.
HERMANN. Mensch, Anton, arme Sau.
Sein Mantel liegt auf einem Barhocker. Er zieht sich an und verschwindet.

Köln, Hotelzimmer

Traurig und in der Seele verwundet läuft Hermann zu seinem Hotel am Bahnhof zurück. Die Großstadt mit ihrem dröhnenden Verkehr, den teilnahmslosen Gebäuden und der aufdringlichen Neonreklame gibt ihm den Rest. Er fühlt sich verloren. Niemand will ihn mehr.
Im Hotelzimmer empfängt ihn stickige Luft. Generationen von Handlungsreisenden und Messebesuchern haben hier in den Möbeln, im Teppich und in den Matratzen ihre Ausdünstungen hinterlassen. Er reißt das Fenster auf.
Damit ist er mitten im Hauptbahnhofslärm. Die hallenden Lautsprecheransagen, das Donnern ein- und ausfahrender Züge füllen das Zimmer.
Gegenüber, in blauem Nachtlicht, die beiden neugotischen Türme.

Bahnhof und Dom sind eine erdrückende Einheit, deren Symbolik er nicht deuten will.
Das Telefon ist ein Instrument der Hoffnung. Er wirft sich aufs Bett, greift nach dem Hörer, wählt seine Nummer und hält das Fernbedienungsgerät gegen die Muschel. Ein Piepton signalisiert, dass der Anrufbeantworter angesprungen ist.
Hermann lässt sich mit dem Hörer ins Kissen sinken.

CLARISSA. *Hermann? Hier spricht Clarissa. Entschuldige bitte, ich weiß, ich hab mich sehr lange nicht gemeldet. Ich bin noch in Berlin. Es war ein ganz großer Erfolg – tolle Presse, tolles Publikum –, und es ist jetzt so, dass wir in zwei Tagen weiterfahren nach Spanien und dann auf die große Welttournee. Und jetzt hab ich mir gedacht, ob du nicht Lust hättest, morgen Abend in unsere letzte Vorstellung zu kommen. Es wär mir ein ganz, ganz großes Bedürfnis, dich wiederzusehen und mit dir auch über das Stück zu sprechen. Das ist in der Staatsoper Unter den Linden, morgen Abend. Hoffentlich bis bald.*

Clarissas Stimme klingt so nah an seinem Ohr, dass sein ganzer Körper sich an sie erinnert. Das Verlangen nach der Geliebten schmerzt wie eine frische Wunde.

Berlin, Staatsoper Unter den Linden

Die Fassade der Oper ist mit Transparenten geschmückt, die ein kulturelles Ereignis ankündigen: «POP MEETS CLASSICS». Hermann liest die Texte auf den anderen Fahnen: «A Poet's Love». Er braucht eine Weile, bis er versteht, dass Robert Schumanns «Dichterliebe» gemeint ist. «Live is only a dream» steht auf der dritten Fahne, auf der er auch die Namen Clarissas und ihres amerikanischen Partners David Moss findet.

Unterwegs nach Berlin konnte er über vieles nachdenken und hätte immer noch umkehren können. Doch er hat sich im Hotel Kempinski einquartiert, wo er der Geliebten vor sechs Jahren wieder-

begegnet war, hat sein Ticket abgeholt und ist dann stundenlang durch den völlig veränderten Ostteil Berlins gewandert.
Zur Aufführung kommt er zu spät.
Die Performance hat längst begonnen. In den golden schimmernden Gängen des klassizistischen Gebäudes tönen Hermann die fetzigen Rhythmen einer Popband entgegen, über die sich Clarissas Stimme erhebt.
Er wird zu seinem Platz geführt, dem einzigen, der in dem ausverkauften Haus noch frei zu sein scheint. Das Publikum besteht zum größten Teil aus jungen Leuten, die von dem «Groove» hingerissen sind. Aber auch die wenigen älteren Zuhörer sind auf ihre Weise fasziniert: Sie hören den klassischen Hintergrund der Lieder heraus und sind stolz, das Original zu kennen.

Hermann hat ein Notenheft bei sich, das er während des Konzerts sorgsam auf seinen Knien hütet: das Heft mit seinen «Günderrode-Liedern», die er Clarissa gewidmet hat.
Die Bühne ist äußerst effektvoll ausgestattet. Clarissas Gesicht erscheint multipliziert auf zahlreichen Videoleinwänden. Die Band und ihre Instrumente sind in farbiges Licht getaucht, das mit den musikalischen Eruptionen grell aufblitzt.
David Moss ist ein großer, schwerer Mann, breitschultrig und energiegeladen. Er bringt grunzende und pfeifende Töne hervor, die nicht selten klingen, als würden sie elektronisch erzeugt. Das Zusammenspiel der beiden Sänger zeugt von gegenseitiger Faszination.
Das Kleid Clarissas schillert mit tausend Pailletten. Nie zuvor war sie so explosiv gewesen. Vor Hermanns Augen steht eine Frau, die er so nicht kennt. Sie wirkt in dieser Umgebung um Jahre verjüngt. Ihr Kostüm, die Beleuchtung, der rasante Stil ihres Vortrags verblüffen ihn.
Gebannt hört er zu. So also klingt das, was Clarissa mit «No grudge» betitelt hat.
Die Melodie aus Schumanns «Dichterliebe» ist trotz Schlagzeuguntermalung und Showeinlagen nicht verändert, nur die Wirkung ist anders. «A Poet's Love», das könnte auch eine amerikanische Geschichte von heute sein.

Ich grolle nicht
und wenn das Herz auch bricht.
Ewig verlornes Lieb, ewig verlornes Lieb,
ich grolle nicht.
Wie du auch strahlst in Diamantenpracht,
es fällt kein Strahl in deines Herzens Nacht,
das weiß ich längst.
Ich grolle nicht
und wenn das Herz auch bricht.
Ich sah dich ja im Traume
und sah die Nacht in deines Herzens Raume
und sah die Schlang', die dir am Herzen frisst,
ich sah mein Lieb, wie sehr du elend bist.
Ich grolle nicht, ich grolle nicht.*

Das Publikum rast vor Begeisterung, als die Vorstellung zu Ende ist.

Clarissa und David erscheinen später noch einmal auf einer Treppe, die durch die Bar zum Ausgang führt. Erneuter Jubel und enthusiastischer Applaus begleiten sie auf ihrem Weg durch das Gedränge. Mit ihrem riesigen Blumenstrauß und in Begleitung des charmant um sie bedachten Kollegen sieht Clarissa wie eine Königin auf Staatsvisite aus.

Hermann ist in die Menge eingekeilt. Er winkt zwar mit seinem Notenheft und ruft ihren Namen, aber sie entschwindet mit David, ohne ihn gehört zu haben.

Gunnar Brehme in feinem Anzug, rosa Hemd und grüner Seidenkrawatte steht plötzlich Hermann gegenüber. Sein Gesicht ist im Ausdruck ungeheurer Wiedersehensfreude erstarrt.

GUNNAR. Das kann doch nicht wahr sein – der Herr Simon! Ich werd verrückt. Sie hätten mit mir hier nicht gerechnet, stimmt's? Das sehe ich Ihnen doch an. N'Abend erst mal, Mensch.

Er schüttelt Hermann die Hand und ignoriert, dass der immer noch mit gequälter Miene in die Richtung starrt, in der Clarissa verschwunden ist.

* Robert Schumann: «Dichterliebe» VI, op. 48

GUNNAR. Schön, Sie zu sehen. Also, ob Sie's glauben oder nicht, ich war seit der Wende nicht mehr in der Oper. Ja!

Im Hintergrund brandet erneut Applaus auf. Clarissa und ihr Blumenstrauß erscheinen für Sekunden wieder. Hermann sieht sie, aber Gunnar hat ihn im Clinch.

GUNNAR. ... Und auf der andern Seite, als ich das Plakat hab hängen sehen von dem Abend heute hier – «Das Leben is only a dream» –, da dachte ich wieder, Gunnar, hier musst du her. Erstens kennste die Frau, zweetens willste ihr die Referenz erweisen und, je länger man drüber nachdenkt, ich weiß ja nicht, wie's Ihnen geht, aber ist es nicht so? Es handelt doch von dem Thema, das ist doch das, was das ist: Es ist doch alles only een dream, oder?

HERMANN. Wie man's nimmt ...

Die Menschenmenge hat sich jetzt aufgelockert, sodass Hermann ein paar Schritte in die Richtung tun kann, wo er die Gesuchte noch vermutet. Gunnar beobachtet, wie er sich mit seinem Humpelbein und den Noten in der Hand vorwärts zwängt.

GUNNAR. Herr Simon, Sie nehmen's mir nicht übel, aber Sie sind e bissel närrsch. Was ist denn los mit Ihnen?

Clarissa ist nicht mehr zu sehen. Hermann dreht sich resigniert nach ihm um.

HERMANN. Sie weiß gar nicht, dass ich da bin.

GUNNAR. Was? Mensch, da müssen wir sie doch offiziell informieren. Ich weeß, wo die interne Feier stattfindet.

Hermann ist überrascht.

GUNNAR. Ja, für Großereignisse, Events, wie man heutzutage sagt, nur den Gunnar fragen.

Berlin, eine Kneipe am Prenzlauer Berg

Hermann und Gunnar haben ein Taxi genommen.

Schon beim Aussteigen sieht Hermann hinter den Fenstern der Szenekneipe Clarissas Blumenstrauß, der vom Kellner in einer Vase auf den Tresen gestellt wird.

Gunnar läuft in seinem Eifer voraus.

Mit dem schmerzenden Fuß kann Hermann so schnell nicht folgen, auch begnügt er sich zuerst einmal damit, durch das Lokalfenster zu schauen. Die Künstler um Clarissa sind in ausgelassener Stimmung. Sie umringen, umarmen und küssen sie und lassen sie auf dem Stuhl neben dem amerikanischen Musikstar Platz nehmen.
Hermann sieht, wie sie es genießt, Mittelpunkt der Verehrung zu sein.
Sein Instinkt sagt ihm, dass er jetzt nicht einfach Gunnar hinterherlaufen und in ihre Arme fallen kann. Er weiß, dass sie ihn hier nicht erwartet. Vielleicht stürzt sie sein plötzliches Auftauchen in große Verlegenheit vor dem Team, vor David.
Er steht vor dem Fenster und sieht, wie Gunnar mit aufgeregten Gesten Clarissa anspricht und nach draußen deutet.
Ein paar Sekunden lang bleibt die Zeit stehen: für Clarissa, die Hermann klein und schüchtern auf dem Trottoir stehen sieht, und für Hermann, der den Star des Abends hinter der trennenden Scheibe betrachtet. Jetzt muss er seinen ganzen Mut zusammennehmen und den Weg hinter sich bringen.
Als er Clarissa gegenübersteht, macht Gunnar eine selbstzufriedene Geste. Er hat wieder mal geschafft, was keiner kann. Diskret wendet er sich ab, damit das Paar sich in die Arme nehmen kann. Aber da ist noch eine ganze Tischrunde voller Augen, die fragend zuschaut. Wer ist dieser Fremde?
Clarissa löst sich von Hermann und wendet sich an die Tischrunde.
CLARISSA. May I introduce to you my husband? Hermann!
Die Reaktion des Teams ist eher zurückhaltend.
Hermann hat das Gefühl, in dieser Runde alles andere als willkommen zu sein. Clarissa versucht, die Irritation zu überspielen, und macht ihn mit allen bekannt. Dabei ist es unvermeidlich, auch David vorzustellen, der sich prompt erhebt. Als er ihm die Hand gibt, wirkt er riesig neben Hermann.
DAVID. Nice to meet you.
Davids Stimme klingt wie das verhaltene Brüllen eines Löwen. Er fixiert Hermann für einen Moment und geht abrupt weg.
CLARISSA. Was ist denn jetzt los?

Als sie sieht, dass David nicht nur den Raum, sondern auch das Lokal verlässt, reißt sie sich los und läuft ihm hinterher.

Hermann bleibt mit den fremden Menschen am Tisch zurück. Die Stimmung scheint dahin zu sein, und die Gespräche kommen nicht wieder in Gang. Man deutet auf sein Bein und bittet ihn, doch Platz zu nehmen. Auch für Gunnar wird ein Stuhl zurechtgerückt.

Hermann setzt sich nicht. Er hält es hier nicht länger aus. Die Szene ist wie geschaffen, sein Selbstbewusstsein in Abgründe zu stürzen. Er wendet sich an die Tischrunde.

HERMANN. Entschuldigen Sie, ich wollte eigentlich nur das für Frau Lichtblau abgeben.

Er überreicht jemandem sein Heft mit den «Günderrode-Liedern» und sieht zu, so schnell wie möglich diesen Ort zu verlassen.

Clarissa hat David inzwischen eingeholt und will ihn verzweifelt zur Umkehr bewegen. Sie versucht das Unmögliche: ihn nicht zu verlieren und Hermann dennoch zu behalten.

Am Ausgang der Kneipe heftet Gunnar sich an Hermanns Fersen.

GUNNAR. Das mit den Frauen, da kann ich ja ooch en Lied von singen, Herr Simon. Menschenskinder, jetzt begreif ich auch erst mal, warum Sie die ganze Zeit so, so grau aus der Wäsche ...

Hermann ist jetzt gänzlich überreizt. Er faucht Gunnar an.

HERMANN. Gunnar, jetzt hör doch mal endlich mit deinem Gebrabbel auf! Ich kann das nicht ertragen. Diese Ansichten, diese Belehrungen, dieses Gejammere! Ich möchte jetzt allein sein und sonst überhaupt nichts!

Er sieht ein Taxi heranfahren, winkt es hektisch zu sich. Gunnar läuft hinterher und will ihn aufhalten.

GUNNAR. Ja, was machen Sie denn jetzt?

Hermann steigt ein.

HERMANN. Ich möchte gehen. Und es geht überhaupt niemanden etwas an, wohin. Überhaupt niemanden! – Zum Kempinski, bitte.

Das Taxi fährt davon. Abgehalftert bleibt Gunnar zurück.

GUNNAR. Was, ich jammere? Ich jammere doch nicht. Ich mache mir Sorgen um Sie. Mir geht's blendend.

Clarissa sind an diesem Abend alle Felle davongeschwommen. Sie hat noch lang gewartet, dass wenigstens einer der beiden Männer zurückkehrt. Im Morgengrauen steht sie auf der Straße, an die Wand der Kneipe gelehnt, und weint.

Die Autobahn

Auch Hermann weint. Bei seiner Rückfahrt durch eine dunstige Landschaft tauchen die Berliner Bühnenszenen aus seinem Gedächtnis auf. Er sieht Clarissa und David, wie sie im blauen Theaternebel stehen und das Lied singen, das ihn am meisten berührt hat. Er war sich sicher, dass Clarissa ihn, ganz allein ihn, damit gemeint haben musste. Hätte sie ihn sonst mit ihrem Anruf nach Berlin gelockt?

Ich hab im Traum geweinet,
mir träumte, du verließest mich.
Ich wachte auf, und ich weinte
noch lange bitterlich.
Ich hab im Traum geweinet,
mir träumte, du wärst mir noch gut
Ich wachte auf, und noch immer
strömt meiner Tränen Flut.*

Müde und verloren sitzt er hinter dem Steuer. Sein unrasiertes Gesicht sieht grau aus. Die Löwenstimme Davids und Clarissas hohes Wimmern und Winseln beim Gesang begleiten ihn auf seiner langen Rückfahrt.

* Robert Schumann: «Dichterliebe» VIII, op. 48, Text: Heinrich Heine

Günderrode-Haus, Wendestelle und Terrasse

Vor seiner Windschutzscheibe taucht das Günderrode-Haus schließlich wie eine Geisterburg auf. Hermann weiß nicht, ob er in der Wirklichkeit oder in neuen Angstträumen ankommt.

Vor dem Haus steht ein Taxi. Kein Mensch ist zu sehen.

Er wacht aus seinen Gedanken auf, steigt aus und geht auf das Taxi zu. Der Wagen ist leer. Hermann hört das Ticken des Taxameters, die Zähluhr steht auf 195 Mark.

Er blickt zur Terrasse hoch, humpelt zur Treppe und erkennt Reinhold, der ihn entgeistert anstarrt. Eine dicke Frau steht neben ihm, offenbar die Taxifahrerin.

HERMANN. Reinhold, was machen Sie denn hier?

REINHOLD. Maestro, wissen Sie, wie spät es ist?

Hermann sieht auf die Armbanduhr.

HERMANN. Halb zwei. Was ist denn passiert?

REINHOLD. Ich versteh überhaupt nichts mehr. Hab ich Sie verpasst? Wo waren Sie denn? Ich habe um 9 Uhr 12 am Mainzer Bahnsteig gestanden, wie wir's vereinbart hatten, und gewartet und, und dann hab ich alle zehn Minuten hier angerufen und mich nicht weggetraut, weil ich dachte, Sie suchen mich. Und schließlich kam ich zu der Überzeugung, dass Ihnen irgendetwas passiert sein muss.

Hermann fasst sich an den Kopf. Er begreift, warum Reinhold so aufgeregt herumstottert.

HERMANN. Das Konzert in Landau! Wie konnte mir das passieren? Ich hab in meinem Leben noch kein Konzert verschwitzt. Schaffen wir das noch?

REINHOLD. Wir müssen uns beeilen!

Er wendet sich an die Taxifahrerin.

REINHOLD. Schreiben Sie mir eine Quittung.

Landau, die Jugendstil-Festhalle

Hermann und Reinhold haben es gerade noch geschafft. Das Konzert kann stattfinden. Als Höhepunkt des Abends spielt das Orchester Mozarts «Sinfonia concertante». Die beiden Solisten geben sich ganz der Melancholie des mittleren Satzes hin und verschmelzen in ihrem musikalischen Dialog.*
Hermanns Gesicht ist bleich, seine Gedanken sind bei der Musik. Endlich kann er trauern.

Schabbach, Friedhof an der Nunkirche

Der kleine Friedhof, auf dem der Simon-Clan in alter Tradition seine Toten beisetzt, liegt auf einer Hochfläche, nahe einer kleinen Landstraße. Das Gräberfeld und ein romanisches Kirchlein sind umgeben von mächtigen, uralten Linden.

Antons Familie ist zwar nicht klein, dennoch wirkt die Gruppe der hier versammelten Angehörigen kläglich. Es sind Mara und Hartmuts Geschwister Gisela, Helga, Marlies und Dieter, jeweils mit Ehepartnern. Anwesend sind noch einige Vettern und fernere Verwandte sowie ein Fremder, der einen riesigen Kranz mit einer Schleife von der Firma Food & Non-Food vor sich herträgt und nicht weiß, wo er ihn ablegen soll.
Abwartend stehen alle in ihren dunklen Klamotten zwischen den Gräbern herum und wissen nicht, wie es weitergeht.
Unter den Wartenden ist auch Herr Schwarz, der Hausfotograf der Simon-Werke. Er hat Vergrößerungen eines Schwarz-Weiß-Fotos vom 50. Jahrestag der Firmengründung mitgebracht, das den ordensgeschmückten Anton im Kreis der Familie zeigt. Alle drängen sich um das Bild.
HERR SCHWARZ. Sehen Sie sich nur diese exzellente Schärfe an. Niemand wird je wieder so ein Objektiv bauen. Und hier im

* Wolfgang Amadeus Mozart: Sinfonia concertante, Es-Dur, op. 364, Andante

Randbereich die Senkrechten, keine Wölbung, keine stürzenden Linien. So war unser Chef! Ein erbarmungsloser Perfektionist.

Auch der nüchterne Dieter ist beeindruckt.

DIETER. Es ist ja net zu fassen, es lachen ja tatsächlich alle auf dem Bild, sogar die Kinder.

HERR SCHWARZ. Ein perfektes Familienbild.

DIETER. Net zu fasse. Alle lachen, sogar ich.

HERR SCHWARZ. Das wird's nie mehr geben.

Es ist, wie Anton es beim Fotografieren vorausgesagt hat: Wenn man genau hinsieht, glaubt man, die Gedanken hinter den Stirnen lesen zu können.

Auf dem Bild zeigt er als Einziger die Miene absoluter Selbstsicherheit. Er konnte nicht ahnen, dass dem Foto nie mehr ein weiteres folgen würde.

Als die Brüder Hermann und Ernst sich vom Parkplatz her nähern, sind alle Blicke auf sie gerichtet. Ernst, dem das unangenehm ist, schlägt einen Bogen zu Rudi Molz, den er an der Seite von Lenchen am Friedhofsweg entdeckt hat.

Hermann begrüßt den Bürgermeister mit Frau sowie ein paar Schabbacher Honoratioren, die verlegen herumstehen, außerdem die Gruppe um Herrn Schwarz. Während des Händeschüttelns wird auch ihm das Familienbild zur Begutachtung vorgehalten.

Außer den direkten Angehörigen Antons haben sich nur wenige Schabbacher eingefunden, die sich weit verstreut auf dem Friedhof aufhalten. Wie es Frau Weirich angekündigt hat, soll die Beerdigung nur im kleinsten Kreis stattfinden.

Da Ernst keine Anstalten macht, zu seinen Verwandten hinüberzugehen, versucht Rudi ihn umzustimmen.

RUDI. Du gehörst doch auch zur Familie. Geh doch.

ERNST. Das muss net sein. Ich bleib lieber bei euch.

Hermann hat sich eine Großbeerdigung erwartet, an der der halbe Hunsrück teilnimmt. Jetzt steht da eine Hand voll Menschen, und es scheint niemand zu wissen, wie man sich verhält. Er spricht Mara und Gisela an.

HERMANN. Du hast doch gesagt elf Uhr auf dem Anrufbeantworter, oder hab ich mich da verhört?

MARA. Nein, nein, wir warten noch auf die Bestattungsfirma.

GISELA. Sie bringen die Urne aus Mainz.

Gisela deutet auf das vorbereitete Urnengrab. Hermann versteht nicht.

HERMANN. Jetzt erst?

GISELA. Der Hartmut ist ihnen entgegengefahren.

Die Enkelkinder Antons stehen mit Blümchen in den Händen beieinander und bibbern vor Kälte. Frau Weirich versucht, sich um die Kleinen zu kümmern, weiß aber auch nicht, wie man sie wärmen könnte. Der riesige Trauerkranz von Food & Non-Food steht verloren neben dem Überbringer.

Gisela winkt Hermann zu sich. Sie will ihm etwas zeigen. Mit wichtiger Miene führt sie ihn am Familiengrab vorbei zu einem Glatzkopf in mittleren Jahren.

GISELA. Du, Hermann, komm mal: Das ist der Herr Stolle, unser Entwicklungsingenieur aus der Firma. Der hat ebbes konstruiert, dass man die Urne runterlassen kann.

Hermann bekommt einen forschen Händedruck, dann beugt sich Herr Stolle zu einem kästchenförmigen Gerät, das auf einem Metallrohr montiert ist. So ragt es kniehoch aus der Erde heraus.

HERR STOLLE. Folgendes: Ich hab ebbes gebaut, wenn man die Urne da druff stellt und den Hebel da ganz langsam anzieht …

Er deutet auf einen Bedienungshebel, der aus dem Kästchen ragt, und legt seinen Finger darauf.

HERR STOLLE. … dann geht dat langsam nach unne. Wenn Sie sich das mal angucken wollen.

Gisela führt Hermann zum Familiengrab zurück, wo sich im Kunstrasen ein quadratisches Loch auftut. Ein Metallstab, auf dessen Ende ein tellergroßer Blechdeckel geschweißt ist, ragt aus dem Loch heraus und wird automatisch abgesenkt, sobald Herr Stolle den Hebel umlegt. Dabei wird das Geräusch ausströmender Pressluft hörbar.

Herr Stolle, der Erfinder, richtet sich stolz auf. Doch er erhält keinen Beifall. Schließlich befindet man sich auf einem Friedhof, und da ist Applaus unerwünscht. Aber was gehört sich?

Mara spielt mit ihrem Blumensträußchen, leidet, aber sie weiß nicht, wie sie ihr Unbehagen ausdrücken soll. Sie wendet sich an Hermann.

MARA. Ich hätte es halt schön gefunden, wenn jemand ein Lied singen würde.

GISELA. Schade, das hätte die Clarissa gut machen können.

MARA. Das wär schön gewesen.

Das Stichwort «Clarissa» berührt Hermanns frische Wunde. Er zieht es daher vor, sich zu entfernen.

Sein Blick geht nach draußen. Da sieht er unter den alten Linden einen Mann und eine kleine, adrette Frau auftauchen.

HERMANN. Ach, Schnüsschen!

SCHNÜSSCHEN. Hermann!

Hermanns Frau aus erster Ehe, Lulus Mutter, küsst ihn zur Begrüßung.

HERMANN. Du hier?

SCHNÜSSCHEN. Wenn so ein großer Mann stirbt. Dein Bruder war für mich immer der Hunsrück. Unerschütterlich und stolz, aber mit Herz. Kennst du eigentlich Hans-Peter, meinen LG?

HERMANN. Deinen LG?

SCHNÜSSCHEN. «Lebensgefährte» ist so ein blödes Wort.

Hermann reicht ihrem Begleiter die Hand, einem Mann mit Sonnenbrille und tausend Fältchen im Gesicht.

SCHNÜSSCHEN. Darf ich vorstellen? Hermann, mein Exmann. Stell dir vor, der Hans-Peter und ich, wir waren gestern in Landau und wären beinahe in deinem Konzert gelandet.

HANS-PETER. Wir standen schon vor der Türe.

SCHNÜSSCHEN. Und es gab noch Karten.

HANS-PETER. Aber dann rief eine ihrer Patientinnen auf dem Handy an und brauchte Zuspruch.

SCHNÜSSCHEN. Ja, so ’ne ganz Hysterische, die sich bei Vollmond immer das Leben nehmen will. Und bis ich die beruhigt hatte …

HANS-PETER. … war der Mozart schon vorbei.

HERMANN. Schade.

Sosehr Hermann sich über die Begegnung freute, so ernüchtert ist er plötzlich. Er wendet sich ab. Schnüsschen aber folgt ihm und hakt sich vertraulich bei ihm unter.

SCHNÜSSCHEN. Weißt du eigentlich, dass selbst der Hans-Peter zu deinen Bewunderern gehört? Er hat alle CDs von dir. Da ist man schon mal stolz drauf, dich zu kennen. Das war 'ne gute Zeit mit dir, Hermann. Ich scheu mich nicht, das heute zu sagen.

Sie weiß, wie man Hermann mit Komplimenten aus der Reserve locken kann.

HERMANN. Hast du alle Schäden erfolgreich weganalysiert, Frau Doktor Psychoanalytikerin?

Schnüsschen strahlt ihn an und nickt.

HERMANN. Gut siehst du aus.

SCHNÜSSCHEN. Es geht mir auch gut, sehr gut sogar.

Sie kehrt zu ihrem Lebensgefährten zurück und packt ihn stolz am Arm. Der Mann genießt es, als ihr Partner aufzutreten.

HANS-PETER. Ihr Haus am Rhein, also tolle Lage. Wir sehen es immer von der B9 aus, wenn Waltraud und ich samstags zu Simone nach Köln fahren.

HERMANN. Zu Lulu? Jeden Samstag?

Schnüsschen wird unruhig und sucht mit Blicken den Friedhof ab.

SCHNÜSSCHEN. Wo bleibt sie nur? Sie hat mir fest versprochen, dass sie mit dem Kleinen hier vorbeikommt. Wir wollen doch nachher noch zu der Stelle fahren, wo ihr Lutz verunglückt ist. Der Kleine soll doch ein Verhältnis zu seinem Vater aufbauen.

HANS-PETER. Waltraud ist wirklich eine hingebungsvolle Großmutter.

Schnüsschen kuschelt sich an Hans-Peter, der ihr seinen schützenden Arm um die Schultern legt.

SCHNÜSSCHEN. Lukas ist auch *dein* Enkel, Hermann. Du könntest als Großvater nachholen, was du als Vater versäumt hast.

Es scheint, dass ihm auch mit ihr nicht erspart bleibt, alte Rechnungen zu begleichen.

HERMANN. Lukas ist sozusagen bei uns zu Hause auf die Welt gekommen.

Sie hört sich seinen Verteidigungsversuch nicht weiter an, sondern mustert die wartenden Grüppchen zwischen den Gräbern.

SCHNÜSSCHEN. Also ehrlich gesagt, ich hab mir das hier irgend-

wie feierlicher vorgestellt. Kein Pfarrer, keine Musik. Bisschen peinlich, findest du nicht? Weißt du, wie's weitergeht?
HERMANN. Keine Ahnung. Wir warten auf die Urne.

Ernst geht in seinem Anorak unruhig auf dem Kiesweg hin und her. Er kann die Banalität der Situation kaum noch ertragen. Rudi, der ihn beobachtet, versucht ihn zu beruhigen.
RUDI. Vielleicht ist auf der A 61 wieder ein Stau, dass der Hartmut mit dem Leichenwagen net durchkommt mit der Urne.
HELMUT. Immerhin, das erste Urnenbegräbnis in Schabbach.
RUDI. Aber platzsparend und hygienisch, das muss man zugeben.
LENCHEN. Aber dafür keine richtige Beerdigung, oder?
Ernst antwortet nicht. Die Überlegungen der Schabbacher sind ihm einfach zu banal.

In Giselas Tasche klingelt das Handy. Sie muss eine Weile kramen, bis sie sich das immer lauter piepende Gerät geschnappt, die Antenne ausgefahren und das Gespräch angenommen hat.
GISELA. Hartmut, bist du es? Ja, wir warten. Wo bist du denn?
Hartmut ruft von seinem Autotelefon aus an. Er rast über die Landstraße.
HARTMUT. Da vorne fährt er. Ich seh ihn schon. Uff der B 50, kurz vor Kirchberg. Ja, ich zeig ihm den Weg. Ja, wir sind gleich da.
Gisela wendet sich mit dem Handy an die gespannt herüberblickenden Angehörigen.
GISELA. Ja, ist gut, wir warten. – Er ist auf der B 50.

Auf der langen Geraden vor Kirchberg setzt Hartmut mit seinem Sportwagen zum Überholen an und zieht, Blinkzeichen gebend, an dem Leichentransporter vorbei.

Auf dem Friedhof hat ein unruhiges Hin- und Hergehen begonnen. Es ist kalt, und die Nässe des Bodens steigt durch die Schuhe in den ganzen Körper auf.
Lothar erteilt gänzlich deplatzierte Ratschläge.
LOTHAR. Und ich sag euch eins, das kann jedem von uns passie-

ren. Täglich. Schlag. Aus. Feierabend. Ich mach mir überhaupt keine Illusionen. Ich hab mein ganzes Geld in Aktien angelegt.

HERMANN. Was haben denn Aktien damit zu tun?

LOTHAR. Ei, Hermann, die steigen, das ist eine wahre Freude. Soll ich dir ein paar Tipps geben? Zum Beispiel musst du Kali und Salz kaufen. Oder Kleinwanzlebener Saatzucht, die haben eine Performance, das glaubst du gar net. Echte Senkrechtstarter!

Endlich erscheint der Leichenwagen, geleitet von Hartmuts Porsche.

Die beiden Fahrzeuge brausen in die Abzweigung und halten hart bremsend vor dem Friedhofseingang.

Hier ist soeben Lulu mit ihrem Kind eingetroffen. Sie begreift zuerst gar nicht, was vor sich geht, denn niemand erwidert ihre Grußgeste.

Sie fühlt sich von den zwei Männern in schwarzer Uniform bedrängt, die dem Leichenwagen entsteigen. Feierlich setzen sie ihre Mützen auf, öffnen die Hecktür des Wagens und ziehen die Lafette heraus, auf der nur die Urne steht.

Der antik geformte Tontopf wirkt in seiner Kleinheit lächerlich im Verhältnis zur großartigen Verschiebetechnik und der Lafette für Särge.

Einer der Männer ergreift die Urne und sieht dabei Lulu an.

LULU. Mich dürfen Sie nicht fragen.

Da taucht Hartmut auf, der schon in den Friedhof gelaufen ist und wieder zurückkommt.

HARTMUT. Geben Sie her.

Er nimmt dem Bestattungsbeamten die Urne einfach aus der Hand, spürt aber den feierlichen Moment, dem er jetzt ausgesetzt ist. Mit Tränen der Erregung trägt er sie durch das Eingangstor und schreitet auf dem Mittelweg zum Grab. Die beiden Uniformierten folgen gemessenen Schrittes. Einer von ihnen trägt ein Ziergebinde.

Lulu geht gedankenverloren mit dem Kind hinterher, und unterwegs schließen sich Ernst und die Schabbacher an. Auch Hermann folgt und begrüßt Lulu, die sich zu Schnüsschen, ihrer Mutter, gesellt hat.

Als Hartmut am Grab ankommt, hat sich die ganze Familie hinter ihm eingereiht.
Das Gewicht der bronzenen Urne verlangsamt seine Bewegungen. Er lässt sich vor dem Grab auf die Knie sinken. Dann aber weiß er nicht weiter.
Wortlos umstehen ihn die Angehörigen. Sie sind wie Hartmut ergriffen, wissen aber auch nicht, was nun passieren soll.
Hermann steht neben Waltraud und Lulu. Er und seine frühere Frau, die beiden Großeltern, halten Lukas zwischen sich an der Hand. Es sieht einen Moment lang aus, als wäre die Welt so in Ordnung.
Hartmut sieht sich hilflos um.
HARTMUT. Wo soll ich die denn hinstellen? Vielleicht da drauf, oder erst mal daneben, oder ...?
Er weiß nicht, ob der Mechanismus des Herrn Stolle schon bereit ist.
MARA. Ich würde sagen, erst mal daneben.
Da schreitet Gisela ein. Sie hat sich das Versenksystem schließlich mit Herrn Stolle ausgedacht.
Sie muss die ganze Trauergemeinde umrunden, um an Hartmuts Seite zu gelangen. Erst hier kann sie ihm zeigen, wie er die Urne auf den Blechteller stellen soll.
GISELA. Nä, Hartmut, erst mal hier auf dat Hebeding.
Hartmut folgt ihren Anweisungen.
Herr Stolle, der glaubt, dass jetzt sein Augenblick gekommen sei, betätigt sofort den Hydraulikhebel – mit der Folge, dass sich die Urne unverzüglich in die Erde senkt.
MARA. Halt!
GISELA. Halt!
HARTMUT. Noch net runter!
Herr Stolle begreift zunächst nicht. Er hat doch nichts falsch gemacht, und der Mechanismus hat funktioniert. Aber die ganze Familie gibt ihm nun Zeichen, seine Voreiligkeit zu korrigieren. Er betätigt erneut den Hebel.
Mit lautem Pressluftton kommt die Urne wieder zum Vorschein. Alle versuchen, andächtig zu bleiben. Mit Beerdigungen kennt man sich nicht mehr aus.

Ernst hat sich beim Anblick der hilflosen Szene sehr erregt. Er drängt sich nach vorn und sieht die Familienmitglieder kopfschüttelnd an.

ERNST. Also, jetzt muss ich einmal ebbes sagen. Anton, das hast du nicht verdient. Zu deinen Lebzeiten, da wäre so ein erbärmlicher Affenzirkus nicht vorgekommen. Ja, wo sind sie denn alle, deine Vereinskameraden vom FC Schabbach, wo ist deine Belegschaft, wo sind die Schabbacher, der ganze Hunsrück, der dir so viel zu verdanken hat? Wo ist die Regierung, die dir das Verdienstkreuz um den Hals gelegt hat? Und wo ist die Musik, dass es ein bisschen feierlich wird und dat wir net vergessen, dass wir alle sterben müssen? Wo ist der Pfarrer? Der ist doch zuständig für diese einzige Wahrheit, die es gibt in der beschissenen Welt. Und wo sind all die anderen Redenschwinger, denen du immer ganz genau hast sagen können, was falsch und richtig ist? Wenn ich mich hier so umguck, was hier übrig geblieben ist – nä, dat nennt man Familie. Nä, keiner weiß, was sich gehört. Jetzt stecken sie dich in ein möglichst kleines Loch, wo zu deinen Lebzeiten net emal deine Stiefel reingepasst hätten.

Die Familie und alle Anwesenden hören beschämt zu. Ernst hat sich so erregt, dass er kaum noch atmen kann. Er kniet vor der Urne des Bruders nieder. Seine Stimme wird brüchig, und er spricht nur noch leise zu dem Verstorbenen.

ERNST. Anton, du weißt, die Chemie zwischen uns hat nie gestimmt. Von Kindheit an hat die Chemie nicht gestimmt. Aber jetzt, wo sie dich verbrannt und in die Luft geblasen haben, da stimmt sie auf einmal. Das, das war's.

Ernst steht auf und geht davon.

Günderrode-Haus, der Hof und alle Zimmer

Es wird schon Abend, als Hermann von der Beerdigung zurückkehrt.

An der Einfahrt brennt die Außenbeleuchtung. Er steigt aus und verschließt den Wagen. Einen Moment lang stutzt er, als er das Licht bemerkt.

Er geht ohne Eile zum Haus.
Zu seiner Überraschung ist die Tür einen Spalt weit geöffnet. Er tritt ein und schließt sie hinter sich. Jemand scheint im Wohnzimmer gewesen zu sein. Er umrundet den Tisch und steht unversehens vor einer Ansammlung von Koffern. Er ruft laut ins Haus.
HERMANN. Clarissa?!
Er sieht im Arbeitszimmer nach, dann läuft er die Treppe hinauf. Die Tür ihres Zimmers ist offen, auf dem Frisiertisch steht ihr Kosmetikbeutel, ihr kleiner Lieblingskoffer liegt aufgeklappt auf dem Bett.
Aus dem Schlafzimmer hat er einen Laut gehört. Zögernd geht er dem Geräusch nach.
Clarissa kniet, das große Federkissen zwischen Beine und Bauch gepresst, auf dem großen Bett. Neben ihr liegt das Notenheft mit den «Günderrode-Liedern». Sie sieht aufgedunsen und verweint aus.
Als sie Hermann erblickt, richtet sie sich zitternd auf.
HERMANN. Clarissa. Du bist da? Du bist wieder da!
Sie streckt die Arme nach ihm aus. Er kniet sich neben sie aufs Bett. Schluchzend vergräbt sie ihr Gesicht an seiner Brust. So verharren sie und spüren ihre pochenden Herzen.
Dann macht Clarissa sich los und sieht ihn an.
CLARISSA. Ich bin krank, Hermann. Vielleicht werde ich nie mehr singen.
HERMANN. Was sagst du da?
Behutsam und schützend den Arm um sie legend führt Hermann sie zum Fenster. Er zeigt ihr den zartblauen Abend, der sich auf das Rheintal senkt.
Unten in der kleinen Stadt gehen soeben die Lichter an.

FÜNFTES BUCH

Die Erben

Ehemaliger Militärflugplatz Hahn

Matko liebt Flugzeuge – und sein Mofa, das er auf einem Schrottplatz gefunden und selbst wieder in Schuss gebracht hat. Dabei war er zu dem Zeitpunkt noch nicht einmal 14 Jahre alt. Doch seit ein paar Wochen hat der Stimmbruch seine Kinderstimme in einen Brummbass verwandelt.

Den Flugplatz Hahn kennt er wie seine Hosentasche. Seit die Amis abgezogen sind, treibt er sich dort herum. Er hat alle Geheimnisse des Geländes erkundet, alle unterirdischen Gänge, alle Bunker und Hangars, jedes der verlassenen Gebäude. Er weiß, wo die amerikanischen Soldaten die Wände mit Graffiti bedeckt hatten, wo die aufregendsten Bilder zu finden sind von wilden Luftkämpfen mit feindlichen Atombombern, von abenteuerlichen Flügen mit Kampfjets mitten ins Feindesland hinein – und von erbitterten Feuergefechten am Hunsrücker Himmel. Mit einer erbeuteten Militärtaschenlampe war er in die fensterlosen Kommandobunker eingedrungen.

So hatte er eines Tages auch seine Jacke gefunden: eine lederne, fellgefütterte Pilotenjacke mit Pelzkragen, Geheimtaschen und einer verwitterten Aufschrift auf dem Rücken. Die Schablonenschrift musste ein amerikanischer Techniker darauf gesprüht haben, jemand, der Flugzeuge in die Wartungsbunker gelotst hat. FOLLOW ME steht in großen Buchstaben und immer noch gut lesbar hinten auf Matkos Jacke.

Seit er sie in einem unterirdischen Materiallager entdeckt hat und als die seine betrachtet, will Matko sie nicht mehr ausziehen, auch nicht an einem heißen Sommertag wie heute, im Jahr 1997, als er auf seinem Mofa zu einer Flugschau auf dem «Hahn» gefahren ist.

Die Flugschau ist vor allem ein kleiner Markt für Gebrauchtflugzeuge, der sich auf den ehemaligen Runways etabliert hat. Alljährlich versammeln sich hier Privatpiloten aus allen Gegenden Deutschlands, um ihre Cessnas, Pipers, Rockwells oder Beechcrafts anzubieten oder Ersatzteile einzukaufen. Es gibt hier auch Werksvertretungen der bekannten Flugzeughersteller und, am Rand des Geländes, einen kleinen Jahrmarkt. Die Leute, die man hier antrifft, sind fast alle Flieger.

Unter ihnen ist auch Ernst Simon. Matko kennt den Mann, weil er ebenfalls aus Schabbach ist. Als Kind hatte er dessen Cessna oft übers Dorf fliegen sehen. Aber seit fünf Jahren, das weiß jeder, besitzt Ernst das Flugzeug nicht mehr, weil die Russen es ihm bei seinem illegalen Flug in ihr Land weggenommen haben.

Der Junge kennt natürlich die Abenteuerstory, und längst auch kennt er Ernsts Landewiese unterhalb des Dorfs. Er war da oft gewesen und hatte sich vorgestellt, wie es wäre, einfach Gas zu geben und wegfliegen zu können.

Matko würde gern von Schabbach wegfliegen – vor allem zu seiner Mutter. Sie lebt in Bosnien, und er hat sie nicht mehr wiedergesehen, nachdem sie in den Krieg gefahren ist, um beim Vater und der kleinen Schwester zu sein. Seit Jahren ist sie nicht zurückgekehrt, obwohl er ihr viele Briefe geschrieben hat. Die meisten davon waren zurückgekommen. «Unbekannt» stand immer auf dem Umschlag. Inzwischen spricht er mit niemandem mehr über die Mutter, er denkt nur noch an sie.

Während Matko an den Flugzeugen entlangstreunt, meist kleinen einmotorigen Maschinen, wie sie in Clubs oder von Geschäftsleuten geflogen werden, hört er, dass Ernst Simon mit einem der Consultants über den Kauf einer Cessna verhandelt. Er pirscht sich heran. Wenn Ernst wieder ein Flugzeug kaufen würde, dann hätte er einen in nächster Nähe, der ihm das Fliegen beibringen könnte. Das wäre spannend, vielleicht könnte er dann seinen Traum schneller verwirklichen. Matko überlegt sich, wie er es anstellen kann, mit Herrn Simon ins Gespräch zu kommen.

Der Consultant führt Ernst zu der Maschine hinüber.

CONSULTANT. Das ist die Cessna 210. Wenn Sie früher die 172 geflogen haben, dann werden Sie staunen, was da drinsteckt.

ERNST. Einziehfahrwerk! Schön.

Ernst untersucht das Flugzeug im Vorbeigehen. Er hat den Blick des Kenners.

CONSULTANT. Baujahr '65, aber nur 970 Flugstunden. Alles drin: Ledersitze, ADF, GPS, King-Avionic, das ganze Package.

ERNST. Wie viele Flugstunden sagten Sie?
CONSULTANT. 970.
ERNST. Der Motor?
Beim Motor kommt es auf die Flugstunden an. Der ist neuwertig.
ERNST. Und die Zelle?
CONSULTANT. 1800.
Ernst hat in der Cessna Platz genommen.
Matko umrundet sie auf der anderen Seite. Da steht die Tür offen, und er kann sich das Armaturenbrett ansehen und die Instrumentierung checken.
MATKO. Hat der schon den ... ADF, also ... Navigator drin?
Matko neigt zum Stottern. Sobald er aufgeregt ist, bringt er die Worte nicht flüssig heraus.
ERNST. Ei, allemal. Woher kennst du dich denn so aus?
MATKO. Tja, ich will Pilot werden.
Matko sagt das mit Triumph in der Stimme und ohne Stottern.
ERNST. Wie heißt du?
MATKO. Mišic, Matko.
ERNST. Bist du der Junge von der Anca, die früher bei mir geputzt hat?
MATKO. Weiß ich nicht.
Natürlich weiß Matko, dass seine Mutter früher in Schabbach gewohnt und auch einmal bei Ernst gearbeitet hat, aber er will nicht darüber sprechen.
ERNST. Und wo ist deine Mutter jetzt?
MATKO. Irgendwo da hinten, in Livno.
ERNST. Da ist doch Krieg.
Ernst wendet sich an den Consultant, der sich durch Matkos Auftritt in seinem Verkaufsgespräch gestört fühlt.
ERNST. Irgendwo zwischen Bosnien und Kroatien muss das sein.
Dem Jungen ist es gelungen, Ernst für sich zu interessieren.
ERNST. Hast du was von ihr gehört?
MATKO. Nä.
Immer wieder die Fragen nach der Mutter! Matko wendet sich ab und lässt Ernst mit dem Verkäufer allein.
ERNST. Also, Sie hatten gesagt, da ist noch Luft drin. Was heißt das?

Er spielt auf den Kaufpreis an.
Ehe der Consultant antworten kann, kommt der Junge zurück.
MATKO. Darf ich mitfliegen?
ERNST. Die gehört mir doch noch gar nicht, muss doch erst noch einen Probeflug machen. Das geht doch in Ordnung?
CONSULTANT. Na klar, das geht in Ordnung.
MATKO. Wetten, dass ich schneller in Schabbach bin wie du?
ERNST. Kennst du meinen Landeplatz?
MATKO. Na klar. Wer zuerst da ist, der hat gewonnen.
ERNST. Du willst ein Wettrennen?
MATKO. Klar, los geht's.
Matko hat einmal gehört, dass sich das Verhältnis zwischen Startzeiten und Fahrgeschwindigkeit auf kurzen Strecken zugunsten von kleinen Bodenfahrzeugen entwickelt. Wenn also die Strecke von hier nach Schabbach in der Luftlinie elf Kilometer ausmacht, könnte er mit seinem Mofa eine echte Chance haben, gegen ein Flugzeug zu gewinnen. Er gibt das Startzeichen mit dem Daumen, dann knattert er los.
Während Ernst den Motor anlässt, ist das Mofa schon an den Hangars, biegt zum Waldrand ab und entschwindet seiner Sicht.
Was für den Piloten zum Starten alles erforderlich ist, weiß Matko: Er muss auf den komplizierten Zufahrtswegen kilometerweit von der Flugschau zur Startbahn rollen, muss sich vom Tower die Abfluggenehmigung geben lassen, muss zum Ende der Piste rollen, wo schon andere Flugzeuge warten. Erst wenn er über der Landebahnbefeuerung abhebt, ist Ernst ein freier Vogel.
Aber da ist Matko schon bei Kirchberg.
Ernst dreht eine Schleife über dem Flugplatz, dann nimmt er Kurs auf das nahe Schabbach. Er ist begeistert, wie gut die Maschine auf ihn reagiert. Er lässt sie steigen und spricht dabei über ein Mikrofon mit dem Consultant am Boden.
ERNST. Alle Achtung, Steigrate 2000 Fuß pro Minute, die 285 PS merkt man aber!
Die Cessna folgt nun einer kleinen Landstraße, auf der ein einsames Mofa sichtbar wird.
ERNST. Das gibt es doch nicht! Ich seh den Jungen mit dem Mofa unter mir. Der nimmt die Sache wirklich ernst.

Matko fährt mit Vollgas. Sobald das Mofa bei Steigungen an Tempo verliert, hilft er durch Treten der Pedale mit. Immer wieder schaut er nach oben und sucht die Cessna am Himmel. An der Nunkirche hört er den Flugzeugmotor.

Schabbach aus der Luft, Ernsts Landebahn

Ernst drückt die Maschine tiefer nach unten. Deutlich kann er die Schrift auf Matkos Rücken lesen: FOLLOW ME. Er versteht die Message und lacht.
Matko nimmt jetzt einen Abkürzungsweg durch die Felder. Ernst reagiert zu spät und muss eine größere Schleife ziehen.
Schon fährt das Mofa in Schabbach ein. Ernsts Cessna ist auch schon da.
Die beiden sehen sich gegenseitig, über den Kirchturm hinweg, zwischen den Scheunen und Stallgebäuden hindurch. Manchmal verdecken Häuser und Bäume die Blicke, aber die zwei Konkurrenten wissen, wie nah sie einander sind und dass das Ziel nicht mehr weit entfernt ist.
Matko überquert die alte Steinbrücke über den Goldbach. Von hier aus geht es unter Alleebäumen wieder bergan. Ernsts Piste liegt in der Nähe des Sportplatzes.
Die Cessna ist schon im Landeanflug. Während die mit rot-weißen Tonnen markierte Graspiste immer näher kommt, sucht Ernst die Weiden und Feldwege ab, ob der Junge schon zu sehen ist. Er scheint verschwunden zu sein.
Kurz vor der Bodenberührung startet Ernst durch. Mit Vollgas und den 285 PS kann er die Maschine noch einmal über die Allee heben und eine Steilkurve Richtung Dorf einleiten. Da wird das Mofa unter den Bäumen sichtbar.
Dem Jungen ist der direkte Weg zur Piste verwehrt, weil da ein Graben und ein Bach sind. Am Sportplatz angelangt, biegt er in einen Feldweg ab und brettert quer durch die Wiesen.
Ernst setzt das zweite Mal zur Landung an. Er sieht das Mofa an seinem Schuppen und der Leninstatue vorbeirattern und sich den Markierungstonnen nähern.

Matko kann gerade noch am Rand der Bahn anhalten und wild gestikulierend als Sieger auf die Piste rennen. Ernst hat Sorge, dass der Junge nicht aufpasst und bei seinen Freudentänzen von der landenden Cessna erfasst wird. Er gibt ihm aufgeregt Handzeichen. Dann setzt die Maschine auf. Matko springt erst im letzten Moment zur Seite.

Am Ende der Piste wendet sie und rollt langsam auf ihn zu.

ERNST. Gratuliere, du bist der Sieger.

Ernst schreit gegen den Motor an. Er hat das Seitenfenster hochgeklappt und schüttelt Matko zum Zeichen der Anerkennung die Hand.

MATKO. Das nächste Mal darf ich aber mitfliegen.

ERNST. Versprochen.

Ernst lässt die Cessna, die jetzt sein neues Flugzeug und seine neue Freiheit werden soll, in das Gehege einfahren, das er sich hat bauen lassen.

Matko hilft ihm, das große Rolltor zu schließen, und folgt ihm in einen halb zerfallenen Holzschuppen. Hier hat sich Ernst schon vor Jahren eine gemütliche Fliegerklause eingerichtet: Tisch, Bank, ein Feldbett, Schrank mit Ersatzteilen, Schmierölen, Sprit in Reservekanistern, Karten von Luftkorridoren und seine Bordbücher.

Er steigt auf die Bank, um besser an das Modell eines Segelflugzeugs heranzukommen, das unter der Decke aufgehängt ist. Er löst es aus seiner Halterung und bringt es zu Matko, der es mit großen Augen anstaunt.

ERNST. Jetzt pass mal auf. Damit hat es bei mir angefangen.

Matko hält das Modellflugzeug prüfend in der Hand.

ERNST. Den hab ich gebaut, wie ich so alt war wie du. Das ist jetzt deiner, deine Siegerprämie.

Der Junge ist fassungslos.

Ernst erinnert sich an seine Jugend und wird vom Spieltrieb erfasst. Er will herausfinden, ob sein Modell noch so schön fliegt wie früher. Wie ein kleiner Junge läuft er mit Matko über die Wiese und startet es aus der Hand.

ERNST. Achtung, ja, fang ihn, fang ihn!

Das kleine Modellflugzeug steigt in die Lüfte. Matko rennt, so schnell er kann, um es aufzufangen, bevor es in die Wiese stürzt.

Günderrode-Haus, unter der Kastanie im Hof

Eine Leine ist zwischen Hauswand und dem Stamm der Kastanie gespannt. Daran flattern im Sommerwind viele Baumwollnachthemden und Wäschestücke von Clarissa, die im Krankenhaus liegt. Hermann kommt mit einem Korb über den Hof. Er prüft, ob die Wäsche schon trocken ist, und nimmt sie von der Leine.
Lulu, seine Tochter, wohnt derzeit mit ihrem Kind bei ihm. Sie schüttelt die Betten aus dem Schlafzimmerfenster. Ihre Augen suchen dabei nach dem Kleinen, der im Hof spielt.
LULU. Lukas!
Lukas, inzwischen dreijährig, ist ein entzückendes Kerlchen mit hellblonden Locken. Völlig furchtlos rollt er mit seinem Plastikauto vom Ziegenstall aus über das Pflaster den Hof hinab. Er juchzt vor Freude, obwohl er nicht bestimmen kann, wohin die Fahrt geht. Lulu weiß, warum sie immer wieder nach ihm schauen muss, denn er wäre imstande, sein Minigefährt in den abschüssigen Weinberg zu lenken.
Hermann fängt den Kleinen ab.
HERMANN. Du bist aber flott. Willst du noch mal?
Der Junge mit den Engelslocken schiebt sein ratterndes Plastikvehikel schon wieder den Berg hinauf.
HERMANN. Dann gehen wir die Clarissa besuchen. Wie findest du das?
Lulu kommt aus dem Haus. Sie trägt einen olivgrünen Business-Anzug und hat ihre Aktentasche mit Arbeitsunterlagen bei sich. Der Abschied von ihrem Kind fällt ihr schwer, aber sie weiß auch, wie wichtig es für sie ist, endlich wieder in ihrem Beruf als Architektin arbeiten zu können. Sie beugt sich zu Lukas und küsst ihn zum Abschied.
LULU. Tschüs. Pass auf.
Hermann packt den Korb mit den Wäschestücken in den Kofferraum seines Autos. Es ist bereits ein eingespieltes tägliches Ritual, dass Lulu das Kind ihrem Vater in Obhut gibt, wenn er zu Clarissa fährt. Sie verabschieden sich voneinander bis zum Abend, und Hermann schneidet im Garten eine Blume für die Kranke ab.

Lulu winkt beim Wegfahren aus dem Schiebedach ihres Mini. Er winkt mit Lukas auf dem Arm zurück.

Ein Hang mit Kornfeld, Landstraße und Wiese

Lulus Weg führt über eine kurvenreiche Straße in Richtung Schabbach. Dabei nähert sie sich der Stelle, an der Matko gerade seinen Segelflieger testet. Sein Mofa steht startklar an der nahen Abzweigung, damit er gleich losfahren kann, falls das Modell sehr weit fliegen sollte.
Oberhalb eines Kornfelds hat er eine ideale Stelle gefunden, um es aus der Hand zu starten. Es wird von der Thermik des frühen Morgens emporbefördert und schwebt in lustigen Wellenbewegungen über die Ähren. Matko rennt quer durchs Kornfeld hinterher.
Da macht das kleine Flugzeug eine Kurve und überquert die Nebenstraße, in die Lulus Auto soeben einbiegt. Als sie das Ding herannahen sieht, tritt sie mit aller Kraft auf die Bremse. Das war notwendig, denn es zischt jetzt knapp an ihrer Windschutzscheibe vorbei. Erschrocken sieht sie ihm nach, dabei richtet sie sich auf und schiebt ihren Oberkörper durch die Dachöffnung ihres Mini.
Schon nähert sich Matko. Er rennt an dem Auto vorbei und seinem Flieger nach, der in einer Wiese landet. Liebevoll nimmt er ihn auf und untersucht Tragflächen und Seitenruder, um sie besser einzustellen.
Da erst bemerkt er Lulu, die Gas gibt und weiterfährt.

Universitätsklinik Mainz, Clarissas Krankenzimmer

Lukas darf mit der Blume, die seinen Lockenkopf weit überragt, allein die Tür zum Krankenzimmer öffnen.
Clarissa ist sehr verändert: Sie schaut schmal und blass aus, ihre Augen liegen tief. Sie lächelt dem Kind entgegen, ist aber zu schwach, um sich im Bett aufzurichten.

Clarissa. Lukas, was hast du mir denn mitgebracht? Oh, wie schön. Eine große Blume.

Lukas. Guck mal.

Er überlässt die Blume ihrer Hand, die sie ihm entgegenstreckt. Jetzt ist auch Hermann mit dem Wäschekorb eingetreten. Alle Verrichtungen haben ihren eingespielten Ablauf: Korb abstellen, um das Krankenbett herumgehen, den Stuhl zurechtrücken, die Fernbedienung der elektrischen Bettverstellung betätigen und die Kranke in Sitzposition fahren.

Clarissa. Die Canna blüht. Ich verliere völlig das Zeitgefühl. Die Wochen fliegen dahin.

Hermann küsst sie liebevoll, dann drückt er ihr einen Apfel in die Hand.

Clarissa. Der ist aber gekauft, oder?

Er setzt sich zu ihr auf die Bettkante, sucht tröstende Nähe.

Hermann. Der ist von Wallauers Baum unten an der Straße. Meine Mutter hatte auch so einen Apfelbaum mit Augustäpfeln. Mitten in den Sommerferien hatten wir die ersten frischen Äpfel vom eigenen Baum. Die waren immer etwas fad.

Clarissa beißt ein Stückchen ab. Lukas sieht schweigend zu, wie sie den Apfelbissen kaut. Die Cannablüte liegt auf der weißen Bettdecke. Plötzlich hält Clarissa im Kauen inne.

Hermann. Sag mal, fehlt dir was?

Clarissa. Mir wird immer schlecht.

Sie atmet schwer. Alles scheint ihr Schmerzen zu bereiten. Sie lässt sich erschöpft in die Kissen sinken. Hermann hält ihre Hand.

Hermann. Ich bin doch bei dir.

Clarissa. Hermann, du sollst nicht immer an mich denken. Du wirst gebraucht, du sollst wieder Konzerte geben.

Hermann. Sobald du hier raus bist.

Clarissas Augen sind geschlossen. Rote Flecken haben sich auf ihren Wangen gebildet.

Clarissa. Wenn ich allein bin, denke ich immer darüber nach, was du wegen mir alles versäumst.

Hermann. Nimm es an, ich liebe dich doch.

Während er die Wäsche in den Schrank räumt, klettert das Kind auf den Stuhl beim Bett und erobert die Fernbedienung. Es ist eins seiner Lieblingsspiele, die Knöpfe zu drücken und damit das Bett in Bewegung zu setzen. Die Höhenverstellung lässt Clarissa hoch- und niederfahren. Bald sind ihre Beine in der Höhe, bald ihr Oberkörper, bald kippt sie zur Seite, dass sie fast aus dem Bett fällt, dann wird sie wieder hochgehievt.

Lukas ist begeistert von den Wirkungen, die er auslösen kann.

CLARISSA. Lass mich wieder runter.

Hermann unterbricht seine Arbeit am Schrank.

HERMANN. Vorsichtig, Lukas! Clarissa ist operiert worden. Das tut ihr weh.

Als der Kleine die Hand nach Clarissa ausstreckt, um ihr einen Trostkuss zu geben, fasst er ihr versehentlich ins Haar und behält ein ganzes Büschel davon in den Fingern.

Schneller, als sie bemerken kann, was passiert ist, packt Hermann das Enkelkind, hebt es hoch und läuft mit ihm scherzend aus dem Zimmer. In Wahrheit ist er zutiefst erschrocken.

Clarissa hatte sich zunächst gegen eine Chemotherapie gewehrt. Nach Meinung der Ärzte hätte man sie schon vor einem Jahr operieren müssen. Aber da sie sich damals an unklare Diagnosen klammerte, sich und den Ärzten einen Borderline-Tumor einredete, sich gegen alle Bedenken verschloss, und da ihr leichtfertige Kollegen die Befunde schöngeredet hatten, war der späte Eingriff, verbunden mit der Chemotherapie, zu einem Kampf auf Leben und Tod geworden.

Clarissa, allein im Zimmer, betastet ihren Kopf. Jetzt hat auch sie ein Büschel Haare in der Hand. Sie legt sich verzweifelt ins Kissen zurück.

Anwesen Ernst,
Außenanlagen mit Festzelt

Das Anwesen von Ernst wirkt freundlicher als sonst. Das Tor steht weit offen, ist auf beiden Seiten mit Wimpeln und Girlanden geschmückt.

Als er in Begleitung Lulus und des Stararchitekten Delveau sein

Haus verlässt, warten da viele Gäste, die von überall gekommen sind, um an der heutigen Veranstaltung teilzunehmen.
Ein großes weißes Festzelt prangt auf dem Weg zu Ernsts Höhleneingang. Ein Schwarm Hostessen steht in eigens angefertigten Kostümen mit den Farben der Ernst-Simon-Stiftung bereit, die Gäste mit Informationen und Getränken zu versorgen. Ein Laufsteg mit einem blauen Teppich führt elegant über das holprige Gelände, verbindet Festzelt und Versorgungszelte, worin Getränkeausschank und Partyküche untergebracht sind.
ERNST. Schön, dass ihr alle da seid. Der Bürgermeister von Simmern, Herr Faust, Elfi, Toni ...
Es gilt zahlreiche Leute zu begrüßen, die alle wichtig zu sein scheinen, denn ihr Auftritt wirkt förmlich, und Ernst ist sehr höflich zu allen. Hohe Beamte aus den Ministerien sind erschienen, Funktionäre von der EU-Behörde in Brüssel, Regierungspräsident und Bürgermeister der umliegenden Ortschaften, ausgewählte Schabbacher Bürger, der Jagdpächter und der Revierförster, Vertreter der Umweltschutzbehörden, Vertreter von Baufirmen und der angesehene Kunstexperte Edwards aus New York mit Gattin. Aber auch die diesjährige Mittelrhein-Weinkönigin Jessica I. mit ihren Prinzessinnen und ein Bacchus-Darsteller sind gekommen, um der Veranstaltung einen festlichen Rahmen zu verleihen.

Auch Matko darf dabei sein. Ernst hat ihm sogar eine wichtige Aufgabe anvertraut. Auf dem Dach des Lagerschuppens ist eine historische Salutkanone aufgestellt worden, neben der ein Mann aus Schabbach postiert ist. Er soll von seinem erhöhten Standpunkt aus das Gelände übersehen und die Ankunft des besonderen Ehrengastes rechtzeitig melden.
MANN AUF DEM DACH. Er kimmt!
Matko, der gerade die hübsche, junge Weinkönigin bewundert, reagiert sofort auf den Ruf. Seine FOLLOW-ME-Jacke fallen lassend, rennt er über den Laufsteg zu einer Leiter und klettert zu der Kanone hinauf.
Auch Ernst und die Festgäste geraten jetzt in Bewegung. Sie eilen zum Parkplatz hinüber, um dort zu sein, ehe der Limousinen-Konvoi das Gelände erreicht.

Matko setzt sich einen Ohrenschutz auf, steckt eine Kartusche ins Rohr, fügt eine Zündkapsel hinzu und spannt den Auslöser. Die Kanone ist klar.

Die vorderste Limousine hält direkt vor Ernst, Lulu und Delveau.

MANN AUF DEM DACH. Ohren zu!

Matko lässt den Auslöser fahren, und ein ohrenbetäubender Böllerschuss ertönt. Ernst und die Festgäste zucken zusammen. Eine dicke Rauchwolke verzieht sich hinter dem Jungen, während der Limousine ein freundlicher Herr mit gewichtiger Statur entsteigt. Ernst geht mit ausgestreckter Hand auf ihn zu.

ERNST. Herr Ministerpräsident.

MINISTERPRÄSIDENT. Herr Simon. Guten Tag.

ERNST. Ich freue mich, dass Sie doch noch kommen konnten.

Matko, der ein Hemd trägt, das ebenfalls die lindgrün-gelben Farben der von Ernst gegründeten Trägergesellschaft hat, beobachtet das Geschehen von seiner Kanone aus.

ERNST. Darf ich vorstellen: meine Nichte Lulu Simone Simon. Sie wird die Bauleitung übernehmen.

MINISTERPRÄSIDENT. Freut mich, Sie kennen zu lernen.

ERNST. Herr Professor Delveau aus Frankreich.

MINISTERPRÄSIDENT. Ist mir eine Freude, schön dass Sie da sind. Guten Tag allerseits. Hallo.

Der Ministerpräsident ist solche Auftritte gewöhnt. Er findet immer die passenden Worte, grüßt nach allen Seiten, schüttelt Hände und ist bemüht, niemanden zu übergehen. So kommt er in Begleitung von Ernst und Lulu am Eingang des Festzeltes an.

ERNST. Die Weinkönigin möchte Sie auch begrüßen.

Über Matkos Gesicht breitet sich ein seliges Lächeln aus, als er die Weinkönigin mit ihrem leuchtend blauen Märchenkleid und einem großen Pokal auf den Ministerpräsidenten zugehen sieht. Presseleute und Kamerateams drängen sich um die Szene.

WEINKÖNIGIN. Sehr geehrter Herr Ministerpräsident, ich möchte Ihnen ein Glas Sekt aus Oberwesel anbieten. Ein Riesling-Sekt aus dem romantischen Anbaugebiet Mittelrhein, und ein herzliches Prosit.

MINISTERPRÄSIDENT. Vielen herzlichen Dank. Zum Wohl!

Das ist der vereinbarte Augenblick für Matkos zweiten Böllerschuss, den er unverzüglich auslöst. Wieder steht er in einer Rauchwolke, durch die er beobachtet, wie nun der Bacchus auftritt und vor dem Ehrengast sein Sprüchlein loslässt.

BACCHUS. Schon den alten Rittersleuten war in diesem Land bekannt, dass der Wein seit alten Zeiten gut ist für den Kunstverstand.

Der dritte Böllerschuss gibt Ernst und den Gästen das Signal, das Festzelt zu betreten. Matko auf dem Dach fühlt sich als oberster Chef des Protokolls.

Das Innere des Zeltes ist ausschließlich für die Präsentation vorgesehen. Es sieht hier fast wie in einem Wanderkino aus: eine große Videoleinwand an der Stirnseite und locker angeordnete Sitzreihen davor. Auf einem Podium hat Lulu ein Architekturmodell von Ernsts Museumsbau aufgestellt.

Der Ministerpräsident und andere Ehrengäste, darunter Finanzfachleute und Presse, sind bereits um das Modell versammelt und lassen sich von Professor Delveau, dem berühmten Architekten aus Frankreich, den Bau erläutern.

DELVEAU. Wie Sie sehen, spielt sich der größte Teil unseres Museums im Inneren des Schieferbergs ab. Der Berg soll sein Geheimnis bewahren. Bei den Außenbauten wollen wir sämtliche Dachflächen begrünen. Dies entspricht meinem Verständnis von Mensch und Natur. Oben ein blühender Garten, vorne Edelstahl und Glas. Die Waagrechte gehört Gott, die Senkrechte dem Menschen. Das ist ein einfaches Konzept für die Verbindung von Kunst und Natur.

Da sich das Geschehen in das Festzelt verlagert hat, ist für Matko nicht mehr alles überschaubar. Er legt sich am Dachrand auf den Bauch und kann so den Ministerpräsidenten wenigstens von hinten sehen.

Der hat nun das Wort ergriffen.

MINISTERPRÄSIDENT. Vielen Dank für diese eindrucksvolle Präsentation dessen, was wir hier gemeinsam, darf ich sagen, vorhaben. Sehr geehrter Herr Simon, verehrter Herr Regierungspräsident, verehrter Herr Landrat, meine Herren Bürgermeister, meine Damen und Herren, Frau Kollegin Doktor Götte und ich sind sehr froh darüber, dass wir heute mit Ihnen zusammentreffen dürfen und dass wir die Gelegenheit haben, sozusagen den Startschuss zu geben zu diesem Unternehmen.

Das ist der Moment, auf den Matko gewartet hat. Er springt auf und läuft zum Mann an der Kanone.

MATKO. Startschuss, Stichwort Startschuss!

Die Kanone ist schon geladen, sodass es Matko gelingt, den vierten Böller knapp nach dem Stichwort abzufeuern. Gleich kehrt er wieder zu seinem Beobachterposten am Dachrand zurück.

MINISTERPRÄSIDENT. Danke schön für das, was uns hier präsentiert wird, was hier auf den Weg gebracht wird – denn es ist keine Selbstverständlichkeit, dass man über fünf Jahrzehnte über 6000 Kunstwerke zusammenträgt und sie nicht kommerziell nutzt oder nur für sich behält, sondern andere mit teilhaben lässt an diesem Schatz.

Die Weinkönigin langweilt sich bei der Rede und hat sich draußen ein schönes Plätzchen an einem der Stehtische erkoren, wo sie sich die Sonne ins Dekolleté scheinen lässt. So steht sie direkt unterhalb von Matko, der vom Dach aus ihr schönes Kleid und den Ansatz ihrer atemberaubenden Brüste betrachten kann. Wieder breitet sich die Seligkeit in seinem Gesicht aus, die ihn schon beim ersten Anblick von Königin Jessica ergriffen hat.

MINISTERPRÄSIDENT. Herr Simon, Sie unterscheiden sich damit von vielen anderen, die der Öffentlichkeit nicht einmal einen Blick auf das gönnen, was sie zusammengetragen haben. Ich glaube, dass es deshalb auch in hohem Maße gerechtfertigt ist, dass die Europäische Union dieses Projekt unterstützt, dass die Kommunen ihren Beitrag leisten, dass das Wirklichkeit werden kann, was wir hier im Modell sehen, und natürlich werden wir als Land Rheinland-Pfalz auch unseren Beitrag bringen.

Als die Weinkönigin einmal zu Matko hinaufschaut und ihn anlächelt, ist es um ihn geschehen. Musik bricht in seinem Herzen aus.

Er erhebt sich von seinem Beobachtungsposten und schlendert lässig, als wäre es die beiläufigste Sache der Welt, zur Leiter und klettert gemächlich hinunter. An deren Fuß liegt seine Fliegerjacke. Die braucht er jetzt, denn sie ist sein Markenzeichen, weil er ja

Pilot werden will. Er geht auch nicht direkt dorthin, wo Jessica steht, sondern tut so, als interessiere ihn die Rede des Ministerpräsidenten.
Im Festzelt wird gerade applaudiert, weil der Regierungschef des Landes seine Unterstützung für Ernsts Museumsbau zusagt.

Jessica hat indessen den blauen Laufsteg entdeckt und versucht, darauf schreitend das Gefühl eines Mannequins, das mitten durch eine begeisterte Menge geht, zu erforschen. Nur die Chauffeure, die bei den Limousinen geblieben sind, sehen ihr bei ihrem Selbstversuch zu.

MINISTERPRÄSIDENT. ... auf diese Art und Weise die Schönheit der Landschaft und das, was Menschen geschaffen haben, zusammenführen will. Ich möchte allen Mitwirkenden ein herzliches Dankeschön sagen, viel Erfolg wünschen bei der Umsetzung dieses Museums und viel Freude und Erbauung.

Matko überquert den Laufsteg. Er sieht Jessica auf sich zukommen. Als er sich dabei genüsslich an die Limousine des Ministerpräsidenten lehnt, verscheucht ihn einer der Bodyguards.
Aber Jessica bleibt vor Matko stehen, lächelt ihn an und deutet auf seine Wange. Die ist ganz schwarz vom Pulverdampf. Er wischt sich die Wange, als wäre es die der Weinkönigin.

Die Reden im Festzelt gehen weiter. Lulu führt eine Sondenkamera in das Baumodell ein und simuliert damit einen Rundgang durch das Museum, den man auf der Videoleinwand verfolgen kann. Es sind sogar Bilder an den Wänden zu sehen, und die Gäste erleben einen ersten Eindruck der schön gegliederten Räume.
DELVEAU. Wie Sie sehen, wiederholen wir im Grundriss die umgebende Landschaftsformation und beziehen die unterirdischen Abbauhöhlen der alten Schiefergrube mit in die Raumplanung ein. So entsteht ganz nebenher ein Konzertsaal. «Und voll geistigen Wassers umher das Land» – so hat Hölderlin sich einmal das deutsche Land vorgestellt – und «die Berge des deutschen Landes Berge der Musen».

Ein stattlicher Herr mit buschigen Augenbrauen mischt sich ein. Er ist Regierungspräsident in Koblenz und selber ein waschechter Hunsrücker, der solche Gelegenheiten gern nutzt, um seine volkstümlichen Talente im Dialekt vorzuführen.

REGIERUNGSPRÄSIDENT. «Berge der Musen ...» Dat gefällt ma. Dat harre ma im Hunsrick bis awei noch net.

Damit ist der literarische Höhenflug von Delveau unterbrochen, und Ernst kann den Faden auf seine Art wieder aufgreifen.

ERNST. Seit 3000 Jahren sind die Leute hier gestorben, und die Musen, die haben auf allen möglichen Bergen gesessen, nur nicht hier. Generationen haben nichts hinterlassen. Keine Lieder, keine Paläste, keine Bilder, vor allem keine Gedanken, die bleiben. Wenn sie sterben, werden sie begraben und kommen zu allen anderen, die ihr Lebtag lang geschuftet haben und jetzt unter der Erde liegen und das Maul halten.

Matko darf sich mit einer Papierserviette und dem Taschenspiegel Jessicas den Ruß aus dem Gesicht wischen. Die beiden haben sich an einen der Stehtische neben der Getränkeausgabe zurückgezogen. Solange im Festzelt nur Reden gehalten werden, können sie sich mit wichtigeren Dingen befassen: Sie probieren die Cocktailkirschen, die auf Zahnstocher gespießt als Beigabe zum Winzersekt arrangiert sind. Jessica genießt den kleinen Mundraub und sieht, wie Matkos Wange immer schwärzer wird, je länger er daran reibt. Sie führt den Zahnstocher mit zwei Cocktailkirschen an seinen Mund.

WEINKÖNIGIN. Willst du auch mal?

Matkos Lippen öffnen sich, und er nimmt eine Kirsche mit den Zähnen. Die andere lässt er für seine Königin. Als sie ihre Kirsche zum Mund führt, fällt ihr sein schmerzverzerrtes Gesicht auf.

WEINKÖNIGIN. Was hast du denn?

MATKO. Zahnweh.

Der arme Junge krümmt sich vor Schmerzen und spuckt das zuckersüße Zeug in seine Papierserviette. Jessica lacht amüsiert auf.

Ernst stellt den versammelten Schabbachern einige Gäste vor, die bis jetzt nicht zu Wort gekommen sind.

ERNST. Da vorne steht der Herr Hermanns von der Deutschen Bank. Die ist uns ja allen ein Begriff. Und der bescheidene Herr da im Hintergrund …

Ein großer Mann mit Dreitagebart wird jetzt von ihm nach vorn gebeten.

ERNST. … der ist extra aus New York angereist. Der heißt Edwards, und den Namen kennt jeder, der mit Kunst zu tun hat. Der hat meine Sammlung begutachtet, damit der Bank, der Landesregierung, der EU-Kommission, die uns alle unterstützen, und natürlich vor allem euch allen klar ist, wovon die Rede ist.

Unter den Zuhörern sind auch Frau Evers und Frau Bauer, die beiden Neuschabbacherinnen, die sich in letzter Zeit für den Naturschutz im Hunsrück stark gemacht haben. Sie verfolgen die Reden mit skeptischer Miene, und es ist unschwer zu erkennen, dass sie die Baupläne ablehnen und bereit sind, dagegen zu kämpfen.

ERNST. Ihr seht, es kann sich alles ändern in Schabbach, wenn erst einmal die Welt auf euch blickt. Das Ernst-Simon-Museum kostet die Gemeinde übrigens keinen roten Pfennig. Nur die Parkplätze und die Zufahrtsstraßen müsst ihr bauen. Und das ist ja wohl das Allerwenigste – Toni, das musst du zugeben.

Ernst hat sich an den Schabbacher Bürgermeister gewandt, dessen Gunst er wegen der Baugenehmigung brauchen wird. Elfie aber, als dessen Gattin die First Lady des Dorfes, hat an diesem Tag ein anderes, erheblich schwerwiegenderes Problem: Es gibt hier so viel wahre Prominenz, dass sie sich unbeachtet, klein und zurückgesetzt fühlt. Als ihr Mann von Ernst angesprochen wird, greift sie nach seinem Arm und flüstert ihm ihre Meinung zu.

ELFIE. So ein eingebildeter Aff!

Auch Frau Evers und Frau Bauer spüren, dass sie heute keine Chance haben, sich wichtig zu tun. Ernst hat sie übergangen. Das soll er büßen.

ERNST. Am Montag geht der Bauantrag raus, und dann soll der Gemeinderat sich Gedanken machen und die Baugenehmigung erteilen.

Frau Evers kommt am Bürgermeister vorbei. Sie hat vor allem eins verstanden: Die Baugenehmigung ist noch nicht erteilt.

FRAU EVERS. Darüber reden wir noch. Der Fall ist nämlich nicht abgeschlossen. Kommen Sie, Frau Bauer.

Dass Ernst heute seine hochfliegenden Pläne veröffentlicht, ohne das allerwichtigste, wenn auch allerbilligste Dokument zu besitzen, ist sein Schwachpunkt.

Er lässt sich jedoch nicht aus dem Konzept bringen und setzt auf seine hochrangigen Gönner und Förderer, die heute für jedermann sichtbar anwesend sind.

ERNST. Der Ministerpräsident, der uns heute die Ehre gegeben hat, ist übrigens der gleichen Ansicht.

Delveau und Lulu haben für die Veranstaltung alles getan, was möglich war. Von Lulus Videoprojektion waren die Gäste sehr beeindruckt.

Jetzt, da sich alle dem Vortrag von Ernst zuwenden, sind die zwei Architekten unter sich. Lulu hält immer noch die Sondenkamera in der Hand. Als sie die kleine Linse an ihren Mund führt, ist das Leinwandbild hinter ihr eine ins Riesige vergrößerte Aufforderung zum Kuss. Delveau ist ihr sehr nah gekommen. In ihrem intimen, fast geflüsterten Gespräch sind die beiden auf der Leinwand für alle sichtbar, ohne dass jemand ihre Worte entschlüsseln könnte.

DELVEAU. Tu as du temps ?

LULU. Oui.

DELVEAU. Pas de problèmes avec petit Lukas?

LULU. Lukas est avec son grand-père.

Die Worte von Ernst dringen kaum ins Bewusstsein der Verliebten.

ERNST. Mehr will ich dazu auch nicht mehr sagen. Jetzt kommen wir zum gemütlichen Teil. Jetzt ist Gelegenheit, über alles in Ruhe zu schwätzen. – Matko!

Matko versucht gerade, seiner Weinkönigin einen «Kavaliersstart» vorzuführen. Neben seinem Mofa stehend gibt er Vollgas. Er lässt die Kupplung los, sodass die aufheulende Maschine sich aufbäumt. Er umklammert den Lenker in der Absicht, wie auf ein wildes Pferd aufzuspringen und loszufahren. Der Trick, den er noch nie ausprobiert hat, misslingt, sodass das Mofa ohne ihn ausbricht. Nach ein paar Metern stürzt es mit durchdrehendem Hinterrad vor die Füße der erschrockenen Weinprinzessin.
Diesmal lacht Jessica den blamierten Matko richtig aus.

Serpentinenstraße zum Rhein

Über der eng gewundenen Landstraße weht ein zartes Nebeltuch, das vom Vorderrad des alten Mofas zerteilt wird.
In Matkos Gedanken gibt es nur noch Jessica, die Weinkönigin mit ihrem Lächeln und den schönen Riesenäpfeln in ihrem Ausschnitt. Er lässt sein klapperndes Gefährt den Berg hinunterrollen, so schnell es geht. Die Kurven nimmt er mit zugekniffenen Augen und einem Jubelschrei, wenn er sie geschafft hat.
Aus seinem Rückspiegel lacht sie ihn an: Jessica im meerblauen Kleid und dem Krönchen im Haar. Er hat ihr Bild aus einem Prospekt des Fremdenverkehrsverbands ausgeschnitten und auf den Spiegel geklebt.
Schon werden in den Kurven Rebstöcke sichtbar, der Rhein schimmert herauf.
Kurz hinter einer Haarnadelkurve, in der Einfahrt zu einem Waldweg, steht ein Oldtimer mit aufgeklappter Motorhaube. Das Automobil ist auf beiden Seiten mit dem Logo der Optischen Werke Simon versehen, darunter der Firmenslogan «Qualität setzt sich durch». Offensichtlich hat es eine Panne, denn ein Mann in Knickerbocker, Sportjacke und Autobrille der Dreißigerjahre steht hilflos daneben und winkt.
Beinahe wäre Matko in seinem Geschwindigkeitsrausch weitergerast. Mit einer Vollbremsung und gleichzeitiger Kehrtwendung, einem Trick, den er lange geübt hat, kommt er direkt neben dem Auto zum Stehen.

Matko kennt jeden aus Schabbach, aber der historischen Verkleidung wegen hat er Hartmut Simon nicht gleich erkannt. Der fuchtelt mit seinem Handy herum und ist ziemlich verärgert.

HARTMUT. Das ist vielleicht ein Funkloch hier. Ich denke dauernd, der Akku ist leer, aber es liegt an diesen Felsen da. Da geht nix durch. Mistding!

Matko hat nicht wegen Hartmut angehalten. Der ist ihm mit seinem Handy egal. Aber der Wagen interessiert ihn. Mit Autos beschäftigt er sich nämlich auch schon seit langem. Er hat zu Hause ein Buch über Oldtimer, und genau so einer ist darin abgebildet. Er umkreist ihn und überprüft die Daten.

MATKO. Ein Horch, 38er-Baujahr mit acht Zylindern und einem Fünf-Liter-Reihenmotor – das ist ein Ding. Wie schnell geht denn der?

Hartmut bestätigt ihm, was für ein Juwel von Auto das ist. Sein Auftreten gegenüber dem armen Jungen wirkt etwas großspurig.

HARTMUT. Willst du dir ein paar Mark verdienen?

Matko ist unbeeindruckt, hat sich in den Motor vertieft.

MATKO. Fährt der auch in der Rallye mit?

HARTMUT. Klar, eine Rallye ohne Simon-Optik, das wäre ja wie ein Fisch ohne Fahrrad. Und ich sag dir was: Dieses Jahr gewinne ich auch.

MATKO. Sieg für Schabbach!

Natürlich weiß Matko, dass es jedes Jahr auf dem Weinfest eine Oldtimer-Rallye gibt. Bevor er sich für Flugzeuge interessierte, waren Autos seine ganze Leidenschaft. Aber das ist jetzt beides weniger wichtig, denn es gibt Jessica. Ihretwegen ist er unterwegs zum Rhein, denn auf dem Weinfest kann er sie wiedersehen.

HARTMUT. Ja, hör mal zu, du fährst zum Autohaus Pullich in Oberwesel und fragst nach dem Meister Dietel. Der soll mit einem 69er-Keilriemen und einer Zwölf-Volt-Batterie hierher kommen, so schnell er kann. Es wär wegen der Rallye. Für Hartmut Simon. Kannst du dir das merken? Wiederhol das noch mal.

Hartmut fuchtelt mit einem Zehnmarkschein vor Matkos Gesicht herum.

Der Junge macht sich Gedanken, was dem Oldtimer fehlen könnte.

MATKO. Dann liegt es wohl an der Lichtmaschine.

HARTMUT. Das musst du mir schon überlassen. Natürlich ist es die Lichtmaschine.

Er drückt Matko den Zehner in die Hand. Der prüft den Schein auf seine Echtheit, indem er ihn kurz gegen die Sonne hält. Wasserzeichen ist okay, also setzt er sich auf sein Mofa und lässt es im Abwärtsrollen anspringen.

Oberwesel, das Weinfest

Hartmuts Auftrag erledigt Matko im Vorbeifahren.

Auf dem Marktplatz herrscht ein buntes Gewimmel aus Einheimischen, Japanern und amerikanischen Touristen. Trupps von Jugendlichen aus den Nachbargemeinden sind herbeigeströmt, um an der Eröffnung des Weinfests teilzunehmen.

Matko rast mit dem Mofa mitten durch die Menge. Er sieht Weinstände und Imbissbuden, Fahnen, Musikkapellen und eine Bühne am unteren Ende des Marktplatzes. Aus den Lautsprecherboxen scheppert die Ansprache des Bürgermeisters.

BÜRGERMEISTER. ... es freut mich, dass Sie so zahlreich gekommen sind, um unseren Weinmarkt zu erleben und zu feiern. Bevor wir jedoch unser Programm mit dem großen Festzug starten, wird unsere charmante Weinkönigin Jessica I. Sie begrüßen und willkommen heißen.

Mit seinem Gefährt hat sich Matko ganz nach vorn gearbeitet, und da sieht er schon seine Angebetete, flankiert von den beiden Prinzessinnen und gefolgt von den Honoratioren der Stadt, auf die Bühne kommen. Er hat nur noch Augen für sie, und sie lächelt ihn an.

Sie hält das Mikrofon in der Hand und lächelt, während sie auf das Ende der Bürgermeisterrede wartet, ihn nochmals an – oder zumindest in seine Richtung!

Matko strahlt zurück.

WEINKÖNIGIN. Im Namen des Fremdenverkehrsverbandes Oberwesel und dem Verband der Winzervereine Mittelrhein eröffne ich hiermit das Weinfest 1997 der schönen Stadt Oberwesel mit einem herzlichen Prosit.

Sie hebt zum Gruß einen riesigen Pokal, der auch wirklich mit Wein gefüllt ist, trinkt aber nicht, sondern lächelt in die applaudierende Menge. Die Blasmusik ertönt, und der Festzug setzt sich in Bewegung.

Für Matko gibt es jetzt nur ein Ziel: den Durchgang zur Stadtmauer. Da ist eine Treppe, die von der Bühne hinunter zum Rheinufer führt. Über diese Treppe muss die Angebetete kommen. Da sieht er auch schon ihre Schuhe, danach die Beine, den geschürzten blauen Taftrock, dann folgt ihr Gesicht.

Er umrundet die Treppe, um ihr noch näher zu sein, wenn sie ihn anschaut.

MATKO. Tach, kennste mich noch?

WEINKÖNIGIN. Ja, ja, ich kenn dich.

Jessica ist natürlich nicht allein. Bei ihr sind die beiden Prinzessinnen und vor allem der Impresario, ein arroganter Schnösel, der sich für unwiderstehlich hält.

IMPRESARIO. He, he, was willst du denn? Hau ab hier!

Er packt Matko an seiner Jacke und wirft ihn grob aufs Pflaster.

IMPRESARIO. Wir müssen weiter.

Er scheucht Jessica und ihre Begleiterinnen in Richtung Rhein. Er ist der Boss, und die Mädchen, die nun nichts Aristokratisches mehr ausstrahlen, folgen aufs Wort.

Matkos Nachricht beim Autohaus Pullig hat Wirkung gezeigt. Aufgebockt auf einem hohen Abschleppwagen wird der Oldtimer mitten durch das Weinfest zur Werkstatt gefahren. Hartmut, in seiner historischen Montur, sitzt am Steuer und genießt seinen Auftritt. Hoch über den Köpfen kann er in die Menge hinuntergrüßen und so tun, als wäre er Teil des Festzugs, der ihm mit Blaskapellen und geschmückten Wagen der Weinbaugemeinden folgt.

Autowerkstatt Pullig

Gegen Abend kehrt Hartmut zur Autowerkstatt zurück, um seinen Horch abzuholen. Das Prachtstück steht repariert in der Halle, aber die Kassiererin lässt ihn nicht einsteigen. Sie ist mit der Rechnung aus dem Büro gekommen und soll auf Weisung ihres Chefs das Fahrzeug nur gegen Barzahlung herausgeben.
Hartmut ist empört.

HARTMUT. Hören Sie, Fräulein, Sie können mir doch jetzt die Rallye nicht vermasseln.

KASSIERERIN. Ich mach ja nur, was der Chef von mir verlangt.

HARTMUT. ... und dann verdrückt er sich. Soll er mir doch in die Augen sehen, wenn er misstrauisch ist. Einfach die Angestellten vorschicken – so ein Feigling! Ausgerechnet am Samstag, wo jede anständige Bank zu hat.

Die Angestellte nimmt ihren Chef in Schutz und will beweisen, wie sie mutig ist. Mit vorgerecktem Hals und den Kopfbewegungen eines Huhns, das einem anderen die Augen auspicken will, greift sie Hartmut an.

KASSIERERIN. Von Ihrer Firma stehen die ganzen Rechnungen offen, Herr Simon – seit über sechs Monaten. Und da sind wir nicht die Einzigen. Überall, in Simmern, in Mainz, in Trier, überall wartet man darauf, dass die Firma Simon wieder zahlungsfähig wird.

HARTMUT. Gerüchte, nix wie Gerüchte. Und Sie setzen sie auch noch selbst in die Welt, wenn ich bei der Rallye nicht dabei sein kann.

Hartmut ist nun doch kleinlaut geworden, denn er hat die geforderten 875 Mark nicht in bar. Es bleibt ihm nichts anderes übrig als ein würdeloser Rückzug.

Das herrliche Feuerwerk an diesem Abend können weder er noch Matko genießen. Beide, jeder für sich, treiben sich am Rheinufer herum und ertränken ihren Kummer im Wein.
Matko hat an einem der Stände für den Zehnmarkschein einige Schoppen Oberweseler bekommen. Hartmut kippt schon den achten oder neunten Schoppen hinunter. Da ist es nicht ungefährlich,

nach oben in den Himmel zu gucken. So schön das Feuerwerk sein mag, es verwirrt den Gleichgewichtssinn.
Als Matko auch noch die Weinkönigin erblickt, die auf einer erhöhten Plattform steht und sich kein bisschen für ihn interessiert, wird ihm so schlecht, dass er sich übergeben muss. Er will das nicht vor ihren Augen tun und rennt verzweifelt zu seinem Mofa, an dem er sich beim Kotzen festhalten kann. Das Übel will kein Ende nehmen.

Ein Waldrand oberhalb von Ernsts Gelände

Frau Evers und andere Neuschabbacherinnen durchstreifen das Gebiet um Ernsts Anwesen. Sie vermessen und katalogisieren die Bäume.
Das steil abfallende Gelände, auf dem sie sich bewegen, liegt direkt über dem Eingang zur Schieferhöhle. Was hier an verschiedenen Baumarten, Gesträuch und Kleinpflanzen wächst, ist nach ihrer Ansicht durch Ernsts Museumsbau gefährdet. Zwischen den Stämmen des Mischwalds leuchten die Kleider der aufgeregt hin und her laufenden Frauen.
Da tönt das Geräusch von schweren Dieselmotoren herauf.
Die Naturschützerinnen halten inne. Frau Evers kann durch eine Lichtung den schweren Bagger erkennen, an dessen Schaufel ein ganzes Containerbüro hängt. Mehrere Bauarbeiter eilen geschäftig über Ernsts Gelände, Lastwagen transportieren weitere Maschinen an.
FRAU EVERS. Der fängt doch tatsächlich mit dem Bauen an, ohne auf die Genehmigung zu warten, so sicher fühlt der sich. Aber eins versprech ich dem arroganten Kerl: Da hat er sich verrechnet.
Alle Frauen haben sich um die Evers versammelt. Ihre «Liste der gefährdeten Bäume» ist fertig. Sie sind zum Kampf gegen Ernst bereit.
NATURSCHÜTZERIN. Also, unsere Liste geht noch heute an den Minister.

Es trifft nicht zu, dass die Bauarbeiten bereits beginnen, aber unter Lulus Leitung werden die Vorbereitungen dazu getroffen.
Es hat sich ein munterer Betrieb entwickelt: Lieferwagen von Einrichtungs- und Servicefirmen sind vorgefahren, die Männer bringen Arbeitstische, Bürostühle, Regale, Spezialkopierer, Faxgerät, Lampen und anderes Gerät herauf.
Aus mehreren Container-Modulen lässt Lulu sich ein Bau- und Planungsbüro montieren, denn Ernsts Wohnhaus bietet offensichtlich nicht genug Platz für ihren Bedarf. Sie, die sich nicht mit halben Lösungen zufrieden gibt, sorgt für eine professionelle Basis. Dazu gehören EDV-Ausrüstung, Telefon, Fax und Rechner mit den erforderlichen Architekturprogrammen, ein gut ausgestattetes Büro.
Für die Elektroinstallation und den Computerbereich hat Lulu den darin erfahrenen Tillmann engagiert.
LULU. Der Computer muss heute noch funktionieren, und der Drucker auch, und alle Zeichenprogramme, okay?
Tillmann ist stolz auf den Auftrag. Es ist eine Bewährungsprobe für ihn und sein neues Geschäft in Oberwesel.
Auf der Bautafel, die Lulu an ihrer Containerburg anbringt, ist zu lesen: «Hier entsteht das Ernst-Simon-Museum, Bauleitung Lulu-Simone Simon.»
Lulu bringt Tempo ins Geschehen. Dafür ist sie schließlich engagiert worden.

Schabbach, Dorfstraße und Haus des Bürgermeisters

Mit ihrem Mini kommt Lulu von Ernsts Gelände her und fährt die Dorfstraße hinab. Schon von weitem erkennt sie eine ungewohnte Aktivität auf Straße und Kirchplatz. Die Naturschützerinnen haben einen Infostand aufgebaut, der mit Parolen und Sprüchen gegen den Museumsbau bestückt ist. Auf Transparenten, Aufstellern und Handzetteln, die an die Bewohner verteilt werden, wird agitiert: «Der Simon-Clan hat gut getan, doch jetzt kommt Schabbach selber dran.»

Als Lulu vorbeifahren will, stellt sich ihr eine der Neuschabbacherinnen entschlossen in den Weg. Lulu muss bremsen. Ihr wird ein Handzettel in den Wagen gereicht.

NATURSCHÜTZERIN. Hallo, Frau Simon, schön, Sie zu sehen. Das wird Sie interessieren.

Die Freundlichkeit der Frau ist reine Ironie. Lulu fährt grußlos weiter.

Unter den Neugierigen auf der Straße ist auch der Wirt Rudi Molz. Er liest den Text, den die Demonstrantinnen über einem Plakat angebracht haben.

RUDI. «Einsturzgefahr durch Museumsbau.» Nä, nä ...

Rudi findet die Argumente der Frauen unangemessen. Sie sind eben keine gebürtigen Schabbacher, die das Landleben noch von früher kennen. Mit ihren gut verdienenden Ehemännern sind sie aus den Ballungszentren hierher gezogen, um sich Ruhe und ein idyllisches Landleben zu erkaufen. Er empfindet keine Sympathie für diese anmaßenden und selbstgerechten Stadtleute.

Darüber unterhält er sich mit dem Bauern Helmut, der in seinem riesigen Hightech-Traktor mitten auf der Straße stehen geblieben ist und eines der Transparente liest:

«Ende des gesunden Landlebens im Hunsrück?»

Helmut fragt Rudi, was denn so gesund am Landleben sein solle, wo er doch das beste Beispiel für das absolute Gegenteil sei mit seinen kaputten Bandscheiben, der ruinierten Galle und seinem Bluthochdruck. Er sei ja auch der Einzige, der im Dorf noch Bauer sein wolle, meint Rudi. Helmut kommt sich blöd vor, dass er die schwere Landarbeit allein und ohne jegliche Hilfe auf sich genommen hat, mit hocheffektiven Maschinen zwar, die aber so sündhaft teuer waren, dass er Tag und Nacht im Einsatz ist, um über die Runden zu kommen und die Investitionen wieder hereinzuwirtschaften. Die Landarbeit ist ein einsamer Job geworden.

In dem Punkt, von dem die Naturschützerinnen nicht die geringste Ahnung haben, sind sich Helmut und Rudi einig.

Lulu hat ihren Wagen bei der Kirche geparkt. Sie holt verschiedene Schriftstücke und Baupläne in Papprollen hervor und macht sich damit auf den Weg zum Haus des Bürgermeisters.

Vor der Kirche begegnet sie dem Pfarrer, der sich die Demonstration ansieht und die Sprüche auf den Transparenten liest.

PFARRER DAHL. ... ein bisschen ungeschickt, die Naturschützer mit ihren Argumenten.

LULU. Ich verstehe nicht, was die auf einmal wollen.

PFARRER DAHL. Das kann ich Ihnen erklären. Sehen Sie, seit 50 Jahren leben die Leute hier schon auf einem Pulverfass mit Militär und Vernichtungswaffen, und vielleicht ist die neue Gefahr, der wir uns hier stellen müssen, Tourismus. Intensiver, aggressiver Tourismus, der die schöne Natur des Hunsrück zur Ware macht.

LULU. Aber *wir* doch nicht mit unserem Museum. Das sind doch blöde Sprüche: «Natur zur Ware». Und Sie als Pfarrer, unterstützen Sie so was Dummes?

Lulu geht einfach weiter. Auch sie hat ihren Standpunkt und ist entschlossen, ihn zu verteidigen.

PFARRER DAHL. Ich möchte doch nur, dass sich alle an einen Tisch setzen, miteinander reden, aufeinander achten.

Lulu hat genug von frommen Sprüchen, will aber auch keine unnötige Konfrontation. Sie setzt deswegen ein freundliches Gesicht auf und geht weiter.

LULU. Schönen Tag.

Der Bürgermeister residiert in einem ehemaligen Schulhaus mit geschnitzter Eichentür, die noch aus Zeiten der preußischen Monarchie stammt. Das Emailschild mit dem Landeswappen erhöht noch die Bedeutsamkeit seines Hauses.

Lulu klingelt, und Elfie, die Ehefrau, öffnet. Sie mustert Lulu ohne zu grüßen und wendet sich ins Haus zurück.

ELFIE. Toni, sie ist da! Komm, sie bringt die Bauanträge.

Lulu wurde also schon erwartet. In Schabbach braut sich wohl überall etwas gegen das Museumsprojekt zusammen. Sie beginnt, den Filz zu durchschauen.

Toni kommt an die Tür. Er ist in Hemd und Krawatte.

Offenbar will das Ehepaar zu einem offiziellen Anlass aufbrechen. Elfie steckt in einem Dirndlkleid, das so gar nicht in den Hunsrück, dafür jedoch umso mehr zu ihrer besonders ausgeprägten Geltungssucht passt.

TONI. Ach, die Bauanträge. Da sind sicher schon viele da, die da drauf warten.

LULU. Kann ich eine Eingangsbestätigung bekommen?

TONI. Ach, wir kennen uns doch.

Da ist er wieder, der Schabbacher Filz. Man ist sich spinnefeind, tut aber vertraulich. Offiziell ist nichts und alles. Darauf lässt Lulu sich nicht ein.

LULU. Aber das ist ein formeller Antrag an die Gemeinde. Da brauchen wir einen Beleg.

Toni spielt den Generösen.

TONI. Elfie, einen Kuli, bitte! – Aber die wahren Probleme, die kommen noch.

Er stellt die Baupläne hinter der Haustür ab. Als er wieder zum Vorschein kommt, hält Lulu ihm den Handzettel der Naturschützer hin.

LULU. Hat es damit zu tun?

Sie möchte damit zweierlei herausfinden: ob er den Inhalt des Zettels schon kennt und ob er mit Frau Evers und ihren Genossinnen an einem Strick zieht.

TONI. Unsinn, mit Gott und den Naturschützern hat der Gemeinderat nichts am Hut. Aber ganz im Vertrauen, der Ernst war sich seiner Sache zu sicher. Jahrelang ist er mit seinem Flugzeug über uns weggeflogen und hat auf uns runtergeguckt, als wären wir ein Negerdorf ...

Die aufgetakelte Ehefrau kommt mit einem Kugelschreiber zurück. Toni unterschreibt die Eingangsbestätigung.

TONI. ... Das macht Feinde und Neider. Was noch schlimmer ist: Jetzt will er uns mit Ministerpräsident und Prominenz imponieren.

Lulu merkt, woher der Wind weht, und Toni hat indirekt ihren Verdacht bestätigt.

Auf ihrem Rückweg zum Auto bleibt sie stehen. Es ist ihr jetzt klar, dass dem Bauvorhaben vielerlei Widerstand droht. Der Handzettel der Naturschützer bringt es zum Ausdruck:

«Bürger von Schabbach. Lasst euch nicht vom Simon-Clan verschaukeln. Der geplante Museumsbau ist ein infames Profitunternehmen, das nur der Habgier der Simons nützt. Es führt zur Zerstörung von Dorffrieden und Gottes Natur.»

Ein Aussiedlerhof, Wohnküche, Matkos Verschlag

Die Feindseligkeiten gegen das Bauprojekt beunruhigen Lulu. Ernst scheinen sie nicht zu tangieren.

Sosehr er sich bei seiner Museumspräsentation noch um das Wohlwollen des Ministerpräsidenten, der Bankiers und Kulturmanager bemüht hat, so stoisch überlässt er nunmehr der Entwicklung ihren Lauf. Die Finanzierung ist gesichert, die Baupläne sind fertig, und unter Lulus Leitung geht alles wohl organisiert voran. Ernst tritt als Bauherr kaum noch in Erscheinung. Offenbar hat auch eine merkwürdige Melancholie von ihm Besitz ergriffen. Niemand versteht, was ihm fehlt und was er sucht.

An diesem Abend, als die Sonne schon tief steht, ist er in seinem Geländewagen um Schabbach herumgefahren und steuert auf einen Aussiedlerhof zu. Das Haus, ein ungepflegter Bau aus den Fünfzigerjahren, gehört einer allein lebenden alten Bäuerin, Tante Hilde genannt, in deren Obhut Matko lebt. Seine Mutter hatte ihn der warmherzigen Frau und Freundin bei ihrer Rückkehr nach Jugoslawien anvertraut.

Als der Jeep auf den Hof fährt, macht er in den Schlaglöchern einige Hopser und hält unter einem Kirschbaum. Ernst schlendert zum Hauseingang, klopft kurz an und tritt ein. Die Wohnküche ist vom letzten goldenen Sonnenstrahl beleuchtet. Er bleibt im Türrahmen stehen.

Ernst. Ich hab gedacht, ich guck emal nach dem Matko.

Tante Hilde, eine rundliche Frau mit schlohweißen Haaren, ist beim Bügeln ihrer Wäsche.

Matko sitzt, über eine Plastikschüssel gebeugt, am Ende des Küchentischs und liest in einem Comic-Heftchen.

Tante Hilde. Da hast du gerade den richtigen Tag erwischt. Dem geht's ja gar nicht gut. Guck, der arme Teufel, wie er da sitzt. Zahnweh hat er, und frag nicht, wie.

Ernst setzt sich zu dem Jungen an den Tisch.

Ernst. Guten Abend, Matko. Zeig mal her.

Er greift nach dessen Unterkiefer und versucht, einen Blick in seinen Mund zu tun.

Tante Hilde. Der Backenzahn, durch und durch vereitert.
Ernst. Mach mal den Mund auf.
Matko wehrt sich und presst die Lippen fest zusammen. Er will weder angefasst noch bemitleidet werden.
Tante Hilde. Der Doktor sagt, noch drei Tage hätte er ihm gegeben, und dann wär's eine Blutvergiftung geworden.
Erneut versucht Ernst, dem Jungen in den Mund zu gucken.
Ernst. Habt ihr's mit Eis versucht?
Tante Hilde. Nee, das haben wir noch nicht.
Ernst. Eis ist das Beste bei Entzündungen.
In Tante Hildes Küche steht ein hoher Kühlschrank mit Eisfach.
Tante Hilde. Da guck ich mal, ich glaub, ich hab eins.
Ernst möchte helfen, aber er weiß auch nicht, wie. Er will endlich die Wunde sehen. Vielleicht ist alles gar nicht so schlimm.
Ernst. Mach doch mal auf. Ich will gucken, wie das aussieht.
Hilde hat Eiswürfel in eine Serviette gewickelt und drückt sie Ernst in die Hand. Er legt sie dem Jungen an die geschwollene Backe.
Tante Hilde. Was denkste, wie der ausgesehen hat heute Morgen, als er heimkam. So eine Backe hatte der.
Sie zeigt an ihrem Gesicht, um wie viel dicker die Backe gewesen ist.
Endlich macht Matko den Mund auf. Er tut dies aber nur, um eine Ladung Blut in die Plastikschüssel zu spucken.
Tante Hilde. Ach, jetzt geht das schon wieder los.
Als er sich aufrichtet, scheint es ihm besser zu gehen. Sein Mund ist jetzt leer, und er kann etwas sagen.
Matko. Ich, ich kriege vielleicht einen Goldzahn.
Ernst lacht. Dennoch ist er besorgt um den Jungen und drückt ihm immer noch den Eisbeutel an die Backe.
Ernst. Goldzahn! Geh schlafen und träum vom Goldzahn.
Tante Hilde. Ach, morgen sieht die Welt wieder anders aus, wenn du mal gut geschlafen hast.
Matko gehorcht. Da er bereits im Schlafanzug ist, braucht er nur noch über den Hausgang zur Treppe zu schlurfen. Schon hören die Erwachsenen nichts mehr von ihm.
Tante Hilde. Das war vielleicht mal etwas. Das tut ihm richtig gut, wenn mal jemand nach ihm gucken kommt.

Tante Hilde weiß, was für ein einsamer Junge ihr Matko ist – ein kleiner Außenseiter, nicht nur seiner Herkunft wegen.

Ernsts Interesse an ihm ist neu für sie. Sie beobachtet ihn, wie er vom Tisch aufsteht und zum Küchenschrank geht. Es ist ein altmodisches Möbel mit einem Vitrinenaufsatz. Er hat an der Scheibe Fotos von Anca, Matkos Mutter, entdeckt.

Hilde nimmt die Bildchen ab, um sie Ernst zu erklären.

TANTE HILDE. Hier ist sie mit ihrer Freundin, und da am Meer. Das waren noch gute Zeiten. Und das da gefällt mir am besten, mit dem Matko, wie er so klein war.

Anca ist auf den Fotos sehr jung, kaum 20 Jahre alt. Auf Hildes Lieblingsbild trägt sie ein Baby im Arm. Die Aufnahme wurde in einer Stadt gemacht, die am Meer zu liegen scheint. Ernst betrachtet auch ein Passbild der jungen Kroatin. Sie blickt darauf ernst, fast melancholisch in die Ferne.

ERNST. Schön. Das war ein schönes Mädchen, die Anca, damals, wie sie noch bei mir geputzt hat.

TANTE HILDE. Wann war das?

ERNST. '83 muss das gewesen sein.

Das Datum, das Ernst nennt, liegt etwa 14 Jahre zurück. Demnach muss Matko kurz nach Ancas Heimfahrt in Jugoslawien geboren worden sein. Als sie dann, zwei Jahre später, wieder nach Schabbach zurückgekehrt ist, hatte sie den Kleinen mitgebracht, aber nicht mehr bei Ernst gearbeitet, sondern woanders im Dorf.

TANTE HILDE. Sie hat ja noch zwei Kinder da unten: ein eigenes und ein angenommenes, das Ruza, ein Mädchen, mitten in dem Elend.

Ernst sitzt wieder am Küchentisch. Er kann sich nicht von den Bildern trennen.

ERNST. Das ist schon seltsam, gerade die Leute, die es sich eigentlich gar nicht leisten können, haben haufenweise Kinder.

Tante Hilde unterbricht ihre Küchenarbeit. Sie weiß über Ernst nicht mehr, als man in den Dörfern ohnehin voneinander erfährt. Dieses Wissen umfasst zwar alle äußeren Umstände und Fakten, was sich aber im Innern der Leute abspielt, weiß keiner. Gefühle und Gedanken gehören nicht zu den handfesten Realitä-

ten. Darum gehört es zum Dorfleben, einfach über sie hinwegzugehen.
Ernst. … während so einer wie ich …
Tante Hilde nimmt ihre Arbeit wieder auf.

Dass Matko nicht so brav ist, wie es den Anschein hatte, und dass er nicht zu Bett gegangen ist, war für Ernst klar. Nachdem er sich von Tante Hilde verabschiedet hat, forscht er noch ein wenig im Nebenhaus herum.
Da, wo das Mofa steht, führt eine Holztreppe zu einem ehemaligen Heuboden hinauf. Von dort oben kommt ein Geräusch, dem Ernst nachgeht. Mehrmals ruft er Matkos Namen, ohne Antwort zu erhalten.
In einer Ecke des Heubodens öffnet sich ein Balkendreieck, hinter dem noch ein Raum liegt. Als er sich nähert, sieht er den Schatten des Jungen.
Ernst. Ach, hier versteckst du dich immer.
Das Versteck ist mit allem eingerichtet, was Matkos Phantasie beschäftigt: Bücher über alte Autos, über Flugzeuge und das Land, in dem seine Mutter lebt. Es gibt ein Matratzenlager, Comic-Hefte, das Segelflugzeug und ein Plakat von der Weinkönigin. In Kisten und Schachteln verbergen sich irgendwelche Schätze, und Ernst spürt sofort, wie sehr ihn das Leben des einsamen Jungen an sein eigenes erinnert.
Matko sitzt bei einem aus Draht und Hanfseilen gebastelten Vogelkäfig, in dem eine grau-weiße Taube hockt.
Ernst kommt näher.
Ernst. Ach, woher hast du denn die?
Matko. Von der Startbahn.
Matko öffnet das Türchen und greift hinein, um die Taube herauszuholen. Das gelingt nicht sofort, weil sich das Gefieder in den Gitterstäben verfängt. Aber er ist so behutsam mit ihr, dass er sie ohne Verletzung nach draußen bringt.
Matko. Vielleicht ist sie in das Fahrwerk von der Cessna geraten. Ihr Bein ist kaputt. Die hampelt die ganze Zeit so herum und kann nicht mehr fliegen.
Er zeigt Ernst das Vogelbein, das er mit feinen Stöckchen und

Klebeband geschient hat, und trägt die kleine Gefährtin seiner Einsamkeit zum Matratzenlager hinüber, wo er sich niederlässt, um sie zu streicheln.
MATKO. Brav, bald kannst du wieder fliegen.
Ernst kämpft gegen Tränen der Rührung.

Frankfurt, Wohnwagen-Abstellplatz am Mainufer

Die Begegnung mit Matko hat in Ernst alte, verschüttete Sehnsüchte geweckt. Er ist sich auf schmerzliche Weise bewusst geworden, dass er seit Jahrzehnten allein lebt und keine Familie hat, niemanden, für den sich seine Sammlerleidenschaft und seine Anstrengungen, die Kunstschätze zu sichern, lohnen könnte. Für wen arbeitet, lebt er? Viele Jahre lang war er sich sicher gewesen, dass er keinen Menschen für sein Glück braucht. Jetzt ist es auf einmal anders.

Schon vor langem – wohl nachdem Galina und ihre Familie sein Haus verlassen hatten – hat Ernst die Adresse eines Frankfurter Büros namens Meise & Specht ausgemacht, das sich mit Familienforschung und Erbschaftsfragen befasst.
Nun startet er seine neue Cessna, fliegt nach Frankfurt, nimmt ein Taxi und lässt sich zum Schaumainkai bringen, wo ihn schon eine Sekretärin erwartet. Sie führt ihn zum Mainufer hinunter, wo mehrere Wohnwagen abgestellt sind, und begleitet ihn zu einem bescheidenen Wohnmobil, an dessen Windschutzscheibe sie klopft.
SEKRETÄRIN. Hier sind wir. Da ist das Wohnmobil von Herrn Meise.
ERNST. Richtig konspirativ.
Der Mann, der zur Tür herausschaut, ist ein kleiner Glatzkopf in abgewetztem braunem Anzug mit Schlips. Er spricht astreines Hessisch und ist immer ein wenig zu freundlich, was ihn mit der Aura des Geheimnisvollen umgibt.
HERR MEISE. Guten Tag, Herr Simon. Willkommen bei Meise

& Specht. Ja, ich hoffe, der Treffpunkt ist Ihnen diskret genug.

Ernst hat offenbar darum gebeten, dass man sich an einem vertraulichen Ort trifft. Mit dem hier hätte er allerdings nicht gerechnet. Er steigt zu Herrn Meise in das enge Gehäuse, während sich die auffällig geschminkte und ein wenig prätentiöse Sekretärin entfernt.

HERR MEISE. Kommen Sie rein. Gucken Sie sich ruhig um. Das ist mein rollendes Detektivbüro. Aber eins sage ich Ihnen gleich: Eine Pistole habe ich nicht. Weil die Fälle, die wo wir übernehmen, die sind alle so ähnlich wie der Ihre, da brauchen wir so was nicht.

Meise gießt sich und Ernst einen bereitgestellten Brühkaffee ein. Im Hintergrund stehen die Berufsrequisiten des Detektivs: verschiedene Toupets, Schnurrbärte, Mützen und andere Utensilien.

HERR MEISE. Sie haben gesagt, Sie wollen herausfinden, ob Sie schon mal Vater geworden sind.

Er nimmt eine «redliche» Haltung an, blickt Ernst in die Augen wie ein Arzt oder Psychologe. Das soll Vertrauen wecken.

ERNST. Ja, Herr Meise, ich will ganz offen mit Ihnen reden.

HERR MEISE. Selbstverständlich.

ERNST. Ich war mein Lebtag lang viel unterwegs. Es hat viele Geschichten mit Frauen gegeben, aber ich bin nie richtig gelandet. Ich meine, es gab schon Frauen, die sich sehr intensiv eine Familie mit mir gewünscht hätten. Aber es lag an mir. Immer nur kurze Bodenberührung und gleich wieder durchstarten, das war meine Devise. Aber jetzt, ich werde das Gefühl nicht los, dass die eine oder andere von den vielen Bodenberührungen vielleicht ihre Spuren hinterlassen hat.

Ernst beugt sich zu seinem Pilotenkoffer, den er neben den Füßen abgestellt hat, und bringt ganze Stapel von Dokumenten hervor, die er vor Meise auf dem Tisch auftürmt.

ERNST. Also, hier sind meine Flugbücher und meine Kalender seit 1944 – nicht vollständig, aber das ist alles, was ich finden konnte. Und hier haben wir …

HERR MEISE. … die Bodenberührungen …

ERNST. Ja, da, wo ich mich noch an die Namen erinnere und

auch einige Adressen hab. Ich wüsste halt gern, ob mein Samen im Garten der Lüste irgendwann auch mal aufgegangen ist.

Meise blättert in einem alten Fotoalbum. Die Bilder zeigen Frauen aus verschiedenen Lebensabschnitten. Sie sind sorgfältig zwischen transparenten Schutzseiten eingeklebt worden: Ernsts ausgelagertes erotisches Gedächtnis.

ERNST. Weiter hinten sind die schwierigen Fälle.

HERR MEISE. O ja.

Er hat das Porträt einer hübschen Frau mit altmodischer Frisur aufgeschlagen.

ERNST. ... da, wo ich nur noch den Vornamen weiß oder wo ich mich nicht mal genau an die Umstände erinnere.

Mit seinem Mienenspiel vollzieht Herr Meise alle Gedanken mit, die Ernst äußert. Mal sieht er vergnügt aus, dann zeigt er den Schmerz des Verlusts oder schmunzelt wie in Erinnerung an eigene erotische Erlebnisse. Dabei entfährt ihm gelegentlich ein bedeutungsvolles «Ach ja».

ERNST. Wissen Sie, in letzter Zeit habe ich einiges an Enttäuschungen einstecken müssen. Ich möchte mich umorientieren. Wenn es irgendwo, im hintersten Eck, vielleicht einen Sohn gibt oder ein Mädchen ... Verstehen Sie, ich möchte Zeit gewinnen.

Meise blättert versonnen in dem Frauen-Album. Auf einem der Bilder ist Anca zu sehen, Matkos Mutter. Es ist das Passbild, das auch Tante Hilde besitzt.

ERNST. Und wie gewinnt man am besten Zeit?

HERR MEISE. Durch Nachkommen, die da weitermachen, wo man aufgehört hat.

ERNST. Genau.

Er fühlt sich von dem kleinen Hessen verstanden.

HERR MEISE. Was sagten Sie, seit 1944?

Ernst nickt traurig.

ERNST. Ein riesiger Heuhaufen.

HERR MEISE. Ja, mit oder ohne Stecknadel.

Das letzte Foto zeigt Ernsts erste Freundin, eine attraktive Blondine in einem Kostüm der Nachkriegszeit. Sie hieß Frigga und war damals mit ihm durch die Wiesbadener Offiziersclubs der Amerikaner gezogen. Ernst hatte sich zu dieser Zeit mit Schwarzhandel durchgeschlagen und damit seine Kunstsammlung begründet.

Universitätsklinik Mainz, Stationszimmer

Endlich kann auch Lulu einmal Clarissa besuchen. Da die Baugenehmigung noch nicht vorliegt, hat sie tagsüber wieder Zeit. Es gibt heute zudem einen besonderen Grund, mit Hermann und dem Kind nach Mainz zu fahren: Aus den USA ist eine Videokassette eingetroffen. Abgeschickt wurde sie von Clarissas Sohn Arnold, der vor einer Woche in Kalifornien geheiratet hat und auf diesem Weg seiner Mutter Gelegenheit geben will, wenigstens in Gedanken dabei zu sein.

In der Klinik nimmt Lulu die Sache in die Hand. Ein Abspielgerät findet sich im Ärztezimmer der Station.

Clarissa wird in einen Rollstuhl gesetzt und von Hermann und der netten Stationsschwester vor den Videoschirm gefahren. Die Kranke befindet sich in einer besonders schwierigen Phase der Behandlung. Sie hat alle Haare verloren, ist sehr schwach und bleich und scheint um Jahre gealtert. Hermann steht ihr liebevoll zur Seite. Die Vorführung der Videobotschaft ihres Sohnes wird sie, das hoffen alle, ein wenig aufheitern.

«Für Clarissa» liest sie auf dem Bildschirm, während im Hintergrund die Kirche zu sehen ist, in der die Trauung stattfinden soll. Man vernimmt Glockengeläut. Arnold tritt im Hochzeitsanzug – mit Frackhemd und Fliege schon etwas erwachsener aussehend, als Clarissa ihn in Erinnerung hat – vor die Kamera und spricht zu seiner fernen Mutter.

ARNOLD. Hallo, Mama, heute ist also der große Tag. Ja, es tut uns Leid, dass du nicht bei uns sein kannst, aber wir konnten die Trauung leider nicht noch einmal verschieben wegen dem ganzen Papierkram. Ich hoffe, dass es dir, wenn du das Video in ein paar Tagen bekommst, schon viel besser geht. Ja, im Namen von allen wünsche ich dir eine gute Besserung.

Hermann hält die Hand der Kranken und beobachtet ihre Reaktionen. Clarissa lächelt, besonders, wenn in dem Video ihre Mutter auftaucht, im groß gemusterten blauen Kleid, das sie offenbar in Amerika zu diesem Anlass gekauft hat.

MUTTER LICHTBLAU. Arnoldchen, nun komm doch. Die Glocken läuten ja schon.

Sie scheucht ihren Enkel zum Kirchenportal.

Die nächste Szene zeigt das Innere der Kirche und die Trauungszeremonie. Vor dem Altar tritt an der Seite von Arnold eine dunkelhäutige Schönheit auf, ganz in Weiß mit Schleier und allerliebstem Gesicht. Das also ist Gemma, Clarissas Schwiegertochter. Der Geistliche spricht die Trauungsformel, die Arnold Wort für Wort wiederholt.

DER GEISTLICHE. I, Arnold ... (I, Arnold) ... take you, Gemma Rose-Angela ... (take you, Gemma Rose-Angela) ... to be my wife ... (to be my wife) ... to have and to hold ... (to have and to hold) ... from this day foreward (from this day foreward).

Als Gemma auch gegenüber Arnold das Ehegelöbnis ausgesprochen hat und die Orgel einsetzt, kommen Clarissa die Tränen. Sie sieht, wie die beiden jungen Menschen sich das Jawort fürs Leben geben, sich küssen, sieht die Zuversicht in Arnolds Augen, das strahlende Gesicht der Braut und ist so gerührt, dass Hermann sie noch fester halten muss. Schweißperlen treten ihr auf die Stirn.

Hermann, der nicht bemerkt, dass es Clarissa schlecht geht, streichelt über ihren kahlen Kopf.

Das nächste Bild zeigt, wie das Hochzeitspaar aus der Kirche kommt, wie Reis und Blütenblätter geworfen werden und wie die Verwandten und Freunde sich um Gabentische versammeln. In Kalifornien scheint die Sonne, wie man es sich vorstellt, alle sind glücklich und tummeln sich im Freien. Ein Gläserberg wird mit perlendem Champagner gefüllt, und die Braut tritt vor die Videokamera, um sich vorzustellen.

GEMMA. Mein Name ist Gemma Lichtenblau.

Sie übt sich darin, ihren neuen Namen auszusprechen. Gemma ist sichtlich schwanger. Dann tritt Arnold wieder ins Bild, um seiner Mutter noch mehr über die Braut zu erzählen.

Arnold. Ja, wir haben uns letzten März im MIT kennen gelernt, in einem Seminar für Informatik …

Die Stationsschwester ist von den Bildern fast noch mehr gerührt als Clarissa. Aber ihr Lächeln erstarrt, als sie sich zu der Kranken wendet: Die hat sich im Rollstuhl aufgerichtet, fasst sich zugleich an den Mund, als wolle sie sich übergeben, und bricht zusammen. Hermann und die Schwester können sie gerade noch auffangen.

Krankenschwester. Frau Lichtblau? Alles in Ordnung? Frau Lichtblau!

Clarissa reagiert nicht. Sie hängt ohnmächtig und schwer in den Armen der Schwester, die mit ihr zu Boden geht.

Krankenschwester. Doktor Busch! Frau Lichtblau kollabiert. Ich brauche ein Blutdruckmessgerät!

Das Stationszimmer ist im Nu ein Ort völliger Konfusion.

Lulu lässt ihr Kind los und versucht, dem Arzt zu Hilfe zu kommen. Hermann läuft ratlos hin und her.

Auf dem Videoschirm sieht man das kalifornische Hochzeitsauto, an dessen Stoßstange statt der üblichen Blechbüchsen zwei Dutzend Computermäuse über das Pflaster rattern.

Hermann. Kann mal jemand kommen? Ein Notfall hier! Clarissa!

Auf dem Bildschirm ist wieder Mutter Lichtblau zu sehen, die in die Kamera winkt.

Mutter Lichtblau. Clarissa, ich bin's. Your mother, deine Mutter …

Die Krankenschwester bemüht sich, Clarissa wiederzubeleben, klatscht ihr auf die Wangen, ruft sie beim Namen. Lulu bringt das Blutdruckmessgerät.

Krankenschwester. Frau Lichtblau, hallo, hallo!

Die Mutter auf dem Bildschirm strahlt vor Begeisterung und plappert weiter.

Mutter Lichtblau. Es ist wundervoll hier.

Da wacht Clarissa auf. Sie sieht die Schwester, die sich über sie beugt, sieht Hermann und all die besorgten Gesichter.

Clarissa. Jetzt ist mir doch schlecht geworden.

Krankenschwester. Das ist ein teuflisches Zeug. Aber heute war's das letzte Mal.

Clarissa versucht aufzustehen, doch die Schwester hält sie zurück. Auf ihren Schoß gebettet liegt sie auf dem nackten Fußboden und versucht, tief durchzuatmen.

Die Landstaße mit Wegkreuz

Auf dem Rückweg zum Günderrode-Haus fährt Lulu zu der Stelle, an der vor vier Jahren das Taxi verunglückt war und Lutz, ihr Geliebter, ums Leben kam. Sie hat es sich zur Gewohnheit gemacht, diesen Ort mit ihrem Kind zu besuchen.
An dem Apfelbaum, an dessen Stamm noch die Spuren des Aufpralls zu sehen sind, hat sie ein Wegkreuz aufstellen lassen, das sie regelmäßig mit Blümchen schmückt. Lukas hilft ihr dabei, so gut er es mit seinen kleinen, ungeschickten Händen vermag.
Matko kommt mit dem Mofa vom Dorf her. Am Lenker transportiert er seinen selbstgemachten Käfig mit der Taube. Unbemerkt von den beiden fährt er vorüber.
Lulu entfernt die verwelkten Blumen aus der Vase, ersetzt sie mit frischen und wischt mit ihrem Taschentuch den Straßenstaub von dem kleinen Porträt des Toten. Lukas weiß, wessen Andenken sie hier pflegt. Er nennt das vertraute Foto «Papa».

Ernsts Start- und Landebahn bei Schabbach

Matko ist mit dem Vogelkäfig zu Ernsts Landepiste gefahren. Vorsichtig hält er an und trägt ihn dorthin, wo die Cessna normalerweise zum Start ansetzt und Reifenspuren im Gras hinterlassen hat. Ernst, der sich zu dieser Zeit in seiner Fliegerklause aufhält, hat Matko kommen sehen und beobachtet ihn von weitem. Es scheint, dass die Taube wieder gesund ist und dass der Junge ihr dort die Freiheit wiedergeben will, wo er sie verletzt aufgefunden hatte.
Er hat den Käfig ins Gras gestellt und das Türchen geöffnet, aber sie will nicht herauskommen. Er greift hinein und holt sie.
MATKO. Jetzt kannst du wieder fliegen.

Er schaut prüfend in die Luft und setzt die Taube so ab, dass sie gegen den Wind starten kann. Sie macht aber keinerlei Anstalten wegzufliegen und trippelt nur ein wenig unbeholfen durch das Gras. Ernst kommt hinzu, um sich anzusehen, was Matko da macht.

MATKO. Die will wohl noch nicht fliegen.

Der Vogel breitet nicht einmal die Flügel aus, und manchmal hat es den Anschein, als wolle er in den Käfig zurückkehren.

ERNST. Vielleicht ist es noch zu früh. So ist das mit dem Fliegen. Manchmal, da will man nicht. Dann tät man sich am liebsten in ein Mauseloch verkrabbeln und will nur noch daheim bleiben. Die ist noch nicht soweit.

Ernst und Matko ziehen sich zurück. Vielleicht wird die Taube sich wohler fühlen, wenn man sie nicht aus solcher Nähe beobachtet. Das Wegfliegen ist, das spüren die beiden Flieger, etwas sehr Intimes. Das darf man nicht begaffen, und man muss Abstand halten.

ERNST. Manchmal habe ich mir einen Sohn gewünscht, so einen wie du, der sich für die Fliegerei interessiert.

Die Taube ist munterer geworden, seit sie sich allein weiß. Sie trippelt in verschiedene Richtungen, und ehe man eine Änderung in ihrem Verhalten bemerken kann, flattert sie auf einmal los. Sie erhebt sich rasch über das Flugfeld und nimmt Kurs auf die ferne Dorfsilhouette.

Die beiden strahlen. Es gibt nichts Schöneres, als wegzufliegen.

ERNST. Komm, ich zeig dir meine Sammlung.

Ernst legt kameradschaftlich den Arm um Matkos Schulter und führt ihn zu seinem Jeep.

Anwesen Ernst, Hof und Schieferhöhle

Ernst hätte es nie für möglich gehalten, dass er einem Jungen wie Matko sein größtes Geheimnis anvertrauen würde.

Als sich aber die Taube auf der Wiese in die Luft erhob und davonflog, fragte er sich, ob seine Suche nach einem leiblichen Erben nichts als eine hirnverbrannte Marotte sei. Kann er nicht einfach den Jungen an Sohnes Statt annehmen? Vielleicht stecken ja in Matko all die Eigenschaften, die er sich von einem eigenen Kind erwartet, das zudem vermutlich gar nicht existiert. Ernst denkt die Gedanken nicht zu Ende. Er will, dass sich die Dinge von allein entwickeln.

Er hält mit dem Jeep in der Nähe seines Werkstattschuppens. Das Mofa wird hinten auf der Ladefläche mitgenommen. So ist der Junge frei, jederzeit seiner Wege zu gehen.

Beim Aussteigen achtet Ernst darauf, dass Matko jeden seiner Schritte bewusst verfolgt. Demonstrativ greift er über dem Schuppeneingang ins Gebälk und bringt, mit konspirativem Grinsen auf das Versteck hinweisend, ein kleines schwarzes Kästchen zum Vorschein.

Schweigend folgt ihm Matko auf die Holzbrücke, die zum Stolleneingang führt. Das Wasser des Goldbachs ist heute schlammig und grün. Der Junge sieht dies alles zum ersten Mal. Ernst wartet mit dem Kästchen in der Hand vor der Stahltür.

ERNST. Das ist der Schlüssel, Matko, zu dem absoluten Spezialschloss aus Amerika. Die Tür bringt kein Supergangster auf, nicht mit dem Schweißbrenner, noch nicht einmal mit Dynamit. Hat sich ein Schwerverbrecher ausgedacht in Sing-Sing. Und die kennen sich aus, mein Lieber.

Er zielt mit dem Kästchen auf die Panzertür, drückt dabei auf einen Knopf und grinst Matko nochmals zu.

ERNST. Sesam, öffne dich.

Staunend sieht der Junge, wie sich die tonnenschwere Stahltür mit leisem Summen öffnet. Eine Geisterhand scheint im Spiel zu sein, denn er entdeckt keinerlei Schloss oder Mechanik. Respektvoll macht er einen Schritt zur Seite, um Ernst den Vortritt zu lassen.

ERNST. Und hier drin liegt mein Nibelungenhort. Komm – schnell!

Matko muss sich beeilen, denn schon schließt sich die Panzertür wieder. Noch nie ist er in einer so großen Höhle gewesen. Ehrfürchtig folgt er Ernst durch einen langen Stollen, den sein Führer mit einer Taschenlampe beleuchtet. Hier haben die Hunsrücker Bergleute 300 Jahre lang gegraben und die Schieferplatten für ihre Häuser herausgehauen.

Auf ihrem weiteren Weg gelangen sie zu einem Treppensystem, von dem aus man die große Abbauhalle mit den Stahlcontainern erreicht. Das Licht schaltet sich automatisch ein, als Matko an einem Infrarot-Sensor vorbeikommt. Er sieht sich um und begreift nichts. Er weiß weder, wo er sich hier befindet, noch, warum Ernst diese riesigen Edelstahlcontainer hier aufgestellt hat.

ERNST. Ich kann dir natürlich nicht alles zeigen, aber heute zeige ich dir mal mein Lieblingsbild. Mehr als 30 Jahre bin ich dem hinterhergejagt.

Ernst dreht an einem dreiarmigen Tresorgriff, bis das Schloss sich löst und die Containertür sich öffnen lässt. Im Innern befinden sich Regale, die mit dicht nebeneinander stehenden Bilderrahmen gefüllt sind. Zielsicher greift er sich eins der Gemälde heraus, schließt den Tresor und wendet sich damit in Richtung eines der weiteren Höhlengänge. Matko folgt, ohne ein Wort sagen zu können.

Es geht Treppen hinab und wieder hinauf. Ernst ist schneller als der Junge, der sich kaum mehr orientieren kann. Was will Ernst ihm jetzt zeigen?

Die Treppe endet in einer kleineren Halle, in der ein blaues Licht angeht. Ernst hat ein milchig schimmerndes Plastikzelt betreten, das wie ein Raumschiff unter der Hallendecke steht.

Matko ist von dem blauen Licht magisch angezogen. Als er zu Ernst ins Zelt tritt, ist der gerade dabei, das Bild aus seiner stoßsicheren Umhüllung zu befreien.

ERNST. Hier drin hat der Mister Edwards drei Wochen lang meine ganze Sammlung untersucht, Bild für Bild. Der hat sogar hier drin geschlafen.

Matko kennt Mister Edwards von der Museumspräsentation, auf der er zum ersten Mal auch der Weinkönigin begegnet ist. Er hat von ihr nichts mehr gehört. Wahrscheinlich ist sie auch längst keine Königin mehr.

Ernst schaltet eine Speziallampe ein und strahlt damit das Gemälde an. Ein Leuchten fliegt über sein Gesicht, als er es vor sich sieht.

Der Junge erkundet das Zelt. Er findet die Liege, auf der Mister Edwards geschlafen hat, sieht merkwürdige optische Geräte, die zur Untersuchung der Kunstwerke gedient haben. Er wendet sich erst wieder Ernst zu, als der das Bild umdreht und es ihm zeigt.

ERNST. Das ist der «Zigeunerjunge» von Otto Müller. Der muss so in deinem Alter sein, *war* er damals, als es gemalt worden ist. Jetzt ist er ein uralter Mann, wenn er überhaupt noch lebt. Aber hier auf dem Bild, da wird er niemals älter, stirbt auch nicht, weil das so ein schönes Bild ist, verstehst du?

Das Porträt des Zigeunerjungen sieht Matko sogar ein wenig ähnlich.

Mag sein, dass Ernst das bemerkt hat, für Matko ist der Gedanke fremd. Sein Blick ist von einem anderen Bild gefesselt, das in einer Ecke des Zeltes auf einer Staffelei steht. Das Gemälde, ebenfalls ein Meisterwerk des Expressionismus, zeigt einen jungen Mann, der eine nackte Frau in den Armen hält. Sie hat ihren Kopf mit zärtlicher Hingabe an seine Schulter gelehnt und tut nichts, um ihre Blöße zu verbergen.

Ernst versteht nicht sofort, was Matko so fasziniert, dass er den berühmten «Zigeunerjungen» so gänzlich ignoriert.

MATKO. Schön ...

Matkos Gedanken sind bei der Liebe. Er weiß nicht, was er da sagt, und Ernst muss sich fragen, ob das Herz des Jungen von dem Kunstwerk gerührt wurde oder nur von der Erinnerung an seine ersten, hoffnungslosen Träume.

Der Aussiedlerhof, Matkos Verschlag

Nach seinem Erlebnis in der Höhle fährt Matko heim.

Den Vogelkäfig braucht er nun nicht mehr. Er hat ihn dennoch mitgenommen und stellt ihn unter die Holztreppe, die zu seinem Versteck hinaufführt. Er ist müde und will allein sein. Als er an seinem Verschlag ankommt, vernimmt er ein vertrautes Flattergeräusch.

Er bleibt stehen. Ein frohes Lächeln huscht über sein Gesicht: Seine Taube ist zurückgekehrt. Mit stolz emporgerecktem Kopf trippelt sie am Matratzenlager vorbei.

MATKO. Ach, bist du wieder da? Keine Lust mehr zu fliegen?

Er bückt sich nach dem Vogel, der sich voller Vertrauen in die Hand nehmen lässt, setzt sich auf die Matratze nieder und hält ihn so, dass er in seine Augen blicken kann. Es ist, als ob das Tier ihm von seinen Flugabenteuern erzählen wolle. Matko streichelt sein Gefieder.
MATKO. Hast du gut gemacht. Morgen geht's weiter.

Schabbach, Gaststätte Molz

Der Meinungskrieg unter den Neuschabbachern und den Alteingesessenen hat sich weiter verschärft. Als die Demonstrationen gegen die «Machenschaften des Simon-Clans» nicht aufhören, bleibt Ernst nichts anderes übrig, als sich seinen Gegnern zu stellen. Er hat eine Anhörung im Gasthaus Molz arrangiert, wobei er weiß, dass Rudi auf seiner Seite ist.
Die Wortführerin der Umweltschützer, Frau Evers, hält er für ein verrücktes Huhn, auf deren Argumente der Gemeinderat, der demnächst tagen und die Bauanträge genehmigen soll, nie und nimmer hören wird.
Die Evers ist clever genug, sich Ernsts Hochmut nicht von Anfang an auszusetzen. Sie kommt erst zur Versammlung, als die Wogen schon hochschlagen. Gerade verlesen ihre Genossinnen, begleitet von turbulenten Disputen, die Liste des durch den Museumsbau gefährdeten Baumbestands.
NATURSCHÜTZERIN. 17 bedrohte Speierlinge, 21 Bergahorn, 30 Espen, eine extrem seltene Ulme, Bergeichen, insgesamt 227 Stück, 56 blühende Linden, 211 Birken …
Lulu, die sich die irrationalen Argumente an Ernsts Seite anhören muss, hält das Geschnatter der Naturschützerinnen nicht länger aus und will wegrennen. Ernst hält sie zurück.
ERNST. Komm, Lulu, wir können uns doch von dem ignoranten Pack nicht unterkriegen lassen.
Lulu setzt sich auf den Barhocker zurück. Sie und Ernst haben sich einen Platz am Tresen gewählt, weil sie von hier aus die ganze Wirtschaft überblicken können. Ernst lässt sich von ihr einen Stapel Dokumente reichen.

ERNST. Sind das die Kopien?

Mit erhobenem Zeigefinger steht eine der Frauen hinter ihrem Tisch auf und schleudert ihre Erkenntnis in den Raum.

NEUSCHABBACHERIN. Auch Bäume sind Gottes Geschöpfe!

Ernst unterbricht die erneute Diskussion, indem er mit den Papieren winkt.

ERNST. Also, jetzt hört mal her. Ich habe hier drei Kopien. Das eine ist ein Angebot der Stadt Recklinghausen, mein Museum in die Ruhrfestspiele zu integrieren. Das andere ist ein entsprechendes Angebot vom Kurort Bad Schlangenbad. Die sind pleite und wollen sich mit meiner Sammlung sanieren. Aber das Interessanteste ist das Angebot, das mein Architekt aus Frankreich gekriegt hat. Dort können wir nämlich den Bau wörtlich so, wie ich ihn vorschlage für mein Gelände am Goldbach, mitten im Naturschutzgebiet in der Provence aufziehen, mit großzügiger Unterstützung, versteht sich, von der französischen Kulturministerin. Hier, könnt ihr selber nachlesen. Die Originale könnt ihr jederzeit bei mir einsehen.

Er verteilt die Kopien an den Tischen. Neben den aufgeregten Naturschützerinnen sind fast alle Mitglieder des Gemeinderats erschienen, auch eine Reihe von Schabbacher Bürgern, die sich ein Urteil bilden wollen. Toni, der Bürgermeister, ist durch Ernsts Art zu argumentieren sichtlich verärgert. Er berät sich flüsternd mit seinem Nachbarn.

Als die Evers die Kopien in Händen hält, wedelt sie damit, als seien sie Makulatur.

FRAU EVERS. Ach, der blufft doch, der blufft!

Toni versucht einen sachlichen Tonfall hinzukriegen, was ihm nicht gelingt.

TONI. Ernst, willst du uns jetzt mit Frankreich drohen?

ERNST. Nein, aber ich gebe euch nur Folgendes zu bedenken für die Gemeinderatssitzung: Stellt euch vor, in zehn, 20, in 100 Jahren, wenn wir längst alle vermodert sind, da steht im Museumskatalog von Recklinghausen oder meinetwegen irgendwo in der Nähe von Arles: «Diese einzigartige Sammlung verdanken wir der Tatsache, dass eine kleine Dorfgemeinde im Hunsrück, in der der Stifter geboren wurde, die Baugenehmigung verweigerte.» Da schämen sich noch eure Urenkel, das schwör ich euch!

Er wendet Toni den Rücken zu und demonstriert, dass dies sein letztes Wort gewesen sei. Damit reizt er den Mann noch mehr.

TONI. Ernst, wenn du dich so benimmst, dann seh ich schwarz. Wir sind immer für ein offenes Wort, aber so nicht.

Jetzt ist Ernst gekränkt. Ein kurzer Blickwechsel mit Lulu sagt ihm, dass die Situation verfahren ist.

ERNST. Es ist alles gesagt, der Rest ist euer Bier. Komm, Lulu.

Er schickt sie voraus und verlässt grußlos hinter ihr die Wirtschaft. Dass er damit der Evers das Feld überlässt, macht er sich nicht klar. Er ist bereit, für sein Projekt viel Geld auszugeben und dem Dorf sein Lebenswerk zu widmen. Das sollte genügen, denkt er.

Die Evers meldet sich mitten im betretenen Schweigen, das Ernsts Abgang hinterlässt.

FRAU EVERS. Es ist schon ein Witz, dass ausgerechnet wir Zugezogenen das Landleben verteidigen müssen.

Niemand kann voraussagen, was sie in ihrer angemaßten Rolle als Retterin von Dorffrieden und ländlicher Kultur noch erreichen wird.

Ernsts Flug nach Frankreich

Ernsts Freiheit ist das Fliegen. Immer wenn ihm in seinem Leben Schabbach zu eng geworden ist oder wenn ihm Familie, Tradition oder Engstirnigkeit unerträglich wurden, ist er einfach auf und davon geflogen. So ist er zum Sonderling geworden, aber so hat er auch leben können, ohne vom Hunsrück wegzuziehen.

Nach der gescheiterten Gemeindeversammlung hat er sich entschlossen, mit seinem Architekten nach Frankreich zu fliegen und das Grundstück zu besichtigen, das ihm dort für den Museumsbau angeboten wurde.

Matko wäre gern mitgeflogen, weil auch er es in Schabbach nicht aushält, wenn sein Freund Ernst nicht da ist. Er steht an der Piste und ist traurig. Es bleibt ihm nichts anderes übrig, als dem Flieger hinterherzuwinken und auf seine Rückkehr zu warten.

In der Luft sind die Gedanken anders. Das spüren Ernst und Delveau, als sie in südwestlicher Richtung über das weite Land fliegen.

DELVEAU. Was, glauben Sie, ist das Beständigste, das der Mensch baut? Was uns alle überlebt?

ERNST. Häuser nicht. Die Fundamente vielleicht von Burgen, Tempeln ... Gräber. Museen bestimmt nicht.

DELVEAU. Alles falsch. Das Beständigste sind die Wege. Was wir von hier oben sehen, die Eisenbahnen, das Straßennetz – sie folgen den Fußspuren von tausend Generationen, die durch das Land gezogen sind. Hin und her, bis in Ewigkeit.

Delveau schaut auf den Rhein hinab. Alles ist hier voller Wege, Straßen und Schienen.

ERNST. Sie haben Recht. Man kann fliegen, wohin man will, die Fußgänger waren immer schon da.

Er spielt auf seinen Bruder Anton, den legendären «Fußgänger», an.

DELVEAU. Man wird sie nicht einholen.

Mainz, Universitätsklinik

Als Hermann an diesem Tag seinen Besuch im Krankenhaus macht, vernimmt er schon auf dem Flur die Stimme Clarissas. Sie singt die Sarabande aus Bachs 5. Cellosuite. Je näher er ihrem Zimmer kommt, desto besser erkennt er die Melodie. Er bleibt stehen. Nur eine Sängerin wie Clarissa, die einmal Cellistin war, kann darauf kommen, diese Streicherstimme zu singen. Es entspricht vollkommen ihrer Wesensart, sich so an ihre frühen Jahre zu erinnern. Zum ersten Mal seit ihrer Erkrankung hört Hermann die geliebte Stimme wieder im Gesang.

Die Stationsschwester bleibt beim Überqueren des Flurs hinter Hermann stehen. Sie lauscht mit ihm und ist wie er berührt.

KRANKENSCHWESTER. Schön, nicht wahr?

Clarissa sitzt, mit dem Rücken zur Tür, aufrecht auf ihrem Stuhl. Sie singt zum Fenster hin. Draußen weht ein kühler Wind. Als Hermann eintritt, spürt sie seine Gegenwart, unterbricht sich

aber nicht. Ihre Stimme folgt der Melodie in immer neuen Bögen aus den tiefen Bereichen nach oben und wieder hinab.
Hermann stellt einen Beutel mit Äpfeln aufs Bett und kommt ihr behutsam näher. Er fasst sie an der Schulter und schmiegt seine Wange an ihren Kopf. So wartet er, bis sie ihr Lied verklingen lässt.
HERMANN. Wie schön deine Haare wachsen.
Clarissa sieht den Geliebten mit geheimnisvollem Lächeln an. Auf ihrem Kopf hat sich ein zarter Flaum mit vielen kleinen Löckchen gebildet.

Schabbach, Dorfstraße vor dem Gasthaus Molz

Für Lulu geht es um alles oder nichts. Wenn heute die Gemeinde Ernsts Bauantrag ablehnt, ist sie arbeitslos. Da hilft es ihr auch nicht, dass sie eine enge Freundschaft mit dem bekannten und viel beschäftigten Architekten Delveau verbindet. Er lebt und arbeitet in Frankreich, und sie ist allein erziehende Mutter.
Seit Ernst von seiner Besichtigung in Südfrankreich zurückgekehrt ist, hat Lulu den Eindruck, dass ihn die Entwicklung in Schabbach nicht mehr interessiert. Er hat sie als Beobachterin ins Dorf geschickt und beauftragt, ihm telefonisch das Ergebnis der Gemeinderatssitzung durchzugeben.
Als Lulu aus dem Auto steigt, sieht sie zahlreiche Medienvertreter, die den Eingang von Rudis Wirtschaft mit Schreibblock, Diktiergerät, Mikrofonen und Videokameras umlagern. Auch viele der Neuschabbacher Museumsgegner warten vor dem Gasthof und versuchen, sich vor den Teams mit Kommentaren ins rechte Bild zu rücken.
Lulu entdeckt Frau Weirich, Hartmuts Büroleiterin, unter den Dorfbewohnern.
FRAU WEIRICH. Das muss doch bald zum Ende kommen.
Da öffnet sich die Gasthaustür einen Spalt, und Rudi Molz streckt den Kopf heraus. Er will mit Lulu sprechen, aber die Pressemeute stürzt sich sofort auf ihn.

Trubel entsteht auf der Straße. Die Naturschützer entrollen ihre Transparente vor den Fernsehkameras, eine Reporterin schnappt sich das Mikrofon und postiert sich direkt vor der Wirtshaustreppe.

FERNSEHREPORTERIN. Ab die Post: Heute ist in Schabbach der Tag der Entscheidung gekommen. Es erscheint Außenstehenden schwer nachvollziehbar, dass sich eine Landgemeinde eine solche Attraktion, die ihr quasi kostenlos in den Schoß fällt, entgehen lassen könnte. Dazu muss man wissen, dass der Name Simon in dieser Gegend einen ganz besonderen Klang hat. Es ist der Simon-Clan, der seit drei Generationen das Leben dieser Gemeinde prägt, auch im Negativen, zum Beispiel durch den immer aussichtsloser werdenden Überlebenskampf der Optischen Werke Simon. Fast scheint es, als wollten diese Menschen hier den Einfluss eines einst mächtigen Familienclans abschütteln …

Als Rudi merkt, dass die Reporterin nicht zu bremsen ist, zieht er sich ins Haus zurück und schließt die Eingangstür von innen ab. Der Gemeinderat, der in seiner Gaststube tagt, hat mit der Abstimmung offenbar noch nicht begonnen, und Rudi will öffentlich noch nichts sagen. Die Journalisten drängen jedoch zur verschlossenen Tür, klopfen und rütteln ungeduldig daran. Sie wollen endlich Bescheid wissen.

Lulu und Frau Weirich stehen beieinander und verfolgen das Pressetheater. Die Reporterin scheint in einem Punkt Recht zu haben, den auch Frau Weirich längst erkannt hat: Es geht hier nicht nur um Ernsts Projekt, sondern auch um die Rolle der Optischen Werke in den Zukunftskonzepten der Gemeinde.

Da kommt Rudi erneut aus der Tür. Er ist es leid, dass sich der Gemeinderat in seiner Wirtschaft verschanzt. Sofort wird er wieder mit Fragen bestürmt: «Und, wie sieht es aus? Ist die Entscheidung gefallen? Wird das Museum denn gebaut? Wie hat der Rat entschieden? Gibt es was Neues?»

Rudi sieht zu Lulu hinüber. Was er zu sagen hat, ist nur für sie bestimmt. Er schüttelt den Kopf. Die Geste hätte Lulu genügt, aber er wird noch deutlicher und fügt eine seiner Spruchweisheiten hinzu:

Rudi. Abgelehnt. So sind sie, die Schabbacher. Unser Herrgott hat einen großen Tiergarten.
Lulu sieht fassungslos Frau Weirich an, die Tränen in den Augen hat.
Während die Pressemeute kehrtmacht, um so schnell wie möglich den Verlierer bei dieser Entscheidung aufzusuchen, greift Lulu zum Handy.
Ernst ist sofort an der Leitung.
Lulu. Ernst, nein.
Mehr als dies kann sie im Moment nicht sagen. Lulu will jetzt nur nach Hause zu ihrem Kind, sonst nichts.

Ernsts Startbahn, Blick auf Schabbach

Als die Journaille mit ihren Fahrzeugen quer durch die Wiesen rast, ist Ernst bereits mit seiner Cessna auf die Piste gerollt.
Matko folgt ihm mit dem Mofa. Er spürt, dass dieser Start nicht alltäglich ist, und fürchtet, der Freund werde ihn allein in Schabbach zurücklassen.
Es gelingt ihm, das Flugzeug noch aufzuhalten.
Matko. Halt, ich will mitfliegen!
Schon ist er vom Mofa gesprungen, klettert zu Ernst ins Cockpit und beginnt, sich neben ihm anzuschnallen. Einen Moment lang überlegt Ernst, dann hat er das Gefühl, Nein sagen zu müssen.
Die Reporter sind aus ihren Fahrzeugen gesprungen und nähern sich im Laufschritt mit ihren Kameras.
Ernst ist plötzlich grob zu Matko, scheinbar unbegründet.
Ernst. Nein Matko, heute lieber doch nicht. Ich fliege nach Frankreich, suche ein neues Haus für uns. Ich bleibe bestimmt drei Tage, vielleicht auch länger. Heute nicht, das nächste Mal ganz bestimmt. Komm, lass mich fliegen.
Er schiebt den Jungen ziemlich unsanft nach draußen, sodass dieser gekränkt die Tür zuknallt und zu seinem Moped zurückkehrt.
Ernst gibt Vollgas und braust über die Graspiste. Die Journalisten müssen sich retten und dafür sorgen, nicht überrollt zu werden.

Ernst ist fest entschlossen, die «Schabbacher Scheiße» hinter sich zu lassen.
Traurig steht Matko auf der Wiese. Als der Flieger abhebt, fährt er noch ein Stück hinterher, um zum Abschied zu winken.

Günderrode-Haus, Hof und Terrasse

Lulu kommt mit ihrem Mini gerade in dem Augenblick nach Hause, als das Motorgeräusch der Cessna hörbar wird. Sie sieht, wie Hermann auf die Terrasse eilt, um nachzusehen, was für ein Flugzeug da mit aufheulendem Motor vom Tal heraufgeschossen kommt.
Die beiden erkennen Ernsts Maschine. Auffallend ist, dass dem Motor im Steigflug eine Rauchfahne entweicht.
HERMANN. Ist denn die Sitzung schon vorbei?
LULU. Ja, abgelehnt.
Ernst braust in einer engen Kurve nah am Günderrode-Haus vorbei, dann lässt er sich ins Oberweseler Tal hinuntersacken. Die Flugbahn sieht ungewöhnlich aus, aber weder Hermann noch Lulu verstehen genug von der Fliegerei, als dass ihnen Ernsts Manöver gewagt oder gefährlich vorkommen könnte.
LULU. Und Lukas?
HERMANN. Der schläft. – Weißt du, was Ernst vorhat?
Lulu verneint.
Sie will zu ihrem Kind, das hat jetzt Vorrang. Sie geht ins Haus.

Die Cessna hat über dem Rhein eine Schleife gedreht. Es sieht so aus, als wolle sie zurückkehren und über das Haus hinweg an Höhe gewinnen, jedoch ohne dass die Motorkraft dazu reicht.
Hermann winkt aufgeregt.
Wieder lässt Ernst sich über die Tragfläche in eine enge Kurve kippen und sackt, schneller werdend, auf der Nordseite zum Fluss hinab.
Dabei sieht Hermann, dass die Maschine auch im Abwärtsflug eine Rauchfahne hinter sich herzieht.
Bei einem erneuten Versuch, die Cessna hochzuziehen, diesmal

zu den Anhöhen der anderen Rheinseite, scheint das Flugzeug außer Kontrolle zu geraten. Ernst nimmt verschiedene Kurskorrekturen vor. Der Motor erzeugt stotternde Geräusche und Fehlzündungsknaller.
Auch Lulu ist nun beunruhigt. Sie kommt aus dem Haus zurück, um an Hermanns Seite zu beobachten, was mit Ernst los ist.
Er muss technische Schwierigkeiten haben. Die Rauchentwicklung im Flugzeug wird stärker. Die Motorkraft scheint nicht mehr auszureichen, um dem engen Flusstal zu entkommen.
Hermann und Lulu sind wie erstarrt.
Ernst sieht die Steilwand der Loreley auf sich zukommen. Er schließt er die Augen.
Der Aufprall der Cessna auf dem Felsen sieht von weitem fast harmlos aus. Erst nach einer Verzögerung entsteht ein Feuerball, und auch erst Sekunden später kommt der dumpfe Knall bei Hermann und Lulu an.
An der Loreley steigt jetzt eine Rauchwolke auf.

Rheinuferstraße unter der Loreley

Hermanns Auto erreicht die Unglücksstelle erst nach einer halben Stunde. Die Fähre in Sankt Goar war von Feuerwehrautos blockiert, auf den Straßen hatten sich Staus gebildet.
Hermann rast zur anderen Fährverbindung weiter südlich, bei Kaub. Hier wird er mitgenommen.
In der Umgebung der Unfallstelle verstopft eine Autoschlange die Straße. Polizisten versuchen das Chaos zu regeln. Hermann setzt aber zum Überholen an, ignoriert alle Anweisungen, bis er bei der Polizeistreife ankommt, die das unmittelbare Unglücksgebiet abriegelt.
Auf dem Loreleyfelsen lodern Flammen, obwohl mehrere Löschzüge der Feuerwehr aufgefahren sind und aus allen Rohren spritzen. Die Männer können offensichtlich nichts ausrichten, weil ihre Leitern zu kurz sind.
Hermann läuft zu Fuß weiter. Überall stehen Einsatzfahrzeuge von Polizei und Technischem Hilfswerk. Oben in den Felsen seilen sich

mutige Männer des Bergrettungsdienstes ab, um an das Flugzeugwrack heranzukommen, was aber nur teilweise gelingt. Ein verkohlter Tragflügel der Cessna wird hinabgelassen.
Einem der Beamten gibt Hermann zu verstehen, dass er der Bruder des Fliegers sei. Die Auskunft kann dem Einsatzleiter jedoch keine Geste der Hoffnung entlocken. Was bleibt, ist die Bergung der Trümmer, vielleicht von Leichenteilen, und das Löschen des entstandenen Waldbrands.
Das ist alles, was man hier noch tun kann.

Mainz, Clarissas Krankenzimmer

In seiner Verzweiflung sucht Hermann Halt bei Clarissa. Er ist nun der Letzte, der von den Simon-Brüdern noch lebt.
Im Schock und im Schmerz hat er sich zu ihr ans Krankenbett geflüchtet, hat seinen Kopf auf ihre Beine gelegt und umklammert sie mit beiden Armen.
Clarissa in ihrem weißen Nachthemd streichelt dem hemmungslos schluchzenden Hermann übers Haar.

Günderrode-Haus, Arbeitszimmer

Es gibt verschiedene Arten der Trauer. Die Habgier zählt nicht dazu.
Kaum einer aus der nächsten Generation des Simon-Clans empfindet den Tod von Ernst als Verlust. Man macht sich vielmehr Hoffnung auf den Gewinn, der sich aus dem Ableben des reichen Onkels ziehen ließe. Da Ernst keine eigene Familie hatte und damit keine unmittelbaren Erben hinterließ, wird schon bald nach der Beisetzung seiner verkohlten Überreste ein Familientreffen im Günderrode-Haus anberaumt. Merkwürdig ist, dass nun auch Ernsts Leichnam, wie der seines Bruders Anton, mehr oder weniger als Asche beigesetzt wurde.
Das Günderrode-Haus wurde als Ort des Treffens gewählt, weil Hermann als Haupterbe gilt. Niemand außer Dieter, dem Juris-

ten in der Sippe, kann die Zusammenhänge richtig verstehen. Deswegen hat er ein Familienalbum zerfleddert, um anhand der Fotos anschaulich zu machen, wie das Gesetz die Erbfolge regelt.

DIETER. Das Erbrecht geht von der direkten Linie aus. Weil der Ernst aber keine Kinder hat, erben dem seine Eltern Paul und Maria zu je 50 Prozent. Weil die aber längst tot sind, geht dem Paul sein Anteil über den Anton an dem seine Nachkommen, das sind wir fünf Geschwister. Und die 50 Prozent von der Maria gehen je zur Hälfte, also 25 Prozent, an den Hermann und zu je fünf Prozent über den Anton an uns. So, unterm Strich also erben der Hartmut, die Gisela, ich, die Marlies und die Helga je 15 Prozent. Und der Hermann beziehungsweise die Lulu und so weiter erben 25 Prozent von dem Ernst seinem Vermögen.

Dieter wendet sich vom Fenster weg, an dem die Fotos mit Tesastreifen befestigt sind, und sieht die versammelte Familie an.

DIETER. Ist doch eigentlich ganz einfach, gell?

Die Schabbacher Dorfstraße, sechs Wochen später

Der Alltag hat das Dorf wieder im Griff. Da die Kornernte gerade vorüber ist, liegt allerlei Stroh auf der Straße, das beim Einfahren von den Wagen gerieselt ist. Vor seiner Wirtschaft kehrt Rudi mit Lenchen das Pflaster.

Da dröhnt ein frisch gewaschener schwarzer Porsche vorbei, gefolgt von einem ebenso schwarzen Minivan mit dunkel getönten Scheiben. Die Fahrzeuge verlangsamen auf der Kreuzung, orientieren sich und brausen in Richtung Oberdorf weiter.

Rudi, der die Kennzeichen entziffern will, bleibt bei seiner Frau stehen.

LENCHEN. Weißt du, wer das ist?

RUDI. Nä, «D», das ist Düsseldorf.

Optische Werke Simon, Verwaltungsgebäude

Die beiden Düsseldorfer Wagen fahren auf beiden Seiten der Eingangstreppe vor.

Über diese Treppe hatte einst Anton triumphierend sein Enkelkind in die Firma getragen, um ihm seine Millionen zu vermachen. Und damals hatte Herr Böckle auf der Terrasse gestanden, um Hartmut zu begrüßen.

Derselbe Herr Böckle springt nun aus dem schwarzen Porsche und wartet mit verhaltener Ungeduld, bis die Damen und Herren aus dem Minivan ihre Aktentaschen und Transportkisten ausgeladen haben. Dann gibt er ein Zeichen, ihm unverzüglich zu folgen.

Der Auftritt der dunkel gekleideten Gruppe hat etwas vom Stil einer gerichtlichen Durchsuchung.

BÖCKLE. Geradeaus rein. Treppe hoch.

Böckle reißt eine der beiden Glastüren auf, seine Begleiter, zwei Herren und zwei Damen, nehmen die andere Tür. Im Innern des Verwaltungsbaus eilt Böckle ihnen ins Obergeschoss voraus.

Die Besucher sind unangekündigt. Als sie durch die Versandhalle auf dem nächsten Weg zum Sekretariat laufen, stellt sich ihnen Frau Weirich in den Weg. Mit ihrer mächtigen Statur kann sie dem eher schmächtigen Böckle und seinen Bürotypen ohne weiteres den Zugang versperren.

FRAU WEIRICH. Der Chef ist nicht da.

Böckles Auftritt ist eiskalt.

BÖCKLE. Frau Weirich, das sind zwei vereidigte Wirtschaftsprüfer mit ihren Mitarbeiterinnen. Damit Sie klar sehen: Sie sind in meinem Auftrag hier und wollen nur ihre Arbeit machen.

FRAU WEIRICH. Sie sind nicht angemeldet, und so geht das doch nicht.

BÖCKLE. Laut Paragraph 14 des Kreditvertrages hat die Food & Non-Food AG jederzeit das Recht, die Geschäftsunterlagen des Gläubigers durch einen vereidigten Wirtschaftsprüfer prüfen zu lassen. Von anmelden steht nichts im Vertrag. Es ist Ihnen doch bekannt, dass im Laufe des nächsten Monats die

Rückzahlung des gesamten Kredites an uns fällig ist. Da müssen wir doch sichergehen, dass nichts an Firmenvermögen verschwindet.

FRAU WEIRICH. Halten Sie uns etwa für Gauner?

Seit 30 Jahren arbeitet Frau Weirich bei Simon-Optik. Unter Antons Führung hat sie sich vom Lehrmädchen zur Chefsekretärin emporgearbeitet. Immer hatte die Firma höchstes Ansehen genossen, und sie profitierte davon. Frau Weirich gehört gewissermaßen zur Familie und wird allerseits respektiert.

Sie ist empört über diesen Überfall. Sie lässt Böckle und seine Leute durch die Tür gehen, doch damit ist ihr Verständnis erschöpft.

FRAU WEIRICH. Was haben Sie plötzlich für einen Ton am Leib!?

BÖCKLE. Sie machen Ihren Job und ich den meinigen.

Er sieht sich in Hartmuts Chefbüro um und fordert seine Begleiter auf, ihm zu folgen.

BÖCKLE. Installieren Sie sich.

Hartmut hat das ehemalige Büro des Vaters mit edlen Designermöbeln eingerichtet.

Böckles Leute nehmen sofort alles in Beschlag: Sie klappen die mitgebrachten Aktencontainer auf, räumen Unterlagen aus den Regalen und setzen sich ungeniert an den Schreibtisch des Chefs.

Frau Weirich beobachtet das Geschehen fassungslos von der Tür aus.

Sie sieht, wie Böckle zu der Vitrine geht und die vergoldeten Objektive aus Antons Zeiten in Augenschein nimmt. Die Sammlung war dessen großer Stolz gewesen, zeigte sie doch den ganzen Werdegang seines Unternehmens von handgefertigten Einzelstücken bis hin zur Produktion modernster optischer Systeme für den weltweiten Export.

Auch Böckle scheint dies zu verstehen. Aber sein Blick ist der kalte Blick des Usurpators.

FRAU WEIRICH. Ich beobachte Sie, seit Sie hier ein und aus gehen.

Tatsächlich hatte Frau Weirich nie an die Freundschaft geglaubt, um die sich Böckle bei Hartmut bemühte. Sie stammt noch aus

Antons Schule, und da misstraut man jedem, der nicht mit seinen eigenen Händen produziert.
Böckle grinst sie überheblich an. Mag sie doch denken, was sie will – er ist hier der Stärkere. Er wendet sich an sein Team.
BÖCKLE. Was uns vor allem interessiert, sind immaterielle Werte: Patente, Lizenzen, Verträge, Nutzungsrechte etc. etc.
Dann sieht er lässig zum Fenster hinaus und würdigt die Büroleiterin keines Blickes mehr.
BÖCKLE. Wenn Sie die Unterlagen jetzt vorlegen würden, dann brauchen meine Leute sie nicht lange zu suchen.
Frau Weirich läuft ins Sekretariat und greift zum Telefonhörer.

Günderrode-Haus, das Wohnzimmer

Was die Familie hier zusammenführt, ist nur eins: die Erbschaft. Die Geschwister Hartmut, Dieter, Gisela, Marlies und Helga, aber auch die Ehemänner, verbringen ihre Tage damit, in Gedanken Ernsts Hinterlassenschaft unter sich zu verteilen.
Dabei erweist sich das Erbe als unerwartet schwierig, denn niemand hat die legendäre Kunstsammlung des Verunglückten bisher gesehen. Hermann kennt zwar die Schieferhöhle, doch der Zutritt zu ihr ist bisher unauffindbar. Die Stahltür ist unüberwindlich, und niemand weiß, an welcher Stelle Ernst den Schlüssel verborgen hat.
Dennoch ist sich die Familie sicher, die Sammlung eines Tages in Besitz zu nehmen. Wie aber teilt man ein solches Vermögen auf? Soll man die Bilder Stück für Stück verkaufen und damit Ernsts Lebenswerk, die Sammlung, zerstören?
Lulu und Hermann treten vehement dafür ein, dass die Sammlung erhalten bleibt. Es droht Unfrieden. Die Reichen unter den Simons sind für den Verkauf, die weniger Wohlhabenden, wie etwa die Lehrerin Helga und ihr Mann, wollen Ernsts Lebenswerk fortführen und auf die vielen Millionen, die die Sammlung wert sein soll, verzichten.
Das Telefon läutet inmitten der erhitzten Diskussion. Marlies nimmt das Gespräch entgegen.

Marlies. Hallo? Frau Weirich, ja. – Hartmut, für dich.
Als sein Name fällt, wird Hartmut aus einer Apathie gerissen, die ihn in der letzten Stunde erfasst hat. Er übernimmt den Hörer.
Hartmut. Wieso Herr Böckle? Was?! In meinem Büro? Ich komme sofort.
Während die anderen sich weiter in ihren Profitüberlegungen ergehen, verlässt er verwirrt und alarmiert das Zimmer.
Lulu spielt in der Familienversammlung eine Sonderrolle. Sie hat ihren Laptop in Gang gesetzt und zeigt die von Delveau entwickelten Baupläne als 3-D-Animation auf dem Bildschirm. Sie hofft immer noch, dass die Utopie eines unterirdischen Museumsbaus verwirklicht wird, aber im Augenblick sind die Verwandten nicht darauf ansprechbar. Lulu schaut nachdenklich aus dem Fenster.
Ihr kleiner Lukas spielt im Garten zwischen lauter Blumen.

Optische Werke Simon, Chefbüro

Gemäß Böckles Anordnung haben sich die Wirtschaftsprüfer in Hartmuts Chefbüro breit gemacht. Sie sitzen an den Tischen und filzen sämtliche Unterlagen der Geschäftsführung.
Frau Weirich behält die Vorgänge im Blick, so gut sie kann. Als einer der Prüfer sich eine Zigarette anzündet, schreitet sie ein.
Frau Weirich. Hier wird nicht geraucht.
Sie hält ihm einen Aschenbecher hin, und gehorsam drückt er den Glimmstängel darin wieder aus.
Als sie aus dem Fenster sieht, entdeckt sie ihren Chef auf dem Hof.
Hartmut rennt durch das Firmengelände direkt auf die angrenzenden Weideflächen zu, auf denen Maras Reitpferde grasen. Er hat dort Herrn Böckle ausfindig gemacht, der sich bei den Tieren die Zeit vertreibt und sie tätschelt, als wären auch sie schon sein Eigentum.
Frau Weirich beobachtet, wie Hartmut über eine Hecke und den Weidezaun springt. Sie muss unwillkürlich lachen, als er bei Böckle ankommt, den überraschten kleinen Mann an der Schulter packt

und ihn zu sich herumzerrt. Böckle scheint fliehen zu wollen, doch Hartmut hält ihn fest und schreit ihn unter wütenden Gesten an.

HARTMUT. Dreckskerl – erst mit meiner Frau rumgeigen, dann ruinierst du mich. Hau bloß ab hier, hau ab hier!

Es sieht aus, als wolle Böckle sich verteidigen. Er fuchtelt hilflos mit den Armen, um den Angreifer abzuwehren. Aber Hartmut ist stärker, wenigstens körperlich.

HARTMUT. Raus aus meinem Leben!

Er stößt Böckle verächtlich zu Boden.

Schabbach, Villa Hartmut

Ein Oldtimer wie Hartmuts Horch-Cabrio aus dem Jahr 1936 ist ein wahres Luxusgeschöpf und kann für den Besitzer ein Symbol für Erfolg und Lebensfreude sein. So wie das rare Exemplar aber jetzt vor der Simon-Villa steht, ist es eher ein Sinnbild für das Ende einer glanzvollen Zeit – oder ein Bild des Hohns angesichts der Tatsache, die jedermann inzwischen bekannt ist: dass Hartmut Simon, dem das edle Gefährt gehört, von seinem Gläubiger aus dem Chefsessel vertrieben worden ist.

Auch im eigenen Haus ist Hartmut nicht mehr Herr der Dinge. Er und Mara leben seit Jahren nebeneinander her, und sein Sohn, der kleine Millionenerbe, beherrscht immer mehr die Räume mit einem Computerspiel, das man ihm einmal geschenkt hat und jetzt nicht mehr wegnehmen kann.

Erschöpft und mit inneren Qualen sitzt Hartmut auf dem Steinfußboden des «Panoramazimmers», das einst, beim Bau des Hauses, sein und Maras Wohntraum hatte werden sollen. Draußen die weite Hunsrücklandschaft, drinnen das Dröhnen der elektronischen Effekte, die das Kind an der Play-Station auslöst.

HARTMUT. Du hast 15 Millionen, Junge. Fünf davon wären meine Rettung, dass ich den Wechsel bezahlen kann. Hilf mir, du bist doch mein Kind.

Hartmut redet sich sentimental. Er bemitleidet sich und verzieht die Stirn, als ob er weinen wolle.

Mara kommt aus der Küche. Sie hat eigentlich nichts zu tun. Sie trägt ihr Nachmittagskostüm, als wolle sie ausgehen, aber sie fühlt sich in der Situation gefangen.

Der kleine Matthias Paul Anton lässt die Computermännchen springen, ballern und gewinnt immer.

MARA. Hartmut, es tut mir Leid. Ich würde mitspielen, wenn es eine Möglichkeit gäbe, an sein Geld zu kommen.

So leicht ist Hartmut nicht aus seiner Depression zu holen. Er ist verbittert.

HARTMUT. Ist doch alles gelogen. Das habt ihr doch genauso eingefädelt, der Alte und du. Damit ich in der Erbfolge übersprungen werde. Und wenn ich dabei draufgehe!

Er holt sich eine Flasche Cognac aus der Hausbar und gießt sich ein Glas ein. Dann bleibt er stehen, um dem Jungen bei seinem trostlosen Spiel zuzusehen. Das Kind lebt in einer anderen Welt.

HARTMUT. Alles für *dein* Kind.

MARA. Was heißt *mein* Kind? Das ist *unser* Kind.

Die Computertöne füllen den Raum. Es knallt und zischt, Trickfiguren sterben und stehen wieder auf. Der Junge sieht unbeeindruckt zu, wenn er alles niederballert.

HARTMUT. Warum hast du dich nicht gleich mit dem Alten eingelassen, wenn ihr mich schon für unfähig gehalten habt?

Hartmut geht zum Fenster. Er will nicht hinausschauen, sondern eigentlich nur Mara und dem Kind den Rücken zukehren. Er ist tief verletzt. Sein Vater, seine Frau, Herr Böckle, die Geschwister – alle haben ihn verletzt.

Er schaut zum Nachbarhaus hinüber, zur Villa des Vaters, die inzwischen leer steht.

HARTMUT. Seit drei Jahren ist er jetzt unter der Erde und verfolgt mich immer noch.

Günderrode-Haus, die Couchecke

Im Lauf des Nachmittags haben sich die Fronten im Erbstreit entschärft. Dabei spielt sicher eine Rolle, dass Hartmut, der am dringendsten Geld braucht, nicht mehr an den Gesprächen teilgenommen hat.

Lulu hat die Aufmerksamkeit ihrer habgierigen Vettern endlich auf ihr Projekt lenken können. Nicht der architektonische Entwurf kann die Leute gewinnen, sondern ein Finanzierungsmodell, das sie staunen lässt. Lulu versammelt alle zu einem intimeren Kreis in der Sitzecke. Sogar der kleine Lukas ist dabei und im Begriff, in Hermanns Armen einzuschlafen.

LULU. Der Trick an Ernsts Plan war, dass staatliche Stellen, Sponsoren und Brüssel den Bau bezahlen. Es sollten ja keine Gemälde verkauft werden, um dann den Bau finanzieren zu können.

So weit wird der Plan verstanden. Alle nicken, sogar der skeptische Lehrer Hans.

LULU. Wenn wir das Museum jetzt nicht bauen, verzichten wir auf mehr als 20 Millionen Mark geschenktes Geld.

DIETER. Das ist ein Argument.

Lulu findet den richtigen Ton.

LULU. Was der Ernst wollte, ließe sich auch in Frankreich in diesem Naturschutzgebiet realisieren, durch die Verbindung von dem Architeken Delveau. Es hätte halt nicht den persönlichen Bezug, den wir hier in Schabbach auf Ernsts Gelände …

Sie kann den Gedanken nicht zu Ende führen, weil Hartmut zurückkommt.

Er tritt auf, als wolle er lautstark intervenieren, bleibt aber in dieser Haltung stehen und sagt nichts. Resigniert, doch immer noch voll Mitteilungsdrang, betritt er den Raum und lässt sich auf einem Hocker nieder. Alle sehen ihn erwartungsvoll an.

Da kommt Mara herein. Sie hat den kleinen Matthias Paul Anton auf dem Arm.

MARA. Uns geht's schlecht. Wir brauchen eure Hilfe.

Ihre Worte klingen ehrlich und traurig.

Dieter betrachtet sie und das Kind jedoch voller Argwohn.

Dieter. Wenn's um's Geld geht, da habt ihr doch euer Sparschwein. Ei, ist doch wahr.

Seine Bemerkung löst Gelächter aus.

Mara fühlt sich gedemütigt und geht mit dem Kind auf die Terrasse hinaus. Alle Türen stehen offen, denn es ist ein schöner Sommertag.

Hartmut. Hört mir mal zu. Ich habe keine Zeit für dumme Scherze. Die Mara und ich, wir haben alle Möglichkeiten durchgedacht. Es gibt keine andere Lösung: Die Sammlung muss verkauft werden. Ich brauche innerhalb von drei Wochen meinen Erbteil vom Ernst, wenigstens eine feste Zusage. Ihr müsst das einsehen. Es ist meine letzte Rettung, die letzte Rettung für die Firma.

Hartmuts Fehler ist, dass er an Gefühle appelliert. Dabei geht es ums Geld. Einer, der diese zwei Dinge niemals verwechseln würde, ist Dieter, der Rechtsanwalt.

Dieter. Da kann ich nur sagen, das ist dein Problem. Wir hatten gerade sehr triftige und unwiderlegbare Gründe gefunden, das Museum zu bauen und die Sammlung zu erhalten.

Für Hermann und Lulu ist die Entwicklung der Dinge bedrückend. Lulus Idealismus, Ernsts Lebenswerk zu erhalten, hat sich unversehens als die gewinnträchtigere Lösung für die Familie entpuppt. Hartmuts Anspruch auf Hilfe ist aber ein Gebot der Menschlichkeit, das jetzt alle überfordert.

In Maras Ohr hallen Dieters hämische Worte nach. Sie will das nicht auf sich beruhen lassen. Sie kommt mit dem unruhig gewordenen Kind zurück und sieht Dieter hasserfüllt an.

Mara. Das mit dem Sparschwein nimmst du zurück, Dieter! Sieh ihn dir an. Er ist ein Kind, ein unschuldiges Kind.

Dieter. Ja, dann fang doch an zu flennen.

Der Ton ist nun auch Hartmut zu viel. Er geht auf Dieter zu, als wolle er ihn schlagen, besinnt sich aber und verlässt hinter Mara das Zimmer.

Hartmut. Wir sprechen uns noch!

Mitten in dem bösen Zwist läutet erneut das Telefon. Wieder greift Gisela zum Hörer.

Der Anruf ist diesmal für Hermann.

Die Angriffe Dieters und die Hartherzigkeit der Familie empören Hartmut und Mara. Als Ausgestoßene stehen sie draußen vor der Tür und beraten sich. Was immer sie jetzt tun können – es führt sie wieder näher zueinander. Das spüren sie. Auch der Junge genießt es, dass seine Eltern anders miteinander sprechen, und bleibt brav bei ihnen sitzen.

Hermann kommt aus dem Haus. Der Anruf hat ihn veranlasst, die Runde vorübergehend zu verlassen. Er will sich mit aller Kraft für die Wiederherstellung des Familienfriedens einsetzen.

HERMANN. Hartmut, nun geht doch noch mal rein. Ich komme gleich zurück.

Während er sein Auto startet und wegfährt, tritt Lulu auf den Hof. Hartmut geht zu ihr. Er hofft, wenigstens bei ihr Verständnis zu finden. Aber er erntet nur einen vorwurfsvollen Blick.

LULU. Immer wenn ich dich treffe, geht in meinem Leben was kaputt.

Hartmut hat nicht bedacht, dass seine Forderung, Ernsts Sammlung zu verkaufen, das Ende von Lulus Hoffnung bedeutet. Was immer an diesem Nachmittag gesagt wird, ist falsch und zerstörerisch.

Rheinufer-Promenade in Sankt Goar, Anlegestelle der Rheinfähre

Hermann findet einen Parkplatz. Schon im Aussteigen erkennt er den kleinen Mann, der an der Promenade steht und durch eins der Münzfernrohre guckt, die man hier für die Loreleytouristen aufgestellt hat.

Der Fremde dreht sich zu ihm um, trägt einen unauffälligen Nadelstreifenanzug mit Weste. Mit seinem schlecht sitzenden Toupet will er offenbar jünger wirken.

HERMANN. Guten Tag, Simon. Sie haben mich angerufen?

Der Mann ist Herr Meise, Ernst Simons Erbendetektiv. Er begrüßt Hermann, indem er sich das Jackett zuknöpft und sich einen seriösen Anstrich gibt.

HERR MEISE. Sie haben wenig Zeit und wollen wissen, was Ihnen der wildfremde Herr Meise so Wichtiges zu berichten hat. Liege ich da richtig?

Meise nestelt einen Brief aus seiner Jacke, entfaltet ihn und überreicht ihn mit lauerndem Blick.

Hermann geht zur Seite, um die Zeilen zu überfliegen. Meise kennt den Text auswendig und spricht ihn vor, sodass Hermann sich mit dem Entziffern der ungelenken Handschrift nicht plagen muss.

HERR MEISE. «Mein lieber Junge, gib diesen Brief meiner Freundin, der Maria Protic in dem Blumengeschäft Stumm in Simmern, dann bekommst du 14 rote Nelken. Die sollst du auf Ernstel Simons Grab legen, für mich. Lass ihr diese Zeilen, musst du nix bezahlen, deine Mutter.»

Er kichert, nimmt den Brief wieder an sich und sieht Hermann prüfend an.

HERMANN. «Blumen auf Ernstels Grab», das ist ja sehr nett. Und weiter?

Meise lässt sich Zeit. Er wendet sich zum nahe gelegenen Anlegesteg, vor dem eine Autokolonne und eine Reihe Fußgänger auf die Rheinfähre warten.

HERR MEISE. Sehen Sie sich den Jungen doch mal genau an. Der mit dem Moped, der da auf die Fähre wartet.

Hermann sieht den Jungen, der an seinem Mofa einen zweirädrigen Anhänger befestigt hat. Ein Topf mit Nelken steht darauf.

HERR MEISE. Eigentlich heißt er Mate, aber Ihr Herr Bruder hat ihn liebevoll Matko genannt. Seine Mutter lebt schon seit Jahren in Bosnien. Fragen Sie mich nicht, was bei der los ist – bei den Verhältnissen auf dem Balkan. Na ja, soweit meine Recherche. Aber so eine komische innere Stimme hat mir geraten, den Jungen im Auge zu behalten. Weil doch Ihr Herr Bruder so ein inniges Verhältnis zu ihm gehabt hat.

HERMANN. Aber ich kenne den Jungen doch auch. Was soll mit ihm sein?

Inzwischen hat die Fähre in Ufernähe eine Drehung um sich selbst vollzogen und dockt mit einem durchdringenden Metallgeräusch am Landesteg an. Autos verlassen die Fähre, dann Radfahrer und

Fußgänger, und die neuen Passagiere steigen zu, auch Matko mit seinem Moped.

HERR MEISE. Na ja, die Blumenverkäuferin, die Maria Protic, hat mir diesen Brief überlassen. Dafür habe ich aber auch die Blumen bezahlt, gell? Daraufhin bin ich dem Jungen vorsichtig gefolgt. Bis dahin ist die Sache einfach. Aber jetzt kommt die Quizfrage, Herr Simon …

Meise macht eine Kunstpause.

Die Fähre legt vom Ufer ab. Matko steht still zwischen all den aufgekratzten Touristen.

HERR MEISE. … Warum 14 Nelken? Warum nicht zehn, nicht zwölf, nicht 20? Warum keine gängige Zahl? Warum 14?

HERMANN. Können Sie mir nicht ohne Umschweife sagen, worauf Sie hinauswollen?

HERR MEISE. Ich weiß, unsereins ist immer ein bisschen fix mit dem Denken, weil es unser Beruf ist, sich in fremde Angelegenheiten einzumischen. Aber als Erbenermittler handle ich nun einmal im Sinne des Verstorbenen.

HERMANN. Was, im Auftrag von Ernst?

Er hat sich von Meise buchstäblich in die Enge treiben lassen: Hermann ist in die Lücke zwischen Fernrohr und Geländer geraten. Hier kann er nur noch der Fähre hinterherschauen oder muss dem Mann vor sich ins Gesicht blicken.

HERR MEISE. Ja, posthum, wenn ich's mal auf Latein sagen darf. Aber wenn Sie und Ihre Familie sich Gedanken um das Vermögen des Verunglückten machen, dann müssen Sie doch verstehen, dass sich auch andere …

Das Lächeln Meises ist komisch und bedrückend zugleich.

Während der Überfahrt steht der Junge auf dem Ladedeck, ordnet den Nelkenstrauß und schaut traurig zum Loreleyfelsen auf.

Neben einem Reisebus hat sich eine Gruppe von Touristen versammelt, denen nichts anderes einfällt, als das Loreleylied anzustimmen.

Die schöne Jungfrau sitzet
dort oben wunderbar.

Ihr goldnes Geschmeide blitzet,
sie kämmt ihr goldenes Haar.

Auf dem Rückspiegel von Matkos Mofa klebt noch immer das Bild der Weinkönigin. Es ist schon ein wenig verblichen.

Beim Anblick der Felswand, an der Ernst sein Leben ließ, muss der Junge mit den Tränen kämpfen. Die 14 roten Nelken schaukeln im Flusswind.

Hermann und Herr Meise sind zu einem nahen Andenkenkiosk hinübergegangen. Hier sind sie von lärmenden Touristen umgeben, die das Wetter und die Rheinromantik genießen. Meise zieht Bilanz.

HERR MEISE. Der Junge ist heute 14 Jahre alt geworden, für jedes Jahr eine Nelke.

HERMANN. Sie wollen doch nicht etwa behaupten, dass der Junge ein Sohn meines Bruders ist?!

HERR MEISE. Endlisch verstehe Se misch. Also, des is doch eine Schtory, wie's Lewe se selwer se schreibt.

Vor Erregung ist er in deftiges Hessisch verfallen und verheddert sich im Satzbau.

HERR MEISE. Verstehen Sie jetzt, was ich meine?

Er geht lässig die Promenade entlang, als sei nun alles gesagt, und blickt auf den Schiffsverkehr. Hermanns Reaktion scheint ihm gleichgültig zu sein.

HERMANN. Erbenermittler sind Sie?

HERR MEISE. Verzeihung, dass ich vergessen habe, mich vorzustellen.

Er kramt umständlich eine Visitenkarte aus einem Etui.

HERR MEISE. Detektei Meise & Specht, Frankfurt am Main.

HERMANN. Sagen Sie mal, was verdient denn so ein Erbenermittler wie Sie?

Meise spielt die Frage herunter.

HERR MEISE. Nun ja, nachdem Ihr Herr Bruder nicht mehr lebt, da entfällt das Festhonorar. Also, wenn ich nachweisen kann, dass der Junge als leiblicher Sohn der Alleinerbe ist … na ja …

Er weiß, dass er jetzt keine Summe nennen darf, denn man könnte ihn darauf festlegen.

HERMANN. Na, sagen Sie schon, wie viel?

Herr Meise. Na ja, so 15 Prozent. Je nach Größenordnung der Erbmasse.

Hermann denkt nach. Die Erbschaftsdebatte hat eine völlig neue Wendung genommen.

Meise schickt seiner Kalkulation ein undefinierbares Lachen hinterher.

Herr Meise. Ja, mehr nicht! Ja …

Auf der Loreley

An der Landstraße zur Loreley hat Matko den Weg gefunden, der durch eine Schlucht zur Plattform hinaufführt. Hier ist das Ausflugsziel Tausender Touristen, deren Nähe er zu meiden sucht.

Er fährt mit Mofa und Blumenanhänger so nah wie möglich heran, nimmt die Nelken aus dem Eimer und geht damit, abseits der markierten Wege, zur Felskante. Von hier aus hat er einen weiten, freien Blick über die Rheinschleife.

Noch einmal zählt er die Blumen und tritt unerschrocken an die äußerste Kante. Mit ausholender Geste wirft er die Nelken in die Luft.

Es ist ein stilles Abschiedsritual: Matkos Trauer um seinen Freund Ernst.

Die roten Blüten scheinen zu schweben, ehe sie sich weiträumig im Klippenaufwind verteilen und in das Panorama fallen.

Noch lang steht er da und schaut in die Tiefe.

Tante Hildes Aussiedlerhof

Herr Meise macht seine Besuche am liebsten zu Fuß. So kommt er als Mensch an und nicht als motorisierte Instanz. Der Weg von Schabbach hierher ist auch nicht weit. Wenn er über das Stoppelfeld geht, auf dem Tante Hildes Schafe weiden, ist er noch schneller am Ziel.

Der Tag ist heiß, und das Toupet auf seinem Kopf lässt den Schweiß nicht durch. Also steckt er es in die Rocktasche. Was soll's? Hilde ist eine alte Frau, da ist es ohnehin passender, als Glatzkopf aufzutreten.

Meise gehört zu den Leuten, die immer durch die Hintertür zu kommen versuchen. Also läuft er zuerst einmal ums Haus herum, dann durch den Schafstall, den Schweinestall, den Kuhstall und kommt schließlich da heraus, wo Matkos Mofa steht.

Der Zeitpunkt ist richtig gewählt. Er muss nicht lang schnüffeln, denn Tante Hilde keucht soeben mit einem Körbchen Kartoffeln aus dem Keller hoch.

Er setzt sein nettestes Gesicht auf.

HERR MEISE. Ach, hallo, guten Tag! Darf ich mich vorstellen? Meise, von der Firma Meise & Specht, Frankfurt am Main.

Schon hat er seine Visitenkarte hervorgeholt und drückt sie der erstaunten Frau in die Hand.

TANTE HILDE. Sagt mir nichts, eigentlich.

HERR MEISE. Wenn mich nicht alles täuscht, sind Sie doch die Tante Hilde. Liege ich da richtig?

Sie zögert ein wenig, ehe sie die Vermutung mit einem Ja bestätigt.

HERR MEISE. Ja, dann sollten Sie auch als Erste erfahren, dass der kleine Matko ein ganz, ganz großer Glückspilz ist.

TANTE HILDE. Ach, wie kommt das denn?

HERR MEISE. Ja, ich werd es Ihnen erklären.

Meise, der ihr zur Haustür gefolgt ist, macht eine Spannungspause.

TANTE HILDE. Ja, dann gehen wir mal ins Haus, dann können Sie mir das mal erzählen.

Beim Betreten der Wohnküche entdeckt er augenblicklich die Fotos von Matkos Mutter am Küchenbuffet.

HERR MEISE. Ach, die Anca. Da drauf ist sie besonders hübsch.

Schon hat er eins der Bilder an sich genommen und trägt es zu Hilde, die sich zum Kartoffelschälen an den Tisch gesetzt hat.

HERR MEISE. Leihen Sie mir das aus?

Tante Hilde ist jemand, der nicht gut Nein sagen kann.

TANTE HILDE. Wenn's sein muss – aber ich hätt's gern noch mal zurück.

HERR MEISE. Aber natürlich.

Er will sich neben sie setzen, um vertraulich fortzufahren.

TANTE HILDE. Auf dem Platz, wo Sie sich gerade hinsetzen wollen, da hat immer der Ernst gesessen, Herr Meise. Genau auf dem Platz.

Er zögert ein wenig und tut, als respektiere er dessen Stammplatz, dann aber setzt er sich doch. Er ist die Bescheidenheit in Person.

HERR MEISE. Also, gesetzt den Fall, ich wäre der Herr Simon gewesen – also gesetzt den Fall, dann hätte ich mich in die Anca verliebt, ja, also ganz bestimmt hätte ich mich in die Anca verliebt. Und dann wär ich heute der Vater von dem netten Jungen.

TANTE HILDE. Ach, also, da komm ich aber nicht mehr mit.

Er hat seine Botschaft auf Umwegen loswerden wollen, dabei aber Hildes Auffassungsgabe überschätzt.

Auf der Treppe werden Schritte hörbar. Matko kommt vom Obergeschoss herunter, um zu sehen, mit wem Tante Hilde da spricht.

Meise reagiert sofort, geht zur Küchentür und schaut zu dem schüchternen Jungen hinüber.

HERR MEISE. Ja, ganz bestimmt, und dann würde ich für dich genauso sorgen, wie dein toter Vater das jetzt tut.

Da mag Meise noch so nett grinsen: Verstehen kann Matko nicht, was der Fremde hier will.

Günderrode-Haus, Aussichtspavillon und Hof

Es ist Abend geworden. Die Familienversammlung löst sich auf. Alle sind erschöpft von den stundenlangen Debatten.

Hermann begleitet seine Nichten Gisela und Marlies vom Pavillon, wo man versucht hat, sich mit einem Blick ins Tal einen klaren Kopf zu verschaffen, zum Parkplatz hinauf. Dort warten die Ehemänner bei den Autos.

GISELA. Ich hab eine Wut in mir, Hermann, die ist wie eine Wunde. Ich könnte ihn erwürgen.

HERMANN. Was, den Hartmut?

GISELA. Der hat uns doch alle blamiert mit seiner Pleite. Einen Konkurs in meiner Familie – das muss man sich einmal vorstellen. Der Vater wird sich im Grab umdrehen.

MARLIES. Ach Gisela, die Zeiten für die Simon-Optik waren vorbei.

GISELA. Hör auf mit deinen Sprüchen. Er hat sich einfach als unfähig erwiesen. Pleite! Wer's dahin kommen lässt, der hat es verdient. Schon allein deshalb sollten wir alle für die Museumslösung sein. Wäre ja das Letzte, wenn der Hartmut jetzt auch noch das Lebenswerk vom Onkel Ernst verwirtschaften dürfte.

HERMANN. Jedenfalls hat sich herausgestellt, dass wir alle keine Ahnung hatten, wer der Ernst wirklich war.

MARLIES. Das stimmt.

Hermann und die Frauen bleiben stehen.

GISELA. Völlig ausgeschlossen, dass so ein dahergelaufener Matko aus Livoc, oder wie das Nest heißt, etwas mit ihm zu tun hat.

HERMANN. Der Ernst ist viel herumgekommen mit seinem Flugzeug.

GISELA. Aber doch nicht in bosnische Bergdörfer. Der Bub ist dort geboren. Verdammt noch mal, Hermann, hör mir doch zu, wenn ich schon den ganzen Nachmittag herumtelefoniere: Ich hab's amtlich.

Sie lässt Hermann mit Marlies einfach stehen.

Hartmut startet seinen Oldtimer. Er ist der eigentliche Verlierer des Tages. Dass Matko der Gewinner werden könnte, wollen die Simons mit allen Mitteln verhindern.

HERMANN. Das ist genau das, was ich befürchtet habe. Wir sind nah daran, den Jungen zu hassen. Ich mache mir Sorgen.

MARLIES. Ach komm, der kapiert das doch eh nicht.

Lothar, ihr Mann, und Dieter sehen hinter dem abfahrenden Hartmut her.

LOTHAR. Ich wollte ihm die Karre abkaufen, zwölffünf cash, aber der wollte ja nicht. Dabei geht ihm der Arsch auf Grundeis.

DIETER. Und so was will uns dazu bringen, so eine einmalige Gemäldesammlung zu verschleudern. Damit wir dem seinen Lebensstil bezahlen können, mit den sündhaft teuren Oldtimern. Das ist doch ein Witz, gell?

Die Männer reden sich in Einigkeit. Der Tag soll nicht zu Ende gehen, ohne dass man sein Schäfchen im Trocknen hat.

Dieter wendet sich an Hermann, der nachdenklich bei Gisela steht.
DIETER. Hermann, das mit dem Museum ziehen wir durch, ja?
GISELA. Auf alle Fälle.
Das Lehrerpaar Helga und Hans hält sich aus der Debatte heraus. Die beiden gehen auf Hermann zu, um sich zu verabschieden. Ihn wenigstens halten sie für einen gebildeten Gesprächspartner. Die anderen Verwandten grüßen sie nicht. Denen ist das auch gleichgültig.
Marlies kommt eine Idee, von der sie plötzlich erfüllt ist.
MARLIES. Du, Hermann, weißt du was? Wir nennen das gar nicht «Ernst-Simon-Museum», sondern einfach «Simon-Museum», da fällt dann gleich ein gutes Licht auf uns alle gar. Und die Blamage, die sind wir auch los, gell, Gisela?
DIETER. Und den Meise kriegen wir auch klein, das schwör ich euch. Ich kenne den Nachlassrichter, das ist ein vernünftiger Mann. Der lässt so einen dahergelaufenen Schnüffler erst gar nicht zu. Da kannst du ganz beruhigt sein. Tschö.
Er drückt Hermann die Hand, als ob der sein Mandant sei.
HERMANN. Das ist es gar nicht, was mich beunruhigt.

Schabbach, Gasthaus Molz

Als der Abend hereingebrochen ist, macht Meise sich daran, die Stimmung im Dorf auszuloten. Zur Verfestigung seiner Theorie von Ernsts Vaterschaft braucht er noch weitere Indizien. Wer weiß, ob er im Gespräch mit den Leuten nicht einige Hinweise erhält? Er tarnt sich mit Toupet und Schirmmütze.
Alle Gespräche in der Gaststube ersterben, als der kleine Hesse hereinkommt.
Er aber mimt die Frohnatur, geht auf Lenchen zu und bestellt, ehe er sich setzt.
HERR MEISE. Haben Sie etwas Alkoholfreies?
LENCHEN. Ja.
HERR MEISE. Bierchen oder Schnäpschen?
LENCHEN. Schnäpschen?
HERR MEISE. Ja, erst ein Bierchen.

Auf dem Barhocker sitzt er zwar höher, wirkt aber erst recht klein, weil die Beine nicht bis zum Boden reichen. Meises Mimik wechselt jetzt rasch zwischen aufgesetzter Fröhlichkeit und Unbehagen. Er kann die Blicke der Dorfbewohner in seinem Rücken nicht ertragen. Also dreht er sich auf dem Barhocker einmal um sich selbst und schaut frech in die Runde.

HERR MEISE. Guten Abend.

Die Leute grüßen zurück. Der Bann scheint gebrochen. Meise nimmt vorsichtig seine Schirmmütze ab, darauf bedacht, dass sein Toupet nicht verrutscht.

Lenchen beugt sich zu Rudi, der den Ankömmling vom Nebenzimmer her mustert.

LENCHEN. Weißt du, wer das ist an der Theke?

RUDI. Nä, weißt du, Lenchen, wenn alles den Bach runtergeht, dann kommen die Ratten.

Landstraßen an der Mosel

Die Hunsrücker Kinder lernen einen Spruch, um sich ihre Landesgrenzen einzuprägen:

«Nahe, Mosel, Saar und Rhein rahmen rings den Hunsrück ein.»

Man kann demnach im Hunsrück in jede Richtung fahren – immer gelangt man in ein liebliches Flusstal, an dessen Hängen der Wein wächst. Und wenn es einen auf den Hunsrückhöhen friert oder wenn einer sich nach ein wenig Fröhlichkeit sehnt, braucht er nur geradeaus zu fahren, und er wird schon nach einer halben Stunde erleben, wie eine völlig andere Landschaft ihm die Stimmung aufhellt.

Hartmut liebt die Serpentinenstraßen, die ins Moseltal hinunterführen, weil er bei offenem Verdeck spüren kann, wie es in jeder Kurve wärmer wird. Mit schicker Ledermütze, Autobrille und Lederhandschuhen genießt er es besonders, in seinem cappuccinofarbenen Horch an das Ufer des kleinen Glücks zu fliehen. Einmal für ein paar Stunden die Sorgen mit Familie und Firmenpleite vergessen!

In einer Haarnadelkurve sieht er Matko, der sein Mofa repariert.

Der Junge ist heute dem gleichen Trieb gefolgt wie Hartmut. Auch er hat genug Kümmernisse, die er vergessen möchte. Aber da ist ihm der Vorderreifen geplatzt – ein unerwarteter Ärger, mit dem er fertig werden muss.

Als Hartmut bei ihm anhält und hupt, hat er gerade das Vorderrad abmontiert, um den Reifen zu flicken.

HARTMUT. Wir kennen uns doch.

Die Begegnung, auf die er anspielt, hatte ebenfalls in einer Serpentinenschleife stattgefunden.

MATKO. Nä, das war ganz woanders.

Klar, es war der Rhein und nicht die Mosel.

HARTMUT. War jedenfalls toll, dass du mir damals geholfen hast.

Er steigt aus, um sich anzusehen, wie es um das Mofa steht.

Der Junge versucht, den durchlöcherten Schlauch unterm Reifen herauszuwürgen, eine mühsame Arbeit, bei der er sich Hände und Hose verdreckt.

HARTMUT. Aha. Was meinst du: Kriegen wir dein Mofa bei mir hinten drauf?

MATKO. Das ist doch viel zu dreckig.

HARTMUT. Und wenn wir eine Decke unterlegen? Wart einmal, das kriegen wir schon, du wirst sehen. Kein Problem.

Hartmut schnappt sich ohne zu fragen das Vorderrad und trägt es zu seinem Auto. Er überlegt kurz, wie er das Transportproblem lösen kann, denn der Oldtimer hat keinen Gepäckraum. Lediglich ein schicker Lederkoffer schmückt, auf eine Stütze geschnallt, das Wagenheck. Er beschließt, den Koffer abzunehmen und auf den Rücksitz zu stellen. So wird der Platz auf der Stütze für das Mofa frei.

Als Matko mit seiner FOLLOW-ME-Jacke kommt, um sie als Unterlage für den schmutzigen Reifen anzubieten, klopft Hartmut ihm freundschaftlich auf die Schulter.

HARTMUT. Siehste, alles wird gut.

Er trägt das Mofa zu seinem Wagen hinüber.

HARTMUT. Gell, da guckste. Matko, wir zwei, wir gehören zusammen, und wir lassen uns von keinem mehr was sagen. Verstehst du?

Der Junge kapiert nicht, was mit den Worten gemeint ist. Dass

Hartmut plötzlich so nett zu ihm ist, nimmt er einfach hin. Es ist ja auch ein fantastisches Angebot, in dem wunderbaren Oldtimer mitfahren zu dürfen. Er beeilt sich, sein Werkzeug zusammenzuraffen und in ein Tuch zu wickeln.
Hartmut hat es tatsächlich fertig gebracht, das Mofa mit Gurten auf der Heckstütze zu befestigen.
HARTMUT. Wir sind verwandt. Wir halten zusammen wie Pech und Schwefel.
Matko zögert, will sich erst noch den Dreck von der Hose wischen.
HARTMUT. So, bist du fertig?

Die Fahrt ist ein Traum. Der Junge weiß nicht, wohin er überall gucken soll, weil alles nur noch vorübergleitet: die Weinberge, die hübschen Ortschaften mit den Gasthäusern am Straßenrand, ein Wohnturm aus dem Mittelalter. Und hinten auf dem Cabrio: das klapprige Mofa mit dem Bild der Weinkönigin auf dem Rückspiegel.
Immer wieder lächeln Hartmut und Matko sich zu und machen sich auf alles aufmerksam, was ihnen während der Fahrt auffällt. Das schimmernde Fluten der Mosel, die schöne Klosterruine von Stuben am anderen Ufer und der laue Fahrtwind machen ihre Herzen froh.
Da erinnert sich Matko an seinen Traum vom Fliegen. Er steht auf, breitet die Arme wie Flügel aus und hat das Gefühl, über die Windschutzscheibe hinweg abheben zu können.
Als sie über eine Brücke gefahren sind und das Flusswasser nun auf der anderen Autoseite glitzern lassen, wendet Hartmut sich lachend an den Jungen.
HARTMUT. Weißt du, wozu der Mensch Ohren hat?
MATKO. Ei, zum Hören, wenn zum Beispiel Fehlzündungen sind.
HARTMUT. Nä, zum Sehen. Wenn er keine Ohren hätte, würde ihm die Kapp' über die Augen rutschen: So.
Er greift an den Schirm seiner Cabriomütze und zieht sie sich einfach über die Augen. So steuert er blind und waghalsig weiter. Bald taumelt das Auto von einer Straßenseite zur anderen und droht, aus der Fahrbahn auszubrechen. Hartmut denkt nicht daran, die

Mütze wieder aus seinem Blickfeld zu schieben. Matko jubelt vor Begeisterung.

MATKO. Ist das geil!

Hartmut steigert nun absichtlich die Schlingerbewegungen.

Da taucht ein LKW auf, der in Panik hupt und Lichtzeichen gibt.

Hartmuts Ausweichmanöver erfolgt blind und mit vollem Risiko.

Der Junge schreit auf und hält sich die Augen zu.

Der LKW-Fahrer schafft es gerade noch, eine Kollision zu vermeiden, indem er seinen Laster über den Randstreifen hinauslenkt und mit einer Vollbremsung zum Stehen bringt.

Matko ist hingerissen.

Endlich schiebt Hartmut die Kappe hoch und grinst.

HARTMUT. Wenn wir jetzt einen Unfall gebaut hätten und wären beide tot, täte sich mancher freuen. Pech für die!

Er nimmt die schicke Mütze ab und setzt sie Matko auf, der lachen muss. Dass der Erwachsene neben ihm so kühn ist und sich nicht ans Leben klammert, gefällt ihm.

Nach einem Stück schweigender Fahrt, stößt Hartmut ihn an.

HARTMUT. Matko, ich bin pleite. Sieht man mir das an?

MATKO. Ich werde vielleicht Millionär.

HARTMUT. Das Auto wird morgen versteigert.

MATKO. Was kostet's denn?

Er hat keine Ahnung, was er als Millionär machen würde.

HARTMUT. Egal. Es gehört mir nur noch heute. Morgen ist alles futsch.

MATKO. Morgen ist egal.

Hartmut sieht ihn erstaunt an: Meint er das wirklich?

HARTMUT. Sag das noch einmal.

MATKO. Morgen ist egal.

HARTMUT. Noch mal.

Matko spricht ihm aus dem Herzen.

MATKO. Morgen ist egal.

Beim Weiterfahren werfen sie jubelnd ihre Arme hoch und rufen das Motto im Chor:

«Morgen ist egal!»

Schabbach, das alte Simon-Haus mit Dorfschmiede

Jeder Mensch hat etwas, das er auf eine einsame Insel mitnehmen würde. Für Mara ist es, abgesehen von dem Kind, ihr Lieblingspferd «Poeta». Sie führt den Hengst aus dem Stall und hilft einem Fahrer, ihn in den Pferdetransporter zu verladen.
In ihrem Auto, das ebenfalls zur Abfahrt bereitsteht, ist der kleine Matthias Paul Anton zu erkennen.
Über 20 Jahre lang hat die gebürtige Hamburgerin in Schabbach gelebt. Das soll nun ein Ende haben. Mara zieht Bilanz: Es gab Zeiten, in denen sie das Leben im Simon-Clan als Erfüllung empfand. Seit Anton aber nicht mehr lebt und sie Hartmuts schwindende Liebe vollends an Galina verloren hat, gab es von Tag zu Tag weniger Gründe, im Hunsrück zu bleiben. Nicht einmal das schöne Haus könnte sie hier noch halten, denn es ist, wie alle anderen Symbole ihrer bürgerlichen Ansprüche, längst verpfändet und droht in der Firmenpleite verloren zu gehen.
Mara fühlt sich gänzlich erschöpft. Sie weiß nicht mehr, was sie soll und was richtig ist.
Als sie Hartmut kennen gelernt hatte, damals als Studentin an der Uni, war sie eine aussichtsreiche Turnierreiterin gewesen. Heute fragt sie sich, warum sie sich von ihm in den Semesterferien 1977 hatte überreden lassen, mit in den Hunsrück zu fahren. Vielleicht gefiel ihr ja sein roter MG. Sie wollte nur drei Tage bleiben. Aber Hartmuts Vater ließ sie nicht abreisen. Sie wurde mit Freundlichkeiten überschüttet. Anton hatte sogar ihr Pferd und ihren Trainer aus Hamburg holen lassen. Er organisierte ein kleines Turnier, er beglückwünschte seinen Sohn zehnmal am Tag zu seiner Wahl: Anton machte sie vom ersten Tag an zu seiner Schwiegertochter.
Heute ist Mara überzeugt, dass Hartmut sie erst richtig bemerkte, als sein Vater sie auf Händen trug. Sie ließ sich verzaubern. Der ganze Hunsrück hatte sie in diesen Wochen mit offenen Armen aufgenommen: Anton und seine Frau Martha, die damals noch lebte, Hartmuts Geschwister, die Nachbarn – und die Landschaft, die für Pferde wie geschaffen war. Alles war ein Traum. Die Hoch-

zeit ein halbes Jahr später war ein Fest mit Pferden gewesen, das eine ganze Woche dauerte. Ihr Studium hatte sie vergessen. Es gab immer etwas zu tun: der Hausbau, die Einrichtung der Villa, Reisen. Nach Marthas Tod wurde Mara Antons Vertraute. Wenn er krank war, musste sie an seiner Seite sein. Er hatte ja niemanden außer ihr.

Nach dem Kind hätte Mara ihrerseits jemanden gebraucht, der ihr sagt, was sie tun soll, der sie anstachelt zu neuen Initiativen. Früher ist es ihr Vater in Hamburg gewesen. Als der es nicht mehr war, war es der Schwiegervater, und als der schließlich auch starb, gab es für sie keinen Halt mehr.

Lange Zeit hatte sie geglaubt, Hartmut sei ihr ähnlich. Deswegen waren die beiden wohl auch aneinander hängen geblieben. Er hatte ebenso immer den starken Mann im Hintergrund gebraucht, obwohl er sich verzweifelt dagegen wehrte. Und als es keinen mehr gab – keinen Vater, keinen Onkel Ernst mehr –, kam er ins Schleudern.

Nur ihre Pferde gehören Mara persönlich. Sie schüttelt die düsteren Gedanken ab und schließt die Ladeluke des Transporters. Ihr Geländewagen steht ein Stück weiter oben an der Straße.

Ihre letzten Schritte auf Schabbacher Boden werden von Rudi Molz beobachtet, der mit dem alten Willem, einem Nachbarn, vor dem Backhaus steht. Willem hat sogar die Maria, Hartmuts Großmutter, noch gekannt.

WILLEM. Ich weiß noch, wie sie der Maria ihre letzte Kuh mitgenommen haben.

RUDI. Ach, Vergangenheit, Willem, das kommt nie mehr wieder. Eine Epoche geht heute zu Ende.

Der Pferdetransporter fährt voraus. Mara folgt mit dem Geländewagen. Matthias Paul Anton ist hinten in seinem Kindersitz untergebracht. Sie versucht, ihr Söhnchen, das die Abschiedsstimmung spürt, aufzuheitern, und bittet es, nicht nach hinten aus dem Auto zu schauen. Zurückblicken bringe Unglück. Alles Gute liege vor ihnen – da, wo sie jetzt hinführen, und da würden sie für immer bleiben. Das Kind ist noch zu klein, um zu verstehen.

Der kleine Konvoi fährt über die alte Steinbrücke und lässt Schabbach hinter sich.

Landstraße mit Wegkreuz

Hartmut ist zu Fuß aus dem Dorf gegangen. Er besucht das Wegkreuz am Apfelbaum, an dem das Taxi durch sein Verschulden verunglückt war.

Er hat sich ins Gras unter dem Baum gelegt und hängt seinen düsteren Gedanken nach. Es gibt auch heute frische Blumen vor dem Kreuz mit dem Bildchen des toten Lutz. In einer roten Plastikhülse flackert eine Kerze.

Von weitem nähert sich der Pferdetransporter und fährt vorüber. Mara folgt in ihrem Wagen. Auch sie fährt vorbei, doch dann erkennt sie Hartmut im Rückspiegel. Sie hält an. Vorsichtig lässt sie ihr Auto zum Wegkreuz zurückrollen.

MARA. Hartmut? Ich dachte, du würdest noch mal vorbeikommen, um uns auf Wiedersehen zu sagen.

Hartmut richtet sich auf, klopft sich die Grashalme von der Kleidung und sieht verwirrt zu ihr hinüber.

HARTMUT. Was hast du erwartet? Dass ich an der Haustür stehe und winke-winke mache, wenn du abhaust?

Hartmut hat keine Perspektive mehr.

Mara steigt aus. Sie überquert die Landstraße und mustert ihn. Seit Jahren hat sie ihn nicht so angesehen.

MARA. Du siehst elend aus.

Sie hat Recht. Hartmut ist müde und ratlos. Er bückt sich, nimmt seinen Rucksack und schwingt ihn über die Schulter. Irgendwie muss er jetzt gehen.

Mara denkt Ähnliches. Sie läuft ein paar Schritte Richtung Auto, dann aber dreht sie sich nach ihm um.

MARA. Komm, steig ein.

Er folgt mechanisch. Vom Wegkreuz zur Straße muss er über die Böschung steigen. Hinter den Scheiben des Geländewagens sieht er den Schatten des kleinen Matthias Paul Anton.

Er geht auf den Schatten zu. Das ist doch sein Kind. Er kann es nicht einfach verlassen!

Da spürt er Maras Hand. Sie ist mütterlich und warm. Das hatte er längst vergessen oder nie gefühlt. Er begegnet ihrem liebevollen Blick, als sie die Autotür öffnet.

Im Rückspiegel sieht er – jetzt deutlich – sein Kind. Es ist wie eine Erlösung. Der Junge im Spiegel spricht zu ihm.

MATTHIAS PAUL ANTON. Wo wir jetzt hinfahren?

Hartmuts Hand sucht Maras Schulter, als sie neben ihm sitzt. Sie lenkt den Wagen. Bald holt sie den Pferdetransporter ein, der in Langsamfahrt gewartet hat, dass sie aufholt. Sie wendet sich ihrem Kind im Wagenfond zu.

MARA. Jetzt haben wir uns *doch* noch mal umgedreht und zurückgeblickt.

Optische Werke, Außengelände und ehemalige Versandhalle

Die Pleite hat alles zerstört. Der Verwaltungsbau der Optischen Werke, einst ein architektonisches Glanzstück für einen Ort wie Schabbach, sieht schon schäbig aus. Seit die Firma die Produktion einstellen musste, setzt der Zerfall rasch ein. Fenster zerbrechen, Staub dringt durch die Ritzen, der Wind trägt Überreste von Werbeprospekten davon und zerrt an Hartmuts Firmenlogo, das er einmal für viel Geld aus Plexiglas hat fertigen lassen.

Nur Chauffeur Horst und Frau Weirich, die Getreuen aus Antons und Hartmuts Zeiten, können ihre Gewohnheiten nicht ändern. Sie gehen immer noch täglich zur Firma.

Weil es keine Arbeit mehr gibt, trinken sie in einem Lagerraum miteinander Kaffee. Und da es auch nichts mehr zu sagen gibt, sitzen sie schweigend beisammen.

Ernsts Anwesen mit Bürocontainern und Holzbrücke

Lulu kann sich beim bestem Willen keine Übersicht über ihre Lage verschaffen. Nach dem Auftauchen des Herrn Meise liegt ihre berufliche Zukunft wieder im Ungewissen. Dennoch geht sie täglich zur Baustelle. Sie hat das Gefühl, dass sie sich wehren muss.

Das Nachlassgericht hat bis zur Klärung aller Erbschaftsansprüche einen Verwalter eingesetzt, einen Herrn Doktor Kuhn, der mit zwei Polizeibeamten erschienen ist, um sich Ernsts Hinterlassenschaften anzusehen.

Lulu hält sich im Hintergrund.

Als Doktor Kuhn das Wohnhaus und den Baucontainer besichtigt hat, macht er sie mit den Maßnahmen vertraut, die er eingeleitet hat.

DR. KUHN. Als kommissarischer Eigentümer werde ich den Auftrag geben, dieses gesamte Areal einzäunen zu lassen, und zwar dem Wert des Objektes gemäß.

Er zeigt Lulu, wo er den Zaun errichten will.

LULU. Das heißt, Sie wollen mein Büro abriegeln lassen?

DR. KUHN. Ja, das will ich.

Lulu merkt, dass der Mann ihr nicht traut. Als er über die Holzbrücke geht und mit einer Geste des ungehaltenen Richters vor der verschlossenen Stahltür stehen bleibt, weiß sie, welche Frage er jetzt stellen wird.

DR. KUHN. Haben *Sie* vielleicht den Schlüssel?

LULU. Nein, Herr Doktor Kuhn, den Schlüssel für die Höhle, den haben wir immer noch nicht gefunden. Wir hatten eine Spezialfirma hier, die sollte das Schloss aufbohren mit einer Kernbohrmaschine, aber dabei sind nur die ganzen Bohrköpfe abgeschliffen worden. Dann sollten sie es aufsprengen, aber sie haben sich geweigert, weil kein Mensch weiß, was für ein Schaden an den Bildern entstehen würde, wenn man hier 15 Kilo Dynamit explodieren lässt.

DR. KUHN. Ja, das weiß ich.

LULU. Ja, dann wissen Sie ja auch, dass die Tür aus titanlegiertem Stahl besteht und die Schlösser absolut unüberwindbar sind, weil da ein elektronischer Code drin versteckt ist, den keiner kennt.

Doktor Kuhn ist nicht der Erste, der an Ernsts Höhlentresor scheitert.

LULU. Herr Doktor Kuhn, warum fragen Sie mich denn dann?

Dass er sie verdächtigt, den Schlüssel zu besitzen und nicht herausgeben zu wollen, deprimiert Lulu. Seit Ernsts Tod ist das Vertrauen zwischen allen zerbrochen.

Aussiedlerhof von Tante Hilde

Dieter Simon hat als Einziger der Familie ein ausgesprochen gutes Verhältnis zu Doktor Kuhn. Das mag daran liegen, dass beide Juristen sind und darum die gleiche Sprache sprechen. Man hat jedoch auch den Eindruck, dass die Berufung des Mannes mit Dieters Initiativen zusammenhängt, dem Anspruch Meises und seines Schützlings Matko entgegenzutreten.

Dieter, in Begleitung Doktor Kuhns, besucht überraschend Tante Hilde.

Die alte Bäuerin ist gerade bei der Stallarbeit. Eine ziemlich unpassende Situation für einen Blumenstrauß, den er ihr mitgebracht hat.

Matko, der sich in seinem Versteck auf dem Heuboden aufhält, hört die Stimmen der Männer. Er ahnt, dass es um ihn und um nichts Gutes geht. Er pirscht sich heran, um einen Blick auf die Fremden zu werfen.

Dieter versucht, Tante Hildes Vertrauen zu gewinnen.

DIETER. Kennen Sie mich noch? Ei, ich bin doch der Dieter Simon.

TANTE HILDE. Wir haben uns ja schon länger nicht mehr gesehen.

DIETER. Frau Sulzbacher, wir brauchen doch den eindeutigen Nachweis. Und das geht nur über so einen Bluttest. Ich denke, es ist keinem geholfen, Ihnen nicht und uns auch nicht, wenn wir das nicht konsequent weiterverfolgen.

Matko erschrickt bei dem Wort «Bluttest». Er kann sich darunter nur etwas Schlimmes vorstellen.

DR. KUHN. Ich könnte den Test von Gerichts wegen vorschreiben lassen. Aber ich frage Sie: Wollen Sie, dass der Junge von der Polizei geholt wird und zwangsweise zur Blutabnahme gebracht wird?

Also hat Matko Recht gehabt: Die wollen ihn zu etwas zwingen.

DIETER. Das ganze Dorf würde zugucken und sich das Maul zerreißen. Ist doch besser, wenn wir das unter uns erledigen. Muss der Junge nicht sowieso mal zum Arzt? Zu einer Routineuntersuchung oder so etwas?

TANTE HILDE. Ach, er hat höchstens mal Zahnweh, aber sonst …

Dr. Kuhn. Oder wir nehmen ihn unter einem Vorwand einfach mit.

Tante Hilde. Ja, meinen Sie, der tät gerade so mitfahren?

Spätestens jetzt wird es Zeit für Matko zu verschwinden. Er schafft es, unbemerkt zur Holztreppe zu gelangen. Drunten steht sein Mofa. Er beeilt sich. Mit Treten der Pedale kann er geräuschlos losfahren, den Motor startet er erst während der Fahrt.

Als Dieter und sein Begleiter aufhorchen und sich umdrehen, ist nur noch ein vorbeihuschendes Schemen zu sehen.

Tante Hilde. Jetzt ist er fort.

Matko fährt über ein Stoppelfeld dem Kirchturm von Schabbach entgegen.

Kirchberg, der Schulhof

Dieter und Doktor Kuhn haben sich bei Tante Hilde nicht mehr blicken lassen. So scheint für Matko keine Gefahr mehr zu drohen. Was soll er anderes tun, als seinem alltäglichen Trott zu folgen? Wie jeden Morgen geht er zur Schule.

Aber auch dort ist alles anders geworden. Seit sich das Gerücht verbreitet hat, dass er, der obendrein ein Ausländerkind ist, Ernsts Millionen erben soll, schlagen ihm Neid und Hass entgegen.

Keiner der Lehrer sagt etwas, und die Mitschüler meiden ihn.

Erst in der Pause entladen sich die Gefühle. Matko wird angerempelt, man will ihm die Fliegerjacke entreißen, und Spottverse werden gejohlt:

«Stotterkaiser – Millionenscheißer! Matko, wir machen dich plattko!»

Matko flüchtet zu seinem Klassenlehrer, der ihn in Schutz nimmt.

Lehrer. Schluss jetzt, Schluss. Jetzt ist aber Schluss hier. Komm, Matko. Macht mal Platz hier!

Der Lehrer nimmt den Jungen mit zum Rektor. Es wird beschlossen, ihn vorerst vom Schulbesuch zu befreien, bis sich seine Lage geklärt hat. Sonst passiert vielleicht etwas, und daran will keiner der Lehrer schuld sein.

Gleich nach der Pause darf er die Schule verlassen. Er holt sein Mofa vom Abstellplatz und schiebt es Richtung Straße.
Als er aufsteigen will, sieht er, wie ein Polizeiauto mit Blaulicht herangerast kommt. Er erschrickt. Die zwei Beamten springen aus dem Wagen und rennen zum Schuleingang. Das kann nur ihm gelten.
Matko hat einen Vorsprung, den er nutzen will. Er startet und fährt übers Trottoir davon. Der hier wartende Schulbus verdeckt ihn, sodass die Polizisten ihn nicht bemerken.

Reha-Klinik in Bad Salzig

Hermanns BMW biegt in den Parkplatz der Reha-Anlage ein. Würde die Inschrift auf einem Bronzeschild nicht darauf hinweisen, dass es sich um eine Rehabilitationsklinik für Krebspatienten handelt, könnte man die Gebäude für einen edlen Hotelkomplex halten. Die Anlage liegt abgeschieden in einem bewaldeten Tal, das sich zur Ostseite hin zu einem eindrucksvollen Weitblick öffnet.
Hermann lässt Lukas aussteigen und geht mit ihm auf den Neubau eines Bewegungsbades zu. Clarissa liebt Blumen, deswegen gehören sie zu Hermanns Besuchsritual.
Im Vorraum zur Badehalle zieht er dem Kind die Schuhe aus, weil man sie sonst nicht betreten darf. Dabei hören die beiden schon Clarissas Stimme. Es ist nun keine Seltenheit mehr, dass ihr Gesang sie empfängt.
Die Stimme gewinnt von Mal zu Mal mehr ihren alten Glanz zurück, und es macht Hermann glücklich, die Fortschritte der Genesung auf so musikalische Weise zu erleben.
CLARISSA.

Du innig Rot, bis an den Tod
Soll meine Lieb dir gleichen.
Soll nimmer weichen, bis an den Tod,
Du glühend Rot, soll sie dir gleichen.*

* Wolfgang Rihm: «Günderrode-Lieder», «Das Rot», Text: Karoline von Günderrode

Es ist eins seiner «Günderrode-Lieder», das Clarissa ihm entgegensingt.
Sie liegt entspannt im Wasser, am Rand eines großen Schwimmbeckens, und genießt die Resonanz ihrer Stimme aus der Weite der Halle.
Mit seinen nackten Füßchen umkreist Lukas das Becken und hat keine Angst hineinzufallen.
Als Hermann mit den Blumen bei Clarissa ankommt, streckt sie ihm ihren Fuß aus dem Wasser entgegen. Er küsst ihre Zehen und freut sich, dass sie wieder Lust zum Spielen zeigt.
CLARISSA. Hier steht die Zeit still. Ich weiß nicht mal, ob Sonntag ist oder Frühling oder Winter. So ist das Gesundwerden. Man kann nicht zugucken.
Sie reckt sich aus dem Wasser, drückt Hermann einen Begrüßungskuss auf den Mund und lässt sich rücklings ins Becken zurückgleiten. Ihre Bewegungen sind fließend, und man könnte meinen, es müsste auch draußen die Welt im Begriff sein zu heilen.

Aussiedlerhof, Matkos Zimmer

Die Verfolgung Matkos eskaliert. Es sind nicht mehr nur seine Mitschüler, sondern nun auch alle möglichen Leute vom Dorf, die ihn auf offener Straße unverhohlen anpöbeln. Der Junge ist für sie die Verkörperung der Habgier. Man setzt ihn mit Herrn Meise gleich.
In dieser Nacht wird Matko in seinem Bett von Stimmen geweckt. Unten im Hof haben sich Jugendliche zusammengerottet. Er horcht in die Dunkelheit.
JUGENDLICHE. Psst, sonst wacht die Alte auf. Mal leise, ich hab da was gehört. Habt ihr die Steine? Den machen wir fertig.
Matko wagt einen Blick durchs Fenster.
Unter dem Apfelbaum stehen mehrere Jungs mit Steinschleudern, die zu seinem Fenster heraufschauen.
JUGENDLICHE. He, Matko, wir machen dich plattko!
Er begreift, dass er sich schnell in Sicherheit bringen muss.

Jugendliche. Matko, wart's nur ab, wir kriegen dich schon noch. Du Millionenscheißer!

Er flieht, ohne Licht zu machen. Schon fliegen die Steine. Das Fenster zerbirst, Glasscherben splittern auf sein Bett, die Steine krachen ins Zimmer und verwüsten alles.

Tante Hilde ist aufgewacht und läuft mit Angstgekreische durch das Stockwerk.

Tante Hilde. Matko, Matko!

Bevor sie jemanden identifizieren kann, rennt die Bande weg.

Matko ist auf den Heuboden geklettert, um sich in seinem Verschlag zu verstecken. Aber auch hier findet er alles verwüstet. Seine Segelflugzeug-Modelle sind zerstört, seine Bücher und Andenken an die Mutter liegen auf dem düsteren Boden zerstreut.

Und dann entdeckt er den schlimmsten Frevel: Seine Taube, die nach ihren Ausflügen immer wieder zu ihm zurückgekehrt ist, liegt leblos zwischen den Trümmern.

Er nimmt den toten Vogel auf und trägt ihn behutsam zu seiner Matratze, auf der er so oft mit ihm gesessen und zärtlich auf ihn eingesprochen hat.

Matko weint, und er hat Todesangst.

Ernsts Gelände, Hof, Schuppen und Schieferhöhle

Im Mondlicht gelangt Matko an die Rückseite von Ernsts Wohnhaus. Er weiß, dass es nachts bewacht wird, und er muss besonders vorsichtig und leise sein.

Nachdem er das Mofa im Gebüsch versteckt hat und um die Hausecke biegt, sieht er den bewaffneten Wächter, der mit einem Schäferhund über den Hof streift.

Matko umrundet das Haus von hinten, um unbemerkt zu dem Werkzeugschuppen zu gelangen. Er hat noch bestens in Erinnerung, wo Ernst den elektronischen Schlüssel für die Höhle versteckt hielt.

In einem Augenblick, als der Mann sich abwendet, kann er die

Hand nach dem Balken ausstrecken, auf dem das Kästchen liegt. Jetzt muss es ihm nur noch gelingen, den Höhleneingang zu erreichen.
Doktor Kuhn hat, wie angekündigt, den Zugang zur Brücke sowie die Baucontainer und Teile des Hofes mit einem hohen Zaun und Stacheldraht abriegeln lassen.
Matko klettert an einem der Brückenpfeiler hinauf und schwingt sich in einem günstigen Moment über das Geländer. Wichtig ist, leise zu sein.
Als er an der Stahltür ankommt, drückt er, wie Ernst es ihm gezeigt hat, auf das Schlüsselkästchen.
MATKO. Sesam, öffne dich.
Er hätte den Zauberspruch nicht sagen müssen, denn die Panzertür hat sich schon zuvor bewegt und kommt ihm geräuschlos entgegen. Er schlüpft hindurch, bevor der Wachmann in seine Richtung blickt.
Im Innern der Höhle ist es nicht schwer, sich zu orientieren, weil die Beleuchtung sich automatisch einschaltet, sobald man die Infrarotschranke durchschreitet.
Matko kommt an den Edelstahlcontainern vorbei, folgt dem Rohrsystem der Klimaanlage und erreicht das schimmernde Plastikzelt, in dem Ernst ihm den «Zigeunerjungen» gezeigt hatte. Das Feldbett des Kunstexperten Dr. Edwards steht noch an seinem Platz, direkt bei dem Bild von Otto Müllers «Liebespaar».
Matko kann aufatmen. Hier findet ihn niemand, hier ist er zunächst einmal sicher.

Schabbach, Rudis Dorfkneipe

Um diese Nachtzeit sind einige Schabbacher noch wach. Toni, der Bürgermeister, liebt es, seine Abende in Rudis Wirtschaft zu verbringen, wo man alles erfährt, was im Dorf geschieht und gedacht wird. Diesem Kneipenwissen verdankt er sein Bürgermeisteramt, denn er weiß immer, woher der Wind weht.
Von Rudi selbst hat er freilich nie viel erfahren, denn der war sein Leben lang überzeugt, dass man als Gastwirt seine Meinung bes-

ser für sich behält. Er ist schließlich auf die Schabbacher angewiesen, und zwar auf alle. So hat er es auch immer gehalten.

Seit Ernsts Tod sieht Rudi die Dinge allerdings anders.

RUDI. 48 Jahre lang hab ich da hinterm Tresen gestanden und mir angucken müssen, wie sich in Schabbach die Meinungen ändern. Hitler: gut, dann auf einmal bös. Amis: bös, dann auf einmal gut, dann auf einmal wieder bös. Russen: bös, dann auf einmal wieder gut. Mir langt es allmählich.

TONI. Wir gehen halt mit der Zeit.

Das ist Tonis Lebensmotto. Der Bauer Helmut pflichtet ihm bei.

HELMUT. Was denn sonst?

RUDI. Simon-Museum gut, dann schlecht, dann wieder gut. Hör mal zu, Toni, eigentlich sollte sich jeder hier in Schabbach schämen.

TONI. Rudi, spiel nur nicht den Moralapostel!

RUDI. Beispielsweise wegen dem Tod vom Ernst. Der tät nämlich noch leben, wenn ihr nicht der Evers in den Arsch gekrochen wärt mit der Bauplanablehnung.

LENCHEN. Nicht *einmal* war die seitdem hier bei uns in der Wirtschaft. Aber die weiß schon, warum.

TONI. Lenchen, mittlerweile haben wir uns auch darüber schon Gedanken gemacht. Die Abstimmung würde jetzt garantiert anders ausgehen.

Nach diesem Satz, der die Stimmung im Dorf genau trifft, gibt es allgemeine Zustimmung an den Tischen.

RUDI. Wenn es nicht zu spät wäre …

Er steht neben Lenchen, die stolz darauf ist, dass ihr Rudi endlich einmal offen die Wahrheit sagt.

Ernsts Anwesen, Holzbrücke, Hofgelände

Im Morgengrauen dreht der Wachmann mit dem Hund seine letzte Kontrollrunde. Bachbett, Brücke und Bürocontainer liegen im Frühnebel.

Er rüttelt pro forma ein wenig an Kuhns Sicherheitszaun, kontrolliert nochmals die Schlösser, dann geht er weiter.

Matko hat die Höhle schon verlassen und wartet unter der Brücke, bis der Mann sich umgedreht hat. Dann klettert er am steilen Bachufer hinauf und erreicht das dicht bewachsene Gelände hinter Ernsts Wohnhaus. Er greift sein Mofa auf und schiebt es aus dem Gestrüpp. Als er den Motor starten will, biegt der Wächter unvermutet um die Hausecke.
Matko kann zwar entkommen, aber der Mann greift zum Funkgerät.
WACHMANN. Wachdienst an Polizeidienststelle Simmern, bitte kommen Sie schnell. Verdächtige Person …

Waldweg beim Sportplatz

In der Höhle hätte Matko nicht bleiben können. Es gibt da nichts zu essen, kein trinkbares Wasser und zum Schlafen zu wenig Decken. So ist er wiederum auf der Flucht.
Er meidet die großen Straßen, ins Dorf will er auch nicht, und den Hof Tante Hildes kann er nur betreten, wenn er sicher ist, dass ihm niemand auflauert. Das Mofa ist seine Rettung. Damit kann er wenigstens in Bewegung bleiben und muss sich nicht wie ein gehetztes Tier im Wald verkriechen. Die Angst aber weicht nicht mehr von ihm.
Als er den Waldweg zum Schabbacher Sportplatz herunterfährt, schaut er zwar nach allen Seiten, dennoch bemerkt er die zwei Polizisten nicht, die sich hinter Büschen verborgen haben. Sie springen ihm in den Weg. Einer fasst nach dem Gepäckträger, der andere zerrt Matko vom Sattel. Das Mofa knallt auf den Asphalt.
ERSTER POLIZIST. Halt, bleib stehn – halt ihn, der will weg!
Matko gelingt es zwar, sich mit einem Hechtsprung über den Wassergraben in den Wald zu retten, aber die Männer sind schneller und nehmen ihn in den Polizeigriff.
ERSTER POLIZIST. Gib den Schlüssel raus! Wir wissen, dass du den Schlüssel hast.
Einer von ihnen filzt ihn. In der Geheimtasche von Matkos Fliegerjacke ertastet er das Kästchen und zieht es hervor.
ZWEITER POLIZIST. Aha, das ist er.

Erster Polizist. Dann werde ich mal den Doktor Kuhn anrufen. Der wird Augen machen. Komm, hau ab!

Matko kann nicht fassen, dass die Männer ihn einfach laufen lassen. Nichts anderes als den Schlüssel wollten sie. Er steht noch ganz atemlos am Waldrand und ist den Beamten plötzlich gleichgültig.

Erster Polizist. So ein Saukerl, wollte uns reinlegen. Da hast du dich aber sauber verrechnet, Herr Millionär!

Zweiter Polizist. Was hat der eigentlich für eine Staatsbürgerschaft?

Erster Polizist. Das müssen wir mal überprüfen.

Zweiter Polizist. Die Sorte sollte man im Auge behalten.

Erster Polizist. Oder dahin zurückschicken, wo sie herkommen.

Zweiter Polizist. Wollen sich bereichern.

Erster Polizist. Auf unsere Kosten.

Zweiter Polizist. Scheißkerl.

Sie drehen sich kein einziges Mal nach dem Jungen um und reden über ihn, als sei er gar nicht vorhanden. Dann fahren sie in ihrem Auto davon.

Aus dem umgestürzten Moped läuft Sprit aus. Matko bemerkt dies und läuft zu ihm hin. Das Bild der Weinkönigin lächelt ihn vom Rückspiegel an.

Autobahnraststätte «Hunsrück West»

Nach einem Besuch bei Clarissa fährt Hermann wieder nach Hause. Er hätte die Autobahn schon eine Ausfahrt früher verlassen, aber sein Kraftstoffanzeiger meldet, dass er neuen Sprit braucht. So fährt er weiter. Die Tankstelle, die er ansteuert, erinnert ihn stets an den toten Ernst, den er an einem seiner schwersten Tage hier getroffen hat. Während er den Zapfhahn zurücksteckt und das Ventil betätigt, schweift sein Blick ziellos übers Gelände. Da sieht er einen Jungen, der neben seinem Mofa am Randstreifen der Fahrbahn sitzt. An eine Birke gelehnt starrt er in den höllischen Verkehr.

Hermann glaubt, Matko zu erkennen. Er lässt den Zapfhahn los und überquert die Zufahrtsstraße. Je näher er dem Jungen kommt, desto lauter dröhnt ihm der Verkehrslärm entgegen. Es gibt hier keinen Zaun, keine Leitplanke oder eine andere Abgrenzung vor den vorbeirasenden Autos und LKWs. Man müsste nur drei Schritte vorwärts gehen, und man würde zerfetzt.
Hermann nähert sich vorsichtig, will den Jungen nicht erschrecken. Aber gerade weil er so unverhofft in sein Gesichtsfeld tritt und ihn anspricht, jagt er ihm einen Riesenschrecken ein.
Matko springt auf und läuft in Richtung Autobahn.

HERMANN. Nun warte doch mal. Ich bin doch der Bruder vom Ernst. Erinnerst du dich?

MATKO. Ich will nicht erben!

Er hält auch Hermann für einen, der ihn als Erbschleicher ansieht.

HERMANN. Bist du weggelaufen?

MATKO. Ich geh nicht mehr nach Schabbach, nie mehr.

Der Junge kehrt zu seinem Plätzchen an der Birke zurück. Wohin soll er sonst?

HERMANN. Das kann ich gut verstehen. Als ich so alt war wie du, da wollte ich auch nie mehr nach Schabbach. Ich kann dir anbieten, mit zu mir zu kommen. Bei mir passiert dir nichts, ehrlich.

Matko sagt nichts, muss sich das erst überlegen. Er weiß nicht, ob er dem Mann trauen kann. Für ihn ist die Welt voller Feinde.
Hermann spürt, dass der Junge Zeit zum Nachdenken braucht. Er lässt ihn für sich und kehrt zu seinem Auto zurück.
Als er sich zu seinem Portemonnaie auf dem Beifahrersitz bückt, steht Matko hinter ihm.

MATKO. Und mein Mofa?

HERMANN. Das lassen wir einfach hier. Wenn dich jemand sucht, dann kommt er dadurch auf eine falsche Spur.

Das leuchtet dem Jungen ein.

HERMANN. Na komm, steig ein. Ich bin gleich wieder da.

Hermann öffnet ihm die Wagentür, damit er sich setzen kann.
Matko ist wie ein gejagtes Reh, das Schutz sucht.

Günderrode-Haus, Weinbergweg und Hof

Auf der Serpentinenstrecke zu Hermanns Haus ist Matko schon aufgetaut. Er interessiert sich für die technischen Einzelheiten des BMW, verstellt die automatischen Sitze und will wissen, wie die elektronischen Sicherheitssysteme funktionieren. Hermann kann ihm nicht alles beantworten, weil er selbst nicht weiß, was sein Auto an technischen Raffinessen zu bieten hat.

Als sie auf dem Hof ankommen, steht da ein klappriger Mercedes mit einem Kennzeichen des Main-Taunus-Kreises. Dass sie vom Torhäuschen aus beobachtet werden, merken die zwei noch nicht.

HERMANN. Wer ist denn das?

Verwundert geht er mit Matko zu dem Auto hin. Da meldet sich eine Stimme.

HERR MEISE. Also, Herr Simon, dass Sie den Jungen mitgebracht haben, das hätte ich mir nicht träumen lassen.

Meise ist aus seinem Versteck hervorgetreten und geht auf die beiden zu.

HERR MEISE. So ein Zufall. Hallo, Matko – ei, guck mal, ich bin wieder da. Hast du mich schon vergessen? Ei, ich freu mich so, dich zu sehen, und dann mit dem Herrn Simon. Und hast du dich schon angefreundet mit dem berühmten Onkel?

Der kleine Mann kichert in sich hinein und macht einen solch zufriedenen Eindruck, dass es Verdacht erregt.

HERMANN. Woher wussten Sie, dass wir hierher kommen?

HERR MEISE. Ei, wie kommen Sie denn da drauf? Mitnichten doch.

Matko verbirgt sich, so gut er kann, hinter Hermanns Rücken.

HERR MEISE. Aber wenn gerade aus Ihrer weit verzweigten Familie niemand anzutreffen ist, dann muss ich doch wenigstens Ihnen erzählen, was meine Nachforschungen gebracht haben.

Bei seinem Lacher muss Meise husten. Er holt betulich ein Taschentuch hervor.

HERR MEISE. Ach, da hab ich mir was geholt auf dem Balkan. Und Matko, was denkst du? Hab ich deine Mutter gefunden oder nicht? Rat' mal.

MATKO. Ich weiß es nicht.

HERR MEISE. Dann pass mal auf.

Er dreht sich auf dem Absatz um und geht zum Torhäuschen zurück, wo er sich versteckt hatte. Bevor er dahinter verschwindet, dreht er sich nochmals um und macht Faxen zu Matko hin, als wäre der sein Komplize.

Hermann und der Junge stehen abwartend da, bis er wieder auftaucht. Meise führt eine schlanke Frau mit sich, die er untergehakt hält. Die in Rock und Bluse gekleidete Fremde hält schützend ihre Hand vor eine Gesichtshälfte.

Matko weicht zurück.

MATKO. Das ist nicht meine Mutter!

Sie spricht ihn in ihrer Sprache an, die er versteht, aber er will von der Frau nichts wissen.

MATKO. Ich will nicht.

Anca kommt näher auf ihn zu. Nach wie vor verdeckt sie die eine Gesichtshälfte mit der Hand.

Matko flieht zu Hermanns Auto zurück.

HERR MEISE. Jetzt bedenken Sie mal, was für eine lange Zeit dazwischen gelegen hat. Fünf Jahre, und das in seinem Alter, eine lange, lange Zeit. Und dann noch der Krieg.

Hermann weiß, dass er dem Jungen jetzt beistehen muss. Er lässt Meise stehen und folgt ihm zum Auto.

MATKO. Meine Mutter, die ist, die ist ganz anders.

Beschwichtigend legt Hermann den Arm um seine Schulter.

HERMANN. Matko, die *war* anders. Du warst damals neun Jahre alt, stimmt's?

Er führt ihn weiter den Hof hinunter. Matko soll Abstand und Zeit gewinnen.

HERR MEISE. Ich denke, das wird sich einrenken. Ich habe jedenfalls von der Anca sämtliche Vollmachten und werde jetzt tun, was notwendig ist. Schließlich vertrete ich hier das Recht der Schwachen.

Herr Meise hat galant Ancas Hand ergriffen und tut, als wäre sie schon die Millionenerbin. Offenbar hat er die arme Frau völlig eingewickelt.

HERMANN. Jetzt spielen Sie hier bloß nicht den Samariter – da kommt's mir hoch. Was Sie hier an Erwartungen geweckt haben …

Er läuft auf Meise zu, um diesem gründlich die Meinung zu sagen. Dabei sieht er zum ersten Mal Ancas versteckte Gesichtshälfte. Eine schreckliche Verbrennungsnarbe bedeckt Wange und Ohr wie ein Feuermal. Hermann wird sich bewusst, dass die Frau Fürchterliches in ihrer Heimat erlebt haben muss. Er begreift, warum sie Matko nicht mitnehmen wollte und warum dessen Briefe zurückgekommen sind.

HERMANN. Das eine wollte ich Ihnen noch sagen, Herr Meise, falls Sie es noch nicht bemerkt haben sollten: Ich bin nicht auf Ihrer Seite.

Anca löst sich von ihrem «Beschützer». Sie will mit ihrem Sohn allein sprechen.

Es ist ein herzzerreißender Anblick, wie sie zu ihm geht und versucht, Kontakt zu finden. Jedes Mal, wenn sie ihre Hand nach ihm ausstreckt, weicht er zurück. So sehr hatte er sich in all den Jahren nach der Mutter gesehnt und ihre Fotos angeträumt, dass er nicht glauben will, dass diese entstellte und gealterte Frau ihn geboren hat.

Sie spricht erneut in ihrer Sprache auf ihn ein, versucht, ihn an seine Kindheit zu erinnern, aber er wird immer verschlossener. Seine Seele ist in Panik.

Meise hat für solche Gefühle nicht viel übrig.

HERR MEISE. Wir wollen Sie nicht länger belästigen. Komm, Matko, wir gehen.

Der Junge hört nicht mehr, was um ihn herum gesagt wird. Seine Versuche, Ancas Zärtlichkeiten abzuwehren, wiederholen sich wie in Trance.

HERR MEISE. Ich sage, der Ernst Simon ist dein Vater. Die Anca ist sich da bombensicher. Was wollen Sie da mehr?

Hermann will Matko auf keinen Fall dieser Habgier aussetzen.

HERMANN. Der Junge bleibt erst mal hier. Er vertraut mir. Und darin soll er sich nicht getäuscht haben. Verstehen Sie, was ich sage, oder soll ich es Ihnen noch einmal erklären?

ANCA. Ich verstehe sehr gut, Herr Simon.

Er erschrickt bei dem Tonfall der Frau, und sie spricht Deutsch, womit er nicht gerechnet hat. Ihre Stimme klingt hart und feindselig. Er begreift, dass diese so schwer vom Krieg Geschädigte nun haben will, was Meise ihr versprochen hat.

HERR MEISE. Ich weiß nicht, was Sie sich auf einmal ausrechnen, Herr Simon. Ganz koscher sind Sie mir jedenfalls auch nicht.

Auch das war deutlich. Meise hat ihm und der ganzen Simon-Familie den Krieg erklärt.

Hermann versucht ruhig zu bleiben, während das seltsame Paar ins Auto steigt und davonfährt. Er hört die Abschiedsworte der Frau aus dem Wagenfenster, die nur der Junge versteht.

HERMANN. Komm erst mal.

In seiner Erregtheit versucht er, den Faden wieder aufzunehmen: Also, im Kofferraum ist Clarissas Gepäck; das hat er aus der Reha-Klinik mitgebracht, weil sie am Montag entlassen und endlich wieder nach Hause kommen wird. Hermann ordnet seine Gedanken.

Matko hilft beim Auspacken. Wie es weitergeht, weiß keiner. So beunruhigend der Gedanke ist, er entspannt auch die Lage.

Bad Salzig, Reha-Klinik

Jetzt, da Clarissa wieder heimkommen soll, will Lulu mit ihrem Kind nach Köln zurückkehren. Wer weiß, wie die Erbstreitigkeiten ausgehen? Für sie gibt es vorerst keine Hoffnung, dass Ernsts Museumsbau noch verwirklicht wird.

Ihren Abschiedsbesuch bei Clarissa macht Lulu ohne Hermann, der beschlossen hat, bei Matko zu bleiben.

Im Eingangsbereich des schönen alten Badehauses steht ein Brunnen, aus dem das heilsame Quellwasser fließt. Der kleine Lukas hat sich beim Pflegepersonal einen Becher besorgt, mit dem er zum Brunnenrand rennt. Lulu hat ihm dort einen Stuhl hingerückt, damit er im Wasser pritscheln kann, während sie mit Clarissa spricht.

LULU. Du wirst sehen, es ist schon besser so. Du sollst mit Hermann endlich mal zu zweit alleine sein – und Lukas und ich, wir müssen wissen, wo wir eigentlich zu Hause sind.

Die zwei Frauen sitzen nebeneinander auf den Kurgaststühlen. Von hier aus können sie dem Spiel von Lukas zusehen, ohne die freundschaftliche Intimität ihrer Abschiedsszene zu stören. Clarissa, die mit ihren kurzen Haaren immer noch fremd und müde wirkt, lächelt zu dem Kind hinüber.
CLARISSA. Lukas, kommst du mich mal besuchen?
Das Ja des Kleinen ist von ergreifendem Charme.
CLARISSA. Ich hab dich doch so lieb.
Lulu hat Clarissas Hand ergriffen und streichelt sie. Nie zuvor hat sie gegenüber der Lebensgefährtin ihres Vaters so viel Herzlichkeit empfunden.
LULU. Der Hermann und du, ihr seid schon richtig füreinander, finde ich. Wollte ich dir immer mal sagen.
Clarissa sieht sie erstaunt an. Diese Anerkennung fällt Lulu sicher nicht leicht. Die Krankheit hat sie wohl möglich gemacht. Allein das ist ein positives Ergebnis.
Sie würde sich gern an Lulus Schulter lehnen, weiß aber, dass es schon sehr viel ist, ihre Hand zu halten.

Uniklinik, Serologisches Institut

Auf Betreiben von Doktor Kuhn soll Matkos Abstammung wissenschaftlich festgestellt werden. Alles andere hält er für Spekulation. Man wird Herrn Meise und seine Ansprüche anders nicht abweisen können.
Hermann hat das eingesehen und Matko davon überzeugt, die Prozedur eines Vaterschaftstests über sich ergehen zu lassen.
Alle Beteiligten mischen sich an diesem Morgen in die Sache ein: Die Polizei erscheint, um Matko mitzunehmen. Doch das kann Hermann verhindern, indem er seinen Schützling persönlich zum Genlabor fährt.
Natürlich lässt es sich auch Herr Meise nicht nehmen, mit Anca anwesend zu sein. Abgesehen davon, dass man das Blut der Mutter ebenfalls untersuchen muss, hat er so die Kontrolle über den Ablauf. Der kleine Mann ist wie immer misstrauisch.

Vor dem Universitätsinstitut fährt ein ganzer Konvoi vor: Doktor Kuhn, Meise mit Anca, Hermann mit Matko und die Polizei, die dafür sorgen soll, dass der Junge nicht wieder von Panik befallen wird und flüchtet.
An der Treppe vor dem Institut sieht Matko seine Mutter wieder. Wie bei der ersten Begegnung kommt sie ihm sehr nah, hat das Bedürfnis, ihn zu berühren. Der Junge wehrt weiterhin ab. Er wirkt geistesabwesend, so als wäre er an einem anderen Ort, an dem ihn niemand einholen kann.
HERMANN. Nun komm, Matko, jetzt machen wir das.
Hermann hält schützend seine Hand über ihn.
Als Matko sieht, wie sein Blut durch die Kanüle fließt, erscheint es ihm, als käme es aus dem Körper eines Fremden. Er blickt an allen Anwesenden vorbei.
DR. KUHN. Wir lassen das ganze Standardgutachten einschließlich DNA, SLS und PCR laufen. Damit erreichen wir eine Sicherheit von 99,9 Prozent, zumal wir auch noch die Mutter zur Verfügung haben – stimmt doch, Frau Doktor?
Die behandelnde Ärztin bestätigt.
Die Blutabnahme von Anca ist schon erfolgt. Sie steht neben Herrn Meise und hält sich einen Wattebausch auf die Einstichstelle in der Armbeuge.
DR. KUHN. Wenn dieser Test positiv ist, werden Sie und vor allem der Junge den ganzen Hunsrück gegen sich haben.
Diese Warnung ist nicht nur an Meise gerichtet, sondern auch an Hermann.
Doktor Kuhn gibt dem Polizeibeamten ein Zeichen, dass er jetzt gehen kann, weil die Sache für ihn abgeschlossen ist.
Hermann beugt sich über den Jungen.
HERMANN. War's sehr schlimm?
Er signalisiert Matko mit heimlicher Gestik, dass er sich aus dem Staub machen soll. Er will ihm auf diese Weise weitere Demütigungen ersparen.
Mit erneuter Drohgebärde geht Doktor Kuhn noch einmal auf Meise los.
DR. KUHN. Man wird ihn hassen. Herr Meise, ich bete zu Gott, dass uns das erspart bleibt!

Hermann geht auffällig in den Nebenraum, um die Blicke von Matko abzulenken. Da tritt ihm Meise in den Weg.

HERR MEISE. Mein Antrag auf Ausstellung des Erbscheins für den Jungen liegt dem Gericht bereits vor. Meine Firma besitzt sämtliche Vollmachten der Mutter.

Er greift vertraulich nach Ancas Hand. Da merkt er, dass Matko verschwunden ist.

HERR MEISE. Ei, wo ist denn der Bub hin?

Ratlos fasst er sich an den Kopf und verschiebt dabei sein lächerliches Toupet.

Autobahn und Landstraße

Endlich ist es soweit. Hermann hat seine geliebte Clarissa bei sich im Auto. Nur noch eine kleine Weile, und sie wird mit ihm in ihr gemeinsames Haus zurückkehren.

Auf der Fahrt passieren sie auch die Raststätte «Hunsrück», wo immer noch Matkos Mofa steht. Das gibt Hermann Anlass, Clarissa die ganze Geschichte von ihm zu erzählen. Sie soll schließlich wissen, was sie nach der Heimkehr erwartet.

CLARISSA. Und du glaubst wirklich, der ist jetzt bei uns zu Hause und wartet auf dich?

HERMANN. So war es jedenfalls abgemacht. Du hast doch hoffentlich nichts dagegen?

CLARISSA. Nein, natürlich nicht.

HERMANN. Diese Gier! Alle!

CLARISSA. So bald wird der keine Ruhe mehr finden.

Sie kennt den Jungen nicht, umso deutlicher sieht sie ihn in ihrer Anteilnahme vor sich.

HERMANN. Hauptsache, du bist wieder da.

Die Hunsrücklandschaft ist herbstlich geworden.

Die Loreley, Rheinuferstraße und Felsvorsprünge

Weil er keinem mehr traut, hat sich Matko in seiner Verzweiflung dahin begeben, wo er die 14 roten Nelken für Ernst in die Tiefe geworfen hat. Ernst, fühlt er, war sein bester Freund und ein Flieger wie er.
Die bizarren Felsvorsprünge ragen an dieser Stelle weit in das Flusstal hinein. In überdimensionalen Stufen schiebt sich eine Felsplatte vor die andere. Matko hat es geschafft, auf die vorderste der Stufen zu klettern. Von hier aus geht es nur noch senkrecht nach unten. Niemand wird es wagen, ihm hierher zu folgen. Er steht reglos auf der moosbewachsenen Steinfläche, die kaum groß genug für seine Schuhe ist. Vor ihm das weite Tal mit dem aufleuchtenden Fluss. Schiffe fahren träge dahin, und die Eisenbahnen sehen wie Spielzeuge aus.
Matko spürt den Wind, der vom Tal heraufweht. Weiter unten, irgendwo in der unzugänglichen Felswand, ist sein Freund, der vielleicht sein Vater war, in einem Feuerball gestorben.

Auf der Rheinuferstraße unterhalb des Loreleyfelsens hat die Polizei, ähnlich wie nach Ernsts Absturz, die Straße gesperrt. Einsatzfahrzeuge mit Blaulicht stehen quer. Ein Löschzug der Feuerwehr ist angekommen und fährt die hohe Leiter aus: ein völlig nutzloses Unterfangen, da der Felsen, auf dem Matko steht, die Leiter in fünffacher Höhe überragt. Auch ein Sprungtuch wäre sinnlos.
Schon hat sich um die Autos ein Menschenauflauf gebildet. Polizisten und Neugierige starren in die Höhe: Weit oben, auf dem Felsvorsprung über schwindelndem Abgrund, ist der Junge zu erkennen.

Ein Streifenwagen rast mit Blaulicht heran. Als Meise und Anca aussteigen, eilt ein Polizist auf sie zu, um die Mutter zur Einsatzleitung zu führen.
Direkt hinter den Ankömmlingen werden Straße und Gehwege mit Flatterband abgesperrt. Die Leute vom Technischen Hilfsdienst können hier unten nichts anderes tun, als Matko mit Ferngläsern zu beobachten.

Der Einsatzleiter führt Anca zu einem Mann in Zivil, der hinter der Leitplanke steht und sich mit den Männern von der Bergrettung berät.

EINSATZLEITER. Ich darf Ihnen Herrn Pohl vorstellen, unseren Polizeipsychologen.

Meise drängt sich vor und überreicht seine Visitenkartre.

HERR MEISE. Meise. Detektei Meise & Specht, Frankfurt am Main.

POLIZEIPSYCHOLOGE. Sind Sie die Mutter?

HERR MEISE. Ja, das ist die Mutter. Sie spricht auch Deutsch.

Anca zittert am ganzen Leib. Sie starrt in die Höhe und merkt kaum, wo sie ist. Außer sich vor Angst ruft sie Matko mit versagender Stimme etwas in ihrer Sprache zu.

POLIZEIPSYCHOLOGE. Sie dürfen ihn nicht von hier unten ansprechen. Kommen Sie, wir haben auf Sie gewartet.

Man führt die entsetzte Mutter zu einem Kleinbus, der sofort mit ihr, dem Psychologen und Meise losbraust.

Oben auf dem Felsplateau sind alle Maßnahmen für Matkos Rettung gescheitert. Man kommt an den Jungen einfach nicht heran.

Polizeibeamte sperren auch hier das Gelände ab. Rot gekleidete Männer von der Bergrettung versuchen, an Stellen, die Matko nicht einsehen kann, Rettungsleinen anzubringen. Als das Einsatzfahrzeug eintrifft, wird er von allen Seiten beobachtet.

Anca folgt dem Psychologen zu einer Stelle, von der sich die Lage besser überschauen lässt. Zu Matko kann man nur von oben gelangen, denn er steht auf dem untersten Vorsprung, der sich weiter ins Tal hinausschiebt als alle anderen Felsen.

Schon wieder will Anca ihrem Sohn etwas zurufen, aber der Psychologe hält ihr den Mund zu.

POLIZEIPSYCHOLOGE. Ruhe, wir schaffen das schon, ja? Wir schaffen das zusammen.

Er legt den Arm um sie und führt sie auf den Weg zur steilen Felsformation.

Das Bild des völlig unbewegten Jungen über dem Abgrund hat eine eigentümliche Schönheit, die Meise die Knie zittern lässt.

Selbst die leichter zugänglichen Felsterrassen über Matko sind nicht harmlos. Der Psychologe, der als Erster wagt, sich ihm zu nähern, hält inne, lang bevor er die Kante erreicht. Er sieht den Jungen nicht einmal von hier aus.

Als er hört, dass Anca herangeführt wird, kehrt er um.

POLIZEIPSYCHOLOGE. O Gott, kommen Sie jetzt.

Sie ist voller Panik. Nicht einmal der Mann von der Bergrettung kann ihr auf dem Felsplateau ein Gefühl von Sicherheit vermitteln.

ANCA. Halten, bitte.

HERR MEISE. Die Frau hat Höhenangst. Im Flugzeug konnte sie schon nicht aus dem Fenster gucken.

Der Psychologe weiß nicht, was jetzt richtig ist.

POLIZEIPSYCHOLOGE. Gut, dann versuch ich's eben noch mal allein.

Meise will Anca beruhigen. Sie soll sich erst einmal an die Höhe gewöhnen.

Der Psychologe traut sich jetzt weiter nach vorn. Auf allen vieren erreicht er eine Stelle, von der aus er den Jungen wenigstens sehen kann.

POLIZEIPSYCHOLOGE. Matko, deine Mutter ist gekommen. Sie ist nicht so mutig wie du, und die traut sich nicht einmal bis hierher – aber sie steht ein paar Schritte hinter mir und macht sich Sorgen. Na komm, gib mir die Hand. Ich bring dich zu ihr. Kannst sie dann beruhigen.

Der Psychologe hält seine Taktik für klug. Er streckt seine Hand nach ihm aus, wohl wissend, dass er ihn nicht erreichen kann.

Matko hat für ihn nur einen verächtlichen Blick.

Da kehrt der Psychologe um.

Als ihm Meise entgegenkommt, der sich auch jetzt nicht von seiner Aktentasche trennen kann, schickt ihn der Psychologe barsch zurück.

POLIZEIPSYCHOLOGE. Nicht Sie, die Mutter, die muss jetzt mit ihrem Sohn sprechen. Das ist die einzige Lösung.

Meise hat eine Stelle erreicht, an der er Matko sehen kann. Sein

ganzes Werk, denkt er, läuft in diesen Momenten Gefahr zu zerbrechen.
Der Psychologe führt die zitternde Mutter gemeinsam mit einem Mann von der Bergrettung über die Plattform.
POLIZEIPSYCHOLOGE. Kommen Sie, kommen Sie – wir schaffen das. Wir schaffen das zusammen.
Meise wird eifrig. Er will, dass die Aktion nicht an der Ängstlichkeit der Mutter scheitert. Es ist seine letzte Chance.
HERR MEISE. Anca, du musst dich hinlegen. Guck einmal, genauso wie ich, so. Dann kann gar nichts schief gehen.
Er legt sich vor ihr auf den Felsboden und zeigt, wie man sich nach Indianerart voranrobbt.
Anca ist zu allem bereit. Der Psychologe quasselt auf sie ein.
POLIZEIPSYCHOLOGE. Das klappt. Alles wird gut. Kommen Sie. Sehr gut, sehr gut. Sprechen Sie.
Sie robbt nach vorn, während der Mann von der Bergwacht sie an den Füßen festhält, damit sie sich gesichert fühlt. So erreicht sie die Abbruchkante, die Matkos Standfläche unmittelbar überragt.
Sie fängt an, mit Matko zu sprechen. Ihre Stimme klingt vorwurfsvoll. Sie will, dass er sich um sie Sorgen mache, denn ihr gehe es so schlecht. Er dürfe ihr das nicht antun. Sie wimmert und fleht und spricht – was keiner der Anwesenden versteht – nur von sich.

Da breitet Matko langsam die Arme aus. Das FOLLOW ME auf seiner Jacke ist eine Botschaft, die Anca nicht verstehen kann. Es ist ein Gefühl wie bei der Fahrt in Hartmuts Oldtimer durch den Sommertag zur Mosel: Er weiß, dass er fliegen kann.
Als die Mutter hinter ihm für einen Moment verstummt, lässt Matko sich fallen und stürzt lautlos in die Tiefe.
Der Aufschrei Ancas, der Zusammenbruch Meises, der vorher noch sorgsam seine Aktentasche auf dem Felsen abgestellt hat – das alles ist nur ein Nachhall.
Matko ist Ernst in den Fliegerhimmel gefolgt.

Günderrode-Haus, Terrasse

Clarissa ist wieder zu Hause.
Ihre Bewegungen haben etwas seltsam Schwebendes, so als ob es Zeit bräuchte, bis sie hier wieder Boden fasst. Zu lange war sie nur in Gedanken daheim gewesen.
Hermann steht nah bei ihr. Endlich sieht sie das Tal wieder und schaut zu den Berghängen gegenüber auf, wo nichts auf das Drama hindeutet, das sich in diesen Augenblicken dort ereignet hat.

Der Bluttest ergab, dass Matko Mišic
nicht der Sohn von Ernst Simon gewesen ist.

SECHSTES BUCH

Abschied von Schabbach

München, das Stadtgebiet am 11. August 1999

Die Wetterprognosen waren gemischt. Für das Münchner Stadtgebiet hatte man eine Regenwahrscheinlichkeit von 70 bis 80 Prozent vorausgesagt.
Um elf Uhr macht sich jeder, der es sich leisten kann, auf die Socken, um sich einen guten Aussichtsplatz auf dem Olympiaberg, am Monopteros im Englischen Garten, im Westpark oder am Friedensengel zu sichern.
Man weiß nicht recht, was man anziehen soll. Es ist verhältnismäßig kühl, die Wolken bewegen sich schnell, direkte Sonne gibt es nur für Minuten. Die Wiesen des Englischen Gartens, auf denen man sich niederlassen möchte, sind noch feucht von den Regengüssen der vergangenen Nacht.
Es ist Mittwoch. Die Geschäfte haben geöffnet, in den Betrieben wird gearbeitet. Ein Tag wie alle anderen und doch nicht, denn jedermann weiß: Um 11 Uhr 16 wird am Himmel ein ungewöhnliches Schauspiel beginnen, ein Ereignis, das in alten Berichten als heilig, ja apokalyptisch beschrieben wird: Um 12 Uhr 37 wird die Stadt für sieben Minuten verdunkelt sein.
Der Kosmos wird München berühren, zwar nur als Schatten, wie ein Flügelschlag der Ewigkeit. Ein Vorbote von etwas, das wir nicht erkennen – vielleicht des dritten Jahrtausends? Jahrtausende sind nur menschliche Zeitrechnung. Dem Kosmos sind sie gleichgültig.
Die Münchner wissen, wie sie das Gewaltige verharmlosen und sich handlich verkleinern können: Sie nennen es lässig «Sofi», haben rechtzeitig ihre «Sofi-Brille» gekauft, lesen die «Sofi-Infos» und planen ihre «Sofi-Mittagspause» so ein, dass sie einen Blick auf das Großereignis einer Sonnenfinsternis werfen können.

Rasche Wolkenbewegung, gelegentliche Aufhellungen.
Um 11 Uhr 03 fährt im Hauptbahnhof ein Intercity-Express ein. Unter den Aussteigenden ist Gunnar Brehme. Nach der langen Fahrt wirkt er angeschlagen und müde. Er trägt einen neuen hell-

grauen Business-Anzug. Die Krawatte hat er abgelegt und den Hemdkragen geöffnet. Mit seinem kleinen Reisekoffer an der Hand, in der anderen lässig Mantel und Herrentäschchen tragend, durchquert er die Bahnhofshalle.
Um ihn herum tollt eine Kindergruppe mit «Sofi-Brillen». Die Kleinen versuchen, einander in ihren verspiegelten Augen zu erkennen.
Er fühlt sich belästigt
An einem Kiosk hängt ein Schild: «Sofi-Brillen ausverkauft!»
Gunnar geht mit dem Koffer zum Stachus und durch das Karlstor in die Innenstadt. Es berührt ihn merkwürdig, dass die Passanten in der Fußgängerzone immer zum Himmel hochschauen, obwohl sich da nur eine Wolkendecke ausbreitet.
Er bummelt im Schlenderschritt, hat es nicht eilig.

11 Uhr 50
In seiner Versunkenheit hört er jemanden seinen Namen rufen. Mitten im Fußgängerstrom bleibt er stehen.
TILLMANN. Mensch, das ist doch der Gunnar – wie kommt der denn hierher?
Mit großen Augen und einem erstaunten Grinsen steht sein früherer Kumpel Tillmann vor ihm.
GUNNAR. Ich weiß jetzt gar nicht, wo ich dich hinstecken soll.
TILLMANN. Also, das ist doch wohl die Höhe. Guck mich an. Ich bin's, der Tillmann. Und das ist die Moni.
Moni steht etwas abseits und lächelt herüber. Sie trägt das gleiche blaue T-Shirt wie er.
GUNNAR. Der Tillmann!
Da kommt Moni näher, um sich mit stolzem Lächeln an ihren Mann zu schmiegen.
TILLMANN. Jetzt fällt der Groschen aber mächtig-gewaltig, oder?
Gunnar entdeckt den Schriftzug auf ihren Hemden.
GUNNAR. Schabbach?
Er glaubt zu träumen.
Tillmann bläht seine Brust, damit der Kumpel den Text besser lesen kann.
TILLMANN. www.schabbach.de
MONI. Das ist die Adresse von unserer Theatergruppe. Und der

Tillmann ist unser Backstageman: managt alles, Musikeinstellung, Bühne, Licht. Ohne den Tillmann läuft bei uns nichts. Wir sind nämlich Jahressieger auf dem Amateurtheaterfestival in Garmisch-Partenkirchen.

TILLMANN. Da kommen wir gerade her.

Gunnars Geist kommt allmählich in der Gegenwart an.

GUNNAR. Nee, es tut mir Leid, aber ich war gerade in Gedanken auf einer völlig anderen Baustelle.

In diesem Augenblick zieht hinter dem Paar ein ganzer Pulk mit blauen T-Shirts vorbei. Es sind lauter Schabbacher. Lachend nehmen sie vor einem nahen Reisebüro Aufstellung, um ungeniert, wie sie nun einmal sind, ein Liedchen zu singen: «O du mein Heimattal, im schönen Hunsrückland ...»

Gunnar weiß nicht, was er zu der Begegnung sagen soll, und blickt zerstreut zum Himmel.

TILLMANN. Sag mal, bist du auch wegen der Sonnenfinsternis hier?

GUNNAR. Eher nicht, also nicht wirklich. Du, ich hab hier einen Termin in Bayern, und ich hab's so eilig.

Doch statt weiterzugehen, bleibt er stehen. Er hat offenbar die Richtung verloren und muss sich neu orientieren. Tillmann und Moni sehen ihn fragend an und wundern sich über sein merkwürdiges Verhalten.

Die Hunsrücker singen ihr Lied mehrstimmig und ungeniert zu Ende:

Wo auf des Tales schmalem Weg
ein Wanderbursch am Bächlein geht,
da liegen Dörflein wunderschön ...

12 Uhr 06

Immer mehr Menschen bleiben stehen, um den Himmel zu beobachten. Die Wolkendecke ist aufgerissen, und die Sonne wird für Minuten sichtbar.

Tillmann und Moni hatten sich noch zwei Exemplare der Papierbrillen kaufen können, die das grelle Sonnenlicht durch verspiegelte Plastikfolien filtern und für das Auge erträglich machen. Inzwischen ist die Verdeckung der Sonnenscheibe so weit fortgeschritten, dass eine sengend helle Sichel entsteht.

MONI. Wie eine Mondsichel.
TILLMANN. Wie eine Sonnensichel, wenn schon.
MONI. Unheimlich, als käme ein Gewitter.
Das Licht über der Stadt ist fahl geworden. Es hat den Anschein, als wäre allem der Schatten abhanden gekommen.

12 Uhr 17
Die Fahrzeugkolonnen auf den Ringstraßen geraten ins Stocken. Dämmerlicht kriecht über das Häusermeer. Das Olympiadach schimmert metallisch, im Park daneben bewegen sich schattenhaft Menschenzüge.
Auch in der Innenstadt verlangsamen sich alle Bewegungen. Die Leute geben ihre Ziele auf. Der Marienplatz ist ein Aussichtspunkt geworden, denn ein blaues Stück Himmel direkt über dem Rathaus gibt die blendende Sichel frei. Tausende von Sofi-Brillen sind nach oben gerichtet.
Gunnar geht durch die erstarrte Menschenmenge.

12 Uhr 28
Die Einkaufsstraßen sind jetzt verdüstert. Nirgends findet Gunnar ein Taxi.
Als der Halbschatten schon alle Konturen verwischt, erreicht er die Feldherrnhalle.
Der Verkehr ist zum Stillstand gekommen.
Wolken fahren über den Himmel und entziehen die schmale Sonnensichel immer wieder den Blicken. Der Odeonsplatz ist voller Menschen. Viele stehen auch mitten auf der Straße. Jeder Ort ist gleich gut. Blitzlichter flammen auf. Hilflos versuchen die Leute, das Ereignis zu fotografieren.
Als Gunnar die Stufen der Feldherrnhalle herunterkommt, schießt der Kernschatten auf den Platz.

12 Uhr 37
Es ist auf einmal Nacht. Ein Aufschrei entfährt den Mündern, dann wird geklatscht, so als spende man Szenenapplaus für einen Schauspieler.
In den Schaufenstern entzünden sich flackernd die Neonlichter, alle Dämmerungsschalter der Stadt reagieren.

Gunnar tritt in das fahle Licht der Sonnenkorona. Nun ist auch er fasziniert.

GUNNAR. Leute, das ist schon ein gewaltiger Anblick. Das ist Wahnsinn, man glaubt's nicht, Wahnsinn.

Mit ungeschützten Augen blickt er in das Farbenspiel der Korona.

12 Uhr 38

München liegt in Finsternis, in zahllosen Blitzlichtern immer wieder aufleuchtend. Die Straßenlampen bleiben dunkel. Positionslichter auf dem Olympiaturm, träg fließende Scheinwerferlichter auf dem Mittleren Ring, stehende Blaulichter auf der Ludwigstraße und aufbrausender Jubel auf dem Marienplatz. Begeisterung und heiliger Schauder.

Eine schwarze Sonne steht am Himmel, wird aber von Wolkenfetzen verwischt. Wind kommt auf. Ein kurzer Regenschauer peitscht über die Plätze. Es wird kalt.

12 Uhr 39

Auf den Bahnsteigen des Hauptbahnhofs unterscheidet sich nichts von einem Nachtbetrieb: Neonlicht, Züge mit beleuchteten Waggons. Da stimmt alles, nur die Uhrzeit passt nicht.

Hermann geht auf dem «nächtlichen» Bahnsteig an einem soeben eingetroffenen Zug entlang. Als er Clarissa entdeckt, beschleunigt er die Schritte. Die Geliebte ist wieder gesund. Mitten in der Apokalypse hält er sie in den Armen.

CLARISSA. Vom Zugfenster aus habe ich beobachtet, wie die Landschaft sich verändert. Unglaublich, dieses Farbenspiel, und ganz eigenartige Schatten sind über die Felder gehuscht.

HERMANN. Schön, dass du endlich da bist.

Er schnappt sich einen ihrer beiden Koffer und läuft Richtung Ausgang. Clarissa folgt, hat Mühe, ihn einzuholen.

CLARISSA. Der Zug hatte in Salzburg schon Verspätung. Dort haben sie einen strahlend blauen Himmel.

12 Uhr 44
Eilig verlassen die beiden eine U-Bahnstation, genau in dem Augenblick, als die Stadt aus dem Kernschatten wieder heraustritt. Noch ganz außer Atem stehen sie in der Menschenmenge und erleben das Phänomen des «Diamanten»: Der erste direkte Strahl, der das Auge trifft, erglänzt wie ein riesiger Diamant am Rand der schwarzen Sonnenscheibe.
Hermann schaut auf die Uhr.
HERMANN. Der Kosmos ist gnadenlos pünktlich.

Die Rückkehr des Tageslichts findet im Nieselregen statt. Alles, was zum Stillstand gekommen war, fließt, rennt, rollt, hastet wieder, als hätte ein Zauberer die Stadt aus ihrer Hypnose geweckt: Man erinnert sich an nichts mehr. Dass die Sonne noch bis 14 Uhr 06 braucht, um sich aus dem Mondschatten vollends zu lösen, spielt keine Rolle mehr.
«Schlechte Dramaturgie», sagen die Fernsehreporter. Das sei, als ob sich eine Striptease-Tänzerin auf offener Bühne wieder anzöge. Die «Sofi» ist wieder zu dem geworden, was sie seit Tagen schon war: zu einem Medienereignis im Sommerloch, einem Anlass zum Kalauern. Die Gesetze des Kosmos und seine ewigen Zeitmaße interessieren ab 12 Uhr 50 niemanden mehr.

Für Gunnar ist das Ereignis nicht vorbei. Er hat die Korona mit bloßen Augen angestarrt, bis es auf dem Odeonsplatz wieder hell wurde.
Als er jetzt weitergehen will, hat sich die schwarze Sonne in seine Netzhaut eingebrannt. Wohin er den Blick auch richtet – das Bild der Sonne schwebt vor ihm her. Er würde dies hinnehmen und hoffen, dass es wieder vergeht, hätten sich nicht auch noch heftige Kopfschmerzen eingestellt. Seine Augen röten sich und tränen. Panik überkommt ihn, er fürchtet, seine Sehkraft zu verlieren.
In der Residenzstraße entdeckt er das Schild eines Augenarztes. Als er das Gebäude betritt, trifft er auf eine Menschenschlange, die sich vom Erdgeschoss über die ganze Treppe hinaufwindet. In seiner Kopflosigkeit will er, an den Leuten vorbei, einfach

zur Praxis hochlaufen. Da aber wird er von einer empörten Frau aufgehalten

PATIENTIN. Stopp, hinten anstellen. Das ist eine Schlange hier!

GUNNAR. Tschuldigung, ich hab Sie nicht gesehen.

PATIENTIN. Ja, ich aber.

Jetzt erst wird ihm klar, dass all die hier Wartenden sich die Augen geblendet haben. Viele drücken sich Taschentücher auf die Lider.

Als Gunnar die Stufen wieder hinuntergeht, läuft er einer netten Arzthelferin, die Augentropfen verteilt, in die Arme.

ARZTHELFERIN. Kommen Sie, Sie kriegen auch Tröpfchen.

Er legt den Kopf zurück, um sich ihrer Fürsorge anzuvertrauen.

Eingang einer Haftanstalt, Knast

Gunnar fährt in einem Taxi.

Vor seinen Augen tanzt immer noch die schwarze Sonne mit der Korona. Das Auto hält vor der Pforte der Justizvollzugsanstalt. Er steigt aus und versucht, mit der Halluzination fertig zu werden.

Das Gebäude ist aus wilhelminischer Zeit. Wie eine Festung ist es mit einer hohen Mauer und Stacheldraht abgeschottet. Die vergitterten Fenster, die sich in langen Reihen über fünf Stockwerke hinziehen, versetzen ihn in Schrecken.

Er atmet tief ein. Das Bild der Korona überlagert sich mit dem Anblick der Gefängnispforte.

Gunnar lässt das Taxi warten, und sich einen Ruck gebend geht er auf den Eingang zu. Der Beamte hinter der Panzerglasscheibe schaltet das Außenmikrofon ein.

JUSTIZBEAMTER. Grüß Gott.

Mit der Grußformel wird Gunnar erinnert, dass er sich in Bayern befindet.

GUNNAR. Ich hab heute einen Termin bei Ihnen, aber aufgrund der Sonnenfinsternis auch ein medizinisches Problem. Ich habe eine so genannte Solarretinopathie, wenn Sie wissen, was das ist.

JUSTIZBEAMTER. Nein.
GUNNAR. Also kurz, wenn irgend möglich, ich würde gern erst morgen kommen.
JUSTIZBEAMTER. Ladung zum Strafantritt, Ausweis, Name.
GUNNAR. Mein Name ist Brehme, Gunnar Brehme.
In aller Ruhe nimmt der Beamte die Papiere in Empfang und vergleicht die Daten mit seinen Unterlagen. Dabei belehrt er Herrn Brehme über die Folgen eines verschleppten Strafantritts.

Wohnung von Petra und Reinhold

Nachdem der Gefängnisbeamte ihn hat gehen lassen, fährt Gunnar mit dem Taxi weiter. Er lässt sich jetzt in das gutbürgerliche Stadtviertel bringen, wo Reinhold und Petra wohnen.
Die reich verzierte Fassade des Jugendstilhauses flößt ihm zwar eine Menge Respekt ein, aber er gibt sich einen erneuten Ruck und schreitet auch hier mutig auf den Eingang zu.
Das Treppenhaus ist ebenso beeindruckend. Ehe er den Messingknopf an der edlen Wohnungstür drückt, zögert er. Immer noch tanzt das Bild der Sonnenkorona vor seinen Augen, und wieder fangen sie zu tränen an.
Ein kultiviertes Bim-Bam ertönt. Hinter der Ornamentglasscheibe nähert sich ein Schatten. Reinhold, der öffnet, nestelt gerade am Kragenknopf seines Smokinghemds.
REINHOLD. Gunnar?
Er kann nicht glauben, dass er wirklich Gunnar vor sich stehen sieht.
Im Hintergrund wird Petras Stimme vernehmbar, die vor sich hinträllert: «Diamonds, diamonds are the girl's best friends …»
Gunnar kann jetzt auch sie sehen, wie sie in einem rosa Abendkleid aus dem Schlafzimmer tänzelt und sich vor Reinhold dreht, als wäre er ein Spiegel.
PETRA. Und, wie seh ich aus?
Da erkennt sie den Mann an der Tür. Das Lied erstirbt in ihrer Kehle.
GUNNAR. Ja, stör ich? Ich war gerade in München, und da hab

ich gedacht, guckste mal vorbei. Ich wollte euch einfach guten Tag sagen.

Ein Knarren im Parkettboden lenkt seinen Blick in Richtung hintere Diele, von wo sich zwei Teenager nähern.

Das kleinere der Mädchen weiß nicht, was es von dem Fremden halten soll. Er sieht zudem aus, als ob er geweint hätte. Nadine, die Ältere, hat ihn gleich erkannt. Ihr Blick ist erstaunt und interessiert zugleich.

GUNNAR. Mensch, ihr seid aber groß geworden. Ich weiß gar nicht, ob ich euch erkannt hätte auf der Straße. Ihr wisst, wer ich bin?

Nadine – sie dürfte 16 Jahre alt sein – bejaht und beugt sich zu ihrer jüngeren Schwester, um ihr ins Ohr zu flüstern.

NADINE. Das ist unser echter Vater.

Petra hat sich gefasst und tritt, indem sie sich demonstrativ die Abendhandschuhe überstreift, vor ihre Töchter.

PETRA. Bist du wegen der Sonnenfinsternis in München?

GUNNAR. Nu, und wegen noch ein paar anderer Sachen. Na, und ihr, ihr seid so festlich. Ihr wollt weg?

Obwohl er dazu nicht aufgefordert wird, betritt Gunnar die Wohnung. Erst mitten in der Diele hält er inne.

Da steht sie vor ihm, die andere Familie: die Töchter, die er mit Petra verloren hat, der andere Mann, dem offenbar dieser ganze Wohlstand hier gehört. Alle sind teuer gekleidet, die Eltern zum abendlichen Ausgang bereit. Die wohlerzogenen Mädchen drücken sich scheu in der Nähe der Mutter herum.

Gunnar muss stark blinzeln. Er wirft den Kopf in den Nacken und bedeckt sich die Lider mit der Hand. Für einen Moment ist er wegen des Sonnen-Nachbildes außer Gefecht. Weitere Tränen treten ihm in die Augen.

Jennifer, die Kleinere, hängt sich an Petra. Sie hat offenbar Angst vor dem fremden Mann.

JENNIFER. Darf ich mit? Ich will mit ins Konzert.

REINHOLD. Seit wann interessiert ihr euch für Konzerte?

Gunnar weiß nicht, wie er die Tränen verbergen soll. Er verdrückt sich einfach ins Wohnzimmer, dessen Flügeltüren offen stehen.

REINHOLD. Hermann Simon und Clarissa Lichtblau, die kennst

du doch noch. Er hat die Gedichte der Günderrode vertont, und sie singt sie heute Abend.

Der unliebsame Gast stellt seinen Koffer ab, um sich die Augen reiben zu können. Er nimmt den Reichtum des Wohnzimmers mit den antiken Möbeln und den Silberleuchtern nicht wahr. Sein Blick geht zur Decke empor.

PETRA. Gunnar, wie wär's denn mit morgen?

GUNNAR. Morgen? Ich bin morgen weg.

Petra ist überfordert. Sie sieht sich hilfesuchend nach Reinhold um.

REINHOLD. Hat der sich irgendwie angekündigt?

PETRA. Nein. Ich bin auch total überrascht. Ja, das ist aber blöd jetzt. Der kriegt bestimmt auch nicht mit, dass er weggehen muss.

Sie berät sich mit Reinhold leise in der Diele, während Gunnar die neue Schmerzattacke in seinen Augen überwindet.

JENNIFER. Mama, wann kommt ihr denn wieder?

Die Verwirrtheit der Kleineren veranlasst Petra, jetzt einzugreifen.

PETRA. Okay, ich kläre das.

Sie geht auf Gunnar los, der sich an den Esstisch gesetzt hat.

PETRA. Gunnar, alles gut?

Nadine hält sich schweigend im Hintergrund. Sie ist gespannt, was jetzt passieren wird.

Reinhold zieht seine Smokingjacke an und lässt sich von Jennifer dabei helfen.

REINHOLD. Wir rufen euch in der Pause an, wann wir zurückkommen. Und du gehst mir nicht an meinen Computer, gell?

Petra wird handgreiflich. Sie packt Gunnar am Ärmel, zerrt ihn vom Stuhl und führt ihn in die Diele zurück.

PETRA. Gunnar, wir stehen im Telefonbuch. Wenn du vorher anrufst, dann gerne auch mal länger – aber du siehst, heute geht's nicht.

Während Nadine ihr die Handtasche reicht, führt Reinhold Gunnar zur Treppe hinaus.

REINHOLD. Sollen wir dich irgendwo absetzen?

Petra hat es sehr eilig, aus der Wohnung zu kommen.

Die beiden Mädchen sind nun allein. Sie sind noch bis zur Schwelle gefolgt, dann zittern ihnen die Knie vor Aufregung: Ihr Vater! Nebeneinander lassen sie sich auf den Boden sinken und lehnen sich an die Tür, als wollten sie damit verhindern, dass jetzt nochmals einer hereinkommt – gleichgültig, ob der echte oder der falsche Vater.
Nadines Blick fällt auf die Wohnzimmertür.
NADINE. Scheiße, der Koffer!
Als er hinausbefördert wurde, hat Gunnar seinen Koffer stehen lassen. Eine List, um wiederkommen zu können?
NADINE. Was machen wir jetzt?
Jennifer weiß keinen Rat.
Da steht Nadine auf, um sich den Koffer des Vaters einmal genauer anzusehen. Sie öffnet den Reißverschluss, legt die Münchner «Abendzeitung» mit der Sofi-Ankündigung beiseite, um in die tieferen Schichten zu gelangen.
Die kleine Schwester kommt näher. Sie ist unsicher, ob Nadine nicht etwas zu weit geht.
NADINE. Waschetui, Schlafanzug ... Harry Potter!
Dass Gunnar einen «Harry-Potter»-Band dabei hat, bewirkt bei ihr einen Sinneswandel.
NADINE. Ich lauf ihm nach.
Schon hat sie den Koffer wieder zugeklappt.

Flanierstraße und Cocktailbar

Nadine rennt, bis sie Gunnar entdeckt, als er gerade auf die andere Straßenseite überwechseln will.
Sie ist so außer Puste, dass sie nichts sagen kann. Auch weiß sie nicht, wie sie ihn ansprechen soll. Das Wort «Vater» ist zu ungewohnt. Sie übergibt ihm einfach den Koffer.
GUNNAR. Nein, das kann doch nicht wahr sein! Jetzt hab ich meinen Koffer bei euch vergessen. Danke. Das ist aber lieb von dir. Da hast du dir jetzt aber einen kleinen Finderlohn verdient. Darf ich das junge Fräulein vielleicht auf einen Drink einladen?

Nur wenige Schritte entfernt ist eine Bar, in der exotische Getränke serviert werden.

Gunnar und Nadine finden Platz an einem der Tische und studieren die Karten. Die sind so groß, dass die zwei dahinter verschwinden. Vielleicht benutzen sie sie auch, um sich und ihre Gefühle zu verbergen.

Nadine streckt als Erste den Kopf hervor.

NADINE. Ich darf doch noch keinen Alkohol bestellen, ich bin doch noch keine 18.

Da taucht auch Gunnar hinter seiner Getränkekarte auf.

GUNNAR. Stimmt. Okay, dann bestellst du dir was ohne Alkohol und ich mir was mit, und dann tauschen wir, einverstanden?

Die beiden kehren hinter ihre Karten zurück, dann meldet Nadine sich mit ihrem Wunsch.

NADINE. Ich will ein Pina Colada.

GUNNAR. Ich *möchte* bitte!

Er ist immerhin ihr Vater, und insofern darf er keine Gelegenheit ungenutzt lassen, sein Kind ein bisschen zu erziehen.

Nadine reagiert mit einem Lächeln. Dabei zeigt sie zum ersten Mal ihre Zahnspange, die sie sonst durch Ernsthaftigkeit zu verbergen trachtet.

Sie öffnet die Karte erneut und bildet mit deren zwei Deckeln ein Dach über ihrem Kopf. Warum soll sie ihren Vater nicht einmal richtig angucken?

Gunnar denkt das Gleiche und formt seine Karte ebenfalls zu einem Dach überm Kopf. Die verwandten Seelen sehen sich an und müssen lachen.

GUNNAR. Mensch, hier haben sie zwar eine riesige Karte, aber nicht mal was Kleines zum Essen. Ich hab einen Knast!

NADINE. Was hast du?

Er merkt, dass er sich versprochen hat.

GUNNAR. Ich hab Hunger.

NADINE. Ich kann dir was machen.

GUNNAR. Du? Kannst du denn schon kochen?

NADINE. Kaiserschmarrn.

GUNNAR. Kaiserschmarrn, was ist denn das?

Ihm wird klar, dass seine Tochter eine Münchnerin geworden ist.

NADINE. Das ist mit Ei und Mehl und Milch und mit Rosinen.
GUNNAR. Also so ’ne Art Blinsen. Du bist wohl ’ne Süße, was?
Gut, dass Nadine die Getränkekarte noch in den Händen hält, so kann sie ihre Verlegenheit verbergen.

Im Cuvilliéstheater

Das Rokokotheater ist ausverkauft.
Clarissas tiefrotes Kleid leuchtet von der Bühne. Sie wirkt entrückt.
Hermann begleitet sie am Flügel und leitet selbst die kleine Band, die das Lied mit eigentümlichen Harmonien untermalt.
CLARISSA.

Ist alles stumm und leer,
nichts macht mir Freude mehr.
Düfte, sie düften nicht,
Lüfte, sie lüften nicht.
Mein Herz, so schwer.*

Im Zuschauerraum sitzen nicht nur Petra und Reinhold, sondern auch Tillmann mit Moni und die ganze Amateurtheatergruppe aus dem Hunsrück. Während Reinhold und Petra dem Vortrag voller Mitgefühl lauschen, sind die Schabbacher eher befremdet. Sie bemühen sich, diese Art von Musik zu verstehen, und beobachten insgeheim die Großstädter, um herauszubekommen, ob man besser ergriffen guckt oder amüsiert lächelt.
Das Theater ist jedenfalls ein Schmuckkästchen und ein Erlebnis, von dem man zu Hause wird schwärmen können.
Clarissas Versuch, die romantische Ironie in Text und Musik zur Wirkung zu bringen, misslingt bei beiden Zuhörergruppen. Das nächste Lied nach den Texten der Günderrode ist dramatischer als das erste. Es handelt von Liebe und Tod und soll eine Anspielung auf die schwere Krankheit enthalten, der Clarissa entronnen ist.

* Wolfgang Rihm: «Günderrode-Lieder», Instrumentalbearbeitung: Salome Kammer

CLARISSA.

Du innig Rot.
Bis an den Tod
soll meine Lieb dir gleichen,
soll nimmer weichen
bis an den Tod.
Du glühend Rot –
soll sie dir gleichen!*

Zu Beginn ihres Vortrags rieselt Goldflitter vom Bühnenhimmel. Clarissa blickt in Hermanns Augen. Sie singt das Lied, das er ihr gewidmet hat, nur für ihn. Die letzte Zeile ist ein einziger Aufschrei, ein Vorsatz, ein unerfüllbarer Traum: «Soll sie dir gleichen!»

Wohnung von Petra und Reinhold

Gunnar klimpert im Esszimmer auf Reinholds Flügel. Er spielt sein Standardstück, den «Entertainer» von Scott Joplin.

Nadine gießt ein Glas Rotwein ein und bringt es ihm. Sie ist von seinem Spiel ergriffen, denn die Melodie weckt Erinnerungen aus ihrer Kinderzeit, die sie nur scheinbar vergessen hat.

Jennifer dagegen hält sich vom Vater fern. Sie kennt ihn einfach nicht mehr. Auf dem Fußboden in der Diele hat sie es sich bequem gemacht und führt ein Dauertelefonat mit ihrer Freundin, der sie alles haarklein berichtet, was sie gerade erlebt.

JENNIFER. Jetzt spielt er auf dem Flügel.

Nadine hat sich auf das Klavier gelehnt und lauscht.

GUNNAR. Kennst du das noch?

NADINE. Ja klar, das Stück fand ich immer am schönsten.

Gunnar bekommt feuchte Augen. Mit einer ruckartigen Bewegung legt er wieder den Kopf in den Nacken und schließt die Augen. Die Tränen sind nicht zu bremsen.

Er spielt immer weiter den «Entertainer».

Jennifer kommentiert für die Freundin.

* Siehe Fußnote auf Seite 521

JENNIFER. Der hat ohne Brille in die Sonne geguckt heute. Dem tränen die Augen total. Das sieht aus, als ob er heult.

Als er nach seinem Spiel ein weiteres Glas Wein braucht, folgt sie ihm heimlich mit dem Telefon zum Wohnzimmer. Sie beobachtet den Mann auf der Sitzecke, während er den Korkenzieher in eine Rotweinflasche bohrt und Nadine sich zutraulich zu ihm setzt.

NADINE. Hast du eigentlich ein Handy?

GUNNAR. Was, ein Handy?

NADINE. Wenn du ein Handy hättest, dann könnten wir simsen.

GUNNAR. Nadine, was ist «simsen»?

NADINE. Na, ich könnte dir eine SMS schicken.

GUNNAR. 'Ne SMS?

NADINE. Ja, das ist so ein kleiner Brief. Du schreibst mit dem Handy einen kleinen Brief, und dann kannst du ihn verschicken, und ich krieg ihn dann.

GUNNAR. Dann kauf ich mir ein Handy.

Er zieht den Korken heraus und gießt sich das Glas voll.

Jennifer kommentiert das am Telefon mit weit aufgerissenen Augen.

JENNIFER. Jetzt macht der schon die dritte Flasche Wein auf.

Als Nadine den Vater mit der Flasche allein lassen will, holt er sie zurück.

GUNNAR. Nadine, komm, jetzt musst du mit deinem Papa auch mal einen trinken. Du bist doch nicht mehr klein.

Sie nimmt Flasche und Glas entgegen.

NADINE. Die Jungs, die wollten mich mal betrunken machen, aber ...

GUNNAR. Aha, die Jungs, vor denen musst du dich ganz besonders in Acht nehmen. Die Jungs, das sind die allerschlimmsten. Sag mal, hast du denn schon einen Freund?

NADINE. Nee, eigentlich nicht. Und du?

Da ist Gunnar verlegen.

Nadine zeigt ihm die Wohnung.

Am Ende des Seitengangs liegt ihr Zimmer. Die Diele ist so lang, dass man sich unterwegs unterhalten kann.

GUNNAR. Bäckt denn die Mama immer noch die gute Eierschecke?

NADINE. Was für 'ne Schnecke?
GUNNAR. Die Eierschecke.
NADINE. Die Mama backt nicht.
Die beiden sind weitergegangen.
NADINE. Das ist mein Zimmer.
Gunnar, sein Weinglas in der Hand, sieht sich um: ein Arbeitstisch, ein Bett, Bücher, Spiele, Kleider und viele Poster – eben ein modernes Mädchenzimmer.
GUNNAR. Na, das ist doch schön. Du, Nadine, ich muss dir was sagen. Papa geht morgen in den Knast.
NADINE. Cool.
Sie grinst, weil das wohl ein Scherz war.
GUNNAR. Nein, ernsthaft. Eigentlich sollte ich ja schon heute rein, aber ein Tag früher oder später ... Na, jetzt sag mal was! Was sagst du dazu, dass dein Papa so ein absoluter Versager ist?
Er umkreist das Mädchen. Er will ganz ehrlich sein, denn nur so kann er sie für sich gewinnen.
Jetzt wird Nadine ernst.
NADINE. Was hast du denn gemacht?
Er setzt sich auf ihr Bett und stellt sein Weinglas ab.
GUNNAR. Pass auf: Stell dir vor, du fährst Auto, jahrelang. Du baust keinen Unfall, nichts, immer tipptopp. Tja, aber wehe, wenn du was getrunken hast. Dann bist du dran. Dann spielen sie sich auf. Du weißt ja, wie das ist: Man fährt Auto, man trinkt was, dann kommt man in eine Verkehrskontrolle. Dann ist noch Fasching, und schon ist der Führerschein weg. Das nächste Mal hab ich Bewährung bekommen. Na ja, und wenn du dann noch in eine blöde Situation gerätst, weil du mitten in einer Ortschaft einem Geisterfahrer begegnest, sozusagen gezwungen bist, einen schweren Verkehrsunfall herbeizuführen, wohl gemerkt, ohne Führerschein! Und obwohl du dein Auto ausgezeichnet beherrschst, dann bist du dran.
Um Nadine näher zu kommen, wechselt er den Platz. Er sitzt ihr jetzt direkt an ihrem Arbeitstisch gegenüber.
GUNNAR. Und da das Ganze noch in Freising passiert ist, genauer gesagt beim Oktoberfest, was ich auch einfach einmal miterleben wollte, deswegen darf Papa seine Strafe jetzt auch

noch in Bayern absitzen. Aber keine Sorge, ich bin in ein paar Wochen wieder draußen, theoretisch in sechs Monaten, aber ich schaff das in der Hälfte der Zeit. Du wirst sehen, nach der Hälfte der Zeit bin ich wieder draußen. Und, Nadine, ich frage dich: Was hab ich denn gemacht?

Bei seiner Zeitrechnung ist er unruhig geworden, spürt, dass er sich die Sache schönredet, und kehrt zu seinem Platz auf dem Bett zurück.

NADINE. Und du hast keine Frau, die dir sagt, dass das nicht geht?

Sein Kopfschütteln ist so klein und verzagt, dass sie Mitleid bekommt.

NADINE. Willst du vielleicht hier übernachten?

GUNNAR. Gerne, danke, Nadine.

Schon lässt er sich auf ihr Bett sinken und streckt die Glieder aus. Nadine, die schon hinausgegangen ist, kehrt zurück.

NADINE. Im Gästezimmer.

GUNNAR. Was, ein Gästezimmer gibt's hier auch noch?

Platz vor der Münchner Oper

Das Konzert ist zu Ende.

Clarissa hat auf der Bühne einen riesigen Blumenstrauß erhalten, den sie froh über den Opernplatz trägt. Hermann, Reinhold und Petra begleiten sie auf dem Weg zum Auto.

Da kreuzt ein großer Bus mit Simmerner Kennzeichen ihren Weg und dreht eine enge Kurve, um in einer Parkbucht anzuhalten.

HERMANN. Das sind die Schabbacher – ja, wie kommen die denn hierher?

Noch ehe er mit Clarissa das Trottoir erreicht, öffnen sich die Türen des Busses, und die Hunsrücker steigen aus. Als Erster geht Toni, der Bürgermeister, mit seiner Frau Elfie auf die beiden zu.

TONI. Wir wollten doch mal zeigen, dass die Heimat euch die Treue hält.

Er schüttelt Hermann und Clarissa die Hand. Elfie folgt.

HERMANN. Ja, Toni, das ist aber eine Überraschung.

TONI. N'Abend, Clarissa. Super war's.

Clarissa bedankt sich und sieht zu, wie er Hermann zur Seite nimmt.

TONI. Hermann, ich muss dir noch was mitteilen, etwas sehr Trauriges. Der Rudi Molz ist gestorben. Wir haben's eben übers Handy erfahren. Du kennst doch das Friedchen, das wo nebenan wohnt. Das hat uns auf die Mailbox geschwätzt. Übermorgen ist die Beerdigung.

Auf einmal sind alle bedrückt. Tonis Gesicht hat jetzt Trauermiene angenommen, und alle, die aus dem Bus herausschauen, sind dem Weinen nahe.

Hermann sucht Clarissas Blick.

HERMANN. Ja, ist er denn krank gewesen?

TONI. Der war eigentlich nicht krank. Abends hat er gesagt, dass ihm schlecht wär, und bevor der Notarzt kommen konnte, da hat er schon kein Lebenszeichen mehr von sich gegeben.

ELFIE. Das wissen wir alles über das Handy von dem Tillmann.

CLARISSA. Das ist aber arg fürs Lenchen.

Toni wendet sich erneut an Hermann.

TONI. Hermann, willst du nicht mal ein paar Worte mit ihr schwätzen? Ich weiß, das wird sie freuen. Tillmann, wähl mal die Nummer von dem Lenchen.

In seinem feinen Abendanzug kommt Tillmann aus dem Bus und holt sein Handy hervor. Hinter ihm steht Carmen, ein Hunsrücker Mädchen, die Enkelin des Verstorbenen.

Carmen weint. Moni tröstet sie. Tillmann wählt die Nummer, dann überreicht er Toni das Handy, der es an Hermann weitergibt.

HERMANN. Lenchen, bist du das? Ja, hier ist der Hermann Simon. Ich steh hier auf der Straße in München, neben dem Bus mit euern Leuten – du weißt doch, dass die da sind. Du willst jetzt nicht sprechen. Lenchen, wir haben die Nachricht erfahren. Ich versteh, dass man da nicht so schwätzen kann wie sonst. Ich wollte dir nur sagen, wir sind alle in Gedanken bei dir, ich auch. Und die Clarissa lässt dich grüßen, die steht neben mir. Lenchen …

Am anderen Ende der Leitung ist es still geworden. Hermann zögert, weiß nicht, ob er weitersprechen soll. Hat Lenchen aufgelegt? Er sieht sich im Kreis der Schabbacher um, die nun alle auf der Straße stehen und schweigen.

Schabbach, Gasthaus Molz

Rudi liegt mitten in der düsteren Gaststube aufgebahrt. Lenchen ist allein bei dem Toten. Sie nimmt Abschied. Zeit vergeht. Die Totenkerze brennt am Kopfende des Sargs. Auf Rudis Brust liegt ein Strauß roter Rosen, Lenchens letztes Zeichen der Liebe.

Wohnung Petra und Reinhold

Nadine macht für den Vater das Gästebett zurecht. Sie bezieht das Plumeau und die Kopfkissen. Gunnar, inzwischen wieder etwas munterer geworden, bringt seinen Koffer herein.

GUNNAR. Das machst du so richtig schön, Nadine. Ich finde, wir sollten uns viel öfter sehen, weißt du das? Und nicht nur sehen, wir sollten auch zusammen feiern.

Er stellt den Koffer ab und beginnt sich auszuziehen: zuerst das Hemd.

GUNNAR. Na eben, das ist es doch überhaupt, Mensch. Du, wir feiern zusammen Silvester. Wir alle, ich lade euch ein, das wird mein Ziel sein. Silvester ist Gunnar wieder draußen. Und ich mache ein Riesenfest, ein Fest, wovon alle sprechen werden. Nadine, ich möchte einfach, dass du irgendwann mal so richtig stolz sein kannst auf deinen Papa.

Genau in diesem Moment streift er die Hose herunter und steht in einem orangeroten Slip vor ihr.

GUNNAR. Was sagst du dazu?

NADINE. Gut.

GUNNAR. Freilich ist das gut!

Begeistert von seiner Idee lässt er sich auf das frisch gemachte Bett fallen.

Jennifers Dauertelefonat ist jetzt beendet, wahrscheinlich, weil es die Freundin nicht länger durchhielt.

JENNIFER. Also, dann mach's gut. Ciao.

Sie ist zur Tür des Gästezimmers gekommen, sieht Gunnar daliegen und wundert sich, denn die neuere Entwicklung hat sie nicht mitbekommen.

JENNIFER. Schlafen Sie heute bei uns?

NADINE. Du, du musst *du* sagen. Das ist doch unser Vater.

JENNIFER. Ach so, ja klar. Und wie fanden Sie die Sonnenfinsternis?

GUNNAR. Du!

JENNIFER. Also, du.

GUNNAR. Also, ich?

Er springt vom Bett auf und gibt in Staatspose den Honecker.

GUNNAR. «Die Sonnenfinsternis war das größte und epochalste Ereignis unter der Sonne!!»

Die Mädchen sind etwas befremdet von dem Theater, verstehen nicht, worauf er anspielt. Das ernüchtert ihn, denn die Honecker-Nummer war immer sein Erfolgsgag gewesen.

GUNNAR. Das war der Erich. Jennifer, Nadine, bitte sagt mir nicht, ihr wisst nicht, wer der Erich war. Das kann doch nicht wahr sein – die heutige Jugend weiß nicht mal, wer Erich Honecker war! Nee, also Leute, das ist das wahre Ende der DDR.

Enttäuscht lässt er sich ins Bett zurückfallen.

Ein Künstlerrestaurant

Die Paare Hermann und Clarissa, Reinhold und Petra speisen an einem hübsch gedeckten Tisch. Im Raum herrscht kultivierte Stille, die für Musiker nach einem Konzert genau das Richtige ist. Die Kellnerinnen tragen die Reste eines feinen Mahls ab und verwöhnen die Gäste mit Getränken.

Clarissa fühlt, wo Hermanns Gedanken sind, und legt den Kopf an seine Schulter.

HERMANN. Ich muss dauernd an das Lenchen denken, wie sie in

ihrem zugigen Hausflur steht, den Telefonhörer in der Hand, und kein Wort herausbringt.

Petra umfängt Reinholds Kopf und strahlt ihn an.

PETRA. Das war schon eine große Liebe. Eigentlich ist das Wort Liebe doch ein bisschen peinlich, oder? Von Gunnar hab ich es nie gehört. Aber wenn's der Reinhold zu mir sagt, dann mach ich die Augen zu und denk, es ist wie im Film.

Clarissa sieht, dass Hermann unter Petras Geturtel leidet.

CLARISSA. Jedenfalls haben Rudi und Lenchen es geschafft bis zum Ende, ohne großes Brimborium.

Den Unterton in Clarissas Bemerkung hat Petra nicht verstanden. Mehr als einen praktischen Tipp vermag sie nicht daraus zu entnehmen. Sie lässt Reinholds Kopf nicht los.

PETRA. Siehst du, da müssen wir aufpassen.

CLARISSA. Ich denke, nicht jeder ist für die Liebe gemacht.

Wieder versteht Petra die unterschwellige Botschaft nicht. Sie ist in ihrem kindischen Spiel unbeirrbar, behält ihren Reinhold voll im Griff.

PETRA. Du schon.

Mit dem Finger spielt sie an seiner Nase, als wäre sie sein Glied. Hermann wundert sich, dass selbst Reinhold nichts begreift.

Wohnung Petra und Reinhold

Petra und Reinhold turteln durch das Treppenhaus. Sie haben den Bühnenstrauß bei sich. Clarissa hat ihn Petra geschenkt, weil sie weiß, dass sie ihn auf der langen Heimfahrt nicht frisch halten konnte.

Als die beiden sich an der Wohnungstür nochmals küssen, hören sie Stimmen dahinter.

PETRA. Oh, warte mal, ich glaub, ich hör was. Gibst du mir mal den Schlüssel bitte?

Sie sperrt auf.

PETRA. Hallo, seid ihr noch wach?

Reinhold nimmt ihr den Strauß ab und trägt ihn in die Küche.

Gunnars Stimme ist zu hören. Petra kann nicht fassen, wieso er wieder da ist. Als sie das Gästezimmer erreicht, sieht sie, wie Gunnar in seiner orangeroten Unterhose mit den Mädchen ein Spannbetttuch über die Matratze zieht.

PETRA. Gunnar?!

JENNIFER. Mama!

PETRA. Nee, das ist das Letzte!

Gunnar setzt ein harmloses Gesicht auf. Natürlich weiß er noch, dass er damit Petra am ehesten aus der Fassung bringen kann.

GUNNAR. Und, wie war's Konzert?

PETRA. Gunnar, also …

Jetzt erscheint auch Reinhold in der Tür. Sein Gesicht verfinstert sich.

REINHOLD. Komm, wir lassen ihn. Alles andere wäre zu kompliziert.

Reinhold gehört zu jener Kategorie von Menschen, die jeden Konflikt scheuen. Die sanfte Lösung ist die einfachste.

Er nimmt den Mädchen das Bettzeug weg und schiebt sie zur Tür.

REINHOLD. Nadine, Jennifer – Feierabend. Die Vorstellung ist vorbei. Komm, komm.

NADINE. Was ist denn jetzt schon wieder?

REINHOLD. Das merkst du doch.

Dass er auch mit seiner sanften Tour die Sympathie der Stieftöchter verlieren kann, übersieht er. Er macht sich selber daran, das Bett für Gunnar zu beziehen.

Der nimmt davon keine Notiz, hängt sich das Laken über die Schultern und schreitet quer über die Matratze auf Petra zu.

GUNNAR. Petra, weißt du, dass wir zwei wundervolle Kinder haben? Erst haben sie mir die Tasche hinterhergeschleppt, die ich wieder mal vergessen hatte, dann hat mir Nadine ein ausgezeichnetes Essen zubereitet. Na ja, und dann habe ich ihr noch eine kleine Nachhilfelektion erteilt in Sachen Geschichte.

Reinhold zieht ihm das Tuch von den Schultern.

REINHOLD. Darf ich? Danke.

Gunnar ist das egal. Er weiß, dass er im Moment die besseren Karten hat.

In seiner lächerlichen Unterhose geht er einfach ins Wohnzimmer, um sich dort noch ein Glas Wein nachzuschenken.

Nadine steht neben der erstarrten Petra. Sie möchte, dass die Mutter versteht oder sie wenigstens anschaut, denn sie hat heute ihren Vater wiedergefunden.
NADINE. Mama?
Petra hört sie nicht einmal.
Da zieht sich das Mädchen zurück. Es kann mit seinen eigenen Gefühlen leben.
GUNNAR. Ich hab die Kinder nicht zu Bett gebracht, weil Ferien sind.

Mit Petra ist nichts zu machen. Sie sieht alles infrage gestellt, was sie gemeinsam mit Reinhold in den vergangenen zehn Jahren aufgebaut hat. Gunnar bringt dies jetzt aus der Balance. Sie verzieht sich ins Esszimmer, und weil sie nicht weiß, was sie hier soll, setzt sie sich auf den Tisch und grübelt in sich hinein.
Reinhold werkelt im Gästezimmer weiter. Er will den Eindringling isolieren, indem er ihn schnell ins Bett schafft.
Keineswegs müde geht Gunnar zur Schiebetür zwischen Ess- und Wohnzimmer und öffnet sie einen Spalt. Schwärmerisch schaut er Petra an, die düsteren Gedanken nachsinnt.
PETRA. Wenn ich an dich denke, Gunnar, dann frage ich mich, wie man sich immer nur so total danebenbenehmen kann.
GUNNAR. Wieso? Ich finde, es war ein ganz zauberhafter Abend mit den Kindern. Wer weiß denn schon, wie es wirklich in mir aussieht, Petra? Wer weiß das schon? Niemand weiß, wie es in mir aussieht, aber Nadine, die spürt es. Du hast gerade gesagt, du denkst an mich.
PETRA. Gunnar, bitte ...
GUNNAR. Du hast es gesagt.
Er öffnet die Tür nun vollends und tritt ins Zimmer. Nach wie vor in der Unterhose, als sei dies das Normalste auf der Welt, fixiert er die Frau, die er immer noch liebt.
GUNNAR. Weißt du, dass ich auch oft an dich denke, Petra? Und ich denke dann so: Die Petra, die hättest du festhalten müssen, das wär es gewesen, würde ich mal so sagen.

Jennifer hat sich auf ihren Telefonierplatz in der Diele zurückgezogen. Hier hat sie stundenlang gesessen und der Begegnung mit dem Vater widerstanden. Jetzt drehen sich alle Gefühle im Kreis. Nervös nimmt sie eine der «Sofi»-Brillen auseinander, die seit dem Nachmittag auf der Kommode liegen.
Nadine bevorzugt den Platz, auf dem sie mit Gunnar ihren ersten Wein getrunken und lang mit ihm gesprochen hat. Von der Sitzecke aus versteht sie jedes Wort, das zwischen ihm und der Mutter fällt.
Als die Eltern schweigen, nähert sie sich den Facettenscheiben der Tür, um einen heimlichen Blick ins Esszimmer zu wagen. Die beiden bemerken sie und antworten mit einem traurigen Blick. Da zieht sich Nadine zurück.
Was bleibt, sind die Spiegelbilder von Gunnar und Petra in der Jugendstiltür.

Der Englische Garten bei Nacht

Die Nacht nach der «Sofi» ist eine normale Münchner Sommernacht. Gruppen von Jugendlichen versammeln sich unter dem Monopteros, um zu trinken und Musik zu machen.
Hermann und Clarissa sind endlich allein. Schweigend gehen sie durch den Park. Der Tod von Rudi erinnert sie an die Gefahren, die ihnen durch Clarissas Krankheit gedroht haben. Andererseits sind sie glücklich, nach all den Jahren einmal gemeinsam Konzerte zu geben und auf den Reisen nicht mehr allein sein zu müssen.
Clarissa hat die Schuhe ausgezogen. So spürt sie beim Gehen das taufeuchte Gras zwischen den Zehen. Hermann nimmt sie in die Arme.

Wohnung Petra und Reinhold am Morgen

Gunnar ist als Erster wach geworden und hat die Küchenschränke nach Alkohol durchstöbert. Mit einer Cognacflasche und einem Esslöffel ist er in sein Zimmer zurückgekehrt und wartet, bis die Familie aufsteht.

Der Raum liegt zum Innenhof hin und ist durch einen winkelig angelegten Balkon mit der Küche verbunden.
Der Sommertag beginnt hell und laut.

Als Gunnar Geschirrklappern und die Stimmen der Töchter vernimmt, tritt er auf den Balkon hinaus, um nachzusehen, ob er im Familienleben schon erwünscht ist.
Nadine begegnet ihm als Erste. Sie steht am anderen Ende der Plattform, ein Tablett mit dem Frühstück in Händen, das sie ihm gerade bringen will. Gewiss hat die Mutter sie geschickt.
Er begrüßt das Mädchen mit leuchtenden Augen.
GUNNAR. Guten Morgen, mein Herz.
Nadine grüßt zurück und kehrt um. Der Vater soll ihr ruhig folgen und sich mit zu den anderen an den Tisch setzen.
Schnell gießt sich Gunnar noch einen Esslöffel Cognac ein.
Petra betritt gerade die Küche und wünscht ihm herb guten Morgen.
GUNNAR. Du, das ist Medizin.
Er deutet auf die Schnapsflasche, die er am Tisch abstellt und damit der Familie zurückgibt.
PETRA. Klar, wie konnte ich das vergessen? Deine «Medizin».
GUNNAR. Ich hab alles im Griff.
Zur Demonstration nimmt er einen weiteren Löffel Cognac zu sich. Petra schweigt dazu. Die Töchter grinsen verstohlen.
GUNNAR. Was schaut ihr mich denn alle so an? Mensch, ich habe die ganze Nacht kein Auge zugemacht, weil ich mir nämlich überlegt habe, wo wir gemeinsam Silvester feiern.
Nadine ist die Einzige, die Gunnars Plan kennt. Schnell rechnet sie nach, dass er zu Silvester eigentlich nicht wieder frei sein kann.
GUNNAR. Ja, wir feiern alle zusammen, ist das was? Ich weiß auch schon, wer das alles bezahlt. Der Gunnar! Na klar, Geld war noch nie mein Problem. Petra, ich will's auch mal so richtig krachen lassen.
Petra sieht ungeduldig auf ihre Uhr. Reinhold müsste längst zum Frühstück erschienen sein.
GUNNAR. Was ist der ideale Platz, der geeignetste, für so 'ne Millenniumsfeier? Na, das Günderrode-Haus! Hoch droben überm

Rhein, dort, wo alles angefangen hat. Ich denke, Herr Simon wird nichts dagegen haben.

Endlich taucht Reinhold auf, ist noch im Bademantel. Im Rückwärtsgang und mit nach hinten gerecktem Kopf betritt er die Küche und drückt sich ein blutgetränktes Taschentuch ans Gesicht.

REINHOLD. Petra, es hört einfach nicht mehr auf.

Sie springt besorgt von ihrem Stuhl hoch.

So starkes Nasenbluten hatte Reinhold zum letzten Mal beim Ausflug zur Zugspitze gehabt, Weihnachten 1990. Wie damals weiß Petra, was zu tun ist, tritt hinter ihn und beugt seinen Kopf auf ihre Schulter zurück.

Was Gunnar an jenem Tag verborgen geblieben war, sieht er jetzt als Wiederholung vor sich, ohne zu ahnen, dass es Reinholds Nasenbluten war, das für ihn zum Unglück wurde. Er betrachtet die Szene gänzlich ungerührt. Seine Idee von der tollen Silvesterparty lässt ihn nicht los.

GUNNAR. So, ihr Lieben, ich mach los. Ich muss noch was von dem handgeschöpften Büttenpapier organisieren für meine ganzen Korrespondenzen in nächster Zeit.

Auf dem Küchentisch liegt die «Süddeutsche» vom 12. August mit der Schlagzeile «Millionen Europäer feiern die Sonnenfinsternis». Das Foto von Menschen mit «Sofi-Brillen» gehört an diesem Morgen bereits zur Geschichte.

Die Haftanstalt

Wieder kommt Gunnar mit dem Taxi.

Als er sich diesmal das Knastgebäude anschaut, weiß er, dass er es nicht so schnell wieder von außen sehen wird. Entschlossen nimmt er seinen Koffer auf und geht zu dem Fenster am Eingang.

Statt des Beamten von gestern hat heute eine junge Frau Dienst.

Er legt seine Vorladung in das Dokumentenfach.

GUNNAR. Strafgefangener Gunnar Brehme meldet sich vorschriftsmäßig zum Strafantritt.

VOLLZUGSBEAMTIN. Ihr Personalausweis.
GUNNAR. Jawoll!
Er hat sich vorgenommen, vom ersten Tag an ein mustergültiger Häftling zu sein.
Als der Türöffner schnarrt, betritt er unverzüglich die Schleuse, die durch eine weitere Panzerglasscheibe vom Pfortenbereich getrennt ist. Auch hier gibt es eine Sprechanlage, durch die er sich an die Beamtin wenden kann.
GUNNAR. Wissen Sie, ich hab nur sechs Monate.
VOLLZUGSBEAMTIN. Gehen Sie weiter.
Die Eingangstür fällt ins Schloss. Wieder surrt ein Türöffner, und er gelangt durch eine Gittertür in einen Gang, wo er schon von zwei Beamten erwartet wird.
GUNNAR. Freundschaft!
Sein DDR-Gruß nutzt ihm hier nichts. Die Männer behandeln ihn mit Routine.
ZWEITER BEAMTE. Ich hätt gern mal Ihren Mantel.
Gunnar gibt den Mantel ab und hebt beide Hände hoch, als wolle er sich ergeben.
ERSTER BEAMTER. Legen Sie mal das Täschchen auf den Tisch, bitte.
Schon wird es ihm abgenommen.
ERSTER BEAMTER. Ich muss Sie mal durchsuchen. Drehen Sie sich mal rum.
Während der eine das Täschchen inspiziert, wird Gunnar vom anderen abgetastet.
GUNNAR. Jedenfalls war das damals in der DDR ’ne ganz prima Sache, mit Alkohol am Steuer.
Die Männer gehen auf keines seiner Worte ein.
ERSTER BEAMTER. So. Gehen Sie mal bitte in den Raum, ziehen alles aus. Sie bekommen die Bekleidung von uns.
Ohne sich hinter den angebotenen Wandschirm zurückzuziehen, entledigt sich Gunnar seiner Kleider und reicht sie Stück für Stück an die Beamten weiter.
GUNNAR. … Ja. Und zwar null Komma null Promille, und heute? Die einen reden von eins Komma fünf, die nächsten von null Komma acht. Die sind sich doch selber nicht einig. Woher soll

ich da wissen, wann Schluss ist? Anders: Sie kennen doch da sicherlich in Freising diesen Fleischerladen …

Erster Beamter. Geben Sie mal bitte das Hemd.

Gunnar setzt seine Rechtfertigungsrede fort.

Gunnar. … Der kommt gleich unmittelbar in so 'ner Linkskurve. So. Und wenn Ihnen da nachts ein LKW entgegenkommt und Sie blendet, dann möchte ich den sehen, der da noch ausweichen kann und nicht hineinfährt in den Laden.

Beamter. Ja, ist ja gut.

Der Weg zur Zelle ist weit. Er führt über Treppen, die jeweils durch Gittertüren von Gängen getrennt sind, in den ersten Stock hinauf. Der Zellentrakt ist in klassischer Bauweise über Eisenstege erreichbar, die alle in einer übersichtlichen Halle münden. Die Etagenebenen sind mit Fangnetzen gesichert.

Gunnar, im blauen Sträflingsanzug, trägt einen Aluminiumkorb mit Utensilien, die jeder Gefangene erhält: Bettbezug, Handtuch, Waschlappen, Zahnbürste.

So geht er, gefolgt vom Vollzugsbeamten, an der Zellenflucht entlang und hört nicht auf, dem Mann seine Geschichte zu erzählen.

Gunnar. Die Gemeinde ist durch mein Missgeschick überhaupt erst mal aufmerksam geworden auf dieses übelste Verkehrsdesaster. Seither wurde aus der Todespiste eine Einbahnstraße. Und der Fleischermeister, der hat sich doch auf meine Kosten saniert. Ich hab ihm eine Eins-a-Schaufensterscheibe bezahlt und eine Inneneinrichtung vom Feinsten. Dabei hätte der *mir* was zahlen müssen. Natürlich, alleine für die Werbung, die ich für den gemacht habe. Sie, da waren Filmleute vom Bayerischen Rundfunk dabei, und die haben alles dokumentiert. Seitdem hängt bei ihm ein Poster mit mir. Gunnar Brehme hat immer für alles bezahlt. Aber davon steht natürlich in der Urteilsbegründung nichts drin. Stattdessen wird behauptet, ich hätte randaliert bei der Festnahme. Ich wollte mich der Alkoholkontrolle entziehen, aber ich frage Sie: Sehe ich aus wie ein renitenter Mensch?

Beamter. Nö.

Die beiden sind bei der für Gunnar bestimmten Zelle angelangt. Der Beamte greift nach dem Schlüssel.

BEAMTER. So, da gehen wir rein.

Schon hat er die Eisentür aufgesperrt und den Schließhebel umgelegt. Gunnar tritt ein, ohne sich in seiner Rede zu unterbrechen.

GUNNAR. Ein Gunnar Brehme! Ich werde ein mustergültiger Gefangener sein.

Der Beamte schließt hinter ihm ab und lässt den Hebel einrasten. Gunnar sitzt in seiner Falle.

Die Zelle ist karg, aber freundlich eingerichtet: ein Metallspind, ein Tisch, ein Waschbecken, ein doppelstöckiges Metallbett. Zwei vergitterte Fenster lassen das Tageslicht herein.

Als er seinen Korb abstellen will, schreckt ihn ein Geräusch auf. Aus einer Tür, die er noch nicht bemerkt hat, tritt ein junger glatzköpfiger Typ, wie er in blauem Anzug, heraus. Der Kerl kommt von der Toilette und knöpft sich die Hose zu.

Respektvoll tritt Gunnar einen Schritt zurück.

GUNNAR. Guten Tag, Brehme ist mein Name, Gunnar Brehme. Keine Sorge, ich werde Ihnen nicht weiter zur Last fallen. Ich werde bestimmt entlassen, wegen guter Führung, an Silvester.

Der junge Kerl zieht die Jacke aus. Muskulöse Arme kommen zum Vorschein, die mit Neonazi-Tattoos bedeckt sind. Ohne Gunnar auch nur eines Wortes zu würdigen, wirft er sich auf den Boden und beginnt, Liegestütze zu machen.

GUNNAR. Es sind bis zu Silvester noch 141 Tage.

Unverzüglich schließt er sich der Leibesübung an. Den Körper auf und ab pumpend, redet er auf den Glatzkopf ein.

GUNNAR. Und ich hab mir das schon mal ausgerechnet: 141 Tage ein freundliches Wort, also «Guten Morgen» oder «Wie geht es Ihnen?» – Einfach geschmeidig sein, ich denke, das müsste doch so ein Beamtenherz erweichen, oder?

GLATZE. Kuschelaktionen, wenn du so was meinst, da krieg ich ein Kotzgefühl. Christendreck und Psychoscheiß. Es gibt halt Schafe, und es gibt Wölfe, das musst du dir merken. Die musst du klar abfahren lassen. Dann wissen sie, wen sie vor sich haben.

Der Zellengenosse spricht ein Bayerisch, das der sächsische Gunnar nur mühsam versteht.

GUNNAR. Ich hab zu Silvester noch was vor.

GLATZE. Da kann i dir a Angebot machen. Bissel Party, Feuerwerk mit a bissel Rumpöbeln. Anwichsen und In-die-Fresse-Hauen, verstehst? Halt funmäßig, richtig geil. Im Westend zum Beispiel a paar Bimbos hupfen lassen und Kopftücher fliegen lassen, wenn'st weißt, was i moan.

Gunnar versteht nur, dass der Typ von scheußlichen Dingen träumt.

GUNNAR. Und deswegen haben sie dich eingelocht?

Er will die Liegestützübung fortsetzen, aber die Kräfte versagen ihm, er sinkt zu Boden.

Hermanns Münchner Wohnung

Hermann und Clarissa steigen die Stufen eines Schwabinger Miethauses hinauf. Transporteure kommen ihnen entgegen, beladen mit Umzugskartons und Möbelteilen.

Seine alte Münchner Wohnung hat Hermann seit der Wiederbegegnung mit Clarissa immer wieder aufgeben wollen, ohne dass er den Vorsatz in die Tat umsetzte. Alles, selbst das Türschild mit seinem Namen, wirkt überlebt. Er zögert, die Schwelle zu überschreiten.

HERMANN. Zum letzten Mal.

Als er durch die Wohnung geht, erfasst ihn Trauer.

CLARISSA. Ich hätte nicht gedacht, dass dir der Abchied von hier noch schwer fällt, obwohl du doch nie mehr hier gewohnt hast.

Es ist offenbar etwas anderes, was Hermann bedrückt. Ihm werden die Jahre bewusst, die wie im Flug vergangen sind.

Alles ist abholbereit verpackt, Koffer und Umzugskartons stehen herum, lauter Hinweise, dass die Wohnung nun endgültig aufgegeben wird.

HERMANN. Die alten Geschichten sind jetzt in Kisten verpackt und folgen uns.

Clarissa setzt sich die neue Lesebrille auf und studiert die Beschriftungen auf den Umzugskartons: «Helga», «Gedichte», «Marianne», «Stefan», «Die Flimmerstifte», «Lulu bis 1971». Sie liest

Namen und Hinweise auf eine Vergangenheit, an der sie nicht teilhatte.

CLARISSA. Ob wir sie jemals wieder auspacken werden?

Die Kistenstapel sind beachtlich. Clarissas Frage ist allein schon durch die Menge des Umzugsguts begründet.

HERMANN. Diese Wohnung hat mir immer geholfen, zu mir selbst sagen zu können: Ich habe eine Alternative. Unser Zusammenleben hat als Experiment begonnen und ist es geblieben.

CLARISSA. Eine Liebe und zwei Karrieren. Haben wir das nicht trotzdem gut hingekriegt? In zehn Jahren?

Sie setzt sich auf einen der Kartons und sieht sich um.

HERMANN. Bei unseren Eltern, da war das noch anders. In den Dörfern, da haben sich die Paare gemeinsam vor den Pflug gespannt und ihn durchs Leben gezogen.

Sie versteht nicht, worauf er anspielen will.

CLARISSA. Ach, Hermann, das ist doch nicht wahr! Dein Vater und deine Mutter haben sich doch nicht vor einen Pflug gespannt. Sie waren Welten voneinander getrennt. Und ich habe eine einsame Mutter, die sich durchs Leben schlagen musste und sich ihre ganze Liebe bei ihrer einzigen Tochter geholt hat.

Sie will verhindern, dass ihr Liebster an diesem Ort sentimental wird. Deswegen geht sie ins Nebenzimmer, um dem Ausgang näher zu sein.

HERMANN. Du hast ja Recht. Gemeinsam können wir Berge versetzen. Das habe ich gestern Abend gespürt. Wenn du meine Lieder singst, die ich für deine Stimme geschrieben habe, dann fühle ich mich in Sicherheit.

CLARISSA. Seit meiner Krankheit weiß ich, dass man nie in Sicherheit ist.

Plötzlich stürmt die Maklerin herein, eine aufgekratzte, lächelnde Lady. Sie ist den Möbelmännern gefolgt, um die Wohnungsübergabe zu kontrollieren.

MAKLERIN. Sie brauchen sich um die Einlagerung Ihrer Sachen nicht zu kümmern. Das wird alles zuverlässig erledigt. Guten Tag, Herr Simon.

Geschäftig gibt sie Hermann die Hand.

MAKLERIN. Haben Sie noch Schlüssel?
HERMANN. Ja, selbstverständlich. Bitte schön.
Er greift in die Tasche, um ihr seine alten Hausschlüssel zu übergeben.
MAKLERIN. Sind das alle, die es gibt?
HERMANN. Da sprechen Sie ein heikles Thema an. Es kann durchaus sein, dass meine Tochter noch ein paar besitzt.
Die Transporteure drängen herein, um weitere Kisten abzuholen. Gleichzeitig verlässt Clarissa die Wohnung.
HERMANN. Also, wenn Sie wollen, dann gehe ich der Sache nach.
Er und die Maklerin stehen den Packern im Weg.
MAKLERIN. Ich glaube, es ist einfacher, ich lasse ein neues Schloss einbauen.

Clarissa hat im Treppenhaus eine alte Frau mit Handtasche und Strickjacke entdeckt, die sich schwerfällig die Stufen hochmüht. Sie erkennt ihre Mutter. Es sieht aus, als hätten deren Kräfte gerade noch bis hierher gereicht.
CLARISSA. Mutter! Wie kommst du hierher?
MUTTER LICHTBLAU. Ich bin abgehauen, Clarissa.
CLARISSA. Abgehauen? Aus dem Altenstift?
Auch Hermann hat den unerwarteten Besuch bemerkt. Gefolgt von der Maklerin tritt er aus der Wohnung.
CLARISSA. Sie ist abgehauen.
Die Mutter lässt sich erschöpft auf die Stufen sinken. Clarissa setzt sich neben sie.
CLARISSA. Hat es Streit gegeben? Irgendwelche Probleme?
Keine Antwort. Clarissa drückt ihr einen Begrüßungskuss auf die Wange. Diese zärtliche Geste bewirkt, dass die Alte selig lächelt.
CLARISSA. Mutter, du triffst uns hier mitten im Aufbruch. Wir wollen eigentlich gerade nach Hause fahren, an den Rhein.
MUTTER LICHTBLAU. Nehmt mich mit, bitte! Ich halte das nicht aus in Wasserburg. Jeden Tag stirbt einer. Jeden Tag tragen sie einen aus dem Haus, Clarissa. Jeden Tag!
Voller Angst ergreift sie die Hand der Tochter.
Hermann steht verwirrt auf dem Treppenabsatz. Clarissa sieht ihn ratsuchend an.

Clarissa. Was machen wir denn da? Mutter, fünf Minuten später hättest du niemanden mehr hier angetroffen!
In diesen wenigen Augenblicken hat sich die Situation für das Paar geändert.
Hermann weiß, dass er nun allein in den Hunsrück fahren muss, weil Clarissa die Mutter nicht sich selbst überlassen kann.
Er verabschiedet sich. Zum Verständnis zwischen ihm und Clarissa bedarf es keiner Worte.

Im Zug nach Wasserburg

Clarissa fährt mit der Mutter nach Wasserburg. In dem altertümlichen Schienenbus sitzen sie einander gegenüber. Die Alte ist völlig starr, ihr Blick geht ins Leere.
Clarissa. Ich weiß, jetzt bist du voller Angst, denkst, deine Tochter will dich nur loswerden, ist undankbar. Aber du hattest doch die Idee, nach Wasserburg zurückzugehen. Du hast die Prospekte besorgt und dich in das Stift eingekauft.
Sie wechselt den Platz und setzt sich neben die Mutter. Sie will ihr nah sein, während sie ihr mit ihren Worten den Spiegel vorhält.
Clarissa. Du hast geschwärmt von den Jahren in vertrauter Umgebung und dass du mir damit eine Verbindung zu meiner Kindheit zurückgeben würdest. Du hast mir das Gefühl gegeben, es sei alles bestens geregelt.
Weiterhin starrt die Mutter in die Ferne. Solange die Tochter neben ihr sitzt, hat sie erst einmal alles erreicht, was sie braucht.
Clarissa. Meinst du nicht, dass du mir vertrauen kannst?
Clarissa will nicht grausam sein, aber sie will sich auch nicht vereinnahmen lassen.
Clarissa. Was ist denn so schrecklich an dem Stift?
Der Zug fährt durch den Wald. Die Sonnenstrahlen werden vom Astwerk zerrissen und flackern herein.
Die Mutter fürchtet den Tod. Clarissa hat dies begriffen.
Clarissa. Mutter, ich lass dich nicht allein.

Eine Autobahnauffahrt unter Brücken

Hermann fährt in den Hunsrück, denn die Beerdigung von Rudi Molz ist eine Verpflichtung, der er sich nicht entziehen kann.
Bei seinem Start ist es noch früh am Morgen, und die Fahrbahn ist feucht.
Als er stadtauswärts durch eine enge Kurve kommt, die unter einer Brücke zur Autobahn führt, steht ein riesiger Sattelschlepper in seinem Weg. Er kann seinen Wagen nur mittels einer Vollbremsung stoppen. Mit quietschenden Reifen und pochendem Herzen hält er vor der Aufschrift «Morschhäuser» an, dem Firmennamen auf dem Lastwagen.
Reflexartig hupt er den riesigen LKW an.
Dessen Fahrer setzt in aller Ruhe zurück. Er hat offenbar die Kurve nicht geschafft und muss jetzt rangieren. Hermann wischt sich den Schweiß von der Stirn: Das hätte sein Ende sein können.

Autobahn A 61, Rhein-Nahe-Dreieck

Seit Stunden ist Hermann unterwegs.
Das Wetter hat sich zu einem schwülen Hochsommertag entwickelt. Auf der Autobahn herrscht dichter Verkehr, Ferienheimkehrer und die üblichen LKW-Kolonnen sind unterwegs.

HERMANN. *Eine mörderische Strecke, diese Autobahn. Tausende von LKWs aus den Niederlanden, aus Belgien, aus dem Ruhrgebiet. Hinter mir der Rheingraben mit den Industriezentren. Vor und neben mir der ganze Urlaubsverkehr, aus den Bergen ans Meer, von der Nordsee nach Italien. Von rechts der Dunst der Metropolen des Rhein-Main-Gebiets, links das Saarland, Benelux, Nordfrankreich, Normandie, England, wo der Regen herkommt. Und da geht ein Riss durch meine Seele: Die vertraute Silhouette der Hunsrückberge taucht auf.*

Die Landschaft ist golden. Zu dieser Jahreszeit, wenn das Korn schon geerntet ist und Wiesen und Wälder von der Hitze verbrannt sind, leuchtet das Land in unendlichen Goldtönen.

HERMANN. *Vertraute Ortsnamen, Familiennamen, Namen von Wegen, Wäldern, einsamen Häusern, Aussichtspunkten. Der Ortssinn spricht an. Man ist wie ein Hund, der sich mit der Nase erinnert. Geschichten, die unter der Erde liegen. Namen von Toten. Rudi Molz. Jetzt ist auch er Geschichte geworden.*

Hermann ist im Hunsrück angekommen.

Simmern, Fußgängerzone, ein Fotogeschäft

In der Kreisstadt Simmern hat er Halt gemacht, um ein Bouquet für Rudis Beerdigung zu kaufen.
Der Weg vom Blumengeschäft zum Auto zurück führt ihn durch eine Straße, die ihm aus der Schulzeit vertraut ist. Hier war er jeden Tag vom Bahnhof zum Gymnasium gegangen, hier hatte ihm sein Bruder Ernst die Liebesbriefe von Klärchen zugesteckt, und hier traf er die Freunde, mit denen er gejazzt hat.
Als er an dem Fotoladen vorbeikommt, in dem er damals seine Bilder entwickeln ließ, hält er inne. Ein großformatiges Foto, das zwischen Familien- und Kinderbildern im Schaufenster steht, hat seine Aufmerksamkeit geweckt. Es zeigt Rudi und Lenchen am Tag ihrer Goldenen Hochzeit. Sie sind in Schwarz gekleidet und blicken aufrecht und ernst in die Kamera, inmitten eines blühenden Rapsfelds. Lenchen sitzt geschmückt mit Brautkranz und Myrtenstrauß da. Hinter dem Paar ist ein hoher, doppelstämmiger Baum zu sehen. Der Zwillingsbaum gibt dem Bild eine magische Wirkung. Es sind zwei Linden, die sich im Wipfel zu einer gewaltigen Krone vereinigen.
Die Frau im Laden sieht Hermann draußen vor der Auslage stehen. Sie gibt ihm Zeichen hereinzukommen. Während er folgt, nimmt sie das Bild aus dem Fenster, um es stolz vor ihm auf die Theke zu stellen.

Fotografin. Guten Tag, Herr Simon. Erst drei Monate ist es her, dass ich das Bild gemacht habe. Die Idee hatte ich schon seit Jahren. Ist doch schön geworden, gell?

Hermann. Sehr schön.

Die Fotografin merkt, dass er sich mit seinem Bouquet schlecht bewegen kann.

Fotografin. Warten Sie, ich helfe Ihnen.

Sie nimmt es ihm ab, damit er sich ganz dem Bild widmen kann.

Fotografin. Wer hätte das geahnt – der nette Herr Molz.

Sie geht ihrer Arbeit nach und lässt Hermann für sich.

Hermann. Ich weiß genau, wo die beiden Bäume stehen. Auf dem Schulweg, jeden Morgen, wenn ich von Schabbach nach Kirchberg zum Bahnhof geradelt bin, da standen sie rechts neben der Straße, mitten auf der Wiese, sodass der Bauer beim Mähen mühsam drum herumfahren musste. Zwei Linden. Ich hab damals gedacht, solange die da stehen, gibt es die ewige Liebe. Ich war gerade mal 16 damals.

Er entdeckt ein zweites, wesentlich kleineres Bild vom selben Motiv. Es steht im Regal hinter der Theke.

Hermann. Da ist ja noch eins.

Er vergleicht das kleine Bild mit dem großen, das ausdrucksstärker ist.

Hermann. Sagen Sie, hatten Sie auch Latein bei Studienrat Oertel?

Fotografin. Nee, aber mein älterer Bruder. Der hat viel von ihm erzählt. Der konnte ja den ganzen Ovid auswendig.

Hermann. Auch «Philemon und Baucis»?

Fotografin. Klar, an die habe ich doch gedacht bei dem Foto. Die zwei Alten, die sich in Bäume verwandeln und ineinander wachsen.

Hermann. Wenn der alte Oertel davon erzählt hat, musste ich jedes Mal an die beiden Bäume denken …

Rudi und Lenchen sehen Hermann aus dem Foto an. Ihre Gesichter erzählen von einem gemeinsamen Leben, das sie einander hat ähnlich werden lassen. Sogar ihr Blick erscheint wie ein und derselbe.

Und jetzt soll einer der beiden tot sein! Hermann will es nicht

glauben. Etwas in ihm rebelliert. Ein Paar wie Rudi und Lenchen sollte, allem zum Trotz und als Beweis der Liebe, niemals getrennt werden. Ein alter Gedanke, der ihn als Junge schon beflügelt hat.
HERMANN. Mitten in der Lateinstunde ...

Am Doppelbaum und Schabbach

Als sein Auto auf der Landstraße zwischen Kirchberg und der Schabbacher Abzweigung dahinfährt, türmen sich Gewitterwolken am Horizont.
Hermann entdeckt den Zwillingsbaum, der abseits der Straße in einer Wiese steht. Er verlangsamt die Fahrt, bis er die zwei Linden in ihrer ganzen Schönheit im Blick hat. Zwischen den Stämmen hat man ein Wegkreuz aufgestellt.
Es ist völlig windstill. Auf seinem Rücksitz steht das Bild von Rudi und Lenchen, das er sich gekauft hat. Fahles Licht fällt in den Wagen.
Hermann löst seinen Sicherheitsgurt, hält aber nicht. «Schabbach, 2 km» zeigt ein Wegweiser an. Dort, wo die aufsteigende Straße einen Buckel macht, schaut der Kirchturm des Dorfes herüber.
Das Straßenschild gerät im Rückspiegel in Bewegung, als der Wagen weiterrollt. Er biegt in einen Feldweg ein, der am Doppelbaum vorbei in die Wiese führt.
Hermann sucht die Stelle, von der aus die Fotografin das Bild aufgenommen hat. Dazu muss er noch ein Stück weiterfahren. Als ihm der Rückspiegel zeigt, dass er den Ort gefunden hat, hält er an und steigt aus.
So weit er blicken kann: ockerfarbene Felder und Getreidestoppeln. Herbst, kein Frühling mehr wie auf dem Bild.
In der Schwüle der Gewitterluft wird Hermann müde. Er weiß, dass er sich vor der Beerdigung noch umziehen muss. Die Hose hat er im Kofferraum, Jackett und Hemd sind vom Rücksitz auf den Boden gerutscht und zerknittert. Er sieht sich um, wo er den Traueranzug zum Säubern aufhängen könnte. Kein anderer Baum als die Doppellinde ist der Nähe.

Er nimmt die Kleiderbügel mit und umrundet den Zwillingsbaum, bis er einen Ast findet, woran er den Anzug hängen kann. Kein Lüftchen regt sich.
Der Schabbacher Kirchturm ist näher gerückt. So kann Hermann deutlich dessen Uhr erkennen. Sie zeigt fünf Minuten vor zwölf. Er vergleicht mit seiner Armbanduhr: Die Zeit, so symbolisch sie sein mag, stimmt überein. Aber schließlich ist es jeden Tag einmal fünf vor zwölf.
Das Bedürfnis, sich hinzulegen, ist übermächtig.
Er findet ein Plätzchen mit dürrem Gras direkt unter einem der beiden Stämme. Sein Jackett hat er ausgezogen und legt es sich unter den Kopf. Er blickt zu dem über ihm hängenden Anzug auf, und schon fallen ihm die Augen zu.
Es ist sehr still, kein Vogel, kein Wind, keine Grille. Der BMW steht mit offenen Türen im Wiesenweg. Hermann ist eingeschlafen.
Die Wolken ziehen langsam, der Zeiger der Kirchturmuhr bewegt sich nicht. Da kommt ein Wind auf, der das Laub über dem Schläfer am Baum bewegt und den schwarzen Anzug ins Schwingen bringt. Von fern ertönt die Glocke von Schabbach.
Hermanns Mund ist verklebt von der Hitze. Es ist der Durst, der ihn weckt.
Lippen und Zunge schmerzen, sind wie von Salzkrusten überzogen. Er richtet sich auf, und das Hemd klebt ihm am Leib. Er versucht es zu lockern. Er wischt sich das Gras von den Kleidern und macht sich zu Fuß auf den Weg ins Dorf.
Querfeldein geht er direkt auf den Kirchturm zu. Staubwolken wehen unter seinen Schritten auf ...
Er nähert sich seinem Elternhaus und der ersehnten Labung: Wasser! Er weiß, dass es dort den Wasserhahn und ein kleines Emailbecken an der Außenwand gibt, direkt beim Fenster der guten Stube. Darunter die Regentonne, in der man sich beim Trinken spiegeln kann.
Alles ist menschenleer.
Er betritt den Hof zwischen Schmiede und Wohnhaus, dessen Fenster und Türen mit Brettern vernagelt sind. Auch Maras Pferdestall existiert nicht mehr, denn nun sind da wieder das Scheunentor und der alte Stall.

Sein Durst ist jetzt übermächtig. Geradewegs geht er zum Wasserhahn, dreht ihn auf und bückt sich, um erlöst direkt vom Strahl zu trinken. Er trinkt wie einer, der aus der Wüste kommt.
Als sich in der Regentonne darunter der Wasserspiegel beruhigt, erscheint das Gesicht von Rudi Molz darin. Es sieht Hermann an.

RUDI. Was haben wir uns in unserer Jugend noch quälen müssen, gelle, Hermann? Aber heute für die jungen Leute, da gibt es nix wie Lebensfreude. Die hören mit den Augen und gucken mit den Ohren.

Hermann schaut sich um. Ist Rudi nicht tot? Soeben noch stand er neben ihm.

Es nähert sich lauter Fahrzeuglärm, vom Goldbachgrund herkommend. Ein schweres Motorrad erscheint, dann folgen zwei weitere. Sie werden von Polizisten gesteuert, die einen riesigen roten Sattelschlepper eskortieren.
Auf der Bank vor der Schmiede sitzt der alte Willem, den Hermann noch aus der Kindheit kennt.
Die Polizisten blasen in ihre Trillerpfeifen, obwohl es keinen Verkehr gibt, nur den Sattelschlepper, auf dem Hermann die Aufschrift «Morschhäuser» liest. Woher kennt er nur diesen Namen?
Der Transporter hat große Schwierigkeiten, die enge Kehre zur Hauptstraße zu nehmen. Auf seiner Ladefläche steht ein Container von Ernsts «Nibelungenhort». Die Edelstahlverkleidung leuchtet, als wäre sie pures Gold.
Schon folgen zwei weitere rote Schlepper, die mit den beiden anderen Containern von Ernsts Sammlung beladen sind.
Hermann betrachtet das Transportmanöver von der anderen Straßenseite aus.
Da ist Rudi wieder an seiner Seite.

RUDI. Ob man jetzt mit den Ohren guckt oder mit den Augen hört – es bleibt dabei, dass man dem «Nibelungenhort» vom toten Ernst den Kuckuck nicht ansieht, den wo sie ihm draufgeklebt haben.

Hermann streckt die Hand nach Rudi aus, kann ihn aber nicht berühren.

HERMANN. Ach, Rudi, das weiß ich doch viel besser als du. Warum sollte denn da ein Kuckuck drauf kleben?

Die Sattelschlepper haben erhebliche Mühe, das Dorf über die alte, schmale Steinbrücke zu verlassen. Rudi steht darunter am Bachrand.

Hermann kommt vom Oberdorf her gelaufen. Er ist dem Transport gefolgt.

Rudi spricht ihn erneut an.

RUDI. Gegenfrage: Warum fährt jetzt der ganze «Nibelungenhort» hier vorbei Richtung Mainz, Frankfurt und dann Richtung Kuwait und Japan? Antwort: das Finanzamt. Ja, das Finanzamt hat in Gestalt von sechs Gerichtsvollziehern und sieben Kunstexperten den gesamten Nachlass vom Ernst geprüft, geschätzt und komplett beschlagnahmt.

Die «Morschhäuser»-Giganten entfernen sich jenseits der Brücke.

RUDI. Ja, jetzt seid ihr Simons arm, die Ärmsten von ganz Schabbach.

Mit einem Schaudern erwacht Hermann unter dem Doppelbaum: Er hat geträumt.

Dicke Regentropfen fallen ihm auf Hemd, Gesicht und Hände.

Die Gewitterwolken sind über Schabbach aufgezogen, und die Dorfglocke bimmelt herüber. Im Baum hängt immer noch der schwarze Anzug. Gleich wird das Unwetter losgehen. Hermann beginnt sich rasch umzuziehen.

Die Kirchturmuhr ist im Regen nicht mehr gut sichtbar. Es muss schon spät sein.

Auf dem Weg zum Auto versucht er, die Krawatte zu binden, was nicht ganz leicht ist, weil er gleichzeitig sein Hemd in die Hose stecken und das Jackett anziehen will.

Der Regen steigert sich zu einem schweren Gewitterguss. Hermann schließt hastig die Wagentüren und setzt sich ans Steuer. Er startet und fährt auf dem Feldweg weiter zu einer Biegung, die zum Dorf hinführt.

Sein Auto kommt mitten im Wolkenbruch an. Der ist so gewaltig, dass die Scheibenwischer die Wassermassen kaum bewältigen können. Blitze zucken, krachender Donner folgt. Hermann muss im Schritttempo fahren, weil er so gut wie nichts mehr sehen kann.
Da bemerkt er dennoch, mitten auf der Straße, einen Sarg. Er tritt auf die Bremse und kommt erst kurz davor zum Halten. Er kann die Aufschrift an der Kranzschleife lesen, die völlig durchweicht daneben liegt: «Mutter».
Der Regen rauscht immer noch unvermindert über die Windschutzscheibe.
Nach und nach kann er auch die Menschen erkennen, die auf beiden Seiten der Straße Unterschlupf fanden. In schwarzen Trauerkleidern stehen sie unter Vordächern, in Stall- und Hauseingängen. Manche halten sich Plastikfolien über den Kopf.
Alle diese Menschen, deren Gesichter von den Regenschlieren verwaschen werden, schauen zu ihm herüber. Er erkennt den Nachbarn Willem, den er eben noch an der Schmiede gesehen hat. Die Blitze entladen sich in kurzer Folge.

Hermann staunt, denn unter den Trauernden steht auch sein toter Bruder Anton. Schützend hält er den Regenschirm über Hanni, die alte Haushälterin, und als er den Fahrenden sieht, schwenkt er zum Gruß den Schirm auf und ab.
Hermann grüßt stumm aus seinem Auto zurück.
Da gewahrt er auch den anderen Bruder, den toten Flieger Ernst, der mit seinem Freund Matko unter dem Dach eines Schuppens Schutz gefunden hat. Ernst grüßt ebenfalls lächelnd herüber. Matko blickt traurig und abwesend zur Seite.
Der Regen verwischt die Gesichter, sodass ihre Gegenwart ungewiss bleibt.

Gegenüber, an einem Scheuneneingang, steht Rudi im schwarzen Anzug. Er hebt wehmütig die Hand, denn es ist doch der Tag seiner Beerdigung.
Da tritt Lutz, der zu früh Gestorbene, erfreut ins aufflammende Licht der Blitze. Er kommt aus einem Stall heraus. Lulu, mit glü-

hend roten Wangen, und ihr kleiner Sohn Lukas versuchen ihn zurückzuhalten, damit er bei den Toten bleibt und sich nicht wieder unter die Lebenden mischt.
Hermann begreift, dass er träumt. Er lehnt seinen Kopf in das Nackenpolster seines BMW zurück und schließt die Augen. Er will einschlafen, um endlich erwachen zu können.

Als er unter dem Doppelbaum wieder zu sich kommt, regnet es nicht mehr. Die Kirchenglocken von Schabbach läuten im Chor. Hermann springt auf. Sofort beginnt er sich umzuziehen. Der Blick auf die Armbanduhr und der Vergleich mit der Turmuhr bestätigen es: Er hätte Rudis Beerdigung, die um zwei Uhr beginnen soll, beinah verschlafen.

Der Friedhof an der Nunkirche

Rudi war mehr als nur Gast- und Landwirt in Schabbach. Er war die Seele des Dorfes. Mit seinem Tod hat jeder etwas verloren. Dazu brauchte man ihn nicht einmal gekannt zu haben. So kommen auch viele, die gar keine Schabbacher sind, zu seinem Begräbnis. Sie folgen dem Sarg in gemessenem Abstand. Die Glocken der Kirche läuten zum Geleit.
Einen Trauermarsch spielend, geht die Feuerwehrkapelle voran, gefolgt von den Kranzträgern und dem Pfarrer. Hinter ihm ein junger Mann, der das Holzkreuz mit Rudis Namen, Geburts- und Sterbedatum trägt. Sechs Leute aus der Nachbarschaft tragen den Sarg.
Lenchen, von ihrer Enkelin Carmen gestützt, geht unmittelbar dahinter. Es folgen ihre und Rudis direkte Verwandten, Vettern, Schwäger, Neffen, mit Ehepartnern und Kindern. Dann kommen die Schabbacher, der Bürgermeister Toni mit Frau und die Gemeinderatsmitglieder.
Auch aus dem Simon-Clan sind alle dabei, die noch im Hunsrück leben: Gisela, Marlies und Helga, begleitet von ihren Männern und Kindern.
Die Mitglieder der Schabbacher Theatergruppe sind ebenso ge-

kommen wie viele andere Vereine: die Fußballer vom FC Schabbach, der Gesangsverein, der Hunsrück-Wanderverein. Auch die Schulen, ihre Lehrer, die Honoratioren aus der Kreisstadt und ehemalige Feriengäste, die oft im Gasthaus Molz gewohnt haben, sind da. – Der Menschenzug will kein Ende nehmen.

Als die Blaskapelle am offenen Grab angekommen ist und den Trauermarsch beendet, und als Pfarrer, Angehörige und Kreuzträger Aufstellung genommen haben, um in Andacht zuzusehen, wie der Sarg in die Grube gelassen wird, hat das Ende des Zuges noch nicht einmal den Friedhofseingang erreicht.

PFARRER DAHL. Im Namen des Vaters und des Sohnes und des Heiligen Geistes, amen. Ein Mensch ist in seinem Leben wie Gras. Er blüht, wie eine Blume auf dem Feld. Wenn der heiße Wind der Wüste darübergeht, dann ist sie nicht mehr da, und der Ort, wo sie stand, weiß nichts mehr von ihr. Aber Gottes Gnade dauert in alle Ewigkeit bei denen, die ihn ehren und achten.

Hermann hat sich tatsächlich verspätet. Er beeilt sich, mit seinen Blumen dem Trauerzug nachzufolgen. Nachdem er zum inneren Zirkel um das Grab vorgedrungen ist, wird ihm von hilfreichen Händen das Bouquet abgenommen.

Der Pfarrer beginnt soeben mit seiner Ansprache, sodass Hermann das trauernde Lenchen nur noch mit einer Berührung der Schulter begrüßen kann.

PFARRER DAHL. Liebe Frau Molz, liebe Carmen, liebe Angehörige, liebe Gemeinde!

Jeder von uns, der das Gasthaus Molz besuchte, kennt diese vergilbte Fotografie, die seit vielen Jahren die Wand neben der Theke schmückte. Ich erinnere mich sehr deutlich an dieses Bild, auf dem man eine Gruppe von Kindern und Jugendlichen sah, die nach dem Ballspiel auf der Straße zum Oberdorf stehen und ganz ernst in die Kamera schauen. Unser verstorbener Rudi Molz hat mir das Bild vor ein paar Jahren einmal erklärt. Eins dieser Kinder war seine Frau Marlene, damals schon Lenchen genannt, im Alter von kaum sieben Jahren, blond gelockt und voller Zuversicht. Und wer stand auf dem Foto direkt neben ihr, mit stolzem Lächeln und dem Ausdruck «Ich bin dein Freund, ich beschütze dich.»? Das war der kleine Rudi Molz, damals elf Jahre alt, ihr späterer treuer Gemahl. Als ich dieses Bild sah, wurde mir klar: Es gibt Ehen, die werden im Himmel geschlossen …

Bei seinen Worten gehen alle Blicke zu Lenchen, die von Carmen und Hermann gehalten wird. Die Rede bringt manchen Schabbacher zum Schluchzen, und Lenchen, die geglaubt hat, ihre Augen seien leer geweint, vergießt heiße Tränen.

Alle sind ergriffen, während Hermann noch immer in seinen Traumbildern gefangen ist. Es fällt ihm schwer, die Gegenwärtigkeit der Beerdigung und seine Anwesenheit unter all diesen Menschen zu empfinden.

Seine Blicke, die an der Oberfläche der Dinge Halt suchen, stoßen auf die Gräber um ihn herum. Überall sieht er seinen Familiennamen auf ihren Steinen: Eduard und Lucie Simon, Horst Simon, alles längst vergessene Verwandte aus fernen Jahrzehnten; dann ein verwittertes Grab mit den Namen der Wiegands. Wilfried, ein Onkel Hermanns, dann Großvater und Großmutter aus der Mutterlinie, und dort oben das Grab des Schmieds Matthias Simon und seiner Frau, der wunderbaren Katharina, Hermanns Großmutter, in deren Obhut er ein Schabbacher Kind gewesen ist.

Der Pfarrer hat die Ansprache beendet. Seine Vorstellung, dass nur wenige Ehen im Himmel geschlossen werden, scheint Lenchen wenig zu helfen. Sie lebt noch und muss allein weiterleben. Schluchzend lehnt sie sich an ihre Enkelin, als wolle sie sagen: «Helft mir, ohne den Rudi weiterzuleben!»

Hermann hat seinen Ortssinn verloren. Er geht auf dem Friedhof umher, als wüsste er nicht mehr, welcher Anlass ihn hierher geführt hat.

Die Feuerwehrkapelle, in der nun auch Bürgermeister Toni mit seiner Trompete spielt, stimmt den Choral an, den das Bordorchester der «Titanic» der Überlieferung nach gespielt haben soll, bis das Meer es verschlang:

Näher, mein Gott, zu dir,
näher zu dir.
Drückt mich auch Kummer hier,

drohet man mir,
soll doch trotz Kreuz und Pein
dies meine Losung sein:
Näher, mein Gott, zu dir,
näher zu dir.*

Hermann hat das Familiengrab der Simons gefunden, das Anton einst hat anlegen lassen. Seine Urne ist darin versenkt worden, neben seiner früh verstorbenen Frau Martha, neben der Marie-Goot, neben Tante Pauline, neben den Eltern Paul Simon und Maria, der Mutter der drei Brüder, die verschiedener nicht sein hätten können und doch aneinander gehangen haben.
Das Grab von Ernst liegt kaum zwei Meter entfernt. Eine Taubenfigur schmückt den Stein, nicht als Zeichen des Friedens, sondern als ein Wesen, das fliegen kann, wie es der Verstorbene vermochte.
Wenn Hermann hier, mitten unter den Seinigen, tot umfallen würde, wäre die Welt in Ordnung, oder es wäre für die Welt in Ordnung. Der Gedanke beklemmt ihn. Er sieht sich wieder in seinem Traum, umgeben von all den winkenden Toten.

Während er in sich hineingrübelt, entsteht ein dumpfes Rumoren. Die Blaskapelle gerät aus dem Takt, und ein Schreck durchfährt die Trauergemeinde. Noch einmal rumpelt es, und der Friedhof scheint zu schwanken.
In Hermanns Nähe steht die Fotografin aus Simmern. Irritiert nimmt sie ihre Leica vom Auge.
HERMANN. Was ist denn das? Eine Sprengung?
Unter den Leuten bricht Panik aus. Viele rennen hin und her, manche laufen weg, wenige harren bei Lenchen und dem Pfarrer aus.
Die Feuerwehrkapelle spielt gegen die allseitige Angst an, so wie es einst das «Titanic»-Orchester getan haben mag.

* Heilsarmee-Liederbuch und «Reichsliederbuch» der Pietisten

Schabbach, die Dorfstraße und Helmuts Garage

Schon hat es sich herumgesprochen, dass sich bei der Erschütterung Erdrisse im Dorf aufgetan haben und dass die neu gebaute Garage des Bauern Helmut im Boden versunken ist.
Der Sarg mit Rudi ist noch nicht richtig unter der Erde, da haben die Schabbacher schon ihre Sensation, die alles aus den Hirnen löscht. Selbst Lenchen, die in Begleitung ihrer Enkelin in Hermanns Auto mitgenommen wird, ist aus ihrer Trauer herausgerissen.
Es scheint, dass der traditionelle Leichenschmaus mit Streuselkuchen, Kaffee und Trester im Haus des Verstorbenen mit den verstörten Schabbachern nicht mehr möglich ist.

Hermann lässt sein Auto mitten im Dorf auf der Kreuzung stehen. Dutzende von Beerdigungsgästen, Menschen in feierlichem Schwarz, rennen zu Helmuts Hof hinüber, denn da gibt es den Knüller zu besichtigen: Seine Garage schaut nur noch mit einem schrägen Mauereck aus dem Boden.
Um den Betonbau herum hat sich die Erde aufgeworfen, Brocken von Asphalt und Erdreich umgeben den Platz, in der hoffnungslos eingeklemmt der Mercedes des Bauern steckt.
Als Hermann an dem Loch ankommt, ist Helmut in die Versenkung geklettert und führt ein Metermaß in einen Erdspalt ein, der sich neben dem Garagenfundament aufgetan hat. Der Spalt ist so tief, dass der Messstab bei weitem nicht ausreicht.
HELMUT. Jetzt guckt euch das mal an. Über zwei Meter und immer noch kein Widerstand.
Toni fühlt seine Verantwortung als Bürgermeister und treibt die Neugierigen von dem Krater weg. Seine Stimme überschlägt sich vor Aufregung. Auch Hermann wird zurückgedrängt, als er näher kommt.
TONI. Zurück, geht doch bitte zurück, das ist zu gefährlich! Da unter uns, wo wir jetzt stehen, da war der große Abbau der Schiefergrube. Hermann, da in dem Loch muss dem Ernst sein «Nibelungenschatz» liegen. Ich mein ja nur, ihr müsst der Sache

mal nachgehen, wo deine Tochter doch da unten am Schaffen ist. Verstehst du?

Toni scheint Recht zu haben. Hermann fällt ein, dass die Höhle, in der Ernsts Sammlung verborgen ist, direkt unter dem Dorf liegt. Schon in seiner Kinderzeit haben er und Spielkameraden manchmal am Höhleneingang die Kirchenglocken von Schabbach hören können.

Nach dem Streit um Ernsts Erbe und nachdem man den Schlüssel zu seiner Sammlung bei Matko gefunden hatte, der sich dann doch nicht als der Nachkomme herausgestellt hatte, nachdem außerdem Hartmuts Anspruch durch die Pleite der Simon-Werke hinfällig geworden war, hatte die Gemeinde Ernsts Bauvorhaben reumütig genehmigt.

Lulu konnte endlich die Bauleitung übernehmen. Die Staatszuschüsse, die Bankkredite, die Sponsorships, alles funktionierte auf einmal wieder.

Gemeinsam mit dem Architekten Delveau, der großes Vertrauen in sie setzte, konnte sie in diesem Sommer darangehen, Ernsts Lebenstraum zu verwirklichen. Das Museum sollte ein unterirdisches Gebäude werden, dessen Eingänge, Wandelhallen und Verwaltungsgebäude zwar im Freien stehen, dessen eigentlicher Bereich aber – die Sammlung und die Veranstaltungssäle – sich im Innern des ehemaligen Bergwerks befinden würden.

Hermann hat Lulus Arbeit genau mitverfolgt, weil sie mit ihrem Kind und Natascha, einem russischen Kindermädchen, wieder ins Günderrode-Haus eingezogen ist.

Mit Clarissa ist er zwar auf Konzertreise gewesen und darum nicht ganz auf dem Laufenden, aber er ist sicher, dass Lulu mit den schwierigen Bauarbeiten unter Tage noch nicht begonnen hat. Was sollte da einen so gewaltigen Erdrutsch auslösen, dass er mitten im Dorf Helmuts Garage mit sich reißt?

Hermann rennt zum Auto. Er will sofort nachsehen, was unten im Goldbachtal los ist.

Ernsts Gelände am Goldbach

Lulu sieht fassungslos, was gerade passiert: Aus dem Höhleneingang, der mit Ernsts Stahltür hermetisch verschlossen war, quillt erdiges Wasser unter hohem Druck. Die Fugen in Mauerwerk und Türgewände werden auseinander gedrückt, und immer mehr Wasser schießt aus dem Berg.
Sekunden später kann die Tür dem Druck nicht mehr standhalten und bricht aus der Verankerung. Die Wassermassen, die sich jetzt aus dem Höhlenschlund wälzen, sind wie eine Sintflut.
In rasendem Tempo kommt Hermann vom Dorf heruntergefahren. Wo einst der Maschenzaun vor Ernsts Zufahrt war, ist jetzt die Baustelleneinfahrt, die vor den Fundamenten des neuen Verwaltungsbaus endet.
Er bremst. Schon beim Einbiegen in die Baustelle erkennt er die Katastrophe: Dort, wo der Höhleneingang und die Baucontainer mit Lulus Planungsbüros liegen, steigen Fontänen zum Himmel auf und lassen das gesamte Gelände dahinter verschwimmen.
Lulu steht in den herabrieselnden Wassermassen und hält nach Lukas Ausschau, der noch vor kurzem mit seinem Kindermädchen Natascha auf dem Gelände umhergetollt ist.
Hermann hört ihr Rufen nach dem Kleinen. Er versucht, zwischen aufgetürmten Baumaterialien und Fahrzeugen hindurch näher heranzukommen. Die Fundamente des Neubaus versperren ihm den Weg. Die fertig betonierten Keller sind bereits mit Wasser voll gelaufen. Er hält inne.
HERMANN. Lulu, wo bist du?
Er sieht die Fontänen und zwei kleine Gestalten, die im herabregnenden Wasser auf der oberen Plattform eines der Container erscheinen. Es sind Lukas und Natascha, die verzweifelt um Hilfe schreien.
HERMANN. Lukas, Natascha!
Er reißt sich die Jacke vom Leib.
NATASCHA. Hilfe! Holt uns runter!
Hermann hechtet über die Betonmauer und springt in das Flutwasser, das sich im Fundamentbau aufgestaut hat.
Lulu erkennt, in welcher Gefahr sich ihr Kind befindet, denn von

der Plattform, auf die es sich mit dem Mädchen geflüchtet hat, führt keine Treppe nach unten. Die ungezügelten Wasserstrahlen drohen, die zwei von dort wegzuspülen.

LULU. Kommt runter! Kommt in den Container! Geht rein in den Container und runter! Beeilt euch!

Es ist für die beiden nicht leicht, Lulus panische Anordnungen zu verstehen. Aber die einzige Treppe, die nach unten führt, ist nun einmal nur vom Containerbüro aus zu erreichen, aus dem sie gerade geflohen sind. Das müssen sie begreifen und umkehren.

Lulu schreit sich die Seele aus dem Leib.

Hermann, im Betonbecken schwimmend, muss gegen die Strömung ankämpfen. Es gelingt ihm nicht, dem Unglücksort näher zu kommen.

Die Wassermassen, die aus dem Höhlenschlund schießen, wälzen sich über die Holzbrücke. Sie kann dem Druck der Fluten nicht standhalten und bricht auseinander.

Als Lulu begreift, dass sich das Brückenende zu drehen beginnt und auf den Container zutreibt, will sie Lukas und Natascha zu Hilfe eilen. Wo sind sie nur?

Schon wird der Containerturm von den heranrauschenden Brückenträgern getroffen und aus der Verankerung gerissen. Er neigt sich zur Seite. Die Treppe, über die Lulu nach oben gelangen wollte, bricht unter ihren Füßen weg.

Hätten zwei Bauarbeiter sie nicht im letzten Moment heruntergezerrt, wäre sie von den Fluten mitgerissen worden. Sie schreit. Wo bleiben Lukas und Natascha?

Hermann ist von der Srömung in den Goldbach getrieben worden. Sein Hilfsversuch ist gescheitert.

Der Containerturm hat sich weiter zum Bachbett geneigt. Noch ist von Lukas und Natascha, die sich im oberen Bereich des Containers befinden, nichts zu sehen. Man hört nur ihre Schreie.

Ein rettender Gedanke schießt Lulu durchs Hirn.

LULU. Wo ist die Kransteuerung?

Sie hetzt über das Gelände. Die Bauarbeiter helfen, die Fernsteuerung für den Baukran zu finden, dessen Ausleger genau über dem schiefen Container steht.

Da öffnet sich die Eingangstür und Natascha kommt mit dem Kind auf allen vieren auf die kleine Plattform gekrochen. Zitternd vor Angst halten sie sich an der wackligen Stütze fest, von der soeben die Treppe abgebrochen ist.
Lulu hält jetzt die Fernsteuerung fest in Händen und dirigiert den Kranhaken mit einer Gurtschlaufe auf die beiden zu.
LULU. Natascha, nimm Lukas auf den Arm und setz dich in die Schlaufe rein, als ob es eine Schaukel wäre. Lukas, halt dich fest!
Die zwei begreifen, was Lulu ihnen befiehlt. Immer noch schießt das Wasser von allen Seiten auf sie zu.
Es gelingt Natascha, sich in die Schlaufe zu setzen und Lukas auf den Schoß zu nehmen.
LULU. Halt dich gut fest. Ruhig jetzt, guckt her zu mir. Lukas, guck zu mir her!
Lulus Hände beherrschen das Gerät. Sie steuert den Kranhaken so, dass die beiden ruckfrei nach oben schweben und den wackligen Austritt gerade in dem Moment verlassen, in dem eine neue Wasserwalze vom Höhlenausgang herüberschießt und den Container vollends umkippt.
Die Geretteten schweben durch den Wasservorhang, und Lulu setzt sie da ab, wo ihnen die Bauarbeiter mit ausgestreckten Armen zu Hilfe eilen.

Hermann ist es gelungen, der Wasserhölle zu entkommen. Er hat sich an Büschen und Wurzelwerk festhalten können. Als er festen Boden erreicht, sieht er, wie Lulu ihr Kind und Natascha taumelnd über den Bauhof schleppt. Er folgt, ihre Namen rufend, den Geretteten. Dankbar und erschöpft umarmen sich alle im herabfallenden Wasser, nass und glücklich.

Was eigentlich passiert ist und was die Ursache für die Erdstöße und den Wasserausbruch aus der Höhle gewesen sein mag, ist vorerst unwichtig.
Offenbar waren aber im Innern des jahrhundertealten Höhlensystems tragende Wände eingestürzt, sodass ein unterirdischer See oder eine Wasserader, von der niemand wusste, sich geöffnet und

in die Stollen entleert hat. Die Hunsrücker Bergleute hatten ja in alten Zeiten nicht wissen können, dass man eines Tages Kunstschätze in ihren Stollen lagern und ein Museum darin bauen will. Es gab deswegen keine Abstützungen und keine Sicherungen, wie sie im modernen Bergbau üblich sind. Für die Richtigkeit von Lulus Theorie spricht, dass der Wasserstrom nach und nach schwächer wird und gegen Abend völlig versiegt.
Auch jetzt kann man das Ausmaß der Schäden noch nicht überblicken.

Während Hermann das Kind und das Mädchen nach Hause fährt, bleibt Lulu auf der Baustelle. Sie ist schließlich verantwortlich und hat umfangreiche Hilfe organisiert. Fahrzeuge des Technischen Hilfswerks und der Feuerwehr mehrerer Ortschaften sind gekommen, um bei den Aufräumarbeiten und dem Absichern der Baustelle zu helfen. Die Brücke zum Stolleneingang ist zerstört. Die Stahltür liegt tonnenschwer auf den Wrackteilen. Die Arbeiter und Hilfskräfte sind bei Flutlichtbeleuchtung unter Lulus Anleitung bis spätnachts im Einsatz.

LULU. Der hintere Teil der Brücke bleibt einfach so stehen. Nehmen Sie die Tür runter, dann kommen wir da hinten rein.

MANN VOM THW. Geht in Ordnung.

LULU. Ich bestelle dann einen Autokran, und Sie kümmern sich bitte darum, dass die beiden Container morgen da drüben hinkommen und aufgeräumt werden. Können Sie sich darum kümmern?

Die Männer spüren Lulus Kompetenz.

LULU. Wir haben da hinten im Materialcontainer die Pumpen, die sollen rund ums Gelände in die Saugschächte verteilt werden, und Sie schließen die dann an.

Der Mann vom THW wiederholt ihre Anweisung.

Lulu schreitet das Gelände ab. Ein Feuerwehrmann kommt ihr entgegen. Unter seiner Leitung wird der neue Keller leer gepumpt.

FEUERWEHRMANN. Die Pumpen laufen jetzt auf voller Leistung.

LULU. Gut, aber wir müssen darauf achten, dass wir auf keinen Fall mit dem Abpumpen unter die Grundwasserhöhe kommen. Wenn das passiert, dann kann die Betonwanne Auftrieb kriegen, und dann schwimmt sie uns weg. Dann passiert uns ganz genau dasselbe wie denen damals in Bonn mit dem Schürmann-Bau.

Als Lulu erschöpft das alte Wohnhaus von Ernst betritt, in dem sie hofft, sich etwas ausruhen zu können, warten dort zwei gut gekleidete Herren auf sie. Einen davon kennt sie. Er ist der Vertreter der Bank, die die Baufinanzierung übernommen hat.
Lulu reicht ihm die Hand. Sie ist erstaunt, dass die Herren mitten in der Nacht hier aufgekreuzt sind.
HERR BLEICHER. Wir bewundern Ihre Arbeit.
LULU. Ich glaube, wir haben's jetzt soweit im Griff.
HERR BLEICHER. Darf ich Ihnen Herrn Konrad von der Hahn-Holding vorstellen, immerhin der Hauptfinanzier des Museumsbaus, neben uns und dem Land.
Lulu begrüßt auch ihn, einen Mann von fünfzig mit randloser Brille.
HERR KONRAD. Guten Abend, Frau?
LULU. «Simon».
«Blöde, arrogante Geste», denkt Lulu, «dass so einer tut, als könne er sich meinen Namen nicht merken.» Da sie den Umgang mit Bürohengsten gewöhnt ist, bleibt sie bei aller Müdigkeit freundlich.
HERR KONRAD. Frau Simon. Es gibt da eine essentielle Frage. Was ist mit der Gemäldesammlung?
Lulu setzt sich den Herren gegenüber an den Tisch.
LULU. Das habe ich heute Abend nicht auch noch herausfinden können. Es tut mir Leid.
HERR KONRAD. Das ist uns klar. Aber solange nicht gewährleistet ist, dass die Sammlung vollständig und unversehrt erhalten geblieben ist – das werden Sie verstehen –, müssen die Bauarbeiten ruhen.
Lulu denkt, dass diese Leute sich nicht in fremde Fachgebiete einmischen sollten. Sie geht deshalb über den verfrühten Einwand einfach hinweg.
LULU. Wir erwarten morgen den Betoniertrupp aus Bendorf. Der ganze Tag ist durchgeplant.
HERR KONRAD. Ich glaube, Sie haben mich noch nicht verstan-

den. Ich spreche von Schadensbegrenzung, und das heißt für uns: sofortiger Baustopp.

Jetzt erst begreift sie, was der Grund für den späten Besuch der Herren ist. «Baustopp» – ja, das zu entscheiden liegt in der Macht der Banken und Finanziers. Lulu hat genug für heute. Sie schweigt. Jetzt sehnt sie sich nur noch nach Ruhe und nach ihrem Lukas.

Günderrode-Haus, Turmhäuschen

Einer der Bauarbeiter bringt Lulu mit dem Kleintransporter nach Hause. Ihr eigenes Auto konnte sie nicht benutzen, weil es im Schlamm steckt, der nach der Wasserkatastrophe alle Wege der Baustelle unpassierbar gemacht hat.

Sie hat die durchnässten Kleider von Lukas und Natascha in einem Plastikbeutel bei sich. Morgen will sie alles waschen. Sie bleibt im Hof stehen, bis der nette Arbeiter gewendet hat und wegfährt.

In der Turmstube, in der Lukas und das Mädchen schlafen, flackert eine Kerze am Fenster. Ein unbeaufsichtigtes Feuer! Lulu eilt die Treppe hinauf. Oben angelangt, läuft sie zur Kerze, um sie auszupusten. Gefahren lauern überall auf sie.

Lukas ist wach geworden. Er richtet sich im Bett auf und sieht die Mutter erschrocken an.

LULU. Na, du bist ja wach.

LUKAS. Die haben wir angezündet, damit du gesund wiederkommst.

LULU. Aber Lukas, man darf niemals eine Kerze anzünden und dann einfach einschlafen. Guck mal, das ist ein richtiges Feuer. Da kommt ein Windstoß, und die Kerze fällt um, und dann fängt das ganze Haus an zu brennen.

Lulu fühlt heute ein Übermaß an Sorge. Als sie sich umdreht, sitzt auch Natascha aufrecht in ihrem Bett.

LULU. Na, du bist ja auch wach! Das müsst ihr mir versprechen, dass ihr das nie wieder tut, ja?

Lukas schlüpft zu seinem Kindermädchen unter die Decke. Er will es in Schutz nehmen.

LUKAS. Aber Natascha hat gesagt, wenn wir eine Kerze anzünden, passiert dir nichts.

LULU. Aber das ist doch ein Aberglaube.

LUKAS. Aber du bist gesund und wieder da.

LULU. Aber das hat doch mit der Kerze nichts zu tun. Komm, jeder in sein Bett. Jetzt wird geschlafen. Ich bleib noch ein bisschen da.

Sie wartet, bis Lukas in sein Bett zurückgekehrt ist, und deckt ihn liebevoll zu. Dann legt sie sich zu ihm und macht das Licht aus.

LULU. Ich bin so froh, dass euch beiden nichts passiert ist. Mein kleiner Stuppes, gute Nacht.

Sie kuschelt sich an ihn und schläft sofort ein.

Straße in Schabbach, das Loch

Die gelb-schwarzen Betontransporter aus Bendorf sind rollende Fabriken. Aufgereiht stehen etwa zehn von den Monstern mit ihren rotierenden Mischtrommeln vom Dorfeingang bis zu Helmuts Haus.

Um das Loch mit der versunkenen Garage hat sich eine Baustelle gebildet, an der eine Betonierpumpe arbeitet. Bewundert von den neugierigen Schabbachern, ergießen sich über Rohrleitungen große Mengen von Fertigbeton in den Hohlraum, der sich unter der Garage gebildet hat.

Als Lulu an diesem Morgen von Hermann zu ihrer Baustelle gebracht wird, ist auf der Dorfstraße kein Durchkommen mehr. Der BMW muss anhalten. Sie begreift nicht gleich, was hier passiert: Die Schabbacher haben begonnen, das Loch auf Helmuts Grundstück mit Beton zu füllen. Immer wieder versickert er auf rätselhafte Weise, Kubikmeter um Kubikmeter.

Als Toni Hermanns Auto gewahrt, dirigiert er ihn in eine Ausweichbucht.

HERMANN. Toni, was ist denn da los?

Der gibt aufgeregt Auskunft.

TONI. Ist ein Geschenk des Himmels, dass gerade ein Betoniertrupp aus Bendorf hier in der Gegend war. Die haben wir morgens um sechs schon abgefangen und haben sie direkt von der Baustelle hierher umgeleitet.

LULU. Und warum weiß ich nichts davon?

Sie durchblickt sofort, wie die Dinge gelaufen sind: Der Betoniertrupp war verabredungsgemäß unterwegs zu ihrer Museumsbaustelle. Sie hatte die Baustopp-Anordnung eigenwillig so ausgelegt, dass die laufenden Arbeiten noch stattfinden können. So wollte sie Zeit gewinnen, um die unterirdischen Schäden zu erkunden.

TONI. Das haben wir alles über die Hahn-Holding abgeklärt. Die bezahlen das. Die nennen es Schadensbegrenzung – aber wenn du mich fragst, ich sag, es ist Haftungsbegrenzung. Und wenn dann rauskommt, dass dieser Schlamassel durch eure Bauarbeiten ausgelöst wurde, dann Gnade euch Gott.

LULU. Ist doch lachhaft! Das kann nicht sein.

Helmut mischt sich ein. Jeder ist hier klüger als der andere.

HELMUT. Tatsache ist, dass 64 Kubikmeter Beton hier in dem Loch verschwunden sind.

Nur allmählich begreift Lulu das Ausmaß der panischen Schabbacher Maßnahme. Sie sieht die Mischer-Kolonne, und dann rechnet sie blitzschnell nach.

LULU. Scheiße. Wenn es stimmt, dass es eine Verbindung gibt von dem Loch da zur Gemäldesammlung, dann wird jetzt die gesamte Sammlung zubetoniert wie der Atommeiler von Tschernobyl. Da könnt ihr nur hoffen, dass ihr euch alle täuscht. Das ist komplett idiotisch, was ihr da gerade macht. Hört doch bitte kurz auf, bis ich weiß, was da unten los ist.

HELMUT. Bis dahin kann das halbe Dorf versunken sein.

Lulu ist außer sich vor Wut. Sie treibt ihren Vater an, mit ihr ins Auto zu steigen. Sie muss die Lage in der Höhle sofort überprüfen. Das Unternehmen der Schabbacher scheint sich zum wahren Schildbürgerstreich zu entwickeln.

LULU. Ach, lauter Scheißansichten hier!

Auch Helmut ist wütend.

HELMUT. Hast du vielleicht den Riss in deiner Küche oder ich?

Ernsts Anwesen, Museumsbaustelle

Lulu hat sich für diesen Morgen mit einem Speläologen-Team verabredet, das bereit ist, die Zustände im Innern der Höhle zu erkunden. In aller Frühe hat sie schon herumtelefoniert, um die Leute aufzutreiben, die über die erforderlichen Ausrüstungen und die Erfahrung verfügen, sich in ein destabilisiertes Stollensystem zu wagen.

Als sie mit Hermann auf dem Baugelände ankommt, haben die Höhlenforscher schon ihre Vorbereitungen getroffen. Auf einem Tisch ist eine Video-Übertragungsanlage aufgebaut, die es ermöglicht, Bilder und Tonberichte nach außen zu übertragen.

Ein Feuerwehrmann, der von einer Hunsrücker Bergmannsfamilie abstammt, hat in den Archiven eine Karte aufgetrieben, auf der das Stollensystem dargestellt ist.

Während Lulu sich von den Speläologen einen Schutzanzug und die erforderliche Sicherheitsausrüstung besorgt, lässt Hermann sich die historische Karte erklären.

FEUERWEHRMANN. Die Pläne sind von 1850. Seitdem wurde hier schon kein Schiefer mehr abgebaut. Die Stollen sind als so genannte Bruchbauten angelegt, das heißt, die sind nicht abgestützt. Der damalige Verlauf der Stollen ist jedenfalls genau aufgezeichnet, soweit das damals vermessungstechnisch möglich war.

Lulu kommt, mit grünem Overall, Schutzhelm, aufgesetzter Grubenlampe, Rettungsgurten mit Karabinerhaken, Fangseilen und Kehlkopfmikrofon professionell ausgerüstet, heran.

LULU. Test, Test, eins, zwei, drei – hört ihr mich?

Sie testet die Sprechverbindung zu den beiden Männern, die schon zum Höhleneingang vorgegangen sind und ein Halteseil über den Goldbach gespannt haben.

HERMANN. Lulu, du hast doch nicht etwa vor, da mit hineinzugehen?

LULU. Doch, ich bin die Einzige, die weiß, wo die Sammlung liegt und wie die Container aussehen. Wir bleiben ja auch in Kontakt.

Schon ist sie in ihren Gummistiefeln am Bachufer unterwegs,

um im Geleitschutz der Fachleute zum Stolleneingang hinaufzusteigen, und kurz darauf mit den Männern in der Höhle verschwunden.

Professor Delveau, den Lulu schon am Vorabend verständigt hat, kommt mit seinem Auto aus Straßburg an. Er überquert die Baustelle, indem er über Armierungen und Betonmauern springt, um schneller am Ort des Geschehens zu sein.

Hermann sieht auf dem Monitor undefinierbare Eindrücke vom Innern der Höhle. Er beugt sich zu dem Mikrofon.

HERMANN. Lulu, hörst du mich?

LULU. Ja, Hermann, ich hör dich. Wir versuchen jetzt, den so genannten großen Abbau zu erreichen. Hier ist erst mal alles voll Schlamm. Links kommt das Wasser. Da hat sich ein neuer Weg gebildet. Rechts der Gang ist völlig verschüttet. Wir versuchen jetzt, durch das Wasser zu kommen.

Delveau ist bei Hermann angekommen und blickt ratlos auf den Bildschirm.

HERMANN. Lulu ist da drin. Es scheint, sie will – ich weiß auch nicht – hier unter dem Wasser durchtauchen. Wir warten auf Nachricht.

Auf der Baustelle ruhen alle übrigen Arbeiten. Delveau, der Feuerwehrmann, Hermann und die Assistentin der Höhlenforscher starren auf den Bildschirm und warten nervös auf weitere Nachrichten.

Da ertönt Lulus Stimme wieder aus dem Kontrolllautsprecher, viel leiser als vorher und verzerrt.

LULU. Es stimmt, hier hat sich wirklich ein Sickerwassersee gebildet. Der Abfluss ist unproblematisch. Aber die Decke ist hier ziemlich brüchig. Wir versuchen jetzt, zur Sammlung vorzustoßen.

Der Feuerwehrmann drängt sich nach vorn. Er hat erst in diesen Stunden erfahren, was es mit der Höhle und Ernsts Kunstsammlung auf sich hat.

FEUERWEHRMANN. Was wir nicht verstehen, warum hat man die Sammlung, wenn sie so wertvoll ist, nicht schon längst in Sicherheit gebracht?

DELVEAU. Was ist Sicherheit? Hier war sie 40 Jahre lang sicher. Warum hätte man sie hier wegnehmen sollen?

Der Höhleneingang sieht wieder friedlich aus. Am Bachufer zeigen sich zwar die Zerstörungen, die die Wassermassen an Pflanzenwuchs und Erdreich bewirkt haben, aber das ist bei dem jährlichen Hochwasser des Goldbachs auch nicht schlimmer.

Aus dem Höhlenmaul rinnt nur noch ein Sickerbächlein. Ein wahres Idyll mit urwüchsiger Vegetation.

Da meldet sich Lulus Stimme erneut.

LULU. Zu den Containern ist kein Durchkommen. Es scheint, der ganze Berg ist da heruntergebrochen, wo die Container standen. Wir haben aber noch eine Hoffnung. In nördlicher Richtung verläuft ein Hohlraum, theoretisch Richtung großem Abbau. Den untersuchen wir jetzt.

Auf dem Monitor werden Felsblöcke sichtbar, die in den Stollen gestürzt sind. Das Gelände, in dem sich Lulu bewegt, scheint von den Wassermassen völlig zerrissen worden zu sein.

Delveau ist besorgt. Er greift zum Mikrofon.

DELVEAU. Hier ist Henri! Lulu, ich will, dass Sie sofort herauskommen. Wir müssen die Lage besprechen. Ich will nicht, dass Sie sich irgendeiner Gefahr aussetzen. Lulu, hörst du mich?

Auf dem Monitorbild wird eine zähe Masse sichtbar, die sich durch den Stollen wälzt.

HERMANN. Lulu, Herr Delveau will mit dir die Lage besprechen!

LULU. Da ist nichts mehr zu besprechen. Ich bin hier auf nassen Beton gestossen. Der läuft mir hier in einer Breite von zwei Metern entgegen, ist teilweise schon hart. Ich hoffe, euch ist klar, was das bedeutet: der Sarkophag von Schabbach. Da kann das Dorf stolz drauf sein. Ende!

Man hört, wie sie die Verbindung abbricht.

Hermann, Delveau und die Helfer sehen stumm zum Höhleneingang hinüber. Allen fehlen die Worte.

Man wird Wochen brauchen, bis man die Folgen des Einbruchs ganz überblickt.

Restaurant Heiliggeist

Schon seit langem hat Delveau diesen Restaurantbesuch mit Lulu vorgehabt.

Wie ein Kirchenschiff wirkt das gotische Gebäude, in dem das Speisen fast ein Sakrileg ist: edel gedeckte Tische unter den uralten Sandsteinsäulen, Auftritte von Kellnern durch reich verzierte Spitzbögen, der Widerhall der Stimmen aus der Weite der Kreuzgewölbe.

Lulu soll jetzt ihren Schock überwinden. Delveau will sie spüren lassen, dass sie nicht allein ist.

DELVEAU.

«Ach, wie der Knabe seh ich zu Boden oft,
Such in der 'öhle Rettung von dir.»

LULU. Nicht 'öhle – *Höhle*!

DELVEAU. *H-höhle.*

LULU. Wieder was Passendes von 'ölderlin?

Sie amüsiert sich über seinen französischen Akzent, der es ihm eigentlich verwehrt, den Lieblingsdichter laut zu zitieren. Aber Delveaus Charme besteht auch darin, dass ihn das nicht kümmert.

DELVEAU. Weißt du, was das Wunderbare an 'ölderlin ist? Er sah in allem einen Anfang und begeisterte sich. Darum liebe ich seine Gedichte.

Solange er spricht, vermag er in Lulus Augen zu schauen und sie anzulächeln. Dann aber blickt er verlegen zur Seite.

Lulu genießt die Gegenwart des Mannes, den sie schon lang als ihr Vorbild verehrt. Dabei versucht sie spielerisch, ihre und seine Gefühle in der Schwebe zu halten.

LULU. Weißt du, was ich gerade merke? Für mich war das mit dem Museum echt mehr als nur so ein Job. Nicht nur, weil *wir* uns getroffen haben. Es war was mit der Familie. Etwas, auf das ich stolz sein konnte. Ich glaube, ich habe noch nie an einem Projekt so gehangen wie an dem jetzt. Da hilft mir auch kein Hölderlin.

DELVEAU. Willst du mich heiraten?

Es gibt Sätze, die sich nicht aus dem Gespräch entwickeln. Man

trägt sie fertig mit sich herum und wartet auf den richtigen Augenblick. Aber wann ist der gekommen?
Die Frage, die Delveau gestellt hat, setzt kein Gespräch fort und auch keines in Gang. Aber jetzt ist sie heraus.
Er weiß nun nicht mehr, was seine Augen tun. Sie wollen vermeiden, Lulu anzusehen, können das aber nicht und fangen unbewusst an zu rollen.
LULU. Das klingt gerade ein bisschen so, als ob du mich retten wolltest.
DELVEAU. Wie kommst du drauf?
LULU. Kam mir gerade so in den Kopf.
Mit seiner Frage hat er sich und auch Lulu außer Gefecht gesetzt. Sie hält sich mit beiden Händen die Augen zu.
DELVEAU. Ich meine es ernst.
Er nähert seine Hände den ihren. Zärtlich greift sie nach ihnen. Aber Zärtlichkeit ist etwas anderes als ein Jawort.
LULU. Jetzt weiß ich gar nicht, was ich sagen soll.
Ihre Köpfe nähern sich einander, bis sie sich mit der Stirn berühren. Die Herzen aber finden sich nicht.

Landstraße bei Hasselbach

Es gibt nur einen Ort, an dem Lulu ihrem Söhnchen den Umgang mit Feuer erlaubt: das Wegkreuz unter dem Apfelbaum, wo Lutz verunglückt ist.
Hier darf Lukas mit eigenem Feuerzeug das Windlicht anzünden und es auf den Platz bei den frischen Blumen zurückstellen. Die Besuche am Todesort des Vaters, den er nie gekannt hat, sind ein festes Ritual für seine Mutter und ihn geworden.
Oft sind es die Momente vor großen Entscheidungen, in denen Lulu den Schicksalsbaum aufsucht und ein Gefühl der Gelassenheit findet.
LULU. Komm, Lukas, fahren wir. Es ist noch weit bis Köln.

Schon einmal hatte Lulu den Hunsrück verlassen und war mit dem Kind nach Köln zurückgekehrt, als sich die Aufgabe, die sie beim

Bau von Ernsts Museum gefunden hatte, in Nichts aufzulösen schien. Damals, vor zwei Jahren, hatte sie jedoch noch einen Funken Hoffnung gehabt.

Nachdem nun aber die Hunsrückerde Ernsts «Nibelungenhort» regelrecht verschluckt hat, gibt es keinen Grund mehr zu bleiben. Lukas fällt die Trennung besonders schwer.

LUKAS. Warum darf ich nicht beim Opa bleiben?

LULU. Das wäre keine Dauerlösung. Komm!

Sie streckt Lukas die Hand entgegen.

LUKAS. Was heißt «Dauerlösung»?

LULU. Wir sind in Köln zu Hause, du wirst schon sehen.

LUKAS. Aber dort kenne ich niemanden.

LULU. Stimmt doch gar nicht. Nach allem, was passiert ist, muss deine Mama erst mal zu Hause ein bisschen nachdenken.

Sie öffnet die Tür ihres Mini, damit das Kind einsteigen kann.

LUKAS. Und wie lange dauert das?

Lulu spürt, dass sie behutsam mit ihm sein muss. Sie will ihn nicht überrollen, möchte ihm aber auch nicht verschweigen, wie es um sie steht.

LULU. Lukas, ich weiß es nicht. Ich weiß nicht, was richtig ist im Moment. Ich bin ratlos.

Sie beugt sich über die Autotür und schaut dem Jungen in die Augen.

LULU. Soll ich mir jetzt eine neue Arbeit suchen? Soll ich mit dir in eine andere Stadt ziehen? Sollen wir vielleicht nach Frankreich ziehen? Oder sollen wir zwei zusammen erst mal in die Ferien fahren, solange du noch nicht in die Schule gehst und noch Zeit hast?

Er klettert gehorsam auf den Rücksitz. Er versteht sie, aber sie sollte auch ihn verstehen.

LUKAS. Ich würde lieber beim Opa bleiben.

Lulu wirft die verwelkten Blumen, die sie am Wegkreuz durch frische ersetzt hat, in den Chausseegraben. Dann steigt auch sie ein und fährt los.

Das dürre Gras am Wegrand kündet vom Herbst.

Bayerische Justizvollzugsanstalt

Seit seinem Strafantritt ist Gunnar nicht einen Tag untätig geblieben.

Zuerst hat er seine Pläne vervollkommnet. Wenn man vom Knast aus ein Millenniums-Silvesterfest organisieren will, das eines Gunnars würdig ist und von dem man noch lange sprechen wird, dann muss man genau wissen, was man braucht und wie es ablaufen soll. Er hat sich alles exakt zurechtgelegt.

Die Verschickung der Einladungen war die eine Sache. Die andere, viel schwierigere, ist die Organisation eines professionellen Feuerwerks – vom Knast aus, wohlgemerkt!

Gunnar hat nach und nach alle Freiräume erkundet, die einem Gefangenen gewährt werden. Dazu gehört die Benutzung des öffentlichen Telefons bei der Poststelle. Anrufe sind nur für begrenzte Zeit und in Begleitung eines Wachbeamten erlaubt, der zudem mithören kann. Zu diesem Zweck besitzt der Telefonautomat eigens eine Mithörmuschel.

Aber Gunnar hat ja nichts zu verbergen, und wenn es der Gefangene bezahlt – und Gunnar *kann* bezahlen! –, darf er sogar bis nach China anrufen.

GUNNAR. Hallo, ich wollte fragen: Ist es möglich, dass ich bei Ihnen ein direkt importiertes chinesisches Feuerwerk bestellen kann? Nein, Geld spielt keine Rolle. Was, 15 000? Ach, fünf*zig*tausend? Ja, das ist schon was anderes. Auf jeden Fall, es soll etwas Besonderes sein. Wissen Sie, etwas, wo die Leute noch nach Jahren davon reden. Gut. Und Sie könnten mir auch garantieren, dass es bis zum 31. 12. da ist? Na ja, ich will ja nicht selber mit Hand anlegen. Und Sie bringen die Leute gleich mit? Gut, für 110 000. Was, 110 000, West? Ja, ich komm auf Sie zurück, ich melde mich, über … Herrn Hyong Fang Be.

Der Wachmann gibt ihm ein Zeichen, dass die fünf Minuten Telefonierzeit abgelaufen sind.

GUNNAR. Okay, ich muss Schluss machen. Ich ruf noch mal an. Danke.

Mit militärischer Akkuratesse dreht er sich nach dem Wachmann um, macht «Männchen» und «Meldung», wie er es «bei der Fahne» gelernt hat.

GUNNAR. Strafgefangener Gunnar Brehme meldet sich zum Einschluss bereit.

Schon macht er kehrt, um den Rückweg zur Zelle anzutreten.

VOLLZUGSBEAMTER. Ihre Karte, Herr Brehme.

Gunnar hat seine Telefonkarte im Automaten stecken lassen. Er nimmt sie dankend entgegen. Dass der Wachbeamte vor ihm jede Tür öffnen muss, wirkt beinah wie ein Luxus.

Auf der Brücke vor dem oberen Zellentrakt wendet sich Gunnar mit seinem nettesten Ton um.

GUNNAR. Kann ich nicht wenigstens das Faxgerät für eine Stunde ...?

VOLLZUGSBEAMTER. Herr Brehme, es reicht. Sie sind hier nicht im Grandhotel.

GUNNAR. Aber wie soll ich denn ohne Faxgerät meine Fonds managen? Mensch, ich erwarte ein Kursfeuerwerk auf dem Börsenparkett.

Die Zellentür ist erreicht und der Akt des Einschließens wieder ein Ritual von Sekunden: Der Häftling nimmt Aufstellung, der Beamte steckt den Schlüssel ins Schloss, dreht den Schließhebel herum. Beim Öffnen der Tür tritt der Mann zurück, der Gefangene tritt ein. Die Sicherheitsmaßnahmen, die in diesem Ablauf verborgen liegen, sind exakt und lässig zugleich.

VOLLZUGSBEAMTER. Es ist jetzt Feierabend.

Der Hinweis ist auch für Gunnars Mitgefangenen bestimmt, der in der Zelle Stützübungen zwischen zwei Stühlen macht. Gunnar beschwört den Wachmann, bis die Tür in Schloss fällt.

GUNNAR. Aber ich steh nun mal nicht so sehr auf Bär, ich steh auf Bulle!

Der Glatzkopf grinst Gunnar an, ohne sein Muskeltraining zu unterbrechen.

GLATZE. Koitus und Konto. Typen wie du haben anscheinend keine anderen Sorgen mehr.

GUNNAR. Und du, was hast du denn im Koppe? Ich weiß, wie rum die Welt sich dreht. Als Börsenpionier der ersten Stunde war ich von Anfang an dabei.

Als er zu seinem Tisch zurückkehrt, wo eine veritable Schreibmaschine steht, macht der Glatzkopf keine Anstalten, ihm seinen Stuhl freizugeben. Aber vorbeigehen, das darf Gunnar.

GUNNAR. Danke. Zum Beispiel die T-Aktie, die hatte einen Einstiegswert von 23 Mark 50. Das sind ja nicht mal 15 Euro. Und jetzt? Zum Schlusskurs in Frankfurt? Wo steht die T-Aktie? Bei 77 Euro 60. – Euro! Das sind 500 Prozent in nicht einmal drei Jahren. Verstehst du?

Er tippt sich gegen die Stirn. Er ist doch nicht blöde!

GLATZE. Und wenn hier Schicht ist, was machst'n dann mit der ganzen Kohle?

GUNNAR. Was soll ich dann machen? Dann mach ich 'ne Fete. Je doller die Börse, desto doller die Party.

GLATZE. Da bin ich aber gespannt.

Der Typ stellt ihm den Stuhl vor die Schreibmaschine zurück und gibt ihm mit gespieltem Respekt den Weg zur Arbeit frei. Gunnar fängt munter zu tippen an. Dabei wird er nachdenklich.

GUNNAR. Geld ist nicht alles im Leben: Die Zinsen müssen stimmen.

Das ist seine Weisheit, die der Glatzkopf nicht verstehen will.

Günderrode-Haus, Hof und Innenräume

Zwei Wochen lang ist Clarissa in Wasserburg geblieben, hat die Orte ihrer Kindheit besucht und der Mutter beigestanden, wenn sich deren Panikanfälle wiederholten.

Auf ihren Spaziergängen erinnerte sie sich an die ersten Cellostunden, ihr erstes Fahrrad, ihren ersten Kuss. Sie sah den Waldrand wieder, an dem sie einmal zum Muttertag einen Strauß Buschwindröschen pflückte und von den Pollen schreckliches Nesselfieber bekam. Sie war vielleicht fünf damals.

Es hatte etwas Schönes für Clarissa, die Mutter am Ort ihrer Kindheit zu wissen – doch es war nichts zu machen. Mutter Lichtblau ist nicht zu bewegen, auch nur einen Tag ohne sie im Altersstift zu bleiben.

Somit bleibt der Tochter nichts anderes übrig, als sie an den

Rhein mitzunehmen. Mit dem Zug sind sie nach Koblenz gefahren.

Hermann, der allein daheim ist, hört das Taxi kommen und geht den zwei Frauen entgegen.

Es ist Abend, und die Mutter sieht Haus und umgebende Landschaft im letzten Tageslicht. Während Hermann und Clarissa sich zärtlich begrüßen, geht sie mit lauten Ausrufen der Bewunderung über den Hof.

MUTTER LICHTBLAU. Ach, ich hatte ganz vergessen, wie schön dieses Haus ist!

HERMANN. Komm rein.

Die Alte folgt und geht im Wohnzimmer umher, als hätte man ihr das Haus gerade geschenkt

MUTTER LICHTBLAU. Es ist irgendwie überwältigend – ach, und immer wieder dieser schöne Blick hier, Clarissa! Weißt du, das hier, das ist ein Haus des Glücks.

An Clarissas gequältem Blick kann Hermann ablesen, was sie inzwischen durchgemacht hat. Mit ihrer Stimme und Gegenwart füllt Mutter Lichtblau das ganze Haus. Sie lässt sich auf das Sofa fallen und legt mit wohligem Grunzen die müden Beine hoch.

MUTTER LICHTBLAU. Ja, Hermann, du wirst sehen, ich kann noch sehr nützlich sein. In einem Haus wie diesem hier, da gibt es immer etwas zu tun. Eure Wäsche, der Garten, und ich war bekannt für meine abwechslungsreiche und gesunde Küche. Und kein Spinnweb ist mir entgangen. Stimmt's, Clarissa?

Clarissa hat ihn beiseite geführt. Erschöpft lehnt sie die Stirn an die seine.

CLARISSA. Ihre Panik hat einfach nicht aufgehört.

Hermann weiß, dass er jetzt handeln muss. Die Mutter soll vom ersten Augenblick an spüren, wo ihre Grenzen sind. Also wird sie zuerst einmal in ihr Zimmer gebracht. Er schnappt sich ihren Koffer und trägt ihn die Treppe hinauf. Clarissa folgt und zieht die Mutter hinter sich her.

Das Gästezimmer liegt am Ende des Flurs. Hier hat Hermann das Foto von Rudi und Lenchen aufgehängt.

CLARISSA. Das Zimmer ist viel kleiner als das in Wasserburg.

Natürlich kann sie die Mutter mit dem Hinweis nicht abschrecken.

Mutter Lichtblau. Ach, es macht gar nichts. Ich bin selig, wieder unter den Lebenden zu sein.
Das Paar verständigt sich mit einem kurzen Blick.
Clarissa. Mutter, ich möchte jetzt mit Hermann allein sein. Alles Weitere besprechen wir morgen.
Mutter Lichtblau. Ich bin jetzt vollkommen zufrieden. Geht ruhig. Das Zimmer genügt mir.

Seit der Trennung in München haben Hermann und Clarissa viel erlebt – was man sich kaum vorstellen kann, wenn man nicht dabei gewesen ist. Sie werden Stunden brauchen, um sich alles zu erzählen und auch ihr Verlangen nacheinander zu stillen.
Im Wohnzimmer, wo sie sich endlich richtig umarmen können, ist es Nacht geworden. Sie machen für ihr Wiedersehen kein Licht an.

Kurze Zeit später biegt wieder ein Auto in den Hof ein. Es trägt die Aufschrift des Elektrogeschäfts von Tillmann und Moni. Tillmann hat sich eine nette Jacke angezogen und sein Haar schön gekämmt.
Da nur in Hermanns Arbeitszimmer Licht brennt, klopft er an dessen Fenster. Es dauert eine Weile, bis sich die Haustür öffnet.
Tillmann. Ich hab das Taxi hier rauffahren sehen, und da hab ich mir gedacht, ich sollte heute Abend noch mit Ihnen sprechen, wenn's nicht allzu sehr stört. Weil's doch sehr wichtig ist.
Hermann. Ja, komm rein. Was gibt's denn?
Tillmann. Sie haben nicht zufällig in Ihren Briefkasten geschaut, oder?
Hermann. Doch …
Tillmann. Da müsste doch ein Brief vom Gunnar, vom Gunnar Brehme, dabei gewesen sein. Mit einer Anfrage, die auch mir sehr am Herzen läge … Guten Abend.
Tillmann sieht Clarissa, die es sich mit einem Glas Rotwein auf dem Sofa gemütlich gemacht hat. Er hat offenbar gestört, aber nun ist es nicht mehr zu ändern. Er grüßt, so nett er kann.
Tillmann. Es geht um Silvester. Der Gunnar möchte die alte Mannschaft zusammentrommeln. Ein Wiedersehen nach so langer Zeit. Es ist doch so schade, dass sich alle aus den Augen

verlieren. Und Gunnars Idee ist – ich hab's ja auch manchmal gedacht, aber gemacht hab ich's nie, ... oder ist das jetzt noch gar nicht mit euch abgesprochen?

Clarissa steht auf, um ihn nun auch zu begrüßen.

CLARISSA. Ein Wiedersehen?

Sie und Hermann müssen sich erst einmal durch heimliche Zeichen von ihren Zärtlichkeiten verabschieden.

HERMANN. Hier bei uns, in unserem Haus?

TILLMANN. Hab ich das noch nicht gesagt? Das ist nun leider alles nicht mehr zu stoppen. Der Gunnar setzt Himmel und Menschen in Bewegung. Ein beheiztes Festzelt will er errichten lassen, ein Starkstromkabel nach hier oben verlegen für den Anlass. Na ja, und die wirtschaftliche Lage der kleinen Elektro- und Computerläden ist ganz prekär, Herr Simon, wegen der Mediamärkte, die alles beherrschen, und da kommt das Angebot vom Gunnar wie ein Geschenk des Himmels. Ich soll für die Feier hier oben nämlich die gesamte Ausstattung übernehmen: Außenheizung, Beschallung, Licht, Effekte, Band. Ich hab den Gunnar gefragt, ob ihm klar ist, was da für Kosten auf ihn zukommen, und da hat der verrückte Kerl mir gleich 50 Mille auf mein Konto überwiesen als Anzahlung.

CLARISSA. Typisch Gunnar.

Sie hat auch für Tillmann ein Glas eingeschenkt.

HERMANN. Der spinnt mal wieder komplett.

TILLMANN. Geld spielt keine Rolle, hat er gesagt.

Er ist sich nicht sicher, ob Hermann und Clarissa in ihrer Wiedersehensstimmung begreifen, was mit Gunnars Partyplänen auf sie zukommt.

Justizvollzugsanstalt in München

In dieser Nacht kann Gunnar in seiner Zelle nicht einschlafen. Er weiß, dass es noch viele Wochen sind bis zum Jahresende. Er wird die Zeit vollends brauchen, um alles vorzubereiten. Vor allem aber geht es darum, dass er rechtzeitig entlassen wird, denn seine Haftzeit ist offiziell erst Anfang Februar abgelaufen.

Er liegt im oberen Bett und unterbricht die Harry-Potter-Lektüre, um dem Zellengenossen seinen Schlachtplan zu erläutern.

GUNNAR. Sobald das Weihnachtsfest sich nähert und alle Gefühle kriegen, kurz bevor der erste Schnee fällt, da werde ich meinen Antrag auf Haftverkürzung stellen. Und zwar gleichzeitig an den Amtsrichter, den Staatsanwalt und den Justizminister persönlich. Man muss die Leute im Herzen packen. Die Briefe hab ich fertig im Kopf.

Der Mitgefangene hat sich einen Berg Bücher aus der Gefängnisbibliothek besorgt – aber nicht, um den Geist zu schulen, sondern seine Muskulatur. Er macht verschärfte Kniebeugen mit je sechs Folianten auf den ausgestreckten Handflächen.

Günderrode-Haus am 31. Dezember 1999

Der Schnee, auf den Gunnar gewartet hat, fällt spät in diesem Jahr. Im Rheintal, das oft milde Winter erlebt, hat es über Weihnachten ein wenig Neuschnee gegeben, der sich in der Umgebung des Günderrode-Hauses länger hält als weiter unten am Fluss.

Die Ereignisse überschlagen sich an diesem Nachmittag, aber so sollte es ja auch sein. Seit Wochen haben sich alle Planungen und Aktivitäten auf die Gestaltung des Festes konzentriert, mit dem Hermann, Clarissa und alle, die seit 1989 eine Rolle in ihrem Leben gespielt haben, sich vom 20. Jahrhundert verabschieden wollen.

In den letzten Jahren hatte die Zahl 2000 eine magische Strahlkraft und war ein Symbol für die Überschreitung einer Zeitgrenze geworden. Zahllose Unternehmen, Firmen, Geschäfte, Drucksachen, Getränke, Modeartikel oder Feuilletons schmückten sich mit der Zahl, deren Alleinherrschaft in dieser Nacht proklamiert werden soll.

Wenn sich die Zeiten ändern, darf auf der Party keiner fehlen: zum Beispiel Arnold, Clarissas Sohn, der seit Jahren in Amerika lebt. Clarissa kennt Gemma, seine Frau, bisher nur von dem Hochzeitsvideo, das er ihr ins Krankenhaus geschickt hat. Endlich einmal wird er die alte Heimat besuchen und das entzü-

ckende Zwillingspärchen mitbringen, seine zweijährigen Töchter, die schon bald nach der kalifornischen Traumhochzeit geboren worden sind.
Das Flugzeug ist kurz nach Mittag in Frankfurt gelandet. Zwei Stunden hat es dann noch gedauert, bis Hermann und Clarissa mit dem Besuch auf dem verschneiten Hof ihres Hauses ankommen und sich dem Gefühl hingeben können, endlich einmal alle Schäfchen beisammen zu haben. Gemma ist eine hübsche, schokoladenfarbene Exotin mit einem Lächeln, das alle erfreut. Sie ist schon wieder hoch schwanger, und ihre Zwillinge sind wahre Wonnepüppchen mit ihren dunklen Locken und rosa Mänteln.

Es ist eine Frage der Perspektive, welche der vielen Aktivitäten, die sich dem Blick der Ankömmlinge darbieten, die wichtigsten sind. Da ist Tillmann, der das Kommando über die gesamte Ausstattung hat. Da sind die Männer, die Tische und Bänke von einem Lastwagen laden und zu dem Festzelt hinauftragen, das man auf der Grillwiese oberhalb des Hauses errichtet hat. Da sind andere Hilfskräfte, die Getränkekisten, Dekorationsteile, Lichterketten oder Lautsprecherboxen über den Hof schleppen.
Tillmann wird von Moni unterstützt. Ohne sein Handy könnte er das alles nicht am Laufen halten.

HERMANN. That's the Günderrode-Haus. Welcome … Come in.
Er führt die Gäste ins Haus.
Alles wird unübersichtlich, weil sich die Helfer und Lieferanten in ihrer Betriebsamkeit unter die Gäste mischen. Arnold, der das Haus kennt, erklärt einem der Töchterchen, dass das Ziel der Reise erreicht ist.
ARNOLD. Have a look over there.
HERMANN. Erkennst du alles wieder?
Die Lage des Hauses bewirkt stets von neuem, dass sich die Besucher nur kurz in den Wohnräumen aufhalten und auf die Terrasse streben. Der herrliche Blick ins Rheintal zieht alle nach draußen. Die Plattform ist heute allerdings auch ein Ort der Partyvorbereitungen: Aufstellen von Tischen, Anschließen von Boxen, Installieren von Beleuchtung und Außenheizung.

Arnold führt Gemma und die Kinder mitten durch die Arbeiten zum Geländer.

ARNOLD. That is the river Rhine. And over there you can see the Loreley-rock. Oh, is that beautiful.

Tillmann, der auch hier die Arbeiten beaufsichtigt, bewundert das Zwillingspärchen.

TILLMANN. Sind das zwei Süße. Ich muss mal mit der Moni reden.

Mit diesen Worten spielt er darauf an, dass er und Moni nach fast zehn Jahren immer noch kein Kind haben.

Auf dem Rückweg zum Haus begegnet er Hermann.

TILLMANN. Vorführung kommt gleich.

Schon ist er weitergelaufen.

Im Partyzelt ist eine weitere Getränkelieferung eingetroffen.

Hermann sieht, dass Clarissa sich am Türstock festhält. Geht es ihr schlecht? Seine Sorge um ihre Gesundheit ist nie ganz verschwunden.

CLARISSA. Eine Schwiegertochter, zwei Enkelkinder, der eigene Sohn als Vater und ich als Großmutter – Hermann, ich muss zittern.

Als er sie in den Arm nehmen will, streckt ein Lieferant sein Klemmbrett mit Lohnzetteln zwischen die beiden.

LIEFERANT. Kann ich mal eine Unterschrift haben?

HERMANN. Das ist nicht für mich. Da müssen Sie sich an den Herrn im gelben Kittel wenden.

Er führt den Mann durchs Wohnzimmer und zeigt ihm Tillmann im gelben Kittel.

Clarissa, die sich als Fünfzigjährige noch als Tochter fühlte, kann sich an den Anblick der Enkelkinder kaum gewöhnen. Die Mädchen winken ihr lieb und zutraulich zu, doch was für ein Gefühl das ist, in deren Bewusstsein «die Großmutter» zu sein, das zu begreifen braucht Zeit.

Hermann benutzt die Begegnung mit Tillmann, um sich Überblick über die Festvorbereitungen zu verschaffen.

HERMANN. Sag mal, hast du schon was von Gunnar gehört?

TILLMANN. Von Gunnar? Nein, Funkstille bis jetzt.

Er ruft nach Moni, die am nahen Baumstamm lehnt und die goldene Zahl 2000 anstaunt, die man über dem Zelteingang montiert.

TILLMANN. Gib mal das Handy. Wir müssen den Gunnar anrufen. Ich führ euch aber jetzt erst mal die Anlage vor.

HERMANN. Und wenn du ihn dran hast, dann lass mich mal ein paar Worte mit ihm sprechen.

Hermann spürt eine Art Missmut, denn er hält Gunnar für jemanden, der die Arbeit gern andern überlässt. Tillmann sieht das lockerer. Er ist so begeistert von seiner eigenen Leistung, dass Gunnar in der Rolle des Hauptveranstalters ihn jetzt eher stören würde. Er wählt dessen Nummer und macht sich gleichzeitig daran, Hermann seine Beschallungsanlage vorzuführen.

Die Dämmerung setzt früh ein.

Inzwischen sind Lulu und Lukas aus Köln eingetroffen.

Der Kleine freut sich über alle Maßen auf das Wiedersehen mit dem Opa, während Lulu sich deplatziert fühlt: die amerikanische Familie, die kleinen Zwillinge, um die sich alles dreht, Clarissas Mutter, die sich für das Wiedersehen mit den Urenkeln und ihrem «Arnoldchen» in Schale geworfen hat und sich nicht mehr einkriegen kann vor Entzücken, die vielen fremden Gäste – das alles möchte Lulu heute meiden. Sie geht in das neue Jahrhundert mit so vielen ungelösten Fragen, dass sie sich nicht mit fröhlichem Trubel betäuben will.

In einem ruhigen Moment nimmt sie ihr Kind zur Seite. Unterhalb der Terrasse ist sie mit Lukas allein und kann ein paar Knallfrösche mit ihm zünden, bevor sie sich verabschiedet.

LULU. Also Lukas, wir machen das jetzt so, wie ich es schon mit dir besprochen habe: Ich fahre jetzt nach Frankfurt und feiere Silvester mit dem Roland. Weißt du, der Roland, der der beste Freund von deinem Vater gewesen ist und der jetzt so schlimm krank ist. Und ich würde gern noch mal mit ihm feiern.

Er nimmt die Ankündigung seiner Mutter leichter hin, als sie es erwartet hat.

LULU. Findest du das schlimm, wenn ich jetzt wegfahre, wegen Jahrtausendsilvester und so? Oder macht dir das nicht viel aus?

LUKAS. Nö, ich will lieber mit dem Opa Klavierspielen.

Für Hermann ist die Musikalität seines Enkels eine Entdeckung, die ihn begeistert. Früh schon hat er beobachtet, dass der Junge sich auf andere Weise dem Flügel nähert, als es Kinder sonst tun: Lukas berührt das Instrument mit Respekt, und wenn er einen Ton anschlägt, kann er nicht genug davon bekommen, die verschiedenen Klangfarben auszuprobieren, die durch die Art des Anschlags oder die Betätigung der Pedale entstehen können.
Mitten im Trubel der Festvorbereitungen erteilt Hermann seinem Enkel Klavierunterricht. Durch ihre Konzentration auf das Spiel haben sie eine Art Bannmeile um sich herum geschaffen, an der die Party, die mehr und mehr in Gang kommt, regelrecht abprallt. Ein kleines Mozart-Stückchen wird geübt.
HERMANN. … du musst auch innerlich weiterzählen!
Lukas spielt die Phrase erneut und zählt jetzt innerlich mit, wie der Opa gesagt hat. Es klingt schon besser.
Die zwei sind so vertieft, dass sie die scheue Frau nicht bemerken, die vom Wohnzimmer hereinkommt.
SCHEUE FRAU. Entschuldigung, kennen Sie einen Gunnar Brehme?
Hermann weiß nicht im Mindesten, wer die Frau ist und woher sie kommt. Sie hat ein silbernes Kästchen bei sich, das sie wie eine seltene Kostbarkeit bei sich trägt. Hermann unterbricht sich beim Unterricht.
HERMANN. Ja, aber wir haben alle keine Ahnung, wo der steckt.
Die Frau bleibt unsicher in der Tür stehen. Es ist die scheue Mieterin, der Gunnar vor Jahren im Ostberliner Mietshaus begegnet ist.
Draußen fährt Lulu in ihrem Mini los und wird auf dem Weg nach Frankfurt bald vom Nebel verschlungen, der in der Dämmerung vom Rhein heraufzieht.

In Clarissas Lebenserfahrung fehlt der Umgang mit Kindern. Als ihr kleiner Arnold heranwuchs, begann sie gerade ihre Karriere als Sängerin, und sie hätte ihren Weg nicht gefunden, wenn die Mutter ihr nicht die Verantwortung für den Sohn abgenommen hätte. Jetzt, bei den Enkelkindern, ist alles anders: Die Karriere erscheint ihr nach der schweren Krankheit nicht mehr als Sinn des Lebens. Sie spürt zum ersten Mal Dankbarkeit für die kleineren Dinge, als sie erlebt, wie gern die zwei Mädchen auf ihre Zuwendungen eingehen. Sie genießt es, sie zu Bett zu bringen und ihnen so lang kleine spanische Schlaflieder vorzusingen, bis sie selig schlummern.

CLARISSA.

Ninghe, ninghe, ninghe
tan chiquitito, el negrito
que no quiere dormir.
Cabeza de coco, grano de café ...*

Von draußen ertönt Tillmanns Stimme, der einen Countdown zählt.

Es ist dunkel geworden, die ersten Partygäste haben sich schon eingefunden, die Aufbauten und Vorbereitungen im Festzelt sind abgeschlossen. Da wird es für ihn Zeit, seine erste Überraschung vorzuführen: seine Geländeillumination.

Auf Tillmanns Kommando schalten die Hilfskräfte gleichzeitig mehrere Lichterketten an, die die Konturen des Hauses, der Dächer von Zelt und Stall, aller Fenster, Türen und Wände umrahmen. Die Gebäude scheinen auf einmal zu schweben, sind traumhafte Lichtgebilde, die sich im Schnee spiegeln. Das Gelände ist zu einer weiß bestäubten Insel geworden.

Den Kehlen der Gäste entfährt ein Laut der Bewunderung. Tillmanns Werk erhält herzlichen Applaus.

Zusammen mit weiteren Gästen erscheinen Hartmut und Mara. Alle Türen stehen jetzt offen, und bald findet das Paar auch die Garderobe, die man im Wohnzimmer eingerichtet hat. Eine Hilfskraft kommt ihnen freundlich entgegen.

AUSHILFE. Darf ich Ihnen die Mäntel abnehmen?

Mara trägt ein paillettenbesetztes Abendkleid, Hartmut hat sich mit einem Smoking in Schale geworfen. Als ihre Mäntel zu den Kleiderständern getragen werden, fällt Mara ein, dass sie etwas vergessen hat.

MARA. Oh, halt, ich muss da noch was rausholen. Danke.

* Kubanisches Volkslied

Sie folgt ihrem Mantel in eine enge Gasse zwischen den Garderobestangen.
Als sie sich umdreht, steht sie dicht vor Galina. Die trägt ein leuchtend rotes Kleid.
MARA. Galina?
GALINA. Frau Simon.
Die Frauen haben sich seit Jahren nicht gesehen. Beide sind älter geworden, aber die Veränderung Galinas fällt besonders auf. Die mädchenhafte Zierlichkeit ihres Körpers ist einer fraulichen Fülligkeit gewichen. Ihre ehemals dunkelblonden Haare sind jetzt schwarz und zu einer Frisur aufgetürmt, die ihr rundes Gesicht klein erscheinen lässt.
Noch haben Galina und Hartmut sich nicht erkannt.

Clarissa beobachtet das Treffen von der Haustür aus. Sie hatte die Begegnung der einstigen Rivalinnen anders arrangieren wollen, jetzt ist sie außerhalb ihrer Kontrolle passiert. Schnell greift sie ein, indem sie Hartmut und Mara durch Begrüßungsküsse ablenkt.
CLARISSA. Hartmut, schön, dass du gekommen bist. Mara, komm doch mal mit. Ich wollte dir was erzählen.
Als liebevolle Gastgeberin kann sie Mara einfach an der Schulter fassen und aus der Gefahrenzone manövrieren. Dabei ist Mara klar, dass sie jetzt ihren Mann mit der Russin allein lässt. Doch das passiert besser gleich, denkt sie, als irgendwann später.
Galina lässt Hartmut, der nervös an seinem Mantel hantiert, eine Weile lang schmoren, ehe sie ihn anspricht.
GALINA. Tja, ich habe mir mehrmals vorgestellt, wie wir uns wiedersehen, und jetzt weiß ich gar nicht, was ich sagen soll. Seh ich schön aus?
HARTMUT. Ja, wie immer.
Im Hintergrund erscheint die «scheue Mieterin», die melancholisch mit ihrem Geschenkkästchen durch den Raum geht und nach Gunnar Ausschau hält.
Galina wartet, bis sie mit Hartmut wieder allein ist.
GALINA. Ja, und du? Hoffentlich hast du dich gefunden, endlich einmal. Ich meine, ich weiß alles über dich.

Hartmut. Ach so.
Galina. Du lebst in Hamburg, machst Weingeschäfte mit deinem Schwiegervater, bist viel unterwegs nach USA – stimmt's?
Hartmut. Ja. Woher weißt du das?
Galina. Na siehst du, ich habe meine Spione.

Draußen auf dem Hof versucht Clarissa, mit Mara ein Gespräch zu führen. Seit dem Auszug aus Schabbach vor drei Jahren sind weder sie noch Hartmut wieder in der Gegend gewesen. Clarissa zeigt ihre Freude darüber, dass beide ihrer Einladung zu diesem Abend gefolgt sind.
Mara. Ich dachte immer, wir würden den Hunsrück nie wieder sehen.
Clarissa. Ein bekannter Irrtum.
Mara kann sich nicht entspannen. Sie versucht durch das Fenster mitzubekommen, was ihr Mann macht.

Hartmut und Galina lassen die Jahre im Schnellgang an sich vorüberlaufen.
Galina. Das Leben ist ein Karussell, findest du nicht?
Hartmut bejaht.
Da taucht draußen ein gut aussehender Mann in weißer Kochjacke auf. Es ist Christian Beisiegel, der das gesamte Catering für den Abend ausrichtet und kontrollieren will, wie seine Crew arbeitet.
Galina. Da kommt mein Mann.
Sie deutet auf Christian, der sie seinerseits entdeckt hat und ins Haus kommt.
Hartmut. Dein neuer deutscher Mann? Gratuliere.
Galina. Hartmut, ich bin sehr glücklich mit ihm.
Sie wendet sich ab, damit sich die Männer ohne ihr Zutun kennen lernen können. Christian begrüßt Hartmut ebenso, wie er das bei allen Gäste tut: indem er sich als der Gastronom des Festes vorstellt.
Beisiegel. Christian Beisiegel, herzlich willkommen.
Hartmut. Ach, Sie sind Christian Beisiegel?
Christian bestätigt – aber woher kennt dieser ihm offensichtlich fremde Mann seinen Namen?

Hartmut. Hartmut Simon. Wir kennen uns doch, haben doch schon Geschäfte miteinander gemacht. «Weinkontor Winkelmann» in Hamburg.

Beisiegel. Ja, das stimmt! Freut mich, da habe ich was für Sie. Kommen Sie mal mit.

Hartmut. Aha, bin gespannt.

Vor lauter Männergeschäftigkeit wird Galina in ihrem Versteck zwischen den Mänteln vergessen.

An der Wendestelle kommt, fast unhörbar, eine schicke Limousine mit Leipziger Kennzeichen an. Udo, Jana und die beiden Söhne, die inzwischen junge Männer sind, steigen aus. Alle sind festlich angezogen, Jana im langen Abendkleid und die drei Männer in gleichen, weißen Smokings mit schwarzen Fliegen.

Jana. Erst mal wollen wir den Gunnar begrüßen. Gunnar!

Das Gelände ist voller Menschen, die Udo und seine Familie nicht kennen. Jana hat es eilig. Sie spricht mehrere Leute gleichzeitig an.

Jana. Guten Abend. Kann mir mal einer sagen, wo ich den Gunnar finde? Gunnar!

Udo will sich nicht auf langes Herumfragen einlassen. Er gibt den Söhnen ein Zeichen, und schon brüllen sie aus Leibeskräften im Chor nach Gunnar.

Auch Jana ruft im Weitergehen immer wieder nach Gunnar.

Tillmann und Moni, die das Rufen gehört haben, kommen erwartungsvoll aus dem Zelt gerannt. Sie hoffen, Gunnar sei endlich eingetroffen. Da sehen sie aber Udo und die Söhne auf sich zukommen.

Tillmann. Der Jacques, Mensch, und der Torsten, seid *ihr* gewachsen!

Udo drückt den alten Kumpel herzlich an die Brust.

Udo. Sag mal, seid ihr verheiratet?

Tillmann. Natürlich.

Moni bestätigt mit stolzem Lächeln.

Udo. Na, ihr traut euch was.

Schon geht er mit seinen Söhnen weiter zum Zelteingang, und wieder rufen sie im Chor nach Gunnar.

Tillmann könnte jetzt hinterherlaufen und alles erzählen, was er über Gunnar weiß, aber er ist noch unsicher. Er schaut auf Monis Armbanduhr.

TILLMANN. Zeig mal, wie spät es ist.

MONI. Jetzt schafft er's nicht mehr.

TILLMANN. Dann müssen wir das den Leuten sagen.

Jana ist ihren eigenen Weg gegangen, um Gunnar zu suchen. Sie umrundet das Haus, um da nachzusehen, wo er sich während der Bauarbeiten so gern aufgehalten hat, nämlich unter der Terrassentreppe.

Als sie hier laut nach ihm ruft, erscheint die «scheue Mieterin» mit ihrem Kästchen am Treppenansatz. Sie ist sich jetzt sicher, dass Gunnar endlich gekommen ist. Ihr freudiges Lächeln erstirbt aber, als sie nur Jana da unten stehen sieht.

JANA. Guten Abend.

Sie sagt den Gruß, als wäre er eine Frage.

Die schüchterne Frau versteht, dass Gunnar nicht gekommen ist, und versinkt wieder in Schweigen und mit Tränen in den Augen.

Justizvollzugsanstalt in Bayern

Zu später Stunde geht Nadine auf dem verschneiten Trottoir vor dem Gefängnis auf und ab.

Sie versucht an einem der vergitterten Fenster einen Hinweis auf ihren Vater zu finden. Manche der Fenster sind erleuchtet. Sie zittert in der Kälte und hält einen Briefumschlag fest in den Händen.

Hinter der Panzerglasscheibe des Pförtnerzimmers sieht sie die Wachbeamten.

Sie fasst sich ein Herz und klingelt an der Pforte.

Der Beamte mustert sie misstrauisch, bevor er die Sprechtaste drückt und sie über den Lautsprecher anspricht.

BEAMTER. Was gibt's?

NADINE. Ich wollt meinem Papa nur ein Geschenk vorbeibringen.

Der Beamte beugt sich nach vorn, um zu prüfen, ob die Jugendliche allein ist. Dann drückt er den Türöffner, und Nadine kann die Schleuse betreten.

Sie befindet sich zwischen zwei Stahltüren. Ein gepanzertes Fenster gibt auch hier den Blick auf den Wachbeamten frei, der mit zwei Kollegen im Raum sitzt und Zeitung liest. Die Jahreszahl 2000 ist auf das Panzerglas gemalt, und ein kleiner elektrischer Christbaum im Hintergrund der Pförtnerloge weist darauf hin, dass man auch hier von den Festtagen Kenntnis nimmt.

Nadine kann dem gelangweilten Gesicht des Beamten nicht entnehmen, ob man ihr Anliegen verstehen wird. Sie drückt ihren Briefumschlag gegen die Brust.

BEAMTER. Einen Brief? Arbeitet der bei uns hier?

NADINE. Vielleicht. Ich, ich weiß nicht so genau.

BEAMTER. Name?

NADINE. Gunnar Brehme.

BEAMTER. Der ist Strafgefangener. Um die Uhrzeit verteilen wir keine Post mehr.

NADINE. Aber es ist doch nur eine Musikkarte.

Sie hält ihren Brief in die Höhe und zeigt die Anschrift, die sie auf die Vorderseite geschrieben hat.

BEAMTER. Zeig mal her.

Nadine legt den Umschlag in die Durchreiche-Schleuse. Der Beamte betätigt den Mechanismus und zieht ihn zu sich herein. Er öffnet ihn vorsichtig, wobei die Kollegen jede Bewegung verfolgen. Eine Doppelkarte kommt zum Vorschein, auf deren Vorderseite eine glühend rote Rose abgebildet ist.

Als er die Karte auseinander faltet, ertönt mit kläglichen Sinustönen Gunnars Lieblingsstück, der «Entertainer». Daneben steht: «Lieber Papa, alles Gute für die nächsten hundert Jahre, deine Nadine.»

Günderrode-Haus, das Festzelt

Tillmann ist nicht nur für die Ausstattung des Fests verantwortlich. Er hat sogar eine Band zusammengestellt, die zum Tanz aufspielt. Er selbst ist der «Frontman», singt, spielt wechselnd Klarinette und Saxophon und hat einige der Lieder selbst arrangiert.

Eins davon, das er mit vollem Einsatz und zur Erheiterung aller singt, heißt «Der Liebesbrief»:

Ich schick dir einen Liebesbrief,
komm gib ihn mir zurück
oder, ach, verbrenn es doch,
dieses blöde Stück …*

Im vorderen Bereich des Zeltes stehen Christian Beisiegel und Hartmut an einem der Stehtische und verkosten verschiedene Weinsorten, die sie sich gegenseitig in die Probiergläser füllen. Jedesmal, wenn sie einen Schluck in den Mund genommen, ihn geschlürft, auf der Zunge herumgespült und darauf «gekaut» haben, spucken sie ihn in einen leeren Sektkübel. Dann machen sie bedeutende Mienen, lächeln sich fachmännisch an und schnuppern am nächsten Glas.

Udos Söhne Torsten und Jacques stehen am Rand der Tanzfläche und beobachten die zwei Weinkenner.

TORSTEN. Weißt du, was die da machen?

JACQUES. Nö.

TORSTEN. Zwei Bekloppte.

Die beiden Jungen nehmen einen Schluck aus ihren Biergläsern und grinsen darüber, dass Hartmut und Beisiegel mit ihrer Spuckerei nicht aufhören.

Tillmann beendet sein Lied mit einem furiosen Klarinettensolo. Dann verlässt er unter tosendem Applaus, vor allem von Moni, das Podium.

An dem Mischpult, das Tillmann am Durchgang aufgebaut hat, steht Arnold, der mit Gemma bereits herausgefunden hat, was man von hier aus alles steuern kann.

TILLMANN. Das ist meine Steuerzentrale. Beschallung, Licht und hier die Benutzeroberfläche. Und hiermit steuere ich das Feuerwerk um Mitternacht. Weißt du, was das ist?

Arnold hat das historische Gerät sofort erkannt. Es ist ein Computer der Frühzeit, den Tillmann aufgemöbelt und an moderne Flachbildschirme angeschlossen hat.

* Text und Melodie: Peter Schneider, Schauspieler und Klarinettist

TILLMANN. Mein erstes Stück, ein KC85/4, hier steht noch das Typenschild, VEB Mikroelektronik Wilhelm Pieck, Mühlhausen. Na ja, und den kennst du aus deiner Hackerzeit. Das ist das Konkurrenzmodell zum C64, der Atari 800XL, den hat mir meine Mutter damals im Intershop gekauft, 1987.

ARNOLD. Ein echter Oldtimer.

TILLMANN. Ja, der war ein Vermögen wert in der DDR, ein Kleinwagen. Ich hab Nacht für Nacht gesessen und die Software modifiziert, dass sie mir nicht abstürzt beim Year-2000-Bug. Ja, weil doch heute Nacht alle Computer abstürzen sollen. Die sind jetzt alle millenniumstauglich!

Die Band spielt zum Tanz auf, und die Gäste sind überall an den Tischen in fröhliche Gespräche vertieft, trinken, erzählen sich alte Geschichten und machen sich Gedanken über die Zukunft.
Die Geräte, über die sich Arnold, Gemma und Tillmann amüsieren, sind eben mal zehn Jahre alt – gerade waren sie noch das Modernste, und schon sind sie Geschichte geworden. Und als die nussbraune Gemma die Kennmelodie von Windows 95 hört, kommen ihr Tränen der Erinnerung: Bei dieser Melodie hat Arnold sie zum ersten Mal geküsst. Schon erwartet sie ihr drittes Kind, und in den Labors ist Windows 2000 angesagt.

Für Galina und Christian Beisiegel ist dieser Abend die Generalprobe für ihr eigenes Restaurant, das sie demnächst eröffnen wollen. Galina hat das Projekt gemanagt. Sie findet, dass Christian als Koch einen viel zu guten Namen hat, als dass er noch länger in Anstellung arbeiten sollte. Drei Monate lang hat sie die Lage in Sankt Petersburg sondiert, der Stadt, in der sie geboren und aufgewachsen ist, und nirgends sonst auf der Welt hätte man ein so nobles Haus finden können wie das, was sie für ihn aufgetan hat. Nur die besten Mitarbeiter, Kellner und Küchenpersonal, die sich an diesem Abend bewähren, dürfen dorthin mitkommen. Galina ist, an der Seite ihres neuen Manns, eine kluge und unbestechliche Geschäftsfrau.

Mutter Lichtblau hat bei Udo und Jana Platz gefunden. Mit ihnen unterhält sie sich besser als mit Clarissa, die sich in der Rolle der Gastgeberin um alle kümmern muss: um Hartmuts Geschwister und ihren Clan, um die Honoratioren aus dem Hunsrück und der Stadt Oberwesel, um die Kinder, die Nachbarn.
Immer wieder hält Clarissa auch nach Hermann Ausschau, der im Haus geblieben ist, um mit Lukas Klavier zu üben. Sie hat ihm den Auftrag erteilt, dabei auf die schlafenden Zwillinge aufzupassen.
Nach Gunnar wird inzwischen nicht mehr gefragt.

Nur Hartmuts Bruder Dieter, der Rechtsanwalt, hat sich noch nicht blicken lassen, obwohl er sein Kommen zugesagt hat.
Die Simon-Familie hatte sich nach Erbstreit und Prozessen nicht mehr getroffen und sucht jetzt nach Anlässen für eine Versöhnung. Ob nun dazu die Silvesterfete den Anlass bietet, ist zu bezweifeln.
Da erscheint eine bizarre Gruppe von sechs aufgetakelten «Damen» auf dem Hof. In bunten Nuttenfummeln marschieren sie im Gänsemarsch zum Festzelt. Wäre das Pflaster nicht so uneben und das Gelände nicht so steil, hätten die Ladys es leichter, in ihren Stöckelschuhen elegant zu erscheinen. So aber müssen sie ordentlich ausschreiten und verraten am Schritt ihre männlichen Gene.
Die «Transen»-Gruppe wird von Dieter Simon angeführt, der mit seiner schwarzen Kleopatra-Perücke, einem Paillettenkleid und Handtäschchen unter dem Arm selbst von den Geschwistern nicht gleich erkannt wird.
Die Band unterbricht beim Auftritt der Ladys ihr Spiel.
Als Dieter zielstrebig das Podium ansteuert und ihm seine «Freundinnen» mit koketten Bewegungen folgen, ertönt ein improvisierter Tusch. Er greift nach dem Mikrofon.

DIETER. Es sind noch genau 17 Minuten zum dritten Jahrtausend. Und weil ich hier alle meine Geschwister sehe und so viele liebe Schabbacher und Familienmitglieder, und damit ihr endlich aufhört, hinter vorgehaltener Hand zu schwätzen, wollt ich, dass ihr endlich mal meine andere Familie kennen lernt.

Der Reihe nach hält er das Mikro vor die Gesichter seiner als Superfrauen gestylten Freunde, die sich mit verstellten Säuselstimmen vorstellen:
«Ich bin die Kim», «Tamara», «Ich bin die Sandra», «Steffi», «Und ich die Jessica».
Die Reaktion der Partygäste ist unterschiedlich.
Dieters Geschwister, die natürlich längst über seine sexuelle Ausrichtung Bescheid wissen, schämen sich. Muss er das ausgerechnet heute an die große Glocke hängen? – Die unverheiratete Gisela amüsiert sich über den Bruder, anders natürlich die Lehrerin Helga mit ihrem Mann Hans, der tut, als begreife er nichts.
Die meisten Gäste empfinden die Maskerade als Vorgriff auf den Karneval und kichern.
Nur Udo findet das Ganze geschmacklos. In diesem Punkt ist er sich mit Clarissas Mutter einig.
Dieter blickt lachend in die Runde.
DIETER. So ist es nun mal. Und das habt ihr doch sowieso immer gewusst. Wollen wir nicht mit Ehrlichkeit ins neue Jahrhundert gehen?
Er greift an seine Perücke, reißt sie vom Kopf und wirft sie ins Publikum.
Als die Band das zum Anlass nimmt, wieder aufzuspielen, steigen seine «Freundinnen» mit aufreizendem Hintern- und Hüftwackeln vom Podium und fordern die Männer an den Tischen zum Tanz auf. Sie haben großen Erfolg damit.
Zwar reichen manche Hunsrücker den Ladys kaum bis an den ausgestopften Busen, aber sie lassen ihren Gefühlen, die sie bisher nicht an sich kannten, freien Lauf.
Dieter schleppt seinen Bruder Hartmut auf die Tanzfläche. Der wehrt seine Küsse ab, gibt ihm bei den gespielten Zudringlichkeiten auch eine Ohrfeige, nimmt ihn aber dann in die Arme und lässt ihn beim Tanzen spüren, dass die alten Familienfehden endlich begraben sind.

Udo, der zwischen Jana und Frau Lichtblau sitzt, lässt seine unfrohen Gedanken in die Ferne schweifen. Auch Jana wirkt eigentümlich bedrückt. Als er nach einem Schluck aus dem Weinglas

aufsteht und den Tisch verlässt, vermeidet sie es, hinter ihm herzuschauen.
Udo ist hinausgegangen, um Luft zu schöpfen. Er lehnt an der Ecke des Ziegenstalls, hört die ferne Tanzmusik und schaut sich auf dem Gelände um.
Tillmann, der kurz vor Mitternacht auch das Bedürfnis hat, einen Moment der Besinnung zu haben, entdeckt den Kumpel.

TILLMANN. Na, mein Udo?

UDO. Ein seltsamer Anblick – so ein Haus, das man mit eigenen Händen gebaut hat. Zehn Mark die Stunde, wir waren Könige, damals. Na ja, die Zukunft, ein weites Land.

TILLMANN. Wenn's anfängt, ist alles schön.

UDO. Mit der Jana, da gibt's keine Zukunft. Die Jungens sind groß, wir hatten unsere schöne Zeit.

Udo zündet sich eine «Sprachlos» an, eine Zigarre, die ihn an DDR-Zeiten erinnert.

TILLMANN. Mensch, Udo, das klingt ja schrecklich. Die Jana und du, ihr wart ein Vorbild an Treue. Ihr zwei habt als Einzige die Wende überdauert und ...

Udo schaut hinter dem Rauch seiner Zigarre her, der sich in der Nachtluft auflöst.

UDO. Im Vertrauen, mal so unter Männern: Ich hab all die Jahre nicht gewusst, dass ich es sechs Mal in der Nacht kann, wenn du weißt, was ich meine.

Tillmann kichert verlegen.

UDO. Aber jetzt, genau genommen seit viereinhalb Monaten, jetzt weiß ich's, Tillmann. Seit ich dieser wunderschönen Frau begegnet bin. Ich war noch nie so glücklich. Und soll ich dir was sagen? Ganze 23 Jahre ist Nadja alt, intelligent, bildschöne Augen, ein Mund, die Figur und keine Angst. Vor nichts in der Welt fürchtet sich diese kleine Frau. Spricht drei Sprachen, Englisch, Spanisch, jetzt lernt sie noch Chinesisch. Ein Traum! Und ich werde in sechs Wochen 50. Jana ahnt was, sagt aber nichts. Tillmann, wenn wir hier wegfahren, im neuen Jahr, dann muss was passieren. Das muss einfach sein. Ich will noch mal von ganz vorn anfangen, Tillmann, bei null.

Tillmann verteidigt sich, als ob Udo ihn angegriffen hätte.

Tillmann. Scheidung? Die Moni würde mich in Stücke reißen. Wir haben so was wie das kleine Glück. Und das kann großartig sein.

Udo schweigt. Ob Tillmann ihn versteht oder nicht, ist nicht wichtig.

Gunnars Spezialgast, die scheue Frau aus Berlin, geht in ihrem blauen Kleid und mit dem Geschenkkästchen versonnen über den Hof. Niemand kümmert sich um sie.

Im Zelt ist es still geworden, bevor die Band einen Tusch spielt und Clarissas Stimme durch die Lautsprecher ertönt.

Clarissa. Ihr Lieben, ich muss mal ein paar Worte an euch richten ...

Hermann kommt aus dem Haus, um die letzten Minuten des Jahres mit allen anderen im Festzelt zu verbringen. Er begrüßt Udo im Vorbeigehen und beeilt sich, Clarissas Ansprache zu hören.

Clarissa. ... Ich weiß, viele von euch fragen, wo der eigentliche Initiator dieses Festes bleibt, der liebe Gunnar. Ich bin mir sicher, er hat alles getan, was in seiner Macht stand, um heute Abend bei uns zu sein. Wie auch immer, er hat uns zu diesem wunderbaren Wiedersehen verholfen.

Hermann muss viele Hände schütteln, alte Freunde und Verwandte umarmen, bevor er sich auf einen Platz direkt vor der Bühne setzt.

Clarissa. Wenn ich euch alle so vor mir sehe, dann ziehen noch mal die Jahre an mir vorüber, in denen wir uns kennen gelernt haben. Für viele von uns, nicht nur die Freunde aus dem Osten, waren es Jahre voller Hoffnungen und Träume. Aber eines Tages merkten wir, dass es doch nicht so sehr an uns liegt, ob wir glücklich werden. Davon kann ich ein Lied singen. Wenn ich euch so in die Augen sehe, spüre ich dennoch, dass wir eine Chance haben. Es gibt immer den nächsten Tag und das Glück, vielleicht haben wir's schon längst gefunden.

Bei den letzten Worten intoniert die Band, zu der jetzt auch Tillmann mit seinem Saxophon gestoßen ist, eine Melodie aus «Cabaret». Clarissa beginnt, zuerst leise, dann immer kraftvoller zu singen.

May be this time
I'll be lucky,
may be this time
he'll stay.
May be this time
for the first time
love won't hurry away.
He will hold me fast,
I'll be home at last.
Not a looser anymore,
like the last time
and the time before.

Everybody loves a winner,
so nobody loves me.
Lady Peaceful, Lady Happy,
that's what I long to be.
Where all the odds are
there in my favour
something's bound to begin.
It's go'ng to happen,
happen sometime.
May be this time I'll win ...*

Clarissas Lied, die Kraft, mit der sie es vorträgt, die Verve, mit der es Hoffnung ausdrückt, fährt wie ein Blitz durch die Gemüter.

Unter tosendem Applaus springt sie von der Bühne, nimmt Hermann, der ihr begeistert entgegeneilt, in die Arme und küsst ihn voller Liebe.

CLARISSA. Jetzt müssen wir den Countdown zählen, weil gleich Mitternacht ist. Zehn ... neun ... acht ...

Die «scheue Mieterin» legt ihr Gastgeschenk, das silberne Käst-

* Song aus dem Musical «Cabaret», Text: Fred Ebb, Musik: John Kander

chen, das nur für Gunnar bestimmt sein kann, auf einen der Stehtische und entfernt sich – niemand weiß, wohin.
Der Countdown der letzten Sekunden des Jahrtausends hallt durch das Zelt.

Sieben ... sechs ... fünf ... vier ... drei ... zwei ... eins ...

Justizvollzugsanstalt, Gunnars Zelle

Gunnar sitzt auf dem Oberbett und erlebt die letzten Sekunden des Jahres einsam und an die Wand gelehnt.
Aber er hält die Musikkarte seiner Tochter in Händen. Er hat die Doppelkarte aufgeklappt und sich wie ein kleines Dach auf den Kopf gestülpt. Die Geste erinnert ihn an Nadine in der Cocktailbar.
Als er die ersten Kracher hört und die Echos durch das Gefängnisfenster dringen, richtet er sich auf. Er nimmt die Karte vom Kopf, faltet sie zusammen, um sie gleich wieder zu öffnen. Damit löst er den Mechanismus mit dem eingebauten Chip aus, und der «Entertainer» spielt von neuem.
Er kann seine Tränen nicht aufhalten.

Günderrode-Haus,
Hof unter der Kastanie und Blick ins Tal

Gunnars «echt chinesisches Höhenfeuerwerk», das mithilfe von Tillmanns elektronischer Steuerung abgefeuert wird, ist überwältigend. Die Feuerblumen füllen den ganzen Himmel über dem Rheintal. Die Glocken läuten in allen Städten und Dörfern der Umgebung.
Die Gäste haben das Festzelt verlassen, um den feierlichen Moment draußen unter der Lichterketten-Illumination zu erleben. Sie stehen mit ihren Sektgläsern ergriffen im Freien und sehen dem Funkenregen zu, hören das Donnern und Brausen, das die Luft erfüllt.
Auch auf dem Hof gehen die Kracher los, und die quer über das

Gelände gehängte Zahl 2000 sprüht Feuer, erglüht in bengalischem Licht.
Jeder küsst jeden – auch Udo seine Frau Jana, die er verlassen wird.
Alle jubeln, staunen und trinken Champagner. Immer wieder werden Stimmen laut, die Gunnars Namen rufen und ihn, den abwesenden Spender, hochleben lassen. In allen Farben des Regenbogens leuchten die Feiernden auf, wenn wieder eins der kunstvollen Feuerwerksgeschosse emporsteigt und sich über den Häuptern zu herrlichen Figuren entfaltet.

Einer, nach dem in der letzten Stunde mehrmals gefragt worden ist, taucht mitten im Feuerwerksgewitter an der Zufahrtsstraße auf: Es ist Tobi. Er führt die kleine Anna, sein behindertes Kind, an der Hand und grüßt, von einem bengalischen Licht erleuchtet, zur Festgesellschaft hinauf.
ANNA. 2000!
Sie sagt das, ohne zu verstehen, was es bedeutet. Es ist ein Wort, mehr nicht.
Tobi lacht. Was soll man Annas Wort noch hinzufügen? Er greift sich ans rasierte Kinn.
TOBI. Der Bart ist ab.
Tatsächlich trägt er den schütteren Spitzbart nicht mehr, mit dem man ihn gekannt hat. Aber sonst hat sich nichts geändert: Immer noch ist er ein seltsamer Vogel aus DDR-Zeiten mit seinen roten Cowboystiefeln, den engen Jeans und der ärmellosen Fellweste, die für die kalte Jahreszeit unpassend ist.

Hochebene oberhalb des Rheingrabens

Das Fest dauert bis zum ersten Tageslicht des neuen Jahres.
Nachdem die letzten Gäste abgezogen sind und die trunkenen Verwandten in den wenigen Zimmern Unterschlupf gefunden haben, finden die Gastgeber ein wenig Zeit für sich und gehen oberhalb ihres Hauses über den Feldweg, der zum Hunsrück hinaufführt.

Immer noch zischen vereinzelt Raketen in den Himmel, und es scheint, dass es im Tal Menschen gibt, die sich noch nicht von dem Jahrhundert verabschieden können, das in dieser Nacht zu Ende ging.

CLARISSA. Genau hier ist das weiße Pferd vorbeigelaufen, als wir das Haus zum ersten Mal besuchten. Weißt du das noch?

HERMANN. Und überall brannten die Martinsfeuer.

Clarissa rekapituliert die Ereignisse der letzten Stunden. Sie denkt an das Haus und fragt sich, was sie dort in den kommenden Tagen erwartet.

CLARISSA. Gemma, Arnold, Mutter, die Zwillinge, Lukas, Lulu ... Jetzt wohnen neun Leute in unserem Haus.

HERMANN. Familie. Scheint doch das Stärkste zu sein, nach allem.

Clarissa bleibt auf dem Feldweg stehen und wartet mit einem verführerischen Lächeln, bis er sich nach ihr umdreht.

CLARISSA. Wie findest du mich als Großmutter?

Statt einer Antwort empfängt er sie mit einem zärtlichen Lächeln. So gehen sie weiter, sehen, wie das Tageslicht unmerklich zunimmt.

Bei ihren Schritten spüren sie, wie die Füße einen Weg beschreiten, der ihnen mit seinen gefrorenen Traktorspuren längst vertraut ist, und sie atmen den Geruch der Erde ein. Sie überlassen sich einfach der Zeit.

Da bleibt Hermann stehen.

HERMANN. Eines musst du mir versprechen.

CLARISSA. Alles, was du willst.

HERMANN. Bleib gesund.

Was soll sie antworten? In ihrer kleinen Ansprache hat sie gesagt, dass es gar nicht an uns liege, ob wir glücklich werden.

CLARISSA. Versprochen!

Sie wünscht sich zutiefst, ihr Versprechen halten zu können.

Ihr Blick richtet sich zuversichtlich in die Ferne. Da löst sich hinter den Hügeln ein weißes Pferd aus der Dämmerung. Ein schwarz gekleideter Reiter treibt das Tier zum Galopp an, sodass es im Zwielicht rasch wieder verschwindet.

Hermann ist sich nicht sicher, ob die Erscheinung real war oder nur ein Bild der gemeinsamen Erinnerung.

Frankfurt, Mainufer mit Stadtsilhouette

Grüngelbe, nach Pulverdampf schmeckende Luft liegt über der Großstadt.
An diesem Neujahrsmorgen will es nicht recht hell werden, so als ob auch das Tageslicht sich zunächst einmal von der tosenden Nacht erholen müsste.

Drei Menschen schlendern über das von Silvestermüll übersäte Mainufer.
Reste von Feuerwerkskörpern, leere Flaschen, Scherben, Plastiktüten und Luftschlangen bedecken den Boden. Aus einer Blechtonne steigt beißender Rauch auf.
Die Skyline der Banken und Geschäftshäuser türmt sich wie eine Drohgebärde hinter den übernächtigten Gestalten auf, die ziellos über gefrorene Spuren und Abdrücke vieler Schuhe gehen.
Die drei sind Roland, sein Freund Claudio und Lulu.
Ihre Gesichter sind bleich, und sie bewegen sich langsam auf ihrem Weg durchs Gelände. Lulu trägt ein langes, silbernes Abendkleid, die beiden Männer Abendanzüge, in denen sie die Nacht durchgefeiert haben.

ROLAND. Willst du meine Prognosen für das nächste Jahrhundert hören? Nach und nach werden die Uhren verschwinden, weil sich keiner mehr für Pünktlichkeit interessiert. In der Architektur wird der rechte Winkel abgeschafft, denn wir lernen, Gebäude wie Pflanzen wachsen zu lassen. Männer werden Frauen und Frauen werden Männer sein – einfach nur Menschen –, und die Freiheit der Auswahl genießen und lernen, alles gleichzeitig zu tun.

Claudio sieht Roland sorgenvoll an.

CLAUDIO. Und Aids wird heilbar sein.

Roland, der sich bei Claudio unterhakt, schließt für einen Moment die Augen und lässt sich von dem jüngeren Freund führen. Dann geht er mit offenen Augen weiter.

ROLAND. Wirst du den Delveau heiraten?

Lulu schüttelt den Kopf.

LULU. Als Frau an seiner Seite, da könntest du dir alles leisten.

Geldprobleme gibt's da keine. Und Lukas würde in die besten Schulen von Frankreich gehen, das hat mir noch am meisten zu denken gegeben. Und der Delveau hat was. Ich mag den, und ich finde den auch gar nicht so unsexy, aber das habe ich alles in den Wind geblasen. Ich bin ganz schön blöd, oder? Jedes Mal, wenn ich dran gedacht habe, Ja zu sagen, bin ich traurig geworden.

ROLAND. Du liebst ihn einfach nicht, das reicht doch.

Lulu steht vor der Skyline und schweigt. Plötzlich dreht sie sich nach den zwei Freunden um.

LULU. Ich beginne das neue Jahrtausend ohne Arbeit, ohne Pläne, ohne Geld, ohne Schutz.

Sie könnte fortfahren, tausend Dinge aufzuzählen, die ihr fehlen, aber sie weiß, dass keines davon die Leere füllen kann, die sie an diesem Morgen fühlt.

Winterlandschaft und Günderrode-Haus

Gegen Mittag kommt Lulu aus Frankfurt zurück. Der Winternebel ist von schmerzend weißem Licht durchdrungen. Ihr Wagen hält unter dem kahlen Kastanienbaum.

Im Tageslicht sieht die Stätte der Party ernüchternd aus. Das Festzelt steht nass und klamm beim kalten Weinberg, die erloschenen Lichterketten hängen schlaff im Wind. Kein Mensch ist zu sehen. Auf ihrem Weg zum verlassenen Festzelt muss Lulu auch hier über abgebrannte Feuerwerksteile, Konfetti und Plastikmüll steigen. Während sie sich nähert, vernimmt sie Klavierspiel aus dem Haus. Sie kehrt um.

Die Haustür steht offen.

Lulu versucht, leise zu sein, als sie hereinkommt, ihre Tasche abstellt und zum Arbeitszimmer geht. Von dort her klingt ihr die Musik entgegen.

Ihr Kind sitzt am Flügel und spielt ein kleines Mozart-Stück. Lukas braucht keine Noten. Einfühlsam und mit bewegender Musikalität spielt er die Melodie. Sie bleibt hinter ihm stehen.

Es ist, als hätte er ihr Kommen bemerkt, denn er spricht, ohne von den Tasten aufzublicken.

LUKAS. Schau, Mama, was ich alles gelernt habe.
Erst nachdem er das Stück beendet hat, springt er auf, um sich von seiner Mutter küssen zu lassen.
LULU. Das ist ja ein Wunder! Und wo sind die andern?
LUKAS. Die schlafen noch.
Er kehrt zum Flügel zurück und füllt das stille Haus mit so schönen Tönen, dass Lulu mit angehaltenem Atem lauscht.
Gerührt tritt sie ans Fenster. Ihr Blick ist nach innen und auf eine Zukunft gerichtet, die keinerlei Bild entstehen lässt. Sie weint.

ANHANG

DDR

Die Figuren der Handlung und ihre Darsteller

Hauptrollen

Hermann Simon
Dirigent und Komponist

Henry Arnold
Schauspieler, Pianist, Opernregisseur

Clarissa Lichtblau
ursprünglich Cellistin, jetzt klassische Sängerin und experimentelle Vokalistin

Salome Kammer
Schauspielerin, Sängerin, Cellistin

Ernst Simon
Bruder Hermanns, Flieger und Kunstsammler

Michael Kausch
Schauspieler

Anton Simon
Hermanns ältester Bruder, Gründer der Optischen Werke Simon, Familienpatriarch

Matthias Kniesbeck
Schauspieler, Regisseur

Hartmut Simon
Antons «ewiger» Sohn, Oldtimer-Sammler, Gründer der Simon Contact

Christian Leonhard
Schauspieler, Regisseur

Mara
Hartmuts Ehefrau, Dressurreiterin, Mutter von Matthias Paul Anton

Constance Wetzel
Schauspielerin, Dressurreiterin

Galina
Junge Russin aus Kasachstan, Hartmuts Geliebte, Mutter von Niko

Larissa Iwlewa
Schauspielerin, in Almaty, Kasachstan

Gunnar Brehme
Handwerker am Leipziger Gewandhaus, «Mauerspecht» und Millionär

Uwe Steimle
Schauspieler, Kabarettist

Petra
Ehefrau von Gunnar Brehme, Mutter der Töchter Nadine und Jennifer, spätere Lebensgefährtin von Reinhold Loewe

Karen Hempel
Schauspielerin

Reinhold Loewe
Hermanns Assistent, Musikwissenschaftler

Peter Götz
Schauspieler

Udo Trötzsch
Handwerker am Leipziger Gewandhaus, Altbausanierer, Immobilienmakler

Tom Quaas
Schauspieler

Jana
Udos Frau und Mutter der Söhne Torsten und Jacques

Antje Brauner
Schauspielerin

Lulu
Hermanns Tochter aus der Ehe mit «Schnüsschen», Nachwuchs-architektin, Mutter von Lukas

Nicola Schössler
Schauspielerin

Tillmann
Elektriker aus Ostdeutschland, später Computer-spezialist am Rhein, Hobby-Klarinettist und Sänger

Peter Schneider
Schauspieler,
Musiker

Moni
Erbin eines Elektro-ladens in Oberwesel, Tillmanns Geliebte und spätere Frau

Julia Prochnow
Schauspielerin

Tobi
Kirchenrestaurator und Allroundhand-werker, Systemgegner aus Dresden

Heiko Senst
Schauspieler,
Regisseur

Rudi
Gastwirt von Schabbach, Landwirt, die Seele des Dorfs

Bertold Korner
Schauspieler

Lenchen
Rudis Ehefrau, Gastwirtin

Christel Schäfer
Amateur-schauspielerin

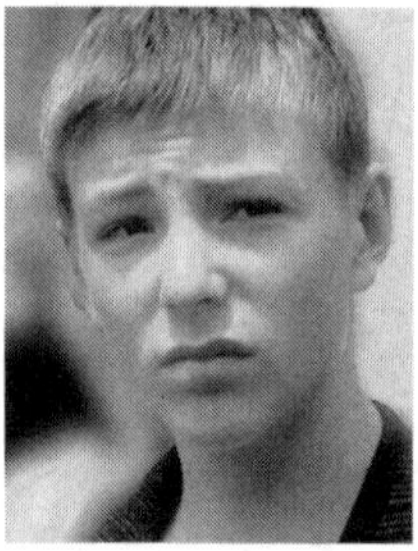

Matko Mišic
Vierzehnjähriger Junge aus Jugoslawien, will Pilot werden

Patrick Mayer
Schüler

Max Meise
Erbenermittler, Detektei Meise & Specht, Frankfurt am Main

Benjamin Krämer-Jenster
Schauspieler

Herr Böckle
Firmenvernichter, Angestellter des Konzerns Food & Non-Food

Rainer Guldener
Schauspieler

Mutter Lichtblau
Clarissas Mutter, Großmutter von Arnold

Edith Behleit
Schauspielerin

Arnold Schimmelpfennig
Clarissas Sohn, Computerhacker, später Informatiker in den USA

Björn Klein
Schauspieler

Herr Wallauer
Hotelbesitzer und Winzer, Verkäufer des Günderrode-Hauses

Sepp Strubel
Schauspieler, Autor, Regisseur

Dieter Simon
Sohn von Anton, Rechtsanwalt

Andreas Külzer
Schauspieler

Lothar Welt
Antons Schwiegersohn, Möbelfabrikant und Schnäppchenjäger

Ingo Lang
Amateurschauspieler

Marlies Welt
Tochter Antons und Ehefrau von Lothar

Birgit Nitze
Amateurschauspielerin

Gisela Simon
Tochter Antons, wohlhabend, mit Haus auf Mallorca

Jutta Altmeyer
Amateurschauspielerin

Helga
Antons dritte Tochter, Ehefrau von Hans, Lehrerin

Anne Tatsch-Fink
Amateur-schauspielerin

Hans
Ehemann von Helga, Lehrer

Jörg Altmeyer
Amateur-schauspieler

Alter Mann am Rhein
Russlanddeutscher von der Wolga

Rudolf Wessely
Schauspieler

Babuschka
Juris Mutter,
Russlanddeutsche

Emma Fischer
Amateur-
schauspielerin

Juris Vater
Russlanddeutscher

Berthold Missbach
Amateur-
schauspieler

Juri
Galinas Ehemann,
Russlanddeutscher

Victor Nemtschenko
Schauspieler,
Regisseur am
Deutschen Theater
in Almaty,
Kasachstan

«Schnüsschen»
Hermanns Exfrau,
Mutter von Lulu,
Psychoanalytikerin

Anke Sevenich
Schauspielerin

In weiteren Rollen

Frau Wurz	Gabriele Domschke
Hausmeister Gewandhaus	Thorsten Wolf
Passant Berlin	Manfred Richter
Ermittlungsrichter	H. H. Müller
Staatsanwalt	Matthias Grundig
Rechtsanwalt	Wolfgang Grindemann
Biggi	Silvia Klemm
Anna	Madeleine Lenke
Hauptmann Walde	Ludwig Hollburg
Oberst Herzog	Manfred Möck
Major Gies	Oliver Trautwein
Feldscher	Uwe Graenitz
Fensterguckerin	Christa Teege
Die scheue Mieterin	Elisabeth Degen
Frau Loewe	Astrid Falkenau
Mr. Nothe	Peter Cotton
Mr. Geist	Philipp Rafferty
Mr. Kolding	Jeff Caster
Mr. Bierbaum	Mike Zaka Sommerfeldt
Martina	Monika Disse
Klavierverkäufer	Peter Mohr
Hygieneinspektorin	Friederike Brüheim
Lutz	Frank Wünsche
Roland	Caspar Arnhold
Professor Delveau	Georges Delnon
Anca	Carmen Dalfogo
Clarissas Gesangspartner	David Moss
Nachbarin Köln	Biggi Wanninger
Nachbar Köln	Georg Blumreiter
Hure in Köln	Nele Hollinderbäumer
Postowitsch	Aleksej Davydov
Rose	Robin Gooch
Dr. Kuhn	Klaus Götte
Stationsschwester	Tina Seydel
Justizbediensteter	Harry Baer
Glatze	Robert Frank
Maklerin	Ute Cremer
Pfarrer	Karl-August Dahl

Frau Weirich	Doris Bredel
Horst	Karlheinz Kaiser
Hanni	Elisabeth Assmann
Toni	Manfred Kuhn
Elfie	Ingrid Isermann
Helmut	Markus Klingels
Hans-Peter	Michael Schlegelberger
Winzerin	Anne Doris Marbe-Sans
Arzt von Anton	Walter Wagner
Die Bestatterin	Gisela Pick
Herr Schwarz	Herbert Piel
Mannschaftskapitän	Markus Heinrich
Mannschaftstrainer	Hans-Valentin Wald
Die Weinkönigin	Sandra Jung
Tante Hilde	Liesel Franz
Polizeipsychologe	Thomas Marx
Nadine	Sarah Baier (6)
Jennifer	Merlin Halbach (6)
Lukas	Maximilian Kreuz
Koch Christian	Ralf Frenzel
Fotografin	Ellen Engelmann

Das künstlerische Team

Drehbuch	Edgar Reitz, Thomas Brussig
Kamera	Thomas Mauch (1–4) Christian Reitz (5–6)
Schnitt	Susanne Hartmann
Ausstattung	Franz Bauer (1–3) Michael Fechner (1–2) Irmhild Gumm (3–6)
Kostüme	Rosemarie Hettmann
Maske	Paul Schmidt Ariane Wisniewski
Casting	Petra Kiener
Ton	Gunnar Voigt
Mischung	Max Rammler
Musik	Nikos Mamangakis (1, 2, 3, 5) Michael Riessler (1, 2, 3, 4, 6)
Redaktion	Dietrich Mack Karl-Heinz Staamann
Produzent	Robert Busch
Regie	Edgar Reitz

Das Filmteam

Produktionsleitung	Robert Busch Jochen Ludwig
Aufnahmeleitung	Michael Stritzel Herbert Ruf
Herstellungsassistenz	Julia Blaschke
Produktionsassistenz	Katharina Lakner
Postproduktionsassistenz	Carline Seiser
Set-Aufnahmeleitung	Olaf Kenner Christoph Soldan
Regieassistenz	David Pichler Patricia Koschnick-Leray Birgitta Nübel

Script/Continuity	Patricia Koschnick-Leray
	Adelheid Bimmel
	Ingrid Carstensen
	Cornelia Meyer
Schnittassistenz	Friederike Treitz
Kameraassistenz	Anna Crotti
	Herbert Sporrer
2. *Kameraassistenz*	Marco Erdmann
	Florian Dittel
Tonassistenz	Saskia Seeger
	Julian Napf
Requisite	Alexander Stolle
	Friedel Pöpper-Gabel
Innenrequisite	Sarah Krämer
Baubühne	Rudi Boda
	Uwe Pjater
	Frank Dietz
	Tim Köckretz
	Clemens Jochem
	Werner Litzenberger
Kostümassistenz	Anja Richter
	Evelyn Straulino
Garderobe	Susanne Fuchs
	Angela Alcalà Toca
Komparsen-Casting	Helma Hammen
	Margot Röper
	Local Heroes
Oberbeleuchter	Martin Bourgund
	Dieter Müller-Lenz
	Heinz-Walter Rose
Beleuchter	Birgit Adolf
	Frank Wolters
	Thomas Merz
	Marcus Pund
	Erik Wagner
	Christian Nauen
Kamerabühne	Herbert Sporrer
	Reinhard Sprunck
	Stefan Hübscher
Setbetreuung	Michaela Lowrie
	Lorena Schuster

Filmarchitekten	Walter Richarz
	Stefan Jäckel
Bau Günderrode-Haus	Ars Ligni – Uwe Rumeney
SFX Schnee	Snow Business
Stuntcrew & SFX	Buff Connection GmbH
	Effektive Jens Döldissen
O-Tonbearbeitung	Magda Habernickel
Vertonung Atmo	Anette Prey
Vertonung Effekte	Marcel Spisak
Geräuschmacher	Joo Fürst
Geräuscheschnitt	Lisa Reinhard-Geffcken
Synchronschnitt	Micki Joanni
Assistent Soundeditor	Daniel Vogl
	Nicole Banaag
	Christian Bischoff

Digitale Effekte
ARRI Film & TV

VFX Supervisor	Jürgen Schopper
VFX Producer	Dominik Trimborn
Compositing Artists	Abraham Schneider
	David Laubsch
	Christian Wieser
3 D Artists	Markus Drayss
	Michael Koch
Scanning	Steve Stuart
Digital Lab Colorist	Birgit Steffan
ARRI Laserbelichtung	Alex Klippe
	Sascha Stiller

Kopierwerk ARRI

Leitung	Sepp Reidinger
Musterbetreuung	Monika Krinke
	Christian Littmann
Projektbetreuung	Angela Reichenberger
	Eva Weber
Negativschnitt	Renate Siegl
	Andrea Voggenauer
Lichtbestimmung	Mary-Ann Otemann

Verlag der Autoren
Lektorat ——— Ingo Fliess
Öffentlichkeitsarbeit ——— Regine Meldt

Titelmusik ——— Nikos Mamangakis

Liedbegleitung Schumann ——— Barbara Baun

Medikamentensong
Komponist ——— Peter Ludwig

Staatsphilharmonie Rheinland-Pfalz
Leitung ——— Ariel Zuckermann
Violine ——— Carolin Widmann
Bratsche ——— Fabio Marano

Crossover Concert
Komponist, Arrangeur ——— Ali N. Askin
Sänger ——— David Moss
Elektronik, Bass ——— Georg Zeitblom
Bratsche ——— Miriam Götting
Trompete ——— Michael Gross
Schlagzeug ——— Alex Hötzinger

Günderrode-Lieder
Klarinette ——— Jens Thoben
Cello ——— Sebastian Hess
Percussion ——— Stefan Blum

Konzert Folksongs
Leitung ——— Steffen Schleiermacher
Flöte ——— Ralf Mielke
Klarinette ——— Matthias Kreher
Viola ——— Dorothea Hemken
Violoncello ——— Matthias Schreiber
Schlaginstrumente ——— Stefan Stopora
Harfe ——— Andreas Wehrenpennig

Dido & Aeneas
Das Neue Orchester, Köln
Leitung Christoph Spering

Band «Die Saitlinge» (Silvester)

Sänger/Gitarrist	Bernd Christen
E-Bass	Mario Bürger
E-Piano	Melchior Walther
Schlagzeug	Jürgen Kober

Die Produktion dankt:
Kurt Beck, Dr. Rose Götte, Bernd Brauksiepe, Mechthild Kern, den Gemeinden Woppenroth, Riesweiler, Oberwesel, der Stadt Simmern, der Stadt Mainz, dem Landesmuseum Mainz, dem Heimatmuseum Simmern, den freiwilligen Feuerwehren der Gemeinden Gehlweiler, Woppenroth, Kirchberg und Sankt Goarshausen, THW Simmern, den Firmen Bechstein, Oligio, Flötotto, E-plus, BMW, Dethleffs, Burmester Audiosysteme, Loewe, Deutsche Bundesbahn, Kirner Pils, Globus Märkte Simmern, Porzellanhaus Käfer, Morschhäuser, Kann-Beton, Weiss, CPA!, Viking River Cruises, der Staatsphilharmonie Rheinland-Pfalz, Christoph Caesar, Rainer Neumann, Stefan Eschelbach, Weingut Goswin Lambrich, Aero Club Bingen-Langenlohnsheim, Erwin Zimmer, Amadeus Flugdienst, Jörg Kunkel, Hotel Schönburg in Oberwesel, dem ProWinzkino Simmern, den Familien Scherer, Jung, Molz, Lauer, von Salis-Soglio, Otto Prochnow, Manfred Zeuner, Harald Bolz, Peter W. Jansen, Manuela Gmeinwieser, Stephan Mallmann, Norbert Preuss, Margret Run und Franz Kraus.

ERF

Herstellungsleitung Robert Busch

Produktionsdaten

Beginn der Drehbucharbeit
Erster Drehtag: 20. März 2002
Letzter Drehtag: 11. Oktober 2003
246 Drehtage
Drehorte: u.a. Leipzig, Dresden, Berlin, Oberwesel, Wiesbaden, München, Hunsrück
530 Tage Schnittarbeiten
66 Tage Tonmischung
Spieldauer: 11 Stunden, 15 Minuten (bei 24 Bildern pro Sekunde)
DVD-6-Kanal-Mastering, Digi-Beta
(TV-Format 16:9)

Kinofassung
Format: 35 mm 1:1,66
Farbe und Schwarz-Weiß
6-Kanal-Ton, 1.5 Dolby-Surround
Digital-Lichtton

Die HEIMAT-Trilogie

Die 30 Filme, ihre Titel und Längen

HEIMAT, eine deutsche Chronik

	Filmlänge in Minuten
1. Fernweh (1919–1928)	119
2. Die Mitte der Welt (1929–1933)	93
3. Weihnacht wie noch nie (1935)	58
4. Reichshöhenstraße (1938)	58
5. Auf und davon und zurück (1938–1939)	58
6. Heimatfront (1943)	58
7. Die Liebe der Soldaten (1944)	59
8. Der Amerikaner (1945–1947)	102
9. Hermännchen (1955–1956)	138
10. Die stolzen Jahre (1967)	82
11. Das Fest der Lebenden und der Toten (1982)	100

DIE ZWEITE HEIMAT – Chronik einer Jugend

12. Die Zeit der ersten Lieder (1960)	120
13. Zwei fremde Augen (1960–1961)	115
14. Eifersucht und Stolz (1961)	116
15. Ansgars Tod (1961–1962)	100
16. Das Spiel mit der Freiheit (1962)	119
17. Kennedys Kinder (1963)	108
18. Weihnachtswölfe (1963)	110
19. Die Hochzeit (1964)	120
20. Die ewige Tochter (1965)	118
21. Das Ende der Zukunft (1966)	132
22. Zeit des Schweigens (1967–1968)	120
23. Die Zeit der vielen Worte (1968–1969)	121
24. Kunst oder Leben (1970)	133

HEIMAT 3 – Chronik einer Zeitenwende	Filmlänge in Minuten
25. Das glücklichste Volk der Welt (1989)	106
26. Die Weltmeister (1990)	100
27. Die Russen kommen (1992–1993)	125
28. Allen geht's gut (1995)	132
29. Die Erben (1997)	103
30. Abschied von Schabbach (1999)	105

Gesamtlänge: 52 Stunden, 8 Minuten

Über den Autor

Edgar Reitz, geboren und aufgewachsen im Hunsrück, studierte nach dem Abitur Germanistik, Publizistik und Theaterwissenschaft in München. Seit Mitte der Fünfzigerjahre literarische Arbeiten, Beschäftigung mit der Avantgarde in Musik, Literatur, bildenden Kunst und Film. Erste Kurzfilme ab 1958, Mitglied der «Oberhausener Gruppe», die 1962 den «Jungen Deutschen Film» begründete und «Papas Kino» für tot erklärte. Im folgenden Jahr gemeinsam mit anderen Jungregisseuren Gründung des «Instituts für Filmgestaltung» an der Hochschule für Gestaltung in Ulm. An dieser ersten Filmschule der Bundesrepublik Deutschland lehrte Reitz acht Jahre lang Regie und Kameratheorie. Gleichzeitig entstand sein erster Spielfilm «Mahlzeiten», der auf den internationalen Filmfestspielen in Venedig als bester Debütfilm ausgezeichnet wurde. Es folgen zahlreiche weitere Spiel-, Dokumentar- und Experimentalfilme, die internationale Beachtung fanden und vielfach ausgezeichnet wurden. 1971 gründet Reitz in München eine Filmproduktionsfirma, die seitdem eigene Projekte, aber auch Filme anderer Regisseure realisiert. Seit Mitte der Siebzigerjahre zahlreiche Veröffentlichungen über Filmtheorie und Filmästhetik, aber auch Erzählungen, Essays, Lyrik und literarische Fassungen seiner Filme. 1995 Gründung des «Europäischen Instituts des Kinofilms, EIKK» in Karlsruhe. Professor für Film an der Staatlichen Hochschule für Gestaltung in Karlsruhe.
Der Autor lebt in München.

Filme (Auswahl)

Kommunikation, Kurzfilm 1961
Geschwindigkeit, Kurzfilm 1962
VariaVision, ein filmisches Perpetuum Mobile, 1964/65
Die Kinder, Kurzfilm 1966
Mahlzeiten, Spielfilm 1966/67
Fußnoten, experimenteller Spielfilm 1967
Filmstunde, Dokumentarfilm 1968
Cardillac, Spielfilm 1968/69
Geschichten vom Kübelkind, Spielfilm in 23 Episoden 1969/70
Das Goldene Ding, Spielfilm, gemeinsam mit U. Stöckl und A. Brustellin, 1971
Die Reise nach Wien, Spielfilm 1973

Stunde Null, Spielfilm 1976
Der Schneider von Ulm, Spielfilm 1978
Geschichten aus den Hunsrückdörfern, Dokumentarfilm 1980
HEIMAT, eine deutsche Chronik, Spielfilm-Zyklus in 11 Filmen, 1980/84
DIE ZWEITE HEIMAT, Chronik einer Jugend, Spielfilm-Zyklus in 13 Filmen, 1988/92
Die Nacht der Regisseure, Dokumentarfilm 1994
HEIMAT 3, Chronik einer Zeitenwende, Spielfilm-Zyklus in 6 Filmen, 2002/2004

Preise und Auszeichnungen

1960 Rom, 1. Preis «bester wissenschaftlicher Film» für *Experimentelle Krebsforschung*
1960 Rouen, 1. Preis Europäische Industriefilmtage für *Baumwolle*
1961 Berlin, 2. Preis Industriefilmtage für *Moltopren I–IV*
1963 Berlin, Filmband in Gold, Bundesfilmpreis für *Geschwindigkeit*
1967 Venedig, Internationale Filmfestspiele, Biennale, Silberner Löwe, Preis «Opera Prima» für *Mahlzeiten*
1967 Berlin, Filmband in Silber (Bundesfilmpreis) für *Mahlzeiten*
1969 Venedig, Internationale Filmfestspiele, Biennale, Silberner Löwe für *Cardillac*
1969 Venedig, C.I.D.A.L.C.-Preis für *Cardillac*
1969 Berlin, Filmband in Silber (Bundesfilmpreis) für *Cardillac*
1970 Osaka, International Filmfestival of Japan, 1. Preis der Kategorie Spielfilm für *Cardillac*
1973 Sorrent, Internationale Filmfestspiele: Premio Sirena d'Argento für *Die Reise nach Wien*
1974 Berlin, Ernst-Lubitsch-Preis für *Die Reise nach Wien*
1975 Berlin, Filmband in Gold (Bundesfilmpreis) für *In Gefahr und größter Not ...*
1977 Berlin, Filmband in Silber (Bundesfilmpreis) für *Stunde Null*
1978 Berlin, Deutscher Filmpreis in Gold (Bundesfilmpreis) für *Deutschland im Herbst*
1978 Marl, Adolf-Grimme-Preis für *Stunde Null*
1984 Venedig, Internationale Filmfestspiele der Biennale, FIPRESCI-Preis (internationaler Kritikerpreis) für *HEIMAT*
1984 Berlin, Goldene Kamera für *HEIMAT*
1984 Preis der deutschen Kritiker e. V. Berlin für *HEIMAT*

1985 Mainz, Verdienstorden des Landes Rheinland-Pfalz
1985 London Filmfestival, Kritikerpreis «Best foreign Language Film» für *HEIMAT*
1985 Marl, Adolf-Grimme-Preis (mit Gold) für *Hermännchen*
1986 London, The British Film Academy Award for the best Television Programme: *HEIMAT*
1986 Marl, Adolf-Grimme-Preis (mit Gold) für *HEIMAT*
1987 Berlin, Bundesfilmpreis in Gold für die Produktion *Das Schweigen des Dichters*
1992 Venedig, Internationale Filmfestspiele, Biennale, Goldener Löwe, Spezialpreis zu 60 Jahre Biennale di Venezia für *DIE ZWEITE HEIMAT*
1993 Bonn, Bundesverdienstkreuz erster Klasse
1994 Marl, Adolf-Grimme-Preis für *DIE ZWEITE HEIMAT*
1993 Rom, Premio «David Luchino Visconti» für *DIE ZWEITE HEIMAT*
1993 Köln, Deutscher Fernsehpreis «Telestar» für *DIE ZWEITE HEIMAT*
1993 Kultureller Ehrenpreis der Stadt München für das Gesamtwerk
1994 San Marino, Premio Europa-TV, Europäischer Fernsehpreis für *DIE ZWEITE HEIMAT*
1994 Baden-Baden, Deutscher Fernsehspielpreis für *DIE ZWEITE HEIMAT*
1994 Cannes, «EUROFIPA d'Honneur pour lènsemble de son œuvre»
1994 San Francisco, «The Golden Gate Award» für *DIE ZWEITE HEIMAT*
1996 Cannes, «Premio Europa Cinema» für *DIE ZWEITE HEIMAT*
2000 Mainz, Staatskunstpreis des Landes Rheinland-Pfalz
2002 Simmern, Verleihung der Ehrenbürgerschaft
2004 Mainz, Carl-Zuckmayer-Medaille für Verdienste um die deutsche Sprache

Ausgewählte Literatur

Amberg, Elke: *Der eigene Weg der Abteilung für Filmgestaltung an der Ulmer HFG*. Dissertation, Universität München 1989

Dollner, Marion: *Sehnsucht nach Selbstentbindung. Die unendliche Odyssee des mobilgemachten Helden Paul im Film HEIMAT von Edgar Reitz*. Diss. phil., Universität Mannheim 1996

Dollner-Buhl, Marion: *Die Fotografie – Ein zentrales Thema im Film HEIMAT von Edgar Reitz*. Magisterarbeit, Universität Mannheim 1989

Geiger, Elizabeth (Ben David): *HEIMAT – An Interpretation. German Identity and Image of America*. Dissertation, Tel-Aviv University 1997

Hajdu, Aneh, und Karen Hvidtfeldt Larsen: *DIE ZWEITE HEIMAT – en form-aetetisk og tematisk analyse, set i sammenhaeng med tysk kunst og kultur efter 2. verdenskrig*. Kobenhavns Universitet, februar 1995

Halter, Kathrin: *Die Voice-over in Edgar Reitz' Filmwerk DIE ZWEITE HEIMAT*. Dissertation Universität Zürich, Phil. Fak. I, 1996

Hattendorf, Manfred: «Chronicle of a Generation from HEIMAT to THE SECOND HEIMAT». International Working Group «Film and Semiohistory», Tübingen 1993

Karlowski, Sandra: *Untersuchung zur Erzählstruktur von Edgar Reitz*. Medienwissenschaftliche Magisterarbeit, Marburg 1994

Kasparek, Bärbel: *Edgar Reitz – Auf der Suche nach der verlorenen Kindheit*. Magisterarbeit, Universität Hannover 1980

Kluge, Manfred (Hrsg.): *HEIMAT – Ein Lesebuch. Edgar Reitz: Sichtbares und Unsichtbares*. Heyne, München 1989

Martin, Liz: *HEIMAT – Filmkunst als Erinnerung und Geschichte*. Dissertation, Universität Melbourne (Australien) 1993

Meinhof, Ulrike Hanna: *Dialect as Metaphor – The Use of Language in Edgar Reitz' HEIMAT Films*. University of Manchester 1994

Petersen, Maike: *Erzählverfahren im Autorenfilm – Dargelegt an Edgar Reitz' Chronik HEIMAT*. Dissertation, Universität Kiel 1987

Rauh, Reinhold: *Edgar Reitz – Film als Heimat*. Heyne, München 1993

Reidel, Ursula: *German Culture – A film course on Edgar Reitz: HEIMAT*. Colby College GM 234, spring 1995

Reitz, Edgar: *«Bilder in Bewegung» – Essays, Gespräche zum Kino*. Rowohlt, Reinbek 1995

–: *«Den Anden Hjemstavn» – Bogen om filmserien*. Raevens, Kopenhagen 1994

–: *DIE ZWEITE HEIMAT – Chronik einer Jugend*. Goldmann, München 1993

–: *HEIMAT DUE in tredici libri, Sceneggiatura. Introduzione di Bernardo Bertolucci.* Bompiani, Milano 1994
–: *HEIMAT– Eine Bildchronik.* Bucher, München 1985
–: *Liebe zum Kino – Utopien und Gedanken zum Autorenfilm 1962 bis 1983.* Verlag Köln 78, Köln 1984
–: *«Kino» – Ein Gespräch mit Heinrich Klotz und Lothar Spree.* HfG, Karlsruhe 1994
–: *Panta Cinema – «Dai miei quaderni».* RCS, Milano 1994
– **und Graziano Arici:** *HEIMAT DUE – Cronaca di una giovinezza. I luoghi, i protagonisti, le immagini di scena.* Mondadori, Milano 1994
– **und Alexander Kluge:** *Bestandsaufnahme Film – Utopie Film.* Frankfurt/Main 1983
– **und Alexander Kluge:** «In Gefahr und größter Not bringt der Mittelweg den Tod». In: *Kursbuch* 41/1975
–, **Alexander Kluge und Wilfried Reinke:** *Wort und Film – Sprache im technischen Zeitalter.* Berlin 1965
– **und Peter Steinbach:** *HEIMAT – Eine deutsche Chronik.* Greno, Nördlingen 1985. Taschenbuchausgabe: ebd. 1988
– **und Michael Töteberg** (Hrsg.): *Drehort HEIMAT – Arbeitsnotizen und Zukunftsentwürfe.* Verlag der Autoren, Frankfurt/Main 1993
Roters, Ulrich: *Rückbesinnung oder Neubeginn? Untersuchungen zum Heimatfilm.* Magisterarbeit, Universität Göttingen 1987
Sakaridis, Yannis: *The Longest Film On Earth.* Diplomarbeit, University Film School I, London 1996
Schanze, Helmut: «Der unwiederholbare Augenblick – Der Film *DIE ZWEITE HEIMAT* und das Dilemma des ‹Qualitätsfernsehens›. In: *Ästhetik, Pragmatik und Geschichte der Bildschirmmedien.* Universität-GH Siegen 1994
Schulz, Klaus (Roskilde): «Der Drang nach der Weite der Welt – Eine Analyse des Motivs individueller Entgrenzung …» In: *Text & Kontext*, Kopenhagen 1994
Töteberg, Michael: «Edgar Reitz – Regisseur». In *Cinegraph*, München 1984 ff.
Tran, Elizabeth: *Die Geschichtsschreibung in HEIMAT.* Dissertation, Paris (Sorbonne) 1994

Neuerscheinungen zu HEIMAT 3

DIE HEIMAT-TRILOGIE. Collection Rolf Heyne, München 2004
Soundtrack-CDs: Bella Musica
DVD-Edition *DIE HEIMAT-TRILOGIE. Kino Welt*

Das «Günderrode-Haus»

Fiktion und Wirklichkeit

Während der Arbeit an den Drehbüchern von HEIMAT 3 hatte sich die Idee herausgebildet, nicht eine Person zur Hauptfigur zu machen, sondern ein Haus.
Ein Haus hat seine eigene Geschichte, einen eigenen Charakter, der Menschen anzieht oder auch abstößt – ja, es hat sogar einen eigenen Willen und ist fähig, sich gegen seine Besitzer aufzulehnen.
Das Haus in HEIMAT 3 wird zum Ort der Liebe, der Arbeit, zum Treffpunkt einer Wahlfamilie, und es ist für Hermann und Clarissa eine gemeinsame Adresse, unter der sie erreichbar sind, die ihnen eine amtliche Identität gibt.
Allein das Wort «Haus» ist von einer Aura umgeben, die uns eine Ahnung vermittelt von der Hoffnung auf Geborgenheit, auf Zugehörigkeit zu bestimmten Menschen und zur eigenen Geschichte. Ein Haus ist selten nur ein Gebäude, das reine Zwecke erfüllt – es ist immer auch mehr. Es birgt Geschichten und Geheimnisse, wechselt seinen Ausdruck, es verändert sich mit den Jahreszeiten, den Bewohnern, ihren Verhältnissen, ihren Stimmungen. Das Haus wird länger leben als die Besitzer, die Gäste, die Liebe, die Konflikte, die Träume, das Geld.

Die Erfindung des «Günderrode-Hauses» geht auf eine persönliche Vorgeschichte zurück. Es war im Jahr der Wende, genauer gesagt im September 1989, als ich mit Salome Kammer begann, unser Haus in München umzubauen. Es war das erste Mal in meinem Leben, dass ich mit einem Hausbau zu tun hatte. Die von mir beschäftigten Handwerker pfuschten sich auf unverschämte Weise durch den Job und schrieben horrende Stundenrechnungen. Wegen der Filmarbeiten zu ZWEITE HEIMAT waren wir zudem kaum in der Lage, die Bauvorgänge zu überwachen. Viel Geld hatten wir auch nicht, sodass wir von Woche zu Woche verzweifelter wurden.

Da unternahm Salome eine Reise in die DDR, um ihr Patenkind zu besuchen. Es war Anfang November und, wie sich bald herausstellen sollte, die Zeit kurz vor dem Mauerfall. Sie lernte dort drei junge Handwerker kennen, die sofort nach der Öffnung der Grenze bereit waren, zu uns nach München zu kommen, um beim Umbau unseres Hauses zu helfen. Der Job war für die jungen Männer mit ihrer ersten Reise in den Westen verbunden. Es gab Arbeit für mehrere Monate, und wir erlebten gemeinsam die Euphorie dieser Tage. Nebenher lernten wir die Frauen und Familien der drei Handwerker kennen und luden sie zu uns nach München ein. Wir zeigten ihnen die Alpen, machten mit ihnen Ausflüge an schöne Orte in Bayern, von denen sie jenseits der Mauer geträumt hatten.
Wie man sieht, ist das die Urgeschichte von HEIMAT 3. In ihr stecken die Grunderfahrungen, von denen unser Film im ersten Teil profitiert. Als ich Thomas Brussig die Geschichte bei Beginn unserer Zusammenarbeit erzählte, sah er darin einen Anfang für das Drehbuch und schrieb gleich die ersten Seiten des Treatments über die Bauarbeiten. Die Figuren Gunnar, Udo, Tillmann und Tobi sind dabei keine Porträts der Handwerker, die wir 1989 in München beschäftigt hatten. Sie setzen sich aus allerlei Erinnerungen von Thomas und mir zusammen, die von anderen «Baustellen» stammen.

Die wichtigste Frage, die am Anfang des Drehbuchschreibens stand, hieß: Wenn Hermann zusammen mit Clarissa ein Haus baut, wo wird es stehen? München oder eine andere Großstadt kam nicht infrage, weil Städte ja nicht der Ort der Sehnsucht waren, der die Liebenden von einst nach langen Jahren wieder zusammengeführt hatte. Der Hunsrück oder gar Schabbach selbst konnte es auch nicht sein, denn Hermann hatte bei seinem Weggang aus der Heimat einen Trennungsstrich gezogen, den er nie mehr würde rückgängig machen wollen. Ich dachte sofort an den Rhein, denn aus meiner Kindheit weiß ich, welch gravierender Unterschied für einen Hunsrücker zwischen seinem Hochland und den Flusstälern von Rhein oder Mosel besteht. Hier gibt es eine alte Kulturgeschichte, Wein, Schlösser, Literatur, Musik, Romantik und Moderne. Am Rhein zu wohnen, das ist für den Hunsrücker schon ein Schritt in die große Welt, und das konnte man mit Karriere und Entwicklung in Zusammenhang bringen. Ich stellte mir einen hübschen alten Fachwerkbau vor, der kein Bauernhaus wäre, sondern – was es im Hunsrück kaum gab – ein altes Bürgerhaus. Höchstens ein kleines Nebengebäude könnte dazugehören, in dem die früheren Besitzer vielleicht ihr Pferd untergebracht hatten – ein Pendant zu den heutigen Garagen. Aber wem hätte ein solches Haus, wenn es nicht allzu groß war, einst gehört haben können? Sicher nicht einem reichen Winzer und auch kaum einem der Honoratioren der Rheinstädte, denn die hatten früher mitten im Ort gewohnt und dort ihre Geschäfte betrieben.

Da stieß ich eines Tages auf die Lebensgeschichte der Caroline von Günderrode. In Karlsruhe, wo die Dichterin aus der Zeit der deutschen Romantik geboren war, hatte ich von ihrer unglücklichen Liebe zu dem Heidelberger Geschichtsprofessor Creutzer gehört. Ohne weiter zu recherchieren, brachte ich mein erdachtes Haus einfach mit der Liebesgeschichte der Günderrode in Verbindung und fand Gefallen an dieser Fiktion, denn sie gab dem Haus eine Faszination, und sie wurde bald zum Inbegriff für den Liebestraum meiner beiden Protagonisten. Als ich mir dann aber doch Material über die Dichterin besorgt und herausgefunden hatte, dass deren Vita überhaupt nicht zu Clarissas Traumhaus passte, beschloss ich, eine Legende daraus zu machen. Und wie das bei Legenden so ist: Einmal in die Welt gesetzt, sind sie hartnäckig und unausrottbar – selbst dann, wenn man eigens eine Filmszene erfindet, in der eine solche Legende widerlegt wird. So ist das Haus im Film zum «Günderrode-Haus» geworden, obwohl es kaum Bezüge zur historischen Dichterin gibt.

Als wir dann die Drehbücher schrieben, spielte es nie eine Rolle – auch in allen Diskussionen mit Redakteuren und Förderern nicht –, dass das «Günderrode-Haus» pure Erfindung war. Seine Geschichte wirkte von Anfang an so glaubwürdig, dass niemand an ihr zweifelte. So geschah es, dass auch wir selbst anfingen, an sie zu glauben. Wir waren überzeugt, es müsse dieses Haus

tatsächlich geben, man bräuchte sich nur auf den Weg zu machen und einmal am Rande der Rheinstädte nachzusehen, dann würde man es bald ausfindig machen. Auch die erdachte Lage gegenüber dem Loreleyfelsen war ein so plausibler Ort, dass wir nicht daran zweifelten: Es musste ein solches Haus geben!
In der ersten Zeit unserer Recherchen im Hunsrück vermieden wir es, nach ihm auf Suche zu gehen, um keinen Rückschlag für unsere Fantasie zu erleiden. Dann, als die Fernsehanstalten endlich die Projektgenehmigung erteilten, war es höchste Zeit, den Tatsachen ins Auge zu sehen. Ich machte mit meinem Produzenten Robert Busch, mit Thomas Brussig, mit dem Filmausstatter Franz Bauer, aber auch mit ortskundigen Leuten vom Rhein zahllose Fahrten und Wanderungen den Rhein hinauf und hinab. Wir dachten sogar daran, die Region mit einem Helikopter aus der Luft zu erkunden: Aber wir entdeckten kein Haus, das dem «Günderrode-Haus» entsprach. Ich war oft verzweifelt, denn wenn nicht ein einziges Haus zu finden war, das meiner Vorstellung in etwa glich, dann war vielleicht die ganze Fiktion ein Fehler. Man kann doch in einem Film, in dem sonst so sehr darauf geachtet wird, dass sich die Geschichten in Anlehnung an die Wahrheit erzählen, nicht einfach ein solch wichtiges Motiv nur erfinden!
Nachdem sich herausgestellt hatte, dass es das Haus nun einmal nicht gab, beschlossen wir, es zu bauen. Wenigstens die anderen Kriterien, die das Drehbuch beschrieb, mussten stimmen: eine kleine Stadt im Rheintal mit romantischen Gassen, die Nähe zum Hunsrück, die Loreley am gegenüberliegenden Ufer, kleine Zufahrtsstraßen durch die steilen Weinberge und immer wieder berauschende Blicke zum Rhein hinunter mit gleichzeitig hübschen alten Burgen auf den Anhöhen. Also galt es nun, einen Platz zu finden, an dem das Haus als Filmbau entstehen konnte. Auch diese Suche war nicht leicht, denn oberhalb der Weinberge sind die Hänge von einer urwaldartigen Vegetation bedeckt, die fast undurchdringlich ist. Immer wieder mussten wir umkehren, weil sich der erwartete schöne Blick ins Flusstal überhaupt nicht öffnete und im dornigen Gestrüpp auch kein Durchkommen war. Der Abschnitt des Rheins, in dem man gegenüber den Loreley-

felsen sehen kann, ist relativ kurz. Je höher man gelangt, desto weniger beeindruckt einen der Anblick des sagenumwobenen Felsens. Weiter unten aber war das Gelände so abschüssig, dass es für ein Haus keinen Platz bot. Außerdem wuchs dort, in der schattigen Ost-West-Schleife, nirgendwo Wein.

Der so genannte «Siebenjungfrauenblick» oberhalb von Oberwesel liegt an einem Wanderweg, und es gab dort einen kleinen Aussichtspavillon, von dem aus wir mehrmals versucht hatten, uns einen Überblick zu verschaffen. Die Loreley war von hier aus nicht zu sehen, dafür aber ein Felsen, der «Spitznack», den ich schon oftmals mit der Loreley verwechselt hatte. Eines Tages durchforschten wir das Gelände um diesen Pavillon. Wir mussten dazu einige Abzäunungen überklettern und uns unerlaubten Zutritt verschaffen. Auch hier war alles überwuchert, aber es schien immerhin eine Fläche zu geben, auf der man sich ein Haus vorstellen konnte. Irgendwo stand sogar ein zerfallenes Gartenhäuschen. Also musste es Menschen gegeben haben, die schon einmal versucht hatten, hier Fuß zu fassen. Das Schöne war auch, dass der oberste Weinberg direkt neben dem Aussichtspunkt endete und es einen Wirtschaftsweg gab, der zu den Reben führte.
Fiktion und Wirklichkeit können immer wieder ineinander übergehen. Unsere Phantasie hatte längst begonnen, das «Günderrode-Haus» an diesen Ort zu stellen. Wem aber gehörten die Grundstücke, würde es je eine Baugenehmigung geben? Und vor allem: Wie sollte das Haus, das im Drehbuch zunächst als hundertjährige Ruine beschrieben wird, aussehen? Wir begannen nun eine ganz neue Recherche, die Suche nach schönen alten Häusern, die der Geschichte und ihren Bautraditionen entsprachen. Wir besuchten das Freilichtmuseum in Sobernheim und erfuhren, dass es Leute gibt, die alte, für den Abbruch vorgesehene Häuser komplett zerlegen, um sie an anderer Stelle wieder aufzubauen. Das war unser Weg!
Da das Freilichtmuseum uns nicht weiterhelfen konnte, suchten wir nach Fachleuten, die diese Art von Archäologie privat betreiben. Wir fanden Herrn Rummeney.

Auszug aus meinem Produktionstagebuch vom 26. November 2001

«Ich war letzten Dienstag an der Baustelle, um das ‹Baufenster› festzulegen. Es handelt sich dabei um das Rechteck im Terrain, auf dem das Haus stehen soll. Unser Architekt hatte ein Modell gebaut, mit dem wir die Position des Hauses, seine Ausrichtung zum Tal, zu den Zufahrtswegen, zum Nebengebäude festlegten. Nachdem das dicht bewachsene Gelände gerodet worden war, hatte ich ein ganz neues Raumgefühl auf dem Bauplatz. Das Haus schien viel kleiner zu sein als auf den Planzeichnungen. Es ist sehr schwer, sich im offenen Gelände die Bauproportionen und das Verhältnis zwischen Haus und Landschaft vorzustellen. Mit langen Dachlatten markierten wir die Hausecken und diskutierten Lage und Ausrichtung. Um welche Tageszeit würde die Sonne die Fassade streifen, wo könnte man gute Kamerapositionen finden, was sieht man durch die Fenster, auf welcher Seite könnte die Terrasse stehen? Es gab unzählige Anforderungen des Drehbuchs, und wir steckten unsere Dachlatten an immer neue Markierungspunkte. Als ich schließlich entschieden hatte, wie das Haus und sein Nebengebäude stehen sollten, war mir schlecht vor Angst, etwas falsch gemacht zu haben.
Bald werden die Erdaushubarbeiten vorgenommen, und man wird eine Betonplatte gießen, die dem Haus als Fundament dienen soll. Es gibt sogar schon detaillierte Pläne. Die Ausnahme-Baugenehmigung für einen temporären Filmbau wurde im Eilverfahren erteilt, der Winter ist hereingebrochen mit Kälte, Schneeregen und Novemberstürmen. Die Zeit drängt.»

Produktionstagebuch vom 13. März 2002

«Das ‹Günderrode-Haus› steht. Es ist, drei Monate nach Baubeginn, zwar noch ein Rohbau, aber das Dach ist darauf, und es thront hoch über den Weinbergen als neues Wahrzeichen der Stadt. Eine Fiktion, eine Dichtung wird Wahrheit. Ich hatte kürzlich noch eine Konfrontation mit der Baumannschaft, die sich nicht recht in die Aufgabenstellung versetzen konnte, ein ‹200 Jahre altes Haus› zu bauen, das sich in völlig marodem Zustand, wie nach 50 Jahren Leerstand, befindet. Aber es scheint, dass sie es nun begriffen haben, nachdem auch die ‹Patinierer-Mannschaft› aus dem Münchner Filmstudio angerückt ist. Ich werde vor Drehbeginn noch einmal an den Rhein fahren, um die Bauarbeiten zu überwachen. Ich habe bei meinem letzten Besuch bereits eine Fülle neuer Perspektiven entdeckt. Besonders die Rückseite des Hauses ist nach meinem Einspruch nun attraktiver geworden. Ich hätte beim Schreiben und auch beim Planen nicht erwartet, dass diese Seite des Hauses eine so große Rolle spielt. Aber es leuchtet sofort ein, wenn man oberhalb des Gebäudes steht und das herrliche Rheinpanorama im Hintergrund erblickt. So haben wir beschlossen, alle vier Seiten des Hauses filmreif zu gestalten: mit kunstvoll verlegtem Schiefer an der Giebelseite.»

Produktionstagebuch vom 6. April 2002

«Der Bau des ‹Günderrode-Hauses› ist wunderschön geworden, auch die Lage ist faszinierend mit ihrem unvergleichlichen Blick ins Rheintal. Die Bauleute und Franz Bauer mit seinem Ausstattungsteam haben großartige Arbeit geleistet. Als ich am Wochenende das Haus besuchte, um die Szenenauflösung zu überprüfen, fand ich mich unversehens in einer Gruppe von Wochenendausflüglern und Wanderern wieder, die bei unserem ‹Günderrode-Haus› Rast machten und sich fragten, warum die romantische Ruine nicht in ihren Wanderkarten verzeichnet war. Selbst Einheimische wurden unsicher und fragten sich, warum sie dieses Haus niemals vorher entdeckt hatten. Keiner in der Gruppe hatte den halb zerfallenen Bau für eine Filmkulisse gehalten, so authentisch und überzeugend ist er geworden. Faszinierend finde ich die Innenausstattung, die sogar Reste einer frühen Elektrifzierung zeigt. Windschiefe Wände und Türen, bröckelnde Fenstergewände, Ratten und Tauben, die im alten Gebälk nisten. Franz Bauer hat ein wahres Meisterstück abgeliefert.»

Produktionstagebuch vom
5. Oktober 2003

«Zwei Jahre sind seit dem Baubeginn vergangen. Das ‹Günderrode-Haus› hat mehr als 100 Drehtage erlebt. Als es im Ruinenzustand abgedreht war, haben wir es schrittweise ‹restauriert› und ein perfektes Traumhaus daraus gemacht, das mit seinen goldfarbenen Fachwerkfüllungen, seiner über dem Abgrund schwebenden Edelstahlterrasse und dem glitzernden Schieferdach von weit her aus dem Grün der Reben und Bäume leuchtet. Jeder Winkel des Geländes, jede Ecke des Hauses, jedes Zimmer und Kämmerchen war inzwischen Schauplatz von Filmszenen. Wir haben erlebt, wie das makellose Haus in Wind und Wetter Patina ansetzte, wie der Garten wuchs und die Natur sich von den Wunden der Bauarbeiten erholte. Wir pflanzten Bäume und Buschwerk, rissen es wieder aus, wenn es die Filmhandlung verlangte, wir entlaubten den Kastanienbaum, als wir im Juni Herbstszenen drehen mussten, und ließen es im Frühsommer schneien, weil es das Drehbuch so vorsah. Wir fanden immer neue Kamerapositionen, filmten am Tag, in der Nacht, im Innern und außen und konnten die Perspektiven und Bildangebote des Motivs dennoch niemals ausschöpfen. Mehrfach wurde das Haus, dem Wandel der Geschichte gemäß, neu ausgestattet, mit Originalgemälden des großen Hunsrückmalers Friedrich Karl Ströher geschmückt, neu möbliert, elektrifiziert und von unseren Dekorateuren patiniert, damit man die Jahre der Filmhandlung an seinen Wänden ablesen konnte. Hundertmal füllte das emsige Filmteam Haus und Gelände mit Schienen, Kranaufbauten für die Kameras, mit Scheinwerfern, Stativen, Gerüsten, Transportfahrzeugen und Arbeitscontainern. Immer wieder mussten die Schauspieler, Kostümbildner, Maskenbildner, Requisiteure und das Regieteam mitten in diesem technischen Chaos die Konzentration aufbringen, alles um sich herum zu vergessen und die Geschichte des ‹Günderrode-Hauses› erzählen, als wäre sie das Leben selbst.

Wir haben es geschafft! Nach 19 Monaten ist die letzte Drehwoche von HEIMAT 3 angebrochen. Vor diesen Tagen hat sich die ganze Crew gefürchtet: Die große Schlussrunde im ‹Günderrode-Haus› mit der Inszenierung von Gunnars Millenniums-Silvester ist ein gewaltiges Stück an Organisation und Technik. Fast 30 Schauspieler sind im Einsatz, 40 Kleindarsteller und ein in allen Abteilungen aufgerüstetes Team. Der Caterer, Herr Brück, ist mit Verpflegung für 130 Personen am Start. Wenn man zum Drehort kommt, führt der Weg an zahllosen geparkten Fahrzeugen vorbei, die sich an der Straße zwischen Oberwesel und Urbar an den Weinbergen entlangwinden. Zusätzliche Toilettencontainer, ein großes Aufenthaltszelt, hochgebockte Kranfahrzeuge mit Scheinwerfern in 30 Meter Höhe über dem Motiv. Es ist jedes Mal ein beklemmendes Gefühl, wenn ich zum Drehort komme, von Absperrpersonal zum Parkplatz geleitet, den Fußweg zum Set hinuntergehe, an Schaulustigen vorbei, die mich anglotzen und nicht wissen, was hier eigentlich läuft. Die Legende hat sich nicht mehr widerrufen lassen: Das ‹Günderrode-Haus› ist im Bewusstsein der Bevölkerung ein ganz selbstverständlicher Ort geworden, als hätte es ihn schon immer gegeben. Schon ist eine Diskussion darüber entstanden, das Haus nach Beendigung der Dreharbeiten stehen zu lassen. Es sei doch Bestandteil des ‹Weltkulturerbes›, wie das ganze umgebende Mittelrheintal. Was immer wir getan haben, die Günderrode-Legende zu widerrufen: Sie hat sich so verfestigt, dass man besser daran tut, sie nicht mehr zu hinterfragen. Schon haben sich kommunalpolitische Gruppen gebildet, die miteinander konkurrierende Pläne für die zukünftige Nutzung des Hauses schmieden. Die Fiktion hat sich in Wirklichkeit verwandelt – vielleicht für immer.»

Wer im schönen Rheinstädtchen Oberwesel nach dem «Günderrode-Haus» fragt, wird viele Geschichten zu hören bekommen. Keine davon ist die Geschichte unseres Films.

Inhalt